DANIEL TWARDOWSKI

Fluch des Südens

GOLDMANN
Lesen erleben

Buch

Der amerikanische Privatdetektiv John Gowers ist schon viel herumgekommen, als ihn eine Mörderjagd 1867 bis ans Ende der Welt führt – von Australien bis ins abenteuerliche Neuseeland. Dort gerät er in die blutigen Wirren der letzten Maorikriege, ausgetragen zwischen den neuseeländischen Ureinwohnern und den europäischen Siedlern. Doch weder der deutsche Söldnerführer von Tempsky noch seine Kontrahenten Titokowaru und Te Kooti Arikirangi können den »Investigator« von der unerbittlichen Verfolgung seines Ziels abbringen.
Ein Gefangenenaufstand, den der Amerikaner unterstützt, erinnert ihn an ein düsteres Kapitel der Vergangenheit, und er führt in eine zehn Jahre vergangene, noch dunklere Zeit – in der John Gowers als junger Mississippilotse nicht nur die Liebe, sondern auch den Tod kennenlernte …

Autor

Daniel Twardowski alias Christoph Becker, geboren 1962, studierte Literatur- und Medienwissenschaften. Nach diversen Tätigkeiten, unter anderem als Universitätsdozent und Aktfotograf, lebt der Autor heute als freier Schriftsteller in Marburg. 2003 erhielt er den Förderpreis zum Literaturpreis Ruhrgebiet, 2005 das DaimlerChrysler-Stipendium der Casa di Goethe in Rom, 2006 den Oberhausener Literaturpreis und 2007 den Deutschen Kurzkrimipreis für »Nachtzug«.

Von Daniel Twardowski außerdem bei Goldmann lieferbar:

Das blaue Siegel. Roman (47144)

Daniel Twardowski

Fluch des Südens

Roman

GOLDMANN

MIX
Papier aus verantwortungsvollen Quellen
FSC® C014496

Verlagsgruppe Random House FSC-DEU-0100
Das FSC®-zertifizierte Papier *Holmen Book Cream* für dieses Buch
liefert Holmen Paper, Hallstavik, Schweden.

1. Auflage
Originalausgabe April 2012

Umschlaggestaltung: UNO Werbeagentur, München
Umschlagfoto: © Corbis/Laurie Chamberlain;
© Getty Images/Dorling Kindersely
Redaktion: Gerhard Seidl
Kartografie: e-map-Studio Margret Prietzsch
LT · Herstellung: Str.
Satz: omnisatz GmbH, Berlin
Druck und Bindung: GGP Media GmbH, Pößneck
Printed in Germany
ISBN: 978-3-442-47145-4

www.goldmann-verlag.de

Here's stout stuff, for woe to work on!

Melville, *Moby Dick*

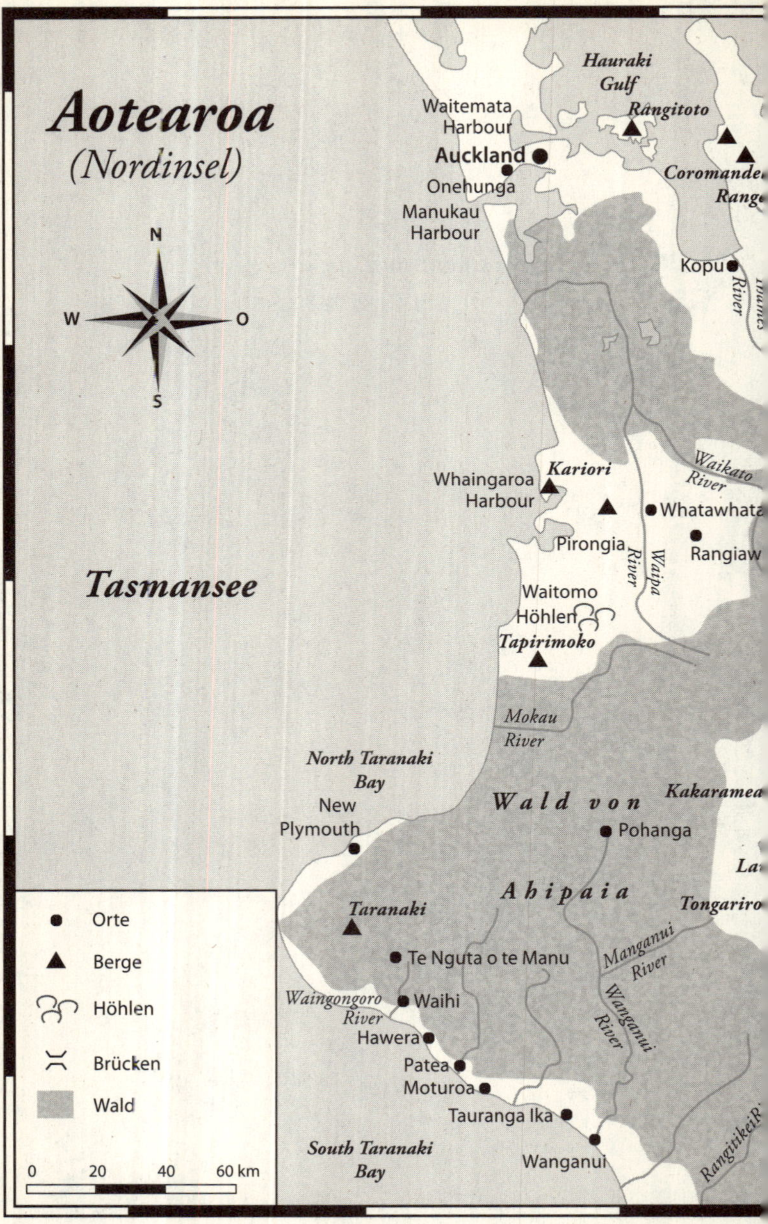
Aotearoa
(Nordinsel)
N
W
O
S
Tasmansee
Hauraki Gulf
Rangitoto
Waitemata Harbour
Auckland
Onehunga
Manukau Harbour
Kopu
Waikato River
Kariori
Whaingaroa Harbour
Whatawhata
Pirongia
River
Waipa
Waitomo Höhlen
Tapirimoko
Mokau River
North Taranaki Bay
New Plymouth
Wald von Ahipaia
Pohanga
Tongariro
Taranaki
Te Nguta o te Manu
Manganui River
Waingongoro River
Waihi
Wanganui River
Hawera
Patea
Moturoa
Tauranga Ika
Wanganui
South Taranaki Bay
Orte
Berge
Höhlen
Brücken
Wald
0
20
40
60 km

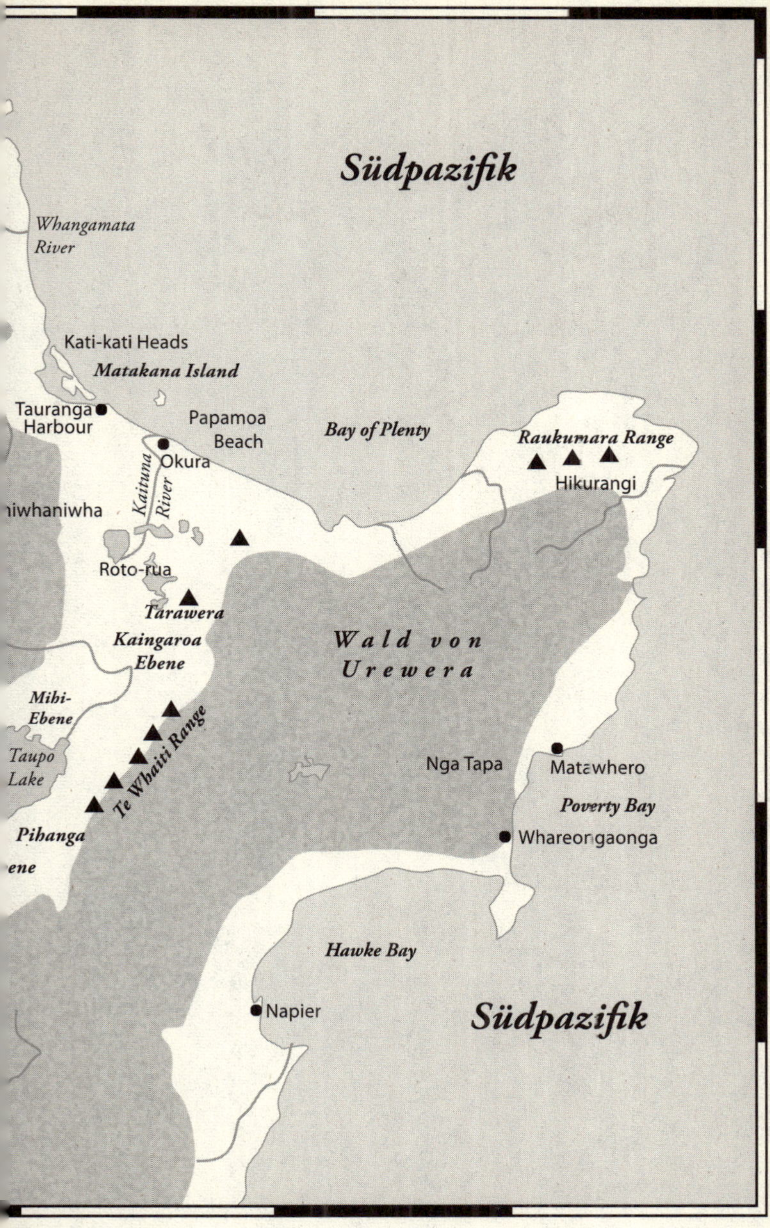
Südpazifik
Whangamata River
Kati-kati Heads
Matakana Island
Tauranga Harbour
Papamoa Beach
Bay of Plenty
Raukumara Range
Okura
Kaituna River
Hikurangi
iwhaniwha
Roto-rua
Tarawera
Kaingaroa Ebene
Wald von Urewera
Mihi-Ebene
Taupo Lake
Te Whaiti Range
Nga Tapa
Matawhero
Poverty Bay
Whareongaonga
Pihanga
ene
Hawke Bay
Napier
Südpazifik

Teil eins

I.

Die Wucht des Aufpralls war so heftig, dass die kleine Effie Afton, *eigentlich Post- und Paketboot auf dem unteren Mississippi, beinahe in zwei Teile zerrissen wurde. Ihre Schornsteine knickten ab wie Streichhölzer, und – was schlimmer war – ihre Kessel barsten. In unheimlicher Geschwindigkeit breitete sich Feuer über das ganze Schiff aus. Der Besatzung, die sich ausnahmslos in die Boote rettete, blieb nur die Genugtuung, dass die Flammen binnen Minuten auch den Gegner der Kollision erfassten und zumindest die hölzernen Teile jener gigantischen Brücke der* Chicago & Rock Island Railroad *schneller verschlangen, als diese Gesellschaft ihren Namen in* Chicago, Rock Island & Pacific Railroad *ändern konnte.*

Die Bewohner von Davenport/Missouri und Rock Island/Illinois standen am Morgen dieses 6. Mai 1856 also schon wieder mit offenem Mund an den Ufern des Mississippi; denn das Feuer, das diese über fünfhundert Meter lange erste Eisenbahnbrücke über den Vater der Flüsse verschlang, war ein mindestens so grandioses Schauspiel, wie es ihre feierliche Einweihung am 22. April gewesen war. Damals, vor gerade zwei Wochen, hatten die Zeitungen des Ostens, etwa das Philadelphia Bulletin, *triumphierend geschrieben, dass der Weg der Zivilisation von Ost nach West unwiderruflich beschritten sei und bald der glückliche Tag kommen werde, »an dem einer von uns ein Billett erster Klasse für einen Blitzzug Richtung Pazifikküste lösen wird«.*

Diesmal verbreitete sich das Triumphgefühl eher von Nord nach Süd, und die ganzen tausendfünfhundert Meilen den Mississippi hinunter ließen die Kapitäne freudig ihre Dampfpfeifen ertönen. Selbst auf dem Ohio entrollte – eigenartigerweise noch am gleichen Tag – die Mannschaft eines Raddampfers ein riesiges Transparent mit der Aufschrift: »Mississippibrücke zerstört – Lasst alle frohlocken!«

Der Eigner der Effie Afton *beeilte sich, die Eisenbahngesellschaft auf Schadensersatz zu verklagen, und eine Expertenkommission aus Kapitänen, Lotsen und Schiffseignern aus St. Louis und New Orleans kam zu dem wenig überraschenden Ergebnis, dass die Brücke ein ernsthaftes Hindernis für die Schifffahrt sei und nicht wieder aufgebaut werden dürfe. Politiker des Südens legten dem amerikanischen Kongress sogar flugs einen Gesetzentwurf vor, der den Bau von Brücken über schiffbare Flüsse grundsätzlich verbieten wollte.*

Spätestens jetzt wurde jedem nüchternen Beobachter klar, dass es nicht um Erwägungen zur Verkehrssicherheit, sondern um das Frachtmonopol ging; um Mais, Weizen, Schweinefleisch, Holz, den Reichtum des Mittleren Westens. Würde er weiterhin über die Flüsse nach Süden, nach New Orleans gelangen oder mit der Eisenbahn nach Osten, um in Chicago und New York umgeschlagen zu werden? Auch eine noch zukunftsweisendere Frage stand schon seit einigen Jahren im Raum: Sollte die früher oder später unvermeidliche transkontinentale Eisenbahn von den Nord- oder den Südstaaten ausgehen?

Kaum hatte jedenfalls die Chicago & Rock Island Railroad Company *vor zwei Jahren ihre Pläne zum Brückenbau bei Rock Island, also im Norden, publik gemacht, scharten sich die Männer des Südens um den einflussreichsten Fürsprecher ihrer Interessen, um den amerikanischen Kriegsminister Jefferson Davis*. Davis untersagte daraufhin kurzerhand die Errichtung des Bauwerks, da Rock Island früher einmal militärisches Territorium gewesen war, und erst ein umständlicher Gerichtsprozess führte zu dem Ergebnis, dass Eisenbahnen, ähnlich wie Flüsse und Kanäle, Verkehrsstraßen geworden seien und dass keiner der beiden Transportwege ein dauerndes Hindernis für den anderen werden dürfe.*

Unter Berufung auf genau dieses fortschrittliche Urteil und den

* Später Präsident der Konföderierten Staaten von Amerika.

eindrucksvollen Unfall der Effie Afton *forderten deshalb die Schiffseigner des Südens den sofortigen Abriss der Brücke, respektive ihrer Ruine. Für den Schadensersatzprozess, mehr als zehn Monate später, verpflichtete die beklagte Eisenbahngesellschaft einen Rechtsanwalt aus Springfield/Illinois; einen Mann, der sich mit der Flussschifffahrt gut auskannte, weil er in seiner Jugend selbst Flöße nach New Orleans gesteuert hatte. Sein Name war Abraham Lincoln**.

In den ersten Prozesstagen hatte dieser Anwalt, dem ein düsterer Backenbart und einige tiefe Gesichtsfalten eine gewisse Ähnlichkeit mit einem melancholischen Gorilla verliehen – jedenfalls in den Augen seiner Gegner –, hauptsächlich mit seinem Taschenmesser an einem Stück Holz herumgeschnitzt. Aber danach stellte Mr. Lincoln in schneller Folge so viele unangenehme Fragen, dass die euphorische Stimmung der Kläger rasch umschlug.

Was die Effie Afton, *die doch gewöhnlich zwischen New Orleans und Louisville verkehre, eigentlich auf dem oberen Mississippi gesucht habe? Warum das Steuerbordrad des Dampfers zum Zeitpunkt des Unfalls nicht in Betrieb gewesen sei? Welche Fracht in so kurzer Zeit einen so verheerenden Brand habe auslösen können?*

Als diese klugen Fragen beziehungsweise die unzureichenden und schließlich ganz ausbleibenden Antworten die öffentliche Meinung immer stärker zugunsten der beklagten Eisenbahngesellschaft beeinflussten, beschlossen die Schiffseigner, die allgemeine Aufmerksamkeit auf ein anderes Ereignis zu lenken, und entschieden sich für eine Sensation, die seit dreißig Jahren das Interesse der Menschen auf beiden Seiten des Mississippi zuverlässig von allen anderen Dingen abzog: für ein Rennen! Ein Wettrennen der beiden schnellsten Dampfer auf dem Fluss, von New Orleans nach St. Louis.

* Später Präsident der Vereinigten Staaten von Amerika.

2.

Die Ankündigung, dass zwei wegen ihrer Geschwindigkeit berühmte Schiffe es auf einer Strecke von zwölfhundertachtzehn Meilen ausfechten würden, versetzte regelmäßig nicht weniger als zehn der Vereinigten Staaten von Amerika – die, die an den großen Flüssen lagen – in helle Aufregung. Waren die Namen der Kontrahenten einmal bekannt gegeben, wurde der Klatsch über sie wochenlang zu einem festen Bestandteil der Zeitungen. Die Politik, das Wetter, die Sklaven- oder die Indianerfrage, die Erweiterung der Union, die Lage in den Territorien, selbst sporadische Gold- oder Silberfunde waren von da an nur mehr zweitrangige Themen in den Saloons und Läden, auf den Straßen, Feldern und Veranden aller Ansiedlungen entlang des Mississippi, Ohio, Missouri und Arkansas.

Es bildeten sich Parteien, es wurden Wetten abgeschlossen, jedermann hielt sich für einen Experten auf dem Gebiet der Dampfschifffahrt, und die Kapitäne der Sultana, der J. M. White, Belle of the West, Old Natchez oder Edward Shippen wurden kurzzeitig zu Helden, die den Vergleich mit Hektor und Achill, dem starken Ajax oder dem listenreichen Odysseus nicht scheuen mussten. War der angekündigte Zeitpunkt da und das mindestens viertägige Rennen einmal gestartet, zog der Mississippi Zuschauer aus allen Teilen des Landes magisch an. In den Städten und Dörfern am Fluss vermieteten findige Hausbesitzer ihre Fenster, ja sogar Sitzplätze auf ihren Dächern und verkauften Erfrischungsgetränke oder Kaffee und selbst gebackenen Kuchen. Auf dem Land, den Plantagen wurde das Ufer des großen Stroms Ziel von Ausflügen, Picknicks, und selbst den Sklaven erlaubte man, ihre Arbeit niederzulegen, um den Wettkampf der riesigen, aber ebenso filigranen schwimmenden Maschinen zumindest einige Stunden lang zu verfolgen.

Weiter im Norden entstanden mitunter kleine Zeltstädte, in denen Zuschauer aus den entfernteren Gegenden die Vorüberfahrt der Dampfer beobachten konnten. Barfüßige Burschen auf Ackergäulen *versuchten, den Schiffen zu folgen, so weit es ging. Andere hatten eher Augen für die von überall her angereisten jungen Damen, Farmerstöchter in ihren besten Kleidern. Mancher Mann lernte bei dieser Gelegenheit eine Frau kennen, der er sonst vielleicht nie im Leben begegnet wäre, und wenn die Kinder solcher Verbindungen Zweitnamen wie Magnolia, Princess, Belle Key oder – armer Bursche! – General Quitman trugen, verdankten sie ihre Existenz gemeinhin einem Rennen der gleichnamigen Schiffe.*

Ein Rennen führte stets flussaufwärts, sodass die Schnelligkeit eines Dampfers wesentlich von der Stärke und Qualität seiner Maschine abhing. Immer wieder waren Heizkessel explodiert und ganze Schiffe in die Luft geflogen, weil die Maschinisten beides überschätzten. Seit ein Bundesgesetz den zulässigen Dampfdruck pro Quadratzoll begrenzte, waren es allerdings andere Faktoren, die über die Geschwindigkeit eines Schiffes entschieden. Das war natürlich das Wetter – aber die Rennen fanden stets im zuverlässigsten Sommer statt, wenn auf Wochen hin keine Wolke am Himmel stand und kein plötzlicher Sturm das Wasser zu Flutwellen aufstaute.

Das war natürlich das Gewicht, also die Fracht – aber für ein Rennen wurde die Fracht sorgfältig so tariert, dass problemlos die beste Wasserlage gehalten werden konnte. Wusste man also etwa, dass ein Schiff bei einem Tiefgang von fünfeinhalb Fuß vorn und fünf Fuß achtern am schnellsten lief, würde es nach Erreichen dieses Optimums nicht einmal mehr eine Schachtel mit homöopathischen Pillen an Bord nehmen. Auch die Trimmung spielte eine wichtige Rolle, weshalb man irgendwann aufgehört hatte, bei einem Rennen Passagiere mitzunehmen. Denn Passagiere, gleich welchen Alters, liefen ständig von backbord nach steuerbord, je nachdem, auf welcher Seite es gerade etwas zu sehen gab, während ein echter Dampfschiffer sich an Bord bewegte wie die Luftblase in einer Wasserwaage.

Die Feuerung war entscheidend; Holz oder Kohle – eine Glaubensfrage – denn Kohle war schwerer, hielt aber länger vor, während Holz sich schneller verbrauchte, aber unterwegs leichter zu laden war. Für ein Rennen wurde die Feuerung vorbestellt und entlang der

Strecke bereitgehalten. Flachboote mit irrwitzigen Holzstapeln oder tief im Wasser liegende Kohlenprahme wurden in den Strom gerudert, in voller Fahrt an die Schiffe angehängt und längsseits gehievt. Während allerdings unglaubliche Mengen an Holz schneller an Bord verstaut wurden, als man »Mississippi« buchstabieren konnte, wirkten die schwerfälligen Kohlenprahme wie Schleppanker, und das entsprechende Schiff verlor erheblich an Fahrt.

Bei einem Rennen war also von entscheidender Bedeutung, wie viel Feuerung man verbrauchte, und das wiederum hing davon ab, welchen Kurs der jeweilige Dampfer steuerte. Je weiter er in der Flussmitte – also der Gegenströmung – fuhr, desto mehr fraßen die Kessel. Je geschickter er sich im flachen Kehrwasser der Ufer hielt, desto geringer war der Widerstand der Strömung, und desto länger hielt die Feuerung vor. Das ahnungslose Publikum, jubelnd und Fähnchen schwenkend, wenn das riesige Schiff mit einer Geschwindigkeit von fast fünfzehn Meilen in der Stunde eine Uferböschung so elegant passierte, dass der Barbier an Bord die gereckten Hälse der Zuschauer hätte rasieren können, hielt dieses Wunder der Steuerung und Navigation immer für eine Leistung der Kapitäne. Aber jeder, der sich mit dem Fluss und seinen Schiffen näher beschäftigt hatte, wusste natürlich, dass dies die hohe Kunst der Lotsen war.

3.

Von einem Mississippilotsen wurde erwartet, dass er den Fluss auswendig kannte – und das hieß nicht nur, dass er jederzeit anhand der Points, also der Orientierungspunkte und Landmarken der Ufer, wissen musste, wo genau sich sein Schiff befand, wo die jeweilige Fahrrinne verlief, wie hoch das Wasser stand und wie die dortigen Untiefen sich verschoben hatten, falls dies geschehen war, sondern dass er auf einer Strecke von rund anderthalbtausend Meilen tatsächlich jeden einzelnen Baumstamm kannte, der im Wasser lag, und sogar im Voraus sagen konnte, ob es ein Snag oder ein Sawyer war.

Ein Sawyer war ein unruhiger Kunde; ein »junger« Baumstamm, der sich zwar irgendwo in einer Untiefe verkeilt, aber seinen Platz noch nicht gefunden hatte und je nach Strömungsverhältnissen und Wasserstand auf- und abwippte oder nach rechts und links ausschlug wie der Schwanz eines ungezähmten Pferdes. Bei Hochwasser oder Sturm konnte sich ein Sawyer sogar wieder losreißen, und man tat gut daran, diese unberechenbaren Gesellen weiträumig zu umfahren. Ein Snag hingegen war zur Ruhe gekommen, steckte metertief in seinem Grund und häufte nun Treibgut, Pflanzen und Sediment um sich an, die ihn eines Tages zu einer neuen Uferböschung, einer Insel oder einem Riff machen würden.

Der alte Mississippi arbeitete in diesen Dingen so unablässig, als wäre er der Ansicht, dass das Land noch nicht fertig sei. Zu den Besonderheiten dieses Flusses gehörte es, dass er Sand, Schlamm und Geröll nur zu einem verhältnismäßig geringen Teil in den Golf von Mexiko spülte. Das meiste verlor er unterwegs wieder, riss also an einer Stelle eine Uferböschung mit sich, um an einer anderen eine Untiefe daraus zu bauen, und änderte so noch in den Zeiten der Dampfschifffahrt fortwährend seinen Lauf. Auf den Landkarten sah es so aus, als würde der Fluss ständig über den sinnvollsten Weg zum Meer nachdenken.

Tatsächlich verkürzte er sich mit der Zeit; gab eine dreißig Meilen lange Flussbiegung, die er mit genügend Sediment gefüllt zu haben glaubte, kurzerhand auf und durchschnitt stattdessen bei Hochwasser die dazugehörige Landenge. War ein Mann also in einem Jahr noch stolzer Besitzer einer Plantage mit zwei eigenen Anlegestellen, saß er vielleicht schon im nächsten auf dem Trockenen und musste darüber nachdenken, wie er seine Ernte zu dem inzwischen meilenweit entfernten Fluss bekam. Ein Märchen, das die Schwarzen im tiefen Süden gerne erzählten, handelte von einem Feldsklaven namens Tip. Der legte sich eines Abends auf einer Landzunge in Missouri und am Westufer des Mississippi schlafen und erwachte als freier Mann in Illinois, auf dem Ostufer. Ob das wirklich geschehen war, wusste niemand, aber es war möglich; denn der Fluss bildete an dieser Stelle die Grenze zwischen dem Sklaven haltenden und dem freien Staat.

Für die Lotsen hieß all das, dass sie sich den gesamten Flusslauf, die Fahrrinnen, Inseln, Sandbänke und das übrige Groß und Klein nicht einmal, sondern einmal im Monat einprägen mussten. Das war nur möglich, indem sie ihn wieder und wieder befuhren, flussaufwärts, flussabwärts, bei Hoch- und Niedrigwasser, bei Tag und bei Nacht. Eines der ältesten Gesetze auf dem Mississippi sah deshalb vor, dass jeder Lotse kostenlos auf jedem Schiff mitreisen konnte, um sich den Fluss anzusehen. So kam es, dass auf beinahe jedem Dampfer – vor allem auf denen, die für ihre gute Küche bekannt waren – neben den angeheuerten und bezahlten Lotsen noch zwei oder drei ihrer Zunftbrüder mitfuhren, die dabei scheinbar nichts anderes taten, als über den Fluss und ihre früheren Fahrten auf ihm zu plaudern.

Tatsächlich aber, und ohne dass sie diesen Prozess bewusst steuerten, registrierten diese Männer jede einzelne der sechs- bis achttausend Lotungen an Bug und Heck, Backbord und Steuerbord. Und wenn man ihnen auf der Reise statt ihrer Schiffergeschichten das Alte Testament vorgelesen hätte, hätten sie am Ende der Fahrt genau gewusst, dass man im Buch Josua, Kapitel sieben bis zweiundzwanzig, die Trockenbarre Nr. 10 oberhalb von New Madrid passiert hatte und dass die Lotungen an Backbord im Kapitel neunzehn, Vers dreiundzwanzig folgende, zweimal hintereinander nur twaineinviertel statt twaineinhalb betragen hatten – was nur bedeuten konnte, dass die alte Sandbank sich nach Südwesten zu verlängern begann.

Hatte er aus den Augenwinkeln gesehen, dass die Wurzeln einer großen Pappel an einer bestimmten Uferböschung bei Millikens Bend nicht, halb oder völlig zu sehen waren, wusste ein erfahrener Lotse, dass die Sandbänke vor Bayou Sarah, sechshundert Meilen weiter südlich, leicht, schwer oder gar nicht passierbar waren. Mit einem Wort: Die Mississippilotsen waren die vielleicht bemerkenswertesten Gedächtniskünstler des 19. Jahrhunderts – ohne es allerdings zu wissen, denn ihr Gedächtnis arbeitete nicht nach irgendwelchen ausgeklügelten Systemen, sondern irgendwo unter ihrer Bauchdecke, zwischen Milz und Zwerchfell. Mit einer Ausnahme.

4.

Neuseeland war nicht nur die letzte der pazifischen Landmassen, die, irgendwann im Hochmittelalter, von Menschen besiedelt wurde, es war auch, wie in einer zweiten Reflexion auf seine abgeschiedene geografische Lage, der letzte Winkel der Welt, den die Europäer gut fünfhundert Jahre später kolonisierten. Was die dabei geführten »neuseeländischen Kriege« von allen anderen kolonialen Auseinandersetzungen des Britischen Empires unterschied, war vor allem der Gegner, mit dem die Engländer es zu tun hatten.

Die Maori waren ein junges Volk, unruhig, kriegerisch, aggressiv, letzter Spross im weit verzweigten Stammbaum der *Tangata Whenua*, kühner pazifischer Seevölker. Ihre Vorfahren kamen von den Marquesas, den Society- oder Cookinseln, und schon der Name, den sie dem neuen großen Land im Süden gaben, zeigt, dass seine Entdeckung und Besiedlung kein reiner Zufall war: *Aotearoa* – die lange weiße Wolke.

Die aktiven Vulkane der Nordinsel schleuderten Asche und Staub bis in die Stratosphäre, der stetige Westwind trug sie Tausende von Meilen über den Pazifischen Ozean, und die Bewohner weit entfernter Inseln, über denen diese Asche irgendwann niederregnete, mussten sich nur noch sagen, dass, wo Staub herkommt, auch Land sein muss. Nicht auszuschließen ist auch, dass irgendwelche von Stürmen verschlagenen Fischer die gigantischen Rauchsäulen selbst am unbekannten südlichen Himmel entdeckten und dem Ursprung der »langen weißen Wolke« auf den Grund gingen.

Die Landnahme war von erheblicher Aggressivität geprägt. Pflanzen und Tiere, die sich in Jahrmillionen ungestört entwickelt hatten, wurden binnen zweier Menschenalter ausgerottet, vernichtet, abgeholzt. Die Einzigen, die dabei noch rücksichtsloser vorgingen als die Menschen, waren die Ratten, die sie in den *Tahis*, ihren riesigen Auslegerbooten, unfreiwillig mitgebracht hatten. Die Gesellschaft, die die Ankömmlinge bildeten, war sehr kriegerisch; die verschiedenen Stämme, die ihre Namen von den einzelnen Kanus der Auswandererflotte herleiteten, überzogen einander mit Gewalttaten und Blutrache. Die Starken trieben die Schwachen vor sich her, über die gesamte Nordinsel, auf die Südinsel und von dort weiter nach Stewart Island und auf die Chathams.

Auch die Begegnung mit den ersten Europäern war kriegerisch. Als Abel Tasman 1642 zu landen versuchte, töteten die Maori vier seiner Matrosen, die Holländer flohen und hinterließen nichts als den europäischen Namen: Neuseeland. Ein spanisches Schiff verschwand schon vorher mit Mann und Maus vollständig aus der Geschichte, nur blutige Legenden überlebten, und noch 1772 wurde der französische Entdecker Marion Du Fresne getötet und gegessen, weil er unwissentlich ein *Tabu* gebrochen hatte. Nur den Wal- und Robbenjägern gestatteten die Maori später den gelegentlichen, saisonalen, Anfang des 19. Jahrhunderts dann sogar ganzjährigen Aufenthalt an ihren Küsten, um von ihnen begehrtes Handelsgut, Tran, Kleidung und – Waffen einzutauschen.

Lange Zeit fragten sich die Europäer, wie die Maori ohne Seekarten, Sextanten und europäische Hochseeschiffe Neuseeland überhaupt gefunden hatten, und favorisierten wieder einmal die schwachsinnige Idee, dass es sich bei ihnen um einen der verlorenen Stämme Israels handeln müsse, dem Jehova persönlich dieses unzugängliche Exil zugewiesen habe. Es ist jedoch bezeichnend für das Selbstbewusstsein der Ureinwohner, dass sie sich diesen ursprünglich ja diskriminierenden Gedanken sofort zu eigen machten. Einige nannten sich selbst tatsächlich *Tiu*, Juden, reklamierten eine besonders enge Verbindung zu Gott dem Herrn für sich und brachten eigene Propheten hervor, die im Glauben des einfachen Volkes gleichberechtigt neben Moses, Jeremia, Ezechiel und so weiter standen.

So hielten es die Maori mit allem, was die *Pakeha*, die Europäer, brachten; eigneten sich Kenntnisse und Fertigkeiten in Landbau, Handel und Handwerk an, die ihnen nützlich waren, fügten sie ein in ihre Weltvorstellung, sahen sie aber nicht als großzügiges Geschenk der weißen Herren an, sondern als ein Recht, das ihnen zustand. All das hieß: Diese Menschen ordneten sich ganz einfach nicht unter, betrachteten sich nicht als Schüler und Untertanen einer überlegenen Rasse, sondern bezeichneten die weißen Siedler, die sie in ihr Land ließen, im Gegenteil als »unsere Weißen«. Einzelne Stämme schrieben sogar an den englischen König und baten um mehr Weiße – ziemlich ungewöhnliche Dokumente der britischen Kolonialgeschichte.

Die folgenreichste Übernahme europäischer Technologie bestand jedoch in der Einführung der doppelläufigen Muskete. Jahrhundertelang hatten die Stämme einander bekriegt, ohne dass das pro Jahr mehr als zwei oder drei Dutzend Menschenleben gekostet hätte. Die Muskete, die die Krieger der Nordinsel sehr bald meisterlich zu handhaben wussten, änderte das und brachte die Maori in einem fast vierzigjährigen Bürgerkrieg an den Rand des Untergangs. Ganze Landstriche entvölkerten sich und wurden von lachenden Dritten, den Pakeha, also den weißen Siedlern, besetzt.

Die »Musketenkriege« endeten 1840 und führten dazu, dass nur wenige Stämme sich den immer größeren Einwanderungswellen der Pakeha wirksam entgegenstellen konnten oder wollten. Paradoxerweise machten sie deren Widerstand aber auch hocheffektiv: Zum ersten Mal standen die Briten Eingeborenen gegenüber, die genauso gut bewaffnet waren und schießen konnten wie sie selbst. Und selbst als die Zahl der Pakeha Anfang der 1860er-Jahre die der Maori erstmals überstieg, half das den Weißen nur wenig, denn in einem entscheidenden militärischen Punkt waren die Eingeborenen ihnen weit überlegen: in ihren Verteidigungsanlagen.

Das *Pa*, das befestigte Dorf oder Lager der Maori, war mit

seinen Grabensystemen, gestaffelten Holzpalisaden, Unterständen, Schießscharten so geschickt angelegt, dass es an Widerstandskraft vielleicht erst von den Schützengräben an der Westfront des Ersten Weltkriegs erreicht oder übertroffen wurde. Mit den Angriffswaffen, sogar der Artillerie des 19. Jahrhunderts, war gegen ein solches Bollwerk wenig auszurichten. Zwanzig bewaffnete Männer in einem *Pa* von strategischer Bedeutung, etwa über einem Flusslauf oder einem Pass, konnten eine ganze Armee aufhalten.

Insbesondere Riwha Titokowaru, geboren und aufgewachsen zur Zeit der Musketenkriege, war eines der Genies auf dem Gebiet des Fortifikationswesens. Nächtliche Überfälle, kurze Raubzüge gegen einzelne Farmen und kleine Siedlungen mit anschließendem raschem Rückzug in die unzugänglichen Berg-, Fluss- und Urwaldbefestigungen waren seine Spezialität, der die Pakeha wenig entgegenzusetzen hatten.

Nur in offener Schlacht, in halbwegs gangbarem Gelände konnten die Briten in den Kriegen von 1860 bis 1866 die Maori besiegen, und Titokowaru, klug geworden in diesen Kämpfen, gedachte nicht mehr, ihnen solche Schlachten zu liefern. Noch aber schmiedete er an einer schwierigen Allianz der verschiedenen Stämme rund um den großen Vulkan Taranaki, die die Ngati Tama, Te Ati Awa, Ngati Ruanui und Ngarauru unter seinem militärischen Kommando vereinigen sollte.

5.

Der berühmteste Lotse auf dem Mississippi war der legendäre Isaiah Sellers, der den Fluss schon mit allem befahren hatte, was irgendwie schwamm. Er war definitiv vor dem ersten Dampfboot da gewesen und somit gut zwanzig Jahre älter als die erfahrensten Lotsen, die ihrem Handwerk in den 1850er-Jahren nachgingen. Es hieß, er habe die Fahrt St. Louis – New Orleans über siebenhundert Mal in beide

Richtungen gemacht, was einer Lebensreise von eins Komma sieben Millionen Meilen und einem Tagesdurchschnitt von etwa neunzig Meilen entsprach.

Seine Erinnerungen reichten so weit zurück, dass er im Grunde über einen anderen Fluss sprach, wenn er über den Mississippi redete, und um seine Kollegen ja recht fühlen zu lassen, was für grüne Jungen sie im Vergleich mit ihm waren, pflegte er solchen Erzählungen mit Einleitungen wie: »Als Louisiana noch am Missouri lag« die letzte Würze zu geben.

Obwohl jeder wusste, dass seine Verpflichtung auf der A. L. Shotwell *mehr oder minder symbolischer Natur war und die eigentliche Arbeit von den Lotsen George Ealer und Jeb Smith getan werden würde, erhöhte – zumindest den Zeitungsberichten zufolge – der Name Sellers die Chancen der* Shotwell *im bevorstehenden Rennen ganz erheblich. Ihr Gegner, die etwas kleinere, etwas leichtere* Eclipse *konnte jedenfalls nicht mit derartigen Berühmtheiten aufwarten, sodass die Wetten bald drei zu eins gegen sie standen, obwohl sie ihre zumindest gleichwertige Geschwindigkeit schon mehrfach unter Beweis gestellt hatte.*

Kaum war das Rennen jedoch am 30. Juni 1857 gegen siebzehn Uhr in New Orleans gestartet, schienen sich die Berichte zu bestätigen und die geballte Erfahrung der Sellers-Ealer-Smith auszuzahlen. Die Shotwell *schwenkte als Erste in die schmale Fahrrinne bei Carrolton Bend ein und lag fünf Stunden später bei Einbruch der Nacht und vor Donaldsonville bereits gut fünfhundert Yards in Führung.*

In dieser ersten Nacht stand ein leuchtender weißer Vollmond am wolkenlosen Himmel des tiefen Südens, und deshalb waren die Ufer des Mississippi bei Baton Rouge auch weit nach Mitternacht noch von zahllosen Zuschauern bevölkert. Mütter weckten ihre schlafenden Kinder auf, Betrunkene steckten ihre Köpfe in Wassertonnen, damit sie den Anblick der großen Schiffe nicht versäumten, die tiefschwarze Linien in die ungeheure Fläche aus flüssigem Silber schnitten, in die der Mond den großen Strom zu verwandeln schien. Die Distanz war nicht wesentlich größer geworden; wie ein Schatten folgte die kleinere Eclipse dem Kielwasser der majestätischen A. L. Shotwell, wie ein Echo klang das Aussingen ihrer Lotgasten zum dunklen Ufer hinüber.

Bei Red River Landing erfolgte bei Sonnenaufgang der erste ernsthafte Angriff des kleineren Schiffes. Während die Shotwell zum Ostufer herüberkreuzte, um den gefürchteten Sandbänken auszuweichen, die der Red River hier weit in den Mississippi schob, verließ sich die Eclipse offenbar auf ihren geringeren Tiefgang, blieb auf der Westseite des Stroms und jagte mit viel Glück über die unberechenbaren Untiefen hinweg. Da die Strömung hier entsprechend stärker war, erreichte sie dadurch allerdings nicht allzu viel.

Den ganzen folgenden Tag über belauerten die Schiffe einander; wartete die Eclipse auf irgendeinen Fehler der Shotwell, um an Engstellen an ihr vorbeizuziehen, legte die Shotwell Volldampf vor, wenn sie nach dem Kreuzen in eine breitere Fahrrinne kam, und gewann so der Eclipse, die das Gleiche natürlich erst Minuten später tun konnte, Meter um Meter ab.

Als sie nach vierundzwanzig Stunden Vicksburg erreichten, lag die Shotwell fast eine Meile in Führung. Hier geriet der Eclipse plötzlich ein Floß mit begeisterten – böse Zungen behaupteten später: extra dafür bezahlten – Zuschauern ins Gehege, und die Folge war ein Ruderschaden, der sie vier Stunden aufhielt. Vier Stunden – das waren fast fünfzig Meilen. Ein nahezu uneinholbarer Vorsprung, wenn kein Wunder geschah oder die Shotwell gleichfalls Pech hatte.

In der zweiten Nacht, deutlich dunkler als die erste, holte die Eclipse zwar wieder einiges von ihrem Rückstand auf, passierte Helena, also die Hälfte der Strecke, aber dennoch erst knapp drei Stunden nach der Shotwell. Das Rennen schien gelaufen.

6.

Titokowaru, Häuptling der Ngaruahine vom Stamm der Ngati Ruanui in der Provinz Taranaki, erwachte in völliger Dunkelheit, schweißgebadet. Er hatte wieder mit der Frau geschlafen in seinem Traum; einer Frau, die er nicht kannte und nie gesehen hatte. Seit er Keuschheit gelobt hatte für die große Aufgabe, die vor ihm lag, träumte er in fast jeder Nacht von der Frau.

Keuschheit gehörte eigentlich nicht zu den üblichen Traditionen der Maori. Titokowaru hatte dieses Mittel der Selbstdisziplinierung in seiner Zeit als Schüler methodistischer Missionare kennengelernt. Sie hatten ihn auf den Namen Hohepa Otene oder Joseph Orton getauft und sich viel von dem hochintelligenten und vielseitig begabten jungen Mann versprochen. Er hatte das Wissen beider Welten studiert, sprach die Sprachen beider Völker, konnte lesen und schreiben und war als Methodistenlehrer ebenso ausgebildet wie als *Tohunga*, als Maoripriester. Aber seine eigentliche Berufung war der Krieg.

Sein Vater, ein Unterhäuptling der Ngaruahine, hatte ihn schon als Elfjährigen mit in die zahllosen Kämpfe gegen die anderen Stämme genommen: gegen die Wanganui im Süden, die Tuwharetoa im Osten und die furchtbaren Waikato-Stämme des Nordens. Titokowaru hatte sich darin als ebenso kühner wie kühler, nämlich vollkommen furchtloser Krieger erwiesen. In den Taranaki-Kriegen gegen die Engländer hatte er unter anderem den Angriff auf New Plymouth angeführt und den britischen Kommandeur William King persönlich getötet, war aber auch selbst schwer verwundet worden.

Eine Kugel kostete ihn das Sehvermögen des rechten Auges, und eine scheußliche Narbe entstellte seither sein ohnehin nicht ansehnliches Gesicht. Ein englischer Soldat beschrieb ihn jedenfalls als »den hässlichsten und dunkelhäutigsten Eingeborenen, den ich je sah«. Mittelgroß, für einen Maori eher mager, hatte Titokowaru außerdem die exzentrische Angewohnheit, in einem europäischen Anzug und mit dem typischen Hut eines britischen Gentlemans in die Schlacht zu ziehen. Er galt als exzellenter Damespieler und war weder dem Alkohol noch den Frauen abgeneigt. Das wurde auch zu seinem größten Problem, denn in einem Fall gehörte Keuschheit eben doch zu den Traditionen der Maori: wenn ein Kampf bevorstand.

Titokowaru warf die Decke ab und stützte sich auf den rechten Ellenbogen. Seine Kleider klebten am Leib. Er strampelte sich wütend frei und versuchte aufzustehen, aber ein scharfer Schmerz im Bereich der Lendenwirbel zwang ihn zuerst auf die Knie. Mit gekrümmtem Rücken bewegte er vorsichtig Schultern und Hüften, fast wie eben in seinem Traum. Verlagerte dann sein Gewicht von einem Knie auf das andere, bis die Schmerzen erträglich waren. Dabei hatte er das Gefühl, dass die durchgeschwitzten Kleider tonnenschwer waren und ihn zu Boden drückten. Umständlich zog er sie aus, bis er so nackt war, wie ein Krieger, der das *Whakapapa* in Form von Tätowierungen auf nahezu allen Teilen seines Körpers trug, nur werden konnte.

Das Whakapapa war nicht nur eine Genealogie, die Reihe der Ahnen. Es bezeichnete auch die Herkunft des Kriegers aus dem Land selbst; die Geschichte der Landschaft, in der er geboren wurde, seinen ersten Schrei ausstieß, das erste Mal tötete, liebte, seine Kinder der Sonne entgegenhielt. Das Whakapapa war das Leben selbst, in Vergangenheit, Gegenwart und Zukunft, in dem der einzelne Mann nur eine vorübergehende Rolle spielte.

Schließlich erhob sich Titokowaru aus seiner kauernden Stellung und spürte, wie gut das Spannen und Strecken beim Gehen seinen kräftigen Muskeln gefiel. Er trat in die Nacht hinaus, und der Wind trocknete seinen Schweiß, ließ ihn frösteln. Er fühlte, wie sein Glied in der Kälte zusammenschrumpfte, seine Hoden sich an den Körper zogen, aber er blieb nicht stehen, bis er die Palisade und ihre Wächter erreicht hatte. Die Männer starrten auf ihren nackten Häuptling, wagten aber nicht, ihn anzusprechen, denn ein seltsamer, tiefer Zorn lag auf seinem Gesicht. Er verließ das Pa, sein befestigtes Dorf *Te Ngutu o te Manu*, den »Schnabel des Raubvogels«, und erstieg eine Anhöhe, bis er die vertraute Silhouette des Taranaki zweieinhalbtausend Meter hoch in den Himmel ragen sah, eine Spur dunkler als die Nacht.

Hier blieb er stehen, hob beide Arme zu den unsichtbaren Wolken empor und murmelte in den schneidenden Wind die Worte: »Ich bin ihr, und ihr seid ich.« Titokowaru beschwor seine Ahnen um Hilfe bei dem, was vor ihm lag, nannte langsam ihre Namen, einen nach dem anderen; Männer, die er nie gesehen hatte, aber die in seinem Blut lebten. Immer weiter zurück reichte die Kette der Namen, der Häuptlinge und Krieger, bis zu Turi, dem legendären Kapitän des ersten Kanus, das auf Aotearoa landete, und noch weiter hinaus, zu den Tangata Whenua, den großen Seefahrern.

Tausend Jahre reichte Titokowarus Erinnerung zurück: »Ich bin ihr, und ihr seid ich.« Und als er den letzten Namen nannte, sah er, dass der Himmel über dem Taranaki allmählich grau wurde.

7.

Wie so oft, wenn er Goethe las, blieb *Manu-Rau*, der Vogel, der überall fliegt, bereits nach wenigen Sätzen hängen; nicht weil sie ihn zum Nachdenken reizten, sondern weil sie ihn auf eigene Gedanken brachten, die mit Goethe nichts mehr zu tun hatten. Auf diese Weise war er in seinen fast vierzig Jahren im *Faust* nie auch nur bis zum dritten Akt gekommen, es sei denn, er huschte darüber hin. Aber dann huschte er eben darüber hin, und Goethe brachte ihm überhaupt nichts. An die großen Dramen und Menschheitsentwürfe wagte er sich schon gar nicht mehr heran. Die Gedichte gefielen ihm, denn Gedichte blieben, trotz aller Gedanken, die sie womöglich auslösten, auch in sich selbst überschaubar. Als er die Gedichte überhatte, suchte Manu-Rau deshalb gezielt die kürzeren Dramen aus Goethes *Gesammelten Werken* heraus. *Proserpina* hatte er vorher durchgeblättert und kurz genug gefunden, um ein Tänzchen mit der Dame zu wagen.

Zum Schlafen war er zu unruhig gewesen, hatte eine Weile auf den Atem von Emilia und seinen drei Kindern gelauscht und sich dann, lange vor der Morgendämmerung, schon wieder erhoben. In der gemütlichen Wohnküche, dem größeren ihrer beiden Räume, entzündete er eine Paraffinlampe, stellte sie ins Fenster und setzte sich gemeinsam mit Goethe an den Tisch davor. Manu-Rau gefiel die Vorstellung, dass der neue Tag, der irgendwo in der achttausend Kilometer weiten Wasserwüste des Südpazifiks geboren wurde, zuallererst ihn sehen würde: in seinem Blockhaus auf der Coromandel Range, über dem Meer, Goethe lesend. Und nun hatte ihn dieser Kerl schon wieder erwischt, schon im vierten Vers:

»Und was du suchst, liegt immer hinter dir.«

War das so? Was lag hinter ihm? Und hatte er irgendetwas davon gesucht, abgesehen von dem verfluchten Gold, das sich immer vor ihm zu verstecken schien?

Manu-Rau war der Ehrenname, den seine Feinde, die Maori, ihm gegeben hatten, und er trug ihn mit Stolz. Aber geboren wurde er unter dem Namen Gustav Ferdinand von Tempsky in Braunsberg an der Mährischen Pforte, und das Whakapapa der Mährischen Pforte war mächtig in ihm. Auf diesem Weg waren sie alle gezogen, die Goten, Vandalen, die Hunnen und Langobarden, Bogumilen und Katharer. Hier, zwischen Riesengebirge und Hoher Tatra, war das Einfallstor aus den endlosen Ebenen des Ostens in die reichen alten Kulturgebiete des Südens und Westens: Süddeutschland und Frankreich, Italien und Griechenland. Durch die Mährische Pforte mussten sie alle: Attila und Alarich, Subotai und seine Mongolen – und es war ihre

Unruhe, die Gustav Ferdinand von Tempsky um die ganze Erde getrieben hatte.

Früh fiel auf, dass der Junge vor nichts Angst hatte. Schon der Zehnjährige bestieg völlig allein den großen Schneeberg, hoch über die Baumgrenze, wo nur noch Krummholz wuchs, auf der Suche nach Rhiozagel, dem Dämon des Riesengebirges, ihn zu bekriegen. Als eben Achtzehnjähriger und nach seiner Ausbildung zum Offizier der preußischen Armee verließ er Deutschland, Europa und kolonisierte die Mosquito Coast in Zentralamerika. Den Einundzwanzigjährigen lockte das Gold nach Kalifornien; Reisen durch Mexiko, Guatemala, San Salvador folgten. Mit dreißig schürfte er auf den Goldfeldern von Bendigo in Australien; vier Jahre später der kurze Goldrausch auf der Coromandel Range und ein neues, das letzte Land.

Da er nie nennenswerte Mengen an Edelmetall fand, tat Gustav Ferdinand von Tempsky das, was er als preußischer Offizier am besten konnte: Er bildete Soldaten aus und kämpfte in zahllosen kleinen Kolonialkriegen für Kultivierung und Urbarmachung, für Fortschritt und Zivilisation. Hufschläge rissen ihn jetzt aus seiner Vergangenheit und Goethes *Proserpina*; draußen war die Sonne aufgegangen, und ein Reiter kam den langen, gewundenen Passweg hinauf, der nach Thames und Auckland führte. Von Tempsky trat ohne Angst, barfuß und in Hosenträgern vor sein kleines Haus.

»Morgen, Sir«, sagte der blutjunge Bursche mit der herzhaften Zwanglosigkeit, die kein Drill der Welt den britischen Kolonisten je austreiben würde. »Colonel McDonnell lässt Sie grüßen: Es wäre mal wieder so weit!«

Die meisten preußischen Offiziere hätten auf eine in dieser indiskutablen Form vorgetragenen »Kriegserklärung« mit Wutausbrüchen bis hin zum Schlagfluss reagiert, aber Manu-Rau ließ den Mann einfach stehen, ging bis zur Felskante und schaute über die See hinaus. »Colonel McDonnell« – sein Freund Tom hatte es weit gebracht seit den Waikato-Kriegen, in denen er, von

Tempsky, noch McDonnells Vorgesetzter gewesen war. Diesmal würde es also umgekehrt sein, und er überlegte kurz, ob er das aushalten könnte.

Ein Geräusch ließ ihn herumfahren, und er sah, wie Emilia, Louis, Randall und sogar die kleine Lina, von der Ankunft des Reiters geweckt, verschlafen aus der Tür schauten. Seine Familie hatte weiß Gott Besseres verdient als die Armut, in die er sie geführt hatte. Emilia, nur im Nachthemd, barfuß und mit gelösten Haaren, kam ihm entgegen. Er liebte sie, das hatte er immer getan, seit er sie zum ersten Mal gesehen hatte; aber er liebte auch die schöne Wilde, Takiora, die in den Jahren des Buschkrieges sein bester Scout und seine Geliebte gewesen war und schon auf ihn warten würde.

Doch es war nicht der Gedanke an Takiora, nicht das herrliche Leben im Feld und auch nicht die Aussicht auf eine gute Bezahlung, die ihn seine Entscheidung treffen ließen: Es war der Kampf selbst, auf den Manu-Rau sich freute.

»Sagen Sie Colonel McDonnell, ich werde kommen!«

8.

Te Kooti lag an dem fremden Strand und sah die Eidechse auf dem sandigen Boden umherhuschen, auf dem er schlief. Schlief er? Seine Augen waren offen, das Tier Wirklichkeit. Eine gezackte schwarze Linie lief wie ein breiter Blitz über den glänzenden, gelbgrünen Leib, endete in der zuckenden Schwanzspitze. Langsam kroch die Eidechse auf seinen Kopf zu, auf seinen Mund, seine Augen. Te Kooti presste die Lippen zusammen, denn *Whiro*, der Geist alles Bösen, nahm, wie es hieß, gern die Gestalt einer Eidechse an, drang in den Körper der Menschen ein, die die alten Götter strafen wollten, und fraß von innen heraus ihre Lebensfunktionen auf.

Er glaubte nicht mehr an den alten Unsinn, er war getauft;

aber die Angst blieb, und die Augen konnte er nicht abwenden. Die Eidechse stand jetzt dicht vor Te Kootis Gesicht, deutlich sah er den Glanz in den bösen kleinen Augen, und da war etwas Seltsames, Furchterregendes: Immer wenn sie den Kopf bewegte, bewegte sich auch Te Kootis Kopf, und nach einer Weile begriff er, dass er in einen Spiegel sah. Er selbst war die Eidechse.

Der Spiegel begann jetzt, sich zu bewegen wie Wellen auf einer Wasserfläche, und wurde zu einem wogenden Meer, in dem Te Kooti schwamm. Er schwamm nicht wie ein Mensch, denn er war kein Mensch, fühlte einen Schwanz auf das Wasser schlagen und sah seine eigene Zunge vor seinem Gesicht hin und her schnellen: rot, schmal, an der Spitze gespalten. Er hörte eine ferne Brandung, hob den Kopf und sah, dass es Aotearoa, die lange weiße Wolke, war, auf die er zuschwamm; das Land, das er zuletzt so gesehen hatte, langsam am Horizont versinkend, als die Pakeha ihn auf Befehl der Regierung in Wellington deportierten.

Erst als er näher herankam, sah Te Kooti, dass er sich getäuscht hatte. Was er für die steilen, glatten Ufer eines Fjordes gehalten hatte, waren in Wirklichkeit die Beine eines Weibes, einer weißen Frau, die mit gespreizten Schenkeln in der Brandung lag. Die Wellen spülten ihn gegen den warmen Sumpf ihres Geschlechts, seine Zunge stieß vor, seine Zähne packten ihr Fleisch, aber sie rührte sich nicht. Te Kooti wand sich, drehte sich wie eine Schlange in ihren dunklen Leib, fühlte, wie sie seinen Kopf, seinen Körper umschloss. Irgendwann stieß er auf ihre Gebärmutter und begann, gierig zu fressen.

Dann sah er die Flamme, ein wunderbares weißes Licht. Er kroch darauf zu, hob die Hand und durchstieß die Flamme. Sie brannte nicht. Flackerte, leuchtete heller als alle Feuer, die er in seinem Leben gesehen hatte, aber sie brannte nicht. Da wusste er, dass er nicht mehr in dieser Welt, sondern in der *Taha wairua* war, wie die Maori das Universum des Geistes nennen. Dann traf ihn etwas.

»Aufstehen, du faules schwarzes Aas!«, brüllte Hauptsergeant Michael Hartnett, und der Speichel tropfte durch seine fauligen Zähne. Noch einmal trat er mit seinem schweren Stiefel in Te Kootis Seite, und der große Maorikrieger kam zu sich, als wäre er weit fort gewesen.

Er fühlte sich sehr schwach, hatte Fieber, aber er wusste jetzt wieder, wo er war. Er lag an einem Strand der Insel *Wharekauri*, die die Weißen Chatham nannten. In der Bucht von Waitangi, wo man ihn gemeinsam mit fast dreihundert anderen Deportierten, angeblichen und tatsächlichen *Hauhau*-Rebellen, ausgeschifft hatte; Männern, Frauen und Kindern, für die die Kolonialregierung noch nicht einmal Hütten errichtet hatte. Jenseits des Strands, hinter einer niedrigen Hügelkette im Landesinneren, erklang ein unheimliches Geräusch, das sie nun für den Rest ihres Lebens hören sollten: die Schreie von einigen Millionen erwachender Seevögel, die in der riesigen Lagune von Te Whanga ihre Fischgründe hatten.

Te Kooti erhob sich schwankend und fühlte dabei, dass das Fieber tief in ihm steckte. Er war in einer fremden Welt, fünfhundert Meilen entfernt von seiner Heimat Aotearoa, das die Weißen Neuseeland nannten.

9.

Das Rennen war gelaufen. Die letzten Nachrichten, am frühen Morgen per Telegraf in New Madrid eingetroffen, besagten, dass die Shotwell *Memphis gegen zweiundzwanzig Uhr verlassen hatte, während die* Eclipse *erst nach Mitternacht eingetroffen war.*

Zwar war die Nacht stockfinster gewesen, der Mond versteckt hinter den dichten Nebeln, den die hierliegenden Wälder in der schwülen sommerlichen Finsternis zuverlässig ausatmeten. Zwar war die Strecke zwischen Memphis und New Madrid durch zahllose Inseln und die daran hängenden Untiefen, Sandbänke, Riffe die am meisten gefürchtete auf dem ganzen Fluss. Zwar hatte die Shotwell *deshalb sicherlich ihre Geschwindigkeit gedrosselt, aber dennoch war Major John W. Cannon an diesem herrlichen Morgen sicher, seinen Nachbarn, Freund und ewigen Rivalen Major Thomas P. Knox wieder einmal ausgestochen zu haben.*

Sie wetteten nie um viel Geld. Gelegentlich um einen Nigger, wenn es die Sache wert war; ja, sie hatten eines Tages lachend festgestellt, dass ein großer schwarzer Dummkopf namens Ramses schon zweimal zwischen ihnen hin- und hergegangen war wie ein Wanderpokal. Meist aber ging es in den Wetten zwischen Major Cannon und Major Knox – beide hatten nie einen militärischen Rang bekleidet und trugen ihre Ehrentitel nur als zahlende Mitglieder der Kentucky-Miliz – lediglich um die Ehre, den »richtigen Riecher« zu haben.

Den hatte in der Mehrzahl der Fälle Major Cannon gehabt: Seine Plantage war größer, seine Ernten besser, seine Sklaven zahlreicher. Auch in Bezug auf Söhne lag er im Rennen des Lebens klar, nämlich mit sieben zu vier, vorn – aber nur, weil Henrietta Petulia Knox, die große Liebe seiner Jugend, seinem in diesem schmerzlichen Fall siegreichen Rivalen Tom in den ersten Jahren nur Mädchen geboren hatte.

Gegen zehn Uhr dreißig bestieg der gesamte Cannon-Clan Kutschen und Wagen, um auf Sassafras Ridge die Ankunft der Dampfer mit einem Siegespicknick zu feiern. Dort traf etwa eine Stunde später auch die fast ebenso große Familie Knox ein, deren Patriarch über die Vorkommnisse auf dem Fluss durch den Telegrafen natürlich ebenso gut unterrichtet war wie sein Konkurrent.

»Nun, alter Knabe, wieder mal auf dem falschen Dampfer gewesen, wie? Was?«, begrüßte John Cannon mit einem jovialen Grinsen seinen Nachbarn, aber dann stockte ihm der Atem, denn Rebecca Olivia Knox, die älteste Tochter des Freundes, sprang leichtfüßig noch vor ihrem vergrämten Vater aus dem vordersten Wagen.

»Musst du Papa immer so ärgern, Onkel John?!«, sagte sie mit einem halb spöttischen, halb tadelnden Gesichtsausdruck, von dem sie

durch viele Blicke in ihren Ankleidespiegel wusste, dass er ihr sehr gut stand.

Cannons alte Augen begannen zu leuchten. Rebecca war wahrhaftig das lebende Abbild des herrlichen Mädchens, dem er in jenem fernen Sommer vor zweiundzwanzig Jahren so heftig den Hof gemacht hatte und das noch immer durch seine Träume ging. Er stieß seinen Sohn James in den Rücken, und dieser lange Tölpel schaffte es tatsächlich, zwei Schritte vorwärtszustolpern und den Strauß Feldblumen, den er nervös in der Hand hielt, vor Becky Knox auf den Boden zu werfen.

Das Mädchen versteckte ihr helles Lachen hinter einem Fächer, während der junge Mann sich vor ihr bückte, um die Blumen aufzuheben, und dabei seinen Hut verlor. Jimmy bekommt wahrhaftig schon eine Glatze, dachte Rebecca und beschloss, ihn und seinen so unerträglich siegesgewissen Erzeuger noch mindestens einen Sommer lang zappeln zu lassen.

»Möchte wetten, du hast diese Flößer-Burschen in Vicksburg bezahlt, Cannon«, knurrte in diesem Moment statt einer Begrüßung der wohlbeleibte Major Knox und schälte sich aus seiner Kutsche.

»Man sollte meinen, du hättest vom Wetten erst mal wieder die Nase voll, Tom«, antwortete Cannon gut gelaunt, um steif und mit aller Würde eines Gentlemans des alten Südens hinzuzufügen: »Die Ware dabei?!«

Knox deutete auf einen etwa achtzehn Jahre alten Farbigen, der auf diesen Blick hin sofort von der Ladefläche eines der hinteren Wagen sprang. »Und selbst?«, knurrte er dann. »Noch habe ich nämlich nicht verloren!«

»Ich weiß ja, dass du ein gläubiger Mann bist, Tom Knox«, erwiderte Cannon sarkastisch, »aber manchmal übertreibst du ein bisschen mit deinem Gottvertrauen!«

»Keine Scherze mit Jesus, Cannon!«, mahnte Knox, jetzt ganz Vorbeter ihrer gemeinsamen evangelikalen Gemeinde.

Major Cannon nickte scheinbar schuldbewusst und winkte dann nachlässig seinen schwarzen Kutscher herbei. Er war schon seit Stun-

den so siegesgewiss, dass er sich nicht die Mühe gemacht hatte, irgendeinen speziellen seiner Nigger auszusuchen, und nahm nun den nächstbesten als Wetteinsatz. »Du kennst meinen Cornelius«, sagte er, und der Kutscher machte eine tiefe Verbeugung: »Massa Knox, wünsch ein schön Tag, Sir!«

»Aber wer ist das?«, fragte Cannon und wandte sich direkt an den jungen Mann, der, den Strohhut in der Hand, sichtlich aufgewühlt vor ihm stand. »Wie heißt du, Junge?«

»Bo, Sir, Massa Cannon«, stotterte der Sklave.

»Guter Feldarbeiter«, warf Major Knox ein. »Stark wie ein Bulle und wächst immer noch. Nicht wie der alte Conny hier. Wie alt bist du jetzt, Conny?«

»Bin um die vierndreißig herum, Massa Knox«, antwortete der Kutscher dienstbeflissen und flocht fröhlich einen kleinen Scherz an: »Wenn stimmt, was meine Mama gesagt hat.«

»Dafür kann er gut mit Pferden, das weißt du genau, Knox. Der ist seine zwei Feldarbeiter wert«, sagte Major Cannon verärgert.

»Und hat eine Frau, nicht wahr?«, erwiderte Knox und sah den Kutscher fragend an. »Und zwei Kinder?«

»Zwei Jungs, ja, Massa, Sir. Danke, dass Sie sich erinnern«, sagte Cornelius.

»Die will ich alle haben, wenn ich gewinne, Cannon. Wär unchristlich, 'ne Familie auseinanderzureißen!«

»O danke, Massa Knox, sind ein wahrer Christ, Sir, wirklich!«

»Das will ich meinen, Conny«, sagte Knox wie selbstverständlich. »Also, Cannon, traust du dich oder kneifst du?!«

»Vier Nigger, darunter ein Kutscher vor dem Herrn«, entrüstete sich Major Cannon trotz all seiner Zuversicht. »Und all das für den da?!« Er trat zu dem jungen Feldarbeiter. »Mach mal den Mund auf, Junge!«

»Herrgott, Cannon! Nicht vor den Frauen.« Knox winkte die kleine Gruppe verärgert hinter die inzwischen abgeladenen Wagen, obwohl der Rest der Gesellschaft an dem ganzen Vorgang so wenig Interesse nahm wie an einem Pferdehandel.

»Machen wir's richtig«, sagte Cannon, nachdem er dem Jungen hinter den Wagen ausführlich in den Mund gesehen hatte. »Zieh deine Sachen aus, Bo!«

Der junge Schwarze blickte ungläubig zu seinem Herrn und Meister, der aber nur verächtlich nickte. »Mach schon, Junge. Major Cannon hält uns sonst für Betrüger!«

Mit zitternden Händen ließ Bo seinen Hut fallen, zog sein Hemd aus und nestelte dann umständlich an seiner Hose. Fünf Sekunden später stand er nackt auf Sassafras Ridge, mitten in einer Picknickgesellschaft und nur eine Wagenbreite von dem fröhlichen Treiben entfernt.

»Heb die Arme!«, befahl Cannon. »Ja, so. Jetzt dreh dich um!« Mit einem wohlwollenden Nicken betastete er die Schultern und die eindrucksvolle Rückenmuskulatur des jungen Sklaven. Vor allem das Fehlen jeglicher Narben ließ ihn die Augenbrauen hochziehen.

»Ja, da guckst du, Johnny«, freute sich Major Knox. »Meine Schwarzen brauchen keine Peitsche! Alles brave Jungs, gute Christen!«

»Halleluja!«, sagte Bo leise, aber so prompt, wie es ihn achtzehn Jahre auf der Knox-Plantage gelehrt hatten. Cannon klatschte ihm hart auf die kräftigen Hinterbacken wie einem Ackergaul. »Bück dich, Junge!«

Unter dem Wagen, zwischen den Radspeichen hindurch, sah Bo, dass die weißen Frauen und Mädchen sich auf den mitgebrachten Decken niedergelassen hatten und die jungen Männer die Damen bedienten, ihre Gläser mit Wasser und Limonade füllten, ihnen Hähnchenschenkel und Obst reichten, während die kleineren Kinder am Hang des Hügels nach Schmetterlingen und Raupen jagten.

Major Cannon hatte inzwischen festgestellt, dass Bo weder Läuse noch Würmer bei sich trug, und ein prüfender Blick auf seine prallen, runden Hoden hatte ihm außerdem gesagt, dass er nicht nur einen guten Feldarbeiter, sondern auch einen erstklassigen Zuchtnigger bekommen würde. Nur pro forma, weil es eben zur Vollständigkeit der Prozedur gehörte, ließ er den Jungen dann noch einige Male auf- und abhüpfen, wobei Bo nicht verhindern konnte, dass sich infolge der Bewegung, der Anwesenheit der weißen Frauen und seiner ganzen achtzehnjährigen Aufgeregtheit binnen weniger Sekunden sein Glied versteifte.

Die Gentlemen störte das jedoch so wenig, als wenn er ein Esel wäre, und Major Cannon sagte nur belustigt: »Mit dir werden meine schwarzen Kühe viel Spaß haben, Bo!« Dann wandte er sich mit ehrlicher Anerkennung an seinen Rivalen. »Du hast zwar keine Ahnung von Dampfschiffen, Tom Knox, aber wie man Nigger züchtet, das hast du raus.« Nach einer kleinen Kunstpause fügte er hinzu: »Und deine Wettschulden zahlst du wie ein Gentleman!«

Major Knox ließ sich durch diese Komplimente zu einem verkniffenen Lächeln hinreißen, und mit einem kurzen, festen Händedruck war der Handel oder zumindest die Wette besiegelt.

»Sie kommen, sie kommen!«, riefen in diesem Moment die Kinder, die am Hügel gespielt und zum Mississippi hinabgeblickt hatten. Mit wehenden Rockschößen folgten die beiden Gentlemen den Stimmen zum Fluss, und Bo, zu Tränen beschämt, überlegte, ob es ihm wohl erlaubt sei, zumindest seine Hose wieder anzuziehen.

Oben auf Sassafras Ridge stand seit Stunden die Sonne zwischen den hohen, duftenden Bäumen, waren die Grasbüschel so trocken wie Stroh und einzelne flache Steine so heiß, dass man Eier darauf hätte braten können. Aber gerade als hätte die Sonne alle Feuchtigkeit aus dem Land, den Feldern, den Hügeln in den weit unten liegenden Flusslauf geschoben, schwebten über dem Mississippi noch immer einzelne Nebelschwaden. Stromabwärts, aus der großen, fast vierzig Meilen langen Flussschleife von New Madrid herauskeuchend, löste sich jetzt ein einzelnes Dampfschiff aus diesem leichten Dunst.

Noch war kein Name auszumachen, auch durch die Fernrohre nicht, die die beiden zahlenden Anführer der Kentucky-Miliz natürlich keinen Moment aus der Hand gaben, sosehr ihre Kinder auch darum bettelten. Aber nach etwa zehn Minuten, als das Schiff nicht mehr in einem so spitzen Winkel auf die Beobachter zuhielt, murmelte Major Knox: »Jesus, Maria und Josef! Es ist die Eclipse*!«*

»Du träumst, Knox!«, sagte Major Cannon in den nächsten Mi-

nuten noch mehrmals, während er immer stärker erblasste. Schließlich konnte keinerlei Zweifel mehr bestehen, und er ließ das Fernrohr sinken. Unter ihnen lief die Eclipse *unter Volldampf nach Norden.*

Der eben noch so beherrschte, würdig-rundliche Major Knox hatte das jetzt nutzlose Fernrohr längst an seine Nachkommen weitergegeben und hüpfte herum wie ein Gummiball. »Die Eclipse*!«, schrie er. »Ein Hurra der* Eclipse*! Jesus! Jesus!« Er warf seinen Hut in die Luft, riss sich den Rock vom Leib – wobei mehrere Knöpfe absprangen und später im hohen Gras nicht mehr gefunden werden konnten – und schwenkte ihn dann begeistert über seinem Kopf herum wie eine Flagge.*

Als Antwort auf diesen spontanen, gut sichtbaren Freudenausbruch ließ die Eclipse *ihre Signalhörner aufheulen, und der Jubel des Knox-Clans durchbrach daraufhin alle von der menschlichen Vernunft gesetzten Grenzen. Ihr wohlbeleibter Häuptling lag schließlich japsend und keuchend auf dem Rücken wie ein Maikäfer und weinte Freudentränen.*

»Zieh deinen Nigger aus, Cannon!«, seufzte er schließlich, als er sich wieder ein wenig gefasst hatte.

Major John W. Cannon aber schickte der Eclipse, *die jetzt die riesige Sandbank vor Big Oak Tree passierte, einen gotteslästerlichen Fluch hinterher und sagte dann: »Sie muss einen Lotsen haben, der im Dunkeln sehen kann!«*

10.

Im Nordwesten von Melbourne erstreckte sich noch im Jahr 1867 über viele Quadratmeilen eine eigenartige, wüste Landschaft, zehn-, zwölfmal größer als die Stadt selbst. Es waren, schier endlos und von Horizont zu Horizont reichend, die Reste primitiver menschlicher Behausungen, eingefallene Bretterverschläge, Fetzen von Zeltleinwand, rostiger Schrott, mumifizierter Abfall. Es waren Zehntausende kleiner Gruben, manchmal nur aufgekratzte, hastig ausgehobene Löcher, manchmal aber auch kleine Stollensysteme, die erstaunlich weit in die Erde reichten. Hier und da die Ruinen eines vor fünfzehn Jahren rasch aufgemauerten Vorratshauses, dessen hölzerne Dachkonstruktion längst eingefallen war.

Der große Goldrausch von 1852 hatte binnen weniger Monate mehr Menschen nach Australien gespült als acht Jahrzehnte Deportation und Auswanderung zusammengenommen. Aber so schnell, wie sie gekommen waren, waren sie auch wieder verschwunden, die Heuschrecken des Goldes, weitergezogen in rastloser, unruhiger Hoffnung, nach Südafrika, nach Neuseeland, und hatten der Provinz Victoria und der Stadt Melbourne nur diese große, offene Wunde hinterlassen.

Dem unbedarften Wanderer konnte es geschehen, dass hier unversehens der Boden unter seinen Füßen nachgab, weil die alten Stützbalken in der Tiefe moderten, brachen, und dann fand er sich drei, fünf, manchmal zehn Meter tief in der losen, nachbröckelnden Erde wieder. Blieb der Mann unverletzt, mochte er sich philosophisch fragen, wie in den niedrigen, schwarzen Gängen, die sich überall vor ihm öffneten wie in einem Insektennest, überhaupt Menschen gelebt hatten; brach er sich jedoch ein paar wichtigere Knochen und war er allein unterwegs, konnte er nur noch beten.

Immer wieder, seit mehr als zehn Jahren, verschwanden gelegentlich Menschen in dem riesigen Labyrinth der ehemaligen Goldfelder von Melbourne. Neugierige kleine Jungen, Betrunkene, abenteuerlustige Trottel, die auf ein liegen gebliebenes Körnchen Gold hofften, oder Pärchen, die nach einem Ort für ungestörte Zweisamkeit suchten. Selbstverständlich bildete das wüste Gelände auch eine natürliche Zuflucht für Mörder, Räuber, Diebe, entlaufene Sträflinge, Schuldner, die Hefe der jungen Kolonialgesellschaft, und wann immer ein größeres Verbrechen geschah, schrie die Stadt, schrien Politiker, Geschäftsleute, Bürger nach der Einebnung und Nutzbarmachung des unüberschaubaren Areals. Das aber erwies sich regelmäßig als zu teuer und wurde meist nach wenigen schwachen Versuchen, etwa vonseiten der Kirchengemeinden, wieder aufgegeben.

Das Problem löste sich erst in den 1870er-Jahren, als eine gewaltige neue Einwanderungswelle auch Melbourne traf; die Stadtväter beschlossen, jedem willigen, fleißigen Immigranten den Grund und Boden zu schenken, auf dem er aus eigener Kraft ein Haus bauen und bewohnen würde. So verschlang die Stadt allmählich das große vernarbte Geschwür an ihrem Rand und dem ihrer Gesetze. 1867 aber wagten sich die Ordnungshüter der Victorian Police nur ungern in diesen menschengemachten Dschungel. Diese Arbeit überließ man privaten Ermittlern.

II.

John Gowers jagte fast nur bei Nacht, weil sein außergewöhnliches Sehvermögen ihm dann einen Vorteil gegenüber seiner Beute verschaffte. Aber noch zwei andere Dinge machten die apokalyptische Wildnis der riesigen Geisterstadt für ihn durchschaubar: zum einen sein systematisches Gedächtnis, zum anderen die Tatsache, dass er sie nie bevölkert gesehen hatte. Keine Erinnerung an Gebäude, Straßen, Wege und die Orte, zu denen sie führten, stand zwischen ihm und der Wirklichkeit. Er bewegte sich ganz im Jetzt, fast wie ein Tier.

Wie immer, wenn er in das Labyrinth eindrang, hatte er den Tag über nicht geraucht. Das machte ihn nervös und gereizt, schärfte aber andererseits seine Sinne und erleichterte die Jagd. Die meisten der armen Teufel da draußen in den Ruinen rauchten, was ihnen in die Hände fiel, und so konnte er sie riechen, lange bevor er sie hörte oder sah. Joseph Clarke würde kaum eine Ausnahme bilden, obwohl seine Akte nicht verriet, ob er Raucher war. Noch immer hatten die Strafverfolgungsbehörden nicht begriffen, wie wichtig eine solche Information war, ja, seit die Häftlinge routinemäßig fotografiert wurden, verzichtete man sogar auf eine detaillierte Personenbeschreibung. Anscheinend glaubte die Polizei, dass ein einmal fotografiertes Gesicht sich nicht mehr verändern ließ.

Gowers witterte. Rechts, vorn, vielleicht achtzig Meter. Mindestens vier, vielleicht sechs, sonst hätte er sie nicht so stark riechen können. Leise stieg er auf einen kleinen Hügel festgetrampelten Abraums und sah in einer kleinen Mulde, vielleicht einem Graben, das schwache Glimmen eines Feuers. Er schlich näher heran, wich vorsichtig einigen eingesunkenen Schächten aus und zählte schließlich drei, fünf, sechs dunkle Gestalten, die ihre Gesichter der jämmerlichen Quelle nächtlicher Wärme zugekehrt hatten. Gowers lauschte.

Unwahrscheinlich, dass Joe Clarke unter ihnen war, denn der war erst drei Tage zuvor ausgebrochen und würde sich hüten, eine so große Gesellschaft unbekannter Landstreicher zu suchen. Es gab zu viele Spitzel, zu viele Leute, die für eine warme Mahlzeit Freunde und Brüder verraten hätten. Eine Flasche kreiste, und was immer sie rauchten – Tabak war es jedenfalls nicht. Vielleicht Tee, drei-, viermal aufgekocht, in den sie zur Erhöhung des Genusses trockenen Pferdemist gemischt hatten.

Ihr Gespräch war recht einsilbig; Flüche über die Kälte, ein kurzer Gedankenaustausch über die Mülleimer einer bestimmten Wohngegend, Prahlerei über exorbitante Betteleinnahmen in einer anderen. Einer der Männer schlief bereits, zusammengerollt wie eine Schlange, die Füße in den durchlöcherten Schuhen beinahe im Feuer. Sein Schnarchen regte die anderen jetzt zu einem Disput über die Frage an, ob man besser mit dem Gesicht oder dem Rücken zum Feuer schlafen sollte.

»Ein gesundes Kreuz ist wichtig«, sagte ein erfahrener alter Tramp. »Ihr grünen Jungs wisst das noch gar nicht zu schätzen, ein gesundes Kreuz. Deshalb immer mit dem Rücken ans Feuer, Jungs, immer mit dem Rücken!« Die Männer nickten, als hätte der Alte soeben den kategorischen Imperativ neu formuliert.

»Und mit dem Arsch«, pflichtete einer von ihnen ernsthaft bei. »Gibt nichts Besseres wie ’nen warmen Arsch.«

»Doch«, sagte der Jüngste in der Runde und grinste breit. »Doch!«

»Was?«, fragte der andere so gereizt, als sei seine Autorität durch den bloßen Widerspruch infrage gestellt worden. »Was? Was gibt’s Besseres wie ’nen warmen Arsch?«

Der Junge gluckste vor Vergnügen, weil sein älterer Genosse ihm auf den Leim gegangen war. »Einen warmen Frauenarsch!« Gelächter antwortete ihm und gab ihm die Kühnheit oder auch nur das jämmerliche Verlangen, diesem wärmenden Gedanken noch ein paar Glanzlichter aufzustecken. »Hinten ’n Feuer und vorn ’nen warmen Frauenarsch!« Wieder lautes Gejohle.

Gowers schlich weiter. Das entsprach in etwa seiner Überlegung darüber, was Joseph Clarke suchen würde.

12.

Poll Hunleys Arbeitsplatz waren die Gräben rings um einen ehemaligen Speicher, dessen Mauern noch schwarz und angebrannt in den Nachthimmel ragten. Sie verteidigte dieses Revier mit Zähnen und Klauen, und dass das wörtlich zu nehmen war, konnten einige der anderen Huren mit tiefen Kratzspuren in ihren aufgedunsenen Gesichtern bezeugen. Der Platz war so gut, weil er an der Kreuzung gleich dreier ehemaliger Hauptwege lag und man sich in den Trümmern des Speichers bei Bedarf schnell und leicht verstecken konnte, wenn die Schmiere, also die Polizei, oder ein rabiater Freier einen dazu nötigte. Außerdem gab es da einen kleinen Keller, den man mit ein paar losen Balken leicht verkeilen und absperren konnte. Hier schlief sie, unter einem selbst gebastelten Drahtgestell vor den Ratten geschützt.

John Gowers kannte Polls Höhle; er hatte das arme Geschöpf

dort sogar schon in seinem Schlaf gesehen, ohne dass sie es ahnte. Die meisten Huren der Geisterstadt arbeiteten zu zweit oder zu dritt, um einander notfalls beistehen zu können, aber Poll war jünger, kräftiger, hübscher und hatte deshalb keine Lust, ihre entsprechend höheren Verdienste zu teilen. Obwohl es schon nach Mitternacht war, ging sie auf der halbwegs freigeräumten Straße vor ihrem Speicher auf und ab und trug einen armseligen Hut mit einer schwankenden Feder, um anzuzeigen, dass ihr Geschäft geöffnet sei.

Tatsächlich war die Nacht im Dschungel noch jung, und Gowers, der sich lautlos bis ins Innere des Gemäuers geschlichen hatte, sah durch eine der ausgebrannten Fensteröffnungen, wie Poll die kleinen Gruppen heimkehrender oder ausrückender Diebe, Einbrecher, Bettler ansprach, ohne einen Erfolg zu erzielen. Erst ein einzelner älterer Mann schien Interesse, aber kein Geld zu haben, denn es entstand ein längeres Palaver, in dessen Verlauf man sich offenbar auf Teile eines wo auch immer gestohlenen kalten Brathuhns einigte. Die Parteien betraten dann die dunkle Ruine des Speichers, wo der Mann gleich die Hosen herunterlassen wollte.

»Erst das Huhn«, sagte Poll, und Gowers, keine sechs Meter entfernt im Schatten, hörte, wie der Freier das fettige Bratwerk aus seiner Manteltasche zog und es knackend in zwei Teile zerbrach.

»Du weißt doch, dass ich dich nicht bescheiße«, murmelte der Mann scheinbar beleidigt.

»Die größere Hälfte«, verlangte Poll, ohne auf den stillen Vorwurf einzugehen, »und dein Vogel darf in den Käfig.« Beide lachten über diese geistreiche Bemerkung. Mit der größeren Hälfte des Hühnchens in den Händen beugte sich die Hure dann so über einen Balken, dass ihr Oberkörper bequem darauf liegen konnte. Der Kunde hob ihr die Röcke, und Gowers konnte trotz der Entfernung Polls Geschlecht riechen. Der Mann rückte dichter an sie heran, fand aber offenbar nicht gleich, was er suchte, bis sie beherzt hinter sich griff und ihn auf den richtigen Weg brachte.

Erstaunlich lange Zeit hörte man nur das Rascheln des Kleids und das asthmatische Keuchen des Freiers, ohne dass sie ihn zur Eile drängte oder seine Bemühungen verbal anspornte. Gowers, der das auch aus besseren Bordellen anders kannte, bemerkte jedoch lächelnd, dass Poll sich seelenruhig über das Huhn hergemacht hatte, als ginge sie die andere Hälfte ihres Körpers nichts an.

Als beide gesättigt waren, zog der Mann seine Hosen hoch und empfahl sich mit einem höflichen »Danke schön!«.

»Danke auch«, sagte Poll und geleitete ihn ebenso höflich aus der Ruine. Sobald er verschwunden war, wandte sie sich jedoch wieder zurück, raffte die Röcke und trippelte geradewegs auf Gowers' Ecke zu, um sich zu erleichtern. Er räusperte sich und sah belustigt, wie die hartgesottene Hure vor Schreck gut eine Handbreit vom Boden abhob. Sie fing sich jedoch erstaunlich schnell wieder.

»Jesus, Yankee!«, sagte sie, als sie ihn erkannt hatte. »Zugucken kostet!«, fügte sie dann halb beleidigt und halb beleidigend hinzu. Gowers hatte ihr auf einem seiner früheren Streifzüge einmal wenn nicht das Leben, dann doch eine halbwegs gesunde Haut gerettet, und das hatte eine gewisse Vertraulichkeit zwischen ihnen begründet. Ungeniert hockte sie sich jedenfalls neben ihm auf den Boden, und um die Summe seiner unangenehmen Erlebnisse nicht unnötig zu vergrößern, ging er zu dem Balken, über dem sie eben gelegen hatte, und drehte ihr den Rücken zu.

»Du bist neuerdings billig zu haben, Poll«, sagte er mit Blick auf die sauber abgenagten Hühnerknochen.

»Wer kacken will, muss auch essen«, antwortete Poll grob, aber ihren verbissenen Bemühungen durchaus angemessen. »Was willst du, Yankee? Ich hab nicht die ganze Nacht Zeit.«

»Joseph Clarke«, erwiderte Gowers. »Neunundzwanzig Jahre

alt, etwa fünf Fuß groß, dunkelbraune Haare. Dürfte noch einen Sträflingskittel tragen, falls er sich nichts anderes gestohlen hat.«

»Ich verkaufe meinen Körper, Yankee, nicht meine Seele«, ächzte Poll.

»Ja. Deshalb ist deine Verdauung so hart«, sagte Gowers, drehte sich zu ihr um und hielt ihr ein silbernes Geldstück vor die Nase.

»Ach, Scheiße!«, entgegnete Poll nach einer kleinen Überwindungspause. »Ich bin dem Kerl nicht verpflichtet. Er war da und hat nicht bezahlt.«

Gowers nickte. Es kam häufig vor, dass die Huren einfach nur vergewaltigt wurden. »Ich mache das glatt«, sagte er und warf das Geldstück in Polls geraffte Röcke.

»Er hat nach Megpie gefragt«, stöhnte sie, noch immer erfolglos. »Du weißt, wo …«

»Ich weiß«, sagte Gowers. Er zog eine zweite Münze hervor und legte sie geräuschvoll auf dem Balken ab. »Und Poll«, sagte er dann, schon auf dem Weg nach draußen, »nimm mal wieder ein Bad!«

»Leck mich, Yankee!«, rief Poll ihm hinterher, und Gowers lachte über diesen herzlichen Abschied.

Vier Stunden später befand Joseph Clarke sich wieder in einer Zelle in der nächstgelegenen Station der Victorian Police – der korruptesten Polizeitruppe des gesamten britischen Kolonialreichs.

13.

Als die Eclipse *gegen 11 Uhr 20 im Hafen von St. Louis anlegte, waren die angrenzenden Straßen schwarz von der Menge der jubelnden Zuschauer. Handwerksbetriebe und Geschäfte hatten ihre Mittagspause um eine Stunde vorverlegt, um ihren Angestellten Gelegenheit zu geben, den historischen Moment mitzuerleben. Da man den 4. Juli schrieb, war es fraglich, ob vor dem abendlichen Feuerwerk überhaupt irgendjemand die Arbeit wieder aufnehmen würde.*

Kapitän Andrew Wineland verließ das Schiff wie ein römischer Prokonsul, der Ägypten oder sonst etwas Hübsches in Besitz nimmt, und kümmerte sich anscheinend nicht um den Applaus, der ihn umbrandete. Dennoch ließ die Menge ihn und sein stolzes Schiff wieder und wieder hochleben, und sein Weg in die Stadt und ins Kontor seiner Reederei glich einem Triumphzug. Den Maschinisten und Heizern, die nach ihm von Bord gingen, konnte man dagegen ungeniert auf die Schultern klopfen, bis auch die eigenen Hände schwarz waren. Diese Männer trugen ihre rußverschmierte Arbeitskleidung so stolz wie eine preußische Gardeuniform, verteilten sich mit der Gemächlichkeit geborener Sieger auf alle Kneipen der Stadt und würden einen ganzen Tag lang weder für ihr Essen noch für ihre Getränke anders bezahlen müssen als mit launigen kleinen Anekdoten über die hinter ihnen liegende Rekordfahrt.

Es dauerte gute zwei Stunden, bis sich die erste Begeisterung gelegt und die Menge so weit zerstreut hatte, dass man an das Löschen der Ladung denken konnte. Die bestand vor allen Dingen aus etlichen Kisten Branntwein, die ein findiger Schnapsfabrikant von New Orleans heraufgebracht hatte und unter dem rasch gedruckten Etikett Eclipse, 4. Juli 1857 *mit Angabe der Rekordzeit noch einige Jahre lang überteuert an den Mann brachte. Erst am späten Nachmittag verließ der Lotse das Schiff.*

John Gowers hatte das Ruder im Morgengrauen, nach drei Tagen und elf Stunden Fahrt, aus der Hand ge- und seinem älteren Kollegen Archibald Yates übergeben und sich dann schlafen gelegt. Obwohl die Sonne schon tief stand, trug er eine Brille mit blau getönten Gläsern, an die er sich in den grellen Tagen des Südens so sehr gewöhnt hatte, dass er ihr Vorhandensein manchmal völlig vergaß. Hin und wieder sah er die Welt sogar schon in seinen Träumen blau.

Er war jetzt seit gut zwei Jahren auf dem Fluss. Ende 1854 aus England herübergekommen, um der Zwangsverpflichtung für den Kriegsdienst auf der Krim zu entgehen, hatte er sich im Golf von Me-

xiko zunächst als Schmuggler versucht, aber dann beim Verkauf seiner Waren den Mississippi und den Beruf des Lotsen kennengelernt. Dessen Aufgaben kamen seinen persönlichen Fähigkeiten – dem fast schon zermürbend guten und durch die Methoden der Ars Memorativa* *immer weiter trainierten Gedächtnis und seinem außergewöhnlichen Sehvermögen – so sehr entgegen, dass er nach kurzer Zeit seinen Platz in der Welt gefunden zu haben glaubte.*

Seine Lehrzeit war von geradezu erschreckender Kürze. Nach nur fünf Fahrten auf der John Roe *kannte er den Fluss und seine Eigenheiten so genau, dass kein Geringerer als Horace Bixby, eine Koryphäe des Lotsenstandes, kopfschüttelnd und bartkratzend verkündete, ihm nichts mehr beibringen zu können. Das Navigieren beherrschte er bereits vorher, und nach seiner langen Fahrt durch die unberechenbaren Eismassen und tückischen Strömungen der Nordwestpassage empfand der jetzt Einundzwanzigjährige auch das Steuern zwischen langsam wandernden Untiefen, Sandbänken und bröckelnden Uferböschungen als nahezu einfach.*

So viel Erfolg wurde ihm natürlich weidlich missgönnt, und da er auch sonst ein merkwürdiger Bursche war, der sich von den Lustbarkeiten und Unterhaltungen seiner Kollegen eher absetzte und seltsame altenglische Bücher las, galt er als arrogant und wurde selten bei seinem Namen, sondern nur »der Engländer« genannt – mit aller Abfälligkeit, die die geborenen Amerikaner in diese Bezeichnung nur legen konnten. Neben der Literatur waren die Huren von New Orleans sein größtes Vergnügen; ein weiterer Umstand, den seine biederen, oft gar puritanischen Standeskollegen in entrüsteter, aber stiller Schärfe missbilligten.

Unbestritten waren allein seine Fähigkeiten. Aber auch die allein reichten natürlich nicht aus, um ihn in den Gemeinnützigen Lotsenverband – zeitweise die mächtigste Berufsorganisation der Vereinigten Staaten – aufzunehmen. Der Engländer blieb ein freier Lotse, der an den Vorteilen des Verbandes – und das waren insbesondere

* Sammelbezeichnung für die Gedächtniskunst.

die an allen Anlegestellen von allen Verbandslotsen in besonders verschlossenen Postkästen hinterlegten Nachrichten über Wasserstände, Fahrrinnen und Hindernisse des Flusses – nicht partizipierte. Zeitweise war seine berufliche Existenz sogar insofern bedroht, als der Verband ein Gesetzesvorhaben einbrachte, das die Reedereien verbindlich dazu verpflichten sollte, nur noch organisierte Lotsen zu beschäftigen. Aber immer wieder fanden sich kleinere Unternehmen und gewagtere Transportaufgaben, für die der Engländer verpflichtet wurde, und sein Erfolg mit der Eclipse *würde ihm wohl wieder für einige Jahre ein Auskommen sichern.*

14.

Tatsächlich war John Gowers noch keine zwei Tage in St. Louis, als ihm wieder eine Heuer in den Süden angetragen wurde. Er tat also, was er immer tat: lieh sich ein halbes Dutzend Bücher in der Bibliothek der Literarischen Gesellschaft von St. Louis und war eine knappe Woche später wieder in New Orleans. Er hatte in diesen zwei Jahren den Mississippi bis hinauf nach St. Paul befahren, den Ohio bis Cincinnati, den Missouri, Arkansas und Red River einige Male bis in die jungen Städte des Westens, Kansas City, Fort Smith, Alexandria. Aber seine Heimat war das französische Viertel der bunten, trägen Stadt geworden, in der der alte Meschacebé, der zuletzt stracks Richtung Osten geflossen war, sich endlich dazu entschloss, den noch siebzig Meilen weiter südlich gelegenen Golf von Mexiko aufzusuchen.

In gewissem Sinne war es New Orleans gewesen, das den gesamten riesigen Westen des Kontinents in den Besitz der Vereinigten Staaten brachte – denn nur diese eine Stadt sollte Robert Livingstone, US-amerikanischer Gesandter in Paris, im Jahr 1803 den Franzosen abkaufen. Der französische Verhandlungsführer, ein gewisser Napoleon Bonaparte, gab dem Amerikaner jedoch zu verstehen, dass diese strahlende Perle nicht ohne die hässliche, unwegsame Auster zu haben sei; und so wechselte für siebenundzwanzig Millionen Dollar, die in den dritten Koalitionskrieg und die Schlacht von Austerlitz investiert werden konnten, ganz Louisiana – das damals noch bis zu den Rocky Mountains reichte – den Besitzer.

Mitgekauft wurde ein Bevölkerungsgemisch, das es in dieser Weise weder in Amerika noch sonst in der Welt noch einmal gab. Reinblütige französische Kreolen, die einst die vermögende Oberschicht der karibischen Inseln ausgemacht hatten, ehe Revolutionen, Sklavenaufstände oder britische Kriegsschiffe sie ans amerikanische Festland spülten, wo sie Zuckerrohr- und Baumwollplantagen in der Größe europäischer Fürstentümer begründeten. Spanier und Spanisch sprechende Mulatten aus der Unter- und Mittelschicht der Großen Antillen; Mischlinge in den reizvollsten Brauntönen, die zum großen Ärger der Kreolen oft mit diesen gleichgesetzt wurden. Amerikaner selbstverständlich. Weiße, angelsächsische Protestanten, die auf der Suche nach Anbaugebieten für ihren Virginiatabak vor drei, vier, fünf Generationen die Alleghenies überschritten und das Tal des Tennessee durchzogen hatten und dann doch auf Baumwolle umgestiegen waren.

Eine Unmenge schwarzer Sklaven, die für ihre unterschiedlichen Herren all diese Produkte pflanzten, hegten, ernteten, hier und da Überlebende der indianischen Urbevölkerung, Natchez und Seminolen, dazu gestrandete Seeleute aller Nationen und Rassen. Die Quadroons, die stolz darauf waren, Anteile all dieser Völkerscharen in sich zu vereinen, und schließlich die Acadiéns oder Cajuns; französische Katholiken, im 18. Jahrhundert von den Briten aus Kanada deportiert, für die in Louisiana kein Land mehr übrig gewesen war und die in den Mangrovensümpfen ein nahezu amphibisches Dasein als Reisbauern und Reptilienjäger führten.

In New Orleans stieß all das zusammen, ohne dass es zur Explosion kam: Voodoo und Katholizismus, angelsächsisches Kalkül und das heiße Blut der Karibik – es war kein Wunder, dass die Stadt im Rest der Vereinigten Staaten als unzivilisierbarer Sündenpfuhl galt. Ein Wunder war, dass alle halbwegs miteinander harmonierten oder sich zumindest arrangierten, dass New Orleans so friedlich, so fröhlich blieb. Nur nachts durchstreiften vielköpfige, organisierte Räuberbanden die Stadt, die aber selten etwas anderes als sich gegenseitig ausplündern konnten. So war selbst die Kriminalität in New Orleans eine Art Sport, den seine Opfer gemeinhin überlebten, wenn sie sich an die Regeln hielten.

John Gowers wohnte im Vieux Carré oberhalb der großen Flussschleife nach Süden, bewohnte wahrhaftig seit zwei Jahren und damit länger als jemals zuvor seit der Vertreibung aus seiner Kindheit zwei kleine Zimmer im Obergeschoss eines Vergnügungsetablissements der gehobenen Preisklasse. Er hatte sogar Bilder an die Wand geheftet, benutzte einen Teil des rings um das Haus laufenden Balkons mit den schmiedeeisernen Geländern zum Frühstücken und war einer bürgerlichen Existenz nie näher gewesen. Die Eigentümerin und Betreiberin des Bordells, eine etwa vierzigjährige Mulattin, deren angelsächsischer Blutanteil lediglich in den ungewöhnlich »weißen« Namen Margret-Ann eingeflossen war, hatte er sich verpflichtet, weil er gelegentlich rabiate, betrunkene oder zahlungsunfähige Kunden aus dem Haus warf, und auch die Mädchen mochten ihn, denn er behandelte sie wie Damen und war im Bett ungewöhnlich zärtlich.

Die schwüle Hitze, die den meisten Menschen zu schaffen machte, genoss er in vollen Zügen; vermutlich, weil er so lange im Eis gelebt hatte. John liebte den Süden und die brennende Sonne, liebte den Schweiß, der bei der kleinsten Bewegung den Rücken hinunterlief und die Haut seiner wechselnden Bettgefährtinnen glatt und angenehm salzig machte. Maggie hatte ihm ein neues Mädchen zugeführt, eine sehr helle Negerin, und er durchwanderte ihren warmen Körper mit Händen und Lippen, knetete, satt geliebt, schließlich die Muskeln ihres Rückens, ihr großes, aber festes Gesäß, ihre Beine, bis sie schnurrte wie eine Katze.

Es war die vielleicht zärtlichste Behandlung in ihrem höchstens neunzehnjährigen Leben und machte sie weicher, jünger, als sie seit ihrer Kindheit gewesen war. Maggie hatte sie auf dem lokalen Skla-

venmarkt erworben und mit ihr den gleichen Handel abgeschlossen wie mit all ihren farbigen Mädchen. In zwei, höchstens drei Jahren würde sie genug verdienen, um sich freikaufen zu können und in den Norden zu gehen. Die Zinsen des in sie investierten Kapitals waren die sexuellen Dienstleistungen, die sie erbrachte und die die Kundschaft enger an Maggies Haus binden würde. Und obwohl auch er die Früchte dieses Handels genoss, wusste John, als das Mädchen in seinem Arm schlief wie ein Kind, wieder einmal, was ihn am Süden störte.

15.

Es war eine bestürzend einfache Erkenntnis, die den Investigator veranlasst hatte, sich in Melbourne niederzulassen: Niemand auf der Welt wartete auf ihn. Diese Erfahrung war für John Gowers etwas so Selbstverständliches, dass er nicht einmal das Bedürfnis hatte, darüber nachzudenken.

In Kalkutta, als seine Wunden heilten, hatte er zuerst eine Passage nach England abwarten wollen, aber die Preise waren so unverschämt gewesen, dass er sich fragte, was er eigentlich in England wollte. Er dachte über die Kapkolonien nach, Südafrika. Zog Frankreich in Betracht, eine Reise durch das Rote Meer, Ägypten, den Mittelmeerraum. Australien war eigentlich nur die dritte Wahl gewesen, aber das Schiff, die Passage nach Perth günstig. Außerdem sprach man dort Englisch.

Sein ursprünglicher Plan war gewesen, irgendwo an der Ostküste auf einem heimkehrenden Walfänger nach New Bedford oder Nantucket anzuheuern. Aber auch die Vereinigten Staaten, New York, New Orleans, waren ihm weniger Heimat und mehr Gewohnheit gewesen. Er merkte es, als er in Melbourne ankam. Hier fand er ein England, das ihm gefiel; britischer als das immer rascher und immer vollständiger industrialisierte Mutterland, aber jünger, unverbraucht. Die Reichtümer dieses Landes waren noch nicht verteilt, und hinter den südlichen Ausläufern der Great Dividing Range lag ein ganzer Kontinent, unbekannt, unberührt.

Er war jetzt einunddreißig Jahre alt, die meisten davon unterwegs gewesen, unruhig, unstet, von Ort zu Ort, Schiff zu Schiff, Meer zu Meer. John Gowers hatte beschlossen, zur Ruhe zu kommen. Die nicht unbeträchtliche Summe, die er in Indien verdient hatte, verschaffte ihm die entsprechenden Möglichkeiten – den Wunsch redete er sich ganz bewusst ein, nachdem er an seiner Schläfe ein graues Haar entdeckt hatte.

Seine Blicke in den Spiegel waren stets flüchtig gewesen, wenn man von der Zeit absah, als er in Deborah verliebt war und sich – wie jeder junge Mensch – gefragt hatte, ob etwas an ihm einem Menschen des anderen Geschlechts gefallen könnte. Ansonsten hatte er ein Leben gelebt, in dem Spiegel nur vorkamen, um sich alle zwei, drei Wochen, vielleicht auch Monate, zu rasieren. Entsprechend funktional war sein Bild von sich selbst, seinem Gesicht, seinem Körper, seinem Leben.

Nüchtern stellte er sich die Frage: Wann, wenn nicht jetzt?, und beantwortete sie, indem er eine kleine Wohnung in der City von Melbourne nicht mietete, sondern kaufte und mit seinem anschließend nahezu halbierten Vermögen sogar ein Bankkonto eröffnete. Freude empfand er bei alldem nur ein einziges Mal: als er seine Bücher in ein Regal stellte und Ishrats Schwert mit zwei Nägeln an der Wand darüber befestigte. John Gowers hielt die Kämpfe seines Lebens für beendet.

Dass genau darin sein Problem bestand, stellte er erst im Verlauf der nächsten Monate fest. In Melbourne geschahen weniger Verbrechen, als dem finanziellen Auskommen eines privaten Ermittlers zuträglich war. Das lag nicht so sehr daran, dass die Leute hier friedlicher waren als sonst auf der Welt, sondern daran, dass sich mithilfe der korrupten Polizei, Justiz und Verwaltung der Kolonie ein System etabliert hatte, in dem man sich von Verbrechen oder ihren Folgen weitgehend freikaufen konnte. Biedere Geschäftsleute planten entsprechende Ausgaben in ihren Kalkulationen fest ein, und es war preiswerter geworden, unersetzbares Diebesgut einfach zurückzukaufen, als die Täter verfolgen und inhaftieren zu lassen.

In den Gefängnissen saßen deshalb mehr Schuldner als Kriminelle, daneben nur ein paar Schläger und Trunkenbolde. Den unverbesserlichsten dieser eher belächelten Gesellen, die auf einer angeblich streng geheimen Liste als »unfreundliche Elemente« verzeichnet waren, legten die Ordnungshüter früher oder später handgreiflich nahe, ihren Aufenthaltsort in die angrenzende Provinz Neusüdwales zu verlegen. Dort, in der ehemaligen Strafkolonie Botany Bay, war man eher an solche Existenzen gewöhnt und würden sie sich auch selbst wohler fühlen als im kleinen, aber feinen Victoria.

Das Einzige, was unbeherrschbar blieb, waren die ehemaligen Goldfelder im Norden Melbournes, und so wurden sie, neben einer Handvoll Ehebruchsfälle, die Haupteinnahmequelle des Investigators, der hier regelmäßig auf Kopfgeld jagte; eine allerdings jämmerliche Beschäftigung, die weit unter seinen Möglichkeiten lag. Gowers rieb sich deshalb – zumindest innerlich – die Hände, als der Reeder Robert Maguire bei ihm vorsprach und ihn um Hilfe bat. Seine Kinder waren entführt worden, und das verlangte nach der Trostlosigkeit eines Dreivierteljahres endlich wieder nach solider Ermittlungsarbeit.

16.

Die Tat ist alles – nichts der Ruhm! Noch ehe er Latein konnte, hatte Gustav von Tempsky sich das Motto seines Familienwappens in diese schlichten Worte übersetzen lassen und war davon überzeugt, sein Handeln und Wandeln so eingerichtet zu haben, dass es seinem Wappenspruch Ehre machte. Allerdings kollidierte dieser öffentliche Anspruch auf Bescheidenheit immer wieder mit seinen journalistischen und schriftstellerischen Ambitionen. Von Tempsky wurde berühmt.

Was sollte er tun? Er hatte Mittelamerika nun einmal bereist, die Mosquito Coast kolonisiert und konnte seinen Anteil an diesen Ereignissen ja schlecht verschweigen. Eine Weile hatte er mit dem Gedanken gespielt, sein Buch *Mitla*, das diese Ereignisse auf mitreißende Weise behandelte, in der dritten Person zu schreiben. Aber das hätte man ihm, nachdem Julius Cäsars *Gallischer Krieg* längst Schullektüre aller zivilisierten Nationen geworden war, ja auch wieder als Vermessenheit auslegen können.

In Neuseeland war er rasch zum Kommandanten der Forest Ranger aufgestiegen; einer irregulären Truppe mit dem Auftrag, den Guerillakrieg, den die aufständischen Maori gegen die britischen Ansiedlungen und Farmen führten, in Busch und Wildnis zurückzutragen und die Eingeborenen damit auf ihrem eigenen Gebiet auf ihre eigene Weise anzugreifen. Es war der enorme Erfolg dieser brutalen Taktik, der von Tempsky den Ehrennamen Manu-Rau eingebracht hatte. Er war im Waikato-Krieg wahrhaftig der Vogel, der überall fliegt, und zu einem der am meisten gefürchteten – und damit geachteten – Krieger der Pakeha geworden.

Am Waikato vollbrachte er auch seine bislang größte Heldentat, indem er zwei Dutzend Soldaten rettete, die am Fluss in das mörderische Kreuzfeuer eines Hinterhalts geraten waren. Das trug ihm zwar eine ehrenvolle Erwähnung im offiziellen Kriegsbericht ein – was nicht weniger bedeutete, als dass sein Name einige Monate später vor der englischen Königin verlesen wurde –, aber das Victoriakreuz, die höchste Auszeichnung der britischen Armee, erhielt ein anderer Offizier seiner Einheit. Nicht, dass er danach gestrebt hatte; die Tat ist alles – nichts der Ruhm! Er hatte nicht einmal darauf gehofft, aber verdient, verdient hätte er es wohl eher als Charles Heaphy!

Von Tempsky zeichnete später ein recht gekonntes Bild von dieser Aktion, in dessen dramatischem Mittelpunkt ein Offizier stand, der ihm ausgesprochen ähnlich sah, obwohl er das selbst jedes Mal abstritt. Die Tat allein zählte! Das erwähnte er bei jeder Gelegenheit, und seine Vorgesetzten zogen aus so viel demonstrativer Bescheidenheit den klugen Schluss, dass hier ein Mann war, der alles tun würde, um seinem verdrängten Ehrgeiz zu genügen.

Colonel Thomas McDonnell oder »Fighting Mac«, wie er in Neuseeland familiär genannt wurde, war der älteste Sohn eines geradezu begnadeten neuseeländischen Händlers, Aufschneiders und Verschwenders gleichen Namens, der seinen vier Söhnen wenig mehr hinterließ als den brennenden Wunsch nach öffentlicher Anerkennung und einen fast paranoiden Hang zu Eifersucht und Verschwörungstheorien, wenn diese Anerkennung ausblieb. Nach zehn Jahren Herumtreiberei im gesamten australesischen Raum und mehreren gescheiterten Versuchen, sich eine Existenz aufzubauen, fand Thomas junior in den Kolonialstreitkräften und den Waikato-Kriegen endlich die Nische, die er gesucht hatte.

Persönlicher Mut, geschickte Lobbyarbeit, aber auch eine echte Begabung für den Beruf eines kommandierenden Offiziers hatten seinen militärischen Aufstieg befördert und ihn nach Abzug der britischen Truppen zum ersten, wenn auch nicht zum populärsten Soldaten der Kolonie gemacht. Der populärste hieß nach wie vor Manu-Rau. Dass McDonnell und nicht von Tempsky die Position des Oberbefehlshabers einnahm, fand seinen einfachen Grund darin, dass »Fighting Mac« Neuseeländer war. Als es darum ging, eine eigenständige neuseeländische Armee aufzustellen – die zunächst als »Armed Constabulary«, also bewaffnete Polizeitruppe deklariert wurde, um das Mutterland nicht zu brüskieren –, war McDonnell der Mann der Stunde und der preußische Söldner derjenige, den die Kolonialregierung mit einem anerkennenden Schulterklopfen ins Privatleben entließ.

Trotz ihrer Rivalitäten war sich McDonnell aber über die Qualitäten Manu-Raus vollkommen im Klaren und freute sich darüber hinaus ehrlich, seinen Freund und Mentor »Von« wiederzusehen – vielleicht auch gerade, weil der Deutsche nun endlich sein Untergebener war.

»Wer ist es diesmal, Tom?«, fragte von Tempsky, wobei er ihren militärischen Rangunterschied demonstrativ überging. »Tawhiao?«

Matutaera Te Pukepuke Te Paue Te Karato Te A Potatau Tawhiao Te Wherowhero war mehr als ein Häuptling; er war ein König. Oberhaupt einer Bewegung, die nach europäischem Vorbild die vorher lange zerstrittenen Stämme des Waikato-Beckens unter gemeinsamer Führung vereinte und sogar verschiedene Mechanismen moderner europäischer Staatswesen übernommen hatte: Steuern, Polizei und die Dienstpflicht in einer allerdings eher zwanglosen Armee. Das Entscheidende an dieser »Königsbewegung« war aber, dass sie dem Verkauf von Land an die Weißen, den bisher die einzelnen Häuptlinge und Stämme sozusagen auf eigene Faust betrieben hatten, ein Ende setzte. Das brachte die *Kingites* oder Königlichen natürlich in einen immer blutigeren Konflikt mit den Engländern, denen es dabei gar nicht so sehr um das Land ging. Sie hatten bereits mehr Land, als die weißen Siedler bearbeiten konnten. Es ging ums koloniale Prinzip, es ging um die natürliche Überlegenheit der weißen Rasse, der die Vorstellung von einem funktionierenden, eigenständigen Maoristaat mit zentralisiertem Königtum unerträglich war.

»Nein«, sagte McDonnell, der sein Vorgesetztenverhältnis ebenfalls jovial vergaß. »Es ist Titokowaru, soweit wir wissen. Er hat noch nicht angefangen, und Gott allein weiß, wann er losschlägt. Aber unsere *Kupapa* sagen, dass er die Stämme am Taranaki aufwiegelt. Er … na, du kennst ihn ja!«

Ja, Manu-Rau kannte den Häuptling der Ngaruahine vom Stamm der Ngati Ruanui, einen der gefürchtetsten Maorigeneräle in den nun schon zwei zurückliegenden Kriegen um die Provinz Taranaki, die noch immer nicht völlig unterworfen war.

Er wusste auch, dass dieser Mann gefährlicher war als Tawhiao und die ganze noch sehr umstrittene Königsbewegung, denn Titokowaru war eben kein König, kein Politiker. Er war ein Krieger.

»Was werden wir also tun?«, fragte von Tempsky, obwohl er es natürlich schon wusste.

»Nun«, antwortete McDonnell, »wir wollen jedenfalls besser vorbereitet sein als das letzte Mal. Wir brauchen Männer.« Seit die britische Regierung beschlossen hatte, keine regulären Truppen mehr nach Neuseeland zu schicken, lag die Verteidigung der Pakeha ganz in den Händen der Armed Constabulary, der örtlichen Milizen und ihrer überall angeworbenen Söldner. »Was hältst du von Werbungen im Süden? In Otago sitzen noch immer ziemlich viele erfolglose Goldsucher.«

Von Tempsky tat gekonnt so, als hätte er die feine ironische Spitze überhört, denn auch seine Ambitionen in Bezug auf Edelmetallfunde waren seinem Freund Tom selbstverständlich bekannt.

»Wenig«, erwiderte er. »Zu britisch, wenn du verstehst.« Was er meinte, war: Es ging auf der neuseeländischen Südinsel, die keine aufständischen Eingeborenen oder Ähnliches kannte, seit Jahrzehnten viel zu friedlich zu, um Kämpfernaturen hervorzubringen. Er konnte keine Soldaten gebrauchen, die womöglich beim ersten Schuss Pulver desertierten; das würden sie ohnehin früh genug tun.

»Also Australien«, stellte McDonnell fest. »Sydney oder Melbourne?«

»Melbourne«, sagte von Tempsky nach kurzem Überlegen, denn auch die Unmenge desperater entlassener Sträflinge, die sich in Sydney einschreiben lassen würde, wären ein unzuverlässiger Haufen. Außerdem würde er auf diese Weise, quasi als sentimentale Erinnerung, die Goldfelder wiedersehen, auf denen auch er einst sein Glück gesucht hatte.

»Gut«, sagte McDonnell. »Zwei Schiffe, du und ich!« Er meinte natürlich: »Ich und du«, schenkte zwei Gläser Port ein, und die beiden Männer tranken auf den Erfolg ihres Unternehmens.

17.

Die Schafe mussten geschoren, die Wolle gekämmt, der Flachs gebrochen, gehechelt und beides zu Garn versponnen werden. Das Garn wurde zu Stoffen verwoben, die Stoffe gefärbt, gebürstet und zugeschnitten, vernäht. All das war Handarbeit, all das war teuer, und so konnte, trotz wechselnder Moden, bis weit ins 18. Jahrhundert hinein auch ein relativ wohlhabender Mann nicht erwarten, dass er in seinem Leben mehr als acht, vielleicht zehn Hosen besitzen würde. Das änderte sich erst durch die industrielle Tuchherstellung und die massenhafte Verwendung eines neuen Rohstoffs.

Baumwolle war leichter. Leichter zu gewinnen und leichter zu verarbeiten. Durch die Ausbeutung vor allem der indischen Kolonien war sie im 18. Jahrhundert auch längst kein orientalisches Luxusgut mehr, sondern eine massenhaft verfügbare Ware. Baumwollstoffe waren auch leichter zu tragen, angenehmer, wogen ganz einfach weniger als die schwere, ölige Schafwolle, waren weicher, geschmeidiger als das steife Leinen, weitaus billiger als die kostbare Seide, und anstatt umständlich Muster hineinzuweben, konnte man sie schlicht und einfach bedrucken. Auch das Waschen der Kleidung, seit dem Mittelalter ein häufig unlösbares, zeitweise allerdings auch stark vernachlässigtes Problem, wurde durch Baumwollstoffe einfacher. Die Baumwollfaser saugte weniger Wasser auf, trocknete also schneller. Sie war robuster und vertrug auch hohe Temperaturen, ohne sich zu verändern, sodass der Schmutz sich leichter aus ihr lösen ließ, ohne dass der Stoff einlief.

Die Welt wollte die neuen Kleider, wollte sie schneller, als sie produziert werden konnten, und dieser massenhafte Bedarf beflügelte den Erfindungs- und Geschäftsgeist des eben erst aufgeklärten Zeitalters. 1776 schnurrte in Cromford, Derbyshire, England, Richard Arkwrights erste vollautomatische, wassergetriebene Spinn-

fabrik – und das Garn wurde billig. Adam Smith, ein exzentrischer Philosophieprofessor aus Glasgow, formulierte zeitgleich die Gesetze und Prozesse von Angebot, Nachfrage, Arbeitsteilung und Konsum, schrieb mit The Wealth of Nations so etwas wie die Genesis in der Bibel des Kapitalismus. Zehn Jahre später erfand der anglikanische Geistliche Edmund Cartwright den mechanischen Webstuhl – und nach dem Garn wurde auch das Tuch billig.

Die Epigonen, Nachahmer, Patentdiebe aus Manchester schluckten diese Pioniere schnell, und überall wurden nun aus Werkzeugen Maschinen, aus Maschinen Fabriken und aus Fabriken eine Industrie. Die Handwerker, Heimwerker, häufig ganze Familien, die bislang auf eigene Rechnung und in ihren eigenen Häusern kleine Mengen Garn oder Tuch hergestellt hatten, wurden zu Arbeitskräften in der Textilindustrie. Die Männer schleppten die Baumwollballen heran, be- und entluden Transportfahrzeuge, warteten, reparierten die oft komplizierten Transmissionssysteme zwischen Wasserrad, Dampfmaschine und den riesigen Spinnapparaturen oder Webstühlen. Die Frauen überwachten den Produktionsablauf und lernten die schwierige Kunst, gerissene Fäden bei laufenden Maschinen wieder anzudrehen. Die Kinder – je kleiner, je besser – krochen in und unter die Maschinen, um sie zu reinigen und Baumwollreste aufzusammeln.

Das war nichts Neues; jahrhundertelang hatten Familien auf ähnliche Weise zusammengearbeitet. Das war auch nichts Schlimmes, denn in den ersten zehn, zwanzig Jahren waren die Löhne gut, etwa das Dreifache des Existenzminimums für einen erwachsenen Mann, und die Familien erwirtschafteten in Zwölf- oder Sechzehnstundenschichten einen bescheidenen Wohlstand. Erst als die massenhafte Nachfrage fürs Erste befriedigt, der Markt gesättigt war, verfielen die Preise. Und mit den Preisen fielen die Löhne, denn Löhne, am Ende des Produktionsprozesses, waren von jeher das, woran ein Unternehmer am gefahrlosesten sparen zu können glaubte. Die Arbeiter wurden jetzt je nach Auftragslage angeheuert oder entlassen, aber selbst das war nichts Ungewöhnliches, sondern aus der Landwirtschaft mit ihrem saisonal bedingten Arbeitsaufkommen durch-

aus bekannt. Allerdings war die Entwicklung der Märkte nicht so berechenbar wie die Jahreszeiten.

Unbekannt und furchterregend waren vor allem die Ausmaße, die die Frage von Beschäftigung oder Nichtbeschäftigung dadurch annahm. Es gab keine sozialen Sicherungssysteme, nur die rasch aufgezehrten Notgroschen, und anders als etwa jahrhundertelang bei den Landarbeitern und Lohnknechten konnte ein Mann, der im Winter entlassen wurde, keineswegs damit rechnen, im Sommer wieder Beschäftigung zu finden. Anders als in Handwerk, Vieh- und Landwirtschaft spielten auch persönliche Fähigkeiten, also die Arbeitsqualität oder gar persönliche Bindungen an den Lohnherrn, keinerlei Rolle mehr; dazu war die Arbeit zu unqualifiziert, waren die Fabriken zu groß geworden.

Die existenzielle Verunsicherung, die diese Entwicklungen auslösten, kann kaum überschätzt werden. Hunderttausenden von Menschen wurde eine persönliche Lebensplanung nahezu unmöglich gemacht, denn sie waren Prozessen ausgeliefert, die nicht einmal die völlig verstanden, die von ihnen profitierten. Und zur Sorge um Lohn und Brot kam unterschwellig, aber nicht weniger bedrückend das Gefühl der eigenen Nutzlosigkeit, das Menschen so leicht zu Bestien machen kann. Schon die zweite Generation des entstandenen Proletariats war so zu einem Anhängsel der Maschinen geworden, nur mehr ein mobiles Element, das Arbeiten erledigte, die die Maschinen noch nicht selbst erledigen konnten.

Und die Maschinen konnten vieles … Wunderbares! Nur keine Baumwolle anbauen – sodass auch am anderen Ende des Produktionsprozesses: seinem Anfang, ein erhebliches ökonomisches Problem entstand. Baumwolle war unter den entsprechenden klimatischen Bedingungen, etwa in den Südstaaten der USA, zwar leicht anzubauen, aber die ungeheuren Mengen, in denen sie aufgrund der Industrialisierung des Textilgewerbes in der ersten Hälfte des 19. Jahrhunderts gebraucht wurde, machten einen wirtschaftlichen Anbau auf der Basis von Lohnarbeit praktisch unmöglich. Denn alle Schritte im Produktionsablauf waren mechanisiert und automatisiert wor-

den, nur um die Baumwolle preiswert anzupflanzen, zum Wachsen zu bringen, zu ernten, hatte man noch keine geeigneten Maschinen erfunden, brauchte man Hände. Brauchte man Sklaven.

Dass die jüngste, fortschrittlichste Nation der Erde, entstanden aus dem Freiheitswillen der Menschen, zu ihrem Aufstieg und Wohlstand die älteste und unmenschlichste Wirtschaftsform – die Sklaverei – benutzte, war im Grunde kein Anachronismus, keine gegenläufige Bewegung zu Fortschritt und Industrialisierung, sondern deren direkte ökonomische Folge.

Entgegen der nach dem und durch den amerikanischen Bürgerkrieg populär, ja Allgemeingut gewordenen Propaganda der siegreichen Nordstaaten ging es den Sklaven im Süden der USA allerdings mehrheitlich besser als etwa den Arbeitern im industrialisierten England. Das lag vor allem daran, dass die Sklavenhalter des Südens, ganz im Gegensatz zu vielen Sklavereigegnern im Norden, keine Rassisten waren! Die neurotische Furcht vor dem andersfarbigen Menschen, seinem Schweiß, seinem Geruch, seinem Anblick, wäre im Süden einfach lächerlich gewesen. Schwarze Ammen säugten die Kinder ihrer Herren, schwarze und weiße Kinder wuchsen gemeinsam auf, zumindest bis letztere ins Schulalter kamen.

Auf neun von zehn Plantagen standen die Sklavenhalter gemeinsam mit ihren Sklaven auf dem Feld, taten die gleiche Arbeit, aßen das gleiche Essen aus den gleichen Schüsseln, hockten hinter den gleichen Büschen. Ebenso besaßen neunzig Prozent der Pflanzer und Farmer jeweils nur etwa fünf oder sogar weniger Sklaven, was diese nicht nur mehr oder minder zu Familienmitgliedern, sondern auch zu ihrem wertvollsten Besitz machte. Ein guter Arbeiter kostete tausendzweihundert Dollar, und so wenig, wie ein Bankier Geld verbrennt, wäre es einem durchschnittlichen weißen Farmer eingefallen, seine Sklaven vorsätzlich zu schädigen.

Eine Ausnahme war das Peitschen, eine bis 1850 allerdings auch in der amerikanischen Marine gepflegte Form der Bestrafung. Für einen aufsässigen Sklaven war das Peitschen die einzige vernünftige Sanktion, was hätte man anderes mit ihm tun sollen? Ihn einsperren? Der

Sklave hätte sich ins Fäustchen gelacht und im Gefängnis auf die faule Haut gelegt. Ihn verstümmeln? Auf Wasser und Brot setzen? Das hätte nur seine Arbeitskraft und damit seinen Wert gemindert. Schlimmstenfalls konnte man ihn verkaufen; etwas, was die schwarzen Familien ihr Leben lang fürchteten wie der Teufel das Weihwasser. Aber auch auf der Auktion brauchte der schwarze Teufel dann nichts weiter zu tun, als sein grimmigstes Gesicht zu machen, seine Aufsässigkeit offen zu zeigen – und sein Preis fiel ins Bodenlose. Wer würde sich denn für teuer Geld einen faulen Stänkerer ins Haus holen?

Von dieser moderaten, ja familiären Sklavenbehandlung unterschieden sich allein die Großgrundbesitzer; Pflanzer, die fünfzig, hundert, zweihundert und mehr Sklaven ihr Eigen nannten. Zwar pflegten auch sie ihr Eigentum mit eher patriarchaler als brutaler Strenge, aber die auf den großen Plantagen geradezu zwangsläufige Trennung zwischen Weißen und Schwarzen führte dazu, dass Letztere stärker als Nutzvieh betrachtet und ausgebeutet wurden. Auch An- und Verkauf und die damit verbundenen Spekulationen waren hier an der Tagesordnung. Mancher züchtete sogar Sklaven, um sein Kapital billig zu vermehren, und hier und da zur Abschreckung einen aufzuhängen oder totzuschlagen, betrachtete man lediglich als eine radikale Art, seine Investitionen zu schützen.

Auf derlei Auswüchsen basierten die Vorurteile, die die weichen Gemüter im Norden gegen die Sklaverei ins Feld führten – und nicht auf der simplen Tatsache, dass Menschen Menschen besaßen. Das hatte es immer gegeben, mochte es nun Sklaverei oder Leibeigenschaft, Frondienst oder Industriearbeit heißen; das war durch die Geschichte, ja sogar durch die Bibel gerechtfertigt. Warum hätte der Herr die Neger schwarz erschaffen sollen, wenn er nicht wollte, dass sie für die Weißen arbeiteten, den Weißen gehörten? Dass dieses Eigentum auch verpflichtete, zu seiner Versorgung, zu Hege und Pflege, Güte und Strenge, stand ja außer Frage. Wenn sie von Puritanern, Katholiken und Evangelikalen auch unterschiedlich beantwortet wurde.

Ausgesprochen sensibel und einhellig missbilligend reagierte hingegen der gesamte Süden, arme wie reiche Pflanzer, lediglich darauf, wenn Sklaven flüchteten – was man vielleicht nachvollziehen kann, wenn man sich vorstellt, dass das Geld in der eigenen Brieftasche Beine bekommt und einem wegläuft.

18.

Seit er keinen Boden mehr unter den Füßen spürte, hatte Nathan mehrfach das Bewusstsein verloren. Seine Peiniger hatten dann eine brennende Kerze unter seine Fußsohlen gehalten, und das Zucken seines eigenen Körpers hatte ihn wieder zu sich gebracht. Die Schmerzen des Versengtwerdens waren jedoch nur Nadelstiche gegen die Qualen, die seine unwillkürlichen Bewegungen auslösten. Der Haken, an dem er hing, drohte ihn bei lebendigem Leib zu zerreißen, ihm die Rippen, den Brustkorb, die Wirbelsäule aus dem Körper zu brechen, wie man einen Fisch entgrätet.

Nathan hatte viele Fische entgrätet, bei Tisch, und das Bild deutlich vor Augen. Nun war er der Fisch. Vorsichtig wie ein Koch oder ein Chirurg hatte Massa Bonneterre seine Haut nur ein wenig aufgeschlitzt, seine Muskeln beiseitegedrückt und dann den eisernen Haken unter seinem Rippenbogen hochgeschoben, bis er, hoch am Brustbein, zwei seiner Rippen gepackt hatte, ohne die inneren Organe zu verletzen. Ausgetreten war der Haken oberhalb dieser Rippen, als man ihn daran aufhängte. Sein eigenes Körpergewicht hatte ihn durch Muskeln und Gewebe dringen lassen und eine scheußliche Austrittswunde verursacht, die aber auch nicht so stark blutete, dass Nathan in absehbarer Zeit daran sterben würde.

Erst dann hatten sie seine Hosen heruntergezogen, höhnische Bemerkungen gemacht, und Massa Bonneterre hatte die Geschichte vom Räuber Janosik erzählt, den man auf genau diese Weise hingerichtet habe im alten Europa. Allerdings hätte Janosik, am Brustkorb aufgehängt, noch siebzehn Pfeifen Tabak geraucht, ehe er endlich gestorben wäre; so viel Zeit hätte man also, sagte Massa Bonneterre und zündete sich umständlich die erste Pfeife an.

Als Nathan immer öfter ohnmächtig wurde und auch die zuckende Flamme der Kerze ihn nicht mehr zuverlässig zum Zappeln brachte, stellten sie einen Sägebock unter seine Füße: hoch genug, damit er einen Teil seines Körpergewichts darauf abstützen konnte, aber zu schmal, um wirklich darauf zu stehen. Dieser teuflische Einfall verhinderte die Gnade weiterer Ohnmachten, und so würde es viel länger dauern, bis Nathan tot war.

»He, Nathan«, rief der junge Richard »Dick« Willoughby. »Nat! Schläfst du?«

»Nein, Sir, o nein!«, keuchte Nathan mühsam. Schweiß und Tränen strömten über sein Gesicht, als Willoughby ihm daraufhin einen leichten Stoß versetzte, der ihn am Haken pendeln ließ. Seine eigenen Schreie klangen wie ein hohes Pfeifen in seinem Kopf.

»Heult wie ein Mädchen, der Nigger!«, sagte der schmächtige Owen Cheever, den Nathan am Tag zuvor noch mit einer Hand in die Luft geworfen hätte.

»Nat! Nathan«, mischte sich scheinbar voll Sorge und Mitgefühl der ältere Willoughby, Michael, ein. »Sei kein verdammter Narr, Nat. Lass dich nicht so quälen! Sag uns, was wir wissen wollen.«

»Ich weiß nichts, gar nichts, Sir!«, schrie Nathan, aber so leise, dass es ihm selbst eher wie ein Flüstern vorkam.

Desmond Bonneterre erhob sich und trat mit Cheever und Ben Huggins hinter den Gefolterten. »Haltet ihm mal die Hände auf, Jungs!«

Nathans Hände waren auf seinem Rücken gefesselt, und er fühlte jetzt, wie seine in die Handflächen gekrallten Finger von den beiden Männern aufgebogen wurden. Dann leerte Bonneterre die Glut seiner Pfeife in Nathans Hände und drückte sie wieder zusammen.

»Siehst du, Nat«, lachte er in die Schreie des Negers hinein, »die zweite Pfeife hast du schon hinter dir.«

Nathan war ein Haussklave. Zwar konnte er weder lesen noch schreiben, aber er kannte die Uhr, und da er selbst hin und wieder eine Maispfeife rauchte, wusste er, dass er schon mindestens zwanzig Minuten so da hing. Allmählich wurde es seinen Peinigern langweilig, und Michael Willoughby, Henry Colnett und Elijah Hunter gingen zum Barbecue der alten Herren zurück, das weit weg von der Scheune, vor dem Hauptgebäude mit seinen weißen Säulen stattfand. Cheever und Huggins aber stritten darüber, wie sie die Folter verschärfen könnten.

»Man müsste ihn hin- und herschaukeln«, sagte der eine.

»Nein«, meinte der andere. »Ein Seil an seinen Schwanz binden und daran ziehen wie bei einem Hampelmann!« Sie lachten bei dieser Vorstellung, denn beide hatten die Hampelmann-Zeit noch nicht lange hinter sich, waren noch sehr jung, achtzehn. Neunzehn. Freunde des jungen Dick Willoughby, der noch immer fasziniert zuschaute, wie sein Hausdiener gequält wurde.

»Blödsinn!«, sagte der nur sechs Jahre ältere, aber deutlich erfahrenere Desmond Bonneterre. »Dann wird er nur wieder ohnmächtig. Aber man könnte ein paar von den schwarzen Weibern herholen, damit sie zuschauen.«

»Und was soll das bringen?«, fragte Cheever.

»Dieser Nigger ist zu stolz, um zu reden«, erwiderte Bonneterre. »Und Stolz hat bei den Niggern viel mit ihrer Männlichkeit zu tun. Wenn du ihn vor seinen Stuten schlecht aussehen lässt, schmerzt das so einen Hengst mehr, als wenn du ihm wehtust!«

Cheever und Huggins lachten. Vor allem die Formulierung »schlecht aussehen lassen« schüttelte sie angesichts des unter den Rippen aufgehängten Mannes vor Komik. Nur Dick Willoughby war es peinlich, dass die Sklavinnen auf der Plantage seines Vaters dann wissen würden, was er einem Mann antat, der ihm als Junge das Angeln beigebracht hatte.

»Das verbiete ich!«, sagte er. Aber der Gedanke an die Frauen hatte Bonneterre ohnehin auf eine neue Idee gebracht.

»He, Nat«, sagte er. »Was hältst du davon, wenn wir uns deine Kinder vornehmen? Zwei kleine Mädchen, nicht wahr?« Seine Augen glitzerten.

»Hörst du schlecht?«, rief Willoughby. »Das verbiete ich!«

»Dick«, entgegnete Bonneterre entwaffnend ruhig. »Willst du, dass dieser Nigger redet, oder willst du es nicht?«

»Nicht die Kinder, Sir«, hechelte Nathan in die ratlose Pause, die entstanden war. »Nicht die Kinder, bitte. Ich rede, ich …« Er verlor erneut das Gleichgewicht, und sein Körper kreiselte am Seil, das linke Bein auf dem Sägebock.

»Und wir hören, Nat«, antwortete Bonneterre mit höflicher Ironie, aber nicht wenig von seinen eigenen Fähigkeiten als »Niggerbreaker« beeindruckt. Er hatte noch jeden Sklaven kleingekriegt, zuletzt immer bekommen, was er wollte. Er gehörte einfach einer überlegenen Rasse an. Warum nur fiel es den Niggern so schwer, das einzusehen? Wieso ließen sie sich erst quälen? Sie hatten doch so offensichtlich keine Chance: hier der gebildete weiße Mann, da der Neger, der nicht lesen und schreiben konnte und sich im Grunde verhielt wie ein trotziges, rotziges Kind! Er hätte sich all das ersparen können. Obwohl das natürlich langweiliger gewesen wäre. Denn andererseits machte es Desmond Bonneterre auch Spaß, den Willen eines solchen schwarzen Viehs zu zerbrechen wie ein Streichholz. »Also?«, fragte er.

Nathan weinte; im Vorgeschmack seines Verrats, glaubten die jungen weißen Männer. Aber er wusste es besser und hatte seinen letzten verzweifelten Plan bereits gefasst. »Runter, bitte«, keuchte er. »Lassen Sie mich runter, Sir, und ich will alles sagen!«

Dagegen war nichts einzuwenden, ein vernünftiger Vorschlag. Und bei Bedarf könnte man den Sklaven ja jederzeit wieder aufhängen.

»Warum nicht gleich so?«, knurrte Bonneterre und machte sich an dem Seil zu schaffen, mit dem sie Nathan an den Deckenbalken der Scheune gehängt hatten. Cheever und Huggins hielten jetzt die Beine des Negers, damit der Zug nachließ und der Knoten sich lösen konnte. Dann ging alles sehr schnell. Nathan schob seine Zunge, so weit er konnte, durch zwei kräftige Zahnreihen, und als ihn nur noch die beiden jungen Männer auf dem Sägebock hielten, ließ er sich plötzlich nach vorn fallen, landete auf seinem Gesicht und biss sich die Zunge bis auf ein kleines Stückchen am Rand vollständig ab.

Vor Schmerz verlor er das Bewusstsein, vielleicht hatte er sich auch den Schädel gebrochen. Es kam nicht mehr darauf an.

19.

»Zeigen Sie mir den Brief«, sagte John Gowers, und der unglückliche Reeder Robert Maguire, der schwer atmend vor ihm saß, händigte ihm das Schreiben aus. *Wir haben Ihre Kinder*, stand in kleinen, zitternden Buchstaben auf dem fleckigen Papier, das zwei Tage zuvor unter der Tür des Reeders durchgeschoben worden war. *Verhalten Sie sich ruhig, und warten Sie unsere Forderungen ab!* »Sind seither irgendwelche Forderungen gestellt worden?«, fragte Gowers.

Maguire schüttelte den Kopf. »Nein, aber heute Morgen lag das auf unserer Schwelle.« Er reichte Gowers ein etwa kohlkopfgroßes, aber erstaunlich leichtes Bündel. Der Amerikaner schaute hinein und zog dann eine Handvoll goldblonder Locken aus dem schäbigen, schmutzigen Tuch.

»Ich nehme an …«

»Das Haar meiner Tochter«, sagte Maguire mit brüchiger Stimme, und Tränen stiegen ihm in die Augen. »Mairie! Wer tut einem jungen Mädchen so etwas an?!« Angst und Wut mischten sich in seinem Gesicht, und es schien keineswegs sicher, welches dieser beiden Gefühle letztlich die Oberhand gewinnen würde.

»Wie alt ist Ihre Tochter?«, fragte Gowers.

»Vierzehn. Noch ein Kind, Mr. Gowers, ein Kind!«

»Und Ihr Junge?«

»Jonathan wird im nächsten Monat elf.« Ein Hauch Verachtung schwang jetzt in der Stimme des Reeders mit. »Was sind das für Leute, die auf Kinder losgehen?!«

»Entführer sind immer Feiglinge.« John Gowers gab nun endlich die Antwort, die sein Klient offensichtlich hören wollte, fügte aber nach wenigen Sekunden hinzu: »Das macht sie so gefährlich.«

»Wie meinen Sie das?«, fragte Maguire, in der Bestätigung seiner Ansichten gleich wieder erschüttert.

»Nun, Räuber und Diebe«, antwortete Gowers, »manchmal sogar Mörder, sind in einem Punkt, ich will nicht sagen: ehrlich, aber gewissermaßen fair. Sie gehen ein Risiko ein, um ihr Ziel zu erreichen. Sie wagen etwas.«

»Ich kann Ihnen nicht folgen«, sagte Maguire ein wenig ungehalten.

»Ein Mann, der Ihnen die Brieftasche wegnehmen will, muss damit rechnen, dass Sie sich wehren, Sir.«

»Zum Teufel, und damit liegt er verdammt richtig!«, entgegnete der kräftige, etwa fünfzigjährige Reeder so spontan, als wünsche er sich in diesem Moment nichts sehnlicher als ein Dutzend solcher Männer.

»Wenn er es trotzdem versucht, zeigt er damit, dass es ihm wichtiger ist, Ihre Brieftasche zu bekommen, als seine heile Haut zu behalten. Bei Entführern ist es umgekehrt. Sie tun«, Gowers machte eine Pause, die sowohl Anteilnahme als auch professionelle Besorgnis ausdrücken sollte, »alles, um mit heiler Haut davonzukommen.«

Robert Maguire verstand den Amerikaner jetzt und schluckte schwer an dieser Tatsache. »Gut, dass meine Frau nicht mitgekommen ist.«

Verschiedenes an dieser Entführung war merkwürdig. Zum einen war das die Tatsache, dass gleich zwei Kinder verschwunden waren, denn das sprach für eine größere Gruppe von Tätern. Vielleicht sollte aber ursprünglich nur eines entführt werden; vielleicht war der kleine Junge seiner Schwester, vielleicht die Schwester dem Bruder zu Hilfe geeilt – und das war schlecht, denn es konnte bedeuten, dass der Junge, das Mädchen sich zu heftig gewehrt hatten und nun tot waren. Gowers verbannte diesen Gedanken aus seinen Überlegungen und hoffte stattdessen auf die Möglichkeit, dass die Entführer einfach die Gunst der Gelegenheit wahrgenommen und gefunden hatten, für zwei Kinder mehr verlangen zu können als für eins.

Aber, das war der zweite merkwürdige Umstand, sie verlangten nichts, seit zwei Tagen nicht. Bei den Entführungen, mit denen Gowers bislang zu tun gehabt hatte, lagen zwischen der Tat und den Forderungen meist nur wenige Stunden; immerhin kann man von einem Entführer ja zumindest erwarten, dass er nicht nur sein Opfer genau aussucht, sondern sich auch vorher überlegt, was er eigentlich will. Für ein zweitägiges Schweigen gab es auf den ersten Blick keine andere Erklärung, als dass die Pläne der Entführer gestört worden waren, und auch das konnte bedeuten, dass die Kinder nicht mehr lebten.

Dann die seltsame und grausame Idee, dem Mädchen das Haar abzuschneiden. Was sollte das? Und warum war auch mit dieser zweiten »Botschaft« keine Forderung verbunden? Wollte man zeigen, dass die Kleine noch lebte? Oder nur ihre unglücklichen Eltern quälen und einschüchtern? Gowers betastete die langen blonden Locken, die der verzweifelte Vater ihm dagelassen hatte, und sah sie sich sehr genau an. Er fand keine Haarwurzeln, nicht ein Haar war ausgerissen worden, und die sauberen Schnitte sprachen gegen ein Messer und für eine Schere, die die gemeine Arbeit verrichtet hatte. Das aber erhöhte die Wahrscheinlichkeit, dass eine Frau in den Fall verwickelt war, beinahe bis zur Gewissheit, denn Männer, zumindest Verbrecher, besaßen in dieser Zeit und Gegend gemeinhin keine Scheren und auch nicht die Geduld und das Geschick, sie zu benutzen.

Noch einmal wandte sich Gowers der Frage zu, was diese Botschaft zu bedeuten hatte. Ich habe Ihre Tochter? Das wusste Maguire schon. Ihre Tochter lebt? Man konnte auch einer Leiche das Haar abschneiden. Um ein »Lebenszeichen« zu geben, war es außerdem erheblich einfacher, ein Kleidungsstück des Entführten zu schicken. Nein, unter diesen oberflächlichen Bedeutungen sollte das abgeschnittene Haar von Mairie Maguire vor allem eins signalisieren: Ich kann mit Ihrer Tochter tun, was ich will. Und neben der Drohung, der Einschüchterung, die darin unzweifelhaft steckte, sprach das für eine erhebliche Eitelkeit – der Täterin.

20.

Gowers war herzlich ungeübt darin, sich mit Kindern zu unterhalten. Er befragte sie deshalb so, wie er auch Erwachsene befragt hätte, und versuchte lediglich, besonders langsam und deutlich zu sprechen, als ob die Kinder Schwachsinnige wären, zu denen man erst einmal durchdringen müsse. Sein Unvermögen war zweifellos darin begründet, dass es in seinem eigenen Leben eine Kindheit praktisch nicht gegeben hatte beziehungsweise dass die Erinnerung an Zärtlichkeit, Geborgenheit und Vertrauen ihm nachhaltig abhandengekommen war.

Ein Kind war in seinen Augen einfach ein Erwachsener, der noch nicht genügend gelernt, gelesen, erlebt hatte; ein unfertiger Mensch, den man am besten sich selbst überließ, um vielleicht irgendwann nachzuschauen, was aus ihm geworden war. Gowers konnte nicht verstehen, warum sich so viele Menschen, Schriftsteller zumal, in diesen erbärmlichen Zustand zurückwünschten. Die Befragung einiger Schulkameraden von Mairie und Jonathan bestätigte ihn in dieser Ansicht: Die Kinder verhielten sich wie Idioten. Ihre Angaben widersprachen einander ganz offen und machten sie unbrauchbar. Einigkeit herrschte lediglich darin, dass Jonathan in der Schule erzählt hatte, ein schwarzer Riese umschleiche seit einigen Nächten das Haus; aber ob der einen Schlapphut oder eine Kapuze trug, war schon wieder umstritten.

Gowers gab es auf, seine Ermittlungen in diese Richtung auszuweiten. Viel interessanter war, dass es auch nach vier Tagen keine Forderung gab. Nun ist eine Entführung, wie jede riskante Spekulation, mit Kosten verbunden, mit Aufwand, Personal, Logistik. Die Kinder mussten versteckt, bewacht, versorgt werden, mussten essen und ihre Notdurft verrichten. Und all das geschah nun schon seit vier Tagen, ohne dass nach einer Gegenleistung gefragt worden war, und das brachte Gowers auf den Gedanken, dass der »Mehrwert« möglicherweise kein finanzieller war.

»Haben Sie Feinde, Sir?« Gowers saß im Salon des wohlhabenden Reeders diesmal dem Ehepaar Maguire gegenüber, denn ein zweites Mal hatte sich die gut zwanzig Jahre jüngere Gattin seines Klienten nicht davon abhalten lassen, dem Gespräch beizuwohnen. Den Amerikaner verunsicherte das nicht, aber es lenkte ihn ab, denn auf den ersten Blick sah er, woher Mairie Maguire ihr schönes blondes Haar hatte.

»Feinde«, antwortete Maguire einen Augenblick zu langsam. »Natürlich habe ich Konkurrenten, Mr. Gowers. Aber das sind Ehrenmänner und keiner von ihnen …«

»Sag es ihm, Robert!«, unterbrach ihn seine Frau, und Gowers wusste, dass er auf der richtigen Fährte war.

»Nun, es ist ja schließlich keine Schande«, sagte der Reeder daraufhin, wobei er seinen Worten zum Trotz errötete. »Und auch kein Geheimnis: Ich bin als Deportierter in dieses Land gekommen, Mr. Gowers. Ich war siebzehn Jahre alt und hatte gestohlen. Aber ich bin nicht vor dem Gesetz davongelaufen, nein, Sir! Ich habe meine Strafe abgebüßt und, nachdem ich frei war, als Gehilfe eines Schiffszimmermanns angefangen. Auf dem Holzplatz!« Maguire reckte den Kopf so hoch, als müsse er ihn über Wasser halten, und machte eine stolze, ausladende Handbewegung. »Alles, was ich bin und was Sie hier sehen, habe ich ehrlich und aus eigener Kraft erworben. Mir hat niemand etwas geschenkt, aber mir musste auch niemand was schenken, Mr. Gowers!«

Elizabeth Maguire, erst wenig über die dreißig und auffallend hübsch, legte bei diesen Worten ihre Hand auf den Arm ihres Mannes. Der Amerikaner, der gewohnt war, immer das Schlechteste von einem Menschen zu denken, und angenommen hatte, dass sich auch hier, damals, vor fünfzehn Jahren, ein hübsches junges Ding einen reichen Kerl geangelt hatte, wusste in diesem Moment, dass die Liebe vor ihm saß, und senkte beschämt den Kopf.

»Gibt es jemanden in Ihrer Vergangenheit, der Ihnen übelwill? Ist vielleicht irgendwann einmal jemand aufgetaucht, der … wie soll ich sagen, Sie daran erinnert hat, woher Sie kommen?«

Der Reeder schnaubte verächtlich. »Als ich noch in Sydney war, habe ich gelegentlich solche Leute angestellt, ehemalige Deportierte. Einer von diesen Kerlen, ein gewisser Blampin, ist tatsächlich vor einem Vierteljahr hier aufgetaucht und wollte mich erpressen.«

»Wie lange sind Sie in Melbourne?«

»Seit mehr als zwanzig Jahren.«

»Und wissen die Leute hier, woher Sie kommen?«

Maguire hatte in den letzten Minuten seine Selbstsicherheit wiedergewonnen. »Ich hab's nicht an die große Glocke gehängt, aber ich habe auch keinen Hehl daraus gemacht, wenn Sie das meinen.«

»Also haben Sie sich von Blampin auch nicht erpressen lassen?!«

Der Reeder lachte. »Natürlich nicht. Ich habe ihm …« Im letzten Moment fiel ihm ein, dass seine Frau anwesend war. »Ich habe ihn zum Teufel gejagt, Mr. Gowers.«

»Ist dieser Blampin noch in Melbourne?«, fragte der Investigator.

»Ja.« Wieder klang die solide Verachtung des Selfmademans in Maguires Antwort durch. »Er arbeitet für Harewood.« Er schüttelte den Kopf. »Ausgerechnet!«

»Sir?« Gowers verstand nicht.

»Jacob Edward Harewood«, sagte der Reeder ironisch. »Oder General Harewood, wie er sich neuerdings gern nennen lässt. Der große Saubermann Victorias, der …«

»Robert!«, unterbrach Mrs. Maguire ihren Mann ruhig, aber bestimmt.

»Entschuldige, Liebes!«, sagte Maguire prompt und erklärte, jetzt wesentlich gelassener: »Jack Harewood ist der Führer der Kampagne ›Sauberes Victoria‹: Keine Sträflinge, Freigelassenen, Taugenichtse – und Einwanderer nur, wenn sie mindestens fünfhundert Dollar als Sicherheit hinterlegen können. Nach zwanzig Jahren im Stadtrat hat er bei der Wahl im nächsten Monat zum ersten Mal einen Gegenkandidaten: mich!«

»Zwanzig Jahre.« Gowers runzelte die Stirn »Was genau hat man Ihnen bei der Polizei gesagt, Sir?«

»Dass wir warten müssen, bis die Entführer Forderungen stellen. Vorher könne man überhaupt nichts machen«, sagte der Reeder.

»Sonst nichts?«

»Nur, dass wir nichts tun sollen, was das Leben unserer Kinder gefährdet«, antwortete besorgt Mrs. Maguire.

»Hm.« Gowers ging probeweise davon aus, dass doch bereits eine Forderung gestellt worden war, behielt diese Überlegung aber für sich, um keine vorschnellen Reaktionen auszulösen.

21.

Desmond Bonneterre erwachte in der Dämmerung, weil er Durst hatte, und äußerte das knurrend. Seine Zunge fühlte sich zäh und wund an. Er hatte am Abend zuvor zu viel getrunken und zu viel geraucht und brauchte eine Weile, ehe er auch nur schlucken konnte. Seine Träume waren wirr gewesen und durchdrungen von der Schmach der Niederlage, die er erlitten hatte. Nathan. Das Kopfschütteln des alten Generals Willoughby. Die Zurechtweisung seiner Mutter. Noch einmal fiel er in einen klebrigen Halbschlaf und erwachte schließlich, weil er in einer Pfütze seines eigenen Schweißes lag. Dass es schon am frühen Morgen so warm sein konnte! Hatte er jetzt getrunken? Seine Zunge stieß vertrocknet gegen Zähne und Gaumen, er hatte noch nicht getrunken!

Die tiefen Atemzüge neben seinem Bett weckten ihn vollends und stachelten sofort auch die Wut an, die sein ganzes Leben bestimmte. Er wollte etwas trinken. Sofort! Rollte zur Seite, deckte sich auf dabei und schlug heftig mit der flachen Hand nach unten, wobei er etwas Warmes traf, das sich neben seinem Bett auf dem Boden ringelte, sofort hochschreckte und verängstigt zur Seite rutschte.

»Zu trinken!«, befahl Bonneterre der etwa sechzehnjährigen Negerin, die in seinem Schlafzimmer auf genau solche Befehle zu warten hatte. Sie sprang auf, um ihrem Herrn ein Glas von dem Wasser zu holen, das im Krug neben der Waschschüssel am anderen Ende des geräumigen Zimmers stand. Sie hoffte inbrünstig, dass er danach noch einmal einschlafen würde. Aber Bonneterre hatte die leichte seidene Decke jetzt vollständig zur Seite geschleudert, lag nackt auf dem durchgeschwitzten Laken und befahl ihr, ihn zu waschen, nachdem das Wasser seine Kehle und seine Stimmbänder freigespült hatte. Gehorsam feuchtete sie eines der Handtücher an und rieb seinen Körper damit ab, den dabei eine angenehme Kühle und eine kitzelnde Gänsehaut überzogen. Nach einigen Minuten drückte er ihren Kopf auf seinen Unterleib.

Obwohl er seit zwei Jahren verheiratet war, schlief Desmond Bonneterre allein, wenn man von der Sklavin Darioleta absah, deren Anwesenheit aber nicht mehr zählte als in späteren Zeiten das Vorhandensein eines Lichtschalters oder eines Wasserhahns. Auch im Zimmer seiner jungen Gemahlin Eleanor schlief eine Sklavin, die ihr das Nachtgeschirr unterhielt, das Licht anzündete, die Waschschüssel füllte, Handtücher und Kleider bereitlegte. Einzig seine Junggesellengewohnheit, auch andere morgendliche Bedürfnisse von den stummen Dienerinnen befriedigen zu lassen, hatte Eleanor abgestoßen und sie in ein separates Schlafzimmer auswandern lassen.

Bonneterre war das gleich, er hatte seine Pflicht getan. Er hatte das Mädchen geheiratet, das seine Mutter für ihn ausgesucht hatte, den Familienbesitz dadurch noch einmal beträchtlich vermehrt und sie nun schon zum zweiten Mal geschwängert. Wenn es wieder ein Junge wurde, die Erbfolge damit endgültig gesichert wäre, würde man sich ohnehin nur noch bei Tisch sehen und bei gesellschaftlichen Anlässen zusammen zeigen. Eleanor war so langweilig! Nachdem er befriedigt war, stand er auf, ließ sich das restliche Wasser über den Kopf schütten, bis der wieder halbwegs auf seine Schultern passte, und trat auf den Balkon hinaus.

Das Haus schlief noch, aber die Plantage war wach. Weit hinten, die Platanenallee hinunter, hörte er Hufgetrappel, das heisere Klirren der Pferdegeschirre, hier und da einen lustigen Peitschenknall, und über den Bäumen, hinter denen die große Brettersiedlung der Feldsklaven lag, stieg der dünne Rauch ihrer Feuerstellen auf. Bonneterre wandte sich mit zerzausten nassen Haaren zu der kleinen Sklavin um, die hinter ihrem nackten Herrn in der Tür stehen geblieben war, und sagte: »Darry! Geh runter in die Küche und sag Bescheid. Ich will heute hier oben frühstücken!«

Darioleta, die ihren ungewöhnlichen Namen einer in der Familie Bonneterre erblichen Vorliebe für den Ritterroman Amadis von Gallien *verdankte, gehorchte stumm. Sie war als Kind einmal auf eine schwärmerische Art in ihren jungen Herrn verliebt gewesen; er war groß, schlank und kräftig, stets sehr elegant gekleidet und frisiert, sein kleiner Schnurrbart glänzend gewichst. Aber seit ihrem elften Geburtstag tat er ihr Dinge an, die dieses Gefühl ins Gegenteil verwandelt hatten. Ob auch die Verstümmelung Gandalods, eines jungen Feldarbeiters, der sie einmal geküsst hatte, Desmond Bonneterres Idee gewesen war oder doch die seiner Mutter, wusste sie nicht. Als Darioleta ihren Auftrag ausgeführt hatte, begab sie sich jedenfalls zum Abtritt der Haussklaven neben der Scheune, steckte einen Finger in den Hals und erbrach sich, bis ihr das Wasser aus Augen und Nase lief.*

22.

»Sir?!« Der alte Arban war auf den Balkon getreten, als Bonneterre eben mit seinen langen Fingernägeln die Überreste des Frühstücks aus seinen Zähnen kratzte. »Ihre Mutter bittet Sie, so bald wie möglich in den grünen Salon zu kommen.«

»Dachte ich mir«, antwortete Bonneterre. »Sag ihr, ich bin unterwegs.« Dabei lehnte er sich noch einmal in seinem Korbsessel zurück und atmete tief durch. Sie würde besprechen wollen, wie man heute Abend am besten vorgehen könnte. Er wusste, dass man ihm Vorhaltungen machen würde, dass er nicht nur versagt, sondern auch den anderen jede Chance verbaut hatte. Über dreißig Sklaven waren in den letzten Wochen in Denham Parish – so wurden in Louisiana, und nur dort, die Countys oder Landkreise genannt – verschwunden, und den einzigen Zeugen, der vielleicht über ihren Verbleib Auskunft geben konnte, hatte er mundtot gemacht. Trotz allem musste er lachen, als er das dachte. Warum fielen ihm, in all seinen Schwierigkeiten, nur immer wieder derart lustige Formulierungen ein?

Den Zorn seiner Mutter musste er nicht mehr fürchten; den hatte sie ihn schon tags zuvor durch eine Ohrfeige mit dem Handrücken spüren lassen, und Marie-Therese Helisena Milisande Bonneterre war nicht die Frau, die ihren Unwillen tagelang hätschelte. Ihr würde es nur darum gehen, wie man weiteren Schaden vom Hause Bonneterre abwenden könnte. Uralter hugenottischer Adel, nach der Schlacht von La Rochelle in die Kolonien ausgewandert, auf einem eigenen Schiff wohlgemerkt! Weitläufige, wenn auch nie nachgewiesene Verwandtschaft mit der Familie Tascher de La Pagerie, und das hieß: Madame Bonneterre konnte Josephine Beauharnais zu ihren Vorfahren zählen und die Könige von Neapel, Holland, Bayern und last, not least *den dritten Napoleon selbst als ihre Vettern bezeichnen. Das traf aber auf nahezu alle Kreolen von Louisiana zu, weswegen man es nie direkt erwähnte, sondern im Umgang mit den Amerikanern nur gelegentlich durchblicken ließ.*

Sie war die einzige Frau und thronte an diesem Abend trotz des jämmerlichen Betragens ihres Sohnes wie eine Königin inmitten der Versammlung von Pflanzern und Großgrundbesitzern. Da sie noch immer eine exquisite Schönheit war, hätten die versammelten Gentlemen, die sich auch gern als die Ritter des Südens bezeichneten, sich niemals so weit vergessen, die edle Dame und ihren missratenen Prinzen offen zu tadeln. Sie beließen es dabei, Desmond Bonneterre, so gut es ging, zu schneiden, ein wenig den Kopf zu schütteln – und der junge Mann mit den glänzenden schwarzen Locken sah, durch den Rauch ungezählter Zigarren hindurch, dass es Ben Huggins und Owen Cheever deutlich schlechter gegangen war.

Cheever setzte sich so vorsichtig, als sei sein Gesäß ein höchst zerbrechliches, mit Quecksilber gefülltes Messinstrument, und verzog dennoch den Mund, als er sein eigenes Gewicht in den Knochen spürte. Huggins' Gesicht zierte ein Veilchen, das ihm sein würdiger, aber als jähzornig bekannter Erzeuger am Abend zuvor verpasst hatte. Nur die beiden Willoughbys waren leer ausgegangen, zweifellos weil ihr alter Vater in einem gepolsterten Rollstuhl saß, in den ihn der Amerikanisch-Mexikanische Krieg befördert hatte.

Das Gespräch wogte lange hin und her, ehe General Willoughby seine versammelten Nachbarn zum Verstummen brachte, indem er mehrmals mit einer völlig überflüssigen Reitpeitsche über die eisernen Speichen seines Jammergefährts strich.

»Schluss jetzt«, sagte er leise. »Es hat sich nichts Neues ergeben, und wir werden auch nichts erfahren, solange wir alle nur raten.« Er wandte sich an einen hochgewachsenen, weißhaarigen Gentleman, der sich eben aus einer Karaffe mit Branntwein bediente. »Lem! Besteht die Chance, dass der alte Nathan überlebt?«

»Nein«, sagte der Angesprochene achselzuckend. »Ich bin Arzt, kein Zauberer! Und selbst wenn: Reden wird er nie wieder, und schreiben kann er nicht.«

»Gut«, erwiderte der General. »Dann sehe ich keinen Grund, sein Leiden unnötig zu verlängern.« Er gab seinem Sohn Michael einen Wink, und der ging wortlos hinaus, um die offenbar vorher abgespro-

chenen Instruktionen an einen der Sklavenaufseher weiterzugeben. »Also«, sagte wieder der alte Willoughby, als das erledigt war. »Wie kriegen wir diesen Moses?«

Die kleine, aber feine Gesellschaft zuckte kollektiv zusammen, als sie den verhassten Namen hörte. »Dieser Moses«, eine Art Prophet für die Schwarzen, hatte in den vergangenen Jahren überall im Süden immer wieder Sklaven entführt beziehungsweise zum Weglaufen überredet, ohne dass man bisher mehr von ihm wusste als seinen Namen.

»Achtunddreißig Nigger können doch nicht spurlos verschwinden!«, sagte erbost Thomas Enderby. »Sie müssen essen und irgendwie wegkommen, also sich bewegen.«

»Meine Jungs reiten sich seit einer Woche den Hintern wund«, erwiderte Henry Hunter, Chef der Louisiana-Miliz, Regiment Denham Parish, mit einer tief im Rachen nahezu gurgelnden Stimme. Der nun schon zum dritten oder vierten Mal zwischen den Zeilen geäußerte Vorwurf mangelnder Wachsamkeit ließ ihn kurzfristig sogar die Anwesenheit einer Dame wie Marie-Therese Bonneterre vergessen, deshalb fuhr er erst nach einem verlegenen Räuspern fort. »Entschuldigung, Madame, aber so ist das nun mal. Ich habe sechzig Mann auf allen Straßen, Tag und Nacht. Die beschweren sich schon, weil sie ihre eigenen Farmen nicht so lange liegen lassen können.«

»Vielleicht war der Kreis, den wir gezogen haben, von Anfang an zu klein«, sagte Madame Bonneterre und fügte bewusst derb hinzu: »Also erlösen wir die Ärsche unserer Jungs und schicken wir sie auf ihre Farmen zurück!« Dröhnendes Gelächter antwortete ihr, und erst als es verebbt war, fuhr sie mit mildem Lächeln fort: »Warten wir, Gentlemen. Vergessen wir diese achtunddreißig Nigger und bauen wir eine Falle für Moses, wenn er das nächste Mal zuschlägt.«

»Entschuldige, Mary«, schaltete sich wieder General Willoughby ein. »Aber achtunddreißig Nigger, das sind fünfzigtausend Dollar. Keiner von uns« – und hier lächelte er ironisch – »die Bonneterres einmal ausgenommen, kann es sich leisten, auf so viel Geld einfach zu verzichten.« Zustimmendes Gemurmel erhob sich. »Außerdem«, *fügte Willoughby hinzu, »habe ich das Gefühl, dass sie noch nicht im Norden sind, sondern immer noch hier unten. An einem Ort, den wir nicht kennen. Die gottverfluchten Railroader* werden es nicht wagen, einen solchen Haufen Nigger auf einen Schlag wegzubringen. Die werden sie tröpfchenweise raufschaffen – und das ist unsere Chance!«*

»Aber wir können doch nicht den ganzen Mississippi überwachen«, grollte Hunter. »Wir brauchen mindestens einen Anhaltspunkt, eine Stelle, an der wir anfangen. Wir können nicht jeden einzelnen Nigger auf jedem verdammten Schiff überprüfen.«

»Müssen wir auch nicht«, beschwichtigte der General. »Vielleicht nicht. Ich habe schon letzte Woche nach New York telegrafiert und einen Mann hergebeten, der uns helfen kann.«

»Einen Yankee?!«, schnaubte Enderby entrüstet.

»Die Yankees, Tom«, entgegnete Willoughby, »haben bei all ihrer Charakterlosigkeit einen Vorzug, und das ist ihre Geldgier. Man kann sie für alles mieten.«

»Wofür um alles in der Welt willst du denn einen Yankee mieten, Pa?«, warf der junge Dick Willoughby vorwitzig ein. »Ist er ein Zauberer?« Das leise Gelächter, das daraufhin entstand, galt weniger dieser Äußerung als vielmehr der Tatsache, dass der junge Mann überhaupt etwas zu sagen gewagt hatte.

»Der Mann ist Detektiv«, sagte der General mit einem erbosten Seitenblick auf seinen Sohn. Jetzt eine Viertelstunde Beine, einen Gürtel, einen Holzschuppen haben! »Und zwar ein sehr guter, wie ich erfahren habe. Er wird unsere Nigger finden und die Leute hochnehmen, die ihnen helfen. Und Moses, Ladies and Gentlemen, wird endlich ein Gesicht bekommen!«

* Die geheimen Organisationen, die Sklaven zur Flucht in den Norden verhalfen, wurden Underground Railroad genannt.

23.

Mete Kingi Paetahi, Häuptling der Te Ati Haunui a paparangi von Wanganui, kam in der prachtvollen Uniform eines britischen Seekapitäns: blinkende goldene Knöpfe und Schultertressen, die dem schmächtigen Mann bis weit auf die Oberarme hingen. Immerhin hielt er als Symbol seiner Führerschaft die *Mere punamu*, eine traditionelle neuseeländische Kriegskeule, in der Hand, die wie das Blatt eines Paddels geformt und verschwenderisch mit Schnitzereien verziert war.

Titokowaru mochte den klugen kleinen Mann nicht, dessen Väter und Onkel vor mehr als einem Vierteljahrhundert den verräterischen Vertrag von Waitangi unterzeichnet hatten und der auch selbst längst mehr Politiker als Krieger war. Dennoch begrüßte er ihn mit dem *Hongi*, wie es einem Häuptling zukam, legte also seine Stirn an die Stirn Mete Kingis, fühlte dessen mächtigen, walrossartigen Schnauzbart an seiner Oberlippe und sog mit geblähten Nasenflügeln den Geist und die Gedanken seines Gastes ein. Der fremde Häuptling roch nach Tabak und würde gegen den Krieg stimmen.

Die Oberhäupter der Ngati Mutunga, Te Atiawa und Taranaki würden dagegen wohl auf seiner Seite stehen, denn sie hatten als Küstenstämme an der nördlichen Taranaki-Bucht unmittelbar unter dem illegalen Vordringen der Pakeha zu leiden. Alles käme also auf die Stimme Tawhiaos an, den die Stämme des nördlichen Binnenlandes am Waikato, die Ngati Haua, Te Arawa und Te Maniapoto, ihren König nannten.

Seine Erscheinung hatte allerdings etwas Königliches: Im Gegensatz zu den übrigen Häuptlingen und auch Titokowaru selbst trug er keine europäische Kleidung, sondern das traditionelle *Kaitaku*, ein aus *Tihore*, der feinsten der drei verschiedenen Arten des neuseeländischen Agavenflachses gewobenes Staatskleid, das mit geometrischen Mustern in Rot und Schwarz verziert war. Von seinen Schultern hing der berühmte Umhang der alten Waikato-Häuptlinge, eine Art Mantel aus Vogelfedern, in dem angeblich sogar noch Federn des drei Jahrhunderte zuvor ausgestorbenen Riesenvogels Moa verarbeitet waren. In der rechten Hand hielt er die *Taiaha*, den mannshohen Kriegsspeer, seine Mere war beinahe sichelförmig gebogen, und die dunklen Flecken getrockneten Bluts auf dem Rand der Hartholzkeule zeigten, dass sie keineswegs immer ein symbolischer Gegenstand gewesen war.

Dunkelblaue Tätowierungen, genealogische Linien, Kreise, Punkte bedeckten mit Ausnahme der Wangenknochen sein gesamtes Gesicht, reichten bis in den kurz geschnittenen, dichten grauen Haarschopf hinein und vereinigten sich auf seiner Nasenwurzel, was dem Blick seiner schwarzen Augen etwas beinahe Hypnotisches verlieh. Zweimal hatte Titokowaru als Tawhiaos Verbündeter in den Waikato-Kriegen gekämpft, und das bloße Auftauchen des Königs bei dieser Beratung in Te Ngutu o te Manu machte den versammelten Häuptlingen den Ernst des Anliegens der Ngaruahine deutlich. Das Hongi der beiden Männer fiel deutlich respektvoller, aber auch herzlicher aus als die bisherigen Begrüßungen. Titokowaru spürte dabei jedoch auch die Vorbehalte des Königs gegen den von ihm geplanten Krieg.

Ein grundlegendes Problem war, dass der Prophet Te Ua Huamene im Jahr zuvor gestorben war und damit ein geistiger Führer fehlte, der den gemeinsamen Widerstand der Stämme weckte. Die von Te Ua begründete Religion des *Pai Marire* hatte sich inzwischen auf der gesamten Nordinsel ausgebreitet und war die große Triebfeder für die Kriege und Aufstände der letzten acht Jahre gewesen. Wie immer wollte die neue Religion nur das Beste: Pai, das Gute, und Marire, den Frieden. Aber Te Ua Huamene hatte eben auch einen religiös motivierten Anspruch der Maori auf ihr eigenes Land gepredigt, was seinen Prophezeiungen eine unverzichtbare politische und militärische

Dimension verlieh. Leider hatte der alte Mann in einer seiner letzten Visionen dieses, das Jahr 1867/68, zum *te tau tamahine, tenai terau o tera muti*, dem Jahr der Töchter und des Lammes erklärt, was alle kriegerischen Aktivitäten ausschloss. Zwar waren seit seinem Tod einige kleinere Propheten aufgestanden, die die Botschaften des Pai Marire fortschrieben und veränderten, aber keiner von ihnen hatte die Autorität, dieses letzte Gebot des alten Te Ua umzustoßen.

Die Macht eines Maorihäuptlings gründete sich nicht auf seine politische Intelligenz oder militärische Stärke, nicht auf Erbfolge, Lehnswesen oder gar demokratische Wahlen, sondern einzig und allein auf sein persönliches *Tapu*, die geistige, seelische, transzendentale Kraft, die er ausstrahlte. Spürten die Krieger die unsichtbaren Schwingungen dieser Kraft, folgten sie dem Häuptling bis in den Tod; hatte er sein Tapu verloren, konnte keine Macht der Welt einen freien Maori zwingen, ihn weiterhin als Führer anzuerkennen. Titokowaru musste also Rücksichten auf Traditionen, Rituale, unausgesprochene Glaubenssätze und gesellschaftliche Übereinkünfte hinsichtlich der Beurteilung von Gut und Böse nehmen, die den Pakeha, ihren Königen und Gouverneuren, Generälen und einfachen Soldaten immer fremd blieben.

Umso schwerer war es für ihn, dem Landraub, den die Weißen mithilfe des 1865 gegründeten *Native Land Court* betrieben, tatenlos zuzusehen. Das Vorgehen der Pakeha war denkbar simpel: Angeblich um die Eigentumsverhältnisse des den Maori im Vertrag von Waitangi zugesicherten Landes zu vereinfachen, wurde ohne Rücksicht auf die Rechte der Stämme je zehn Individuen ein Stück Land übereignet, das diese dann einzeln und ohne Zustimmung der Häuptlinge an die Weißen verkaufen konnten oder mussten. Angebliche Schulden, Manipulationen und Korruption durch Geld und Alkohol, aber auch die willkürliche Konfiszierung durch weiße Gerichtsvollzieher führten dazu, dass das Land der Ureinwohner immer weiter zusammenschmolz. Schon bald würden die Ngati Ruanui praktisch heimatlos sein. Dabei den Glauben an das Jahr der Töchter und des Lammes zu behalten fiel schwer.

Bis auf Mete Kingi, der sich am Wanganui River von jeher mit den Weißen arrangiert hatte und als ihr Kupapa, Verbündeter, galt, pflichteten alle Häuptlinge Titokowaru darin bei, dass dem Treiben der Pakeha Einhalt zu gebieten sei. Einige versprachen sogar, ihm Beistand zu leisten, und besiegelten dieses Bündnis auf traditionelle Art, indem sie eine ungekochte Eidechse verzehrten; was angesichts ihrer europäischen Kleidung, Tweedhosen, Karo-Westen und Bowler-Hüte, einen allerdings reichlich absurden Eindruck machte. Tawhiao spürte als Einziger, dass der Häuptling der Ngaruahine etwas vor ihnen verbarg, aber da Titokowaru sein Keuschheitsgelübde nicht öffentlich gemacht hatte, um sein Tapu nicht zu gefährden, konnte der König auch nicht wissen, wie seinem alten Kampfgefährten zu helfen war.

Titokowaru litt unter den nächtlichen Vereinigungen mit der Frau, die ihm beinahe jeder seiner Träume schickte. Die Orte, Gegebenheiten, Situationen, ja selbst die Art, auf die sie sich liebten, waren immer unterschiedlich. Nur die Frau nahm auf unheimliche Weise immer individuellere Züge an. Schließlich kannte er jedes einzelne Muttermal auf ihrem Körper, auch die, die nur ein Mann von seiner Ehefrau kennt. Er vermutete, dass ihn der Geist einer Frau quälte, die er in einem früheren Leben besessen und durch irgendetwas Unauslöschbares beleidigt hatte, und opferte, betete zu ihr um Vergebung, aber in der Nacht kam sie wieder zu ihm.

Es waren keine Alpträume; er schwamm in Lust und Liebe, wenn sie bei ihm lag, aber trotzdem machte sie ihm Angst. Vielleicht hätte es geholfen, mit einer anderen, einer wirklichen Frau zu schlafen, aber das, hatte er geschworen, würde er erst wieder tun, wenn er das Zeichen zum Krieg erhalten hatte, nach dem er Ausschau hielt in allen Dingen. Er wusste nicht, wie das Zeichen aussah, nur, dass er es erkennen würde, wenn es kam.

Irgendwann begann er, die fremde Frau auch am helllichten Tag zu sehen, und hätte sie unter Tausenden sofort erkannt. Wer war dieses Wesen und was wollte es von ihm?

Als seine Nächte ihn so erschöpften, dass er Fieber bekam, wusste er, dass er den Krieg vorantreiben musste, wenn er Frieden finden wollte, und berief die Versammlung der Häuptlinge nach Te Ngutu o te Manu ein. Aber leider waren sich alle Beteiligten einschließlich des Königs Tawhiao darin einig, dass der Krieg warten musste, bis das Jahr der Töchter und des Lammes vorüber oder aber ein mächtiger neuer Prophet hervorgetreten war.

24.

Die Hure war jünger als Mrs. Maguire und kleiner und weniger hübsch. Vorsichtig schob John Gowers ihr langes blondes Haar, eigentlich das Einzige, was sie mit der Frau des Reeders gemeinsam hatte, aus dem Nacken der Schlafenden und legte sacht und ohne sie mit dem gesamten Gewicht seines Kopfes zu belasten, ein Ohr zwischen ihre nackten Schulterblätter. Er lauschte auf die gleichmäßigen, dunklen Herzschläge in dem schmalen Körper und begann, mit langsamen, ruhigen Bewegungen ihren Rücken zu streicheln. Ihre Haut war angenehm sauber, was sich natürlich auf ihren Preis auswirkte. Gowers zählte die Wirbel unter seinen Fingern, schob dann seine Hand unter die Bettdecke und legte sie leicht auf die kleinen, nachtwarmen Hinterbacken.

Wenn seine Vermutung richtig war, gab es einen ganz einfachen Weg, auf dem die Kinder wohlbehalten wieder nach Hause kommen würden: Maguire musste seine Kandidatur zurückziehen. Vielleicht würde man zusätzlich auch noch Geld von ihm verlangen, aber der Reeder war ja kein armer Mann. Das Hindernis war sein Stolz. Würde er aufgeben, wenn er wusste, dass er zur Aufgabe gezwungen werden sollte? Würde er es ertragen, seinen Gegnern sozusagen auch noch die Unkosten zu zahlen, die seine Kandidatur verursacht hatte? Gowers wusste, dass er dem Mann zumindest diesen Vorschlag machen, ihm diese Möglichkeit anbieten musste. Alles andere, jede Form der Ermittlung, wäre zu riskant. Aber was würde er selbst an der ganzen Sache verdienen?

Nur um der Herausforderung willen überlegte er, wie er vorgehen könnte, um die Kinder zu finden und zu befreien. Er stellte sich diese Frage wie eine mathematische Aufgabe: Harewood plus, Klammer auf, Blampin mal x, Klammer zu, gleich y. Diese Gleichung ließe sich nur lösen, wenn man die bekannten Faktoren scharf beobachten und zu möglichst unüberlegten Reaktionen verleiten würde. Aber genau da lag das Problem, das Risiko. Waren diese Reaktionen kalkulierbar? Harewood plus Blampin geteilt durch die Provokation, das Wissen, die Vermutung zumindest, dass man ihnen auf der Spur war, konnte den Weg zu den Kindern ergeben, konnte die Kinder aber auch töten. Den Ausschlag gab – sagte er sich später noch häufig – die Überlegung, dass die Gegner Politiker waren; also eher Spieler als kaltblütige Killer. Insgeheim wusste er aber von Anfang an, dass das nicht stimmte: Den Ausschlag gab, dass er Geld verdienen wollte.

Die junge Frau in seinen Armen stöhnte leise, und eine kaum merkliche Veränderung im Schlag ihres Herzens verriet ihm, dass sie jeden Moment aufwachen würde. Aber erst als seine Finger auf ihrem Geschlecht kreisten und sie ihre Schenkel ein wenig öffnete, um sich ihm ganz zu überlassen, erwachte sie tatsächlich und murmelte: »An deine Hände könnte ich mich gewöhnen!«

Etliche träge Minuten später wurde ihr Stöhnen zu einem Keuchen. Sie drehte sich auf die Seite, zog beide Knie an und reckte sich im Rhythmus seiner Hand entgegen. Als es vorbei war, rollte sie sich auf den Bauch zurück, seufzte, räusperte sich und sagte: »So möchte ich öfter geweckt werden.«

Er wischte seine Hand zärtlich an ihrem Gesäß ab, fühlte das Nachbeben ihrer Muskeln und fragte: »Mary?«

Die junge Frau wurde plötzlich stocksteif, warf sich zu ihm herum und starrte ihn wütend an. »Sarah!«, sagte sie. Dann fiel ihr aber offenbar ein, dass er ja ein Kunde war, und sie machte ein Spiel aus ihrem Zorn. Setzte sich rittlings auf ihn, legte mit inszenierter Strenge seine Hände auf ihre kleinen Brüste und wiederholte: »Sarah!« Führte seine Hände zu ihrem Bauch hinunter, auf ihre Hüften, die Hinterbacken: »Sarah!!«

»Sarah ...« John Gowers lächelte. »Willst du dir zwanzig Dollar verdienen?«

Statt einer Antwort rieb sie sich an seinem Bauch, anders als eben, härter, professioneller. »Hab ich das nicht schon?«, fragte sie kokett.

»Ich meine heute Abend«, sagte er.

»Heute Abend und jeden Abend«, antwortete sie. »Und wann immer du willst.« Sie legte sich jetzt auf ihn und versuchte, ihn auf den Mund zu küssen. Aber er drehte den Kopf weg, weil sie noch nicht gefrühstückt hatte. Nur um sie nicht zu beleidigen, küsste er sie jedoch auf die Wange.

»Ich möchte mit dir zu einer Versammlung gehen«, sagte er.

»Was?« Sie hob den Kopf ein wenig und suchte verwirrt seinen Blick.

»Eine politische Versammlung«, erklärte er. »Die Kampagne ›Sauberes Victoria‹ ...«

Sie prustete ihm mitten ins Gesicht. Das war zuerst unangenehm, aber dann fühlte er, wie ihr Bauch vor Lachen bebte, und das war ein Gefühl so ansteckender Heiterkeit, dass er mitlachen musste.

»Also, mit mir wollten sie ja schon manches machen.« Sie japste und rollte von ihm herunter. »Einer wollte, dass ich die Kleider seiner Mutter anziehe, ein anderer, dass ich Uniform trage, und ich musste dauernd ›Ja, Sir!‹, ›Nein, Sir!‹ sagen. Einer wollte es sogar mal in einer Kirche machen, aber ich bin immer noch katholisch, ob du's glaubst oder nicht! Nur auf eine …« Sie begann erneut zu kichern und steigerte sich zu einem Gelächter, für das ihre Bauchmuskeln eigentlich schon zu erschöpft waren. »Eine politische Versammlung … ›Sauberes Victoria‹!«

Sie hörte erst auf zu lachen, als er sich auf sie legte, sein Gesicht in ihre üppigen blonden Haare wühlte und tat, wofür bezahlt zu werden sie gewohnt war.

25.

Die monatliche Versammlung der Literarischen Gesellschaft von St. Louis war eine gemeinhin eher familiäre Veranstaltung. Zwar konnte die Gesellschaft eine ungewöhnlich hohe Anzahl von Mitgliedern verzeichnen, aber die meisten waren nur beigetreten, um für verhältnismäßig wenig Geld verhältnismäßig viele Bücher zu lesen, die die Gesellschaft anschaffte und in ihrer entsprechend umfangreichen Leihbibliothek zur Lektüre bereithielt. Vorstandsarbeit und Veranstaltungen überließ man jedoch seit Jahrzehnten den immer gleichen, von Gott offenbar zu diesem besonderen Zweck geschaffenen Individuen: dem leider etwas zu progressiven emeritierten Professor Hartford als erstem Vorsitzenden, einer pensionierten Lehrkraft für höhere Töchter, Miss Pringle, als Schriftführerin und der Witwe des Friedensrichters, Mrs. Sheperd, als zweiter Vorsitzender. Kassierer und »Junior« in dieser Runde war der Kaufmann Charles Dorfman, der diese Position eigentlich nur seiner Frau zuliebe ausübte beziehungsweise diese einzige Möglichkeit abendlicher Abwesenheit an immerhin einem Tag der Woche nicht mehr missen wollte.

Da in den Statuten festgelegt war, dass ein Buch angeschafft werden konnte, wenn in diesem Vorstand mindestens Stimmengleichheit herrschte, fiel es Professor Hartford relativ leicht, auch literarische Erzeugnisse anzukaufen, vor denen Miss Pringle ihre Zöglinge ein Leben lang gewarnt hatte. Modernes Zeug, Hawthorne, Melville, Poe, aber immer wieder auch die alten Engländer und ihre frag-

würdigen Romanhelden: Tom Jones, Tristram Shandy, Jack Walton … Einmal im Monat diskutierte man in öffentlicher Versammlung über die brennenden Fragen der Literaturgeschichte, hörte Vorträge wie »Pommeroy und die Aufklärung« und nahm Vorschläge für Neuerwerbungen entgegen. Aber seit einer öffentlichen Lesung aus Typee im Jahr 1846 hatte die Literarische Gesellschaft von St. Louis nicht mehr einen solchen Andrang erlebt wie an diesem Abend, mehr als zehn Jahre später.

Das Erstaunlichste daran war, dass diesmal die Damen das Thema gewählt und die Veranstaltung vorbereitet hatten. Mrs. Harriet Beecher-Stowe hatte sich lange vor allem als Autorin sentimentaler Erzählungen in Frauenzeitschriften hervorgetan, aber eine dieser Fortsetzungsgeschichten hatte ein solches öffentliches Interesse ausgelöst, dass 1852 ein Verleger das Risiko einer Buchausgabe einging – und dreihunderttausend Exemplare von Onkel Toms Hütte waren allein im ersten Jahr über die Ladentheken gegangen. Dieser Erfolg, in den kommenden Jahren noch ausgebaut, war zweifellos darauf zurückzuführen, dass Mrs. Stowe einen Nerv ihrer Zeit und ihrer Landsleute getroffen hatte.

1850 hatte es ein mühsam erkämpfter Kompromiss möglich gemacht, dass Kalifornien als »freier« Staat der Union der Vereinigten Staaten von Amerika beitreten konnte. Damit war, nachdem fünf Jahre zuvor die Aufnahme von Texas den »Sklavenhalterstaaten« die Mehrheit im Senat beschert hatte, wieder eine Parität hergestellt. Aber die freien Staaten des Nordostens hatten sich dafür vertraglich verpflichten müssen, entlaufene Sklaven auf ihrem Gebiet wieder stärker zu verfolgen und gegebenenfalls an ihre Besitzer im Süden auszuliefern. 1854 wurde es auf Betreiben des Südens den Territorien Nebraska und Kansas freigestellt, die Sklaverei zu befürworten, zu dulden oder abzuschaffen; was diese Territorien auf Jahre hinaus in einen bürgerkriegsähnlichen Zustand versetzte.

Immer weniger Menschen zogen deswegen in den unsicheren Westen, die Landpreise sanken wegen der geringeren Nachfrage, die Aktienwerte der Eisenbahngesellschaften und der von ihnen abhängigen

Schwerindustrie fielen mit dem Transportaufkommen. Dadurch hatten die Banken des industrialisierten Nordens immer weniger Geld zur Verfügung und konnten nur hoffen, dass der Weizenexport nach Europa stabil blieb; eine Hoffnung, die sich zerschlug, als 1856 der Krimkrieg endete und die billigen Erträge der endlosen Weizenfelder Russlands den amerikanischen Weizen vom Markt drängten, als hätte es ihn nie gegeben.

Gleichzeitig verdoppelte sich im prosperierenden Süden die Baumwollproduktion auf mehr als zwei Milliarden Pound, die Sklaven haltenden Baumwollpflanzer benötigten immer dringender billige Arbeitskräfte und dachten ernsthaft darüber nach, den vor einem halben Jahrhundert geächteten transatlantischen Sklavenhandel wieder einzuführen. Die erfolgreichen Jahrzehnte des Abolitionismus schienen vorbei und die Idee von einer allgemeinen Sklavenbefreiung ein politisches Auslaufmodell zu sein.*

Wie immer in solchen Situationen appellierte die politisch und wirtschaftlich unterlegene Partei oder Bewegung an ihre eigene moralische Stärke, und bis weit ins freie Illinois hinein ergingen die flammenden Aufrufe der Abolitionisten, sich massenhaft in St. Louis einzufinden, um auf der Versammlung der Literarischen Gesellschaft Zeugnis abzulegen für die Freiheit des Menschen unter Gott.

Aber just an diesem 24. August 1857, als Mrs. Sheperd in Vertretung des erkrankten Professors Hartford, der so etwas geahnt haben mochte, die Glocke erhob und um Ruhe bat, hatte Charles Stetson, Präsident der Ohio Life Insurance Company, *die Zahlungsunfähigkeit seiner Gesellschaft erklären müssen. Die Kreditgeber dieses Unternehmens, einige New Yorker Großbanken, hatten daraufhin ihre Darlehen von den nächstkleineren Banken zurückgerufen, und diese waren in kürzester Zeit ebenfalls bankrott, da die besorgten Kunden massenhaft ihre Einlagen abhoben. So wurde eine Abwärtsspirale in Gang gesetzt, der bis zum Ende des Jahres nicht weniger als*

* US-amerikanische Bewegung zur Abschaffung der Sklaverei, begründet 1833 (von abolish = abschaffen).

fünftausend Industrieunternehmen zum Opfer fielen und die als die erste große Wirtschaftskrise des Industriezeitalters bekannt werden sollte. Keine gute Zeit für die Freiheit des Menschen.

26.

Obwohl man auf den Ansturm nicht vorbereitet war, wurde man seiner doch überraschend leicht Herr, was vor allem daran lag, dass die angereisten Sklavereigegner, Abolitionisten, Quäker und Puritaner sehr disziplinierte Fanatiker waren. Anstandslos ließen sie sich von Miss Pringle Plätze anweisen, rückten zusammen und rückten noch weiter zusammen, als die Zuhörer immer zahlreicher wurden, bis sie einander, allerdings streng nach Geschlecht getrennt, praktisch auf dem Schoß saßen.

Der Vorstand der Literarischen Gesellschaft, der erhöht auf einem kleinen Podium vor dem einzigen Tisch des Saals den ihm gebührenden Platz eingenommen hatte, entdeckte auch unter den übrigen Anwesenden nur wenige bekannte Gesichter. Das Ehepaar Prendergast, das seit Jahren keine Möglichkeit zu gemeinsamer literarischer Erbauung ausließ, mehrere ehemalige Zöglinge des Pringle'schen Instituts, die aus ihrer anhänglichen und hartnäckigen Verehrung für ihre Lehrerin keinen Hehl machten und zum Teil bereits mit ihren deutlich distanzierteren Ehegatten erschienen waren. Der Anwalt Clay Simpson mit Ehefrau und den drei nun schon etwas zu lange unverheirateten Töchtern. Mrs. Dorfman natürlich, die wie immer ihr Strickzeug mitgebracht hatte, oder jener merkwürdige junge Mann mit der blauen Brille, von dem es hieß, er sei ein Mississippilotse und habe auf jeder seiner Fahrten einige Bücher der Literarischen Gesellschaft dabei. Mrs. Sheperd nickte insbesondere dem Schießpulverfabrikanten John Lafflin zu, der paradoxerweise ein enger Freund des vor drei Jahren verstorbenen Friedensrichters gewesen war, sich aber für ihren Geschmack viel zu selten in den Versammlungen sehen ließ und trotz seiner fünfundsiebzig Jahre auch jetzt nur in der Tür stand.

Mittendrin aber, und gewissermaßen das Gros der nichtabolitionistischen Zuhörer bildend, saß eine große Gruppe unbekannter Männer, deren Äußeres, die eleganten Anzüge, die geschnitzten Spazierstöcke, deren lange Haare und mit großer Sorgfalt getrimmte Schnurrbärte sie als klassische Gentlemen des Südens auswiesen. Tatsächlich hatten sich vor allem die Jüngeren unter ihnen, Bonneterre, Cheever, Huggins und die beiden Willoughbys, mächtig in Wichs und Schale geworfen und fühlten sich nun wie Gralsritter in einer Versammlung von Leibeigenen; arrogant, amüsiert, unendlich überlegen, aber auch ein wenig fehl am Platz.

Nur am Rand dieser feinen Gesellschaft fiel ein kleiner, rundlicher Herr in billigem grauem Anzug und mit dem Gesicht einer jovialen Bulldogge als Nordstaatler auf. Dass er trotzdem dazugehörte, sah man an den angeregten leisen Gesprächen, die er mit den Gentlemen des Südens führte. Vermutlich handelte es sich um einen Reporter oder etwas Vergleichbares. Da auch diese Gruppe sich ruhig und zivilisiert verhielt, glaubte Mrs. Sheperd noch immer, das allgemeine Interesse richte sich auf die angekündigte Diskussion über die literarische Qualität von Onkel Toms Hütte, *und kündigte als Hauptredner des heutigen Abends den jungen Cord Chambers an, der soeben seine philologischen Studien im berühmten Harvard mit Auszeichnung abgeschlossen habe.*

Magister Chambers stand während dieser kurzen Vorstellung auf und verbeugte sich ebenso schüchtern wie selbstbewusst; ungefähr so, als hätte er im Laufe der letzten Tage den tiefen Teller erfunden, aber die Tragweite des Ereignisses noch immer nicht ganz erfasst. Er sprach sodann mit großer Kunstfertigkeit über »Retardierende Erzählelemente in ihrem Bezug zum Spannungsbogen« und begann – wie jeder ausgezeichnete Philologe – bei Homer. Schlagartig umhüllte so etwas wie der tiefe Friede des Unverständnisses die dicht gedrängte Zuhörerschaft. Tatsächlich ist kaum etwas geeigneter, jedwede Art von Fanatismus zu beschwichtigen, als die retardierenden Erzählelemente in ihrem Bezug zum Spannungsbogen. Der novellistische Einschub, der klassische vierte Akt, schließlich die Sterne'sche Digres-

sionstheorie – auch die wildesten Herzen und Hirne fühlten sich bald heimelig in die sorglosen Tage ihrer Schulzeit versetzt.

Der junge Philologe machte den sympathischen Eindruck eines Mannes, der so genau weiß, wovon er spricht, dass im Grunde keine Notwendigkeit zum Zuhören besteht, sondern seinem fachlichen Urteil blind vertraut werden kann. Er beging allerdings irgendwann den unverzeihlichen Fehler, auf Harriet Beecher-Stowe und Onkel Toms Hütte zurückzukommen. Nun erinnerten sich die zahlenmäßig drückend überlegenen Sklavereigegner wieder, wozu sie hergekommen waren, und ein Mann mit einem furchterregend alttestamentarischen Bart erhob sich und schwieg so eindrucksvoll, dass Chambers irgendwann nicht mehr umhinkonnte, ihn zu bemerken.

»Ja, bitte?!«, sagte der Magister, als erwartete er Einwände gegen seine Interpretation des Schildes des Achill – und kam danach, zumindest an diesem Abend, nie wieder zu Wort.

Er danke seinem Vorredner, sagte der Wohlbebartete – was sowohl der Hauptredner als auch der Vorstand der Literarischen Gesellschaft mit überraschtem Stirnrunzeln quittierten –, für seine klugen und nachdenkenswerten Worte. Aber man dürfe doch über alle retardierenden Elemente nicht den Sinn des Buches vergessen, der darin bestehe, die gotteslästerliche Unmenschlichkeit der Sklaverei anzuprangern, die fluchwürdige Gesetzgebung über die Auslieferung entlaufener Sklaven und die ganze jammervoll verfehlte Politik der Vereinigten Staaten von Amerika in der Sklavenfrage. Donnernder Beifall spülte wie ein reinigendes Gewitter die Diskussion über die literarische Qualität von Onkel Toms Hütte ganz einfach aus dem Saal.

In offenbar nicht abgesprochener Reihenfolge sprangen nun nacheinander mehrheitlich schwarz gekleidete Herren und Damen auf und äußerten Grundsätzliches über beziehungsweise gegen die Sklaverei: Bibelverse, Worte großer Männer, Zitate aus der Verfassung und den Klassikern, die vor allem gemeinsam hatten, dass sie ursprünglich auf alles Mögliche, aber eben nicht auf die Sklaverei bezogen waren. Diese Jubelverse hoben jedoch die Stimmung ganz *beträchtlich, sah man sich doch nach einer Weile nicht mehr nur im Schulterschluss mit allen guten Menschen hier im Saal oder in Amerika, sondern in der gesamten Menschheitsgeschichte und überall auf der Welt. Die dazu notwendige Vereinfachung aller Sachverhalte, gegenwärtiger wie vergangener, führte dazu, dass man innerhalb einer halben Stunde nur noch von Gut und Böse sprach, von Richtig und Falsch, wenn auch nicht von Schwarz und Weiß. Denn schließlich gab es gute Weiße, einfach, bieder, schwarz gekleidet, und böse Weiße in eleganten Anzügen. Die schwarzen Sklaven aber waren nur noch die Verhandlungsmasse zwischen den verfeindeten Parteien, Stoff für rührende kleine Geschichten, den Hintergrund des düsteren Gemäldes, auf dem die eigene Moral so strahlend hell und gottesfürchtig hervortrat.*

Nachdem man sich so eine Weile an sich selbst berauscht hatte, klangen konkrete Vorschläge an: Der Marsch nach Washington wurde verworfen – man hatte Felder zu bestellen, Handel zu treiben, Essen zu kochen, Kinder zu erziehen. Ein von allen unterzeichneter schriftlicher Protest wurde erwogen, aber dazu hätte man sich zuerst auf einen Inhalt einigen müssen, was länger gedauert und die Aufbruchstimmung zu sehr gedämpft hätte. Die Idee einer Spendensammlung war leichter zu realisieren; so etwas hatte man schon öfter gemacht. Es vermittelte einem für wenig Geld das Gefühl, etwas Sinnvolles und Gerechtes zu tun. Allerdings war zunächst nicht klar, welch hehrem Ziel die Kollekte dienen sollte.

Das in den Reihen der »Neutralen«, der einfachen Mitglieder der Literarischen Gesellschaft von St. Louis, in eine erste Begeisterungspause gezischte Wort »Ablass!« konnte dieses gute Gefühl nur ein wenig stören, nicht wirklich erschüttern. Wer hatte die ungeheure Frechheit besessen, so etwas zu sagen? Die giftigen Blicke der Erleuchteten bissen sich kurz an einem jungen Mann mit blauer Brille fest, der aber nur spöttisch lächelte, ehe eine weitere Woge von Gottesfurcht, Menschlichkeit und Hilfsbereitschaft ihn mitsamt seinem billigen Zynismus verschlang.

»Ein Schiff!«, sagten die Abolitionisten.

»Ein Schiff!«, griffen die Puritaner das Wort auf.

»Ein Schiff«, bestätigten leise die Quäker.

»Halleluja!«, riefen dann alle, zuerst vereinzelt, zuletzt in einem brausenden Chor.

Der Vorschlag eines Dankgebets für diesen rettenden Einfall, dieses lohnende Ziel aller propagandistischen Bemühungen, kam auf, aber nicht zustande. Ausgerechnet Miss Pringle erinnerte daran, dass dies eben die Lösung sei, mit der Harriet Beecher-Stowe ihren Roman ausklingen lasse – und man wollte, bei aller Wertschätzung, doch kein Dankgebet an eine Schriftstellerin richten.

Ein Schiff, mit dem man die befreiten oder losgekauften Sklaven nach Afrika zurückbringen würde! Während man die Sammlung vorbereitete und ehe die Frage aufkam, ob man denn genug freiwillige befreite Sklaven für einen solchen Transport zusammenbekommen würde, trat eine zweite längere Pause ein. Die Gerechten hatten sich ordentlich leer geredet, begeistert, entrüstet und hallelujat.

Diese Pause benutzte ein ungewöhnlich distinguiert wirkender Mann aus den eleganten Reihen der Südstaatler, um sich zu erheben und mit freundlichen Blicken um Aufmerksamkeit zu bitten. Die wurde ihm zuerst von den Damen geschenkt, denn seine eindrucksvolle Erscheinung, Größe, offensichtliche Höflichkeit, seine langen weißen Haare, der vertrauenerweckende silberne Bart entsprachen auf romantische Weise der Vorstellung, die man sich etwa am Pringle'schen Institut für höhere Töchter jahrelang von König Artus oder zumindest einem seiner bejahrteren Ritter gemacht hatte. Der Aufmerksamkeit der Herren, die notgedrungen irgendwann jener der Damen folgte, war deshalb anfangs ein gewisser Widerwille, ein Misstrauen beigemischt – etwa, als hätte der elegante Fremde allen anwesenden Ehefrauen unaufgefordert die Hand geküsst.

»Meine sehr verehrten Damen und Herren«, begann er.

27.

Seit ihrer Gründung hielten sich die Stadt Melbourne und die ganze Provinz Victoria viel darauf zugute, dass sie nie eine Strafkolonie des britischen Mutterlandes gewesen waren wie Perth oder vor allem Sydney. Dieser Umstand machte das hiesige Establishment, machte Farmer, Schafzüchter, Geschäftsleute, Handwerker, Unternehmer – jedenfalls in ihren eigenen Augen – zur Crème de la Crème des gesamten Landes, und die Kampagne »Sauberes Victoria«, gegründet von diesen alteingesessenen Siedlern, hatte sich zum Ziel gesetzt, den entsprechenden Status gegen alle Widerstände beizubehalten oder wiederherzustellen, wo sie ihn bereits für beschädigt hielt. Verächtlich und misstrauisch blickte man vor allem auf die Freigelassenen, die von Sydney hergezogen waren, und strebte ein Zweiklassenwahlrecht, eine Zwei-Klassen-Einwanderungspolitik an: die gebildete Elite der Immigranten für Victoria und Melbourne, Habenichtse und Schmarotzer für den Rest Australiens. Zwar hatte der große Goldrausch von 1852 diese Denkweise vollkommen überrollt und doppelt bis dreimal so viele Leute ins Land gespült, wie vorher da gewesen waren, aber überwunden war diese spezielle Spielart des Kolonialchauvinismus noch lange nicht.

In Jacob Edward Harewood, General einer von ihm selbst gegründeten Bürgerwehr, der seit zwei Jahrzehnten so hartnäckig im Stadtrat saß wie der Holzbock in der dortigen Wandvertäfelung, fanden diese Ressentiments einen würdigen Vorfechter. Er hatte die demagogische Gabe, sie immer wieder neu, aber immer auch so einfach zu formulieren, dass jeder Idiot sich einbilden konnte, genau das doch immer schon gesagt oder wenigstens gedacht zu haben. Wenn Harewood richtig loslegte, bebten die Pfosten der rasch errichteten Fest- und Wahlkampfzelte, in denen sich seine Anhänger schon lange vor dem Auftritt des Hauptredners in Stimmung tranken.

Entsprechender Jubel brandete auf, als der etwa sechzigjährige General sich eine Bahn durch das Zelt brach wie ein preisgekrönter Bulle und die lorbeergeschmückte Rednertribüne betrat. Da die seiner Bürgerwehr angehörenden »Ordner« stets dafür sorgen mussten, dass keine »Störer«, also Vertreter gegensätzlicher politischer Meinungen, die ersten zehn, fünfzehn Reihen unsicher machten, sah der General meist nur bekannte Gesichter vor sich sitzen, denen er die ebenso bekannten Parolen von Ordnung, Anstand, Sauberkeit ins Gedächtnis rief. So war seine gesamte Politik – wie jede Politik – letztlich nur eine Art Theateraufführung: Auf der Bühne steht ein bezahlter Mann, der so tut, als wäre er Hamlet – und vor der Bühne sitzen die zahlenden Zuschauer, die so tun, als würden sie ihm glauben.

General Harewood brauchte eine Weile, um sich warm zu reden, vermittelte dann aber jedem einzelnen seiner Zuhörer das beglückende Gefühl, nur mit ihm und für ihn zu sprechen. Das so überzeugend wirkte, weil der Mann dieser Illusion selbst anhing; er erblickte einen Bekannten und bildete sich einige Sekunden lang ein, nur für dieses eine rote, begeisterte Gesicht zu sprechen. Sein Blick glitt weiter, und der nächste Satz galt ganz dem nächsten roten, begeisterten Gesicht. Von Vorteil war dabei, dass sich die Gesichter seiner Anhänger nicht allzu sehr voneinander unterschieden, und in diesem Sinn kannte er sie alle.

Seine Ordner hatten die ausdrückliche Anweisung, wann immer sich die Gelegenheit böte, junge Damen in den ersten Reihen zu platzieren, damit der Redner etwas habe, an dem er sich aufrichten könne. An diesem Abend fiel ihm eine hübsche junge Person auf, die er noch nie auf einer seiner Versammlungen gesehen hatte, die ihm aber trotzdem bekannt vorkam. Sie saß in der zweiten Reihe, trug ein cremefarbenes Kleid und einen Hut, der in der dritten für Unmut sorgte. Als sie ihn schließlich vom Kopf nahm, kamen üppige blonde Locken zum Vorschein, und Harewood sprach länger als gewöhnlich nur zu dem dazugehörigen hübschen, aber merkwürdig strengen Gesicht.

Woher kannte er sie? Diese Frage irritierte den General. Zwar sprach er frei, aber er hatte seine Argumente schon so oft zum Besten gegeben, dass sie sich gewissermaßen von selbst abspulten, als würde er Luftschlangen in die Menge blasen.

»Was ist mit meinen Kindern?«

Zwischenrufe waren in Harewoods Reden fest eingeplant, um ihm Gelegenheit zu geben, seine Schlagfertigkeit und Spontaneität unter Beweis zu stellen. Fast immer dienten sie dazu, Gegenargumente lächerlich zu machen, und der General bildete sich tatsächlich eine Menge auf seinen Witz ein, obwohl er natürlich genau wusste, wo die Zwischenrufer plaziert waren und wann sie den Mund aufmachen würden.

Gelegentliche Einwürfe Unbekannter pflegte er gern zu ignorieren, meist mit der Miene und dem fatalistischen Seufzen eines Irrenarztes, der beim besten Willen nicht mehr weiß, wie dem armen Irren noch zu helfen ist. Aber jetzt stockte er, denn er glaubte plötzlich zu wissen, woher er die Frau kannte, die nach ihren Kindern gefragt hatte. Der Bruchteil einer Sekunde, in dem er sie fixierte, um diese Erkenntnis zu prüfen, genügte Gowers, der im hinteren Teil des Zelts einen Stehplatz eingenommen hatte, um seine Vermutung bestätigt zu finden.

Ehe er fortfuhr, suchten die Augen des Generals dann einen Mann, der ebenfalls am hinteren Rand der Versammlung Ordnungsaufgaben versah. Auch er, dessen ungepflegtes graues Haar in auffälligem Kontrast zu dem dunklen Anzug stand, den Harewood seinen Angestellten vorschrieb und finanzierte, stutzte und reckte den Hals, um die Zwischenruferin zu identifizieren. Er sah jedoch nur ihren blonden Hinterkopf und verließ daraufhin hastig das Versammlungszelt. Gowers folgte ihm.

»Ihre Kinder, Madame«, hörte er noch, als der General sich gefangen hatte, »und unser aller Kinder sind die Zukunft Victorias! Wir werden alles tun, um diese Zukunft besser, schöner und sicherer zu machen!«

28.

In seinen trüben Stunden – und was konnte trüber sein als eine dreitägige Flaute an Bord eines noch unbeladenen Truppentransporters – sagte sich Gustav Ferdinand von Tempsky selbstquälerisch, dass er auf allen Gebieten menschlicher Tätigkeit ein Dilettant war – mit der einen großen Ausnahme: dem Handwerk des Tötens, das er professionell beherrschte. Das lag weniger an seiner Ausbildung als preußischer Offizier, sondern vor allem an einer echten Begabung für den Kampf Mann gegen Mann, mit Messer und Schwert, der in seinem Jahrhundert leider weitgehend aus der Mode gekommen war. Genau genommen hatte ihn diese archaische Fähigkeit für die zivilisierteren Formen der Kriegsführung sogar disqualifiziert. Nur am Rand der bürgerlichen Gesellschaft, in den Goldgräberlagern oder eben den gelegentlichen Buschkriegen der europäischen Kolonialmächte, konnte derlei Handarbeit einem Mann noch zu Macht oder wenigstens zu Lohn und Brot verhelfen.

Er war ein hoffnungslos verspäteter Ritter, Romantiker, fahrender Sänger, gestrandet eher in der Zeit als im Raum, verschlagen nicht so sehr ans Ende der Welt, sondern ins Zeitalter von Maschine und Industrie. All seine übrigen »Berufe«, journalistisches oder gar literarisches Schreiben, das Zeichnen von Karikaturen, das Aquarellieren, betrachtete er in solchen Momenten als bloße Liebhabereien, die seiner adligen Herkunft geschuldet waren. Leider kollidierte das Wissen um diese Herkunft immer wieder mit einem geradezu bürgerlichen Arbeitsethos, das er sich in seiner Zeit als Kolonist in Mittelamerika angeeignet hatte. Auch dort ging es um profane Handarbeit: Häuser bauen, Brunnen bohren, Felder roden, Möbel tischlern – alles Dinge, die er zwar halbwegs, aber nicht sehr gekonnt beherrschte.

Der Umgang mit Feder und Pinsel fiel ihm dagegen leichter,

und die dazugehörigen Künste waren ihm von Kindheit an vertraut. So vertraut allerdings, dass seine diesbezüglichen Kenntnisse seine entsprechenden Fähigkeiten weit überstiegen und ihn – wie gesagt: in seinen trüben Stunden – zu der vernichtenden Einsicht brachten, dass sein Schaffen immer dilettantisch, seine Werke stets epigonal bleiben würden. Er hatte sich auch damit abgefunden und hätte gerne und mit Freuden nur mehr gesungen, »wie der Vogel singt, der in den Zweigen wohnet«, wenn die letzten beiden Jahre nicht so hart gewesen wären. Seit seiner Entlassung als Kommandant der gefürchteten Forest Ranger hatte von Tempsky kein festes Einkommen mehr gehabt.

Wieder einmal schien sich zu bestätigen, was sein Schwiegervater, der schottische Handelsagent James Stanley Bell, seiner Tochter Emilia prophezeit hatte, als sie zum ersten Mal davon sprach, die Werbung dieses unruhigen deutschen Abenteurers, der zudem fünf Jahre jünger war als sie, möglicherweise anzunehmen.

»Du wirst weder Dach noch Tisch, weder Bett noch Brot besitzen!« Beim zweiten Anlauf des unpassenden Freiers modifizierte Bell seine Einwände zu einem säuerlichen: »Mit dem wirst du keine ruhige Minute haben«, aber darauf hatte Emilia inzwischen eine passende Antwort parat: »Das will ich doch sehr hoffen, Pa!«

Drei Kinder, zwölf Jahre und siebzehntausend Kilometer lagen zwischen Emilia und dieser hochherzigen Entgegnung, als die Prognose ihres würdigen Erzeugers die kleine Familie wieder einmal einzuholen schien. Von Tempskys finanzielle Lage war zuletzt so verzweifelt, dass er über den Schatten seiner eigenen künstlerischen Einsicht sprang und für Geld malte, jedenfalls, nachdem niemand anderes als Emilia eine glänzende Idee gehabt hatte, wie sich seine mäßigen bis mittelmäßigen Gemälde auch tatsächlich an den Mann bringen ließen.

Neuseeland war kulturell unterentwickelt. Es gab weder einen Kunstmarkt noch Künstler, die ihn belieferten, oder Käufer, die ihn vermissten; sehr schlechte Voraussetzungen also, um von der Kunst zu leben. Die Siedler in den wenigen Städten, die Pioniere auf dem Land hatten noch mehr damit zu tun, stabile Häuser zu errichten, als zu überlegen, was man an ihre Wände hängen könnte. Ihre Kaufkraft war zudem genauso wenig ausgeprägt wie ihr Kunstverstand – aber eine *Verlosung* der Gemälde musste doch eigentlich die Spielernatur dieses robusten, einfachen Menschenschlags ansprechen, der seinem Glück letztlich um die ganze Welt nachgejagt war.

Wenn nur tausend Kolonisten bereit waren, je einen Dollar darauf zu setzen, eines der rund vier Dutzend Gemälde zu gewinnen, die von Tempsky zu diesem Zweck in rascher Folge anfertigte, war seine Familie wieder für ein Jahr in der kleinen Hütte auf der Coromandel Range geborgen. Die notwendige Berühmtheit hoffte er durch seine Kriegstaten erlangt zu haben, Ausstellungen in Auckland und Wellington würden auch die Bilder bekannt machen, und kein Geringerer als Gouverneur Grey war bereit, die Schirmherrschaft über eine solche Verlosung zu übernehmen. Das wiederum lag am Sujet seiner Gemälde.

Er hatte keine mythologischen Helden aufs Papier geworfen, nicht die großen historischen Gestalten Englands und ihre Taten, keine Heiligenlegenden, fleischigen Damen, mittelenglischen Parklandschaften, keine Rennpferde in gestrecktem Galopp, sondern Szenen aus den eben vergangenen Waikato-Kriegen. Daran war vieles idealisiert, vor allem der Heroismus, mit dem die weißen Soldaten die wild tätowierten, augenrollenden Maorikrieger abschlachteten, aber mit derlei »Vereinfachungen« konnte von Tempsky leben. Er wusste, was er seinem Publikum schuldig war.

Was ihn wirklich belastete, war die Tatsache, dass er in den Gemäldegalerien des alten Europa die Werke der wahren Meister gesehen hatte – und das zwangsläufig daraus resultierende Wissen, dass er dagegen immer nur ein Pinselquäler sein würde.

Das änderten auch die freundlichen Kritiken nicht, die seine Bilder in der neuseeländischen Presse fanden. Der *New Zealand Herald*, die *Weekly News*, der *Wellington Independent* – er hatte die Ausschnitte noch bei sich und las sie gelegentlich, aber eher, um sich von ihnen belustigen als überzeugen zu lassen. Sorgfalt im Detail und kraftvolle, kühne Farbgebung wurden ihm attestiert, eine gelungene Anordnung der Figuren, ihr lebendiger Ausdruck, die vielen verschiedenen Haltungen, umrahmt vom wundervoll erfassten Blattwerk der neuseeländischen Fauna, lobend hervorgehoben.

All das konnte gerade ein intelligenter und darum zynischer Dilettant, der sich seiner technischen Unzulänglichkeiten wohl bewusst war, auch ironisch auffassen. Dazu kam die uneingestandene, aus den finsteren Tiefen eines preußischen Selbstverständnisses aufsteigende Überzeugung, dass Kunst und Literatur – selbst wenn ein Rembrandt oder Goethe sie betrieben – wie allen Tätigkeiten, die nicht wenigstens mittelbar der Nahrungsbeschaffung, der Aufzucht der Nachkommenschaft oder dem Dienst am Staatswesen galten, etwas Unseriöses anhaftete.

An diesem tiefsten Punkt seiner Depression angelangt, pflegte von Tempsky sich zu schütteln. Herrgott, es tat doch gut, wieder Soldat zu sein, Kämpfer, Krieger, und sich damit und dabei über alle bürgerlichen Tugenden zu erheben. Mit unverhohlenem Stolz notierte er in sein Tagebuch: »In neuen Ländern, noch unter dem Joch der Barbarei, gibt es keinen mächtigeren Zivilisator als den Krieg. Alle Hindernisse der Zivilisation verschwinden vor ihm.« Die Doppeldeutigkeit des letzten Satzes entging ihm, denn dass auch alle Errungenschaften der Zivilisation, all das bürgerliche Werkeltagsbemühen um Wirtschaft, Kultur und Religion vor dem Krieg verblassten, dachte er nicht einmal.

Er freute sich, dass es nun endlich wieder hinausging, und eine lächerliche Flaute, der fehlende Wind in seinen Segeln, würde ihn nicht lange aufhalten können.

29.

William Blampin hatte sein Glück kaum fassen können, als man ihn aus einer Gemeinschaftszelle des Schuldgefängnisses von Sydney herausholte. Er hatte auch keine Vorstellung davon, wer für ihn die exorbitante Summe von vier Pfund gezahlt hatte, denn er kannte keine einflussreichen Leute, und seine Freunde waren wie er: entlassene Sträflinge, Trinker, Spieler, Tagelöhner und vor allem – arm. Zwei schwarz gekleidete junge Männer hatten ihn zuallererst in ein Badehaus geführt, ihm dann etwas zu trinken spendiert und ein üppiges Mittagessen bezahlt, das ihm nur deshalb nicht recht schmeckte, weil sie dabei zusahen und die ganze Zeit über kaum ein Wort sprachen. Anschließend hatte man ihn in eine Postkutsche verfrachtet und fünfhundert Meilen weit und eine Woche lang nach Melbourne gefahren, was seine äußere Erscheinung erneut ziemlich ruinierte.

Wieder hatte man ihn abgeholt, wieder hatte er baden müssen – nun schon zum dritten Mal in diesem Jahr –, aber dann war er endlich dem großen Mann begegnet, Jacob Edward Harewood, der nach all den Jahren der Entbehrungen und Erniedrigungen offenbar seinen, William Blampins, Wert erkannt hatte und für sich einzusetzen hoffte. Blampin wünschte von ganzem Herzen, seinen Wohltäter nicht zu enttäuschen, und als er hörte, dass es um den alten Bobby Maguire ging, mit dem er zusammen auf dem Holzplatz gearbeitet hatte, glaubte er, dass alles ganz einfach gehen würde. Aber Maguire hatte ihn aus dem Haus geworfen; sein Auftraggeber, der General, wirkte enttäuscht und fragte sich anscheinend, ob seine vier Pfund und all das übrige Groß und Klein nicht eine Fehlinvestition waren.

In diesen dunklen Stunden hatte William Blampin den Plan ausgeheckt, wie man den alten Bobby doch noch drankriegen konnte. Er war kein Verbrecher, aber was blieb ihm angesichts der Hartnäckigkeit, mit der der Reeder an seiner Kandidatur festhielt, denn anderes übrig? Den General, diesen honorigen Mann, setzte er nur vage von seinen Plänen in Kenntnis, bat ihn lediglich um eine weitere Vorfinanzierung, »um die Sache zu einem erfolgreichen Ende zu bringen« – an dieser Formulierung hatte er lange gefeilt, und er war stolz auf sie. Er klang allmählich wie ein erfahrener alter Geschäftsmann, und der General hatte ihm das Geld tatsächlich gegeben, ohne zu wissen, was er dafür bekommen würde.

Ein Problem war die Durchführung. Blampin kannte sich in Melbourne nicht so gut aus wie in Sydney, kannte die richtigen Leute nicht und wandte sich prompt an die falschen; Polizeispitzel, die ihm jedoch, für eine gewisse Summe, die geeigneten Handlanger vermittelten.

Nell Fagan war die Anführerin einer erstaunlich großen Gruppe von Dieben und Schlägern, zu der neben ihrem jüngeren Bruder James noch ein gutes Dutzend anderer irgendwie Verwandter, Cousins, Cousinen und ein entfernter Onkel gehörten. Sie alle waren sehr jung, jünger als Nell, selbst der Onkel war noch nicht dreißig, und sie sicherte sich die Führung, indem sie die einen schlug, mit den anderen schlief und vor allem immer wieder erfolgreiche Beutezüge in die City organisierte. Die lukrativsten dieser Unternehmungen verdankte sie wiederum den Informationen der Victorian Police – und auf diese Weise lernte sie auch William Blampin und sein Anliegen kennen.

Sie einigten sich darauf, dass Nell für eine gewisse Summe die Kinder der Maguires aus dem Verkehr ziehen würde, bis Blampin sein Ziel, das er gegenüber dem jungen weiblichen Räuberhauptmann nie näher definierte, erreicht hätte. Danach könnte Nell dann auf eigene Rechnung ein Lösegeld in beliebiger Höhe fordern. Den Kindern selbst dürfe kein Leid geschehen.

Es war ein durchdachter Plan, aber leider hatten weder Nell noch ihre Bande sonderlich viel Erfahrung auf diesem Gebiet. So fiel ihnen kein besseres Versteck ein als ihre eigene, ohnehin schon zu enge Wohnhöhle im verwilderten Norden, und die ständige Bewachung und Versorgung der kleinen Gefangenen ging ihnen sehr bald auf die Nerven. Das alles war unbequem, brachte Nell aber auf die gute Idee, mehrmals Nachforderungen an ihren Auftraggeber zu stellen, ja gewissermaßen *ihn* zu erpressen.

Schließlich verlangte sie eine tägliche Zahlung, und Blampin, dem die Mittel fehlten, sah sich gezwungen, den General über die Sachlage zu informieren. Der tobte zuerst, ließ sich dann aber auf das Spiel ein – um die Kinder womöglich zu einem geeigneten Zeitpunkt von seiner Bürgermiliz befreien zu lassen. Das würde nicht nur seinen Ruf als Ordnungspolitiker festigen, sondern auch außerordentlich generös wirken.

Maguire konnte dann tun, was er wollte; sich still und leise aus der Politik zurückziehen oder aber die Entführung öffentlich machen und die Wahl gegen den Befreier seiner Kinder verlieren. Glücklicherweise tat er zunächst einmal gar nichts – außer zur Polizei zu gehen, die Harewood über alle Schritte seines Gegners auf dem Laufenden halten würde.

Von einer derartigen Verflechtung persönlicher und politischer Absichten ahnte John Gowers nur wenig, als er an diesem Abend mit Sarahs Hilfe seine Nadel in das Wespennest stieß. Und keiner der Beteiligten würde nun noch bekommen, was er wollte.

30.

Nell Fagan wartete an diesem Abend in Hays Tavern, dem letzten Hort rudimentärer Zivilisation vor der Wildnis der ehemaligen Goldfelder, auf nicht mehr als die tägliche Zahlung. Sie hatte sich erschreckend schnell an die Macht gewöhnt, die sie in den Händen hielt, und sie sowohl die Kinder als auch ihren Auftraggeber Blampin bereits mehrmals fühlen lassen. Es war ihre Idee gewesen, Mairie Maguire das lange Haar abzuschneiden, und sie hatte die Angst genossen, die das zitternde reiche Mädchen unter ihrer Schere empfand.

Auch die Schmerzen und die Scham des kleinen Jonathan taten ihr wohl; ihr Bruder Jamie hatte ihm einige Zehen gebrochen, als der Junge seine Fluchtversuche auch unter Schlägen nicht aufgab. Um ihn nicht mehrmals täglich auf den Topf setzen zu müssen, hatten sie ihm schließlich einfach die Hosen ausgezogen, und so lag der feine Bürgerknabe einen ganzen Tag lang halb nackt, frierend und weinend im eigenen Dreck. Mairie hatte dann die Erlaubnis erbettelt, sich um ihren Bruder kümmern und ihn unter ihre schäbige Decke nehmen zu dürfen, indem sie mit ihrer glockenhellen Stimme für die ganze grölende Bande Kinder- und andere Lieder sang. Wenn es nach Nell ging, konnte diese Entführung noch wochenlang dauern.

Entsprechend ungehalten war sie, als Blampin ihr sagte, dass die Sache zu einem schnellen Ende gebracht werden müsse. Es habe den Schatten einer Verdächtigung gegeben, die Kinder müssten so rasch wie möglich freigelassen werden. Sofort entstand in Nells geschäftstüchtigem Kopf der Gedanke an eine Art amerikanische Versteigerung: Sie nannte Blampin eine Summe, über die der unmöglich allein entscheiden konnte, und beschloss, von den Maguires noch eine entsprechend höhere Forderung einzutreiben.

Gowers, der die jämmerlich übervölkerte kleine Spelunke am äußersten Rand der bewohnbaren Viertel von Melbourne etwa eine Minute *vor* William Blampin betreten hatte, als er erkannt hatte, welches Ziel dieser ansteuerte, sah nur, dass der Mann, den er bis hierher verfolgt hatte, in ungeheure Aufregung geriet. Blampin verlor derart die Fassung, dass ihm sogar der Satz »Ich werde die Polizei einschalten!« erstaunlich laut entfuhr. Oder besser: Das Wort »Polizei« brachte das geradezu babylonische Gesprächswirrwarr in der Verbrecherkneipe mit einem Schlag zum Verstummen.

Es gibt Gasträumlichkeiten, in denen man das Wort »Polizei«

bedenkenlos aussprechen kann, und es gibt solche, in denen man seine Verwendung eher meiden sollte. William Blampin merkte nun deutlich, dass Hays Tavern ein Lokal der zweiten Kategorie war. Er konnte von Glück sagen, dass die geistesgegenwärtige Nell in Gelächter ausbrach, denn seine Entgleisung als gelungenen Scherz darzustellen war unter diesen Umständen das Einzige, was sein Leben möglicherweise retten würde. Dennoch blieb die Atmosphäre gespannt und unangenehm leise, als er sich nur Sekunden später erhob, seinen Sinneswandel durch die hier nicht unbekannte Abschiedsformel »Ich werde das Geld beschaffen!« kundtat und nach draußen wollte.

Man verstellte ihm den Weg, ein Mann nahm ihm den Hut vom Kopf: »Den brauchst du dazu ja nicht.« Ein zweiter meinte offenbar, dass auch Blampins Jacke nicht vonnöten sei, um das Geld beizubringen, äußerte das aber nicht, sondern zog sie ihm ganz einfach aus. Ein dritter fand Gefallen an seinen Stiefeln. Die Hosen anzubehalten war das Einzige, dessen er sich rühmen konnte, und auch das lag vorwiegend an der erstaunlichen Geschwindigkeit, mit der er jetzt den Ort der Handlung verließ. Nell lachte immer noch.

»Geht der wirklich zur Schmiere?«, wurde sie in unterschiedlichen Formulierungen gefragt.

»Der wird sich hüten«, antwortete sie ernst und bestellte sich ein weiteres Glas Gin, um ihre Aussage durch Ruhe und Gelassenheit zu untermauern.

Es fiel dem Investigator schwer, Blampin unbeaufsichtigt ziehen zu lassen und seine Aufmerksamkeit stattdessen auf die unbekannte junge Frau zu richten, die den Mann so sehr in Rage gebracht hatte. Vor allem seine anfänglichen Überlegungen über das Geschlecht des Entführers gaben ihm jedoch die Sicherheit und die Geduld, bis kurz vor Mitternacht darauf zu warten, dass Nell Fagan das Lokal verließ.

Obwohl sie betrunkener war, als er glaubte, blieb sie auf ihrem Weg in die Tiefen der Geisterstadt immer wieder stehen und drehte sich um, um zu sehen, ob jemand ihr nachkam. Glücklicherweise hatte sie aber nicht Gowers' Augen, der sie nun am äußersten Rand seiner Nachtsichtigkeit verfolgte. Nach fast einstündigem Fußmarsch durch die Weiten des großen Labyrinths blieb sie dann plötzlich verschwunden, und der Investigator wusste, dass sie unter die Erde gegangen und das Versteck nahe war.

So vorsichtig wie möglich schlich er bis zu dem Punkt, an dem er sie zuletzt gesehen hatte, und schloss dort die Augen, um zu hören und zu riechen. Aber er stand noch keine fünf Minuten so da, als eine helle, zitternde Mädchenstimme »Come all ye gallant poachers« anstimmte. Er ging der Stimme nach, bis er zwischen zwei Schuttkegeln eine dunkle Öffnung in der Erde sah, deren Ränder seltsam flackerten. Das musste eine Art Vorhang sein. Gowers überlegte, wie viele Gegner ihn dahinter maximal erwarten konnten, zog dabei aber bereits seine Jacke aus und streifte im Gehen den eisernen Totschläger über.

31.

»Es gehört zu den Errungenschaften unserer großen Nation«, sagte der weißhaarige Redner mit einer pathetischen Geste, »dass ein Mann in einer Versammlung von Menschen, die sich einstimmig und leidenschaftlich für eine bestimmte Meinung aussprechen, dass ein einzelner Mann inmitten dieser Versammlung Gleichgesinnter aufstehen und sagen kann: Ich bin anderer Ansicht! Die Kaiser und Könige im alten Europa, die Päpste und ihre Inquisition würden einen solchen Mann hängen, und auch wir Amerikaner, geben wir's nur zu, sind zumindest verärgert über den Mann!«

Vereinzelt lockerte erleichtertes Gelächter über diesen ersten Scherz des Abends die allzu ernste Stimmung in der Versammlung der Literarischen Gesellschaft von St. Louis auf.

»Aber dann«, fuhr der Redner fort, »erinnern wir uns zweifellos

daran, dass das Recht dieses einzelnen dummen Mannes, anderer Ansicht zu sein, eines der wichtigsten Rechte ist, für die unsere Väter und Großväter einst gekämpft und geblutet haben, und wir werden ihn ruhigen Herzens anhören, selbst wenn er Unsinn redet.«

Auch die eifrigsten Abolitionisten schmunzelten leise und gefielen sich jetzt nicht mehr nur in ihrer Gerechtigkeit, sondern auch in ihrer Toleranz. Ihre Selbstgefälligkeit erhielt jedoch einen schweren Dämpfer, als der Redner mit ausgesuchter Höflichkeit hinzufügte: »Dieser Mann, meine sehr verehrten Damen und Herren, bin heute Abend ich.«

Es dauerte eine Weile, bis sie verstanden, was er damit gesagt und dass er ihre Wachsamkeit mit seinen schönen Worten nur eingelullt hatte. Zumindest das Ziel, nicht einfach niedergeschrien zu werden, hatte er allerdings erreicht und konnte mit großer Ruhe und Verbindlichkeit fortfahren.

»Mein Name ist Lemuel Willard. Doktor Lemuel Willard, um genau zu sein, denn ich bin Doktor der Medizin und Ältester der ersten presbyterianischen Kirche von Baton Rouge. Ich bin seit fünfundzwanzig Jahren verheiratet.« – Vereinzelte Laute der Enttäuschung bei den Damen. – »Meine Ehe wurde mit drei Töchtern und zwei Söhnen gesegnet. Ich besitze eine Baumwollplantage bei Indian Mound, zu der gegenwärtig hundertsiebenundachtzig Negersklaven gehören, darunter fünf schwangere Frauen – meines Wissens –, sodass sich mein Besitz an Sklaven in den nächsten Monaten noch vergrößern wird.«

Ein deutliches Murren der Versammlung war die Antwort auf diese zuletzt leicht ironische Vorstellung, aber der geübte Rhetoriker schien seine Ironie jetzt sofort auf sich selbst anzuwenden, indem er sich langsam einmal um die eigene Achse drehte und dabei sagte: »Ich bin heute Abend nicht hier, um Ihnen zu zeigen, wie ein Sklaven haltender Unmensch aussieht – wenngleich ich Sie bitten möchte, mich aufmerksam zu betrachten und mir alle Züge von Barbarei mitzuteilen, die Sie an mir feststellen können. Ich bin vielmehr in der aufrichtigen Absicht gekommen, mich zu Ihren Ansichten bekehren zu lassen – falls sich herausstellen sollte, dass Ihre Argumente besser sind als meine. Aber selbst wenn das nicht geschieht, beabsichtige ich keineswegs, Ihnen zu sagen, was und wie Sie denken sollen. Ich möchte lediglich das Recht in Anspruch nehmen, Ihnen zu sagen, was und wie ich denke.«

Dieses Recht konnte man ihm nach so vielen wohlgesetzten, vernünftigen Worten natürlich kaum noch streitig machen, obwohl die hellsichtigeren Sklavereigegner mit Sorge sahen, dass sich da etwas zusammenbraute, was ihnen den bislang so gelungenen Abend verderben konnte.

»Lassen Sie mich noch hinzufügen«, sagte Willard, wobei er diese Sorge mit aufrichtigen Zeichen der Devotion beschwichtigte, »dass ich, ganz gleich, wohin meine Worte mich tragen sollten, von der Aufrichtigkeit Ihrer Ansichten und Absichten überzeugt bin. Obgleich eine allgemeine Sklavenbefreiung mich wirtschaftlich ruinieren würde, halte ich Sie also nicht«, und er akzentuierte dieses Wort als besonders bedeutsam, »für Räuber oder Diebe, so wie viele meiner heißblütigeren Landsleute im Süden, sondern ich glaube, dass Sie der ernsten und deshalb ernst zu nehmenden Überzeugung sind, das Richtige zu tun.

Aber was tun Sie eigentlich? Oder besser: Was wollen Sie tun? Sie wollen die Sklaverei beenden, die Neger befreien, gut. Aber was dann? Wie weiter?

Die Neger nach Afrika zurückzuschaffen war offen gestanden der einzige wirkliche Vorschlag, den ich heute Abend gehört habe. Meine sehr verehrten Damen und Herren, ich bin niemand, der seinen Mitmenschen leichtfertig vorwirft, Unsinn zu reden. Aber ich bitte jeden, der die Negerfrage auf diese Weise zu lösen hofft, folgende Fakten in seine Überlegungen aufzunehmen.«

Die versammelten Gemüter, die bei den Worten »Räuber«, »Diebe« und »Unsinn« in anschwellendem Gemurmel hochgegangen waren, beruhigten sich erst mit der Vokabel »Fakten« wieder ein wenig. Willard gab sich nun die Miene eines loyalen Buchhalters, der die visionären Ziele eines Vorstandsvorsitzenden in harte, nüchterne Kleinarbeit umsetzen muss.

»Es gibt in diesem Land nach den neuesten und zuverlässigsten Schätzungen dreieinhalb Millionen Negersklaven. Wenn wir diese Neger unter halbwegs erträglichen Bedingungen nach Afrika transportieren wollen, benötigen wir etwa dreißigtausend Schiffe. Alle zivilisierten Nationen der Erde zusammengenommen verfügen kaum über eine solche Flotte. Selbst die spanische Armada bestand nur aus etwa fünfhundert Schiffen – aber die spanische Armada ist bekanntlich vor zweieinhalb Jahrhunderten untergegangen.« Mit geschickten Handbewegungen dämpfte der Redner das höhnische Gelächter, das in den eleganten Reihen der Sklavereibefürworter aufkommen wollte.

»Nehmen wir trotzdem an, wir hätten die spanische Armada: Dann müssten fünfhundert Schiffe sechzig Mal den Atlantischen Ozean überqueren, hin und zurück, eine Reise, die auch unter den besten Bedingungen etwa sechs Monate dauert. Wenn ich noch richtig rechnen kann, hätten wir also die Negerfrage auf diese Weise im Jahre 1887 glücklich gelöst – vorausgesetzt, dass wir die Neger in diesen dreißig Jahren daran hindern, sich zu vermehren, und weiter vorausgesetzt, dass wir jede andere Tätigkeit, für die wir unsere Schiffe brauchen, den Überseehandel, den Personentransport, den Walfang, eine Generation hindurch vollständig einstellen.«

Während sich das Gelächter der Südstaatler nun nicht mehr zurückdrängen ließ, bemächtigten sich Wut und Ratlosigkeit der übrigen Versammlung. Wut, weil Lemuel Willard sie wie Idioten aussehen ließ, Ratlosigkeit, weil niemand irgendeine Zahl oder ein Argument parat hatte, das seinen kühl kalkulierten Äußerungen ernsthaft entgegengestellt werden konnte. Und wiederum und verstärkt – Wut, weil auch in den verbohrtesten Köpfen der Verdacht aufkeimte, an diesen Ausführungen sei manches Wahre.

Willard schien diese Gefühle seiner Zuhörer auf eine gespenstische Weise sehr genau zu kennen und steckte diplomatisch zurück: »Ich erzähle Ihnen das alles nicht, weil ich Sie verhöhnen will. Die Idee, die Neger nach Afrika zurückzubringen, ist durchaus ehrenwert – aber sie ist schlicht und einfach nicht durchführbar. Was bedeutet das?

Nun, es bedeutet vor allem, dass die Neger in Amerika bleiben werden. Aber als was? Sie wollen nicht, dass diese Neger Sklaven sind, gut. Aber was sollen sie dann sein? Ihre Nachbarn? Ihre Mitbürger? Sollen sie das Wahlrecht bekommen? Sollen sie die gleichen Schulen besuchen wie Ihre Kinder? Aus der gleichen Schüssel essen? Soll kein Unterschied mehr sein zwischen Schwarz und Weiß?

Dann, meine Damen und Herren, wird der Tag kommen, an dem ein Negerjunge in Ihrem Wohnzimmer sitzt und Sie um die Hand Ihrer Tochter bittet. Weißer Mann, wird er sagen, du hast mich Bruder genannt und mir die Freiheit gegeben. Du hast mich lesen und schreiben gelehrt, mir den Weg zu Gott gewiesen, mich zu einem ehrlichen Handwerker, Krämer oder Farmer gemacht – mit welchem Recht willst du mir jetzt deine Tochter verweigern? Und warum? Kleine braune Babys werden auf deinem Schoß sitzen, schwarze Hände werden dir den Todesschweiß von der Stirn wischen, dunkle Augen an deinem Grab weinen. Und dann werden meine schwarzen Kinder in deinem weißen Haus wohnen, in deinen weißen Betten schlafen, von deinen weißen Tellern essen!«

Erhebliche Unruhe bemächtigte sich der Versammlung während dieser letzten Ausführungen, und endlich fanden einige führende Abolitionisten die willkommene Gelegenheit zu Zwischenrufen.

»Unsinn!«, riefen sie und: »Separation!«

Insgeheim spürten sie, dass Lemuel Willard ihnen gerade eine der wichtigsten Waffen des Fanatismus aus den Händen wand und gegen sie in Stellung brachte: die Angst!

Wenn Fanatiker Ängste schüren, tun sie das lauthals, peitschen sich und ihre Zuhörerschaft hoch, und das Ergebnis ist eine lärmende, primitive Angst, die Angst des Mobs, die rasch zuschlägt und sich ebenso rasch zerstreut. Wenn aber ein offensichtlich vernünftiger, klug argumentierender Mann die Alpträume seiner Zeit beschwört, schleicht sich die Angst leise, lähmend ins labile Haus des bewussten Denkens und verlangt dort ein bleibendes Wohnrecht.

32.

Vier der Anwesenden waren während all dieser Vorkommnisse und Debatten noch ganz anders, nämlich miteinander beschäftigt – wenn es auch nicht alle von ihnen wussten. Dorothy Simpson, älteste und daher am längsten unverheiratete Tochter des literarisch nur mäßig, aber gesellschaftlich umso stärker interessierten Anwalts, warf immer wieder verstohlene Blicke auf den jungen John Gowers, der in seiner fadenscheinigen Lotsenkleidung ohnehin nicht in diese Versammlung passte, ehe er sich eben mit dem Wort »Ablass« endgültig zu ihrem Paria gemacht hatte.

Unter dem höchsten Siegel der Verschwiegenheit hatte die stark romantisch veranlagte, stark auf die dreißig zugehende junge Dame ihren besten Freundinnen bereits gestanden, dass ein Einverständnis bestehe; aber zu mehr als ein paar – allerdings sehr aufregenden – Küssen in der Dämmerung eines kleinen Parks hinter der Bibliothek hatte dieses Einverständnis noch nicht geführt. Zwar wusste sie, in welchem der schäbigeren Hotels von St. Louis John Gowers abstieg, wenn er in der Stadt war, denn sie war ihm, ganz zu Anfang ihres Interesses, heimlich einmal nachgegangen, hatte seine Einladungen, ihn dort zu besuchen, aber selbstverständlich jedes Mal abgelehnt.

Erst würde er sich erklären müssen, einen Plan ausarbeiten, mit dem man das skandalöse Verhältnis ihren Eltern zumindest nahebringen könnte, und natürlich seinen Beruf als Lotse aufgeben. Dann noch ein, zwei Jahre als seriöser möblierter Herr in einer gut geführten Pension, vielleicht eine Bürotätigkeit in einer Reederei, ein paar Anzüge, Schuhe, ein vernünftiger Haarschnitt natürlich – und niemand würde mehr auf die Idee kommen, Dorothy eine alte Jungfer zu nennen. Sie errötete heftig, als ihr sechs Jahre jüngerer Freund sich in die komplizierten Vorgänge des Abends einmischte, und ihr Herz schlug wild, entsetzt, erfreut über seine Kühnheit, fast wie ein blinder Passagier in ihrer Brust. Was für ein unmöglicher, aufregender Mann!

John Gowers wusste wenig von diesen Gefühlswallungen; hatte beiläufig registriert, dass Dorothy da war, sich an ihre weichen Lippen, ihre schüchterne Zunge, den angenehmen Geschmack in ihrem Mund erinnert und sich dann wieder auf den sozialen Sturm konzentriert, der ihm nach seiner Äußerung ins Gesicht pfiff. Er lächelte, während sein Blick wach über die entrüsteten Mienen seiner vielen Gegner glitt – und blieb dann hängen an den alten Augen eines Mannes, der in der Tür stand und sein Lächeln erwiderte, ihm sogar leicht zunickte. Er hatte den Mann schon einmal gesehen und durchforstete den enormen Schatz seiner Gedächtnisbilder nach diesem Gesicht. Sheperd! Er hatte diesen Mann einmal im Gespräch mit Mrs. Sheperd gesehen und wusste sofort wieder, dass der ihm auch damals zugenickt hatte, während die zweite Vorsitzende der Literarischen Gesellschaft wie ertappt den Blick senkte. Hatten sie über ihn geredet?

Der Schießpulverfabrikant John Lafflin musterte den jungen Lotsen sehr genau, und was er sah, gefiel ihm. Seine kecke Bemerkung ließ ihn sogar ein wenig schmunzeln. Er war nun fast völlig sicher, seinen Mann gefunden zu haben, und bemerkte nicht, dass er selbst beobachtet wurde.

Es war der unauffällige kleine Nordstaatler am Rande der Willard-Gruppe, dem von Anfang an keine Regung unter den Anwesenden entgangen war. Zwar bemühte er sich, jede Emotion auszuschließen, die sich zwischen seine Wahrnehmung und seinen analytischen Verstand schieben wollte, aber er konnte manchmal nicht anders, als sich an Doktor Willards Vorstellung zu ergötzen.

Er war ihm unter regem Gelächter als mittelmäßiger Arzt, aber begnadeter Redner vorgestellt worden, den man zu Propagandazwecken auch schon in die Territorien Kansas und Nebraska geschickt hatte – wo nach Ansicht der Großgrundbesitzer die Sklavenfrage entschieden würde. Beale hatte den Doktor zunächst für einen Idioten gehalten, der arrogant genug war, vorher anzukündigen, was er wann, wie und warum sagen und wie das Publikum reagieren würde. Nun lief der Mann mit der Präzision eines Uhrwerks ab, und während nacheinander jeder Punkt seiner Vorhersage eintraf, verwandelte sich Gabriel Beales Skepsis in ehrlichen Respekt. Seine Anerkennung galt einfach einem Meister seines Fachs, und das umso aufrichtiger, als er selbst ein Meister seines Fachs war.

Keiner der entrüsteten Sklavereigegner würde seinen Auftraggebern ernsthaft gefährlich werden, nur in der Masse stellten sie eine gewisse Bedrohung dar, so wie jede Menschenmasse eine Gefahr ist, wenn sie wörtlich oder sprichwörtlich in Bewegung gerät. Diese Dinge ließen sich kalkulieren. Aber in keinem der bärtigen, blassen, erregten Gesichter fand er auch nur die Spur eines Geheimnisses, einer Verschwörung – und einer Verschwörung war Gabriel Beale auf der Spur. Nur aus diesem Grund waren die meisten seiner Klienten persönlich anwesend, nur aus diesem Grund hatten sie Willard geschickt. Beale wusste, dass die Drahtzieher der Verschwörung aus St. Louis kamen, aber er kannte keine Namen und kein Gesicht, bis er den alten Mann sah.

Er hätte nicht sagen können, was John Lafflin verdächtig machte, vielleicht ein Blick, eine Haltung, die reservierte Aufmerksamkeit, mit der er das Geschehen verfolgte. Dennoch spürte Beale deutlich, dass dieser Mann etwas verbarg, fühlte es irgendwo in seinem Bauch, seiner Brust: ein Gefühl, das nicht immer zu etwas führte, aber ihn noch nie getrogen hatte. Herauszufinden, wer und was der Mann war, würde Routine sein. Gabriel Beale war Privatdetektiv.

33.

Inseln waren von jeher beliebte Schauplätze der Weltliteratur. Ihre geografische Ambivalenz, also ihre Überschaubarkeit einerseits und ihre Abgeschiedenheit andererseits, machte sie zur idealen Projektionsfläche für Träume, Sehnsüchte, Abenteuer, Gedankenexperimente und – spätestens seit *Robinson Crusoe* – der bürgerlichen Angstlust.

Zunächst nur auf Seemannsgarn und Schiffermärchen zurückgehende exotische Bühnen, auf denen die Naturgesetze aufgehoben waren und die von entsprechend seltsamen Wesen, Feen, Zyklopen, Baumfrauen, Sirenen bewohnt wurden, mit denen sich Lukian und Shakespeare, Sindbad und Odysseus herumschlagen mussten, machten kulturmüde Theoretiker, Philosophen, die Insel zum sprichwörtlichen Utopia, zum *Nicht-Ort*. Atlantis, Kythera, Avalon, Taprobana, die Insel der Seligen – überall, wo man nicht war und nicht hinkonnte, war das Leben besser, schöner, gerechter und, spätestens seit Bougainvilles Reisebericht über die Südseeinseln, auch sexuell freudvoller.

Daniel Defoe kommt das Verdienst zu, die Insel zumindest literarisch zum Exerzierplatz zivilisatorischer Tugenden und Gegenstand ihrer Bewährung gemacht zu haben. Schon sechs Generationen kleiner Jungen waren – Rousseau sei Dank – mit Robinsons Insel im Kopf zu selbstbewussten Bürgern und tüchtigen Kolonialisten herangewachsen.

Dass die Insel auch ein hervorragendes Gefängnis war, wusste schon Sophokles und mussten die Ausgesetzten des 17. und 18. sowie die Aussätzigen des gepriesenen 19. Jahrhunderts bitter erfahren. Lemnos und Salas y Gomez, die Teufelsinsel in Französisch-Guayana und schließlich – düsterste von allen – Molokai, das Lepragefängnis im hawaiianischen Archipel, waren die Gegenbilder zum himmelblauen Tahiti und zu der Sonneninsel des Diodor.

Ganz neu war die Idee, Meuterer, Rebellen, Verbrecher und sonst wie gesellschaftlich missliebige Existenzen auf einsame Inseln zu verbannen, also nicht, als die neuseeländische Regierung in Wellington beschloss, die unruhigsten und gefährlichsten ihrer Maorigegner nach Chatham Island, fünfhundert Meilen südwestlich und abgelegen im endlosen Südpazifik, zu schicken. Man hatte das sogar schon einmal gemacht: In einer der seltsamsten Allianzen der Kolonialgeschichte hatten britische Schiffe im Jahr 1835 eine Armee von Maorikriegern auf die Chatham-Inseln gebracht, um sie zu unterwerfen und die Aggressivität des kriegerischen Volkes von den Pakeha abzulenken.

Die Moriori von Chatham hatten keine Chance gegen ihre mit Musketen und Keulen bewaffneten Vettern, denn im Gegensatz zu den Maori waren sie ein friedliches Volk. Auseinandersetzungen wurden, wenn sie nicht geschlichtet werden konnten, durch Zweikämpfe entschieden, und selbst diese Zweikämpfe wurden abgebrochen, sobald Blut floss. Blut floss nun in Strömen. Zwei Drittel der Ureinwohner wurden abgeschlachtet, der Rest mit rigideren Methoden versklavt, als die Weißen sie sich je ausgedacht hatten: Die überlebenden Frauen der Moriori durften nicht länger mit den Männern ihres Volkes schlafen, sondern mussten den neuen Herren zu Willen sein, und dreißig Jahre später gab es nur noch entsprechend wenige reinblütige Moriori.

Dreißig Jahre später brachten die Schiffe der Pakeha also erneut Maorikrieger nach Chatham, aber diesmal trugen sie keine Waffen, sondern Ketten, und ihre Frauen und Kinder teilten ihr Exil. Es waren Deportierte, Gefangene, die die Weißen in den *Hauhau*-Aufständen von 1865 gemacht hatten, oder einfach Männer, die sie für Hauhau hielten. Selten hatte eine Widerstandsbewegung die Kolonialherren so in Panik versetzt wie die Pai-Marire-Religion und ihre extremsten Anhänger, die Hauhau. Sie hielten sich für die neuen, von Gott auserwählten Kinder Israels, und Aotearoa war in ihren Augen das neue Kanaan. Die wildesten ihrer Propheten predigten den Hauhau, es sei die ihnen von Jehova gestellte Aufgabe, die Weißen zurück ins Meer zu werfen. Zumindest diese Forderung war für die Briten nichts wirklich Neues: Kanada, Afrika, Indien, irgendwer wollte sie ja immer zurück ins Meer werfen – das war nun einmal das Schicksal einer Kolonialmacht.

Was die Hauhau für eine zivilisierte Nation wie die englische so unangenehm machte, war nicht so sehr ihr Fanatismus, sondern die Art und Weise, in der sie ihn anwandten. Die von ihnen überfallenen Siedler, Missionare, Soldaten wurden nicht einfach nur getötet, sie wurden auch enthauptet, die Köpfe in Rauch getrocknet und als Grußbotschaften zwischen den einzelnen

Stämmen kreuz und quer über die gesamte Nordinsel verschickt. Zwar geschah das relativ selten, aber die öffentliche Wirkung war enorm demoralisierend. Leute, die Derartiges taten, wollten die Briten weder als Nachbarn noch auch nur als Untertanen haben; den Hauhau ihr Land wegzunehmen war deshalb zu wenig. Diejenigen, die man nicht tötete, sollten dauerhaft aus Neuseeland entfernt werden.

Te Kooti Arikirangi Te Turuki war etwa Mitte dreißig, als er 1866 ohne Prozess oder auch nur eine offizielle Anklage als Rebell auf die Chatham-Inseln deportiert wurde. Bei der Belagerung von Waeranga-a-Hika, einem befestigten Lager der Hauhau in der Poverty Bay, hatte er sogar aufseiten der Weißen gestanden. Leider kämpfte aber sein Bruder Komene, ein Pai-Marire-Anhänger, auf der anderen. Diesen Umstand machten sich die lokalen Milizkommandeure Reginald Biggs und James Wilson zunutze, die schon lange ein Auge auf Te Kootis Land bei Matawhero geworfen hatten, ohne eine legale Möglichkeit zu finden, es zu kaufen oder zu konfiszieren.

Ein Denunziant, der sich unter den zerstrittenen Maori für wenig Geld auftreiben ließ, bezeichnete Te Kooti also kurzerhand als einen Spion der Hauhau, und ohne zu dieser Beschuldigung gehört zu werden, fand der große Maorikrieger sich eines Morgens von Konstablern umstellt, in Ketten gelegt und auf eines der berüchtigten Deportationsschiffe verfrachtet. Paratene Pototoi, ein ihm feindlich gesinnter Häuptling, drängte den gefesselten, noch immer völlig überraschten Te Kooti mit höhnischen Worten zum Strand: »Geh auf das Boot, mein Sohn, das Boot wartet auf dich!«

Er haderte nicht mit seinem Schicksal, auch nicht, als seine Heimat am Horizont in einem Dunst aus Nebel und tiefen Wolken versank und er viele Frauen und Kinder, sogar wilde, tätowierte Krieger bei diesem Anblick ihre Häupter verhüllen und weinen sah. Obwohl kein Häuptling, sondern einfaches Mitglied des *Rongowhakaata*-Stammes, wusste Te Kooti seit frühester Jugend, dass Gott ihn zu Großem bestimmt hatte und seine Schritte leiten würde. Er las die Bibel, wieder und wieder, vor allem das Alte Testament. Keiner der Propheten war ein Königs- oder Häuptlingssohn gewesen, sondern alle nur einfache Männer, die Gott nicht einmal immer gesucht hatten, sondern denen er sich ohne ihr Zutun irgendwann offenbart hatte, in Visionen, in Träumen, in Trance.

In seiner Jugend war Te Kooti ein wilder Bursche gewesen, der als Anführer einer kleinen Gruppe junger Männer den Besitz weißer Siedler geplündert hatte, die irgendwelcher Übergriffe auf Maori schuldig waren. Inzwischen war sein Blut kühler geworden. Seine Kämpfe waren jetzt Kämpfe des Geistes, Auseinandersetzungen mit den Propheten Moses, Ezechiel, Zerubbabel und Te Ua Huamene, den Erzengeln Michael und Gabriel, die Krieg und Frieden bedeuteten, dem tiefen Nachdenken über die Kinder Israels in der ägyptischen und babylonischen Gefangenschaft.

Sein Babylon, sein Ägypten wurde nun die Insel *Wharekauri*, größte der Chatham-Inseln, sein Pharao der Inselkommandant Captain William Edward Thomas und sein Aufseher der Hauptsergeant Michael Hartnett. Die *Whakarau*, wie die Gefangenen der verschiedenen Maoristämme sich selbst nannten, um in der Fremde ein Gemeinschaftsgefühl zu entwickeln, standen buchstäblich vor dem Nichts, als die Schiffe sie bei Waitangi an der Petre Bay an Land setzten. Es war eine sehr schlecht vorbereitete Deportation. Selbst die primitiven Hütten, in denen sie leben sollten, mussten die Gefangenen selbst errichten und zunächst einige Nächte am Strand schlafen.

Dort, unter dem fremden Himmel, hatte Te Kooti seine erste Vision, und sie machte ihn krank. Mehrere Wochen hindurch glaubte man, dass er sterben würde. Als er wider Erwarten gesund wurde, konnte jeder sehen, dass eine große Veränderung mit ihm vorgegangen war. Der zornige junge Mann war endgültig fort. Te Kooti war ein Prophet geworden. Er sah seine Rückkehr nach Aotearoa voraus, und die Whakarau glaubten ihm, wie Gefangene immer an ihre Befreiung glauben werden.

Das Gerücht, er sei ein Urenkel Te Toiroas, des Hundertjährigen, machte die Runde, und Te Kooti tat nichts, um diesem Gerücht entgegenzutreten. Te Toiroa, der große Seher, den alle noch kannten, der erst vor wenigen Jahren gestorben war, hatte einst in seiner Kindheit die Ankunft der Pakeha und ihres großen Seefahrerhäuptlings Tu-Te vorausgesagt – und nur drei Jahre später hatte die *Endeavour* unter dem Kommando von James Cook tatsächlich in der Poverty Bay Anker geworfen.

Te Kooti selbst war allerdings klar, dass es diese Verwandtschaft nicht gab, und sosehr er an seine eigenen Prophezeiungen glaubte, wusste er doch, dass das fünfhundert Meilen breite Meer sich nicht teilen würde, um ihn und die Whakarau zurück ins Gelobte Land zu bringen. Er brauchte Schiffe, zumindest Boote; und einen Navigator, der Aotearoa, das neue Kanaan, und den Strand von *Whareongaonga* in der furchtbaren Weite der See finden würde.

34.

»Nun, meine sehr verehrten Damen und Herren«, sagte Doktor Willard nach einer Pause von so großer Kunstfertigkeit, dass niemand sie zu unterbrechen wagte. »Ich bemerke, dass die Vorstellung, was aus den Negern werden soll, Sie erschreckt, und das ist auch gut so. Der Gedanke an eine Flutkatastrophe ist gemeinhin das Einzige, was uns daran hindert, Dämme niederzureißen. Und es ist eine Flut, eine Flut von dreieinhalb Millionen Negern, die über dieses Land hereinbrechen wird, und wie bei einer Flut wird das Wasser nicht fragen, wohin es fließen darf. Separation rufen Sie?!«

Der Redner wirkte plötzlich gelangweilt, fast beleidigt. Das Wasser, das nicht fragt, wohin es fließen darf, wäre bereits ein gutes Schlusswort gewesen und hätte für diese Ansammlung stumpfsinni-

ger Farmer und Krämer mehr als ausgereicht. Stattdessen musste er ein weiteres rhetorisches Versatzstück aus seinem nicht unbeträchtlichen Fundus anflechten. Er warf wahrhaftig Perlen vor die Säue und wünschte nur, er hätte für diese Dreckarbeit mehr Geld verlangt.

»Aber wie stellen Sie sich die Separation vor?! Wollen Sie Reservationen für die Neger einrichten und sie sich selbst überlassen? Sich selbst überlassene Neger tun gar nichts. Ich sage das nicht nur aus meiner eigenen Erfahrung. Ich sage es auch, weil in hundert Jahren Afrikaforschung auf diesem gesamten Kontinent, der fünf Mal so groß ist wie die Vereinigten Staaten von Amerika, noch kein einziges von Negern organisiertes Staatswesen gefunden werden konnte. Keine auch nur halbwegs zivilisierte Gesellschaft, sondern immer wieder nur einzelne Stämme, barbarisch, wild und grausam. Sie leben von der Jagd und von dem, was sie im Urwald finden. Höher entwickelte Stämme bauen vielleicht hier und da Feldfrüchte an, und wissen Sie, wer diese Felder bestellt? Sklaven! Männer, Frauen und Kinder, die sie von ihren Nachbarstämmen geraubt haben.«

Die Unruhe in den Reihen der Abolitionisten war in den letzten Minuten zunehmend aggressiver geworden, und hier und da wurde jetzt das Wort »Lüge!« hervorgestoßen, herausgepresst wie eine Verwünschung.

»Kann sein«, sagte Willard nachgiebig, scheinbar ermüdet. »Schließlich war ich noch nie in Afrika. Vielleicht ist es eine Lüge. Aber dann lügt …« Plötzlich hob er das Buch hoch, das er bisher in der Hand gehalten und von dem die Anwesenden mehrheitlich geglaubt hatten, es sei eine Bibel. »… Mr. David Livingstone!«

Der Name des großen Missionars und Afrikaforschers verdammte die Sklavereigegner erneut zum Schweigen, und Willard fuhr mit einer fast wegwerfenden Handbewegung und deutlichem Hohn fort. »Also lassen wir das mit der Reservation! Vergessen wir den Negerkral neben dem Indianerwigwam! Lassen wir die Neger mitten unter uns leben, dann behalten sie wenigstens ihre Hosen an! Separieren wir sie, in extra für sie eingerichteten Vierteln, planen wir in jeder Stadt ein Negergetto mit ein! Was würde geschehen?

Lernfähige und begabte Individuen – und die gibt es gelegentlich – würden alles versuchen, um aus diesen Gettos herauszukommen. Aber die stumpfe Masse, also der Großteil der dreieinhalb Millionen Neger, würde, da können Sie sicher sein, dasitzen und auf Almosen warten und immer neue Generationen von Almosenempfängern hervorbringen. Sie wären ein günstigenfalls nutzloser Auswuchs am Leib unserer Nation, schlimmstenfalls aber ein ständig wachsendes Heer unzufriedener, unbeschäftigter Kreaturen, die über die Mauern ihrer Gettos mit neidischen, lüsternen Blicken auf unseren Wohlstand schielen und deshalb ständiger Überwachung bedürfen. Nein, meine Damen und Herren, die Sklaverei mag ein Übel sein, aber sie ist das kleinere Übel – für Sie, für mich und nicht zuletzt für die Neger selbst!«

Willard nahm wieder Platz und schaute seelenruhig Richtung Podium, während hinter ihm vorwiegend religiös motivierte Tumulte ausbrachen, gegen die Mrs. Sheperds schüchterne Rufe zur Ordnung völlig wirkungslos blieben. Noch immer waren die Gerechten zu gerecht, um vor Wut zu brüllen, aber es erhob sich ein Stimmengewirr, aus dem nun gelegentlich lautere Äußerungen hervorklangen.

»Der Mensch soll keinen Menschen besitzen!«

»Sklaverei ist Gotteslästerung!«

»In der Bibel steht …«

»In der Bibel steht«, donnerte Willard plötzlich mit einer Lautstärke, die in so erschreckendem Gegensatz zu seinem bisher ruhigen Tonfall stand, dass seine Gegner schon vor Verblüffung verstummten. Es war, als wollte ein väterlicher, umgänglicher Sergeant seinen Rekruten einmal kurz zeigen, dass er auch anders kann. »In der Bibel steht, dass die Knechtschaft der Kinder Israels eine von Gott verhängte Strafe war.«

»Aber Gott hat die Israeliten aus Ägypten geführt«, ertönte eifrig der berechtigte Einwand, den Willard mit dieser Äußerung provozieren wollte.

»Ja, Gott«, lautete seine prompte Antwort. »Aber nicht Sie, Sir! Sollte also in Baton Rouge eine Feuersäule erscheinen, sollte der Mississippi sich teilen, bin ich der Erste, der seine Sklaven ziehen lässt.«

Die Ungeheuerlichkeit dieser Lästerung war für die einfachen Quäker und Puritaner so groß, dass einige Zuhörer sich bekreuzigten und eilig den Saal verließen, um nicht von dem längst überfälligen Blitz mitsamt dem zungenfertigen Sünder von der Erde vertilgt zu werden. Tatsächlich war Lemuel Willard gerade in Kansas und Nebraska mit diesem letzten Satz schon einige Male hereingefallen. Es hatte Beulen und Schrammen gesetzt, die der begnadete Redner seinen Auftraggebern extra in Rechnung stellte. Diese Bauern, diese Beter mit ihren läuseschlichten Matratzen im Gesicht liefen stattdessen davon wie die Hasen, und er würdigte sie keines Blickes mehr.

Gabriel Beale hatte im Tumult des fluchtartigen Aufbruchs den alten Mann aus den Augen verloren, wusste aber aus Erfahrung, dass eine sofortige Beschattung ohnehin schwierig gewesen wäre. Bevor man sich dem Gegner näherte, war es wichtig, Informationen über ihn zu sammeln. Während sich nun auch die Gruppe der Südstaatler erhob und geschlossen zum Ausgang strebte, bewegte er sich deshalb lieber in Richtung Podium und Vorstand der Literarischen Gesellschaft von St. Louis.

Die reichlich aufgelöste zweite Vorsitzende umklammerte noch immer ihre Glocke, an der sie sich in der letzten Stunde festgehalten hatte, als hinge sie über einem Abgrund. Die Prendergasts kondolierten Mrs. Sheperd zum kulturell so gründlich misslungenen Abend und wandten sich dann dem in Vergessenheit geratenen Magister Chambers zu, der schüchtern im Hintergrund stand und über allerhand Retardierendes nachdachte. Miss Pringle begann mit fahrigen Händen und der freiwilligen Unterstützung einiger ihrer Schülerinnen, die hier und da umgeworfenen Stühle zusammenzutragen.

Mrs. Sheperd wirkte ein wenig allein gelassen, der Kapitän auf dem geborstenen Schiff, als der bullige kleine Mann, den Hut in der Hand, sich ihr höflich näherte. Es richtete sie ein wenig wieder auf und schmeichelte ihrer Menschenkenntnis, dass er sich als Zeitungsreporter vorstellte, der alles Wissenswerte über die ihr bekannten Zuhörer in Erfahrung zu bringen wünschte.

35.

Dorothy Simpson versuchte, im Tumult einen Blick von John Gowers zu erhaschen, aber ihre Eltern trieben sie und ihre Schwestern vor sich her zum Ausgang. In der Hoffnung, dass er bald kommen würde, gab sie vor, einen Knoten in ihren Schnürsenkel geschlagen zu haben, und blieb mit der Begründung, diesen jammervollen Zustand zu korrigieren, so weit wie möglich hinter ihrer heimwärts ziehenden Herde zurück. Schließlich sah sie, dass der junge Mann die Bibliothek verließ und sich tatsächlich suchend umblickte.

Hochbeglückt – denn wem oder was konnte sein Suchen gelten? – ging Dorothy ein paar Schritte zurück, obwohl ihre Familie bereits hinter dem nächsten Block verschwunden war. John lächelte, als sie ins Licht trat. Es war das freche Lächeln, das ihr immer so seltsam in alle Glieder fuhr. Ehe sie irgendetwas sagen konnte, hatte er sie in den Schatten der Bäume gezogen, lag sie in seinen Armen, war seine Zunge in ihrem Mund. So schnell er sie gepackt hatte, musste er sie aber auch schon wieder loslassen, denn jemand räusperte sich in ihrer unmittelbaren Nähe.

Dorothy stieß ihn so heftig von sich, als sei etwas zwischen ihren Körpern explodiert, und konnte nur deshalb nicht weglaufen, weil ihre Knie zitterten und sie nicht lange getragen hätten. Nun war alles aus, der Skandal perfekt, und sie wäre am liebsten in Ohnmacht gefallen. Vor Scham, vor Angst – und weil sie noch immer seine Lippen auf ihren spürte und sich für den Bruchteil einer Sekunde sogar gewünscht hatte, heute Abend einfach mit ihm zu gehen. Dann sah sie, dass es der alte Mr. Lafflin war, der sie gestört hatte.

»Guten Abend, Dorothy«, sagte er und nahm seinen Hut ab, als hätte er nichts bemerkt und sie lediglich beim Betrachten des Sternenhimmels ertappt. Sie kam nicht dazu, etwas zu erwidern, denn mit heftigen, raschen Schritten war plötzlich ihr Vater hinter ihr aufgetaucht.

»Dotty! Wo bleibst du, zum Teufel!«, stieß er wütend hervor und zermalmte damit den letzten Rest ihrer romantischen Courage.

»Hallo, Clay«, sagte wiederum Mr. Lafflin, und der Anwalt, der bereits den ihm unbekannten jungen Mann mit den vielsagenden Blicken eines Vaters dreier Töchter zu durchbohren begonnen hatte, erwiderte verwirrt: »Oh! Hallo, John. Ich hatte dich gar nicht gesehen!«

»Entschuldige, dass ich deine Tochter aufgehalten habe«, sagte der alte Mann und lüftete erneut seinen Hut. »Einen guten Abend, Dorothy. Und Grüße an deine Mutter!«

Die beiden Männer sahen der schwankenden jungen Dame und ihrem verwirrten Erzeuger hinterher, bis sie um die nächste Ecke bogen. Dann sagte John Gowers ruhig: »Vielen Dank, Sir!«

»Keine Ursache«, entgegnete der alte Mann verschmitzt. »Meine Augen sind leider nicht mehr so gut, wie ich es gern hätte. Deshalb würde ich auch gerne mit Ihnen reden.«

»Sir?« John runzelte die Stirn.

»Sie sind John Gowers, der Engländer, nicht wahr? Haben neulich die Eclipse *von New Orleans heraufgebracht.«*

»Jawohl, Sir.«

»Sie haben mich eine Stange Geld gekostet, junger Mann. Ich hatte nämlich auf die Shotwell *und den alten Sellers gesetzt.«*

»Tut mir aufrichtig leid, Sir«, sagte John mit seinem unaufrichtigsten Lächeln.

»Sagen Sie, Mr. Gowers …« Der alte Mann deutete mit einer nachlässigen Handbewegung auf den Eingang der Bibliothek, aus dem gerade die Südstaatler hervorstolzierten, als hätten sie eine Schlacht gewonnen. »Wie stehen Sie zu diesen Dingen?«

»Einen Moment, Sir«, erwiderte John, setzte seine Lotsenmütze ab und ging auf den siegreichen Rhetor zu. Sofort schlossen sich die Söhne des Südens zu einer zwanglosen Mauer vor ihrem Cicero zusammen. Der aber erkannte nach kurzem Überlegen nicht Catilina, sondern den jungen Mann, der eben mit einem einzigen Wort den Unwillen der Abolitionisten auf sich gezogen hatte, und winkte seinen Genossen, ihn vorzulassen.

»Entschuldigen Sie, Mr. Willard«, begann der potenzielle neue

Mitstreiter ohne Zögern und Schüchternheit. »Haben Sie alles ernst gemeint, was Sie da drin gesagt haben?«

»Ich pflege immer ernst zu meinen, was ich sage, junger Freund«, entgegnete Willard und versuchte blitzschnell, sein Gegenüber einzuschätzen. »Auch wenn ich mich dadurch unbeliebt mache.« Hatte der junge Mensch nicht ein bemerkenswertes Gespür für ironische Äußerungen gezeigt? »Die Leute lieben einen nun mal nicht, wenn man ihnen ein Geschwür vom Hintern schneidet. Erst später sind sie einem irgendwann dankbar!«

Bonneterre, Cheever und Huggins lachten über den rauen Scherz, und John lachte leise mit. »Sie sagen Geschwür, und Sie meinen Idealismus, nicht wahr?«

»Ich sehe, wir verstehen uns«, meinte Willard leutselig und gab aus dem Stegreif eine weitere Probe seiner austrainierten Beredsamkeit. »Idealismus ist eine schöne Sache, vor allem, wenn man von seinen Folgen nicht betroffen ist. Dann schmeckt er süß und zergeht auf der Zunge. Aber ich sage Ihnen, dass diese vorübergehende Süßigkeit langfristig nicht nur mich, nicht nur den Süden, sondern unser gesamtes Land vergiften wird. Der Bruder wird gegen den Bruder, der Sohn gegen den Vater aufstehen, ein Riss wird durch das große Haus unserer Nation gehen. Und wofür?

Ich habe nichts gegen die Neger, solange sie gut arbeiten. Ich peitsche sie nicht, ich quäle sie nicht, im Gegenteil. Meine Neger leben in sauberen, trockenen Hütten, ohne je Steuern zu zahlen, ohne die geringste Verantwortung zu tragen. Ich kleide sie anständig, ich gebe ihnen reichlich zu essen, und wenn sie krank sind, behandle ich sie persönlich, nicht besser und nicht schlechter als meine weißen Patienten – aber natürlich kostenlos! Ist es da wirklich zu viel verlangt, wenn sie für mich arbeiten?«

Scheinbar inbrünstig hob er die Hände und streckte sie dem jungen Mann entgegen. »Mit diesen Händen habe ich in unserem Bezirk mehr schwarzen Kindern auf die Welt geholfen, als wir heute Abend Menschen gesehen haben, Mr. …«

»Gowers«, sagte John trocken. »Und Sie täuschen sich, Sir. Sie ver-

stehen mich nicht. Aber ich verstehe Sie!« Er drehte dem in seiner großartigen Pose erstarrten Redner den Rücken zu und schlenderte aufreizend langsam zurück in den Schatten des kleinen Parks.

Die jungen Ritter des Südens, die zwar nicht ganz verstanden hatten, was hier vorgegangen war, aber immerhin begriffen, dass man ihren Vorfechter brüskiert hatte, packten ihre eleganten Spazierstöcke fester und gingen ihm einige Schritte hinterher. Eher irritiert als ängstlich blieben sie jedoch stehen, als sie sahen, dass der junge Mann, der ihnen noch immer den Rücken zudrehte, plötzlich ein offenes Messer in der Hand hielt und anscheinend nur auf einen Angriff wartete, um es zu gebrauchen.

»Wie war noch Ihre Frage, Sir?«, sagte John, als er wieder bei dem alten Herrn angekommen war, der die Szene mit wachsender Verwunderung beobachtet hatte und nun völlig sicher war, die richtige Wahl getroffen zu haben.

»Können Sie ein Dampfschiff von New Orleans so heraufbringen, dass es möglichst wenig gesehen wird?«, fragte John Lafflin.

36.

Nell hatte den schweren ledernen Vorhang kaum wieder vor dem Eingang der Höhle heruntergelassen, als diejenigen ihrer Bande erwachten, die nicht zu betrunken dazu waren.

»Wie war's?«, fragte Jamie, ihr neunzehnjähriger Bruder. »Wie viel hat er heute ausgespuckt?«

Ohne ihn zu beachten, ging sie in den hintersten Winkel der Höhle, die einmal ein Keller gewesen war, und trat gegen ein schmutziges Bündel, das dort auf der Erde lag. Aus dem Bündel tauchten zwei durch unruhigen Schlaf und anhaltendes Weinen verquollene Gesichter auf.

»Du«, sagte Nell zu Mairie Maguire, »sing was für mich!«

Als das Mädchen nicht gleich gehorchte oder auch nur verstand, riss sie den Kindern die Decke weg und schleuderte sie quer durch den Raum, wo sie einen weiteren Schläfer weckte. Sie trat nach Mairie und registrierte dabei belustigt, wie der kleine Junge einen Hemdzipfel über seine Blöße zog, die er dann mit beiden Händen bedeckte.

»Singen, hab ich gesagt!«

Mairie wusste, dass längeres Überlegen nur Ohrfeigen nach sich ziehen würde, und sang ein Lied, mit dem sie in dieser Gesellschaft schon großen Erfolg gehabt hatte und das die jungen Frauen und Männer, manche kaum ein Jahr älter als sie, irgendwie milde zu stimmen schien. Es ging um Tom Brown, Jack Williams und den armen Joe, die in Schottland als Wilddiebe verhaftet und nach Australien deportiert worden waren, wo sie nun gegen Wölfe und Tiger kämpfen mussten. Natürlich wusste jedes Kind, dass es in Australien weder Wölfe noch Tiger gab, überhaupt keine großen Raubtiere, wenn man von Krokodilen und Dingos absah, die sich allerdings nur schwer reimen ließen.

Sie war in der achtstrophigen Ballade auch noch gar nicht bis zu dem entsprechenden Vers gekommen, als James Fagan sich plötzlich alarmiert aufsetzte.

»Was war das?«, fragte er, bekam aber keine Antwort, denn im gleichen Moment geschahen zu viele Dinge.

Mairie Maguire sah flüchtig, dass ein Mann in den Keller sprang und mit einem Tuch oder einer Jacke nach der kleinen Öllampe schlug, die neben dem nur noch glimmenden Herdfeuer den Raum erhellte. Die Lampe erlosch gleich darauf, und das restliche Licht war zu schwach, um erkennen zu können, was innerhalb der nächsten ein, höchstens zwei Minuten im Einzelnen geschah. Sie hörte Schreie aus vielen Kehlen, Schreie nach Licht – das war Jamie Fagan –, Schreie der Wut – Nell –, der Ratlosigkeit – Onkel Sam Fagan, soeben aus wirren Träumen hochgeschreckt, die er indes für noch nicht ganz beendet hielt – und zu Mairies Überraschung auch bittere Schmerzensschreie, die sie den einzelnen Bandenmitgliedern aber nicht genau zuordnen konnte.

»Licht! Licht! Fasst ihn! Ich hab ihn! Wo ist das Schwein? Scheiße! Mich hat's erwischt! Was ist hier los?«

Instinktiv kauerte sie sich auf den Boden, tastete nach hinten, nach ihrem Bruder; aber im gleichen Moment, in dem sie ihn gefunden hatte, fühlte sie, dass sie hochgehoben wurde.

»Jonathan!«, rief sie angstvoll. »Jon!« Und hörte dann dicht neben sich seine Stimme. »Ich bin hier.« Offenbar wurde er mit ihr fortgetragen. Sekunden später fühlte sie zum ersten Mal seit acht Tagen Wind in ihrem Gesicht, frische Nachtluft, die ihre Lunge nach der langen Zeit in dem stickigen, stinkenden Keller wie ein Faustschlag traf.

Gowers, der einen letzten unbekannten Verteidiger der Diebeshöhle mit einem Fußtritt hinter sich stieß, hatte den ledernen Vorhang nur wie eine leichte Ohrfeige in seinem Gesicht gespürt, als er mit den Kindern hinausstürmte. Sofort begann er, mit lauter Stimme Kommandos in die Nacht zu brüllen.

»Legt an, Jungs, und aufgepasst! Der Erste, der seine Nase rausstreckt, wird abgeknallt! Wir warten, bis es hell ist!«

Mairie Maguire blickte sehr verwirrt um sich, und als sie niemanden sah als einen unbekannten Mann und ihren Bruder, keine Soldaten, keine Polizei, überhaupt niemanden, starrte sie ihren Retter mit weit aufgerissenen Augen an und fürchtete, einem Verrückten in die Hände gefallen zu sein.

»Kannst du rennen?«, flüsterte der Verrückte, und Mairie sagte: »Ja, aber mein Bruder …« Gowers hatte den Jungen allerdings schon heruntergelassen, wo er mit einem Schmerzensschrei sofort auf die Knie fiel. Er hob ihn wieder auf, warf ihn über seine Schulter, wobei er notgedrungen zum ersten Mal seine Nacktheit registrierte, und zog an der linken Hand das Mädchen eilig mit sich fort, denn er wusste, dass sein Bluff allenfalls für ein paar Minuten funktionieren würde.

In der Höhle hatte James Fagan inzwischen die Lampe gefunden und das Licht wieder entzündet. Er sah, dass seine Schwester aus Mund und Nase blutete wie ein Schwein.

»Rennt ihm nach! So rennt ihm doch nach!«, schrie sie, und die Worte schlugen rote Blasen auf ihren Lippen.

Es war allerdings unmittelbar niemand bereit oder in der Lage, ihrem Befehl Folge zu leisten. Onkel Sam hatte sich nach einem heftigen Schlag auf den Hinterkopf wieder schlafen gelegt und träumte nun womöglich noch unruhiger als vorher. Cousin Billy rieb sich entsetzlich zusammengekrümmt und stöhnend den Unterleib, Cousin Joe lag japsend am Boden und bekam anscheinend nicht genug Luft in seine gestauchte Lunge, einige Cousinen starrten jammernd und ungläubig auf die Kratzwunden, die sie sich im Dunkeln gegenseitig zugefügt hatten. Nur Jamie selbst war offenbar geistesgegenwärtig genug gewesen, sich auf den Boden zu werfen, und bis auf ein paar Tritte, die über ihn hinweggegangen waren, unverletzt geblieben.

Nell Fagan raste vor Wut, war aber zu sehr mit dem Schlucken ihres eigenen Blutes beziehungsweise der Identifikation einzelner Zähne beschäftigt, die in ihrer Mundhöhle schwammen, um den Eindringling persönlich zu verfolgen. Am Eingang zur Höhle fand Jamie seinen Cousin Lionel, ebenfalls leicht verletzt, in zähe, weil sehr einseitige Übergabeverhandlungen mit den »Belagerern« verwickelt.

»Was soll das?«, fragte der Unterhäuptling. »Mit wem sprichst du?«

»Soldaten«, flüsterte Lionel. »Soldaten und Polizei! Ich hab deutlich gehört, wie sie ›Legt an!‹ gesagt haben. Nicht schießen!«, brüllte er dann so plötzlich, dass James Fagan zusammenfuhr. »Nicht schießen, um Gottes willen! Wir kommen freiwillig raus.«

Das schüchterne Angebot wurde allerdings zum wiederholten Mal keiner Antwort gewürdigt.

»Gottverflucht!« Nell war hinter sie getreten. Um ihr zerschlagenes Gesicht hatte sie die Fetzen eines alten Unterrocks gewunden, der nun langsam durchblutete, und in den Händen hielt sie einen Revolver; die einzige ernsthafte Waffe der Bande, die aber eben im Dunkeln weder gefunden noch benutzt werden konnte. »Warum rennt ihr ihm nicht nach?«

»Soldaten!«, wisperte Lionel und holte schon Luft, um noch einmal die bedingungslose Kapitulation anzubieten, als Nell ihn beiseitestieß.

»Schwachsinn!«, sagte sie. »Der Kerl war allein.«

Sie schlug den Vorhang hoch, gab Cousin Lionel aber nicht viel Zeit, um sich angesichts der gähnenden Leere der Nacht zu genieren, sondern organisierte die Verfolgung mit bemerkenswertem Verständnis für die Sache. »Kein Licht«, befahl sie, als die Cousinen Fackeln entzünden wollten. »Dann sieht er uns, aber wir ihn nicht! Schwärmt lieber aus. Wer ihn findet, schreit. Er kann noch nicht weit sein!«

Gowers war in der Tat keine fünfhundert Meter entfernt und wusste, als er die Geräusche der Verfolger in seinem Rücken hörte, dass er mit den Kindern, dem verletzten Jungen zumal, auch nicht weit kommen würde. Mairie weinte vor Angst und wünschte sich Wölfe und Tiger anstelle Nell Fagans auf ihrer Fährte.

Der Investigator blickte sich immer öfter um, und was er sah, beunruhigte ihn. Über diversen Schutthügeln, auf Mauerresten tauchten immer mehr und immer näher zerlumpte Gestalten auf und starrten in die Nacht. Noch schützte sie die Dunkelheit, aber je dichter die Verfolger herankamen, desto unsicherer wurde dieser Schutz, besonders, wenn weite, offene Flächen zu überqueren waren.

Er wusste, dass ihm keiner aus dieser jämmerlichen Räuberbande einzeln im Kampf überlegen war, aber der Überraschungseffekt war nun dahin und gegen die Übermacht würde auch er sich nicht lange behaupten können. Es war auch nicht klar, welche Waffen sich die Entführer inzwischen beschafft hatten. Ein Versteck zu suchen und sich einzugraben wäre ebenfalls riskant, denn obwohl sie sich zu beherrschen versuchte, konnte Mairie ein Schluchzen nicht immer unterdrücken. Auch der Junge auf seiner Schulter stöhnte leise.

Als Gowers einmal kurz anhielt, um seine Last zurechtzurücken, sagte Jonathan plötzlich: »Lassen Sie mich hier, Sir. Lassen Sie mich hier und rennen Sie mit Mairie weiter. Ich werde sie herlocken, und das wird Ihnen einen Vorsprung verschaffen.«

Es war ein tapferer Vorschlag, tapferer, als Gowers ihn von einem so kleinen Kerl ohne Hosen erwartet hatte, und für ein paar Sekunden erwog er sogar, ihn anzunehmen. Dann sah er die Lichter, Fackeln, kleine sich bewegende Punkte in der Nacht, weit voraus. Während er weiterlief, überlegte er fieberhaft.

Es musste Blampin sein, vielleicht mit Teilen der Bürgermiliz, wahrscheinlicher mit einigen Beamten der Victorian Police. Vermutlich hatte er versucht, Nell in Hays Tavern verhaften zu lassen, und sich dann auf ihre Spur gesetzt. Aber wer und was sie auch immer waren, die Lichter würden die Verfolger zurücktreiben. Doch wie den Lichtern entkommen?

37.

Mrs. Emma Lafflin, eine zierliche Dame von Anfang fünfzig, war es gewohnt, dass ihr über zwanzig Jahre älterer Gatte bisweilen auch noch am späten Abend seltsame Menschen mit nach Hause brachte. Indianer, Mulatten, entlaufene Lehrlinge, Landstreicher jeden Alters, Wanderprediger – sie alle fanden im Haus des Pulverfabrikanten in der Collins Avenue 24 zumindest für eine Nacht gastliche Aufnahme und ein Bett – das man allerdings manchmal gründlich entlausen musste, weil die Gäste ihres Mannes nicht immer ganz allein kamen, obwohl John Lafflin insgeheim ein Auge auf die Sauberkeit seiner neuen Bekanntschaften hatte. Auch Trunkenbolde oder Bettler kamen ihm nicht ins Haus. Das Einzige, was seine Gäste miteinander verband, waren gemeinhin eine Existenz am Rande der Gesellschaft und Lebensschicksale, die so farbig waren, dass Emma schon seit vielen Jahren keinen Roman mehr gelesen hatte. Ihre Romane kamen ins Haus und erzählten sich selbst.

Die meisten dieser ruhelosen Männer zogen nach einem guten Frühstück weiter, aber manchen verschaffte ihr Mann auch Anstellungen in den Fabriken und Handwerksbetrieben von St. Louis. Am geheimnisvollsten waren einige wenige alte Männer mit Landschaften anstelle von Gesichtern, die – zuletzt nur noch selten – stets nach Einbruch der Dunkelheit kamen und noch vor Morgengrauen wieder verschwanden und ihren Mann mit »Kapitän« anredeten, wenn sie glaubten, dass Emma es nicht hörte. Einer von ihnen war hier im Haus gestorben, und zum einzigen Mal in ihrem Eheleben hatte sie Tränen der Trauer in Johns Augen gesehen.

Der junge Mann, den er diesmal heimbrachte und der selbst bei Tisch seine blaue Brille nicht abnahm, war für Mrs. Lafflin also keineswegs die sonderbare Bekanntschaft, für die er sich selbst vermutlich hielt. Nach einem späten Abendessen, das unter Geplauder über den Mississippi und New Orleans vonstattengegangen war, zündeten die Männer sich Zigarren an, und obwohl sie, anders als in den meisten Haushalten des Südens, ohne Weiteres hätte bleiben können, zog Emma es vor, zu Bett zu gehen, als ihr Gatte sagte: »Ich bin Sozialist, Mr. Gowers.« Seit er vor einigen Jahren die Internationale Arbeitervereinigung von St. Louis gegründet hatte, der allerdings außer ihm selbst und seinem besten Freund, dem Maler De Franca, niemand angehörte, kannte sie das Gespräch, das jetzt folgen würde. Oder zumindest den Anteil, den ihr Mann daran hatte.

»Wissen Sie, was Sozialismus ist?«

»Ich habe davon gehört«, sagte John Gowers höflich. »Die Franzosen haben ihn erfunden, nicht wahr?«

Lafflin schmunzelte. »Den Sozialismus hat niemand erfunden, Mr. Gowers. Einige haben ihn als richtig erkannt und beschrieben, hier und da wurde auch schon versucht, ihn umzusetzen. Sozialismus ist im Kern der Gedanke, die Ungerechtigkeit unter den Menschen zu beseitigen, indem man die Eigentums- und Arbeitsverhältnisse reguliert.«

»Sie meinen: anders reguliert, Sir«, erwiderte John. »Anders als jetzt. Denn geregelt sind sie ja mehr oder weniger.«

»Geregelt im Sinne der Besitzenden, ja. Und deshalb so geregelt,

dass sich der Besitz einer Minderheit auf Kosten der Mehrheit immer stärker vergrößert. Der Sozialismus will das ändern, Mr. Gowers.«

»Daran sind schon die Gracchen gescheitert, Sir.«

Lafflin hob verwundert die Augenbrauen. Er war vor zehn Jahren ins alte Europa gereist, um in London, Amsterdam, Brüssel und Paris die Theoretiker des Sozialismus persönlich kennenzulernen. Da diese mehrheitlich aus ihren Heimatländern exilierten Leute gerade in den 1840er-Jahren dabei waren, ihren revolutionären Gedanken eine historische Dimension zu geben, waren ihm in den Diskussionen und Vorträgen immer wieder die Bodenreform der Gracchen und die von ihr ausgehende Revolution der römischen Republik begegnet. Dass ein Mississippilotse, noch dazu ein so junger Mann, anscheinend mit diesen Zusammenhängen vertraut war, weckte in ihm den Verdacht, dass John Gowers mehr über den Sozialismus wusste, als er gesagt hatte. Denn wie alle, die erst spät und über Umwege zur Geschichte gefunden haben, glaubte Lafflin, die Quellen seiner Erkenntnisse seien wenn nicht die einzigen, dann doch die maßgeblichen, und wusste nicht, dass man auch bei Gibbon, McCauly und Carlyle etwas über die Gracchen erfahren konnte.

»Dadurch wird der Gedanke ja nicht falsch«, sagte er vorsichtig.

»Nein, Sir«, stimmte John zu, »nur seine Durchführbarkeit steht infrage.«

»Dann meinen Sie, dass man sich mit den Ungerechtigkeiten zwischen Arm und Reich einfach abfinden sollte?«

»Sagen wir, ich glaube nicht, dass irgendeine Lehre oder Staatsform diese Ungerechtigkeit dauerhaft beseitigen kann. Das kann nur jeder für sich.«

Schweigend paffte der eigenartige Schießpulverfabrikant eine Weile vor sich hin, ehe er die entscheidende Frage stellte: »Nicht auch für andere?«

John überlegte. »Das ist verdammt gefährlich und hat nur geringe Aussichten auf Erfolg. Und es wird schwieriger mit jedem, den man auf diesem Weg mitnehmen will.«

Endlich fand Lafflin sein Lächeln wieder. »Nun, Mr. Gowers«, sagte er, »ich habe nicht behauptet, dass Sie etwas Einfaches für mich tun sollen!«

»Worum geht es, Sir?«, fragte John, der dieses Spielchen allmählich leid war.

»Was wissen Sie über Barataria*?« Lafflin drückte seine Zigarre aus und beugte sich zu dem jungen Mann hinüber.*

»Wenig«, antwortete John. »Ein paar alte Cajuns erzählen gelegentlich davon. Vor fünfzig Jahren war es so eine Art Schmugglerkönigreich in den Sümpfen vor New Orleans.«

»Republik«, widersprach der alte Mann, »Schmugglerrepublik, Mr. Gowers. Ansonsten stimmt das so weit. In Barataria sitzen einige Dutzend Leute fest, die ich nach Norden bringen möchte. Das Problem ist, dass sie nicht gesehen werden dürfen.«

»Ich verstehe, Sir«, sagte John. »Auf dem Fluss kann ich das weitgehend garantieren. Nur den Weg nach Barataria kenne ich nicht.«

»Aber ich«, erwiderte John Lafflin.

38.

Nell Fagan sah so schrecklich aus in ihrem Zorn, den blutigen Fetzen Stoff um ihr halbes Gesicht gewunden, die Pistole in der Hand, dass ihren eigenen Leuten grauste.

»Da sind sie!«, rief Cousine Gwynn und hüpfte auf einem Schuttkegel auf und ab. »Hier! Hierher! Da sind sie!« Sie zeigte auf einen rasch voraneilenden Schatten, eine Spur dunkler als die Nacht.

Als die Bande ein Ziel hatte, bewegte sie sich deutlich schneller und koordinierter, aber kaum hatte sie ein Ziel, als Cousin Marcus, schneller auf den Füßen als alle anderen und ihnen mehr als ein Dutzend Meter voraus, auch schon warnte: »Schmiere! Da vorn!«

Der Anblick der Fackeln, noch weit entfernt, aber stetig näher kommend, brachte die Verfolgung der Flüchtigen zum Erliegen. Nur Nell und ihr Bruder liefen noch ein Stück weiter, und als sie keine dreißig Meter mehr von Gowers und den Kindern entfernt waren, nahm die Anführerin die Waffe in beide Hände, zielte und schoss.

William Blampin hatte auf Geheiß General Harewoods die Polizei alarmiert und auf gut Glück in die Richtung geführt, in die er Nell eines Abends einige Kilometer weit nachgegangen war – bis sie ihn bemerkt und ihm voller Hohn und Verachtung ihren nackten Hintern gezeigt hatte. Langsam und ohne große Hoffnung dirigierte er also die Beamten, die nur höchst widerwillig in das unwegsame Räuberterritorium eindrangen, nach Norden.

Immer wieder musste er auf seine Autorität als leitender Angestellter eines führenden Mitglieds des Stadtparlaments pochen, das lohnen, aber auch strafen könne, und gerade hatte sich dieses Argument endgültig erschöpft, als ein Schuss fiel. Nun waren Schüsse nicht eben etwas, was den Ermittlungseifer der Victorian Police anspornte. Solange man nicht wusste, auf wen oder was geschossen wurde, hüteten sich die Beamten im Allgemeinen sogar, sich in derartige Gefährdungen der öffentlichen Sicherheit einzumischen.

Ein Schuss konnte hier draußen sonst was bedeuten; aber der Harewood-Mann schien sehr klare Vorstellungen oder Befürchtungen davon zu haben, was da vorging, und rannte jetzt wie ein Wahnsinniger in die Richtung, aus der der Schuss gekommen war. Nicht auszudenken, wenn der Mann in und unter dem Schutz der Polizei zu Tode kam! So liefen die Beamten notgedrungen hinterher, zogen nun ihrerseits die Pistolen und feuerten in die Luft – nicht um irgendetwas zu treffen, sondern im Gegenteil: um alles, was ihnen ausweichen konnte, auch zum Ausweichen zu veranlassen.

Poll Hunley hatte sich in ihre Höhle zurückgezogen und war gerade eingeschlafen, als draußen die Knallerei begann. Das war ungewöhnlich. In den ehemaligen Goldfeldern arbeiteten selbst Meuchelmörder normalerweise mit Messern oder fantasievolleren Hieb- und Stichwaffen. Sie lauschte entsprechend angespannt, würde aber den Teufel tun und hinausgehen, um nachzuschauen, was los war. Poll machte sich klein in ihrem Drahtkäfig und duckte den Kopf nur noch ein wenig tiefer, als sie leise knirschende Schritte in dem Gemäuer über sich hörte.

»Poll«, ertönte leise eine Stimme. Aber das war ja nicht möglich. Niemand kannte ihre Zuflucht, fand den Eingang in diesen Keller – und selbst als sie schon hörte, wie mit leisem Kratzen und Scharren die Balken über der Treppe bewegt wurden, rührte sie sich nicht.

»Poll!« Noch einmal, unmissverständlich. Jemand kam in den Keller, mehr als einer, sie hörte es an den Schritten. »Ich bin's.« Wieder diese Stimme, und nun endlich kam sie der zusammengekauerten Hure bekannt vor.

»Yankee?«, fragte Poll leise.

»Ich bringe dir jemanden«, antwortete John Gowers, »und für fünf Pfund will ich keinen Laut von dir hören, bis ich komme und sie wieder abhole. Sind sie weg, bist du tot. Ist das klar?« Er hob das Gitter hoch und drängte zwei verängstigte kleine Wesen in ihre Arme. »Das gilt auch für euch«, sagte er dann. »Kein Laut und keine Bewegung, bis ich euch hole!«

Der Drahtkäfig schloss sich wieder, der Eingang wurde vorsichtig verbarrikadiert. John Gowers war weg. Poll tastete behutsam über einen offenbar kahl geschorenen kleinen Kopf, der bei dieser Berührung zurückzuckte, fühlte dann einen nackten, eiskalten Kinderschenkel.

»Wer sind Sie?«, fragte eine Jungenstimme.

»Ich bin die Frau, die fünf Pfund bekommt, wenn ihr still seid«, knurrte Poll leise. »Also seid gefälligst still! Wenn ihr ein Trippeln hört, denkt euch nichts dabei. Das sind nur die Ratten.« Und die Ratten kamen.

39.

Selten war eine Befragung so einfach und so ergiebig, ja geradezu erschöpfend gewesen. Der Detektiv stellte eine Frage – und eine zehnminütige Flut von Informationen, Anekdoten, Witzen und Namen brach über ihn herein. Er stellte – »Nicht bewegen, bitte!« – die nächste Frage, und das Spiel wiederholte sich. Andrew De Franca redete wahrhaftig wie ein Friseur, nur dass er nicht hinter, sondern vor seinen Kunden stand, denn er war Maler.

Gabriel Beale hätte sich gerne Notizen gemacht, er hielt ja sogar eine Schreibfeder in der Hand, aber das dazugehörige Tintenfass war leer, und den kleinen Bogen Papier auf dem Schreibtisch vor ihm identifizierte er bei näherem Hinsehen als die Rechnung einer chinesischen Wäscherei. Er besaß indes die Fähigkeit, wichtige von unwichtigen Informationen schon beim ersten Hören voneinander trennen zu können, und immer, wenn etwa das Wort »Sozialismus« fiel, ließ er nicht nur seine Augen, sondern auch seine Gedanken über die etwas überladenen, aber durchaus geschmackvollen Frauenakte wandern, die in Öl und Goldrahmen an der gegenüberliegenden Wand hingen.

Manchmal amüsierte ihn die Vorstellung, wie er so stocksteif dasaß. Die Heiterkeit stieg hoch in seine Kehle, überzog seine Wangenknochen und warf Fältchen rings um seine Augen, ohne dass sie wirklich zu einem offenen Lachen geworden wäre. Er hatte in seinem Berufsleben ja schon vieles machen müssen, aber das hier eben noch nicht. Gabriel Beale saß Modell.

Der Künstler, Andrew De Franca, konnte sich zwar nicht vorstellen, warum ein Mann mit einem Gesicht wie der vor ihm sitzende Mr. Dorset, Farmgeräte & Saatgut en gros, auch noch ein Porträtgemälde von sich anfertigen ließ, denn eigentlich hätte ihm jeder Blick in den Spiegel zur Erkenntnis der grausamen Wahrheit vollauf genügen müssen. Aber De Franca nahm sowohl seine Aufgabe als auch seine Kundschaft ernst. Er schönte, er glättete, aber er log nicht, und so blieb der Charakter der Porträtierten stets sichtbar. Sie sahen sich gewissermaßen so, wie sie vielleicht an strahlend schönen Sonntagen aus besonders günstiger Perspektive tatsächlich gelegentlich aussehen mochten.

De Franca malte also, sagte er sich philosophisch, so etwas wie die platonische Idee hinter den Dingen, durch die Dinge hindurchschimmernd, und so sollte auch die ihm unbekannte Mrs. Dorset nicht einfach den Mann sehen, der ihr jeden Morgen beim Frühstück gegenübersaß, sondern gewissermaßen Gottes Idee dieses Mannes und alles, was dieser Mann in bester Laune und Beleuchtung sein konnte. Das war in diesem Fall nicht einfach, denn Mr. Dorset hatte ein ausgesprochen uninteressantes, ein Dutzendgesicht, in dem nur seine hellen Augen als zu lebhaft und zu wach für einen Farmgeräte-&-Saatgut-Händler auffielen.

Auch seine vielen Fragen waren ungewöhnlich, aber De Franca liebte es, bei der Arbeit möglichst über andere Dinge zu sprechen; es half ihm, sich zu konzentrieren. Dass sich die Fragen fast ausschließlich auf seinen Freund John Lafflin bezogen, verwunderte den Maler dagegen nicht, denn Mr. Dorset hatte gesagt, dass er John vor einigen Tagen kurz kennengelernt hatte – und damit war der Pulverfabrikant der einzige gemeinsame Bekannte von Künstler und Klient und spielte notgedrungen die Hauptrolle in ihrer etwas einseitigen Konversation.

Wie er selbst Mr. Lafflin kennengelernt hätte? Er habe ein Gemälde von Mrs. Lafflin gefertigt, und man sei sich, nach anfänglichen Missverständnissen, über die gemeinsame Begeisterung für die Idee des Sozialismus nähergekommen. Mr. Lafflin sei sehr bewandert in den verschiedenen Theorien und Spielarten dieses großen Gedankens, sei sogar in Europa gewesen und habe die führenden Köpfe der neuen Bewegung persönlich kennengelernt. Er betrachte sich gewissermaßen als einen Mäzen des Sozialismus und habe zweien dieser jungen Männer sogar beim Druck eines kleinen Traktats finanziell unter die Arme gegriffen: Das kommunistische Manifest, *von einem gewissen Engels und – wie hieß noch der andere? Sehr interessante Ge-*

danken. Er, De Franca, habe noch ein gutes Dutzend Exemplare der kleinen Schrift, die John Lafflin damals in einer großen Kiste nach Amerika einführte. Falls Mr. Dorset sich interessiere? Ach nein?!

Wie ein Schießpulverfabrikant auf solche Ideen komme, wisse er auch nicht genau, John rede nicht viel darüber. Es müsse mit seiner Vergangenheit zu tun haben, sozialistischen Lebensexperimenten in seiner, Johns Jugend, unten im Süden. Galveston, soweit er wisse. Und irgendetwas noch Früheres, wohl in New Orleans. Sicher ein halbes Jahrhundert her, schließlich sei der alte Knabe inzwischen schon über siebzig.

Seine Geschäfte? Gut. Glänzend vielleicht sogar, denn erst vor drei Jahren habe er ein eigenes Schiff erworben, und das spreche doch – »Nicht bewegen!« – für eine exorbitante Auftragslage. Kein Wunder, Schießpulver werde ja leider immer gebraucht.

Passagiere? Nein, nicht, soweit er wisse. Wer wolle auch schon auf einem Schiff voller Pulver reisen, nicht wahr?! Offene Kessel und all das – »Nicht den Mund verziehen, bitte, Sir. Entschuldigung!« – Der Name? Schöner, kraftvoller Name. Wenn er seinen Freund John Lafflin je malen sollte, dann nur vor seinem Schiff und dessen verschnörkeltem Namenszug.

Deep South.

40.

Sobald er die Kugel pfeifen hörte, dicht über seinem Kopf, wusste Gowers, dass die Flucht zu Ende war und er kämpfen musste. Er konnte schlecht mit einem halb nackten Kind über der Schulter und einem zweiten an der linken Hand kämpfen; ihm blieb also nichts anderes übrig, als die Kinder zu verstecken. Kaum hatte er sich zu diesem Zweck in einen Graben fallen lassen, als wieder wie wild geschossen wurde: diesmal von der anderen Seite. Um nicht zwischen zwei Feuer zu geraten, schob er die Kinder den Graben entlang aus der Linie, an der sich die Parteien treffen mussten. Dabei schoss Nell Fagan noch einmal auf ihn. Erst dann ergriff sie die Flucht vor den herannahenden Ordnungskräften.

Gowers, der mitsamt den Kindern begreiflicherweise auch William Blampin nicht in die Arme laufen wollte, stieg kurz auf eine kleine Erhebung und sah, dass ihn seine Flucht bis auf eine Viertelmeile an Poll Hunleys Unterschlupf herangeführt hatte. Er fasste seinen Entschluss rasch, zu rasch vielleicht, aber die Tatsache, dass Nell auf sie geschossen hatte, brachte ihn auf den Gedanken, dass zunächst die Verfolger um jeden Preis vertrieben werden mussten. Dazu würde er den Polizisten die Höhle der Entführer zeigen müssen, denn nur er war in der Lage, sie in der Dunkelheit ohne Verzug zu finden. Also verließ er Polls Keller so schnell wie möglich, um sich dem »Gegenangriff« anzuschließen – ein Fehler und nicht der letzte in einer Kette von Fehlern, aber vielleicht der entscheidende.

Die Polizisten hatten William Blampin endlich wieder eingefangen und zu einem deutlich langsameren Tempo genötigt. Sie schlichen geduckt, die Waffen im Anschlag, durch unbekanntes Gelände auf einen weder zahlenmäßig noch sonst wie identifizierten Gegner zu; nie eine schöne Sache und für Beamte der Victorian Police eigentlich viel zu heroisch. Deshalb wurden sie auch immer langsamer und blieben schließlich ganz stehen. Den letzten von ihnen, den hintersten, erkannte John Gowers, der ja schon einige seiner Gefangenen an die Polizei überstellt hatte.

»Billings, nicht schießen!«, sagte er so unaufgeregt wie möglich, als er sich aus der Deckung einer flachen Mauer zu erkennen gab. Konstabler Billings tat dennoch einen sehenswerten Sprung in die Nachtluft und prallte dabei auf einen seiner Vorderleute, der ebenfalls glaubte, sein letztes Stündlein habe geschlagen. »Jesus!«, riefen beide wie aus einem Mund, dann fasste sich zumindest Billings wieder, den die bloße Nennung seines Namens in diesem nächtlichen Polizistenalptraum ein wenig beruhigt hatte, zielte nach rückwärts und fragte: »Wer zum Teufel ist da?!«

»Ich bin's, Gowers. John Gowers. Nicht schießen!« Mit erhobenen Händen trat er auf die verwirrten Männer zu.

»Gowers?«, fragte der Konstabler. »Der Detektiv?«

»Investigator«, antwortete Gowers. »In Amerika sagen wir: Investigator.«

»Was tun Sie hier?«, fragte Billings, ehe er mit einem entrüsteten Schnaufen hinzufügte: »Mann! Ich hätte mir fast in die Hose geschissen!«

»Ich jage dieselben Leute wie Sie«, sagte Gowers. »Ich weiß, wo ihr Nest ist.«

41.

Der Detektiv hatte es sich zum Prinzip gemacht, sein Herz, seine Empfindungen, seine eigene Meinung aus seinen Ermittlungen herauszuhalten. Sobald er bezahlt wurde, war er ein Werkzeug mit mehr oder minder klar umrissenen Aufgaben. Weil er auf diese Weise persönlich seltsam unbeteiligt an seinen Fällen war, trafen ihn auch Beleidigungen oder Vorhaltungen seiner Klienten selten persönlich. Manchmal, wenn es sich um ausgesprochene Idioten handelte, fiel das allerdings selbst ihm schwer. Im Grunde hielt Gabriel Beale die jungen Gentlemen des Südens, die sich in dem engen Hotelzimmer in St. Louis versammelt hatten und ihre feinen Anzüge durchschwitzten, also für herausgeputzte Affen. Aber solange sie ihn bezahlten, gab es keinen Grund, ihnen das zu sagen.

Nachdem Lemuel Willard und die alten Herren, Enderby, Hunter und General Willoughby abgereist waren, betrachtete sich Desmond Bonneterre als Anführer und Vertreter ihrer Interessen, auch und gerade weil Michael Willoughby dasselbe von sich dachte. Die jungen Südstaatler hatten in den letzten Tagen aus purer Langeweile die Stadt, vor allem den Hafen und seine Schankbetriebe, nach dem im-

pertinenten Burschen mit der blauen Brille durchsucht. Es nagte an ihnen, dass Willard und die anderen sie an jenem Abend zurückgepfiffen hatten und ein Kerl, der die Frechheit besessen hatte, gegen ein halbes Dutzend von ihrer Sorte ein Messer zu ziehen, ungestraft davongekommen war.

Den Fluch der Demokratie nannte Bonneterre den Umstand, dass so etwas überhaupt hatte geschehen können. Wenn im Mittelalter ein Bauer oder ein Schweinehirte die Hand erhoben – oder eben ein Messer gezogen – hätte gegen einen Edelmann, habe man den Kerl nach Herrenrecht ohne Prozess an den nächsten Baum gehängt, und niemand hätte danach gefragt. Hatte Cedric der Sachse je mit Wamba und Gurth diskutiert? Hugh de Lacy oder Anne of Geierstein außer Gott irgendjemanden um Rat gefragt? Diese Art Adelsherrschaft sei doch im Grunde eine sehr vernünftige Regierungsform gewesen, man müsse sich ja nur mal die Schlösser im alten Europa ansehen.

Natürlich war weder Bonneterre noch einer der anderen je im alten Europa gewesen und ihre Vorstellung vom Mittelalter eine vor allem literarisch vermittelte: Sir Walter Scott und seine Epigonen standen in Prachtausgaben in jedem Herrenhaus zwischen Cairo und Baton Rouge, dessen Besitzer auch nur ein wenig auf sich hielt, und selbstverständlich konnten Cheever, Huggins und die beiden Willoughbys jeden der genannten Namen blind einordnen und Bonneterres Gedankengang entsprechend glatt nachvollziehen. Hohe Taten, holde Damen, schäumende Rosse und hier und da ein ungeschlachter Riese – das war das Mittelalter des amerikanischen Südens.

Gabriel Beale, in New York geboren und aufgewachsen, hatte nicht zum ersten Mal das Gefühl, vor den bösen Buben einer Sonntagsschule zu stehen, sagte das jedoch nicht und machte nur seinen Bericht an seine Auftraggeber so kurz wie möglich. Es kam ohnehin nur darauf an, dass sie seine Informationen so schnell wie möglich an ihre Väter weitergaben. Leider schien es jedoch im Augenblick so, als würden sie gerade daran am widerwilligsten denken. Wie strahlend würden sie heimkehren, wenn sie diesen vertrackten Fall schnell und ohne Hilfe der Miliz lösen könnten!

»Also wenn dieser Lafflin hinter dem Ganzen steckt«, fragte Dick Willoughby nach angestrengtem Nachdenken, »warum erledigen wir ihn dann nicht einfach?«

»Weil wir es nicht wissen, Dick«, beschwichtigte ihn sein Bruder Michael.

»Wir können es ja darauf ankommen lassen«, beharrte Dick achselzuckend. »Wenn er weg ist, und die Sache hört auf, hatten wir recht. Wenn nicht, kaufen wir ihm einen besonders schönen Kranz Blumen!«

Cheever und Huggins kicherten bei dieser Vorstellung.

Der Detektiv seufzte. »Gentlemen, bleiben wir bitte sachlich. Ein Netz von Verschwörern beseitigt man nicht, indem man eine Masche zerreißt.«

»Aber indem man die Spinne tötet«, erwiderte Dick Willoughby hartnäckig, wenn auch nicht ganz im Bild bleibend.

»Denken Sie bitte auch an die bereits entlaufenen Neger«, fuhr der Detektiv ungerührt fort. »Wenn meine Vermutungen richtig sind, sollen sie auf der Deep South in den Norden gebracht werden. Das verhindern Sie nicht, wenn Sie in blindem Aktionismus einen alten Mann töten – von den juristischen Folgen gar nicht zu reden.«

»Woher wissen Sie überhaupt, dass dieser Lafflin Teil der Verschwörung ist?«, warf Bonneterre misstrauisch ein. »Alles, was Ihre sogenannte Ermittlung bisher ergeben hat, ist, dass der Mann ein Schiff besitzt und in den Süden fährt. Für alles andere habe ich zumindest noch keine Beweise gesehen.«

Gabriel Beale zog prompt einen großen Umschlag aus der Rocktasche und entfaltete ihn mit schnellen, geübten Handgriffen. »Das sind Kopien der Frachtpapiere der Bywa Bryan, die heute Morgen nach New Orleans abging.«

Die jungen Männer, wieder ganz die Ritter, für die sie sich hielten, beugten sich über die ihnen vorgelegten Dokumente, als seien es die Angriffspläne der Schlacht von Salisbury oder Barham Down.

»Wenn Sie sich diese Position ansehen«, sagte Beale und zeigte auf eine bestimmte Stelle des Frachtbriefs, »werden Sie zweifelsohne fest-

stellen, dass die Firma Lafflin vorgestern Nachmittag achtzehn Fässer mit Pulver auf der Bywa Bryan *eingeschifft hat.«*

»Ja und?«, fragte Dick Willoughby. »Die leben ja schließlich davon, dass sie Pulver verkaufen.«

»Idiot!«, sagte sein Bruder Michael trocken. »Warum wohl bringt er das Zeug nicht auf seinem eigenen Schiff runter nach New Orleans?«

»Weil er mit seinem eigenen Schiff etwas anderes transportiert«, beantwortete Bonneterre die ironische Frage.

»Eben!«, sagte Gabriel Beale nicht ohne einen Anflug von Ermittlerstolz. »Und diese Reise geht vermutlich gar nicht nach New Orleans.«

»Wer ist dieser Lafflin?«, fragte Bonneterre nach einer beeindruckten Pause den schlauen kleinen Yankee mit jetzt deutlich erhöhtem Respekt. »Was haben Sie sonst noch über ihn herausgefunden?«

»Noch nicht viel«, erwiderte Beale bescheiden. »Außer dass niemand zu wissen scheint, woher er das Geld hatte, um seine Firma zu gründen. Aber …« Er lächelte und machte eine kleine Kunstpause, um die Spannung der jungen Männer zu erhöhen. »Es interessiert Sie vielleicht, wer sein Lotse ist, Gentlemen. Der Mann heißt John Gowers und wird ›der Engländer‹ genannt.«

»Und?«, fragten Cheever und Huggins ungeduldig wie aus einem Mund.

»Irgendwas scheint mit seinen Augen nicht zu stimmen«, sagte der Detektiv. »Er trägt fast ständig eine blaue Brille.«

Das entschied die Sache. Nun würden sie, ohne anzuhalten, heimfahren und den Mississippi, all seine Ufer und Anlegestellen nach einem Dampfschiff namens Deep South *absuchen, als sei es das Flaggschiff der spanischen Silberflotte.*

42.

Nell Fagans Mund blutete immer noch, aber sie riss sich den Fetzen Stoff im Laufen vom Kopf, um mehr Luft zu bekommen. Sie sah ihren Bruder nicht neben sich und nicht hinter sich, als sie lief; nur die Lichter kamen, nachdem sie eine Weile gestoppt hatten, jetzt immer rascher hinter ihr her. Jamie musste ihr wieder einmal voraus sein, der Feigling, so wie er ihr auf den vielen Fluchten ihres Lebens immer voraus gewesen war, wenn es gefährlich wurde.

Als Letzte von allen erreichte sie ihren Schlupfwinkel und schob ihre dicht am Eingang zusammengedrängte Bande unter die Erde. Keine besonders gute Idee, aber dafür auch ihre einzige. Nachdem sie verwundert festgestellt hatte, dass Jamie auch hier nicht gegenwärtig war, ließ sie alle Lichter löschen und drohte, jeden niederzuschießen, der auch nur einen Laut von sich gäbe. Daraufhin weckten die Cousinen den in seinem Winkel schnarchenden Onkel Sam.

Nell kroch unterdessen zum Eingang zurück und spähte unter dem Vorhang hindurch in die Nacht. Sie musste nicht lange warten. Graue Schatten schlichen heran, drei, vier, fünf – sie verteilten sich rings um die Höhle und nutzten dabei jede Deckung, die sie finden konnten. Einen hätte Nell vielleicht sogar erschießen können, er reckte den Kopf zu hoch. Aber dann hätten die anderen den Vorhang und alles, was hinter ihm lag, mit Kugeln zersiebt, und sie ließ die Gelegenheit in der aberwitzigen Hoffnung verstreichen, dass die Männer doch noch an ihnen vorbeigehen könnten. Die wurde rasch zunichte.

»Nell! Nell Fagan«, rief William Blampin. »Gib die Kinder heraus, und keinem geschieht was!«

Die Kinder? Nell verstand nicht. Hatten sie die Kinder denn nicht längst? Und wenn nicht, wer hatte sie dann? Wie hatten sie überhaupt ihre Höhle entdeckt? So schnell? So zielsicher? Wer war der Mann gewesen, der sie so übel zugerichtet hatte, und warum hatte er der Schmiere die Kinder nicht einfach übergeben?

»Kommt doch rein und holt sie euch«, schrie sie in der plötzlich aufflackernden Hoffnung, durch die offensichtliche Ahnungslosigkeit der Verfolger doch noch einen Trumpf ausspielen zu können.

»Sei nicht blöd, Nell. Wenn den Kindern was passiert, werdet ihr alle gehängt.«

»Ja, aber du auch.« Sie lachte halb wahnsinnig, in die letzte Enge getrieben. »Und den Ersten, der reinkommt, knalle ich ab!«

Um dieser Drohung Gewicht zu verleihen, schob sie den Revolver unter dem Vorhang durch, aber das war auch ihr Fehler. Im gleichen Moment, als sie abdrücken wollte, sprang jemand von der niedrigen Aufschüttung oberhalb des Eingangs schwer auf ihre Hand und brach ihr dabei zwei Finger und den Mittelhandknochen. Fast im gleichen Augenblick wurde sie am Arm nach draußen gerissen und wie ein lebender Schutzschild gegen den Eingang gedrückt.

»Ihr da drin: Kommt einzeln und langsam heraus, es ist vorbei!«, rief der Mann, der sie gepackt hielt. Nell versuchte, nach ihm zu treten, aber er drehte ihr die verletzte Hand auf den Rücken, bis sie vor Schmerz aufschrie.

»Nicht schießen!«, schrie von innen Cousin Lionel, wobei er seine ganze Erfahrung in Kapitulationsverhandlungen ausspielte. »Wir kommen, wir kommen!«

Und sie kamen, einer nach dem anderen, Onkel Sam Fagan auf allen vieren in einen ihm jetzt völlig unverständlichen Alptraum kriechend. Die Polizisten legten sie aus wie eine Strecke erbeuteter Hasen. Nur Nell musste gefesselt werden und spuckte zornig ihr Blut auf alles und jeden, der ihr zu nahe kam.

»Das sind noch nicht alle«, sagte Gowers, der den großen blonden Jungen vermisste, den er zuletzt auf der Jagd, unmittelbar neben der Anführerin gesehen hatte. Ihn beschlich ein ungutes Gefühl. Er riss ein Streichholz an und ging entschlossen in den Keller hinunter. Blampin und Billings entzündeten erst die kleine Paraffinlampe, die zur Notfallausrüstung der Victorian Police gehörte, und folgten ihm dann.

In der Höhle war niemand mehr. Wo war der Junge geblieben?

»Wo sind die Kinder?«, fragte William Blampin.

»Nicht hier«, sagte Gowers und hatte es plötzlich sehr eilig. Er bückte sich nach seiner Jacke, die er eben bei der Befreiung einfach fallen gelassen hatte, und wollte hinaus.

»Ist das Ihre Jacke?«, fragte Billings misstrauisch.

»Ja«, sagte Gowers und war schon halb zum Eingang hinaufgegangen, als er den Lauf einer Waffe in seinem Rücken spürte.

»Sie sind verhaftet!«, sagte der Konstabler.

Als die Schießerei begann, hatte James Fagan sich in den gleichen Graben geworfen, in dem Gowers wenige Minuten zuvor mit den Kindern verschwunden war. Um ein Haar hätte ihn seine eigene Schwester erschossen, als er weiterkroch und dabei kurz hochschaute. Das vertrieb gründlich seine Lust, hinter ihr herzulaufen. Er robbte stattdessen weiter voran, zur Seite, bemerkte dabei, dass die Polizisten oder wer immer die Fackeln trug, an ihm vorüberliefen und er jetzt außerhalb des Kreises war, den sie gezogen hatten.

Dann sah er plötzlich den Mann und die Kinder, wenige Dutzend Meter vor sich. Hätte er eine andere Waffe bei sich gehabt als sein Messer, wäre er aufgesprungen und hätte ihn angegriffen, so sehr pulste das Adrenalin der Verfolgung noch in seinen Adern. Stattdessen blieb er liegen und sah, wie die Flüchtenden geduckt eine große Ruine erreichten und in ihrem tiefen Schatten verschwanden.

Zu seiner nachhaltigen Überraschung tauchte der Mann wenige Minuten später wieder auf, und hocherfreut sah er ihn den in der Ferne verschwindenden Lichtern nachlaufen. Er wartete noch eine Weile, aber als er sich ganz sicher fühlte, erhob sich

James Fagan, klopfte den Staub aus seinen Kleidern und ging zu der Ruine hinüber. Im Innern war es zu dunkel, um irgendeine Spur zu erkennen. Er schloss die Augen und lauschte; mit allen Fasern seines Körpers und Geistes konzentrierte er sich darauf, die Anwesenheit der Kinder zu erspüren. Sie mussten ganz in der Nähe sein. Aber es blieb zu dunkel. Er würde auf die Dämmerung warten müssen.

43.

Obwohl sie geborene Seefahrer und auf vielen Wal- und Robbenfängerschiffen des 19. Jahrhunderts begehrte Matrosen waren, hatten die Maori nach achthundert Jahren des Lebens auf festem Land die Künste der Tangata Whenua, ihrer Seefahrerahnen, verlernt, wenn auch nicht vergessen: Durch das Verständnis der Sterne, der Wolken, des Meeres und seiner Strömungen Länder, Inseln und die Wege zwischen ihnen zu finden bei Tag und bei Nacht war ihnen fremd geworden. Lediglich die Küstenschifffahrt war ihnen halbwegs vertraut, aber dennoch war schon die Fischerei in ihren Augen keine Beschäftigung für Krieger, denn Fischer sind geduldige, friedliche Menschen. Menschen, die hinnehmen, anstatt wegzunehmen, weil Aggression im Kampf mit dem Meer keinerlei Vorteile mit sich bringt.

Die Moriori von Chatham waren Fischer gewesen.

Der alte Mann lebte unweit von Owenga, am Manukau Point, den die Weißen Kap Fournier nannten. Das Kap bildete die Südostspitze von Chathams Hauptinsel Wharekauri und war von Waitangi und den Hütten der Verbannten gute fünfundzwanzig Meilen entfernt. Eine Reise von zwei, drei Tagen. Eine Volkszählung fünf Jahre zuvor hatte ergeben, dass von den einst über zweitausend Moriori nur noch knapp hundert am Leben waren, darunter nicht mehr als eine Handvoll Männer in seinem Alter. Denn er war schon nicht mehr jung gewesen, als die Maori kamen, um sein Volk zu versklaven, und die meisten Männer seiner Generation waren umgekommen bei den verzweifelten Versuchen, das zu verhindern.

Er hatte seit dieser Zeit mit keiner Frau mehr geschlafen, mit keiner mehr schlafen dürfen, denn seine Ehefrau hatte ein Maorikrieger ihm weggenommen, und seine Kinder, zwei Töchter und einen Sohn, hatte er sterben sehen. Niemand war mehr da, an den er sein Wissen weitergeben konnte, wie sein Vater es an ihn weitergegeben hatte – und dessen Vater an ihn und dessen Vater an ihn und dessen Vater an ihn. Die heilige Kette war zerbrochen, und sein Wissen würde mit ihm sterben.

An guten Tagen erinnerte er sich daran, wie sein Vater ihn mit hinausgenommen hatte, bis die Inseln in einer Welt aus Wasser versunken waren. Die erste Nacht ohne Land. Die Bahnen der Sterne, die Länder und Inseln, über denen sie auf- oder untergingen; der Lauf der Sonne im Wechsel der Jahreszeiten, die Wolken, die immer dorthin zogen, wo Land lag, weil das Land wärmer war als das Meer. Das *Lapa*, geheimnisvolles unterseeisches Leuchten, das von den Landmassen ausging und in dunklen Nächten bis in eine Entfernung von hundert Meilen mehr zu erahnen als wirklich zu sehen war. Schließlich die Strömungen. Einige konnte man spüren, wenn man die Hand ins Wasser tauchte. Aber die großen Strömungen wohnten weit unten im Meer.

Mit Stricken aus Bast, die bis zu fünfzig Meter lang waren, hatten sie sich an das kleine Kanu gebunden und sprangen nackt, mit schweren Steinen in ihren Armen, ins Wasser. Die Steine zogen sie rasch hinab. Ein guter Lotse war immer auch ein guter Taucher und konnte unglaublich lange unter Wasser bleiben.

»Spreiz die Beine und achte auf deine Hoden«, hatte sein Vater gesagt, und er spreizte die Beine und achtete auf seine Hoden, an denen die Strömung zog in der grundlosen Tiefe.

»Die stärksten saugen an dir wie der Mund eines Weibes«, sagte der Vater und lachte, als sie wieder auftauchten, aber noch hatte keine Frau ihn berührt, und er verstand diese Worte erst sehr viel später. Dafür wusste er nun, wie die Strömungen hießen und wohin sie führten, wusste, dass die »Löcher« in einer Strömung durch weit entfernte Inseln hinter dem Horizont verursacht wurden, und würde diese Inseln auch in sternloser Nacht finden. Die Kombination all dieser Kenntnisse machte den Navigator aus.

Nach einer Lehrzeit von fast zehn Jahren hätte er mit dem geeigneten Boot und genügend Proviant ausgestattet jeden Punkt im Pazifischen Ozean erreicht – und erhielt die Tätowierungen, die das anzeigten: Punkte und Linien, Kreise, die von seinen Augenwinkeln zu den Schläfen und Ohren führten, über die Kieferknochen bis auf sein Kinn liefen, wo sie einander umschlangen wie die Arme von Liebenden. *Sterne und Strömungen, die Wolken und den Wind kenne ich*, sagten die uralten Zeichen, die sich seit den Tagen der Tangata Whenua nicht verändert hatten und im gesamten pazifischen Raum verstanden wurden.

44.

Deborahs Mutter hatte glaubhaft angegeben, dass sie verschleppt und vergewaltigt worden war, deshalb wurde sie im September 1831 in Virginia nicht gehängt, sondern nur in den tiefen Süden verkauft. Für den Rest ihres kurzen Lebens zehrte sie von diesem einen Monat Freiheit, den sie an der Seite der Aufständischen erlebt hatte; von Hunden gehetzt, tötend, brandschatzend, die Virginia-Miliz auf den Fersen, durch die Wälder gejagt wie wilde Tiere – aber frei.

Für einen Sklaven wird es nie Tag, hieß es, aber für sie hatten sich die Nebel ein wenig gehoben, war die Sonne zwei Dutzend Mal aufgegangen. Tautropfen, glänzend und schwer wie reife Elderberries, hatten in den Hecken gehangen, unter denen sie schliefen, waren in ihr Gesicht gefallen und hatten sie aufgeweckt mit der unglaublichen, der wunderbaren Frage: Was tue ich heute?

Niemand hatte sie verschleppt, niemand hatte sie vergewaltigt, aber niemand konnte ihr das beweisen. Sie war aus eigenem Entschluss fortgelaufen und hatte sich Bloody Nat Turner und seinen zeitweilig siebzig Leuten angeschlossen, die bewaffnet das Land durchzogen und Brandsätze in die Häuser ihrer weißen Herren warfen. Sie hatte nicht selbst getötet, aber zwei Dutzend Weiße sterben sehen, darunter auch Frauen und Kinder.

Sie hatte kein Mitleid gehabt.

Sie war voller Liebe für die schwarzen Männer, die all das taten, schlief mit mehreren von ihnen, nicht wahllos, aber auch nicht sehr wählerisch. Und unter einer dieser Hecken, in einer dieser blutwarmen Nächte wurde ihr siebtes Kind gezeugt: in Freiheit – und etwas von der Schönheit und den Schrecken der Freiheit lebte in dem kleinen Mädchen weiter.

Ohne dass sie es je erfuhr, verdankte Deborah selbst ihren Namen Nat Turners Aufstand im fernen Virginia beziehungsweise den Worten der Bibel: »Geh hin und ziehe auf den Berg Tabor und nimm zehntausend Mann mit dir«, die ein schwarzer Prediger unter ihnen auf die Aufständischen angewandt und die Deborahs Mutter so sehr beeindruckt hatten. Deborah war eine Richterin und Prophetin, lange vor Salomon, David, Saul, allen Königen Israels, Judas, ein halbes Jahrtausend vor dem Bau des Tempels. Zusammen mit Barak, dem Sohn Abinoams, und mithilfe von Jahel, der Frau des Heber, schlug sie die Kanaaniter und ihren Feldhauptmann Sisera aufs Haupt, »und das Land hatte Ruhe vierzig Jahre«.

Deborah wusste das nicht und glaubte, ihr Name sei von ihrem weißen Herrn ausgesucht worden, und hasste beides, als sie alt genug zum Hassen war. Sie wurde auf einer kleinen Plantage in Covington/Louisiana geboren, nachdem ihre Mutter sie in ihrem Leib, zu Fuß und in Ketten quer durch die Vereinigten Staaten getragen hatte. Als Deborah acht Jahre alt war, starb ihre Mutter, die sich nie an das sumpfige Klima der Coastal Plains gewöhnt hatte, an einem Fieber; starb unruhig, starb schwer, vom glänzenden, kühlen Tau der Freiheit träumend. Fast alles, was das Mädchen über seine Herkunft wusste, wurde in diesen Fiebertagen gesprochen.

Als sie zwölf war, machte ihr Herr, der bis dahin ein guter Herr und mit dem halben Dutzend anderer Sklaven ihre einzige Familie gewesen war, sie so brutal zur Frau, dass sie zum ersten Mal weglief, als sie erst wieder laufen konnte. Sie kam nicht weit auf dieser ersten Flucht, wurde rasch wieder eingefangen und von den Drivern, *weißen und schwarzen Menschenjägern, erneut vergewaltigt. Aber sie zerbrach nicht daran; wurde stattdessen aufsässig, bösartig und fast totgeschlagen, als ihr Herr einmal sah, wie sie in sein Essen spuckte. Er vermietete sie auf ein Jahr an einen sogenannten* Niggerbreaker *in Hammond, und das war eine seltsame Erfahrung.*

Seltsam, weil der Mann sein Handwerk verstand. Er schlug seine Sklaven nicht und gab ihnen besser zu essen, als Deborah es gewohnt war, aber nur, wenn sie ihre Arbeit taten, sechzehn Stunden am Tag. Wer bummelte, zu viel schlief, Widerworte gab, wurde in einem formvollendeten Gerichtsverfahren, in dem die anderen Sklaven sogar als Beisitzer fungierten, zu einer von zwei möglichen Strafen verurteilt: den Hörnern oder dem Stock. Die Hörner bestanden aus einem eisernen Ring, der um den Hals gelegt wurde und an dem drei oder vier spitze, gut dreißig Zentimeter lange Zinken festgeschmiedet waren, die den Kopf, das Gesicht wie die Stangen eines Käfigs umgaben. Mit den Hörnern konnte man nicht schlafen, nur auf der Seite, manchmal, für wenige Minuten, und nach einer Woche bettelte auch der wildeste schwarze Teufel darum, wieder arbeiten zu dürfen.

Im Stock ging es noch schneller. Dort wurden die Sklaven wie an einem mittelalterlichen Pranger eingeschlossen, auf den Knien, mit Kopf und Händen, erhielten ein starkes Abführmittel und knieten dann in den eigenen Exkrementen, bis sie sich eines Besseren besannen. Zur Strafverschärfung war der Stock so konstruiert, dass man dort problemlos zwei Menschen übereinander einschließen konnte; eine Erfahrung, die man nicht einmal selbst machen, sondern nur mit angesehen haben musste, um sie um jeden Preis zu vermeiden.

All das führte dazu, dass Deborahs zweite Flucht besser vorbereitet war. Sie dauerte fast zwei Wochen und führte sie bis nach Vidalia, wo sie zum ersten Mal den Mississippi sah und überquerte. Der ehr-

würdige, weißhaarige Sheriff, der sie nur aufgrund des Zeitungsinserats »Entlaufen!« angehalten hatte, unterzog sie auf der Straße, vor dem Gefängnis, der Prozedur des bucking, *die eigentlich Männern vorbehalten war. Man zog sie aus, fesselte ihre Hände um die angezogenen Beine und steckte dann eine hölzerne Stange zwischen Ellenbogen und Kniekehlen hindurch. Ein heftiger Tritt in die Seite ließ sie hilflos auf dem Boden umherrollen, und natürlich setzte ihr Peiniger seinen ganzen Ehrgeiz darein, sie mit seiner Peitsche auf besonders gemeine Weise zu verletzen. Das rettete insofern ihr Leben – oder zumindest ihre Ohren, die man rückfälligen Flüchtlingen abzuschneiden pflegte –, als eine Dame der besseren Gesellschaft von Vidalia das unwürdige Schauspiel durch ihr mutiges Einschreiten beendete und sie zwei Tage später – kaufte.*

Die nächsten sechs Jahre waren die besten in Deborahs Leben, denn obwohl sie Sklavin blieb, Putzfrau, Zimmermädchen und gelegentlich auch Köchin, behandelte ihre neue Herrin sie doch immer wieder als eine Art Gesellschafterin. Sie las ihr die Geschichten aus der Bibel so häufig vor, dass Deborah sie auswendig konnte. Und weil sie sie auswendig konnte und einmal in aller Unschuld gefragt hatte, welches unter all diesen Zeichen ihr Name sei, lernte Deborah, trotz der Todeswürdigkeit dieses Verbrechens, heimlich ein wenig lesen. Eine kleine, in Stahl gestochene Karte des Mississippitals von New Orleans bis Memphis, an einer Wand des Empfangszimmers, klärte sie ebenso heimlich über ihren Ort in der Welt auf. Wenn dies der Fluss Mississippi war und dies Vidalia, dann gab das seltsam verschnörkelte Kreuz am oberen Ende der Karte offensichtlich die Himmelsrichtungen an: W für Westen, S für Süden, E für Osten und N …

Deborah blieb von da an nur noch bei der alten Dame, weil sie ihr das Leben gerettet hatte – und um ihre dritte Flucht noch gründlicher vorzubereiten. Ehe es jedoch so weit kam, starb ihre Herrin völlig überraschend, und die jetzt Neunzehnjährige fand sich als Teil der Erbmasse wieder. Sie lauschte an den Türen, hinter denen sich eine erstaunlich zahlreiche Verwandtschaft tagelang um die Hinterlassenschaft, Porzellan, Möbel, Bilder, Bücher und das sonstige chattel, *also das bewegliche Hab und Gut der Verstorbenen, stritt, zu dem auch Deborah gehörte. Eine Schwester aus St. Louis hätte sie gerne genommen, gab aber dann doch dem französischen Silberbesteck den Vorzug, und so gelangte Deborah in den Besitz eines Neffen, der bei Vicksburg eine größere Plantage betrieb.*

Das war gut, weil sie dadurch etwas weiter in den Norden gelangte, das war schlecht, weil sie wieder auf dem Feld arbeiten musste, denn die Ehefrau des glücklichen Erben fand sie zu hübsch, um sie im Haus und in der unmittelbaren Nähe ihres Gatten arbeiten zu lassen. Nach einem halben Jahr hielt die feine Dame es außerdem für an der Zeit, dass Deborah weitere kleine Sklaven in die Welt setze. Sie war inzwischen schlau genug, um sich dumm zu stellen, floh aber in der ersten Nacht vor dem ihr zugewiesenen schwarzen Ehemann – und zwar diesmal nach Süden, in der nicht unberechtigten Hoffnung, dass man eine entlaufene Sklavin in dieser Richtung nicht oder doch deutlich weniger intensiv suchen würde.

Sie kam tatsächlich unbehelligt und unkontrolliert bis Baton Rouge, schmuggelte sich dort auf ein nach Norden gehendes Dampfschiff und erreichte bei Mound City das freie Illinois. In langen nächtlichen Wanderungen, hungernd, barfuß und mit zerfetzten Kleidern kam sie schließlich nach Evansville/Indiana. Hier nahm sie durch die Vermittlung eines abolitionistischen Pfarrers einen Kredit auf, kaufte sich selbst für vierhundertfünfundsiebzig Dollar, die sie ihrem ehemaligen Herrn nach Vicksburg schickte, und einundzwanzig Jahre nach dem blutigen Aufstand Nat Turners wurde es zum ersten Mal in ihrem Leben Tag.

45.

Man hatte Moses vor allem deshalb noch nicht gefasst, weil er ein Meister der Tarnung war. Er war alt, er war jung, trug einen Bart oder keinen, Männer- und Frauenkleidung, arm oder reich – es waren die unterschiedlichsten Beschreibungen von Moses im Umlauf.

Die Pflanzer und ihre Milizen, die Polizei, wussten nicht einmal, ob er im Süden oder Norden lebte, und fragten sich vor allem, wie er Kontakt zu den zur Flucht bereiten Sklaven aufnahm, ja, wie er sie und sie ihn überhaupt erkannten.

Tatsächlich hielten sie den Gospel »Go down, Moses«, der in den letzten Jahren wie eine Infektionskrankheit über die Schwarzen der Südstaaten gekommen war, nur für eine amüsante, biblisch motivierte Provokation, aber nicht für einen Code. Auch dass Sklaven einander nur in die Augen sehen müssen, um ihre Fluchtgedanken zu lesen, war den Sklavenhaltern naturgemäß unbekannt.

Wie viele Sklaven Moses bereits nach Norden und ins Gelobte Land Kanada geführt hatte, wusste nur er. Lediglich, dass er sein Werk in Kentucky begonnen hatte, vermutete man mit einer gewissen Wahrscheinlichkeit.

Bei Cloverport am Ohio war der Tabakpflanzer Dean Stanton an einem Morgen vor vier Jahren aufgewacht, weil es auf seiner kleinen Plantage so grabesstill war. Er fühlte sich, als hätte er am vergangenen Abend schwer getrunken, dabei hatte er nur zwei oder drei Gläser zu sich genommen, weil er bei klarem Verstand mit dem neuen, auffallend hochgewachsenen Niggermädchen schlafen wollte. Das Letzte, was er wusste, war, dass er sich tatsächlich zu ihr ins Bett gelegt hatte; danach nichts mehr. Er suchte jetzt nach seinen Kleidern und fand sie nicht, nichts, keine Hose, keine Stiefel, nicht einmal Pantoffeln. Barfuß und im Nachthemd irrte er über den Hof, fand zuerst seine Hunde, ein halbes Dutzend scharfer, bissiger Schweißhunde, in ihrem Zwinger liegend. Schwarze Fliegen saßen in ihren Augen, und der Schaum vor ihren Mäulern bewies, dass man sie vergiftet hatte.

Stanton tobte, noch immer barfuß, noch immer im Nachthemd, riss alle Hütten, Verschläge, Schuppen und Scheunentore auf, aber seine elf Nigger, Männer, Frauen und Kinder, waren verschwunden. Ebenso sein Pferd und sämtliche Waffen. Es kostete ihn vier Stunden, einen Himmel voll Flüche und völlig zerschundene Füße, um die Farm seines Nachbarn Charles Wilkinson zu erreichen. Als der endlich die Miliz alarmiert hatte, waren die geflohenen Sklaven natürlich längst über den Ohio und alle Berge, und auch ein offizielles Auslieferungsersuchen an die Behörden des freien Staates Indiana fruchtete nichts, da sie nach zwei Wochen Kanada erreicht hatten. Dean Stanton war ruiniert.

Ähnliche Vorfälle wiederholten sich bei Maysville und Peducah, bis die Sklavenhalter entlang des Ohio in ständiger Alarmbereitschaft waren und verstärkt weiße Aufseher anstellen mussten, die ihre Nigger auch nachts nicht aus den Augen ließen. Eine Weile kehrte daraufhin Ruhe ein, aber dann verschwand eine Gruppe Sklaven aus Shelbyville am Duck River, mitten in Tennessee, so spurlos, als wären sie unsichtbar geworden. Moses' Raubzüge hatten das südliche Kernland erreicht, und obwohl seine unheimlichen Attacken vorwiegend im Grenzland zwischen freien und Sklaven haltenden Staaten stattfanden, von New Martinsville im nördlichsten Zipfel Virginias bis St. Genevieve/Missouri, konnten sich insbesondere die kleinen Farmer mit fünf oder fünfzehn Sklaven nirgends mehr sicher fühlen.

Nur in das Territorium der wirklichen Großgrundbesitzer, in den tiefen Süden, der bei Memphis begann, hatte Moses sich noch nicht vorgewagt. Das hing vermutlich mit Transportschwierigkeiten zusammen. Man nahm als sicher an, dass Moses seine Kinder auf dem Wasserweg in den Norden brachte, denn all seine Überfälle fanden in der unmittelbaren Nähe schiffbarer Flüsse statt. Wie das im Einzelnen vor sich ging, wusste im Süden niemand, aber eine weitere Gemeinsamkeit deutete auf einen einzelnen, hinter alldem stehenden Willen hin: Auffallend viele der entlaufenen Sklaven schickten ihren Herren von Kanada aus kleine oder größere Geldbeträge, um ihre Freiheit gewissermaßen offiziell zu erwerben.

Da niemand einem Schwarzen so viel Intelligenz, Geschick und Kühnheit zutraute, hielt man Moses zeitweise sogar für einen weißen Mann, einen Abolitionistenführer, der über ein Heer von Helfern, Zuträgern, Spionen verfügte, und die Wut der bestohlenen Plantagenbesitzer und Farmer wurde so groß, dass es gelegentlich zu Lynchmorden an Weißen kam, die im Verdacht standen, solche Hilfsdienste zu leisten. Tatsächlich überstieg die Zahl der vom Mob getöteten Weißen diejenige der gelynchten Schwarzen zeitweise um mehr als die Hälfte.

Man dachte auch an einen freigelassenen Sklaven, von denen es im Süden rund eine Viertelmillion gab, denn Moses, so viel war sicher, konnte offenbar ohne große Schwierigkeiten enorme Strecken zurücklegen, und das war einem Schwarzen, der nicht über die entsprechenden Papiere verfügte, so gut wie unmöglich. Aber als Chat Logan, ein fleißiger freigelassener schwarzer Pflanzer aus Blytheville/Arkansas, bei den Polizeibehörden seines Staates den Verlust von sechzehn seiner Sklaven beklagte, war auch diese Möglichkeit wieder infrage gestellt.

Moses machte offenbar keinen Unterschied zwischen weißen und schwarzen Sklavenhaltern, und das steigerte die Verwirrung, die seine Tätigkeit auslöste, zeitweise bis zur Hysterie – auch bei den Sklaven selbst. »Go down, Moses«, erklang von Sonnenauf- bis Sonnenuntergang immer inbrünstiger auf den Baumwoll- und Tabakfeldern des Südens, und es schien nur eine Frage der Zeit zu sein, bis er auch in Louisiana, Mississippi oder Alabama zuschlagen würde.

46.

Die Einladung der Whakarau erfolgte heimlich. Ein Bote kam zu dem alten Mann und bestellte ihn nach Waitangi; er sollte in einer bestimmten Nacht dort sein und weder vorher noch nachher noch unterwegs mit den Pakeha sprechen. Der Bote war kein Gefangener, war ein Maori von Chatham, zu jung, um einer der Eroberer zu sein oder auch nur Erinnerungen an die Eroberung zu haben. Die Whakarau bedienten sich solcher Leute, bestachen sie mit Geld oder der Gunst ihrer Frauen, um sich auf der Insel untereinander zu verständigen.

Der alte Mann, seit mehr als dreißig Jahren gewohnt, den Maori zu gehorchen, ging. Ging auf der einzigen Straße der Insel, die, obwohl hier und da von den Pakeha aufgeschüttet und mit Wagen befahren, doch nicht viel mehr war als ein breit ausgetretener Pfad. Er schlief schlecht in den Hügeln und war sehr unruhig, wie immer, wenn er das Meer einen Tag lang weder sah noch hörte. Er trug ein Netz bei sich, um, falls jemand ihn fragen würde, was er in Waitangi wolle, sagen zu können: ein Netz verkaufen. Aber niemand fragte ihn irgendetwas, obwohl er gelegentlich Leuten begegnete, die ihn wohl nur für einen verrückten alten Mann hielten, der ein Netz ins Landesinnere schleppte.

Mit der Abenddämmerung des dritten Tages kam er nach Waitangi, und der Bote, der ihn bereits erwartet hatte, brachte ihn in eine der Hütten der Whakarau in der Otea-Niederung. Eine Frau bot ihm zu essen an, was er ablehnte, und hieß ihn, sich niederzulegen, was er annahm, denn er war schon lange nicht mehr eine so weite Strecke gelaufen. Mitten in der Nacht wurde er geweckt, und als er aus der Hütte kam, sah er zu seinem Erstaunen, dass alle Gefangenen wach waren, selbst die Kinder, und mit freudigen, gespannten Gesichtern einem großen Feuer zustrebten, das man in einer Talmulde entfacht hatte. Dort erwartete sie der Prophet.

Te Kooti sah ganz und gar nicht aus wie ein Erzengel; er ging herum, lächelte, scherzte mit den Erwachsenen und brachte die Kinder zum Lachen. Erst nach einer Weile drehte er sich mit dem Gesicht zum Feuer und schwieg lange. Sein Schweigen fiel auf die Menge und verbreitete sich in ihr. Die Menschen sanken zu Boden, einige setzten sich, andere knieten, nur die dunkle Gestalt Te Kootis schien zu wachsen vor dem lodernden Feuer, und als er sich umdrehte, sahen sie, dass der Geist über ihm war.

Mit tiefer Stimme begann er zu singen: »*Tiwha tiwha te po!*« – Schwarz, schwarz ist die Nacht! Dann sprach er von den Offenbarungen, die er in seiner schweren Krankheit empfangen hatte, von dem Auftrag, den ihm *Te wairua o te Atua*, der Geist Gottes, gegeben habe: seinen Namen bekannt zu machen »*ki tona iwi e noho whakarau nei i tenei whenua*«, unter seinem Volk, in der Gefangenschaft dieser Insel. Er sprach von den ersten Dingen der Vergangenheit und dem Whakapapa als der Verbindung zwischen Menschen und Gott. Er sprach vom Frieden, von dem man sich abgewandt habe und den man wieder leben müsse, statt ihn nur zu fordern, und warnte sie vor allen Büchern, die von Sterblichen geschrieben waren.

All das sagte er nicht wie ein Hexenmeister, sondern mit ruhiger, vernünftiger Stimme, die das Bedürfnis auslöste, dem Gesagten rasch zuzustimmen. Nur als er zu den Zeichen kam, wurde es unheimlich; wie er *Ngarara* gesehen hatte, die Eidechse, und die Flamme, die sich nicht verzehrt. Dabei hob er langsam beide Hände in die Höhe, und ein einziger lauter Ruf des Erschreckens entfuhr der Menge, als er sie plötzlich aneinanderrieb und dann über ihren Köpfen ausstreckte wie Fackeln – denn Te Kootis Hände standen in Flammen, deutlich sah man das Flackern um seine Finger, ohne dass sie verbrannten. Ebenso plötzlich ballte er die Hände und löschte dadurch das Feuer, als hätte er es mit den Fäusten eingefangen.

Ringatu – die erhobene Hand – war der Höhepunkt des Rituals und zugleich sein Ende. Te Kooti verwandelte sich wieder in einen freundlichen, wenn auch etwas erschöpften Menschen, der zwischen den anderen umherging und leise mit ihnen redete. Aber selbst der alte Mann war in diesem Moment vollständig davon überzeugt, einen Boten Gottes vor sich und Gottes Befehle gehört zu haben. Zu seinem Schrecken blieb der Prophet in diesem Moment direkt vor ihm stehen und sah ihm für einige Sekunden in die Augen. Dann nickte er freundlich, bedeutete aber den deutlich weniger freundlichen Whakarau neben ihm, offenbar seinen Leibwächtern, den alten Mann in seine Hütte zu bringen. Dort musterte er ihn eindringlich mehrere Minuten lang und berührte sogar die Tätowierungen in seinem Gesicht.

»Sterne und Strömungen, die Wolken und den Wind kenne ich«, murmelte der Prophet. Dann bot er dem Navigator zu trinken an, und sie tranken und redeten von der Ungerechtigkeit der Pakeha, dem Kampf der Maori, dem Zorn Gottes und der neuen Religion des Friedens, die all das beseitigen würde und deren Prophet er war. Zuletzt erinnerte Te Kooti den alten Mann daran, dass sie Brüder seien, lange getrennt durch das Meer, aber beide die Kinder Kupes, des großen Seefahrers.

Ob er ein Boot über die See steuern könne, zu einem bestimmten Punkt im Norden Aotearoas, eine Flotte von Booten vielleicht, wie in den Tagen der Landnahme? Angst müsse er nicht haben, die Whakarau würden ihre Wächter überwältigen, Gott sei auf ihrer Seite. Wenn er sie treu und recht führe, könne er unter ihnen leben, als ihr hochverehrter Bruder und Vater, würde wieder eine Frau bekommen und Kinder zeugen. Nur bei Verrat drohe ihm ein schrecklicher Tod in dieser und allen folgenden Welten.

Der alte Mann nickte zu diesen Fragen und Forderungen und versuchte, ein gleichmütiges, ehrliches Gesicht zu machen. Aber Angst und tiefes Misstrauen hämmerten zwischen seinen Schläfen, denn er hatte den Phosphor an den Händen des Propheten gerochen und wusste, dass alles ein Schwindel und der freundliche Mann vor ihm ein äußerst gefährlicher Mensch war, der tief in sein Herz gesehen hatte.

47.

Der Reeder hatte sich nicht die Zeit genommen, sich richtig anzuziehen. Ohne Kragen und Krawatte, Hemdbrust oder sonst ein Zeichen seiner bürgerlichen Existenz war er dem Boten gefolgt, der ihn zu einer Polizeistation im Norden beordert hatte, um eine Identifizierung vorzunehmen. Zwischen atemberaubenden Hoffnungen und den schlimmsten Befürchtungen fast verzweifelnd, hatte er dem Droschkenkutscher das Trinkgeld seines Lebens gegeben, und nun flogen sie so dahin, wie man auf Melbournes überwiegend noch ungepflasterten Straßen nur dahinfliegen konnte.

Nach weniger als einer halben Stunde stürmte er in das Polizeirevier und sah zu seiner Enttäuschung oder zu seinem Entzücken – er war sich nicht sicher –, dass es nur der Detektiv war, den er identifizieren sollte. John Gowers trug einen blutigen Verband um die Stirn, Resultat eines Fluchtversuchs, der mithilfe eines Gewehrkolbens vereitelt worden war, und hatte die Nacht in der Zelle gleich neben der von Nell Fagan und ihrer Bande verbringen müssen. Es war infolgedessen keine sehr ruhige Nacht gewesen.

Es dauerte eine Weile, bis Robert Maguire ihn ausgelöst hatte, denn zur nachhaltigen Verwirrung des Reeders hielt man Gowers offenbar für einen Mittäter oder -wisser bei der Entführung seiner Kinder, und seine Entlassung erfolgte nur unter dem Vorbehalt, sich jederzeit zur Verfügung von Polizei und Justiz zu halten. Einmal draußen, versuchte der Investigator auch gleich, seinen Auftraggeber wieder nach Hause zu schicken, aber der ließ sich natürlich nicht abweisen, als Gowers seine entscheidende Frage: »Wissen Sie, wo die Kinder sind?«, mit einem zögernden Kopfnicken bejaht hatte.

Wieder eine Droschke, wieder ein exorbitantes Trinkgeld, aber in die Wildnis, in die sie nun mussten, konnten Wagen aller Art nur sehr begrenzt eindringen. Die letzten Kilometer gingen sie deshalb zu Fuß, obwohl Gowers den Reeder noch einmal inständig bat, bei der Droschke zu warten. Aber Robert Maguire war nicht der Mann, der sich von der riesigen, jetzt in trügerischem Sonnenschein liegenden Trümmerlandschaft abschrecken ließ. Er wunderte sich nur, dass der Detektiv, der in der vergangenen Nacht einiges abbekommen haben musste, dennoch so schnell auf den Beinen war und ein erstaunliches Tempo vorlegte. Nur sagen, wohin sie eigentlich unterwegs waren, wollte er bis zuletzt nicht.

Vor der großen, rauchgeschwärzten Ruine des Speichers angekommen, bestand Gowers kategorisch darauf, allein weiterzugehen, und verpflichtete sich lediglich, dem Reeder in weniger als fünf Minuten Bescheid zu geben. Im Innern des Gemäuers schien zunächst alles unverändert, und er glaubte schon, dass seine Befürchtungen ihn getrogen hatten und alles gut gehen würde. Dann sah er jedoch, dass die Balken vor dem Eingang zu Polls Keller beiseitegestoßen worden waren, und dann – Poll selbst, die zusammengesunken an der Wand lehnte.

»Poll«, rief er leise. Keine Antwort. Er legte ihr leicht die Hand auf den Rücken und fühlte an der Restwärme ihres Körpers, dass sie sehr langsam gestorben sein musste und noch nicht lange tot war. Er ging um die Mauer herum, und dort, zwischen Schutt und der Asche eines riesigen alten Lagerfeuers, fand er die weiß geblutete Leiche des kleinen Jonathan.

Gowers zitterte, als er sich auf den Weg in den Keller machte. Fast um sich zu beruhigen, untersuchte er vorher noch einmal Polls Leiche und sah, dass das Messer, das sie getötet hatte, noch in ihrer Leber steckte. Die Art, in der ihre verkrampften Finger die Klinge umklammerten, sagte ihm, dass sie es nicht hatte herausziehen, sondern im Gegenteil hatte festhalten wollen; und das war Poll Hunleys letzte Botschaft an ihn, den Yankee. Wahrscheinlich hatte sie etwas gehört, nachdem der Junge aus dem Keller gekrochen war, war ihm gefolgt und ihrem Mörder direkt in die Arme gelaufen.

Was war mit dem Mädchen? Gowers ballte die Hände zu Fäusten, als er sich jetzt die enge Treppe hinunterzwang, und schauderte, als ein wildes Pfeifen und das Trippeln vieler kleiner Füße ihm verrieten, dass er ein Festmahl störte. Mairie Maguire lag auf dem Bauch, den schmutzigen Rock hochgeschlagen, und das Blut zwischen ihren Beinen deutete darauf hin, dass man sie erst vergewaltigt und dann getötet hatte. Die Ratten waren danach gekommen. Unter ihren Fingernägeln fand er Blut und Fetzen von Haut, die nicht ihre war; sie musste sich bis zuletzt gewehrt haben.

Er schlug eben ihren Rock zurück und sah an den tiefen schwarzen Würgemalen an ihrem Hals, dass sie erdrosselt worden war, als draußen ein entsetzlicher, jämmerlicher Schrei erklang: »Jonathan! O mein Gott! Mein Gott!«

Gowers zerrte hastig den völlig intakten Drahtkäfig über die Leiche des Mädchens und stürzte nach oben. Maguire hielt seinen toten Jungen in den Armen, als er den Detektiv scheinbar aus einem Loch im Boden heraufsteigen sah. Sofort rannte er auf die Öffnung zu.

»Mairie?«, rief er, als er von Gowers' Gesicht das Ergebnis seiner Ermittlungen ablas. »Mairie!« Immer lauter. »Mairie!« Bis er nicht mehr Herr seiner Stimme war.

»Nicht, Sir!«, sagte Gowers und versuchte, den schweren, kräftigen Mann aufzuhalten. »Nicht, bitte!«

Der Reeder stieß ihn beiseite und raste, in einem fort schreiend, die Treppe hinab.

Gowers konnte ihn zwar einholen, musste aber drei Mal zuschlagen, ehe Maguire das Bewusstsein verlor.

48.

Noch in der gleichen Nacht machte sich der alte Mann an den Rückweg und zwang sich dazu, nicht zu laufen, denn er wusste, dass er beobachtet wurde. Er ging, ohne anzuhalten, den ganzen Tag und die folgende Nacht hindurch. Obwohl er todmüde war, fürchtete er, dass die Späher des Propheten ihm die Kehle durchschneiden würden, sobald er sich schlafen legte. So erreichte er Owenga schon am frühen Morgen des nächsten Tages bei Sonnenaufgang. Und die Sonne bestätigte seine schlimmsten Befürchtungen, färbte die See vom Horizont bis zum Strand hinauf blutrot – ein schreckliches Zeichen, das er erst einmal gesehen hatte; damals, bevor die Maori kamen und sein Volk, seine Familie, sein Leben auslöschten. Da wusste der alte Mann, was er zu tun hatte.

Mehrere Tage lang hielt er sich ruhig und tat nichts, was er nicht immer getan hätte. Aber in der Nacht flickte und nähte er an dem großen Segel, das er nicht mehr gesetzt hatte, seit seine

Kinder tot waren. An einem späten Abend nach fast einer Woche in Angst und angestrengter Überlegung schob er sein Boot ins Wasser und paddelte hinaus. Als er die Brandung so weit hinter sich hatte, dass er sie nur noch sehr leise hörte, setzte er sein Segel und steuerte einen Stern an, von dem er wusste, dass kein Land unter ihm lag. Von alters her war es das Vorrecht der Navigatoren gewesen, auf diese Weise den Tod zu suchen.

Teil zwei

49.

Die Deep South *war ein Heckraddampfer, also weniger schnell, manövrierfähig und deutlich weniger elegant als ihre großen Schwestern, die* Shotwell *oder die* Eclipse *mit ihren beiden riesigen Seitenrädern. Mit knapp fünfundzwanzig Meter Länge bei sechs Meter Breite und nur zwei Decks sah sie neben den schwimmenden Palästen, den stolzen weißen Sidewheeler-Schwänen des Mississippi aus wie eine plumpe kleine Ente. Alles an ihr wirkte altertümlich und ein wenig verkommen, bis auf die Maschine, die kohlegeheizten Kessel, die so glänzend neu waren, als habe man das alte Schiff um sie herumgebaut.*

Ihr größter Vorteil war, dass auch eine kleine Besatzung sie sicher handhaben konnte. Ein Lotse als Steuermann, ein Maschinist und ein Lotgast würden zur Not genügen, um sie – bei Tag – an jeden beliebigen Punkt des Flusses zu bringen. Nachts stellte sich die Sache schwieriger dar, weil dann gelegentlich zwei, manchmal vier Lotungen gleichzeitig vorgenommen werden mussten, um an gefährlichen Stellen in einer geeigneten Fahrrinne zu bleiben. Aber dort würde John sich einfach auf sein Gedächtnis verlassen und hoffen, dass der Mississippi ihm keinen Streich spielte.

»Wem gehört sie?«

»Mir«, antwortete John Lafflin so selbstverständlich, als habe er in seinem Leben schon mehr als ein Schiff besessen. In seiner einfachen Flussschifferkluft sah der Pulverfabrikant auf eine merkwürdige Weise auch überhaupt nicht verkleidet aus.

Zwei Männer waren mit ihm an Bord gekommen, beide Arbeiter in seiner Fabrik: ein schlanker junger Mulatte mit raschen, wachen Augen und dem Namen Jason und ein wahrer Herkules von Mann, der Gowers als »Mr. Phineas« vorgestellt wurde. Mr. Phineas war gut zwei Meter groß, hatte riesige Hände, mit denen er die Kessel zur Not auch ohne Schaufel hätte heizen können, und einen Bart, den er beim Arbeiten mit kleinen Schlingen aus Bindfaden bändigte und so gezähmt kurzerhand vorn in den Hosenbund steckte.

Da irgendeine Geheimhaltung noch nicht nötig war und nur zu dummen Gerüchten geführt hätte, verließ die Deep South *St. Louis am späten Nachmittag unter Dampfgeheul. John brachte sie in die Mitte des Flusses und ließ dann die Ventile so weit drosseln, dass er bei Bedarf gerade noch manövrieren konnte, überließ aber die eigentliche Arbeit der starken, stetigen Strömung. Gegen Mitternacht legten sie zum ersten Mal an; bei Chester, auf der Illinois-Seite, und ein weiterer Mann kam an Bord. Er war nur wenig jünger als John Lafflin, sah aber mit seinen langen weißen Haaren, seinem ungepflegten Bart und einem wüsten, von Narben entstellten Gesicht aus wie ein Evangelist, der lange in schlechter Gesellschaft gelebt hat.*

Er begrüßte Lafflin, indem er mit der rechten Hand an eine Wollmütze tippte, die vor drei oder vier Jahrzehnten feuerrot gewesen sein mochte, und sagte: »Mon Capitaine!«

Lafflin erwiderte den seemännischen Gruß – »Gringoire!« –, schloss den Neuankömmling aber dann in die Arme und klopfte ihm dabei so krachend auf die Schulter, dass man es auf dem ganzen Schiff hörte. Beides bestätigte Gowers in der längst gehegten Vermutung, dass John Lafflin nicht immer nur Schießpulver fabriziert, sondern in seiner Jugend auch nicht unbeträchtliche Mengen davon verbraucht haben musste. Trotz seiner nur wenig über zwanzig Jahre hatte der Lotse in seiner Zeit auf britischen Schiffen oft genug gesehen, wie sich Männer begrüßten, die zusammen im Feuer gelegen hatten.

Als sie in der Morgendämmerung weiterfuhren, sah er, dass Gringoires Familie auf dem Hügel über der schäbigen kleinen Anlegestelle gewartet hatte, um ihn zu verabschieden: eine große, weißhaarige Negerin und ihre beiden hellhäutigeren Töchter, eine davon mit einem Säugling auf dem Arm, die andere mit einem Kind an der Hand. Gowers fragte sich, warum sie nicht wenigstens kurz mit an

Bord gekommen waren, aber das blieb nicht das einzige Geheimnisvolle an dem im Übrigen sehr einsilbigen neuen Besatzungsmitglied.

Der große Fluss war in den ersten grauen Morgenstunden so leer wie das Herz eines Bankiers oder das Hirn eines Soldaten; also nur hier und da ein paar kleine Flöße, so weit entfernt, dass man ihnen nicht einmal ausweichen musste. Lafflin, der sich, obwohl nominell Kapitän, auch für die Dienste eines Stewards nicht zu schade war, brachte seinem Lotsen und Steuermann eine große Blechtasse und eine Kanne mit schwarzem Kaffee ins »Texas«, wie das Steuerhaus auf Mississippidampfern allgemein genannt wurde.

Gowers hatte eben beobachtet, wie sich Gringoire auf dem Vordeck zum Schlafen einrollte und nun schon seit einer Viertelstunde schnarchte wie ein betrunkener Erzengel. Während die Hitze des Kaffees in seinem Magen anschlug und sich mit wohliger Langsamkeit in seine Gliedmaßen verbreitete, fragte er: »Heißt der Mann wirklich Pierre Gringoire?«

Lafflin schüttelte den Kopf. »Nur Gringoire, soweit ich weiß. Vielleicht nur ein Spitzname, aber den hatte er dann schon weg, als wir uns kennenlernten.« Ehe Gowers weitere Fragen stellen konnte, ging der alte Mann in die Offensive. »Sagen Sie nicht, dass Sie auch einen französischen Renaissancedramatiker gelesen haben!«

»Nein«, erwiderte Gowers belustigt. »Aber Notre-Dame de Paris *natürlich, wenn auch nur in einer englischen Übersetzung.«*

»Parlez-vous français?«

»Nur das, was man in New Orleans so nennt, Sir.«

Gringoire war tatsächlich ein Spitzname, aber Gringoire trug ihn schon so lange, dass er sich an seinen eigentlichen Namen kaum noch erinnern konnte. Schon seine Kommilitonen an der Sorbonne hatten ihn so genannt, wegen der Narrenstreiche, die schließlich zu seiner Relegation geführt hatten, und in seiner Gerichtsakte stand »Gringoire« bereits gleichberechtigt neben seinem bürgerlichen oder vielmehr adligen Namen. Einem der wenigen, die es anderthalb Jahrzehnte nach der großen Revolution in Frankreich noch gegeben hatte.

Im Bagno, auf den Îles du Salut, wurde er endgültig und aus-

schließlich Gringoire und blieb es auf seiner abenteuerlichen Flucht durch Französisch-Guayana, Surinam, Kolumbien und die Inselwelt der Karibik. Auf Santo Domingo schloss er sich dem berüchtigten Freibeuter Pierre Laffitte an, der französische Waren an der gesamten englischen Kriegsflotte vorbei nach New Orleans schmuggelte. In New Orleans endlich lernte er Pierres jüngeren Bruder Jean kennen; einen Mann, der nicht nur Liebhaber der amerikanischen Gouverneursgattin war, sondern auch die Chuzpe besaß, ein von ebendiesem Gouverneur, William C. C. Clairborne, auf ihn ausgesetztes Kopfgeld von fünfhundert Dollar zu verzehnfachen – auszuzahlen an denjenigen, der ihm Gouverneur Clairborne brächte, tot oder lebendig.

In der sinnlosesten Schlacht des Jahrhunderts, die Anfang Januar 1815 bei New Orleans nur stattfand, weil weder Engländer noch Amerikaner wussten, dass die Vertreter ihrer beiden Länder bereits Weihnachten 1814 im fernen Belgien einen Friedensvertrag unterzeichnet hatten, kämpften sie aber dann doch aufseiten der Amerikaner: Gringoire, die Brüder Laffitte und zweihundert ihrer halbwilden Schmuggler und Piraten aus den Sümpfen von Barataria. Der Dank der Vereinigten Staaten für ihre schlachtentscheidenden Dienste bestand darin, dass ein Bataillon der US-Marine die kleine Schmugglerrepublik dem Erdboden gleichmachte, während zur gleichen Zeit die zerlumpten Baratarier die Übermacht der britischen Rotröcke unter General Sir Edward Palkenham vier Mal zurückschlugen.

Eine bereits ausgerufene Amnestie wurde kassiert, und die so schäbig betrogenen Piraten zerstreuten sich in alle Winde der Karibischen See. Gringoire und die Brüder Laffitte schlossen sich dem mexikanischen Freiheitskampf unter Admiral Manuel de Herero an, plünderten von Galveston aus allerhand Fracht- und die letzten Silberschiffe, die die spanische Krone aus Mittelamerika herauspresste. Sie gründeten auch erneut eine Piratengemeinde: Campeachy, letzte natürliche Tochter der alten Seeräubernester Tortuga, Port Royal und New Providence.

Amerikanische Kriegsschiffe machten schließlich 1821 diesem letz-

ten Spuk der Freibeuter, Buccaneers und Piraten der Karibik, die unter der Flagge Groß-Kolumbiens ihrem seeräuberischen Handwerk nachgingen, ein unblutiges Ende. Die Brüder Laffitte segelten aus der Geschichte ins mythische Reich der Schatzinseln und Knabenträume, und Gringoire, ihr bester Kanonier, verschwand mit ihnen – um vier Jahrzehnte später an Bord eines kleinen Mississippidampfers wieder aufzutauchen.

50.

Gegen Mittag hatte Gringoire das Steuer übernommen und Gowers sich unter Deck verholt, wo John Lafflin, merkwürdig vertraut auch mit den Küchengerätschaften eines Schiffes, wenn auch nicht unbedingt mit Zutaten und Gewürzen, ihre erste Mahlzeit auf dem Fluss zubereitete.

»Was liegt an, Mr. Gowers?«

»Recht so, wie's geht, Sir«, sagte John und fügte, nachdem er dem Treiben eine Weile zugesehen hatte, amüsiert, aber durchaus respektvoll hinzu: »Sie sind der erste Kapitän, den ich kochen sehe.«

»Meinen Sie, ich sollte ein bisschen an Deck gehen und wichtig aussehen?«, erwiderte Lafflin ironisch. Er wandte sich wieder den beiden Töpfen zu, die über der Feuerstelle hingen. »Nein«, fuhr er fort, »wenn an Deck alles glattgeht, alle Pläne gemacht sind und alle Mann ihre Arbeit tun, sollten Kapitäne viel öfter kochen.«

»Jason liegt achtern auf einer Taurolle und schläft.« Gowers war kein Denunziant, aber zu lange auf britischen Schiffen gefahren, um sich diese Bemerkung verkneifen zu können.

»Jason ist gerade mal zwanzig. Der braucht seinen Schlaf«, antwortete Lafflin gleichmütig. »Ich dagegen kann selbst nachts kaum schlafen, zum Kohleschaufeln bin ich zu alt, und zum Lesen fehlt mir gegenwärtig die Lust. Kochen ist wirklich das Sinnvollste, was ich im Moment tun kann. Außerdem esse ich gern, und so weiß ich wenigstens, was ich esse.« Er wusste es allerdings nicht ganz genau, denn *er hatte zumindest ein paar Gewürze verarbeitet, die ihm bis dahin unbekannt gewesen waren.*

»Und die Autorität?«, bohrte John weiter.

»Wenn ich die dauernd beweisen müsste, wäre ich arm dran.« Der Alte lächelte. »Da wir in Amerika schon die Wahl zwischen sinnloser Autoritätswahrung und sinnvoller Tätigkeit haben, wähle ich lieber die Tätigkeit.«

»Ah! Sozialismus, nicht wahr?«, stichelte der Lotse.

»Ja«, antwortete Lafflin trocken. »Die Beseitigung des Einkommens ohne Arbeit sozusagen.« Er scharrte mächtig in einem der beiden Töpfe, in dem sich trotz einer Unmenge Öls etwas anzusetzen drohte.

»Warum wollen Sie eigentlich gerade das abschaffen, wovon alle träumen?«, fragte der junge Mann ehrlich erstaunt.

»Weil es gute und schlechte Träume gibt, Mr. Gowers. Aber verstehen Sie mich recht: Der Traum von einem sorgenfreien Leben ohne Anstrengung ist nicht an sich schlecht. Schlecht ist er nur, wenn ihn wenige auf Kosten vieler verwirklichen, weil er dann für die vielen immer nur ein Traum bleiben wird.«

»Ist nicht genau das natürlich?«

»Das glaube ich eben nicht.« Lafflin ereiferte sich allmählich. »Ich halte es für eminent politisch. Für eine politische Konstruktion von den Reichen für die Reichen, begründet durch angeblich göttliche Prinzipien, organisiert von einer korrupten Beamtenschaft und durchgesetzt von Polizei und Militär – also fünftausend Armen, die man ein bisschen besser bezahlt, damit sie hunderttausend andere Arme in Schach halten. Natürlich, Mr. Gowers, ist dagegen die Revolution!«

»Aha«, sagte der Lotse und führte den Daumen quer unter seinem Kinn über den Hals.

»Ja«, bestätigte Lafflin, »wenn es nicht anders geht.« Wieder verlangten die Töpfe ihr Recht, und der Kapitän nahm einen von ihnen von der offenen Flamme. »Wissen Sie, was Marie-Antoinette geantwortet hat, als man ihr erklärte, dass die Armen revoltieren, weil sie kein Brot mehr haben?«

Gowers schüttelte den Kopf.

»Sie sagte: Dann sollen sie doch Kuchen essen!« Lafflin schnaufte verächtlich. »Einen solchen Kopf zu verlieren kann man wohl kaum als Verlust für die Menschheit bezeichnen.«

»Ich nehme an, dass Marie-Antoinette das anders gesehen hat.«

Der alte Mann zuckte jetzt die Achseln, als hielte er die Fortsetzung des Gesprächs allmählich für sinnlos. »Revolutionen sind immer grausam, in ihrem Verlauf ungerecht, in ihren Ergebnissen häufig verfehlt. Aber eben nie – unberechtigt! Ein Prozent der Bevölkerung hat nun einmal nicht das Recht, neunundneunzig Prozent auszubeuten, und darf sich nicht wundern, wenn das dazugehörige System gelegentlich mit einem hässlichen Geräusch im Mülleimer der Geschichte verschwindet.«

»Aber das Verhältnis stellt sich doch offenbar immer wieder her, sozusagen in neuen Gewändern. Wäre es da nicht logisch …«

Lafflin winkte nun beinahe verächtlich ab. »Ich fürchte Dinge, die logisch sind«, sagte er. »Logik suggeriert eine Wahrheit ohne Inhalt, also bloße Folgerichtigkeit, und die Ereignisse, auch die schlimmsten, drängen sich uns dadurch als unausweichlich auf. Wir glauben allen Ernstes, wir dürften an Abläufen nichts ändern, wenn sie nur logisch sind, und insofern lähmen sie uns. Jeder Krieg tritt auf und sagt dröhnend: Ich muss stattfinden! Und die Menschen sind ihm zu Willen, weil er ihnen mit seiner Logik kommt.« Er nahm jetzt auch den anderen Topf vom Feuer und rührte dann die bis zur Undefinierbarkeit verkochten Inhalte der beiden Gefäße ineinander, während er fortfuhr: »Die nobleren Seiten unseres Wesens sind fast alle unlogisch: Gnade und Liebe. Humor. Fantasie. Kunst. Kosten Sie mal!«

Er hielt seinem Lotsen den Kochlöffel hin, und so kam John nicht dazu zu erwidern, dass auch die übelsten Seiten des menschlichen Wesens nicht unbedingt logisch sind: Hass, Grausamkeit, Neid und all ihre rachitischen Verwandten. Der fragende Blick des kochenden Kapitäns galt jetzt auch nicht mehr seinen Ansichten zur Logik oder zum Sozialismus, sondern dem sonderbaren, etwas streng riechenden kreolischen Reisgericht, das er zusammengerührt hatte. Gowers schaffte es, das Gesicht nicht übermäßig zu verziehen, kaute jedoch deutlich länger, als er musste, weil er seinen Wortschatz nach einem nicht allzu vernichtenden Adjektiv durchsuchte.

»Nahrhaft!«, sagte er dann und war froh, dass Gringoire im gleichen Moment die Dampfpfeife betätigte; das vereinbarte Signal dafür, dass sie in die große Flussschleife vor Cairo einfuhren. Hier veränderte der Mississippi seinen Lauf um fast hundertachtzig Grad, floss also für gute fünfzehn Meilen wieder nach Norden, ehe eine weitere halbe Drehung ihn wieder auf Südkurs brachte, wo er sich kurz darauf mit dem Ohio vereinigte. Es war, auch bei guter Sicht und hohem Wasserstand, eine der anspruchsvolleren Navigationsaufgaben, die der alte Fluss seinen Lotsen stellte, und Gowers ging, um den verwitterten Piraten im »Texas« abzulösen.

51.

Und was du suchst, liegt immer hinter dir – der einfache Satz hielt von Tempsky noch immer gepackt, und kaum hatte McDonnell ihn abgehängt, also mit dem ersten Schiff voller Freiwilliger Melbourne und die Port Philipp Bay verlassen, da gab Manu-Rau das Werbekommando an einen untergeordneten Leutnant weiter und saß im Zug nach Bendigo. Hier besaß er noch immer ein Stück Land, einen Claim, und – wer weiß? – vielleicht hatte Goethe ja recht und die Goldader lag nur einen Spatenstich entfernt, den er damals, vor sechs Jahren, nicht getan hatte. Zwei Tage sinnlosen Staubaufwerfens ließen den Kommandeur der Fünften Division der Armed Constabulary allerdings über sich selbst und den Kerl aus Weimar lachen. Das war es also nicht, was *Proserpina* ihm sagen wollte!

Von Tempsky sah ins Outback hinaus und dachte an einen anderen, noch länger zurückliegenden Tag, im Sommer 1860. Das Philosophische Institut von Melbourne, erst kürzlich in den Rang einer Royal Society erhoben, suchte Mitglieder für eine

Forschungsexpedition, die Australien von Süden nach Norden durchqueren sollte. Selbst den Leiter dieser Expedition, Robert O'Hara Burke, einen irischen Polizisten, von dem es hieß, er könne weder mit Sextant noch Kompass umgehen und würde am hellichten Tag Norden und Süden verwechseln, hatte man per Zeitungsinserat gefunden, und so bewarb sich von Tempsky als Chronist, Historiker und Zeichner des heroischen Unternehmens. Da er jedoch, gemäß seinem Wappenspruch, auf den reichlich in Aussicht gestellten Ruhm solcher Taten gern verzichtete und stattdessen auf angemessener Bezahlung bestand, wurde er abgelehnt – und hatte damit keinen Anteil an einer der legendären Katastrophen der Entdeckungsgeschichte.

So war es eigentlich immer. Von Tempsky schrammte knapp am Erfolg, der Weltgeschichte und einem Platz im Konversationslexikon vorbei: kam einen Tick zu spät, wie 1850 in Kalifornien, kolonisierte den falschen Ort, wie die Mosquito Coast in Nicaragua, die bald keinen Menschen mehr interessierte, verpasste die glänzende Gelegenheit, in der australischen Wüste ehrenvoll zu verschmachten, und stand im Waikato-Krieg *neben* dem Mann, der das Viktoriakreuz erhielt. Kopfschüttelnd lächelte er, die Pfeife im Mundwinkel, und blickte nachdenklich in die Sonne, die im Westen im großen Garnichts versank. Komische Sache, der Ruhm. Gut, dass die Tat alles war!

Als von Tempsky von seiner sentimentalen Reise nach Melbourne zurückkehrte, war sein Schiff seeklar und seine Division mit Freiwilligen aller Art aufgefüllt, darunter sogar ein paar Chinesen. Wie nicht anders zu erwarten, war es zwar eher die Hefe der Kolonie, die angemustert hatte, aber auch etliche ausgediente Soldaten der britischen Indienarmee, die ihr Glück auch in Australien nicht gefunden hatten. Gute irische und schottische Namen waren in der Stammrolle eingetragen, was indes nicht viel heißen wollte, da man sich nicht die Zeit genommen hatte, die dazugehörigen Identitäten zu überprüfen.

Von Tempsky seufzte und grinste gleichzeitig, als er den sechsten oder siebten John Smith entdeckte. Kolonialtruppen waren überall gleich und boten dem Hühnerdieb wie dem Hochstapler rund um den Globus die bequeme und einfache Möglichkeit, ein neues Leben zu beginnen. Aber er würde die Kerle schon hinkriegen in den drei oder vier Wochen auf See, in denen sie nicht desertieren konnten. Eben wollte er dem Kapitän den Befehl übermitteln, bei nächster Gelegenheit die Anker zu lichten, als lautstarke Stimmen an Deck ihm verrieten, dass Ärger bevorstand.

Es war eine Abteilung der Victorian Police, die das Schiff geentert hatte und nun offenbar glaubte, das Kommando übernehmen zu können. Von Tempsky nahm sich nicht die Zeit, seinen Uniformrock anzuziehen, und lediglich seine Feldmütze, ein schmales »Schiffchen«, das er in einem die Schwerkraft und jede Art von Autorität herausfordernden Winkel auf die dunklen Locken gesetzt hatte, wies ihn als Offizier aus. Sein um Hals und Nacken nur nachlässig geschlossenes Hemd, die in die kniehohen Stiefel gestopfte graue Hose und insbesondere der Gürtel, in dem ein Revolver und zwei Bowiemesser steckten, ließen ihn dagegen eher wie einen Piraten- oder Schmugglerhäuptling aussehen.

»Captain von Tempsky«, stellte er sich mit feinem Lächeln dem Sergeant und seiner sechsköpfigen Polizeitruppe vor. »Was kann ich für Sie tun, Gentlemen?«

Der Sergeant überlegte kurz, beschloss dann, vor einem derart heruntergekommenen Offizier, der offenbar nicht einmal Brite war, nicht zu salutieren, und sagte so amtlich kühl, als würde er die Sätze ablesen: »Wir suchen einen Amerikaner namens John Gowers. Wir haben Grund zu der Annahme, dass er sich als Soldat hat anwerben lassen. Wir werden deshalb mit Ihrer gütigen Erlaubnis dieses Schiff durchsuchen.«

»Die Arbeit können Sie sich sparen, Sergeant«, sagte von Tempsky leichthin, der so etwas geahnt haben mochte und die Stammrolle noch in der Hand hielt, die er gerade durchgegangen war. Mit einem verständnisvollen Nicken reichte er sie jetzt dem Polizisten. »Tun Sie Ihre Pflicht, Sergeant. Suchen Sie Ihren Mann!«

Er wusste, dass das ganze Schiff jetzt vor Anspannung bebte, wusste aber auch, dass seine nächsten Worte das Verhältnis der neuen Rekruten zu ihrem Kommandeur bestimmen würden. »Wenn er allerdings nicht auf dieser Liste steht«, sagte er kategorisch, »ist der Mann nicht an Bord.« Das war es, was seine Männer wissen mussten. »Was hat er denn ausgefressen?«

»Ist in diese Maguire-Geschichte verwickelt«, brummte der Sergeant stirnrunzelnd, während er das Verzeichnis der Eingeschriebenen wenig hoffnungsvoll entgegennahm. »Ich weiß nicht, ob Sie davon gehört haben.«

Von Tempsky hatte davon gehört, sogar in einigen Gazetten darüber gelesen; bis nach Bendigo hinauf sprach die ganze Kolonie von dem tragischen Selbstmord einer gewissen Mrs. Maguire, dem Tod ihrer Kinder und dem, was ihr Mann, übrigens ein ehemaliger Sträfling, einer Verdächtigen angetan hatte. Nur der Name John Gowers war ihm in diesem Zusammenhang noch nicht begegnet. Vollkommen bereit, den Mann entgegen seinen Gepflogenheiten tatsächlich auszuliefern, fragte er: »Ist er der Mörder?«

»Wissen wir nicht«, antwortete der Polizeibeamte, der die Liste gründlich studierte. »Hat jedenfalls ausgesagt, dass er den Mörder kennt. Undurchsichtige Geschichte! Gibt sich als Detektiv aus«, fügte er nur mehr brummend hinzu.

Ein John Gowers war in der Stammrolle nicht eingetragen.

»Vermutlich hat er einen falschen Namen angegeben«, mischte sich ein junger Konstabler ein, als wäre dieser Sachverhalt irgendeinem der Beteiligten unklar. »Gucken wir uns die Männer doch einfach mal einzeln an!«

Er machte zwei Schritte, um sich nach achtern und in die Mannschaftsquartiere zu begeben, blieb aber wie angewurzelt stehen, als sich ein Bowiemesser weniger als einen halben Meter neben seinem Kopf in den Großmast bohrte. Selbst diejenigen, die ihn gut kannten, hatten kaum die Bewegung gesehen, mit der Manu-Rau das Messer geschleudert hatte.

»Komische Dinger … Fliegen«, sagte der seltsame Offizier jetzt scheinbar ganz unvermittelt. »Ich kann kein positives Verhältnis zu den Biestern entwickeln. Entweder sie sind mir egal, oder sie gehen mir auf die Nerven.« Beinahe schlendernd trat er dem Polizisten in den Weg und zog langsam die Klinge aus dem Holz. Er lächelte. »Ich glaube, wenn die Fliegen das wüssten, würden sie alles tun, um mir egal zu bleiben!« Er hielt dem noch immer konsternierten Beamten das Messer unter die Nase, an dessen Spitze tatsächlich die Reste einer Fliege klebten.

Der Konstabler schluckte schwer, als die Bedeutung der Worte nach und nach sein Bewusstsein erreichte, und machte keinen zweiten Versuch mehr, von Tempskys Soldaten in Augenschein zu nehmen.

»Lassen Sie's gut sein, Billings«, sagte der Sergeant langsam und ließ die Liste sinken. »Sieht so aus, als wäre der Mann nicht an Bord!«

52.

Am frühen Abend, das Land war noch nicht außer Sicht, aber die Seekrankheit hatte die ersten der neuen Soldaten bereits schwer gepackt, kam von Tempsky, dem es in der Kajüte zum Lesen zu dunkel und stickig war, noch einmal an Deck. Er hatte sich nicht umgezogen, nur den Gürtel mit seinen Waffen abgelegt und Goethes *Gesammelte Werke*, Band VII, unter den Arm geklemmt.

Die frische Brise spielte mit den dünnen Rauchwolken, die aus der Pfeife und seinem Mund aufstiegen. Er schnüffelte kurz, aber auch achtern war die Luft nicht besonders. Zu viele Männer hingen bäuchlings über der Reling. Also ging er nach vorn, um sich ein gemütliches Plätzchen am Fockmast zu suchen. Als er dort ankam und gerade um die Kombüse herumbog, stutzte er plötzlich, weil er für eine Sekunde glaubte, seinem eigenen Spiegelbild gegenüberzustehen.

Der Mann hatte seine Größe und seine Figur, eine Pfeife im Mund und ein Buch unter dem Arm. Seine Aufmachung war ähnlich nachlässig, sogar eine alte Feldmütze trug er auf dem Kopf. Die hatte allerdings einen schmalen Schirm, und sein Haar war etwas dunkler, etwas kürzer. Verblüfft musterten die beiden Männer einander fast eine halbe Minute lang.

Der wesentlichste Unterschied blieb wahrhaftig die Mütze; *4th Illinois Scouts*, entzifferte von Tempsky mit Mühe den auf den Schirm aufgestickten, fast völlig verblassten Schriftzug. Dann lächelte er.

»John Smith der Vierte oder Fünfte, nehme ich an?!« Aber sein Gegenüber schüttelte den Kopf.

»Williams, Sir, Joseph B.«

Beide zogen an ihren Pfeifen, die zu verlöschen drohten.

»Der Name klingt beinahe echt«, sagte von Tempsky anerkennend.

»Der ist auch echt, Sir«, erwiderte John Gowers, der seinen Taufnamen indes seit seinen Tagen als Telegrafist kaum noch benutzt hatte.

»Was lesen Sie Gutes, Mr. Williams?«

Wortlos hielt Gowers das Buch hoch, das im Augenblick sein Verhältnis zu Gott und der Welt und seinem eigenen ruhelosen Gewissen am besten beschrieb: *Cain: A Mystery*.

»Byron!«, rief von Tempsky überrascht und fügte mit gewohnter Heiterkeit hinzu: »Dürfte eines der ersten Exemplare sein, die in Neuseeland eingeführt werden.«

»Und Sie, Sir?« Gowers deutete auf den Band, den der Kommandant in der Hand hielt.

»Oh, Goethe«, sagte von Tempsky und zeigte dem seltsamen Rekruten das Buch. »Kennen Sie ihn?«

»Leider nein, Sir«, erwiderte Gowers und erinnerte sich zum ersten Mal seit langer Zeit wieder an die endlose Nacht des Nordens und ein Gespräch mit dem deutschen Missionar Miertsching. »Obwohl man mich mal vor ihm gewarnt hat.«

»Sie kannten sich, wissen Sie.« Von Tempsky deutete zwischen den Büchern hin und her, als stünden sich der alte und der junge Faust leibhaftig gegenüber. »Haben sich gegenseitig Gedichte geschrieben und all das.« Er erinnerte sich dunkel zumindest an ein Gedicht Goethes, das Byron gewidmet war, aber mehr als die ihn damals unmittelbar ansprechenden Verse »Liebt den Säbel, liebt das Schwert, freut sich der Gewehre« fiel ihm beim besten Willen nicht ein, und so verzichtete er darauf, das Gespräch mit einem klassischen Zitat zu würzen.

»Stimmt es?«, fragte er stattdessen unvermittelt. Von Tempsky ging zu Recht davon aus, dass sich der Besuch der Victorian Police herumgesprochen hatte – zumindest bis zu dem Mann, dem er gegolten hatte.

»Was, Sir?« Gowers wusste zwar tatsächlich, dass die Polizei an Bord gewesen war, und konnte sich denken, was, oder besser: wen sie gesucht hatte. Da die Männer noch immer von dem spektakulären Messerwurf sprachen, hatte er auch erfahren, auf welche Weise von Tempsky diese Suche unterbunden hatte. Aber was genau der Kommandant von den Polizisten erfahren hatte, konnte er unmöglich wissen.

»Dass Sie den Mörder kennen?!«, beharrte von Tempsky. Entweder würde er jetzt seinen Ruf festigen, ein wenig seltsam zu sein, oder aber sich seiner Menschenkenntnis schmeicheln dürfen. Schon am kurzen Zögern des neuen Soldaten erkannte er, dass Letzteres der Fall war.

»Ja«, sagte Gowers, weniger, weil er rasch ein paar richtige Schlüsse gezogen hatte und seinem Gegenüber vertraute, und mehr, um herauszufinden, was der Mann sonst noch über ihn wusste.

»Dann sind Sie also ein Detektiv!« Von Tempsky konnte die

Freude am eigenen Scharfsinn nicht länger unterdrücken und lächelte ein wenig zu überlegen.

»Investigator«, sagte Gowers mechanisch. »In Amerika sagen wir: Investigator.« Er trat langsam an die Reling und sah aufs Meer hinaus.

Auch von Tempsky bewegte sich jetzt; verstaute Goethe in einer Taurolle, setzte sich darauf und fragte nach einer Weile, den Rücken behaglich an die Kombüsenwand gelehnt und die Pfeife frisch gestopft: »Was ist geschehen?«

53.

Der Fluss hatte seinen Sänger noch nicht gefunden. Als Meschacebé war er die pittoreske Wildnis, in der französische Romanheldinnen zugrunde gingen: schuldig und entsprechend erschütternd die wilde Manon Lescaut, *unschuldig und bis zum Erbrechen erbaulich die kreuzbrave* Atala. *Vielleicht weil der Mississippi so lange französisch gewesen war, ging es auch im ersten amerikanischen Epos, das ihm zumindest nahekam, Longfellows* Evangeliné, *in heroischen Versen um eine heroisch leidende Französin. Anscheinend hatten die Frauen einfach kein Glück mit dem Fluss, und es mussten Jungenbücher geschrieben werden, um ihn adäquat zu besingen.*

Sein bis auf einen gut gemeinten Versuch auf der Oberlippe noch bartloser Homer war ein Spötter erster Güte und lächelte auch als junger Mississippilotse schon so feinsinnig in die Welt, als wüsste er insgeheim, dass sein jeweiliges Gegenüber heute noch auf den Arsch fallen würde. Er hatte gerade seine erste Satire veröffentlicht – gegen den Altvater aller Lotsen, den ehrwürdigen Kapitän Isaiah Sellers. Der alte Mann hatte im Picayune *für den Geschmack seiner Lotsenkollegen einmal zu oft darauf hingewiesen, dass der Fluss sich nach seiner Erinnerung in den letzten hundertsechsundsiebzig Jahren um zweihundertzweiundvierzig Meilen verkürzt habe, und musste nun im* True Delta, *einer anderen in New Orleans erscheinenden Zei-*

tung, die spöttische Erwiderung lesen, dass das einen Durchschnitt von 1,3 Meilen pro Jahr ergebe.

»Also kann selbst ein Blinder mit Krückstock sehen«, schrieb der Spötter, »dass der Unterlauf des Mississippi im alten Oolith-Silur, nächsten November vor genau einer Million Jahre, wenigstens eine Million dreihunderttausend Meilen lang war. Ebenso muss es jedem einleuchten, dass es in siebenhundertzweiundvierzig Jahren von Cairo bis New Orleans bloß noch eindreiviertel Meilen sein werden und die beiden Städte spätestens dann ihre Straßen zusammenlegen.«

Der ehrenwerte Isaiah Sellers veröffentlichte nie wieder irgendetwas, und sein Widersacher stahl ihm daraufhin sogar das Pseudonym, unter dem der Kapitän fast ein halbes Jahrhundert geschrieben hatte: Mark Twain.

Sam Clemens hatte den Lotsenberuf ebenfalls unter Horace Bixby erlernt. Trotz seiner erst einundzwanzig Jahre hieß es, er könne aus dem Stegreif und ohne Not ein Loch in den Boden lügen, »so groß wie Texas«. Dass damit nicht der Staat, sondern nur das gleichnamige Steuerdeck gemeint war, tat der Exorbitanz seiner diesbezüglichen Fähigkeiten nur wenig Abbruch.

Er konnte den Engländer nicht leiden, und John wusste das. Umso überraschter war Gowers, als die Doc Brown, *der sie am frühen Morgen des zweiten Tages bei Osceola begegneten, mit den üblichen zwei kurzen und zwei langen Pfeifsignalen kundtat, dass die Lotsen beider Schiffe miteinander zu reden hätten – und Sam Clemens auf dem in solchen Fällen angesteuerten nächsten Anlegesteg flussabwärts von Bord ging, als wollte er sich die Beine vertreten.*

So etwas kam gelegentlich vor. Ein Lotse, der eine neu aufgetauchte Gefahr auf dem Fluss, ein Wrack, einen tückisch verkeilten Baumstamm oder ein durch einen nächtlichen Abbruch entstandenes Riff entdeckte, tat nur seine Pflicht, wenn er seine Kollegen bei erster Gelegenheit darauf hinwies. Dennoch war es ein seltsames Schauspiel: die beiden großen Schiffe, Fracht und Passagiere, Werte von leicht zehn- oder zwanzigtausend Dollar – und die beiden jungen Burschen, knapp über zwanzig, die den Lauf der amerikanischen Wirt-

schaft aufhielten, um auf einem gottverlassenen Steg unterhalb von Osceola/Arkansas anscheinend locker miteinander zu plaudern.

»Mr. Gowers.«

»Mr. Clemens.«

Obwohl sie kurzzeitig unter demselben Meister gelernt hatten, begrüßten sich die beiden jungen Männer sehr förmlich, indem sie mit knappen Verbeugungen die Lotsenmützen voreinander zogen.

»Schöne alte Nuckelpinne das«, sagte Clemens mit einem Lächeln in Richtung der Deep South. »Wohin geht's?«

»New Orleans«, antwortete Gowers. »Und selbst?«

»Louisville.« Ohne sich vom Anblick des alten Schiffes losreißen zu können, fuhr Clemens fort: »Nehmen Sie's nicht persönlich, aber Ihr Kahn sieht nicht gerade so aus, als würde er die Aufmerksamkeit klügerer Reisender auf sich ziehen.«

»Ja, jetzt, wo Sie's erwähnen … Aber die Sonne scheint für alle, nicht wahr?«, sagte John achselzuckend. »Haben Sie mich deshalb angeheult?«

»Ja und nein.« Clemens kratzte sich in einem eindrucksvollen Dickicht widerspenstiger brauner Locken. »Ich dachte, es würde Sie interessieren, dass man mich trotzdem von Baton Rouge bis Memphis in nahezu jeder erwähnenswerten urbanen Ansiedlung nach einer gewissen Deep South gefragt hat. Und die Herren sahen nicht eben freundlich und zahlungswillig aus.«

Das Protokoll verlangte, dass sich nun Gowers hinter dem rechten Ohr kratzte und die Stirn runzelte. »Wie sahen sie denn aus?«

»Sozusagen schlagfertig, Mr. Gowers.« Sam Clemens grinste milde. »Sind Sie in letzter Zeit mal jemandem auf die Füße getreten?«

»Dauernd«, entgegnete John und seufzte. »Aber ich weiß auch nie genau, wem.« Er ließ sich noch ein wenig genauer beschreiben, was und wer im Süden auf sein Schiff wartete, wurde aber durch den Bericht seines scharf beobachtenden Kollegen nicht wesentlich klüger.

»Freut mich, wenn ich Ihnen zu denken geben konnte.« Clemens wandte sich wieder der Doc Brown und ihrem ungeduldigen Kapitän zu. »Na dann, sonst meinen die oben in Kentucky noch, wir wä-

ren abgesoffen, und fangen an, ergreifende Briefe an die Versicherung zu schreiben. Mast- und Schotbruch!«

Noch einmal grinste er mit dem Charme eines alten Krokodils, denn natürlich besaß ein Mississippidampfer weder Masten noch Segelleinen. John hatte jedoch während ihrer kurzen gemeinsamen Zeit beim alten Bixby einmal von einem Sturm im Südpazifik erzählt, und Sam, der die Ufer des Flusses noch nie aus den Augen verloren hatte, trug ihm das noch immer ein wenig nach.

»Danke verbindlichst«, sagte John und zog zum Abschied seine Mütze.

»Mr. Clemens!«

»Mr. Gowers!«

54.

Barataria *war ein Kunstwort.* Barato *bezeichnete im Spanischen einen wohlfeilen Kauf,* Baratterie *war im französischen Sprachgebrauch der Karibik ein Synonym für Betrug und* barare, *italienisch, bedeutete so viel wie falschspielen, schummeln. Miguel de Cervantes hatte 1615 im zweiten Teil des* Don Quijote *einen Ort namens Barataria erfunden und zu der »Insul« gemacht, auf der Sancho Pansa endlich seinen Gouverneursposten erhielt. Die literarisch gebildeten Brüder Laffitte hatten es amüsant gefunden, ihrer kleinen Schmugglerrepublik in den Sümpfen vor New Orleans diesen ebenso vielschichtigen wie zwielichtigen Namen zu geben.*

All das wusste Deborah nicht, als sie über vierzig Jahre später, im Sommer 1857, eine zu Tode erschöpfte Gruppe von sechsunddreißig entlaufenen Sklaven, Männern, Frauen und Kindern, an den Ort führte, der ihr als die letzte Zuflucht genannt worden war, wenn alles schiefginge. Nicht alles, aber doch das meiste war schiefgegangen, jedenfalls nach der annähernd zeitgleichen Flucht ihrer Schützlinge von nicht weniger als sieben verschiedenen Plantagen in Denham Parish bei Baton Rouge.

Es hatte viel Zeit und Koordination gekostet, diese Massenflucht vorzubereiten, und entsprechend viele Leute waren in den Plan eingeweiht. Einer, Nathan Willoughby, ein Haussklave und ausgesprochen vernünftiger Mann, war offenbar geschnappt worden, und Deborah wagte daraufhin nicht mehr, ihre Gruppe zum vereinbarten Treffpunkt mit dem Schiff zu führen. Stattdessen gingen sie – Deborah wusste aus eigener Erfahrung, dass ein Erwachsener fünf Tage, ohne zu essen, marschieren kann – nach Südosten, in die Sümpfe des Lake Maurepas, und hatten damit den von der Miliz gezogenen Fahndungsring überschritten. Hier versteckten sie sich einige Tage, bis Deborah, in der Maske eines Cajunmischlings, ein Floß aufgetrieben hatte, das groß genug war, um sie alle über den Fluss zu bringen.

Das Übersetzen war eine selbstmörderische nächtliche Aktion gewesen, da keiner von ihnen besonders viel Erfahrung mit Flößen hatte, und zwei Kinder waren ertrunken: ein vorwitziger kleiner Junge, der ins Wasser gefallen, und seine dreizehnjährige Schwester, die ihm nachgesprungen war, um ihn zu retten. Die Klagen der untröstlichen Mutter hatten sie am anderen Ufer, nahe Lulling, beinahe verraten, und ein paar wilde junge Männer in ihrer Gruppe waren nahe daran gewesen, die Frau zu erschlagen. Überhaupt waren die jungen Männer diesmal ein Problem, und das Fehlen eines besonnenen Mannes wie Nathan Willoughby machte sich hier besonders bemerkbar: Sie gehorchten Deborah nur widerwillig, und besonders einer, Gandalod von der Bonneterre-Plantage, sprach immer wieder davon, nicht mehr zu flüchten, sondern zu kämpfen, in der nächstbesten Stadt Waffen zu stehlen und alle Weißen zu töten, die ihnen begegnen würden.

Gandalod drohte wahrhaftig damit, sich – und alle Männer, die mit ihm gehen würden – von der Gruppe zu trennen und in den Sümpfen eine Räuberbande zu gründen, eine Armee freier Mörder, als deren General er sich bereits sah. Er war zweifellos halb wahnsinnig und beruhigte sich erst, als Deborah ihm sehr verständnisvoll klarmachte, dass das eine das andere ja nicht ausschließen müsse; zuerst würde man die Frauen und Kinder in Sicherheit bringen, dann könne man immer noch über einen Krieg der Sklaven gegen ihre Herren nachdenken.

Von da an war Gandalod einer der Eifrigsten in dem Bestreben, die Flüchtlinge ungesehen nach Barataria zu bringen. Deborah erfuhr später von den Frauen, dass man den jungen Mann kastriert hatte – auf Befehl seiner Herrin und vor den Augen des Mädchens, in das er verliebt gewesen war. Das erklärte zumindest seinen wahnsinnigen Rachewunsch.

Der Weg durch die Sümpfe, immer bei Nacht, bis zu den Ufern des Lake Salvador, war lebensgefährlich gewesen. Eine der Frauen war von einem Alligator angefallen worden, als sie sich von den anderen entfernt hatte, um Beeren zu suchen, und die anschließende Panik hatte die Gruppe beinahe völlig zerstreut. Es dauerte einen ganzen Tag, um sie wieder zusammenzubringen und zum Weitergehen zu überreden. Gandalod, der den Alligator mit nichts als einem Knüppel angegriffen und vertrieben hatte, schwankte unter der Last der schwer verwundeten Frau, und Deborah hatte fast siebzig Stunden lang nicht geschlafen, als sie Barataria endlich erreichten. Hier, im tiefsten Süden, wo man sie am wenigsten suchen würde, trieben sie Pfähle in den weichen Boden, bauten kleine Plattformen und errichteten primitive Hütten darauf, um zumindest vor Raubtieren geschützt zu sein.

Die Versorgung mit Nahrungsmitteln war ein Problem. Die Männer schnitzten sich Speere und jagten ohne großen Erfolg die wilden Schweine, die Frauen angelten und sammelten unbekannte Beeren und Kräuter, an denen sich die ganze Gruppe beinahe vergiftete. Alle litten unter Durchfall und aßen schließlich das Moos, die Flechten und sogar die Rinde der Bäume, um überhaupt etwas im Magen zu haben. Die verletzte Frau starb, und Deborah gab auch den anderen nur noch zwei, höchstens drei Wochen. Dreimal machte sie sich auf den langen, gefährlichen Weg nach New Orleans. Einmal, um dem alten Mann zu telegrafieren, zweimal, um Nahrungsmittel zu stehlen; zwei Säcke mit Futtermais, die sie ganz allein und auf den Schultern zwanzig Meilen weit durch die Sümpfe trug. Ein Boot zu stehlen wäre zu gefährlich gewesen.

Die Aufsässigkeit der jungen Männer nahm wieder zu, und eine offene Meuterei konnte nur verhindert werden, indem einige der Frauen und jungen Mädchen mit den Männern schliefen, um sie zu weiterem Ausharren zu bewegen. Das konnte natürlich nicht alle beruhigen, und als Deborah verkündete, dass das Schiff jetzt täglich eintreffen müsse und sie noch einmal nach New Orleans gehen werde, um den Kapitän am vereinbarten Treffpunkt aufzusuchen, bestand Gandalod gegen alle Vernunft darauf, sie zu begleiten.

55.

Gowers hatte zu viel erlebt, zu viele Tote – schuldige und unschuldige – gesehen, als dass die Tragödie, in der mitzuwirken er das Pech gehabt hatte, ihm den tiefen, traumlosen Schlaf geraubt hätte, der Teil seines bitteren Erbes war.

Und es sei Summe allen Menschenwissens
Die Nichtigkeit der sterblichen Natur;
Vererbst du dieses Wissen deinen Kindern,
Dann bleibt denselben manches Leid erspart.

George Gordon Noel, sechster Baron von Byron und der vielleicht hochmütigste Geist seiner Epoche, hatte das gewusst. Robert und Elizabeth Maguire naturgemäß nicht. Und der schuldlose Tod ihrer Kinder, das so furchtbar willkürliche Verstummen ihres *klaren blauen Lachens* hatte beide die eine gute Gabe gekostet, die *der verhängnisvolle Apfel dem schwachen Lehm* verliehen hatte: ihre Vernunft – oder jedenfalls das, was Gowers dafür hielt.

Er selbst konnte sich nichts mehr vorstellen, was ihn so vernichten würde, dass er das Leben freiwillig aufgäbe. Wie weit ihn das zum Vieh oder zum Menschen machte, wusste er nicht und dachte auch nicht mehr darüber nach, seit er die winzige

Mississippi-Insel verlassen hatte, auf der seine Frau gestorben war.

Vater! Eva! Adah! Kommt hierher. Der Tod ist in der Welt!, sagt Abels Witwe Zillah in Byrons Stück.

»Nein«, antwortete John Gowers, als er an einem der ersten trüben Abende nach dem Ende seiner Ermittlung in dem unscheinbaren Oktavband auf diese ungeheure Klage stieß. »Der Tod ist die Welt.«

Als er erfuhr, dass die schöne Elizabeth Maguire sich die Pulsadern geöffnet hatte, empfand er Trauer, Mitgefühl und ehrlichen Schmerz – aber keine Schuld. Als Robert Maguire bei einer von ihm eingeforderten Gegenüberstellung mit der Haupttäterin plötzlich aufsprang und das böse, triumphierende Lachen aus Nell Fagans jungen Augen schnitt, konnte Gowers den Mann verstehen und entschuldigen. Schuld – das Wort tauchte merkwürdig oft in seinen Gedanken auf, sprang ihm entgegen aus Byrons Buch, und dann wusste er es.

Es gibt keine Schuld ohne Wissen.

Das war das eigentliche Mysterium um *Cain* und hinter dem ganzen Brimborium vom Baum der Erkenntnis. Wissentlich das Falsche zu tun heißt: sich schuldig machen. Alles andere geschieht nur, weil man ein Teil der Welt ist.

Er hatte das Falsche getan, hinterher war das leicht erkennbar. Aber er hatte – und das war der Punkt, der ihm am meisten zu schaffen machte – in der ehrlichen Überzeugung gehandelt, das Richtige zu tun. Von da an ärgerte er sich nur noch über seine offensichtliche Unfähigkeit, seine vielen Fehler rechtzeitig erkannt zu haben. Er hatte seinen Beruf verfehlt!

Und er war in einen Verdacht geraten, den die Initiatoren der Kampagne »Sauberes Victoria« geschickt zu nähren verstanden: in die undurchsichtige Geschichte von Entführung, Erpressung und Mord zumindest als Mitwisser verwickelt zu sein. Hatte er nicht genau gewusst, wo die Räuberhöhle im Chaos der Geisterstadt zu finden war? Hatte er nicht laut eigener Aussage die

Kinder in die zweifelhafte Obhut einer polizeibekannten Hure gegeben?

Die Anschuldigung, General Harewood habe die Entführung der Maguire-Kinder nur inszeniert, um seinen politischen Gegner loszuwerden, konnte dagegen in ihrer Ungeheuerlichkeit ja wohl nur einem kranken Geist entspringen. Den hatte der Reeder durch seine blutige Attacke auf eine der Hauptverdächtigen ja auch prompt unter Beweis gestellt.

Der arme Mann! Erst die Kinder, dann die Frau. Harewoods Reden trieften von Mitgefühl, ließen aber immer wieder auch durchblicken, dass dubiose Verwicklungen dieser Art nun mal das unglückliche Erbe eines ehemaligen Sträflings seien.

Der einzige Mensch, der Gowers' Version der Ereignisse bestätigen konnte, hieß William Blampin – und war spurlos verschwunden. Die wenigen Zeitungen, die ihn überhaupt erwähnten, bezweifelten, dass ein Mann dieses Namens jemals in Victoria gewesen war. Gowers hätte ihn finden, seine Spur aufnehmen können, aber erneut musste er eine Entscheidung treffen. Und er entschied sich – nicht mehr im Namen seines geistig umnachteten Auftraggebers, sondern ganz für sich selbst – für die Jagd auf James Fagan.

Als er wusste, wie er den Mörder finden konnte, räumte er seine Wohnung auf, so gut es ging, denn er würde eine Weile wegbleiben. Er ließ all seine Bücher – bis auf Byrons *Cain* – in den Regalen zurück, sogar die *Canterbury Tales*, die ihn sein Leben lang begleitet hatten, weil er annahm, dass er bald zurückkommen würde. Kleider zum Wechseln brauchte er nicht, lediglich seine Waffen und die Offiziersmütze, die er in all seinen Kämpfen trug. Entsprechend klein war sein Bündel, als er die Tür hinter sich abschloss. Er deponierte den Schlüssel in einem Schließfach seiner Bank, ging dann zum Hafen hinunter und war einen Tag später als einfacher Soldat der 5th Armed Constabulary auf dem Weg nach Neuseeland.

56.

In seinem Beruf hatte der Detektiv es häufig mit »schweren Jungs« zu tun, verschwiegenen, maulfaulen Gesellen, die lieber zuschlugen, als ein Wort zu viel zu sagen. Noch schlimmer waren die kriminellen Frauen, Damen des Gewerbes, die gemeinhin zwar schnell und viel redeten, aber selten die Wahrheit sagten. Als Plage betrachtete er auch jene Beamten in Justiz und Verwaltung, denen weder durch Bestechung noch gutes Zureden Informationen zu entlocken waren.

Gabriel Beale hatte viele Strategien, die ihn trotz solcher menschlichen Hindernisse normalerweise rasch ans Ziel führten. Er hatte sich schon als Pfarrer, General, Saufkumpan, Freier, Juwelier, Journalist, Anwalt, Polizist, potenzielles Opfer, Versicherungsvertreter, Büchsenmacher und, und, und ausgegeben, einmal sogar als Standesbeamter. Am Ende bekam er seine Informationen, Namen und Daten, vor allem, weil er die unheimliche Gabe besaß, binnen Minuten das Vertrauen seiner Gesprächspartner zu gewinnen.

Nur Mrs. Emma Lafflin und das Haus Nr. 24 in der Collins Avenue, St. Louis/Missouri, erwies sich mehr und mehr als uneinnehmbare Festung. Das traf ihn umso härter, als die Ermittlung bis dahin so einfach gewesen war. Er hatte natürlich den arglosen Maler ausgequetscht wie eine Zitrone und wusste nun, dass die Lafflins eine glückliche Ehe führten und zwei erwachsene Söhne hatten. Er wusste sogar, wo und was sie studierten. Aber andererseits wollte er in seinem Leben nie wieder etwas über den Sozialismus und die Internationale Arbeitervereinigung von St. Louis hören oder irgendetwas zu den künstlerischen Bemühungen dieses Pinselquälers sagen müssen.

Es kostete ihn einen Nachmittag herauszufinden, wo und wann die Lafflins getraut worden waren, und er musste diese lächerliche Information – 7. Juni 1832 – auch noch aus den unzähligen Familienanekdoten der presbyterianischen Gemeinde herausfiltern, mit denen der redselige Pfarrer das gemeinsame Durchblättern des Kirchenbuchs offenbar kurzweiliger zu gestalten glaubte. Mit kaum noch gespiel-

ter Rachsucht klapperte er danach einen Tag lang sämtliche Rechtsanwälte der Stadt ab, um als geprellter Salpeterzulieferer P. W. Dobbington seinen betrügerischen Geschäftspartner John Lafflin zu verklagen. Aber nicht einer, nicht der schäbigste unter den ortsansässigen Winkeladvokaten wollte den Fall übernehmen oder konnte auch nur irgendetwas Negatives über den Leumund des Schießpulverfabrikanten sagen – es war zum Verzweifeln.

Seine letzte selbstmörderische Attacke führte ihn direkt und persönlich vor die Tür und sogar in die Halle des belagerten Hauses. Sehr gekonnt, seriös und mit würdevoller Besorgnis spielte er dort die Rolle eines privaten Ermittlers namens Edward Doughty, der seit einigen Wochen die Schritte der Ehefrau seines ungenannten Auftraggebers beobachtet habe und dabei, wie solle er sagen, auch auf die Spur des Hausherrn, John Lafflin, gestoßen sei, der in ihrer Gesellschaft verkehre. Selbstverständlich wolle er alles tun, um einen öffentlichen Skandal zu vermeiden, sehe es aber als seine unangenehme Pflicht an, sie, Mrs. Lafflin, zu fragen, ob sie ihres Gatten sicher und über seine gesellschaftlichen Aktivitäten jederzeit auf dem Laufenden sei. Im Interesse aller Beteiligten …

Sein Auftritt dauerte nur knapp zwei Minuten. Dann sagte Emma Lafflin amüsiert zu ihrem Hausdiener, einem großen, sehr distinguiert wirkenden Neger: »Lucius, der Herr will gehen und findet die Tür nicht.«

Und Gabriel Beale – »Da haben Sie aber Glück, Sir. Die kann ich Ihnen so deutlich zeigen, dass Sie's im Leben nicht mehr vergessen!« – hörte noch auf der Treppe, wie die Dame des Hauses in ein herzliches Gelächter ausbrach.

Er würde also einbrechen müssen. Das hatte er schon lange nicht mehr getan und fluchte, als das Licht in Emma Lafflins Schlafzimmer am ersten Abend auch um halb zwei Uhr nachts noch nicht erloschen war. Ihm fehlte die Geduld für so etwas, und er lenkte sich mit der Frage ab, ob das wohl eine Alterserscheinung war, denn früher war er häufiger eingebrochen, und das Warten war ihm leichter gefallen. Nach der ersten so hingebrachten Nacht war er sicher, dass Mrs.

Lafflin bei Licht schlief, und das würde ihm immerhin das Suchen erleichtern.

Dennoch wartete er in der zweiten Nacht wieder bis drei Uhr, ehe er möglichst geräuschlos einen Fensterladen im Erdgeschoss aushebelte und endlich in die so hart wie heimlich umkämpfte Festung eindringen konnte. Mit der ihm eigenen Systematik verschaffte er sich zunächst einen Überblick über sämtliche Räume, um keine Zeit mit dem Suchen an falscher Stelle zu verlieren. Das Arbeitszimmer im ersten Stock schien ihm zunächst am vielversprechendsten, aber er begann seine Recherche dann doch in der Familienbibel, die auf dem Nachttisch lag und – wie in jedem ehrbaren amerikanischen Haushalt des 19. Jahrhunderts – die Abendlektüre der friedlich und geräuschlos schlafenden Hausherrin gebildet hatte.

Schon auf der ersten der damals üblichen Seiten für die Familieneintragungen am Ende des Alten Testaments wurde er fündig. »Ich weiß jetzt alles über Jeans Vergangenheit«, hatte die damals vierundzwanzigjährige Emma Lafflin im Jahr 1832 in einer klaren, festen Frauenschrift zu Papier gebracht. »Er hat mir sein Leben erzählt, und ich bin jetzt umso mehr entschlossen, seine Frau zu werden.« Das klang vielversprechend, und Gabriel Beale schlich, statt ins Arbeitszimmer und zur Geschäftskorrespondenz des Schießpulverfabrikanten, lieber ins Nähstübchen der wagemutigen Ehefrau, wo er nach kurzem Suchen tatsächlich die Briefe fand, die John Lafflin seiner Frau vor zehn Jahren aus Europa geschrieben hatte.

Man sah ihnen ihre lange Reise an. Sie waren von belgischen, französischen, britischen und amerikanischen Postbehörden abgestempelt, aber leider auf Französisch geschrieben, das Beale nur unzureichend beherrschte. Lafflins Handschrift war zudem klein und unruhig, schwer zu entziffern; dennoch brauchte der Detektiv nur wenige Minuten, um eine aufschlussreiche Besonderheit und Gemeinsamkeit dieser Schreiben zu entdecken.

Obwohl an Mrs. Emma Lafflin adressiert und auf der Rückseite mit John Lafflins jeweiliger Hotelanschrift versehen, waren sie doch allesamt mit J'n Laffitte unterzeichnet. J'n war Jean, so viel war klar. Aber wer oder was war Laffitte? Er wusste, dass er diesen Namen schon irgendwo gehört oder gelesen hatte, aber in welchem Zusammenhang?

Das charakteristische Geräusch eines Abzugshahns, der gespannt wird, unterbrach seine Überlegungen, und er verfluchte sich dafür, dass er so rücksichtsvoll gewesen war, die Briefe im Licht seiner kleinen Petroleumlampe zu lesen, anstatt sie einfach zu stehlen.

»Hätten Sie wohl die Freundlichkeit, die Hände hochzunehmen, Mr. Doughty?«, sagte Emma Lafflin, die mit dem Revolver ihres Mannes auf den nächtlichen Eindringling zielte.

Gehorsam hob Gabriel Beale die Hände, erwiderte dabei aber in seinem ruhigsten und beruhigendsten Tonfall: »Ich glaube nicht, dass Sie schießen werden, Madame!«

»Dann sind Sie ein gottesfürchtiger Mensch und werden mit Sicherheit in den Himmel kommen«, lautete die beunruhigend ruhige Antwort. Mrs. Lafflin läutete nach ihrem Hausdiener, und schon eine halbe Stunde später befand sich der Detektiv auf dem Weg ins öffentliche Gewahrsam der Gemeinde von St. Louis.

Dort konnte er sich immerhin zum ersten Mal seit zwei Tagen ordentlich ausschlafen und glaubte schon, nach seinem kläglichen Scheitern als Einbrecher nun sein Talent als Ausbrecher beweisen zu müssen, ehe er nach immerhin achtzehn Stunden gegen eine Kaution von hundert Dollar auf freien Fuß gesetzt wurde. Seine Ermittlungen verliefen nun wieder in den weniger aufregenden, aber zuverlässigeren Bahnen der Zeitungsrecherche und führten ihn noch einmal in die Bibliothek der Literarischen Gesellschaft von St. Louis.

Nach einem weiteren Tag solider Handwerksarbeit wusste er dann endlich, wer John Lafflin war respektive gewesen war, telegrafierte in den Süden und ließ sogar seine Kaution verfallen, um seinem Telegramm hinterherzureisen – obwohl er bereits vermutete, dass er zu spät kommen würde.

57·

Die körperliche Anstrengung tat ihm gut. Titokowaru hatte auf heiligen Pfaden den Mokau River überschritten und war damit nicht länger in der Provinz Taranaki, sondern in Greys County, nördlich davon. Er war allein unterwegs, und das war Ursache der Anstrengung, aber auch seines Vergnügens. Es gab niemanden, der seinen Proviant trug, niemanden, der den Weg auskundschaftete, sodass er manche Hügel, Abhänge zweimal hinauf- oder hinunterstieg. Es war aber auch niemand da, auf den er Rücksicht nehmen oder den er nach seiner Meinung fragen musste.

Er überlegte, wann er zuletzt so auf sich gestellt, frei, als sein eigener Herr unterwegs gewesen war, und kam auf einen Frühling vor sechsundzwanzig Jahren. Damals, als junger Methodistenlehrer, war er zwischen den weit verstreuten Dörfern hin und her gezogen, um Unterricht zu erteilen. Seither hatte er fast ohne Unterbrechung Männer angeführt, Kriegs- und Friedenspläne geschmiedet, Entscheidungen getroffen, und auch das war ein sehr einsames Leben, aber es war weniger schön. Ein Lächeln lag auf seinem entstellten Gesicht, als er sich an das Erwachen im Wald erinnerte, damals, die Morgenkühle, das frische Grün. Selbst die Luft war jünger gewesen. Nun war es Herbst geworden in seinem Leben, sein Schritt schwerer, und nur manchmal, für Sekunden, glaubte er, dass jener ferne Frühling noch neben ihm ging. Er bemerkte ihn aus den Augenwinkeln, aber wenn er hinsah, war er verschwunden.

Klug sind die Alten und weise, dachte der Häuptling der Ngaruahine, aber sie sind nicht jung.

Vor ihm lagen die Hügel der Mairoa Range, und das feine Rauschen im Tal des Mokau musste bereits von den Wasserfällen verursacht werden. Es war nicht mehr weit bis zu den Höhlen. Das gesamte Kalksteinplateau von Greys County war unterhöhlt, ausgewaschen von unterirdischen Flüssen, deren Verlauf noch völlig unerforscht war und die keine Namen hatten. Titokowaru stieg hinab in die Unterwelt, um sich zu reinigen und um Antworten zu finden; immer wieder waren, durch die Jahrhunderte, Männer und Frauen zu diesem Zweck unter die Erde gegangen. Manche hatten Zeichen hinterlassen, manche waren darin gestorben. Man sah noch hier und da, oft an schwer zugänglichen Stellen, die Skelette dieser Sucher.

Der Häuptling fand unter riesigen Büschen grünen Farns einen niedrigen Einlass. Auf dem Bauch durch das träge fließende Wasser eines kleinen Bachs kriechend, gelangte er in die Erde. Erst nach einigen Dutzend Metern weitete sich der Gang so, dass er sich auf Händen und Knien fortbewegen konnte, aber noch strich die Oberwelt, strichen dünner werdende Baumwurzeln über seinen Rücken. Irgendwann fühlte er, dass der Raum um ihn weiter wurde, und als er sich aufsetzte, sah er die Lichter. Sie sahen aus wie der Sternenhimmel, aber er wusste, sein Vater hatte ihm beigebracht, dass es nur leuchtende Spinnweben waren, in denen blinde Spinnen das Gewürm der Unterwelt fingen, Käfer und im Boden lebende Insekten. Als er sich wieder aufrichten konnte, entzündete er die erste seiner Fackeln, um sich nicht von der trügerischen Schönheit der unterirdischen Lichter verwirren zu lassen, und bewegte sich weiter, immer weiter in die Erde hinein. Irgendwann konnte er stehen. Das Wasser, das seine Beine jetzt bis zu den Knien umspülte, war kalt. Er sah die gewaltige Arbeit, die es in Abertausenden Jahren vollbracht hatte, und hielt nach Zeichen Ausschau.

Erst als die Höhle sich so sehr geweitet hatte, dass er fast trockenen Fußes vorankam, suchte er sich einen Stein, einen Absatz, auf dem er sitzen konnte, und aß ein wenig von seinem Proviant. Die erste Fackel erlosch dabei, aber Titokowaru störte die Dunkelheit nicht. Er stellte vielmehr befriedigt fest, dass er die fluoreszierenden Lichter und damit das letzte Leben der Welt hinter sich gelassen hatte. Nachdem er gegessen hatte, begann er im Dunkeln zu singen und lauschte auf den Klang seiner eigenen Stimme. Die Wände erstickten sie nicht, im Gegenteil. Irgendwo weit voraus hörte er die Steine antworten, von Biegung zu Biegung prallte sein Lied zurück, ehe es sich in der unbekannten, weglosen Tiefe verlor.

Er entzündete die zweite Fackel und ging weiter, fand aber keine Zeichen. Vielleicht war von Anbeginn der Welt kein lebendes Wesen hier gewesen. Er war allein und würde allein bleiben. Niemand, nicht die Mutunga, Te Ati Awa oder Taranaki, wollte an der Seite der Ngaruahine kämpfen. Die Pakeha hingegen sammelten sich, es mochten schon an die tausend Männer sein. Titokowaru hatte noch sechzig Krieger. Fünfzehn zu eins; er war klug genug, um zu wissen, dass ein solcher Kampf zwar ehrenvoll, aber auf Dauer aussichtslos war, und wollte erfahren, unter der Erde, ganz bei sich selbst herausfinden, ob er ihn dennoch beginnen sollte.

Der einsame Wanderer war jetzt bis zu einer Stelle vorgedrungen, an der der im Wasser gelöste Kalk wieder zu sintern begann. Er bemerkte es zuerst an den Wänden, die aussahen wie ein erstarrter, vielfach verwirbelter Fluss. Von oben, von unten, von überall wuchsen ihm nun Steine entgegen, und hier, an den Wurzeln der Berge, fand er, was er suchte. Das Skelett musste uralt sein, denn der Kalkstein hatte schon begonnen, es einzuschließen. Einige Knochen fehlten, vielleicht fortgerissen von der Strömung eines lange vergessenen Flusses, aber der Schädel starrte den Häuptling der Ngaruahine so vertraut an, als hätte er nur auf ihn gewartet, als hätte er von ihm gewusst, schon lange, bevor er geboren wurde.

Titokowaru hockte sich auf die Fersen und hielt die Fackel so, dass der Schatten seines Körpers in die Augenhöhlen des namenlosen Suchers fiel. Lange hockte er so, aber erst als die Fackel erlosch, vollzog sich in der Dunkelheit die Vereinigung von Leben und Tod. Sie waren nun einander gleich.

»Sag mir, was du weißt«, flüsterte Titokowaru.

58.

Nell Fagan hatte noch nicht begriffen, dass sie die Sonne nie wieder sehen würde. Eine eben noch vertretbare Menge Morphium nahm ihr die Schmerzen, und so konnte sie die stark nach Jod riechenden Verbände um ihren Kopf frohgemut für die Anzeichen einer bevorstehenden Heilung halten. Die Dicke dieser Binden hinderte auch ihre tastenden Finger daran festzustellen, dass sie nur noch leere Augenhöhlen bedeckten. Ihre gebrochene Hand, ihren misshandelten Mund hatte man versorgt, und eigentlich war es ihr im Leben nie besser gegangen: Freundliche, aber bestimmt zugreifende Wärterinnen fütterten sie und kümmerten sich um ihre sonstigen leiblichen Bedürfnisse. So musste es sich anfühlen, wenn man reich war.

Von ihrer »Familie« hatte man sie rasch getrennt, und erst während ihres Prozesses erfuhr sie, dass Cousins und Cousinen, ja selbst Onkel Sam Fagan, alle Schuld an nahezu allem ihr zugeschoben hatten. Ansonsten nahm sie nur wenig von dem wahr, was um sie herum vorging, und hörte auch ihr Todesurteil so gleichmütig mit an, als gälte es jemand anderem. Es musste ja jemand anderem gelten! Was für einen Sinn hatte es, eine so aufwendige medizinische Betreuung an eine zum Tode Verurteilte zu verschwenden, warum wurde sie wie eine Königin behandelt? Man würde sie begnadigen, ganz zuletzt. Nur das Klopfen und Hämmern, mit dem im Hof des Gefängnisses ihr Galgen errichtet wurde, verfolgte sie bis in den Schlaf. Aber ihre Blindheit machte es ihr ohnehin schwer, zwischen Traum und Wirklichkeit zu unterscheiden.

Nells Henkersmahlzeit war das beste und reichlichste Essen, das sie in ihrem kurzen Leben zu sich genommen hatte. Und selbst als ihr die Arme auf den Rücken gebunden wurden, die rauen Hände der mildtätigen Frauen ihr die Röcke hoben und ihre Körperöffnungen mit Watte verstopften, damit sie nicht im

Todeskampf ihre weibliche Ehre beschmutze, fühlte sich das für Nell in ihrer Hilflosigkeit nicht anders an als die vorherige ungewohnte Behandlung. Sie glaubte noch immer nicht, dass sie sterben würde. Und sie schien recht zu behalten.

John Gowers hatte lange überlegt, wie er noch einmal an die Hauptangeklagte im Maguire-Prozess herankommen könnte. Man hatte ihm bedeutet, dass er noch immer verdächtig und ohnehin nur unter Vorbehalt auf freiem Fuß sei; nur aufgrund der Angaben des unglücklichen Maguire – und dessen Aussagen durften nach seiner wahnsinnigen Attacke auf Nell Fagan und seiner Unterbringung in einer Pflegeanstalt für Geisteskranke wieder als zweifelhaft gelten. Derart unzureichend entlastet, schien es für den Investigator, auch aufgrund der haltlosen Anschuldigungen, die er während des Prozesses gegen ein honoriges Mitglied des Stadtrates erhoben hatte, nicht ratsam, eine allzu große Nähe zum Gefängnis, zur Polizei und zu dem ganzen verfahrenen Fall zu suchen.

Den Rest der Fagan-Bande zu sprechen, die als Geringschuldige zu langjährigen Gefängnisstrafen verurteilt worden waren, war lediglich die Sache einiger größerer Geldscheine an einige kleinere Beamte. Sie identifizierten auch unabhängig voneinander das Messer, das in Poll Hunleys Leib gesteckt, das Gowers behalten und auch im Prozess nicht vorgelegt hatte, um sich nicht noch stärker zu belasten, als Eigentum von James Fagan.

Aber Nell, jung, schön und skrupellos, hatte es in der Kolonie in so kurzer Zeit zu einer so schaurigen Berühmtheit gebracht, dass an die Bestechung ihrer Wärterinnen und eine heimliche Befragung nicht zu denken war. Nach ihrer Blendung durch Maguire hatte es sogar nicht an – vorwiegend männlichen – Stimmen gefehlt, die sie für bestraft genug hielten und ihre Begnadigung forderten. Sie hätte ausgerechnet Gowers, dem Mann, der sie in diese Lage gebracht hatte, freiwillig auch nicht einmal gesagt, wo oben und unten ist. Der Investigator überlegte lange, wie er dennoch an eine brauchbare Aussage der Rädelsführerin gelangen könnte, kam zu einem ebenso riskanten wie aussichtsreichen Ergebnis und wartete dann ruhig die Nacht vor der Hinrichtung ab, ehe er eine Kirche aufsuchte.

Niemand kannte den jungen Geistlichen, der angab, den urplötzlich erkrankten Reverend Bowman zu vertreten. Niemandem kam der Verdacht, dass der Reverend in Wahrheit seit zwei Stunden gefesselt und geknebelt im bequemsten Sessel seiner Dienstwohnung leider mehr lag als saß. Denn niemand konnte sich vorstellen, warum irgendwer so dreist und verrückt sein sollte, freiwillig eine der makabersten Rollen im Schauspiel einer staatlich angeordneten Tötung zu spielen; die des Beichtvaters und geistlichen Begleiters auf dem letzten schweren Gang.

»Lassen Sie uns bitte allein«, sagte Gowers, als er die Zelle der bereits behördlich auf ihren Tod vorbereiteten Delinquentin betrat. Niemand wunderte sich, und jeder gehorchte dieser Aufforderung, da man sich von der auch seelischen Stärkung der Todeskandidatin einen ungestörteren Ablauf des mörderischen Vorgangs versprach.

»Nell?« Gowers beugte sich dicht zu der Verurteilten hinunter und flüsterte die Worte in ihr Ohr, denn so respektvoll die Wachen auch den Raum verlassen hatten, die Tür war offen geblieben und der Gang voller aufgeregter Polizisten. »Erkennst du meine Stimme? Ich bin John Gowers und soll dir ein letztes Angebot machen.«

Nell Fagan lächelte. Sie hatte also recht behalten, niemand würde sie hinrichten!

»Ich wusste es«, murmelte sie glücklich.

»Wir wissen, dass es dein Bruder war«, sagte Gowers rasch. »Du wirst begnadigt, wenn du uns hilfst, ihn zu finden. Wo könnte er sein? Wer könnte ihm helfen? Sag mir einfach alle Namen, die dir einfallen!«

Nells Freude, der ungeheure Triumph, noch einmal den richtigen Riecher gehabt zu haben, ließen sie sogar ihren Hass auf den Mann vergessen, der ihre Pläne vereitelt, ihre Hand gebrochen, ihr Gesicht zerschlagen hatte. Arglos sagte sie zum ersten Mal in ihrem Leben alles, was sie wusste. Jamie hatte sie verraten, sie nicht befreit, keinen Finger für sie gerührt. Nun sollte er sehen, wer wen hängen ließ!

Sie wurde zeitweise so laut, dass Gowers sie beschwichtigen musste. Wie ein Priester in der Beichte legte er dann eine Hand vor die Augen, um seinem Gedächtnis die neuen Informationen einzuverleiben.

»Der Gouverneur ist hier im Haus«, sagte er am Ende. »Ich werde jetzt sofort zu ihm gehen. Die Begnadigung wird erst ganz zuletzt verkündet. Denk dir nichts, selbst wenn sie dir den Strick um den Hals legen!« Er wusste nicht, ob er es der jungen Frau damit leichter oder schwerer machte, aber es würde auf jeden Fall dazu führen, dass sie seine Scharade niemandem verriet.

Nell Fagan hörte, wie er zurücktrat, aber sie sah nicht, wie der vermeintliche Priester ein letztes Kreuzzeichen über ihr schlug und den wartenden Wachen ernst zunickte. Widerstandslos ließ sie sich ins Dunkel führen, leichten Herzens stieg sie die knarrenden Stufen zum Galgen hinauf, jede Sekunde des köstlichen Wissens genießend, dass ihr nichts geschehen würde, dass sie gefeit war durch einen geheimen Vertrag mit dem Teufel.

Niemand achtete mehr auf den Priester, alle Augen hingen an der bemerkenswert gefassten Verurteilten. Gowers verfolgte das grausige Schauspiel wie alle anderen und senkte seinen Blick auch nicht, als sich herausstellte, dass die Schlinge schlecht geknüpft war und der Delinquentin nicht das Genick brach. Stattdessen zappelte Nell eine endlose Minute lang wie ein Wurm an der Angel.

59.

Nichts aus Memphis, Helena, White River, Napoleon, Millikens Bend. Kein Schiff in Vicksburg, Grand Gulf, Coles Creek und Natchez. Weder in Baton Rouge noch in Donaldsonville oder Carrolton hatte man auch nur eine Rauchwolke von der Deep South *gesehen, und entweder war sie unsichtbar geworden, oder sie fuhr überhaupt nicht nach New Orleans, und alle Informationen dieses Detektivs waren der pure Unsinn gewesen.*

Cheever, Huggins, Dick Willoughby, die jüngeren Gentlemen langweilten sich und ärgerten sich, dass sie sich langweilten; so wie unsympathische Knaben sich schon im Vorschulalter ärgern, wenn sie glauben, beim Versteckspiel ein besonders gelungenes Versteck gefunden zu haben, und dann feststellen müssen, dass niemand sie ernsthaft sucht. Desmond Bonneterre steckte sich gar aus purem Trotz eine Zigarre an, obwohl Rauchen im Hafen von New Orleans und damit im Herzen des amerikanischen Baumwollhandels so ziemlich das schwerste und abwegigste Verbrechen war, das ein Mann begehen konnte. In beinahe ungläubigem Zorn gingen nach nicht einmal drei Minuten ein Hafenwächter und ein halbes Dutzend Dockarbeiter auf ihn los, und wohl nur, weil er seine Zigarre sofort ins Wasser warf und anstandslos einhundert Dollar Strafe zahlte, kam er mit heiler Haut davon und zog sich mit seinen Genossen in einen Spielsalon des französischen Viertels zurück.

Die seriöseren Herren, Thomas Enderby, Henry Hunter und der ältere Willoughby, schienen ebenfalls enttäuscht, aber zumindest die beiden Erstgenannten waren auch ein bisschen schadenfroh, denn der von General Willoughby so hoch gepriesene Yankee-Detektiv war ja wohl eine glatte Fehlinvestition ihres Nachbarn gewesen. Keine seiner Informationen war offenbar auch nur einen Schuss Pulver wert, ihre Nigger längst über alle Berge, und als dann auch noch das Telegramm eintraf, in dem John Lafflin als Jean Laffitte identifiziert wurde, grollte Hunter in seinem tiefsten Bass: »Dazu hätte man auch diesen Fachmann für retardierende Elemente engagieren können.« *Er war wieder einmal drauf und dran, seine Miliz, die die Anlegestellen entlang des Mississippi besetzt hielt, ohne greifbares Ergebnis nach Hause zu schicken. Am frühen Abend änderte sich jedoch alles mit einem Mal: Eben noch geschlagen und ratlos, hatten sie nun nicht nur eine Spur ihrer Nigger, sondern über drei Wochen nach seinem Verschwinden von der Bonneterre-Plantage einen der Nigger selbst. Und sie hatten nicht einmal einen Detektiv dazu gebraucht.*

Der alte Mann war nicht gekommen, und Deborah wusste nicht mehr weiter. Einen ganzen Tag lang hatte sie am vereinbarten Treffpunkt gewartet, aber nichts war geschehen. Wenn auch morgen nichts geschah, würde sie unverrichteter Dinge nach Barataria zurückkehren und versuchen müssen, die Flüchtlinge auf eigene Faust in den über tausend Meilen entfernten Norden zu bringen, auch wenn das so gut wie aussichtslos war. Ihre Enttäuschung und Erschöpfung waren so groß, dass sie zuletzt nur noch auf den Fluss und die großen Schiffe starrte; wie leicht wäre es, sich einzeln und allein an Bord zu schmuggeln und den Süden wieder einmal hinter sich zu lassen!

Deborah überstand diese Anfechtung nur, weil sie an das Nächstliegende denken musste, riss ihre Augen mit einem Ruck, den sie bis in die Magengrube fühlte, vom Fluss und der Freiheit los, die er versprach. Mit schweren Schritten ging sie in die Stadt zurück, um zuerst Gandalod und dann einen Winkel, ein Kellerloch zu suchen, in dem sie die Nacht verbringen könnten. Bei Tag war es leicht, unauffällig durch das Menschengewimmel zu kommen, aber zwei umherstreifende Schwarze bei Nacht würden mit Sicherheit auffallen. Und aufzufallen würde den Tod bedeuten, nicht nur für sie beide, sondern auch für die drei Dutzend verängstigten, hungrigen Menschen im Sumpf. Wo war Gandalod?

Er hatte noch nie eine so große Stadt gesehen. Ein einziges Mal in seinem Leben war er in Baton Rouge gewesen: als der Sklavenhändler, der ihn als Elfjährigen in Magnolia/Arkansas von seinem bankrot-

ten, versoffenen weißen Vater gekauft hatte, ihn mit einem Gewinn von dreihundertfünfzig Dollar weiterveräußerte. Er hatte sich die Zahlen gemerkt, er war nicht dumm, er wusste das alles noch! Wie der Händler ihm Hemd und Hose heruntergezerrt hatte, auf dem hohen Verkaufspodest, vor aller Augen. Wie sie sein Fleisch, seine Haare betastet, wie sie ihm in den Mund gefasst hatten, wie er hüpfen musste.

»Wie groß war dein Vater, Junge?«, hatte ein fetter, schwitzender Weißer gefragt, als der Händler erwähnte, dass er noch wachsen würde.

»Mein Vater war so weiß wie Ihrer!«, hatte er wütend geantwortet und das dröhnende Gelächter der Zuschauer dafür geerntet.

Als aber einer von ihnen noch einen Trumpf daraufsetzte und rief: »Wenn nicht weißer«, um den Kunden zu verhöhnen, versetzte der erboste Mann dem Jungen einen Faustschlag ins Gesicht, der ihm zwei Schneidezähne herausbrach.

»Sir!«, hatte sich der Händler entrüstet: »Erst kaufen, dann schlagen«, was das allgemeine Gelächter noch steigerte. Der Einkäufer der Bonneterres aber war nun gezwungen, den Jungen zu erwerben – und konnte auf dem Weg zur Plantage schon wieder über sich selbst lachen.

Zwei Dutzend Nigger hatte er eingekauft und aneinandergekettet zu dem großen weißen Haus getrieben. Die feine alte Misses war von der Veranda heruntergekommen, hatte ihre Reihe abgeschritten und dabei in einem dicken Buch geblättert. Jeder der neu erworbenen Sklaven bekam von ihr einen neuen Namen, den er sich merken musste. Aus Pompejus, dem römischen General, von dem ihm sein Vater erzählt hatte, wenn er trank und gut gelaunt war, wurde ein lächerlicher Gandalod, von dem niemand wusste, wer oder was er war.

60.

Bonneterre und Dick Willoughby, ohne Cheever und Huggins, die noch zu sehr Söhne schlagkräftiger Väter waren, hatten eben beschlossen, die Nacht in einem Bordell zu verbringen, als sich ohne Vorwarnung ein offenbar wahnsinniger Nigger auf sie stürzte, Willoughby niederschlug und Bonneterre zu Boden warf, ehe der noch seinen Stock heben konnte.

Längelang auf dem Rücken liegend dachte der elegante junge Kreole noch, dass der Mann sich jetzt so schnell wie möglich aus dem Staub machen würde, fühlte aber dann dessen Hände an seinem Hals und sah in zwei hasserfüllte Augen und ein wutverzerrtes Gesicht. Der Bursche wollte ihn töten, sein kostbares weißes Leben aus ihm herauswürgen, aber warum?

Gandalod hatte seinen jungen Herrn schon von Weitem an seinem Spazierstock erkannt und sich sogar umgedreht, um davonzulaufen. Aber er war wie gelähmt. Seine Arme und Beine zitterten vor Schreck, vor Hass, vor Hunger. Seine Gedanken überschlugen sich; wenn auch Bonneterre ihn erkannt hatte, würde er ihm nachlaufen und ihn, geschwächt, wie er war, sicher erwischen.

Sich zu verstecken, klein zu machen, sein Gesicht wegzudrehen barg das gleiche Risiko. Aber zuschlagen, töten – das würde Massa Bonneterre nicht erwarten, das erwarteten die Weißen nie, darin lag seine einzige Chance! Gleichzeitig wusste er, dass nichts davon stimmte. Hass trieb ihn, Rache. Dieser elegante, ölige junge Mann war dabei gewesen, damals, als vier Aufseher ihn vor den Augen Darioletas an das schmiedeeiserne Geländer der Veranda gebunden hatten und …

Aber nicht jetzt! Jetzt war Gandalod frei, und dieser Gedanke trieb mit einem Schlag die Wärme in sein Blut zurück, und er dachte nichts anderes mehr, als er sich auf den schmalen Weißen stürzte.

Er wusste es wieder, wusste es, als hätten die schweren schwarzen Finger an seiner Kehle zuallererst die Erinnerung aus ihm her-

ausgepresst. Bonneterre erkannte den Mann, wusste nur seinen Namen nicht mehr. Er war dabei gewesen, als man diesen ungebärdigen Feldsklaven, bei dem selbst Peitsche und Halseisen nichts mehr bewirkten, auf Befehl seiner Mutter zum Kapaun gemacht hatte, um ihm die Flausen endgültig auszutreiben – mit der gleichen Zange, die man auch bei den Schweinen benutzte. Er hatte Darioleta, die sich von diesem großen schwarzen Vieh hatte küssen lassen, gezwungen, dabei zuzusehen, und ihren Kopf festgehalten, als sie sich wegdrehen wollte.

Es war, als würden seine Augen aus ihren Höhlen getrieben, die Zunge quoll ihm aus dem Mund, sein eigener Speichel floss ihm bis in die Ohren, und es kam Bonneterre vor, als würde sein Schädel anschwellen vor Luftnot. Schon nach wenigen Sekunden bestand er nur noch aus Todesangst und hörte sogar auf, mit seinem Stock auf den anscheinend völlig unempfindlichen Rücken des Niggers einzuschlagen, der auf ihm hockte wie ein zerlumpter, fleischgewordener Alptraum.

Deborah hörte den Lärm, als sie noch in einer Seitengasse war, und wollte sich schon umdrehen und einen anderen Weg nehmen. Dann bemerkte sie, dass alle anderen, auch die Schwarzen, in Richtung des Lärms liefen und es auffälliger gewesen wäre, gegen den Strom zu schwimmen. Also ließ sie sich mitreißen in die Hauptstraße des französischen Viertels, hielt sich aber im Hintergrund, dicht an eine Hauswand gepresst. Es war ohnehin nicht sehr viel zu sehen; eine Traube von Männern stand dichter gedrängt als die übrigen Zuschauer um ein Zentrum, in dem Deborah nichts erkennen konnte als geschüttelte Fäuste und wütende Gesichter.

Plötzlich wandten sich ihr all diese Gesichter zu, und ihr Herzschlag jagte in ihren Schläfen. Aber dann sah sie, dass dieses Interesse nicht ihr galt. Aus dem Hauseingang, in dem sie stand, erschien vielmehr ein kleiner, dünner Mann mit einem Strick und wurde johlend, mit viel Schulterklopfen begrüßt, als habe er als Einziger inmitten der allgemeinen Hysterie einen klaren Kopf bewahrt. Die Menge teilte sich vor dem Mann, und Deborah konnte einen kurzen Blick in die entstehende Gasse werfen. Die Männer im inneren Kreis hielten ein seltsames, großes Bündel gepackt, das schlaff und widerstandslos von ihren Händen mehr aufrecht gehalten als niedergedrückt wurde.

Erst als der kluge kleine Mann, der den Strick geholt hatte, einen schwarzen Kopf an den Haaren aus dem Bündel hob und ihm die Schlinge um den Hals legte, erkannte Deborah, dass es ein Mensch, dass es Gandalod war.

Als man den Sklaven von seinem Herrn herunter zerrte, hatte er sich gewehrt, aber immer noch nicht daran gedacht wegzulaufen, sondern versucht, wieder an sein Opfer heranzukommen, das röchelnd und spuckend am Boden lag und kaum noch bei Bewusstsein war.

Dieser Schwarze war offenbar nicht nur gewalttätig, sondern auch verrückt. Ein Amokläufer, wie es sie unter den Niggern im Süden immer wieder hier und da gab. Im Norden konnte man sogar Vorträge darüber hören, dass die Sklaverei gerade bei klugen und einsichtsvollen Individuen Gewalttaten dieser Art fast zwangsläufig hervorbringe, wenn sie erkannten, dass sich an ihrer Situation ihr Leben lang nichts ändern würde, egal was sie taten oder ließen. Im Süden sah man es eher als eine Art von Tollwut an und stand den Tätern mitleidloser gegenüber als einem durchgehenden Pferd.

Gandalod war durch die Schläge von allen Seiten ohnmächtig geworden und kam erst wieder zu sich, als sich der Strick um seinen Hals zusammenzog und er daran vorwärtsgezerrt wurde, hin zur nächsten Straßenecke und ihrer prächtigen, fast vier Meter hohen gusseisernen Straßenlaterne im Stil des französischen Empire. Dort wurde er hochgehoben und konnte zum ersten Mal die Menge überblicken, die ihn fast einen Häuserblock weit umstand. Wütend, stellte er verwundert fest, waren eigentlich nur die Männer, die ihn gepackt hielten. Je weiter die Leute weg waren, desto freudiger, amüsierter starrten die Menschen ihn an.

Der kleine dünne Mann, ein Ladengehilfe in einem Kurzwarengeschäft, war noch dabei, den Strick an der Laterne zu befestigen, als die Menge sich noch einmal teilte, diesmal erschrocken, respektvoll, mitleidig. Desmond Bonneterre humpelte, tapfer auf seinen Stock gestützt und die andere Hand an seinen Hemdkragen gelegt, als würde er ihm die Luft abschnüren, auf den Mittelpunkt des Schauspiels zu, und niemand musste gesondert erwähnen, dass er der Geschädigte war. Die Zuschauer verstummten mit einem Schlag und erwarteten jetzt sozusagen das letzte Aufflackern des menschlichen Dramas, unmittelbar vor seinem schaurigen Höhepunkt Aber Bonneterre krächzte zur allgemeinen Enttäuschung nur:

»Lassen Sie ihn herunter, Gentlemen. Der Mann gehört mir. Er ist gesetzlich mein Eigentum!«

Da war nichts zu machen, nicht dran zu rütteln, sie stünden ja sonst wie Diebe da. Ganz kurz hofften sie noch, der Mann würde das Hängen mit eigener Hand besorgen, aber als er seinen Nigger nur mit sich fortzog, zerstreute die Menge sich missmutig, um ihr Schauspiel betrogen.

Nur der kleine, dünne Ladengehilfe folgte Bonneterre und lamentierte devot; er wollte seinen Strick wiederhaben.

61.

Ihr erster Impuls war davonzulaufen. Aber der naheliegende Gedanke, dass sie das verdächtig machen und man ihr nachlaufen würde, hielt sie davon ab. Also sah sie zu, wie Gandalod von der geilen Menge fortgerissen und in die Höhe gehoben wurde; wie man ihn zugerichtet hatte und widerwillig wieder herunterlassen musste. Wie er am Strick von seinem Herrn mitgezerrt wurde.

Deborah folgte ihnen in vorsichtigem Abstand, bis sie im Mietstall eines Hotels verschwanden. Kurz darauf wurden im Innern Laternen entzündet, lief ein Junge aus dem Stall ins Hotel, aus dem nur wenige Minuten später mehrere weiße Männer stürzten, als habe sich große Aufregung ihrer bemächtigt. Einer trug sogar noch eine Serviette im Hemdkragen.

»Wo war er? Wo sind die anderen? Was sollen wir mit ihm machen?« Für einen Anführer der Louisiana-Miliz, Regiment Denham Parish, stellte Henry Hunter eigentlich zu viele Fragen.

»Na, was schon?«, krächzte Desmond Bonneterre heiser und rieb seinen zerschundenen Hals. »Wir werden ihn verhören!«

»Aber nicht Sie, Bonneterre!« Hunter hatte sich nach der ersten Aufregung jetzt im Griff und gab wieder den bassdröhnenden Entscheider. »Nicht schon wieder. Sie müssen auch die Interessen der anderen berücksichtigen.«

»Der Mann gehört mir, Hunter«, sagte Bonneterre zum zweiten Mal an diesem Abend.

»Wohl eher Ihrer Mutter, Sir«, erwiderte Hunter erregt.

»Nicht so viel Angst, Mensch!« Der junge Mann lachte leise. »Ich werde ihm schon nichts tun. Im Gegenteil, ich werde ihn nicht mal anfassen. Er soll sich erst mal erholen. Sehen Sie denn nicht, dass der arme Kerl halb verhungert ist und fast totgeschlagen wurde?!« Die Männer lachten, verstanden aber die ironische Haltung Bonneterres nicht.

»Ich werde jedenfalls nach Baton Rouge telegrafieren«, sagte Henry Hunter, sichtlich erleichtert, dass er die endgültige Entscheidung damit nicht nur aufgeschoben, sondern an andere abgetreten hatte. Aber Bonneterre schüttelte den Kopf.

»Das mache ich selbst. Ich brauche hier jemanden, der mir hilft.« Er erhob sich und sah dem Milizführer mit funkelnden Augen ins Gesicht. »Glauben Sie mir, morgen wird er uns alles sagen, was er weiß.« Bonneterre hatte seinen Plan schon gefasst, als er Gandalod vor dem Lynchmob bewahrte. »Er wird sich sogar wünschen, noch mehr zu wissen!« Spielerisch schwang er seinen Spazierstock und ging hinaus.

»Wo wollen Sie hin, Mann?«, rief Henry Hunter ihm nach.

»Nun«, Bonneterre deutete lässig auf seine zerrissene, staubige Kleidung. »Ich werde mich umziehen, waschen und einen angenehmen Abend verbringen, wie es einem Gentleman zusteht!« Als er hinauskam, wobei er immer noch humpelte und seinen Hals rieb, sah er einen schlanken jungen Schwarzen in der Nähe des Stalls und lächelte

grimmig. Nur ein paar Minuten und ein wenig warmes Wasser, und ich bin wieder dein Herr, dachte Bonneterre.

Deborah, die, so gut es ging, an der Tür gelauscht hatte, sprang zurück, als die Männer herauskamen, hörte jetzt, wie der Dicke mit der Serviette im Kragen ein paar kurze Befehle gab. Wenig später kamen zwei der Männer mit Gewehren in der Hand zurück und bezogen Posten, einer im, einer vor dem Stall.

Sie war nun völlig ratlos. Ihr erster Gedanke war, sich sofort und so schnell wie möglich auf den Rückweg zu machen, um ihre Leute aus dem Sumpf zu führen oder tiefer in ihn hinein. Schließlich war klar, dass die Männer Gandalod fragen würden, wo die anderen waren, und mehr als wahrscheinlich, dass er es ihnen früher oder später sagen würde. Gab es eine Möglichkeit, das zu verhindern? Konnte sie ihn befreien? Aber wie weit würden sie kommen, blindlings losrennend, mitten in der Nacht?

Als sie verstand, dass weder die Befragung Gandalods noch die daran irgendwann anschließende Jagd auf Moses und seine Kinder unmittelbar bevorstand, beschloss sie, zumindest die Nacht abzuwarten, morgen in aller Frühe noch einmal den vereinbarten Treffpunkt aufzusuchen und erst dann zurückzugehen. Sie fürchtete, dass dies die falsche Entscheidung war, aber sie hoffte, wünschte sich auch so sehr, der alte Mann würde kommen und ihr zumindest einen kleinen Teil ihrer schweren Verantwortung abnehmen.

62.

Schon in ihrer Schöpfungsgeschichte bewiesen die Griechen einen bemerkenswerten Sinn für Bildlichkeit: Kronos, der Gott der Zeit, entmannt seinen Vater Uranos, die Ewigkeit, und beherrscht nun die Welt, und alle Dinge sind ihm untertan. Durch die Erfahrung der eigenen Tat misstrauisch gegen alles und jeden, ist die Zeit jedoch ein missgünstiger Gott und verschlingt ihre Kinder, Demeter, Hera, Hades, Poseidon und viele mehr. Nur einer, Zeus, kann Kronos entkommen, verabreicht ihm ein Brechmittel und zettelt mithilfe seiner ausgespienen Brüder und Schwestern eine Revolte an. Die Zeit wird entmachtet, die Götter sind wieder unsterblich, und von allem, was vor Zeus und seiner Familie war, wird nicht mehr gerne geredet – es könnte ja ältere Rechte an der Welt haben.

Die drei Göttinnen Alekto, Megaira und Tisiphone waren älter als Zeus und alle Olympier, bis auf eine: Aphrodite, aus dem Schaum geboren, den die abgeschnittenen Geschlechtsteile des Uranos im Meer bei Kythera aufwühlten, war ihre Schwester. Die helle, glückliche Schwester, die Göttin der Liebe. Denn die anderen drei, entstanden aus den Blutstropfen, die aus der Wunde des Uranos in den Staub fielen, waren dunkle Gottheiten, Erdgöttinnen, und so furchtbar, dass die Griechen nicht einmal ihren Namen – Erinnyen – öffentlich auszusprechen wagten.

Die Erinnyen verfolgten Verbrechen gegen die naturgegebene Ordnung, Vater- und Muttermord sowie alle Taten, die zu entsetzlich waren, um von Menschen gerächt zu werden. Niemand konnte den Erinnyen entkommen, in keinem Heiligtum, keinem Tempel gleich welchen Gottes, war man vor ihrer Rache sicher. Es gab keine Zuflucht – bis auf die eine, die den Griechen unerreichbar schien: Man musste ein Land finden, das ganz neu war, jünger als die restliche Schöpfung, so jung, dass die Erinnyen es nicht kannten und folglich auch nicht erreichen konnten. Australien war so ein Land.

Es waren deshalb nicht die Erinnyen, die James Fagan quer durch Melbourne trieben, den Lauf des Yarra hinunter aus dem verwilderten Norden bis in den Hafen, die Port Philipp Bay. Es war das Wissen, dass er eine ganze Weile von der Bildfläche verschwinden musste. Unumkehrbares war geschehen, zum ersten Mal in seinem Leben. Aus all den Gaunereien, Diebstählen, kleinen Raubüberfällen war er, meist durch die Umsicht seiner großen Schwester, irgendwie wieder herausgekommen, sogar wenn man ihn schon geschnappt hatte.

James Fagan dankte es ihr nicht, im Gegenteil. Er hasste sie für den Schatten, in den sie ihn selbst durch ihre Hilfe immer wieder stellte. Was er in dieser Nacht getan hatte, ging zum Teil auf diesen Hass zurück. Als er in der Dunkelheit neben Poll Hunleys Höhle hockte, hatte er sich vorgestellt, dass er diesmal, dieses eine Mal etwas schaffen würde, was Nell ganz offensichtlich nicht gelungen war: Er würde die Kinder zurückbringen, das Geschäft um sie fortsetzen, er würde von nun an die Forderungen stellen. Wer weiß, vielleicht wurden Nell und die anderen in dieser Nacht geschnappt, das Polizeiaufgebot sprach dafür. Dann würde er sie herausholen, freipressen mit dem Faustpfand, das er nur erst noch in seinen Besitz bringen musste.

Aber als er im ersten Grau der Dämmerung den Jungen sah, der auf Händen und Knien aus einer schmalen Öffnung im Boden gekrochen kam, um zum ersten Mal seit einer Woche beim Verrichten seiner Notdurft wieder allein zu sein, bemerkte James Fagan – ohne dass er es hätte sagen können –, dass ihn noch anderes trieb. Der Anblick des ahnungslosen Kindes, das in Schmutz und Asche da hockte wie ein kleines Tier, erregte ihn.

Es war nicht die Erregung, die ihn überkam, wenn er mit seinen Cousinen schlief. Er hatte nicht vor, den Jungen zu missbrauchen. Immer war es Jamie gewesen, der den kleinen Maguire in der letzten Woche am meisten gequält, ihn getreten, geschlagen, schließlich seine Zehen gebrochen hatte. Gerade die Vorstellung, dass der Junge jetzt offenbar glaubte, ihm entkommen zu sein, sich in Sicherheit wähnte, erregte ihn. Der ungeheure Kitzel dieser geheimen Macht ließ ihn tun, woran Nell ihn immer wieder gehindert hatte.

63.

James Fagan zog sein Messer, ehe Jonathan ihn gesehen oder gehört hatte. Mit einem raschen Sprung war er hinter dem Jungen und durchschnitt ihm die Kehle, bevor er auch nur einen Laut der Überraschung ausstoßen konnte. Eher neugierig als triumphierend, mit glänzenden Augen und vor Staunen offenem Mund verfolgte der Mörder dann den Todeskampf seines kleinen Opfers. Das Scharren der nackten Beine im Dreck, das hervorströmende Blut, das Zucken des Gesichts bei dem verzweifelten Versuch, noch eine Warnung herauszuschreien, schließlich das langsame Erlöschen des Lebensfunkens in seinen Augen.

Erst als Jonathan sich nicht mehr rührte, wurde James Fagan klar, was er getan hatte, und er wusste, dass nun auch das Mädchen sterben musste. Aber dazu musste er sie zuerst finden. Vorsichtig kroch er hin und her, fast wie ein Raubtier witternd, um das Loch zu entdecken, aus dem der Junge gekommen war. Als er sicher war, es gefunden zu haben, überlegte er. Einfach hineinzukriechen konnte gefährlich sein, das Wegräumen der Balken jedoch, die einen deutlich größeren Eingang versperrten, würde das Mädchen warnen. Er beschloss, sie herauszulocken.

»Hilfe«, rief er leise und versuchte dabei seine Stimme zu verstellen. »Hilfe! Mairie!?«

An einem leisen Rumoren in der Erde erkannte er, dass sie ihn gehört hatte, und zog sich katzengleich in den Schatten der Ruine zurück. Die Balken wurden jetzt von innen weggeräumt, aber zu seiner Überraschung kam nicht Mairie Maguire, sondern ein größerer Gegner, eine unbekannte erwachsene Frau heraus, die ihm glücklicherweise zuerst den Rücken zuwandte. Ohne zu überlegen und im gleichen Moment, in dem sie sich suchend umschaute, hatte er ihr auch schon sein Messer bis zum Heft in den Leib gerammt.

Das Blut, das ihm über das Handgelenk und weit in den Ärmel spritzte, war schwarz, denn er hatte ihre Leber getroffen. Niemand sagte etwas, nicht der Mörder und nicht das Opfer, nur ein dumpfes Ächzen kam über die Lippen der Fremden, und sie hielt seine Hand umklammert, die schmutzigen Nägel tief in sein Fleisch gebohrt. Hätte er das Messer nicht losgelassen, wäre er mit ihr zu Boden gegangen, als sie sich immer weiter zusammenkrümmte und dann vornüber auf die Knie fiel.

Fagan stieß sie mit beiden Händen von sich und sah nicht mehr, wie sie sich zur Seite schleppte, das Messer umklammernd, um in einem Winkel ihrer jämmerlichen Zuflucht einen kalten, einsamen Tod zu sterben. Er wusste nicht, wer die Frau war, aber er wusste, dass ihm das Mädchen womöglich entkommen würde, wenn er es nicht schnell fand. Rasch stürzte er nach unten, eine schmale Treppe hinunter, und prallte an ihrem Ende mit Mairie Maguire zusammen, die gerade beschlossen hatte, Poll zu folgen. Von ihr wollte er mehr als nur ihren Tod.

Er hatte sie schon einmal gesehen. Gleich zu Anfang, als sie noch ihre langen blonden Locken hatte, musste sie sich auf Jamies Befehl und zur johlenden Freude der ganzen Bande nackt ausziehen und unter Ohrfeigen und Fußtritten für sie tanzen. Sie hatte helle, weiche Haare zwischen den Beinen, den ersten Flaum, aus dem ihr noch jungfräuliches Geschlecht rot und kindlich prall hervorleuchtete; aber ehe er sie nehmen konnte, hatte Nell ihm von hinten in die Hoden getreten, und der überwältigende Schmerz hatte seine Geilheit jäh vertrieben.

Diesmal war Nell nicht da, und obwohl sich das Mädchen heftig wehrte und aus Leibeskräften schrie, ihm mit den Fingernägeln eine tiefe Schmarre vom Ohr bis zum Mundwinkel riss, bekam er seine blutigen Hände doch irgendwann an ihren Hals und drückte zu, bis sie nur noch schwache Lebenszeichen von sich gab. Erst seinem schon halb toten Opfer zerrte er den Rock hoch, drückte er die Beine auseinander, spuckte er zwischen die Schenkel, um sich das Eindringen zu erleichtern.

Mairie Maguires letzter Eindruck von der Welt, die so lange freundlich zu ihr gewesen war, waren ein furchtbarer Schmerz und das Unrecht, das ihr geschah. Als er sich in sie ergossen hatte, drückte er ihr die Kehle so lange zu, bis die zuletzt zusammengekrampften Muskeln in ihrem Innern ganz weich wurden und ihr Geist an einen namenlosen Ort floh. Als er aus ihr herausglitt, war sie schon tot.

Fagan drehte die Leiche auf den Bauch, um nicht in ihre weit aufgerissenen Augen sehen zu müssen. Dann erhob er sich, blutig und blutend, zog seine Hosen hoch und rannte davon, ohne an sein Messer auch nur zu denken. Er wusste, dass er nie wieder zurückkommen durfte, dass die Geisterstadt, seine Schwester, seine »Familie«, dass sein ganzes bisheriges Leben nun hinter ihm lag. Und dass es nur noch einen Menschen gab, zu dem er gehen konnte.

64.

In den fast fünfundzwanzig Jahren, in denen Margret-Ann, die alle nur Maggie nannten, nun ihrem Gewerbe nachging, hatte sie alle Spielarten der Lust, des Begehrens, bisweilen auch nur der Verzweiflung kennengelernt. Entsprechend umfassend war ihre Erfahrung in allen Fragen des geschlechtlichen Miteinanders, und da keine Bigotterie oder doppelte Moral, keine religiösen oder gar gesetzlichen Vorgaben ihr Verständnis für die natürlichen und manchmal auch die ein wenig unnatürlichen Vorgänge beschränkten, erhielt in ihrem Etablissement normalerweise jeder die passenden Antworten.

Natürlich war ein Richter, Unternehmer, reicher Kaufmann oder sogar ein Kongressabgeordneter, der sich für teuer Geld von ihren Mädchen den Hintern versohlen ließ, eine lächerliche Figur. Aber wenn das für diese ehrenwerten Graubärte die einzige Möglichkeit war, den nach einem Leben voll schwerer Arbeit und Verantwortung brachliegenden dunklen Teil ihrer Persönlichkeit zu bewässern, lachte

Maggie höchstens hinter vorgehaltener Hand und ließ diese Männer ansonsten stundenweise nach ihrer Fasson selig werden.

In ihren philosophischen Augenblicken beklagte sie sogar die Ungerechtigkeit des Lebens, die in Bezug auf ihren Beruf vornehmlich darin bestand, dass gerade den normalen, kräftigen jungen Männern so oft das Geld, den alten, reichen hingegen bisweilen die Kraft fehlte. Nur wenn Gefahr für Leib und Leben ihrer Mädchen bestand, konnte Maggie ausgesprochen verständnislos werden.

Sie sah einem Kunden mit fast gespenstischer Sicherheit an, ob er schwierig werden würde, und wusste, dass sie den eleganten jungen Mann mit dem eng gebundenen Halstuch im Auge behalten musste. Schon im Salon führte sie ihm deswegen nur die älteren, erfahreneren Mädchen vor. Er ließ sie gegen die übliche Anzahlung fast eine Viertelstunde lang nackt vor sich paradieren, ehe er sich für zwei von ihnen, eine Weiße und eine Schwarze, entschied.

Maggie ließ den dreien einen kleinen Vorsprung, um in einem der üppig ausgestatteten Separees im ersten Stock zu verschwinden, ging dann aber selbst nach oben, in einen angrenzenden kleinen Raum und sah durch das unauffällige Guckloch, dass ihr Misstrauen berechtigt war. Der junge Mann, der immer wieder nach seinem Hals tastete, hatte sich nicht ausgezogen und sah über den Griff seines Spazierstocks hinweg lediglich zu, wie die Mädchen auf dem breiten Bett und auf seinen Wunsch hin einander beschnüffelten wie junge Hunde. Das war ein wenig degoutant, aber nicht bedrohlich, und wenn daraus lediglich eine der hier nicht unüblichen Szenen lesbischer Liebe werden würde, gab es für Maggie keinen Grund, dagegen einzuschreiten.

Der Kunde forderte die kräftige schwarze Cleo jedoch nach einer Weile auf, die zierliche weiße Elly zu verprügeln, und die gespannte Aufmerksamkeit der Bordellchefin erhöhte sich. Wie würde er reagieren, falls die Mädchen sich weigerten? Die beiden versierten Huren warfen sich allerdings nur einen kurzen, fragenden Blick zu, dann nickte Elly ergeben und legte sich so über den Schoß ihrer Kollegin, dass der anspruchsvolle Kunde alles sehen konnte, was er offenbar sehen wollte. Die Schläge waren nicht hart, nur Theaterschläge, wurden aber geschickt so ausgeführt, dass es ordentlich klatschte, und das gab der Gezüchtigten Gelegenheit, in ebenso theatralisches Wehklagen auszubrechen. Vielleicht war gerade das ein Fehler; denn anstatt ihn zu befriedigen, machte das Schauspiel den Kunden anscheinend wütend.

»Härter!«, befahl er, und nun rutschte der Farbigen einige Male ernsthaft die Hand aus, das schmale Gesäß des weißen Mädchens rötete sich zusehends, und ihre Klagelaute wurden leiser, aber ehrlicher. Noch immer wartete Maggie auf das alles entscheidende Wort »Nein«, oder darauf, dass der Mann endlich seine Hose aufknöpfte, aber weder das eine noch das andere geschah in den nächsten fünf Minuten.

Erst nachdem die Huren auf sein Geheiß ihre Rollen vertauscht hatten, ohne dass ihn das Schauspiel befriedigte, zog er seinen Ledergürtel ab, forderte die Schwarze auf, sich bäuchlings auf das Bett zu legen, und erhob sich. Cleo weigerte sich nun gleich mehrfach, und während er Rock und Hut ablegte, hatte Maggie ihren Beobachtungsposten bereits verlassen, ging auf den Flur und klopfte heftig an die Zimmertür.

Bonneterre fluchte, während das weiße Mädchen öffnete.

»Alles in Ordnung?«, fragte Maggie, als wenn sie es nicht längst besser wüsste.

»Aber ja«, sagte Bonneterre. »Die Damen unterhalten mich nur ein wenig, bevor wir ins Bett gehen.«

»Nein, Ma'am«, entgegnete Cleo. »Er wollte mich schlagen. Mit dem Gürtel da!«

»Sir«, sagte Maggie freundlich, aber bestimmt und verriet mit keiner Miene, dass sie alles beobachtet hatte, »Vergnügungen dieser Art bieten wir hier nicht an.«

»Es ist nur ein Spiel.« Bonneterre versuchte sich an einem arroganten, verächtlichen Lächeln, aber er schwitzte, und der gewünschte Gesichtsausdruck entglitt ihm. Seine Vorfreude auf die pfeifenden Schläge, die nach dem aufreizend demütigenden Vorspiel nun die schwarze Haut zum Anschwellen bringen würden, war zu groß gewesen. Er flüchtete mit seinen nächsten Worten auf das Terrain, das ihm sein Leben lang Sicherheit geboten hatte.

»Ich zahle selbstverständlich dafür, und ich zahle gut!«

»Das bezweifle ich nicht, Sir«, beharrte Maggie. »Aber bezahlen Sie bitte woanders dafür.«

Als hätte er die Aufforderung in diesen Worten nicht gehört, lächelte der elegante Kreole nun eher dümmlich, und einige unangenehme Augenblicke hindurch geschah gar nichts.

»Ich würde es begrüßen, wenn Sie jetzt gehen, Sir!« Die Bordellchefin blieb unerbittlich.

Bonneterre schnaufte schwer, bewegte sich aber nicht. Die ganze Lächerlichkeit der Szene kam ihm allmählich zu Bewusstsein. Er fühlte wieder die schwarzen Finger an seinem Hals Ein verdammter Nigger hätte ihn um ein Haar umgebracht. Eine schwarze Hure, die nichts dabei fand, einer weißen Frau das Fell zu gerben, weigerte sich, ihm zu Willen zu sein. Und eine Puffmutter, eine Mulattin, Quadroon allenfalls, wies ihm die Tür!

All das zusammengenommen war in seiner Welt nicht möglich. Er nahm Rock und Hut an sich, aber anstatt hinauszugehen, ließ er plötzlich beides fallen, packte Maggie an den Armen und warf sie auf den Flur hinaus. Als sie unsanft gegen die Wand prallte, hatte der junge Mann die Tür schon von innen verriegelt. Eilig erhob sie sich. Gut, dass John am frühen Abend zurückgekehrt war!

65.

Auch John Lafflin konnte sich nicht erklären, warum und von wem die Deep South *gesucht wurde. Die Fahrt deswegen abzubrechen und nach St. Louis zurückzukehren kam überhaupt nicht infrage. Man musste eben einfach, so gut es ging, vermeiden, dass sie gesehen wurde, und John Gowers konnte nun endlich tun, wofür man ihn engagiert hatte.*

In der sandigen Bucht eines Altarms namens Frenchmans Bayou warteten sie die Nacht ab, löschten dann alle Lichter und vertrauten sich in völliger Finsternis wieder der Strömung und seinem Lotsen-

gedächtnis an. Zwei Stunden später tauchten an Backbord die ersten Lichter von Memphis auf, und John kreuzte zum Westufer hinüber, ließ mit frischem Tannenholz heizen und die Deep South *dadurch praktisch in einer Wolke ihres eigenen Rauchs verschwinden.*

Es war schwer, machte ihm aber auch ein höllisches Vergnügen, das Schiff immer wieder so in den Strom zu legen, dass etwaige Beobachter an den auftauchenden Anlegestellen nicht seine Breitseite, sondern nur den schmalen Bug des Dampfers zu sehen bekamen: als kleinen dunklen Punkt am jeweils gegenüberliegenden Ufer, auch für geübte Augen kaum von einem hoch beladenen Floß zu unterscheiden. Die Hauptgefahr dabei bestand darin, dass sie ihrerseits ein Floß rasierten, aber sein außergewöhnliches Sehvermögen bewahrte sie und andere vor diesem Schaden.

Kritisch wurde es nur ein einziges Mal, als sie die Mündung des Arkansas passierten und ernstlich Dampf vorlegen mussten, um nicht von der reißenden Strömung des zweiten Flusses in die Wälder von Beulah gedrückt zu werden. Erst in der Morgendämmerung, bei der großen Insel Winterville Mounds, steuerte er die Deep South *selbst in die niedrigen, überhängenden Zweige der dort wachsenden Bäume, die sie den Tag über sicher verbergen würden.*

Die zweite Nacht, das gleiche Spiel. John stieg merklich in der Achtung der Männer, die zwar nicht immer verstanden, was er mit Schiff und Strömung tat, aber jetzt wussten, dass ihr Lotse die Regeln seines Berufs so gut beherrschte, dass er sie nach Belieben brechen konnte. Die Anlegestellen nicht anlaufen, sondern umfahren, immer da sein, wo ein Dampfschiff eigentlich nichts zu suchen hatte, mit Volldampf über Flusskehren kreuzen, sich dann wieder treiben lassen wie ein Stück Holz, das ein Kind in den großen Strom geworfen hat.

Sie passierten Lake Providence, Vicksburg, Grand Gulf und Waterproof, Natchez und Deer Park, ohne einen dieser Orte wirklich zu sehen und folglich auch, ohne gesehen zu werden. Je weiter sie nach Süden kamen, desto schwieriger wurde allerdings dieses Geschäft. Der Fluss, bisher zwischen Wäldern und Hügeln zuverlässig und rasch dahinfließend, trat in die riesige Tiefebene von Louisiana ein und wurde träge und tückisch. Stellenweise bis zu anderthalb Meilen breit und bis zu unglaublichen zweihundert Fuß tief, floss er jetzt doch langsamer und ließ die klaren Begrenzungen durch Bäume oder zumindest solide Uferböschungen hinter sich.

Zu beiden Seiten verschwanden die Wälder und machten endlosen Zuckerrohrplantagen Platz, die sich ohne nennenswerte Erhebung von Horizont zu Horizont erstreckten. Die Bagasse, *riesige Haufen von Pflanzenstängeln, pflegten die Farmer in langsam schwelenden Feuern zu verbrennen, und so kam zur Eintönigkeit der Landschaft auch noch der undurchdringliche Rauch, in dem sich jede Kontur verlor. Man schien auf einem trüben, nebligen Meer zu schwimmen und wusste bei hoch stehendem Wasser nicht einmal genau, ob man sich noch im Flussbett befand oder längst auf einer der Plantagen. Gelegentlich war es hier bei Hochwasser sogar vorgekommen, dass kleinere Dampfschiffe einsam stehende Farmhäuser oder ihre Speichertürme rammten.*

Sie ankerten den Tag über unterhalb von Hermitage, in einer der letzten Flussbiegungen vor Baton Rouge, und entzündeten wieder ihre Tannenholzfeuer, um mit ein wenig Glück für einen Haufen schwelender Bagasse gehalten zu werden. Gleichzeitig befahl John, mithilfe des Lotsenboots so viel wie möglich von dem stinkenden, halb verfaulten Zeug an Bord zu schaffen, da sie spätestens New Orleans, dessen Stadtteile sich auf beiden Seiten des Mississippi befanden, nur, wie er spöttisch sagte, »als Nebelbank getarnt« unbemerkt passieren konnten.

Aber auch in der letzten Nacht verlief ihre Fahrt erstaunlich glatt, wenn man von einem unbeleuchteten kleinen Floß absah, das ihnen ins Gehege kam, aber naturgemäß den Kürzeren zog. Sie vergewisserten sich, dass die erbosten Flößer ihr unfreiwilliges Bad unbeschadet überstanden hatten, und sahen sie ihre Fäuste gegen den Idioten schütteln, der da nachts ohne Licht unterwegs war. Auch dieser Unfall war eine alltägliche Begebenheit im Leben des Flusses.

New Orleans erreichten sie um drei Uhr nachts, und hier machte John sogar seine Pfeife aus und ließ die Bagasse verfeuern, die sie zwar vor jedem Blick, aber nicht vor jeder Nase verbarg, da der so er-

zeugte Rauch stank wie die Hölle und all ihre Teufel. Man bemerkte sie, bemerkte sie sogar gründlich – vor allem in den in Windrichtung liegenden Wohnvierteln –, aber man sah sie nicht. Und abgesehen von den bitteren Flüchen, die hier und da einzelne der so unangenehm und schleichend aus dem Schlaf gerissenen Einwohner auf die ganze Menschheit schleuderten, blieb die Nacht ruhig.

In der Morgendämmerung warfen sie Anker in Myrtle Grove, schon weit im Delta des Mississippi, und hatten ihr Ziel erreicht.

66.

Franklin Sykes, M. D., war vor einigen Jahren Nells Liebhaber gewesen, obwohl er etwa drei Mal so alt war wie die damals Sechzehnjährige. Sein Titel war echt und aus Cambridge, wenn seine medizinische Tätigkeit auf dem fünften Kontinent auch vorwiegend darin bestand, Abtreibungen vorzunehmen. Er wohnte zu diesem Zweck periodisch wechselnd in den Hinterzimmern der zahlreichen Hafenbordelle, wo er naturgemäß viele seiner Kundinnen fand, behandelte aber auch andere Frauen, Zimmermädchen, Ladengehilfinnen, die sich unglücklich gemacht hatten. Gelegentlich gehörte zu seinen Obliegenheiten auch die Erstversorgung verletzter Zuhälter und Rausschmeißer, von Dieben oder Räubern, die in Ausübung ihres Berufs körperlichen Schaden genommen hatten. Man hätte ihn einen Wohltäter der unteren Klassen nennen können, wenn er nicht stets einen angemessenen Anteil an der Beute verlangt hätte.

Seine Kuren und Künste waren bei den Patienten nicht eben beliebt, aber das Beste, was man für wenig Geld und vor allem: unter der Hand bekommen konnte, und es wunderte deshalb niemanden, dass ein bis zum beginnenden Wahnsinn verwegen aussehender junger Mann mit einer blutigen Schmarre im Gesicht in mehreren Etablissements nach Doktor Sykes fragte, ehe er ihn schließlich fand.

James Fagan trat in ein enges, schmutziges Zimmerchen ein, ohne sich die Mühe des Anklopfens zu machen.

»Raus!«, knurrte Sykes, der gerade mit zwei stricknadelähnlichen Geräten in einer jungen Dame beschäftigt war, die mit angezogenen Beinen und einem Stück Holz zwischen den zusammengebissenen Zähnen auf einem viel zu kurzen Küchentisch lag.

»Ich bin's«, sagte Fagan mit flatternder Stimme, der die Flucht durch das Morgengrauen noch anzuhören war. »Jamie!«

Der Arzt hob nur kurz den Kopf.

»Oh! Setz dich. Trink was!«

Er reichte dem Jungen eine unetikettierte braune Flasche, mit deren Inhalt er eben seine Hände, sein Werkzeug und seine Kehle desinfiziert hatte. Jamie setzte sich, trank, und sein Ächzen unter der verheerenden Wirkung der scharfen Flüssigkeit vermischte sich mit dem plötzlichen Aufstöhnen der Patientin, als Doktor Sykes die Behandlung fortsetzte. Ihr Kopf, den sie eben noch krampfhaft erhoben hatte, sank zurück, fand keinen Halt auf der Tischplatte und hing über die Kante herab, bis ihr langes wirres Haar beinahe den Fußboden berührte. Unwillkürlich setzte sie die Ellenbogen auf und bewegte dabei offensichtlich das Operationsgebiet.

»Halt deinen verdammten Arsch still«, sagte jedenfalls der durch nichts zu erschütternde Chirurg, »sonst durchlöchere ich dir am Ende die Blase!«

Das Mädchen, nur unwesentlich älter als James Fagan, war anscheinend nicht zum ersten Mal in dieser unangenehmen Situation, denn sie schnaufte verständnisvoll, zustimmend, ergeben. Dabei lief ihr Rotz aus der Nase und mischte sich mit ihren Tränen.

»Wie geht's?«, fragte der Arzt und meinte nicht seine Patientin, in der er ungerührt weiter herumstocherte. »Wie geht's Nell? Was ist mit deinem Gesicht passiert?« Er war berühmt dafür, dass er zu viel redete.

Jamie wusste nicht genau, was Nell über den Arzt wusste und warum er ihr so verpflichtet war, dass er ihr mitsamt ihrem Bruder an schlechten Tagen immer mal wieder Unterschlupf gewährt hatte. Es hing wohl mit einem Todesfall unter seinen Patienten zusammen, und Fagan fragte sich nach einem angewiderten Blick auf den Behandlungstisch nur, wie vielen Leuten Sykes wohl noch für ihr Stillschweigen verpflichtet sein mochte.

»Erledigt!«, sagte der Doktor, als nach seiner Erfahrung genügend kleine blutige Klumpen zwischen den Schenkeln seiner Patientin zum Vorschein gekommen waren. Als sie das Holz ausspuckte und sich schwankend vom Tisch erhob, befahl er ihr, noch einmal die Röcke zu heben, und drehte mit einer schnellen Bewegung ein Stück Tuch in ihre Scheide, das er zuvor in Alkohol getränkt hatte.

»O Scheiße«, wimmerte die Frau, als der scharfe Desinfektionsschmerz sie beinahe in die Knie zwang. »O du schwarze Scheiße!«

»Du solltest weniger fluchen, Helen.« Der Arzt grinste und fügte dann mit so viel medizinischem Ernst hinzu, wie sein verfehltes Leben ihm noch gelassen hatte: »Da darf eine Woche außer mir keiner ran! Hast du mich verstanden?«

»Ja. Danke, Doc!« Helen nickte – und verkaufte einem reichlich unbedarften Bankiersgehilfen aus der City das sickernde Blut noch am gleichen Abend als teures Zeichen ihrer durch ihn erledigten Jungfernschaft.

»Also?«, fragte Sykes, als sie allein waren.

»Ich muss von der Bildfläche verschwinden«, antwortete Fagan, »und werde darum erst mal ein paar Tage bei dir bleiben, bis ich eine Möglichkeit dazu finde.«

»So schlimm?« Der Arzt wischte die Spuren der Abtreibung mit der flachen Hand in einen stinkenden Abfalleimer, ehe er die blutige Tischplatte mit Wasser, etwas Sand und einer schwarzfleckigen Scheuerbürste bearbeitete. Fagan nickte nur, für jede weitere Information zu erschöpft.

»Gut. Lass mich aber wenigstens dein Gesicht verpflastern, damit du mir nicht das Bettzeug versaust«, sagte Sykes.

67.

Was Franklin Sykes, M. D., in den nächsten Wochen aus der Zeitung erfuhr, brachte sogar ihn zum Schweigen. Er fragte James Fagan nicht mehr, was ihn an jenem Morgen hergeführt hatte, und hoffte nur noch, ihn möglichst schnell wieder loszuwerden. Die Gelegenheit dazu ergab sich, als die Schiffe der Neuseeländer einliefen und in allen Hafenkneipen die Anwerber der 5th Armed Constabulary nach Freiwilligen Ausschau hielten.

»Und wie haben Sie ihn ausfindig gemacht?«

Es war der dritte Abend auf See und zum dritten Mal saßen Captain von Tempsky und Joseph B. Williams unter dem Fockmast des Schiffes zusammen, rauchten und redeten, ungeachtet der Tatsache, dass die Männer über die seltsamen Zusammenkünfte bereits die Köpfe schüttelten.

»Das war relativ einfach«, antwortete Gowers, der sich auch selbst schon fragte, warum er zu dem Deutschen so schnell ein so ungewöhnlich großes Vertrauen gefasst hatte: Es war wohl weniger die Deutlichkeit, mit der von Tempsky seinen Verfolgern entgegengetreten war, als die Schwere der Dinge, die auf seiner Seele lasteten.

Die Ermittlung war tatsächlich relativ einfach gewesen. Nell hatte Sykes' Namen genannt, und obwohl sie seine Dienste glücklicherweise noch nie in Anspruch genommen hatte, kannte Sarah, wie alle Huren Melbournes, den Aufenthaltsort des berüchtigten Engelmachers. Bereits am Tag nach Nells Hinrichtung suchte Gowers die Hafenbordelle auf.

Umständlicher war die Suche nach Zeugen, die Sykes' Verbindung mit James Fagan bestätigen konnten, denn natürlich stritt der Mann alles ab. Gowers wollte ihn bereits in die Mangel nehmen, als er durch einen puren Zufall auf Helen traf, die sich an jenen Schmerzensmorgen und den Jungen mit dem zerkratzten Gesicht begreiflicherweise gut erinnerte.

»Name?«

James Fagan zitterte, als er nackt wie ein Wurm vor dem Militärarzt stand. Aber wie hieß es unter den Soldaten aller Länder und Waffengattungen so passend? Zur Welt und in die Armee kommen wir ohne Kleider.

»Bradley, Sir«, sagte Fagan. »James Bradley.«

Der Armeeschreiber, der die lange Reihe rachitischer nackter Männer mit gelangweilten Blicken an sich vorüberziehen ließ, suchte diesen Namen in der Liste der Eingeschriebenen und nickte nur müde, als er ihn gefunden hatte.

»Arme hoch!«, befahl der Arzt.

Der Mann sah übel aus. Unterernährt und blass, die Haut ungesund, das Gesicht picklig und zu allem Überfluss von einer breiten, noch schorfigen, also frischen Narbe entstellt.

»Streit gehabt«, stellte der Arzt fest, als Fagan widerspruchslos die Arme hoch.

»Ja, Sir«, antwortete er, und das Zittern seiner Beine verstärkte sich so, dass sein dünnes Geschlechtsorgan über dem klein zusammengeballten Hodensack regelrecht bebte.

Warum war der Mann so nervös? Diese Art erzwungener Musterung gab es, seit es Armeen, Gefängnisse und Sklavenmärkte gab. Sie erfüllte einen dreifachen Zweck. Machte dem Mann, selbst einem Schwachsinnigen, klar, dass er nun mit Haut und Haaren einer höheren Macht gehörte, die mit ihm tun konnte, was immer sie wollte. Brachte körperliche Gebrechen ans Licht, die seinen möglichen Kampfeinsatz beeinträchtigen konnten, und schützte die Armee vor Läusen und anderem Ungeziefer.

»Ich nehme an, sie hat sich gewehrt, wie?«, fragte der Arzt in einem jähen Anflug von Jovialität, und erst am Feixen des bisher so teilnahmslosen Schreibers merkte Fagan, dass das ein Scherz sein sollte. Er schaffte es, sein lädiertes Gesicht zu einem Grinsen zu verziehen.

»Ja, Sir!«

Mit Helens Aussage konfrontiert, erschüttert durch die Zeitungsberichte über Nells Hinrichtung und in der verzweifelten Hoffnung, einer Anzeige wegen Beihilfe zu entgehen, gab Franklin Sykes, M. D., schließlich mehr zu, als Gowers ihm je hätte beweisen können.

»Ich wusste nicht, dass er sie ermordet hat«, winselte der Arzt. »Er hat nichts gesagt, und ich habe ihn nicht gefragt.«

Mühsam unterdrückte Gowers den Wunsch, dem Mann ins Gesicht zu schlagen.

»Wo ist er?«

»Hat sich freiwillig nach Neuseeland gemeldet, vor drei Tagen erst!«

Es hatte rund zwei Wochen gedauert, bis McDonnell genügend Männer beisammenhatte, um mit dem ersten Schiff in See zu gehen. Titokowaru hatte inzwischen vielleicht schon losgeschlagen, und so konnte er keine Rücksicht auf von Tempsky und die nächsten hundertfünfzig, zweihundert Mann nehmen. Kriege warten nicht gern.

Als Gowers zum Hafen kam, sah er deshalb tatsächlich nur noch »Fighting Macs« Segel am Horizont.

»Eine letzte Frage«, sagte von Tempsky, als er die ganze Geschichte kannte. »Warum ist die Polizei denn nun eigentlich hinter Ihnen her?«

Gowers lachte leise. »Der Pfarrer, Sir. Er hatte unglücklicherweise ein gutes Personengedächtnis, und seine Beschreibung passte im Grunde nur auf mich.«

Auch Manu-Rau musste über diese letzte Enthüllung lachen, so sehr, dass er dazu sogar die Pfeife aus dem Mund nahm.

68.

Obwohl er genauso erschöpft gewesen war wie alle anderen, hatte John Lafflin darauf bestanden, noch am gleichen Morgen und zu Fuß nach New Orleans aufzubrechen. Gowers begleitete ihn, wunderte sich über das Durchhaltevermögen des alten Mannes und war heilfroh, als sie noch vor Mittag auf einen kleinen Treck von Cajuns stießen, Fischer und Bauern, die ihre Erzeugnisse auf niedrigen Eselskarren zum Markt in New Orleans schafften. Mit der Abenddämmerung kamen sie auf einem solchen Karren und einer Ladung Fische sitzend in die Stadt, und während John Gowers zunächst seine Wohnung aufsuchte, machte sich Lafflin ohne Verzug zum Hafen auf – wo er seinen Kontaktmann allerdings um weniger als eine halbe Stunde verpasste. Der alte Mann, jetzt deutlich erschöpft und angeschlagen, ging nach gut anderthalb Stunden zurück ins französische Viertel, um die Nacht in dem Bett zu verbringen, das sein Lotse ihm angeboten hatte.

Der junge Mann hatte sich mithilfe von Wasser und Seife eben von dem Fischgestank befreit, der auf der Fahrt an ihm haften geblieben war, als Lafflin eine neue, erstickende Wolke des gleichen Dufts in seine Räumlichkeiten trug. »Und?«, fragte er.

»Nichts«, erwiderte Lafflin, während er die Füße ächzend aus seinen Stiefeln zog. »Wenn morgen niemand da ist, müssen wir uns wohl oder übel selbst nach Barataria tasten. Das Problem ist nur, dass ich dann keine Ahnung habe, was uns dort erwartet.«

»Na, dann spricht ja nichts dagegen, dass Sie sich ein wenig frisch machen, Sir«, sagte John, rümpfte die Nase und verwies Lafflin auf die Waschschüssel, die auf dem breiten Fensterbrett stand. »Ich hole Ihnen sogar frisches Wasser«, kündigte er an und schüttete das alte, verbrauchte aus dem Fenster auf die Straße.

Als sein Lotse gegangen war, kam Lafflin zum ersten Mal dazu, sich in Gowers' kleiner Wohnung umzusehen. Es war insbesondere ein überquellendes Bücherbord, das den Raum deutlich von den Behausungen der vielen Hundert Seeleute unterschied, die Lafflin in seinem Leben gesehen hatte. Zerlesene alte Bände, zusammengekauft und gestohlen von vielen Bücherkarren, aus vielen Bibliotheken der Alten und Neuen Welt, und sie zeugten von der weit verzweigten, aber nicht sehr wählerischen Belesenheit des jungen Mannes.

Vorwiegend Literatur, nur wenige wissenschaftliche oder philosophische Werke, abgesehen von einigen Geschichtsbüchern. Das verlorene Paradies *lag aufgeschlagen auf einigen anderen Bänden und beschirmte sie praktisch wie ein Dach. Der alte Mann nahm das Buch und las die Verse Miltons, die John Gowers mit einem kleinen Bleistiftkreuz als besonders merkwürdig markiert hatte:*

In uns allein sei unsre Seligkeit,
Für uns allein zu leben, sei es auch
In dieser Wüste hier, damit wir frei
Und unabhängig statt des leichtern Jochs
Des Sklavenpomps die schwere Freiheit wählen.

Der Verweis I, 679, auf dem Seitenrand notiert, ließ den Fabrikanten zurückblättern, aber ehe er die Stelle gefunden hatte, war John wieder da.

»Glauben Sie das?«, fragte Lafflin und las die Verse noch einmal laut.

»Ich glaube nichts, was in Büchern steht«, antwortete John und goss das frische Wasser in die Waschschüssel. »Aber ich denke darüber nach. Wirklich interessant ist nicht so sehr, was gesagt wird, sondern wer spricht.«

»Nun, an dieser Stelle spricht Satan selbst, wenn ich mich recht entsinne.« Lafflin knöpfte sein Hemd auf, um das Reinigungswerk zu beginnen. »Und er will lieber in der Hölle herrschen, als im Himmel dienen. Glauben Sie, dass das richtig ist?«

John schüttelte den Kopf.

»Der da spricht, ist Mammon, einer der vornehmsten unter den gefallenen Engeln. Und ihn hat schon immer weniger der Himmel als die Erde interessiert. Erst durch ihn haben die Menschen gelernt, nach Gold zu graben und es sich gegenseitig abzujagen. Die Frage ist an dieser Stelle also: Kann ein Lügner etwas Wahres und Gutes sagen? Kann der falsche Mann etwas Richtiges tun?«

Ehe Lafflin dazu kam, etwas zu erwidern, wurde heftig an die Tür geklopft.

»John!?« Es war Maggie, die schon durch die geschlossene Tür rief: »Wir haben Ärger!«

Gowers kehrte den philologischen und moralischen Problemen Miltons den Rücken zu und öffnete. »John Lafflin – Margret-Ann«, stellte er die beiden so unterschiedlichen Menschen einander vor und fragte schon im Hinausgehen: »Wie viele?«

69.

Bonneterre hatte die Farbige in eine Zimmerecke getrieben, wo sie schützend ein kleines seidenes Kissen vor ihren Körper hielt. Schwitzend und mit leuchtenden Augen versuchte er, mit seinem Ledergürtel um dieses Hindernis herumzukommen, und freute sich, wenn die Schmerzensschreie der Hure verrieten, dass er das Fleisch ihrer Schultern und Hüften gefunden hatte. Gleich würde er sie auf dem Boden haben, wo sie hingehörte.

Bei seinen verbissenen Bemühungen hatte er indes das zweite Mädchen aus den Augen verloren, und erst als er hörte, dass es sich am Türschloss zu schaffen machte, drehte er sich um und bedeckte ihren nackten Rücken mit wütenden Schlägen. Elly sackte neben der Tür in die Knie und schützte sich, so gut es ging, mit nicht mehr als ihren erhobenen Armen.

Diese Ablenkung nutzte die kräftige Cleo, um sich ihrerseits auf den rabiaten Kunden zu stürzen und ihrer Kollegin beizustehen.

Bonneterre hatte sie noch nicht abgeschüttelt, als die zierliche Weiße die Tür geöffnet hatte und in den Korridor floh.

Endlich lag der schwarze Teufel nackt und wehrlos vor seinen Füßen. Aber gerade als er zuschlagen wollte, fühlte er, wie sein Arm zurückgerissen und auf seinen Rücken gedreht wurde. Er schrie vor Schmerz und sah dann plötzlich die Zimmerwand auf sich zukommen, als jemand ihn lebhaft nach vorn stieß. Die Tapete war aus weichem rotem Samt, die Wand selbst bestand allerdings aus solidem Mauerwerk.

Während Bonneterre zu Boden ging, sprang die Farbige auf und lief ebenfalls aus dem Zimmer, wo Elly, vor ausgestandenem Schrecken schluchzend, in die Arme ihrer Chefin gesunken war. Für die weniger malträtierte, aber ebenso erschrockene Cleo war auf dem Korridor nur noch eine Schulter frei – die von John Lafflin, der sein geöffnetes Hemd wieder in die Hose gestopft hatte und seinem davoneilenden Lotsen mehr aus Interesse als aus Hilfsbereitschaft hinterhergelaufen war.

Derart nachlässig gekleidet, das jammernde nackte Mädchen im Arm, auf dem Korridor eines einschlägigen Etablissements, kam er sich weit kurioser vor, als er wollte, und beschloss, seiner Gattin nichts von diesem Intermezzo zu erzählen. Zwar hatte er durchaus vergleichbare Erfahrungen, aber seit mehr als fünfundzwanzig Jahren keine andere Frau mehr berührt als seine eigene, und so bemühte er sich, der aufgeregten Dame lediglich beruhigend und väterlich, ja großväterlich auf den Rücken zu klopfen.

Als Bonneterre einige Sekunden später wieder zu sich kam, hörte er als Erstes die seltsam ruhige Stimme eines Mannes, der sagte: »Sie haben zwei Möglichkeiten, Sir. Sie können hinausgehen, oder Sie werden hinauskriechen. Ich zähle auf drei!«

Vor diese Wahl gestellt, versuchte der junge Kreole, sich aufzurappeln, musste dabei aber zur Kenntnis nehmen, dass er seinen rechten Arm nicht bewegen konnte, jedenfalls nicht ohne Schmerzen. Wütend über die ungeahnte Entwicklung der Dinge und zugleich ängstlich, murmelte er: »Das wird ein Nachspiel haben!«

Die Worte kamen schwer und mühsam über seine aufgeschwollenen Lippen, seine komplette rechte Gesichtshälfte kam ihm vor wie gelähmt, und als der Mann ihn drei Sekunden später im Nacken packte wie eine Katze, um ihn aus dem Haus zu schleifen, wimmerte er kläglich: »Ich gehe, ich gehe!«

Noch immer hatte er seinen unheimlichen Gegner nicht wirklich angesehen, und erst als Gowers ihm mit rauen Griffen auf die Beine half, erkannte er ihn.

»Sieh da«, murmelte Bonneterre und fühlte ganz im Geheimen, wie seine Niederlage sich in einen Sieg zu verwandeln begann. »Der Literaturfreund aus St. Louis. Was für eine nette Überraschung!« Er verzog sein zerschlagenes Gesicht zu einem hässlichen Grinsen.

Auch John Gowers hatte den Mann jetzt als einen der Gentlemen wiedererkannt, die die Versammlung der Literarischen Gesellschaft so gekonnt gesprengt hatten, und nahm ihm den Ledergürtel aus der schlaffen Rechten. Für einen Moment standen die beiden jungen Männer beinahe Brust an Brust, dann schlang Gowers den Gürtel um die Hüften des Gegners und zog so fest an, als wollte er ein Korsett schnüren.

»Damit Sie Ihre Hosen nicht verlieren, Sir!«

Bonneterre ächzte, starrte den Engländer aber ansonsten so ausdruckslos an wie ein Basilisk, dann wankte er hinaus und schluckte noch einmal schwer an seinem Kreolenstolz.

Wir sehen uns wieder!, wollte er drohen, aber weit davon entfernt, sich anzuziehen oder in die angrenzenden Zimmer zu flüchten, standen Cleo und Elly noch immer im Korridor, und ihr angsterfülltes Schluchzen verwandelte sich in wüste Beschimpfungen, als der mühsam gebändigte Freier steifbeinig an ihnen vorüberging. Die schmale Elly, auf deren Rücken sich bereits schmerzhafte rote Striemen gebildet hatten, spuckte ihm sogar ins Gesicht, ehe Maggie sie davon abhalten konnte.

70.

»Es wäre klug, zumindest für heute Nacht das Quartier zu wechseln«, sagte John Lafflin. Die beiden Männer wussten nicht recht, was sie von der merkwürdigen Begegnung halten sollten, aber das dumpfe Gefühl, dass die Heimlichkeit ihres Tuns aufgedeckt sei, wie es die Verschwörer aller Zeiten und Arten stets begleitet, als Schatten, als schlechter Beigeschmack, hatte sie gepackt. Sie kannten die Zusammenhänge nicht, aber ein Zufall konnte kaum vorliegen, so viel hatten sie in den Augen des Mannes gesehen.

»Kennen Sie ihn?«, fragte John.

»Nein.«

»Irgendeinen der anderen Burschen, mit denen er in St. Louis war?«

Lafflin schüttelte zum zweiten Mal den Kopf. »Überlegen wir lieber, was wir tun. Ich muss entschieden meinen Kontaktmann treffen, also in New Orleans bleiben. Aber Sie könnten zurück zum Schiff.«

»Vielleicht sind sie hinter mir her?«, fragte Gowers sich stirnrunzelnd.

»Was sagte Ihr Kollege? Leute an allen Anlegestellen von Memphis bis Baton Rouge fragen nach der Deep South. *Doch wohl nicht, weil Sie ihr Lotse sind!«*

»Aber wie hängt das alles mit dem Abend in St. Louis zusammen? Ich verstehe es nicht.«

»Der Hase muss die Hunde nicht verstehen, um zu rennen. Und jedenfalls sollte er nicht in einem Loch sitzen, von dem die Hunde wissen, dass er drinsitzt!«

»Was soll ich beim Schiff, Sir?«

»Es so gut wie möglich verstecken, obwohl sie vermutlich nicht flussabwärts danach suchen werden. Gringoire soll mit den anderen nach Barataria aufbrechen und sich an Monbars erinnern! Ich weiß zwar nicht, ob unsere … unsere Fracht da ist, aber …«

»Wenn ich mit dem Schiff unterwegs bleibe, wenn Ihr Kontaktmann umdisponiert hat und unsere ›Fracht‹ woanders ist, werden

wir alle durch die Sümpfe irren und aneinander vorbeilaufen, bis die Miliz uns einsammelt!«

Lafflin schloss die Augen, konzentrierte sich, um diese Probleme zu bedenken, blies aber nach wenigen Sekunden die aufgestaute Luft aus seiner Lunge. Er war offensichtlich ratlos.

»Sir«, sagte John ruhig. »Ich will Sie nicht drängen, aber wäre es nicht an der Zeit, mich über das aufzuklären, was wir hier tun?«

Lafflin nickte, aber in diesem Moment klopfte es zum zweiten Mal an diesem Abend heftig an der Tür.

»New Orleans Police! Sofort aufmachen!«

Bonneterre hatte keine Zeit verloren. Aber vielleicht war gerade das ein Fehler gewesen, denn nicht mehr als zwei Polizeibeamte betraten Gowers' Wohnung, nachdem dieser geöffnet hatte. Eine Observierung oder aber das gewaltsame Eindringen der Louisiana-Miliz hätte sicherlich mehr gebracht als die offizielle Untersuchung einer polizeilichen Anzeige.

»Mein Name ist Duggan, das ist mein Kollege Helman«, sagte der Wortführer der bescheidenen Abteilung. »Sind Sie John Gowers, auch bekannt als ›der Engländer‹?«

»Ja«, antwortete John und hätte am liebsten hinzugefügt: Wen hatten Sie denn hier erwartet?

»Gegen Sie liegt eine Anzeige wegen Körperverletzung, Nötigung und Beleidigung vor, junger Mann. Würden Sie bitte mitkommen?!«

»Moment, Officer Duggan«, schaltete sich John Lafflin ein. »Wollen Sie den Fall nicht erst einmal untersuchen, ehe Sie der Stadtkasse unnötige Kosten verursachen?« Mit schlafwandlerischer Sicherheit hatte er das Argument gefunden, das noch den fantasielosesten Beamten ins Grübeln bringt. »Ich war zufällig Zeuge der Auseinandersetzung und kann bestätigen, dass Mr. Gowers in einem Akt der Nothilfe gehandelt hat.«

»Wer sind Sie denn überhaupt?«, flüchtete Duggan barsch auf das von ihm schlafwandlerisch beherrschte Terrain der simplen Fakten.

»Mein Name ist John Lafflin. Direktor der Lafflin Gunpowder Limited, St. Louis/Missouri.«

»Und was tun Sie in diesem Haus, Sir?« Duggan verzog den Mund zu einem überlegenen Grinsen, als wüsste er die Antwort bereits.

Aber der alte Mann erwiderte sehr ernsthaft: »Wir diskutieren gerade ein literarisches Problem! Eine Stelle bei Milton, die wir verschieden auslegen.«

»In uns allein sei unsre Seligkeit«, warf John Gowers ein. »Für uns allein zu leben, sei es auch in dieser Wüste hier, damit wir frei und unabhängig statt des leichtern Jochs des Sklavenpomps die schwere Freiheit wählen.«

Die Beamten der New Orleans Police wurden nicht unbedingt nach ihrem literarischen Kenntnisstand ausgewählt und sahen einander stirnrunzelnd an.

»Ich behaupte«, sagte Gowers, »dass der hier formulierte Gedanke von der Autonomie des menschlichen Geistes ein Credo Miltons ist.«

»Aber nein«, entgegnete Lafflin, »denn es ist Satan, der diese Verse spricht, und das konterkariert Ihre Aussage.«

»Eben nicht Satan«, sagte Gowers mit schulmeisterlich erhobenem Zeigefinger. »Nur einer der gefallenen Engel.«

»Und was ist dann passiert?«, unterbrach Officer Duggan den ihm unverständlichen Disput.

»Mrs. Margret-Ann, die Besitzerin des benachbarten Etablissements«, berichtete Lafflin, »informierte Mr. Gowers darüber, dass ein Kunde zwei ihrer Mädchen misshandeln würde, und erbat seine Hilfe. Sowohl Mrs. Margret-Ann als auch die beiden angestellten Damen werden Ihnen das gerne bestätigen, Officer!«

»Und weiter?« Auch rhetorische Weitschweifigkeit gehörte nicht zu den häufig geübten polizeilichen Tugenden Officer Duggans, eher die lakonische Kürze beim Erfragen von Sachverhalten.

»Mr. Gowers folgte dieser Aufforderung, fand einen Mann mit erhobenem Ledergürtel über einer wehrlosen Frau stehend und hinderte ihn daran, weiter zuzuschlagen. Das ist alles, Officer. Auch die ärztliche Untersuchung der beteiligten Damen wird diese Aussage bestätigen.«

»Überprüfen!«, befahl Duggan seinem offenbar niederrangigeren Kollegen Helman, der sich beeilte, der Aufforderung nachzukommen. Sein Chef begann, sich im Zimmer umzusehen, und zog misstrauisch ein paar Bücher aus dem Regal. »Wie kommt Maggie«, sagte er und korrigierte sich errötend, »Mrs. Margret-Ann dazu, Sie um Hilfe zu bitten, Mr. Gowers?«

»Sie ist meine Hauswirtin, Sir, und die Situation war zu eilig, um die Polizei zu verständigen.«

Duggan gab sich mit dieser Auskunft zufrieden, sah aber mit der professionellen Besorgnis eines Menschenfängers, dass ihm die scheinbar so leichte Beute mehr und mehr aus den Fingern glitt. Er war darum hocherfreut, als in diesem Moment ein Bote von der Polizeistation anlangte und ihm ein eigenartiges, altertümliches Dokument aushändigte.

Henry Hunter hatte den Informationen des Detektivs Gabriel Beale endlich Vertrauen geschenkt, als der reichlich derangierte Bonneterre ihm berichtete, dass nicht nur der gesuchte Lotse, sondern auch der Schießpulverfabrikant John Lafflin in New Orleans sei. Sofortige Erkundigungen im Polizeiarchiv hatten Erstaunliches zutage gefördert, nämlich einen über vierzig Jahre alten Haftbefehl, den nun der Police Officer Duggan umständlich entfaltete, wobei das in den Falzen bereits brüchige Papier endgültig einriss. Der Bote flüsterte ihm gleichzeitig etwas ins Ohr, und die Sonne des polizeilichen Fahndungserfolgs ging in Duggans Gesicht auf.

»John Lafflin«, sagte er mit amtlicher Schwere, »alias Jean Laffitte. Sie sind hiermit verhaftet wegen Piraterie, Schmuggel und illegalem Sklavenhandel! Wenn Sie mir bitte folgen würden!«

»Wollen wir nicht noch einen Augenblick warten, Officer?«, antwortete Lafflin, während er aufmerksam das vergilbte Dokument studierte, das der Polizist ihm nach so vielen Jahren unter die Nase hielt. »Dann könnten Sie vielleicht Mr. Gowers auch gleich mitnehmen.«

»Genehmigt«, schnarrte Duggan. »Aber glauben Sie ja nicht, dass Sie mir jetzt noch entwischen können!« Er legte mit ausgesuchter Arroganz beide Hände auf den Rücken und wandte sich wieder

dem Bücherregal zu, um dem Delinquenten seine ganze aufreizende Selbstsicherheit zu demonstrieren.

»Sklavenhandel?«, fragte John Gowers verwundert.

Lafflin nickte. »Vor einem Menschenalter, Mr. Gowers. Was sagten Sie eben über den falschen Mann, der das Richtige tut?« Er bedeutete dem Lotsen mit einem Wink seiner Augen, dass Police Officer Duggan just in diesem Moment Das verlorene Paradies zur Hand genommen hatte.

»Kennen Sie John Milton, Officer?«, fragte Gowers den Polizisten, der daraufhin wie ertappt das Buch zuschlug.

Duggan überlegte. »Ist polizeilich bislang nicht aufgefallen«, lautete dann seine amtliche Stellungnahme.

»Ich denke jedenfalls«, fuhr John Gowers in einem retardierenden Stil fort, der Magister Chambers Laute des philologischen Entzückens entlockt hätte, »dass sein Bekenntnis zur menschlichen Willensfreiheit hier evident ist.«

»Ich bin nach wie vor anderer Ansicht, junger Mann«, entgegnete Lafflin, während der Polizist verständnislos vom einen zum anderen sah. »Schließlich war er Calvinist …«

»Puritaner!«, korrigierte Gowers.

»Wie auch immer. Jedenfalls Anhänger der reformierten Auffassung von Gottesgnade und Prädestination, der Vorherbestimmtheit des menschlichen Schicksals. Denken Sie nur an die Hafenszene!«

»Hafenszene?«, Gowers runzelte die Stirn.

»Ja. Am Pier sieben.«

»Sie meinen die Stelle, wo die Verschwörer sich treffen?«

»Exakt.«

»Aber sie laufen doch aneinander vorbei, ohne sich zu erkennen.«

»Bis Gott zu Moses spricht, Mr. Gowers. Exodus, Kapitel drei, Vers zehn.«

»Ich verstehe.«

»Noch nicht ganz, fürchte ich.« Lafflin seufzte. »Denn diese Stelle korrespondiert bekanntlich eng mit den Versen vierzehn folgende im Buch der Richter, Kapitel vier.«

Gowers hob, scheinbar von den besseren Argumenten überzeugt, ergeben die Hände. »Das sollte ich vielleicht noch mal nachlesen, Sir!«

»Bla, bla, bla«, murmelte Officer Duggan gelangweilt. Dann tauchte der dienstbeflissene Helman wieder auf. Die Befragung Maggies und der Huren hatte ergeben, dass John Gowers in Nothilfe gehandelt hatte und deswegen nicht unter Arrest gestellt werden konnte. Das weitere Verfahren in diesem Fall war damit nicht mehr Sache ehrlicher Polizisten, sondern gerissener Anwälte. Lediglich John Lafflin alias Jean Laffitte konnte man ohne weitere Umschweife ins polizeiliche Gewahrsam abführen.

»Kann ich etwas für Sie tun, Sir?«, fragte Gowers, aber Lafflin schüttelte heftig den Kopf.

»Ich komme schon klar, Mr. Gowers. Kümmern Sie sich um Wichtigeres, und frischen Sie vorher Ihre Bibelkenntnisse auf!«

Auch dagegen war polizeilicherseits wenig einzuwenden. Ein Problem war lediglich, dass Gowers keine Bibel hatte. Als John Lafflin abgeführt worden war, sprach der junge Mann deswegen bei Maggie vor, und deren sofortiges Nachfragen bei ihren Mädchen löste eine höchst eigenwillige Suchaktion nach dem Buch der Bücher aus. Denn obwohl keine der hartgesottenen Huren zugeben wollte, eine Bibel zu besitzen, klopften bis weit nach Mitternacht immer wieder einzelne Mädchen an Gowers' Tür, um ihm verschämt und unter dem Siegel der Verschwiegenheit ihre ganz persönlichen Ausgaben der Heiligen Schrift zur Verfügung zu stellen. Sonntagsschulausgaben, in denen noch Fleißkärtchen und Heiligenbilder lagen, gepresste Blumen oder kleine, kindliche Liebesbriefe, Familien-, Volks- und sogar eine Mormonenbibel.

Gowers hätte ein Bibelseminar eröffnen können, las aber immer nur wieder den Vers: »So geh nun hin, ich will dich zum Pharao senden, damit du mein Volk aus Ägypten führst.« Auch Richter 4, 14 ff. prägte er rasch seinem Gedächtnis ein. Aber als er spät in der Nacht aus dem Fenster sah, dass einige elegant gekleidete junge Männer das Haus aufmerksam beobachteten, wurde ihm klar, dass das Problem mit den Hunden und dem Hasen noch nicht gelöst war.

71.

Die See, der Anblick des endlosen leeren Horizonts und das Rollen der Wogen unter seinen Füßen, übte einen eigenartigen, beruhigenden Einfluss auf ihn aus. Es war nur zum Teil das Gefühl, nach Hause zu kommen, bei sich zu sein, obwohl ihm die See, gleich an welcher Stelle der Welt, stärker Heimat war als jeder andere Ort, den er gesehen hatte.

Es war auch nicht nur die Tatsache, dass er auf See jeden Kurs steuern und halten konnte, ohne sich um Straßen, Wege, Pfade und die Spuren der Menschen auf ihnen kümmern zu müssen. Auf See gab es keine traditionsreichen Landschaften, Grenzen, Reiche, Ruinen, und niemand war je so verrückt gewesen, zu behaupten, dass ihm diese oder jene Woge gehöre. Die See war, wie sie schon vor Jahrmillionen gewesen war, und wenn sein Schiff in diesem Augenblick sinken würde, wäre im nächsten nur noch ein wenig Treibgut zu sehen, das das nächste Wetter zerblasen würde. Die See duldete keine Spuren, sie erschuf sich immer neu.

Was er aber von jeher am stärksten empfand, war das beruhigende Wissen, dass er auf See nicht mehr tun konnte, als er tun konnte. Abgesehen von ein paar ziemlich klar umrissenen Tätigkeiten, die allerdings rund um die Uhr ausgeübt werden mussten, gab es an Bord eines Schiffes nur die Arbeit, die man sich selbst machte. Natürlich erhöht regelmäßiges Säubern, Pflegen, Imprägnieren mit Teer und Fett die Funktionsfähigkeit eines seegehenden Fahrzeugs – aber das tägliche Aufklaren und Deckschrubben diente doch im Wesentlichen nur einem einzigen Zweck: der Beschäftigung ansonsten tätigkeitsloser Männer. Hatte man das einmal durchschaut und akzeptiert, war ein tiefer, beruhigender Fatalismus die natürliche Folge.

An Land brauchte man für nahezu jeden Schritt einen Plan und war dann ständig in all die Rücksichten, Bedenken und Ängste verstrickt, die Pläne und Planen mit sich bringen. Die

See verlangte keine Pläne, nur Handeln, und kannte deshalb auch nicht die quälende Frage: Habe ich alles richtig gemacht? Fehler rächten sich auf See sofort oder gar nicht, und kein vor den Orkneys ertrinkender Matrose musste sich sagen: Ach, hätte ich doch auf der Doggerbank ein Segel mehr gesetzt, dann würde ich jetzt nicht ersaufen!

Nach einer eher ruhigen Woche, in der sie gegen den Ostwind kreuzten, begann es aus Südwesten, von der Tasmanschwelle her, mächtig zu blasen. Selbst von Tempsky, der doch den Atlantik und Pazifik überquert hatte, wurde angesichts der Wellengebirge, die der Wind auftürmte und die die kleine Bark vorwärtsschoben, ein wenig weiß um die Nase.

»Klempner und Seeleute dürfen nicht allzu viel Fantasie haben«, sagte er zu dem ungerührten Joseph B. Williams, als eines der schwarzgrünen Monster unter ihnen durchgelaufen war, sie mit Mann und Maus vierzig Fuß hochgehoben hatte, um sie dann im tiefen Tal zwischen zwei ähnlichen Wogen zu verschütten. »Man sagt doch, dass die Bewegung der See durch die Ruhelosigkeit der ertrunkenen Träume ausgelöst wird, die darunter begraben sind«, fuhr der Deutsche fort.

John Gowers warf ihm einen zweifelnden Blick zu, um festzustellen, ob das ein Witz sein sollte. »Hier sind wohl vor allem Walfänger ertrunken, Sir«, antwortete er, als er den Ernst und eine Spur Angst in den Augen seines Kommandanten sah, und fügte nicht hinzu, dass die Träume von Walfängern wohl hauptsächlich um Speck, Tran und vielleicht auch noch um die Fischbeinkorsette kreisten, in die die feineren Damen ihre weißen Hüften zwängten.

»Scheinen eher Alpträume zu sein«, sagte er dann aber doch, als eine neue Woge hinter dem Schiff aufstieg und so hoch wuchs, dass sie ihm für ein paar Sekunden sogar den Wind aus den Segeln nahm. Gowers wunderte sich nicht darüber, dass der Kapitän die Segel überhaupt stehen ließ, denn dafür gab es einen jedem Seemann unmittelbar einleuchtenden Grund: Der Sturm schob sie in die richtige Richtung. Er fragte sich nur, ob Tuch und Schoten dem wilden Andrang des Windes auf dem Wellenkamm standhalten oder zerreißen würden. Gespannt wanderte sein Blick in die Takelage, während das Schiff sich langsam aus dem Lee der riesigen Welle hocharbeitete.

Jetzt! Die Segel, die eben noch gekillt hatten, spannten sich mit einem scharfen Knall, der klang wie eine Gewehrsalve, und die Bark flog voran, als hätte sie einen Tritt bekommen. Die Masten und die Mägen der Männer bogen sich unter der plötzlichen Fahrt, die sie aufnahmen, und erst als die Stagen durch die Überbeanspruchung bereits knackten, kam der Befehl »Reff!«, gefolgt von der vorsorglichen Anweisung: »Alle Nichtseeleute unter Deck!« Jetzt ein womöglich falscher Ruderbefehl, nur weil sich irgendein Idiot nicht auf den Beinen halten konnte und von Bord gespült wurde, und es würde wahrhaftig gefährlich werden.

Von Tempsky beeilte sich, der Anordnung nachzukommen, um sich, wie all die anderen Landratten, außer Sichtweite der entfesselten Elemente der Illusion hinzugeben, in einer von Menschen gemachten und von Menschen beherrschten Welt zu leben, die sich eben nur manchmal unwillkürlich hob oder senkte. Gowers jedoch näherte sich einem der verkniffen nach oben starrenden Seeoffiziere.

»Ich bin Seemann, Sir. Brauchen Sie noch Hände an Deck?«

Der Mann, ein kleiner, schmächtiger Kerl, der auf Deck stand wie festgewachsen und dessen Gesicht von Wind und Salz so rot war wie seine Haare, fragte mit vorsichtigem Grinsen: »Sind Sie sicher?«

»Unser Kreuzroyal wird nur noch ein Putzfeudel sein, wenn wir es nicht bald runterbekommen, Sir«, sagte Gowers ruhig.

»Rauf!«, entschied der Offizier knapp und deutete auf den Kreuzmast, dessen Royalgeitau zerrissen war und wie eine riesige Peitsche gegen das oberste Segel schlug.

Der Investigator enterte auf wie eine Katze; und von da an wurde er so selbstverständlich in die seemännischen Arbeiten einbezogen, als hätte er nicht als Soldat, sondern als Matrose angeheuert. Nur der Ton, den man ihm gegenüber anschlug, als die unmittelbare Gefahr vorbei war, war deutlich anders, und das »Würden Sie bitte …«, »Was halten Sie von …« und »Hätten Sie wohl die Freundlichkeit …«, mit dem man ihm Befehle erteilte, sorgte zuverlässig für Stürme der Heiterkeit bei den eigentlichen Seeleuten.

Derart gut gelaunt überquerten sie die Tasmansee, und der mächtige Sturm hatte sich in einen nur noch lästigen grauen Regen verwandelt, als John Gowers von der Spitze des Fockmastes die ersten Ausläufer eines fernen grünen Landes erblickte.

72.

Seit sie eine klar umrissene Aufgabe hatten, nämlich die Überwachung des verrufenen Hauses, waren die jungen Ritter des Südens gewissermaßen körperlich gewachsen, so gerade hielten sie sich. Eben noch nichtsnutzige Herumlungerer, waren sie mit einem Mal zu Wächtern geworden, deren scharfen Augen keine Bewegung des Feindes entgehen würde. Aber leider bewegte der Feind sich nicht; das Ausleeren eines Nachttopfes und ein nach einem kläffenden Hund geschleudertes Stück Feuerholz bildeten die Höhepunkte der Nacht, und das machte die schärfsten Augen müde.

Nur als am sehr frühen Morgen und noch in der Dunkelheit drei der bei Maggie angestellten Damen das Haus verließen, kam noch einmal ein wenig Leben in die Männer. Sie strichen ihre dünnen Schnurrbärte, zogen ihre Rockschöße glatt, richteten ihre Hüte – aber alles, ohne die Aufmerksamkeit der deutlich übernächtigten jungen Damen zu gewinnen. Eine von ihnen gähnte praktisch ununterbrochen, hielt dabei aber immerhin einen Fächer vor ihr Gesicht.

Pier Nummer sieben war menschenleer, bis auf einen schlanken Farbigen, der, den Strohhut auf sein Gesicht gelegt und die Hände über dem Bauch gefaltet, an einem Baumwollballen lehnte und im Sitzen schlief. John, immer noch in den furchtbaren, unpraktischen Frauenkleidern steckend und seelisch nicht wenig durch den ungewohnten Luftzug an seinen nackten Beinen angegriffen, sah sich suchend um und fragte sich, was er eigentlich tun würde, wenn er niemanden fand.

Ratlos ging er auf dem Pier auf und ab, zweimal, dreimal. Es war nur eine Frage der Zeit, bis ihn ein früher Heizer oder später Flößer mit eindeutigen Absichten ansprechen würde, sagte er sich grimmig, aber auch ein wenig erheitert. Er malte sich das überraschte Gesicht des glücklosen Freiers in immer grelleren Farben aus und lachte jetzt einige Male leise, wenn auch mehr vor Verzweiflung.

Deborah beobachtete die Hure durch die Löcher in ihrem Hut. Was wollte diese Idiotin nur hier, um diese Zeit? Selbst wenn Männer hier wären, würden sie jetzt wohl auf dem Weg zur Arbeit sein und nicht mit einem heruntergekommenen Mädchen gehen, das … das sich so eigenartig bewegte. Sie wiegte ihre Hüften nicht und hatte weder vorn noch hinten viel von dem zu bieten, was Deborah an den wenigen käuflichen Damen, die sie in ihrem Leben gesehen hatte, beinahe widerwillig als besonders auffällig registriert hatte.

Obwohl sie sich dabei vor sich selbst genierte, war ihr nächster Blick auf die hin und her gehende Hure hauptsächlich von weiblicher Neugier geprägt. Deborah wusste aus einigen anzüglichen Gesprächen in den Sklavenhütten ihrer Jugend, dass weiße Frauen von der Natur oft weniger reich bedacht worden waren als schwarze. Aber, meine Güte, diese Frau hatte ja anscheinend überhaupt keinen Hintern!

Sie grinste ein wenig unter ihrem Hut, besann sich aber schnell wieder auf ihre wichtige, verzweifelte Aufgabe: Sie musste den alten Mann treffen oder aber den Boten identifizieren, den er ihr schicken würde. Dann sah sie für einen Augenblick die Hände der Hure und begann zu zittern. War das möglich? Durfte sie das riskieren?

John glaubte zuerst, dass seine Ohren ihm einen Streich spielten, als er das Pfeifen hörte. Er sah sich um, aber da war niemand außer dem schlafenden Neger auf der anderen Seite des Piers. Erst beim zweiten Mal fiel ihm auf, dass eine kurze Melodie gepfiffen wurde, und erst beim dritten Mal erkannte er »Go down, Moses«. Aber es dauerte auch danach noch eine knappe Minute, bis ihm die Worte zu dieser Melodie einfielen beziehungsweise bis er in Gedanken die Verbindung zu den Versen herstellte, die er auswendig gelernt hatte.

Noch einmal sah er sich um, noch immer war niemand da. Entweder würde er sich jetzt völlig lächerlich machen oder sein Ziel erreichen. Kurz entschlossen ging er auf den schlafenden Neger zu, blieb kurz vor ihm stehen und sagte fast wütend laut: »So geh nun hin, ich will dich zum Pharao senden, damit du mein Volk aus Ägypten führst!«

All seine Verwirrung in dieser Nacht, an diesem Morgen war nichts gegen die Überraschung, die jetzt die leise, aber deutliche Antwort – einer Frauenstimme in ihm auslöste.

»Deborah aber sprach zu Barak: Auf! Das ist der Tag, an dem der Herr den Sisera in deine Hand gegeben hat.« Die junge Frau stand auf und schob den Hut aus einem klugen, misstrauischen, erschöpften, aber nicht ängstlichen Gesicht.

»Wer sind Sie?«, fragte sie streng.

»Mein Name ist John Gowers. Ich bin der Lotse der Deep South*«, sagte John, dem in seiner Frauenkleidung nun immer unbehaglicher wurde. »John Lafflin schickt mich. Ich soll Sie zum Schiff bringen.«*

»Und meine Leute?«

Die Bestimmtheit ihrer Fragen verwirrte ihn. Er hatte erwartet, ein eingeschüchtertes Wesen zu treffen, das dankbar dafür wäre, wenn es gerettet würde, und fand einen weiblichen General vor, der ihn offenbar als eine Art subalternen Melder betrachtete.

»Zuerst müssen wir zum Schiff. Dann holen wir Ihre Leute.« John ärgerte sich ein wenig darüber, dass sie sich noch immer nicht in Bewegung setzte, denn es wurde nun immer heller.

»Ich habe ein Problem«, sagte Deborah. »Einer meiner Männer wurde geschnappt.«

»Ich habe auch ein Problem«, erwiderte Gowers beinahe sarkastisch. »John Lafflin wurde verhaftet!« Diese Antwort schien ihr Selbstbewusstsein zum ersten Mal ein wenig zu erschüttern, und schnell fügte er hinzu: »Aber das bedeutet nur, dass wir uns beeilen müssen.«

Sie gingen jetzt immerhin ein paar Schritte, und durch die Bewegung wurde Gowers wieder an die Lächerlichkeit seiner Verkleidung erinnert. Die junge Frau schien das zu bemerken.

»Warum tragen Sie Frauenkleider?«

»Ich musste ein paar Verfolger abschütteln«, sagte er ärgerlich. »Was dachten Sie denn?«

Ein Lächeln huschte über Deborahs Gesicht, als ihr wieder einfiel, was sie gedacht hatte. »Jedenfalls werden wir so nicht weit kommen«, überlegte sie laut. »Ein Sklave, der keiner ist, und eine Frau, die keine ist – und der man das ansieht.« Sie blieb wieder stehen und seufzte kurz, als hätte sie eine schwere Entscheidung getroffen. »Lassen Sie uns die Kleider tauschen!«

Am Ausgang des Piers, zwischen Baumwollballen und Frachtgutkisten, geschützt durch das Heck eines schlafenden Dampfschiffes, zogen die beiden jungen Leute sich aus; Rücken an Rücken, ohne Scheu, von der bloßen Notwendigkeit ihrer gefährlichen Aufgabe getrieben. Was beide dennoch zutiefst empfanden, war die Wärme des fremden Körpers, die noch in den getauschten Kleidern steckte und sich mit der ihrer eigenen Haut vermischte. Bald konnten sie das eine nicht mehr vom anderen unterscheiden.

73.

Am selben Morgen, zur selben Zeit, als eben die Sonne aufging, erwachte auf der anderen Seite des Flusses in einem vornehmen Herrenhaus, das einst die Landschaft beherrscht hatte, dann aber von der Stadt eingeholt, überholt und schließlich verschluckt worden war, eine alte Dame aus kurzem, unruhigem Schlaf. Siebenundsechzig Jahre hatten Eileen Clairbornes Rücken nicht beugen können, aber sie allein wusste, wie viel Schmerzen und Disziplin es gekostet hatte, aufrecht und strahlend durch ein Leben zu gehen, von dem aufgrund einer Wirbelsäulenverkrümmung noch die Ärzte des 18. Jahrhunderts vorausgesagt hatten, es würde schon früh wieder von der und in der Erde verschwinden.

Ihre Eltern hatten sich dieser Meinung angeschlossen und nach dem misslungenen ersten Versuch noch ein halbes Dutzend besser geratene Nachkommen in die Welt gesetzt, aber Eileen hatte sie alle Lügen gestraft: war zu einer Schönheit herangewachsen, hatte den Gouverneur von Louisiana geheiratet und war lange Zeit der Mittelpunkt und Magnet der feinen Gesellschaft von New Orleans gewesen. Das verdankte sie einer schwarzen Amme, die mehr vom menschlichen Körper verstand als alle Ärzte Louisianas zusammengenommen, täglichem mehrstündigem Rückentraining und einem eisernen Willen, den niemand in einem so zarten Körper vermutet hätte.

Auch an diesem Morgen erhob sich die zierliche Greisin unter Schmerzen, dehnte und streckte sich wie eine alte Katze, bis die nächtliche Verkrampfung ihrer Muskeln gelockert war, und verschloss dann die Tür, die sie aus Vernunftgründen seit einigen Jahren in der Nacht offen ließ, falls einmal »etwas« mit ihr passieren würde. Sie hängte jetzt ihr seidenes Nachthäubchen an die Klinke und vor das Schlüsselloch und war allein mit sich.

Aus einem Schränkchen, dessen Schlüssel sie stets bei sich trug, nahm sie einen zusammengerollten schmalen Teppich und ein Paar kleine gusseiserne Hanteln, die ein schwarzer Schmied, der Ehemann ihrer Amme, vor über sechzig Jahren für sie angefertigt hatte. Anschließend zog sie ihr Nachthemd aus, entrollte den Teppich und legte sich splitternackt darauf, um das nie geänderte einstündige Morgentraining zu absolvieren.

Fünfzig Jahre, bevor in Bess Mensendiecks Körperkultur des Weibes zumindest der Gedanke heilender und schulender Gymnastik formuliert wurde, praktizierte Eileen Clairborne bereits Übungen, die zum Teil denen des indischen Yoga entsprachen; vollführte also ausgesprochen undamenhafte Bewegungen, bei denen ihre Knie ihre Schultern berührten, Ellenbogen und Fußsohlen gleichzeitig am Boden ruhten und gelegentlich Körperteile in die Luft ragten, die Kirche und Bürgertum nacheinander und seit dem Mittelalter zu einem dunklen, lichtlosen Dasein verurteilt hatten.

Da diese Übungen in ihrer Wirksamkeit immer wieder von den Gewichten unterstützt wurden, geriet Madame Clairborne schon nach kurzer Zeit in einen heilsamen, wohltuenden Schweiß, sodass ihr Körper nicht nur warm und elastisch wurde, sondern in der Morgensonne vor Frische zu glänzen begann. Sie trat vor den Spiegel. Ihre Muskeln, ihr Fleisch waren noch fest, nur die gealterte Haut hier und da schlaff geworden, Kopf- und Schamhaar ergraut, die zierlichen Hände von leider immer größeren braunen Altersflecken bedeckt.

Sie steckte die Haarsträhnen, die sich vereinzelt gelöst hatten, wieder fest und goss dann das Wasser aus zwei großen Porzellankrügen in eine flache Metallwanne, den Tub, der wie eine überdimensionale Bratpfanne ohne Stiel aussah und den Edgar Degas gut zwanzig Jahre später durch eine fast schon obsessive Serie von Aktgemälden unsterblich machen würde. Um sich im Tub den Schweiß und die Nachtruhe abzuwaschen, bedurfte Eileen Clairborne aller akrobatischen Fähigkeiten, die sie soeben eingeübt hatte. Sie war jedoch noch nicht zum Einseifen gekommen, als ein zögerndes Klopfen ertönte.

Das ärgerte sie, denn ihr Personal hatte die strikte Anweisung, sie um diese Stunde nicht zu stören, es sei denn in einem Fall von außerordentlicher Wichtigkeit. Gleichzeitig freute sie sich, dass dieser mit zunehmendem Alter immer seltenere Fall offenbar noch einmal eingetreten war.

»Ja?«

»Ein Brief ist abgegeben worden, Madame!«

»Schieb ihn unter der Tür durch, Molly.«

Ein feines Kratzen am Türspalt verriet, dass dieser Befehl prompt befolgt wurde, und da niemand da war, der ihre Ungeduld tadeln würde, ging Eileen Clairborne nackt und tropfnass zur Tür, hob den Brief auf und öffnete seinen Umschlag. Sie las die Botschaft auf dem kleinen Zettel darin, und ihre Augen schienen plötzlich den Raum zu erhellen.

Noch einmal trat sie vor den Spiegel, löste aber diesmal ihr volles graues Haar, das ihr bis über Schulterblätter und Brüste reichte. Zweifelnd, zögernd und noch immer feucht vom Wasser legte sie sich dann wieder auf ihr Bett. Mit geschlossenen Augen roch sie an dem Brief, roch Tabak und etwas wie Eisen, nahm ihn dann leicht zwischen ihre Lippen und tat etwas, das sie seit Jahren nicht mehr getan hatte: Sie streichelte sich, ihren Schoß, die Schenkel, den Bauch und ihre Brüste.

Ein Lächeln glättete die Falten auf ihrer Stirn, und sie sah sowohl in ihrer Erregung wie auch in ihrer Befriedigung wunderschön aus; wie ein alter Baum, der im Frühling noch einmal Blüten treibt. Erst danach las sie den Brief zum zweiten Mal.

Chère Madame!
Ergebenste Grüße aus einer lange vergangenen Zeit, die ihn nun eingeholt hat, sendet Ihnen der Unterzeichnete. Sie werden sich zweifellos an unser kleines Abkommen erinnern, und so die entsprechenden Papiere noch in Ihrem Besitz sind, würden Sie mir sehr helfen, wenn Sie baldmöglichst damit in der Central-Polizeistation hier am Ort vorsprechen könnten.

Es küsst Ihre Hände, der in seiner Jugend das Glück hatte, Ihr Freund zu sein, und es immer geblieben ist,

J'n Laffitte

74.

Am selben Morgen, zur selben Zeit, eine Stunde nach Sonnenaufgang, hundert Meilen weiter im Norden, hundertundfünfzig, wie der Fluss fließt, schlug auch Marie-Therese Helisena Milisande Bonneterre ihre Augen auf und wusste sofort, dass ein hektischer Tag vor ihr lag. Kurz nach Mittag musste man in Baton Rouge sein, eine gute Stunde später – vermutlich, denn auch die großen Dampfschiffe konnten ihre Fahrpläne nur ungefähr einhalten – auf der Big Missourie *und dem Weg nach New Orleans.*

Das Telegramm war gestern am späten Abend gekommen, heute Nacht schon würde man zur Stelle sein. Wer schneller war, musste fliegen können. Madame Bonneterre erhob sich, saß kerzengerade auf dem Bettrand und tastete mit den Füßen nach ihren Pantoffeln. Mit klarer Stimme, aber nachtsaurem Atem befahl sie auch ihrem Mädchen, nun endlich aufzustehen.

Darioleta schlief wie ein Baby, seit der junge Herr fort war, was wahrscheinlich daran lag, dass sie keine Angst vor dem Aufwachen hatte. Die alte Misses hatte sie in ihr Zimmer genommen, um sie, wie die alte Misses sagte, nicht in die Versuchung zu führen, den jungen Männern in den Sklavenunterkünften die Köpfe zu verdrehen. Die alte Urganda, Aufwartefrau seit mehr als dreißig Jahren, hatte statt ihrer den schweren Weg in die Sklavenhütten antreten müssen, und Darioleta machte sich die berechtigte Hoffnung, dauerhaft Urgandas Platz einzunehmen und nie wieder zu dem jungen Herrn befohlen zu werden.

Die Mitteilung, dass sie die alte Misses auf eine Reise in den Süden, ins große New Orleans begleiten würde, war erst gestern eingetroffen und bestätigte sie in ihren schönsten Träumen. Als sie wenige Stunden später in ihrem besten Kleid an Bord der Big Missourie *ging, eines der prächtigsten Dampfschiffe des Mississippi, fühlte sie sich fast selbst wie eine Misses; so weit vom festgestampften Lehmboden der Hütte entfernt, in der sie geboren wurde, wie es einer Sklavin nur möglich war.*

Eigentümlich war nur, dass die alte Misses nicht mehr mit ihr sprach, den ganzen Tag nicht, seit sie aufgebrochen waren; keine Gespräche über das Wetter, die allgemeine Moral, die gute alte Zeit, keinerlei Aufträge, nicht einmal die üblichen kleinen Befehle, tu dies, hol das. Darioleta wunderte sich darüber, freute sich aber auch, dass keinerlei »Seelen kränkende Arbeit«, wie Homer die Sklaventätigkeit genannt hatte, ohne dass das Mädchen es wusste, sie davon abhielt, diese größte Reise ihres Lebens in vollen Zügen zu genießen.

Zwar sah sie nichts, was sie noch nie gesehen hätte: Stech- und Fächerpalmen, Orangenbäume und die in langen Reihen den Horizont begrenzenden Zypressen gab es auch in Denham Parish. Aber das Erlebnis, auf dem fast eine Meile breiten Fluss dahinzugleiten, und die frische Brise aus Süden, die sich auf dieser ungeheuren Fläche entwickelte, waren neu und beinahe berauschend. Immer wieder überholten sie riesige Flöße, manche fast einen Morgen groß, und die blendende Stimmung der bis zu zwei Dutzend Männer darauf, die wussten, dass eine vielleicht zweitausend Meilen lange Reise in den nächsten acht oder zehn Stunden zu Ende gehen würde, übertrug sich scheinbar auf den Fluss, den Himmel und alle Reisenden auf und unter ihm.*

75.

Auf dem gleichen Fluss und zur gleichen Stunde schmeckte Deborah hundertachtzig Meilen weiter südlich bereits Salz in der Luft. Dennoch schien das braune Wasser hier träger, und auch der Verkehr auf ihm hatte merklich abgenommen. Es gab keine großen, geraden Bäume mehr, also auch keine Flöße, keine reichen Städte, also keine mit Weizen und Mais beladenen Kielboote, und nur wenig Menschen, also keine Passagierdampfer. Die Hochseeschiffe, die von New Orleans abgingen, hielten an den kleinen Anlegestellen des Deltas nicht an, und auf keinem Fahrplan irgendeiner seriösen Schifffahrtslinie stand: New Orleans – London, via Dalcour, Bertrandville oder Wills Point. Die Bewohner des riesigen Deltas, mehrheitlich Cajuns, waren von der Welt abgeschnitten, sahen sie nur hin und wieder arrogant und majestätisch vorüberziehen und mussten den Anschluss an sie mit kleinen Kanus, Kähnen und Ruderbooten bei Bedarf selbst herstellen.

* Ursprünglich die Fläche eines Ackers, die an einem Vormittag umgepflügt werden kann, und daher naturgemäß von unterschiedlicher Größe; entspricht aber etwa der Fläche eines Fußballfelds.

In dem Kanu, das Gowers am frühen Morgen gestohlen hatte, saß Deborah im Bug und hatte in erstaunlich kurzer Zeit das Paddeln gelernt. Zwar brachte sie vor allem die Strömung rascher voran als jeder Eselskarren, aber als John Gowers, der seit dem Sonnenaufgang wieder seine blaue Brille trug, sich einmal umständlich eine Pfeife angezündet hatte, spürte Deborah, dass es auch ihre eigenen Paddelschläge waren, die das Boot antrieben. Und obwohl ihre Schultern schmerzten, hatte sie, durch diese Erkenntnis seltsam gestärkt, ihre Anstrengungen verdoppelt und ihre Geschwindigkeit damit noch einmal merklich erhöht.

Erst nach einigen Stunden und dem pausenlosen Blick auf ihren Rücken, die arbeitenden Muskeln und Arme, auf den dunklen Fleck, der sich zwischen den Schulterblättern auf dem hellen Kleid bildete, wurde John klar, was ihn an der ganzen Situation so sehr irritierte, als hätte er in seinem Leben noch kein Boot gesteuert: Er hatte nie einen weiblichen Schiffskameraden gehabt und seit dem Tod seiner Mutter und seiner Zeit in der britischen Marine Frauen stets als die Passagiere des Lebens betrachtet.

»Kurze Pause«, kommandierte er, als er sah, wie erschöpft seine Begleiterin war – aber auch, dass sie lieber gestorben wäre, als das zuzugeben oder nur einen einzigen Paddelschlag auszusetzen.

»Wie weit noch?«, fragte sie und rollte die schmerzenden, steifen Schultern von vorn nach hinten und umgekehrt, ohne dabei eine nennenswerte Erleichterung zu empfinden.

»Etwa zehn Meilen«, sagte er. »Noch mindestens anderthalb Stunden!«

»Woher wissen Sie das?«

»Ich bin Lotse«, erwiderte er schlicht. »Unterhalb von New Orleans war ich zwar noch nicht oft, aber oft genug, um einzuschätzen, wo ich bin.«

»Auf eine Meile genau?!« Deborah ließ nun auch den Kopf langsam von links nach rechts kreisen, um die Nackenmuskulatur zu lockern.

»Nein«, sagte John. »Auf etwa zwanzig Yards genau!«

Er hatte schon so lange nicht mehr angegeben, dass er diese glänzende Gelegenheit einfach nicht auslassen konnte, sagte er sich. Aber als sich die junge Frau jetzt zu ihm umdrehte und ihm einen halb fragenden, halb wissenden Blick zuwarf, wurde ihm klar, dass er sie vor allem beeindrucken wollte, und es war ihm peinlich, dass sie das wusste.

»Weiter!«, befahl er schnell, damit sie wieder nach vorn sehen musste.

Erst als sie einige Minuten schweigend weitergepaddelt waren, fragte Deborah: »Und wie machen Sie das?«

76.

Eine der erfolgreichsten Lügen des 19. Jahrhunderts war die Propagandaerfindung, dass der Beruf des Soldaten ehrenhaft sei. Sie wurde notwendig, als die entstehenden Nationalstaaten die allgemeine Wehrpflicht einführten, ohne die sie ihre Kriege nicht hätten finanzieren können. Nun sträubt sich der gesunde Menschenverstand – leider nicht immer, aber doch gelegentlich – gegen Schwachsinn. Dass man durch den Zufall der Geburt Eigentum des Staates wird, in dem sie stattfindet, ihm Dienst, Gehorsam und letztlich sein Leben schuldet, ist natürlich Schwachsinn. Um Menschen dennoch dazu zu bringen, für fremde Interessen und den Vorteil der Mächtigen zu kämpfen, zu töten und zu sterben, sind neben Maßnahmen der Repression also gewisse Kunstgriffe nötig, mit denen man ihr Denken manipuliert.

Die Uniform, hundert Jahre zuvor in all ihrer Farbenpracht erfunden, um den Soldaten das Desertieren zu erschweren, wurde zum Ehrenkleid der Nation ernannt. Auch der gemeine Mann durfte sich darin wie ein Gockel fühlen. Rituale der Männlichkeit, Kameradschaft und Tradition schlugen die Vernunft in die Flucht, Orden, Rangabzeichen und Marschmusik machten gerade die einfachen Leute besoffen.

Einem erstarkenden Bürgertum die bedingungslose Unterordnung unter mehrheitlich adlige Schwachköpfe und vor allem die archetypische Sklaventugend des Gehorsams als Zeichen besonderer gesellschaftlicher Verantwortung zu verkaufen erwies sich jedoch noch immer als schwierig; zumal zwischen der Einführung der allgemeinen Wehrpflicht und des allgemeinen, freien und gleichen Wahlrechts meist einige Jahrzehnte vergingen.

Für die besitzende Klasse blieb der Soldatenberuf allen konservativen Lippenbekenntnissen zum Trotz also ein verachtenswerter. Weniger, weil er das historisch immer gewesen war, und mehr, weil Soldaten nicht nur zum Töten und Sterben erzogen werden, sondern ihre eigentliche Aufgabe in der massenhaften Zerstörung fremden Eigentums finden. Dieses Sakrileg, die Verletzung ihrer heiligsten Prinzipien machte der Bourgeoisie das Soldatentum gleichermaßen verdächtig und verächtlich. Bis heute versuchen jedenfalls die Bessergestellten, ihre eigenen Kinder von der Soldatenehre nach Möglichkeit fernzuhalten. Zerstören, töten und vor allem natürlich sterben sollen immer die anderen. Die Armen.

Dass die Lügen von Ehre, Fahne und Vaterland auch bei den unteren Klassen auf beschämend geringen Widerstand trafen, liegt an den hierarchischen Aufstiegsmöglichkeiten, die das Militär auf seinen untergeordneten Befehlsebenen bietet. Jeder Dummkopf, jeder Dreckskerl kann durch Glück, Geduld und Willfährigkeit in die angenehme Lage kommen, andere Menschen plötzlich »unter sich« zu haben. Mit diesem ständig lockenden Versprechen, irgendwann vielleicht einen kleinen Fetzen Macht in die Hände zu bekommen, korrumpierte das System das Individuum.

Und wie bei dritten, vierten, fünften Adelssöhnen schon seit Jahrhunderten galt nun bald auch in Bürgerkreisen die Faustregel: Wer die Fähigkeiten für einen zivilen Beruf vermissen lässt, kann es immer noch als Soldat zu etwas bringen. Wer es als Soldat zu nichts bringt, kann immer noch Militärpolizist werden, und nur wer auch dazu nicht in der Lage ist, muss versuchen, als Wärter im Militärgefängnis sein Auskommen zu finden.

Es war das trostloseste Leben der Welt am trostlosesten Ort der Welt, nämlich ihrem gerade noch bewohnbaren Ende. Jenseits der Chatham Islands lagen nur noch die Wasserwüsten des Südpazifiks, gefolgt von den Eiswüsten der Antarktis. Etwa alle sechs bis acht Wochen, manchmal aber auch nur alle drei, vier Monate traf ein sehnsüchtig erwartetes Versorgungsschiff aus Wellington ein, brachte Vorräte und Gerätschaften, die auf der Insel nicht produziert werden konnten – und das waren eine Menge –, sowie gelegentlich Bücher und Zeitschriften, die selbst auf Neuseeland niemand mehr lesen mochte.

Wenn Neuseeland der letzte Außenposten der britischen Zivilisation war, dann war Chatham der letzte Außenposten Neuseelands, und einen Begriff von seiner Isolation konnte sich Captain William Edward Thomas leicht machen, indem er sich sarkastisch vor Augen führte, wie viele Leute in Europa wohl auch nur von der Existenz Chathams wussten. Thomas befehligte zwei Abteilungen von Konstablern, also zwei Sergeanten und zwei Corporals mit jeweils neun einfachen Soldaten, dazu noch ein gutes Dutzend subalterner Maoriwachen, um etwa dreihundert Gefangene in Schach zu halten.

Es gab nur wenige weiße Siedler auf der Insel, die zudem weit verstreut lebten. Der einzige Arzt, John Watson, war Alkoholiker, der einzige Missionar, J. G. Engst, Däne – und damit war das Kontingent an Intellektuellen erschöpft, mit denen der schmächtige, früh ergraute Captain Thomas ein kultiviertes Gespräch hätte führen können.

Die Konstabler, einfache Leute, Tagelöhner und Söhne von Tagelöhnern auf den größeren neuseeländischen Farmen, waren im Grunde nicht übel. Aber der Dienstälteste, Hauptsergeant Michael Hartnett, war ein Teufel. Er bemühte sich nicht einmal um militärische Haltung, als er aufgrund einer Beschwerde der

Gefangenen wieder einmal vor seinem Vorgesetzten, der höchsten Autorität in diesem kleinen Teil der Welt, Rechenschaft ablegen musste.

Thomas dachte nicht daran, dem Sergeanten einen Stuhl anzubieten, und hielt das bereits für eine Art von Sanktion. »Sie sind eine Plage, Hartnett. Worum ging es diesmal?«

»Te Kooti, Sir. Hört nicht auf mit seinen beschissenen Gebetsversammlungen. Aber diesmal haben wir sie hochgenommen!«

Captain Thomas seufzte. Te Kooti wurde in der Tat zu einem Problem. Seit einige maßgebende Häuptlinge der Whakarau begnadigt und repatriiert worden waren, war unter den Gefangenen ein Autoritätsvakuum entstanden, das der charismatische Krieger und Prophet geschickt zu besetzen verstand.

»Und warum zum Teufel haben Sie sie dabei nackt ausgezogen?«

Hartnett versuchte, ein dienstbeflissenes Gesicht aufzusetzen, konnte sich aber bei der Erinnerung an seinen schäbigen Triumph ein Grinsen nicht verkneifen. »Damit sie nichts verstecken können, Sir. Diese Affen verstecken doch immer was!« In Reih und Glied hatte Michael Hartnett die Gefangenen, Männer, Frauen und Kinder, vor den aufgepflanzten Bajonetten seiner rauchenden, angetrunkenen Soldaten antreten lassen und sich unter höhnischen Bemerkungen ihre Geschlechts- und Hinterteile angesehen. »Außerdem brauchten sie mal wieder eine Lektion.«

»Tekateka behauptet, Sie hätten seine Frau verprügelt und vergewaltigt«, sagte Thomas streng.

»Die muss man nicht vergewaltigen, Sir«, entgegnete Hartnett frech. »Sie ist eine Hure, das können viele meiner Männer bezeugen. Hätten mal sehen sollen, wie die sich aufgeführt hat!«

Tatsächlich hatte die etwa dreißigjährige Hulana Tamati, eine große, üppige Frau, versucht, aus der Demütigung eine Beleidigung zu machen, und Hartnett hatte sie daraufhin fesseln und ins Wachhaus abführen lassen, um ihr zu zeigen, wo Gott wohnt. Das war ihm so gründlich gelungen, dass sie zwei Tage lang weder gehen noch sitzen konnte.

»Sie streiten das nicht mal ab?!« Captain Thomas verzog angewidert das Gesicht. Dann sagte er resigniert: »Sie werden Chatham mit dem nächsten Schiff verlassen, Sergeant! Und ich sorge persönlich dafür, dass Sie unehrenhaft entlassen werden.«

»Das wird böses Blut geben, Sir«, antwortete der Sergeant im sicheren Glauben an seine eigene Unverzichtbarkeit.

Es war die eklatanteste Form militärischer Insubordination, von der Thomas je gehört hatte. Er erhob sich zur vollen Größe seiner schmächtigen eins fünfundsechzig. »Drohen Sie mir, Sergeant?!«

»Nein, Sir«, sagte Hartnett ruhig. »Mache mir Sorgen um Sie, das ist alles.«

»Abtreten!«, sagte Captain William Edward Thomas, so drohend und gebieterisch er nur konnte. Es klang nicht sehr überzeugend.

77.

Gedächtnisbilder in Gedächtnisräumen an Gedächtnisorten, aufgereiht wie die Masten eines Schiffes. Nein, wie Bäume an einem Fluss, nein, Äste an einem Baum. Oder doch lieber auf seltsame rotierende Scheiben montiert und gegeneinander verschiebbar?

Deborah hatte nicht geglaubt, dass jemand, der ganz offensichtlich kein Pfarrer war, so viel Blödsinn in so kurzer Zeit reden konnte. Aber obwohl sie keine Ahnung hatte, wovon er eigentlich sprach, machte es ihr ein seltsames, fast kitzelndes Vergnügen, John Gowers zuzuhören. Und immer, wenn er eine erwartungsvolle Pause machte und sie »Ja?«, »Wirklich?«, »Tatsächlich!«, »Aha!« oder einfach nur »Hmhm« sagen musste, fiel ihr an der Veränderung ihrer Gesichtsmuskulatur auf, dass sie die ganze Zeit lächelte, obwohl gar nichts lustig war.

Glücklicherweise saß er hinter ihr und konnte nur ihren Rücken, aber nicht dieses Lächeln sehen. Deborah war immer ein ernsthafter Mensch gewesen und fand es ungehörig, ohne Grund vor sich hin zu lächeln. Sie versuchte, es zu unterdrücken, aber wenn sie nicht scharf darauf achtgab, stellte sie beim nächsten fälligen »Hmhm« fest, dass sie schon wieder lächelte. Oder immer noch.

War es die Art, wie er sprach? Er kam nicht aus dem Süden, man hörte das. Kein »I reckon« statt »I guess«, nicht die gemütvollen Verschleifungen, die die Sprache der Südstaatler – zumindest für die Ohren der Südstaatler – so musikalisch machten. Kein überflüssiges, aber doch so melodisches »y« in Wörtern, die mit einem K-Laut begannen. Er sagte also tatsächlich »car« statt »cyah«, »going« statt »gwyne« oder »nothing« statt »nuff'n« und artikulierte gelegentlich sogar ein »r«, für das man im Süden überhaupt keine Verwendung hatte, außer vielleicht am Anfang einiger Wörter – deren Gebrauch man deshalb vermied.

Andererseits war in seiner Stimme nichts Großspuriges wie bei den Yankees und auch nichts Lächerliches oder Plumpes wie bei den Franzosen oder Deutschen, wenn sie glaubten, akzentfreies Englisch zu sprechen.

»Sind Sie Engländer?«, fragte Deborah spontan und bereute die Frage sofort, weil sie so offensichtlich nichts mit dem zu tun hatte, worüber er sprach, was immer es war.

Hatte er sie gelangweilt?

Er wusste, dass die Grundlagen der Ars Memorativa, der Gedächtniskunst, nicht gerade das Aufregendste waren, was die Menschheit ersonnen hatte. Man musste sich, wie bei so vielen Dingen, durch eine ziemlich harte Schale beißen, um an die Frucht zu gelangen, also die wirklich spannenden Möglichkeiten eines geschulten Gedächtnisses zu erkennen. Deshalb hatte er vorgehabt, nur das Nötigste zu erzählen, stellte aber irgendwann, wie jeder wirklich fähige Spezialist, besorgt fest, dass nicht er über sein Thema, sondern sein Thema durch ihn sprach. Seit mindestens einer Viertelstunde sagte er also Sachen, die er eigentlich gar nicht sagen wollte, überlegte »in den freien Winkeln« seines Gehirns angestrengt, wie er aus diesem Dilemma herauskommen könnte, und war froh über jede kleine Äußerung, mit der sie verriet, dass sie trotz allem bei ihm war.

Er kannte solche Verlegenheiten sonst nicht; die meisten Frauen in seinem Leben waren Huren gewesen, und bei Huren konnte er, ohne eine andere Konversation als kleine, aber deutliche Komplimente, seine Hände sprechen lassen. Dorothy Simpson hatte ihn anfangs einmal in ein Gespräch über Shelley und die englische Romantik verwickelt, von dem und der er so viel verstand wie Dorothy von der Takelung einer Dreimastbark. Damals war er frech genug gewesen, ein Gedicht von Shelley schlicht zu erfinden, und als sie arglos darauf einging und sagte, gerade dies sei eines ihrer Lieblingsgedichte und ob er es nicht rezitieren könne, hatte er gegrinst, sie ein böses Mädchen genannt und auf den Mund geküsst.

»Hört man das immer noch?«, fragte er, froh, dass er nun nicht mehr über Simonides von Keos, Cicero und die Gedächtnissysteme der Humanisten sprechen musste.

»Woher kommen Sie in England?«

Deborah wusste nichts über England, außer dass es dort Könige und Lords gab, die einst der Meinung gewesen waren, dass Amerika ihr Eigentum sei. Und dass es Krieg gegeben hatte, als die Amerikaner demgegenüber die viel einleuchtendere Ansicht vertraten, dass ein Land denen gehören sollte, die dort leben. Da sie noch immer nicht richtig lesen konnte, reichten gerade ihre historischen Kenntnisse ansonsten nur bis zur schmerzhaften Empfindung eines Mangels.

Sie verdankte ihr diesbezügliches Wissen im Wesentlichen den abolitionistischen Versammlungen, die sie im freien Norden regelmäßig besuchte, und an diesen störte sie das religiöse Gehabe stärker, als sie je sagen konnte. Im Namen des Herrn hatte man sie befreit respektive sie in ihrer Selbstbefreiung unterstützt; aber im Namen des Herrn war sie auch versklavt gewesen, und beides zusammen machte den Herrn, den Gott der Weißen, in ihren Augen zu einem

Popanz, einer beliebig verfügbaren Puppe, bewegt von der Willkür seiner Prediger.

Mehrere Versuche, auf sich allein gestellt richtig lesen und schreiben zu lernen, waren nicht unbedingt fehlgeschlagen, aber im Sande verlaufen. Für einen regulären Unterricht fehlten ihr Zeit und Geld, aber vor allem, Deborah wusste es, hatte sie nach einem ganzen Leben in der Sklaverei einfach nicht mehr die Geduld, auf die zähen kleinen Fortschritte täglichen Lernens zu warten. Verwundert stellte sie jetzt fest, dass ihre Unwissenheit ihr zum ersten Mal, seit sie ihre Lebensaufgabe übernommen hatte, wieder peinlich war.

Ihre Strategie dagegen war denkbar einfach: Beinahe ehe er ihre erste Frage beantwortet hatte, stellte sie eine zweite. Immer der sein, der fragt. So bot sie keine Angriffsfläche, sie würde erfahren, was sie wissen wollte. Und sie würde wieder seine Stimme hören.

John erzählte.

Er erzählte so viel, dass er sich selbst darüber wunderte, was ihm plötzlich alles wieder einfiel. Ein Picknick am Tyne, ein Sonntagnachmittag. Er saß auf einer Wiese und sah sich die Kleeblätter an. Er hatte nie etwas so Grünes berührt, aber es schmeckte nicht. Ein freundlicher Riese, sein Vater, hob ihn auf und zeigte ihm den Fluss. Er glitzerte in der Sonne wie ein gewaltiges, vor Kraft zitterndes Tier.

Warm. Seine Mutter zog ihm das Kleid aus, die viel zu großen Socken von seinen Füßen, und der Riese stellte ihn nackt in das strömende Wasser. Es war kalt. Er sah seine kleinen weißen Zehen weit unter sich wie durch ein Zauberglas. Fühlte, wie der Sand unter seinen Füßen wegrutschte, gleich würde er fallen. Aber der Riese hielt ihn sicher unter den Achseln. So viel Wasser hatte er noch nie gesehen. Woher kam es? Wohin floss es? Warum bewegte es sich? Das fröhliche Lachen seiner Eltern, als er hineinpinkelte.

Er erzählte von dieser Erinnerung nichts, aber sie war da, ganz deutlich, während er sagte: »Benwell-upon-Tyne, in Nordengland, ein Bergbaugebiet. Kohle. Niedrige, eingeschossige Häuser, eher Hüt-

ten. Schwarzer Staub überall, knirschte zwischen den Zähnen. Ein Bergmann und eine Lehrerin.«

Anders als vorher unterbrachen ihn jetzt immer wieder ihre Fragen. Sie war mit ihm dort. In seiner Kindheit, in den Minen, den Straßen von London. Sie fuhr mit ihm auf all diesen Schiffen, den Ozeanen, durch Stürme und Eis und Nächte, die sechs Monate dauerten. Sie war bei ihm, als seine Mutter starb und der weiße Bär über ihn herfiel. Sie kam mit ihm nach Amerika, sie schwamm mit ihm auf dem großen Fluss.

»Woher kommen Sie?«, fragte John Gowers schließlich.

78.

Vielleicht waren sie ja nur so alt geworden, um einzusehen, dass das Leben keine mathematisch präzise Aufgabe ist; dass es Dinge gibt, die nur eine Zeit lang richtig sind, nur an einem bestimmten Ort, nur für einen einzigen Menschen. Das zu erkennen, das zu ertragen, das sein zu lassen hieß: glücklich sein.

Die Zeit, in der sie füreinander richtig waren, war kurz gewesen, kein Jahr, nur einige Monate des Jahres 1814. Eileens Ehrgeiz hatte sie auf die jämmerliche, aber einzig zuverlässige Weise, die den Frauen in ihrer Zeit offenstand, einen mächtigen, älteren Mann heiraten lassen, der weder ihre Seele noch ihren Körper ernsthaft berührte. Mit Schaudern dachte sie an die Hochzeitsnacht, eine hastige, lieblos erledigte Pflicht. William drang in sie ein, wie er einen Nagel in ein Brett geschlagen hätte, und als sie eben anfing, etwas zu empfinden, was über Schmerz hinausging, war es auch schon vorbei gewesen: »Gute Nacht, Madame!«

Das ging vier Jahre so, zwei Kinder wurden auf diese Weise gezeugt, und ein vorsichtiges, sehr kurzes Gespräch mit ihrer Mutter bestätigte sie in der Vermutung, dass dies normal sei. Dann, Eileen war vierundzwanzig Jahre alt, war der Seeräuber in ihrem Leben erschienen wie ein Komet. Er sah gut aus, war charmant, konnte glänzend erzählen, hatte die geheimnisvolle Gabe, immer so etwas wie Mondschein und Abenteuer um sich zu verbreiten – und er war der Todfeind ihres Mannes. Gouverneur William C. C. Clairborne ließ Jean Laffitte eine Zeit lang von sämtlichen Polizisten in allen Winkeln Louisianas suchen; nur eben nicht im Schlafzimmer seiner Frau, was die Romantik ihrer Begegnungen ins nahezu Unwirkliche, Literarische steigerte.

Zum ersten Mal empfand Eileen ihren Körper nicht mehr als eine unvollkommene, widerspenstige Maschine, die nur mit eiserner Disziplin und unter Schmerzen die Aufgaben erfüllte, die sie ihr Leben nannte. In Jeans Armen lernte sie fliegen, Schmerzen, Welt, sogar sich selbst zu vergessen. Sie glaubte sogar manchmal, für ein paar mörderisch romantische Augenblicke, dass mit seinem Pferd, das ein schwarzer Diener an der Hinterpforte gesattelt bereithielt, auch für sie selbst ein anderes Leben bereitstünde, auf das sie nur aufspringen müsste. Aber immer nur bis zum Morgengrauen.

Tagsüber pflegte Eileen Clairborne im Interesse ihrer Kinder, ihrer Familie, ihrer Klasse und auch ihren eigenen Vorstellungen von Sicherheit zuliebe nicht zu träumen. Und als ihr Mann nach der schweren, aber sinnlosen Schlacht von New Orleans, die Jean Laffitte – so sagte sie es sich jedenfalls gern – für sie geschlagen hatte, die Amnestie für die Piraten von Barataria zurückgenommen hatte, war ihr persönliches Märchen auserzählt.

Sie hatte es nie bereut, weder den Anfang noch das Ende bedauert, aber stets das Dokument verwahrt, das Jean Laffitte Straffreiheit für alle im Staat Louisiana verübten Verbrechen zusicherte. Nicht nur als schöne Erinnerung, auch weil er sie darum gebeten hatte, bevor er wieder ins Karibische Meer segelte.

»Darf ich Ihre Aufmerksamkeit auf die Unterschrift lenken, lieber Mr. Duggan?!«

»Ich sehe, ich sehe«, antwortete Police Officer Duggan und versuchte verzweifelt, aus der bis zur Krakelei verschnörkelten Buchstabenfolge schlau zu werden.

»Andrew Jackson«, half Madame Clairborne ihm auf die Sprünge. »Zweifellos wissen Sie, wer das ist.«

»Natürlich!«

Natürlich. Jedes Kind in Amerika kannte die Geschichten von Old Hickory, dem siebten und nach George Washington wohl populärsten Präsidenten der Vereinigten Staaten. Officer Duggan blieb nichts anderes mehr übrig, als die Daten der beiden museumsreifen Dokumente zu vergleichen, die ihm vorlagen, die Amnestie als das jüngere anzuerkennen – und John Lafflin alias Jean Laffitte freizulassen.

Ein wenig verlegen, ein wenig melancholisch suchten sie einander in den gealterten Gesichtern auf dem Weg in die Stadt, fanden aber nur in den Augen eine befriedigende Übereinstimmung mit ihren vierzig Jahre alten Erinnerungen.

»Sie haben sich kaum verändert«, log er.

»Sie sind ein charmanter Lügner geblieben«, lächelte sie. »Darf ich fragen, warum die Polizei noch immer Interesse an Ihnen hat?«

Er sagte es ihr, erklärte sich vollständig, sprach von der Wiedergutmachung, die er den Schwarzen, vielleicht auch der ganzen Menschheit schuldig sei, und bat noch einmal um ihre Hilfe.

»Was brauchen Sie?«

»Ein schnelles Pferd und jemanden, der meine Spuren verwischt!«

Noch einmal flackerte die Abenteuerlust in ihren alten Augen, und ohne die geringsten Bedenken verriet sie ihr bisheriges Leben, ihren verstorbenen Mann und die gesamte Aristokratie des Südens, deren ungekrönte Königin sie einmal gewesen war. Denn was sie tat, war in diesem Augenblick richtig.

Teil drei

79.

Puarauranga war sechzehn Jahre alt gewesen, als Hone Waitere, Häuptling der Ngati Maniapoto, um sie geworben hatte, und die Ehre, die er ihrer Familie damit erwies, war zu groß gewesen, um sie ablehnen zu können. Es war eine uralte Geschichte, zu allen Zeiten, auf allen Kontinenten, in allen Völkern schon da gewesen: Ein mächtiger alter Mann wird Witwer und glaubt, seine Jugend kehrt wieder zurück, wenn er eine schöne junge Frau in sein Bett holt. Bei Hone Waitere kam hinzu, dass seine beiden Söhne gleich zu Beginn der Waikato-Kriege gefallen waren. Er brauchte einen Erben, konnte mit seiner Frau, die ebenfalls schon über sechzig war, keinen mehr zeugen und betrachtete ihren kurz darauf erfolgten Tod als eine Art Gottesbeweis.

Hone Waitere war Christ. Und mit dem Segen der weißen Priester wurde Puarauranga ihm angetraut, um ihm zu dienen mit ihrem Leib. Aber was Gott dem alten Häuptling beweisen wollte, war offenbar das Gegenteil dessen, was der erhofft hatte; das Mädchen wurde nicht schwanger, seit drei Jahren nicht. Es lag nicht an ihm, denn obwohl er seine Jugend wilder und härter in Erinnerung hatte, reichte seine Kraft noch zur Penetration und zum Samenerguss, wenn auch nicht allzu häufig. Die Bemühungen ihrer Mutter, Tanten und anderer weiser Frauen, die Puarauranga erklärten, wie sie die Lust ihres fünfzig Jahre älteren Ehemannes anstacheln könnte, waren deshalb nicht nur unnötig, sie zielten auch in eine zwar naheliegende, aber falsche Richtung.

Es war ihre Lust, die sich nicht einstellen wollte, und obwohl weder sie noch ihre Umgebung noch ihr ganzes in dieser Hinsicht so finsteres Jahrhundert ahnten, welche Rolle der weibliche Höhepunkt beim Vorgang der Befruchtung spielt, wusste Puarauranga, dass es an ihr lag. Ihr Gatte war ein freundlicher alter Mann, der ihr Großvater hätte sein können, der sie höflich und zuvorkommend behandelte, sogar manchmal witzig war – aber nichts an ihm oder dem, was er mit ihr tat, erregte sie auch nur im Geringsten. Dabei war sie nicht kalt, und genau das war auch ihr Problem. Sie war neunzehn Jahre alt, auf dem Höhepunkt ihrer Schönheit, Kraft, Neugier, und ihr unbefriedigtes Verlangen tötete allmählich etwas in ihr, so wie manche Vögel sterben, wenn man sie in zu enge Käfige sperrt.

Hone Waitere hatte ihr zur Hochzeit einen zahmen Papagei geschenkt, den sie sehr liebte. Er hatte dem noch sehr jungen, gelehrigen Tier sogar das Sprechen beibringen wollen, aber zur allgemeinen Erheiterung konnte der Vogel nie mehr als ein einziges Wort sagen: »*Whakarongo* – Hört mir zu!«

So pflegte der Häuptling sehr oft seine Rede zu beginnen, und die Stille, die dieser Äußerung regelmäßig folgte, musste das kleine Tier wohl so beeindruckt haben, dass es sich gerade dieses Wort einprägte. Puarauranga spielte sehr gern mit dem Papagei und trug ihn fast ständig an einem kurzen Lederriemen auf ihrer Schulter herum. Aber als ihre Ehe immer unglücklicher wurde, fing sie auch an, ihn schlecht zu behandeln. Ihre Liebe zum Leben war dabei, zu verschwinden, und sie reagierte darauf, wie es starken Naturen eigen ist: Puarauranga wurde böse.

Als sie ihn an diesem Tag zum dritten Mal wegen irgendeiner Nichtigkeit ausgezankt hatte, fragte sich Hone Waitere, wo das sanfte Wesen geblieben war, das er geheiratet hatte. Er überlegte sogar, sie zu schlagen, wozu ihm auch die wenigen Männer rieten, denen er sich anvertrauen konnte. Aber nicht nur liebte er das Mädchen, er hatte insgeheim auch ein wenig Angst, dass sie zurückschlagen könnte und er sein Gesicht verlieren würde. Ein paar Tage bei ihrer Mutter, die diese Hemmungen nicht kannte, würden vielleicht den gleichen Zweck erfüllen und ließen sich seinen Leuten gegenüber viel besser erklären: als die Sehnsucht einer jungen Frau nach der sorglosen Unmündigkeit ihrer Kindheit. Dafür würden alle ein mitleidiges, lächelndes Verständnis aufbringen, Puarauranga bekäme endlich einmal wieder den Hintern versohlt und würde reumütig zu ihm zurückkehren. Der alte Mann freute sich noch an seinem Entschluss, als ihm ein sehr unerwarteter Besucher gemeldet wurde.

Riwha Titokowaru hatte auch auf seiner Traumwanderung keine Antworten auf seine Fragen gefunden und nicht das Zeichen erhalten, auf das er schon so lange wartete. Aber da er nun einmal in der Gegend des Tapirimoko war, wo die alten Feinde seines Volkes, die Ngati Maniapoto, lebten, beschloss er, sein Schicksal auf die Probe zu stellen. Gewiss, die Musketenkriege waren schon lange vorüber, und im Waikato hatte man sogar auf der gleichen Seite gestanden, wenn auch nicht gemeinsam gekämpft. Aber fünf Jahrhunderte feindlicher Nachbarschaft ließen sich in nur einer Generation nicht vergessen; immer hatten die beiden Stämme einander überfallen, beraubt, versklavt, und Titokowarus Ruf zum Aufstand gegen die Pakeha, die Einladung zur Versammlung der Häuptlinge, hatte Hone Waitere wie selbstverständlich ausgeschlagen. Dass der Häuptling der Ngaruahine plötzlich in seinem Dorf auftauchte, allein, unangekündigt, inoffiziell, hielt er zunächst für irgendeinen politischen Winkelzug, den er nicht verstand. Ein fast widerwilliger Respekt stellte sich erst ein, als er im Verlauf ihrer mehrstündigen Unterredung den Mut, die Ehrlichkeit – und die Verwirrung seines Gegenübers bemerkte.

Titokowaru erzählte ganz offen von seinen Fragen, von seiner Suche; tatsächlich erschien es Hone Waitere, als würde der Mann immer noch träumen, und ganz kurz durchzuckte ihn die Erkenntnis, dass ein Kind den gefürchteten Krieger in diesem Moment töten könnte. Natürlich verstärkte das nur den Sinn für seine Gastgeberpflichten, und er war froh, dass er Puarauranga noch nicht zu ihrer Mutter geschickt hatte, denn so konnte sie die beiden Häuptlinge bei ihrem inoffiziellen Treffen bewirten.

Ihr Mann stieg jedes Mal nicht wenig in ihrer Achtung, wenn er sich als wahrer Führer seines Stammes erwies. Er strahlte dann die Würde und Autorität, aber auch die Weisheit und Güte aus, die Puarauranga immer an ihm bewundert hatte. Sie war in solchen Momenten stolz, seine Frau zu sein, den Gesprächen über Frieden und Krieg beiwohnen zu dürfen und die fremden Häuptlinge, Krieger, Gesandten persönlich kennenzulernen.

Von Riwha Titokowaru hatte sie schon als Kind gehört. Er war unter den Maniapoto zeitweise das gewesen, was man in Europa den schwarzen Mann nennt. Mütter drohten ihren ungebärdigen Kindern damit, die Ngaruahine und ihr schrecklicher Häuptling Titoko würden sie holen, wenn sie nicht gehorchten. Und nun saß er vor ihr: ein düsterer, ernster Mann auf dem Scheitelpunkt seines Lebens, an dem indes im Moment nur die entsetzliche Narbe in seinem Gesicht furchterregend wirkte. Zu Anfang kam es Puarauranga sogar so vor, als hätte *er* Angst vor *ihr*, aber das war natürlich lächerlich. Er sprach freundlich mit ihr und schien lediglich immer ein wenig abwesend, wenn er sie ansah.

Als er sich nach mehreren Stunden verabschiedete, ohne vom Häuptling der Ngati Maniapoto etwas anderes als ein wohlwollendes Abwarten erreicht zu haben, geschah es. Nach dem Hongi mit Hone Waitere lehnte er seine entstellte Stirn auch an Puaraurangas Kopf, und für wenige Sekunden atmeten sie einander ein. Sein Geist, sein Verlangen, seine Kraft durchschlugen sie wie ein Blitz, entzündeten ihren Körper zu so hellen Flammen, dass sie sich rasch abwandte, weil sie befürchtete, dass jeder es sehen könnte. Aber niemand schöpfte Verdacht, auch nicht, als sie ihm nach etwa einer Stunde in den Wald hinterherlief.

Sie wusste nur, dass er nach Süden gegangen war, kannte aber weder seinen Weg noch sein Ziel. Außerdem bewegte er sich in der Wildnis sicher schneller und geübter als sie. Im Grunde war es also sinnlos, ihm nachzulaufen, aber trotzdem rannte Puarauranga, so schnell sie konnte, und der Papagei hatte Mühe, sich dabei auf ihrer Schulter zu halten. Und als sie nach einer erstaunlich langen Zeit zum ersten Mal stehen blieb, ratlos, schweißgebadet auf einer kleinen Lichtung stand, sah sie, dass Titokowaru auf sie gewartet hatte. Augenblicklich wurde ihr Geschlecht feucht, und die Lust brannte in ihren Augen, als sie zu ihm ging.

Mit seinem Messer durchschnitt er den Lederriemen, der den Vogel an die Frau fesselte, und mit einem missmutigen Krächzen flog der Papagei ins Geäst eines nahen Baums. »Whakarongo!«, rief er auf die Lichtung hinunter. »Hört mir zu!« Und die beiden Menschen lachten jedes Mal laut, wenn er das Wort wiederholte, während er ihnen verständnislos zuschaute. Sehr ruhig, sehr bewusst fanden sie zueinander; streifte er das feuchte Kleid von ihrem erhitzten Körper, sah die Muttermale, die er schon kannte, und drang wieder und wieder in sie ein, wie er es schon viele Male in seinen Träumen getan hatte.

Titokowaru hatte sein Zeichen erhalten – und trug an diesem Abend einen kleinen Papagei auf seiner Schulter nach Süden, in den Krieg hinein, der nun bald kommen würde. Puarauranga aber sagte ihrem Mann, sie habe den Vogel freigelassen, nachdem er sie mehrmals gebissen hätte. Das erklärte auch die roten Spuren an ihrem Hals.

80.

Der Sturm hatte sie weit nach Norden versetzt, und statt in Wanganui und der südlichen Taranaki Bay landeten sie in Whaingaroa Harbour, Rutland County in der Provinz Auckland. Man hätte dieses Problem durch eine drei- oder viertägige Fahrt entlang der Küste beheben können, aber von Tempsky fragte sich, ob die Landung im Norden nicht in Wahrheit ein Glücksfall war. Ein Marsch über die Nordinsel, mitten durch das Kernland der aufgewühlten Stämme würde zwar viel länger dauern und eine Frechheit, vielleicht auch eine Provokation sein, ganz sicher aber eine Demonstration von Stärke und Furchtlosigkeit, die die Maori nicht unbeeindruckt lassen konnte.

Er war Manu-Rau, der »Vogel, der überall fliegt«, der geht, wohin er will, wann er will, solange er will. Die Waikato-Kriege hatten ihn gelehrt, dass ein solcher Ruf militärisch gesehen Gold wert war. Zumindest die noch unentschiedenen Stämme würde er damit gründlich von einer möglichen Rebellion abschrecken. Ohne die Zustimmung seiner Vorgesetzten abzuwarten, machte er sich daran, seine Leute auszuschiffen, was bereits ein erhebliches Problem darstellte, da Whaingaroa für Schiffe dieser Größe kein geeigneter Hafen war.

Im Grunde nur ein schmaler, aber vielarmiger, sechs bis sieben Meilen langer Meereseinlass, fiel Whaingaroa Harbour bei Ebbe fast völlig trocken und legte weite Schlammbänke frei. Obwohl die verfügbaren Boote unablässig pendelten, mussten doch immer wieder schwer beladene Trupps meilenweit durch diese wattähnliche Landschaft marschieren, und als drei Tage später alles an Land geschafft war, waren Männer und Material völlig verdreckt. Von Tempsky ordnete ein Großreinemachen an und durchdachte seinen Plan noch einmal.

Es war inzwischen Mitte März geworden, und der südliche Sommer würde bald völlig vorbei, die Ernten eingebracht sein. Der Herbst, traditionell die Zeit der Reisen und Kämpfe, stand bevor, und das Jahr der Töchter und des Lammes, dem die Eingeborenen so viel Beachtung schenkten, neigte sich dem Ende zu. Warum dem alten Titokowaru nicht noch ein paar Verbündete abspenstig machen, indem man sich »in voller Schönheit«, wie von Tempsky es in seinem Schreiben an McDonnell ausdrückte, im wilden Binnenland zeigte? Die Ausbildung seiner Männer im Buschkrieg würde er zudem nirgendwo besser betreiben können als im Busch, und auch der Gedanke an Desertion, mit dem zweifellos die meisten hergekommen waren, würde ihnen, mitten im Feindesland, von wilden Eingeborenenstämmen umgeben, gründlich vergehen.

Proviant war in genügender Menge vorhanden, nur sein Transport würde schwierig werden. Die Maoripfade, auf denen man sich durch die dichten Urwälder bewegen musste, waren so schmal, dass ein ungeübtes Auge sie bisweilen überhaupt nicht erkannte. Sie verliefen im Normalfall auch nicht in den Tälern, sondern auf den Kämmen der Berge und Hügel, was ein ständiges Auf und Ab bedeutete. In diesem schwierigen Terrain war es für einen einzelnen Mann unmöglich, mehr als dreißig oder vierzig Pfund auf dem Rücken zu tragen; ein Gewicht, das durch Waffen und Ausrüstung aber bereits annähernd erreicht war. Jagdbares Wild gab es in den neuseeländischen Wäldern nicht, auch essbare Pflanzen waren rar, wenn man nicht gerade hungrig genug war, um sich mit den Wurzeln des überall wachsenden Farnkrauts oder dem Innern des Mamaku-Baumfarns zufriedenzugeben.

Die herkömmliche Art, sich auf einem Marsch durch Neuseeland zu verpflegen, bestand darin, von Maorisiedlung zu Maorisiedlung zu ziehen und dort Schweine, Kartoffeln, Obst und nach Möglichkeit auch Gemüse einzutauschen. Von Tempsky beschloss deshalb, anstelle des Proviants lieber die üblichen Tauschwaren mitzuschleppen, die es im Land nicht gab, also Salz, Zucker, Tee und die universale Tauschwährung auf dem Naturalienmarkt des 19. Jahrhunderts: Tabak. Unter all diesen Umständen wäre ein Marschdurchschnitt von zehn oder zwölf Meilen pro Tag bereits ein großer Erfolg.

Von Tempsky befahl den Männern, die an sie ausgegebenen Decken zu Schlafsäcken zusammenzunähen, und zwar so, dass eine Seite doppellagig war; was sich für die in derartigen Handarbeiten herzlich ungeübten Rekruten zu einem ernsthaften Problem auswuchs. Ihr Kommandant erlaubte ihnen schließlich, die Eingeborenenfrauen des kleinen Dorfs Horea am Whaingaroa und die weißen Frauen der benachbarten, noch kleineren Siedlung Raglan mit dieser Arbeit zu beauftragen. Er selbst bestellte beim örtlichen Schmied dreißig Bowiemesser nach seinem persönlichen Entwurf, für viele Jahre der größte Auftrag für Industrie und Handel im nur acht Häuser umfassenden Raglan, und ließ – noch weit seltsamer – den ganzen Ort nach Pinseln, Wasserfarben und möglichst großformatigem Papier durchforsten. Eine tragbare Staffelei tischlerte er sich selbst.

81.

Der Investigator war durch die gesamte Nordinsel und den gewagten Plan seines Vorgesetzten von dem Ort getrennt, an dem James Fagan an Land gegangen sein musste. Wahrscheinlich wäre er desertiert, wenn er von Tempsky in den vergangenen Wochen nicht näher kennengelernt und sich ihm verpflichtet gefühlt hätte. An einem dieser Tage der Marschvorbereitungen wanderten die beiden Männer zum Kariori, einem auf einer Halbinsel weit in die See hinausragenden Berg. Von Tempsky hatte in der an seinem Fuß liegenden Missionsstation der wesleyanischen Kirche einige Malutensilien und vor allem etwas Kobaltblau aufgetrieben und war so guter Laune, dass er Joseph B. Williams vorschlug, einen knapp achthundert Meter hohen Ausläufer des viel gezackten Gipfels zu besteigen, was etwa drei Stunden in Anspruch nahm.

Weit im Südwesten sahen sie in fast hundert Meilen Entfernung die eindrucksvolle Silhouette des schneebedeckten Taranaki, den die Pakeha Mount Egmont nannten; ein einzeln aus dem grünen Hügelland aufragender Vulkan von zweitausendfünfhundert Metern Höhe, über dem fast ständig eine dünne weiße Rauchwolke stand. Im Osten und damit in ihrer Marschrichtung, näher, aber niedriger, erhoben sich die von vielen Schluchten zerrissene, vielgipflige Bergmasse des Pirongia und die kleineren Kegelberge, die um ihn herumstanden wie Küken um eine Henne. Das waren die Berge, die ihren Weg markierten, an denen sie sich entlangtasten würden zum Taupo Lake.

»Sie waren einmal verheiratet«, sagte von Tempsky unvermittelt.

»Sir?« Gowers sah den Deutschen verständnislos an.

»Kariori und Pirongia waren einmal ein Paar, sagen die Maori. Aber sie haben sich zerstritten und stehen deshalb heute getrennt. Die Kinder«, er wies auf die kleinen Kegelberge im Osten, »sind mit der Mutter gegangen.«

»Schönes Bild«, murmelte Gowers uninteressiert und blickte wieder nach Süden, wo sein Ziel lag: ein einzelner Mann jenseits der Wildnis.

»Die Sagen der Maori sind überhaupt sehr bildlich«, fuhr von Tempsky ungerührt fort. »Genau wie die der Griechen, da gibt es wirklich erstaunliche Ähnlichkeiten. Haben Sie Homer gelesen? Oder Ovid?«

»Hab mal reingeschaut«, antwortete Gowers, immer noch unwillig, sich ein mythologisches Gespräch aufzwingen zu lassen.

»Am Anfang waren Rangi, das ist der Himmel, und Papa, die Erde, so eng verbunden, dass kein Raum zwischen ihnen war. Lagen zu dicht aufeinander, wenn Sie verstehen.«

»Soll vorkommen«, knurrte Gowers einsilbig.

»So dicht, dass ihre Kinder, die Götter, kein Licht und keine Luft mehr bekamen.«

»Tragisch.«

»Also beratschlagten sie und beschlossen, ihre Eltern zu trennen. Nur Tawhiri-matea, der Gott des Windes und der Stürme, war dagegen. Die anderen muckten auf, stemmten sich mit den Füßen gegen die Erde, den Händen gegen den Himmel, aber sie schafften es nicht. Nur Tane-mahuta, der Gott der Wälder und des Landes, war stark genug, Himmel und Erde schließlich auseinanderzuschieben.«

»Schön für ihn.«

»Schön für uns, Mr. Williams, denn seither gibt es die Welt, wie wir sie kennen. Aber seitdem herrscht auch Krieg zwischen dem Wind und den Wäldern. Tawhiri-matea, der Sturmgott, ist nämlich im Gegensatz zu seinen Geschwistern bei seinem Vater im Himmel geblieben, und unablässig peitscht er seitdem das Meer gegen das Land, reißt die Bäume aus und trägt den fruchtbaren Boden davon, wo immer er ihn erwischen kann. Nur die Seufzer der Erde und die Tränen Rangis, also Nebel und Tau, besänftigen ihn manchmal ein wenig.«

Von Tempsky lächelte, als er bemerkte, dass Joseph B. Williams ihm jetzt überhaupt nicht mehr zuhörte.

»He aorere kakika, he hautau e kore e kitea«, sagte er nach einer Weile.

»Sir?«, fragte Gowers, als ihm klar wurde, dass diese Worte an ihn gerichtet waren.

»Man kann die Wolken sehen, die am Himmel ziehen, aber nicht die Gedanken am Horizont des Geistes«, übersetzte von Tempsky.

Auch der Investigator lächelte jetzt über die versponnene Figur, die er zweifellos im Moment abgab. Dann zeigte er nach Süden.

»Entschuldigen Sie, Sir, aber ich muss einen Mann finden, der dort unten ist, irgendwo in Wanganui.«

»Und wenn Sie ihn gefunden haben?«, fragte von Tempsky ernst.

»Das ist es, worüber ich nachdenke.« Wieder verlor sich sein Blick in dem dünnen Schleier, der aus dem Taranaki und den düsteren Kämpfen im Innern der Erde aufstieg.

»Nun«, sagte Manu-Rau nach einer Weile. »Nach Wanganui werden wir beide kommen. Es wird etwas länger dauern, aber finden werden Sie Ihren Mann jedenfalls.«

Gowers sah seinen Vorgesetzten stirnrunzelnd an. Hatte er etwa daran gezweifelt?

82.

Natürlich kannte er Deborah noch nicht, nach nur einem Vormittag – aber doch gut genug, um die Veränderung wahrzunehmen, die mit ihr vorging, als gegen Mittag die Deep South *in Sicht kam. Ihre Schultern strafften sich, sie hielt sich gerader, und die Distanz zwischen ihnen, die sich in den letzten Stunden so deutlich verringert hatte, wuchs schlagartig wieder zu einem unüberbrückbaren Abgrund.*

Und da war noch etwas. Es hatte mit Jason zu tun, der die Mittagswache hielt, aufgesprungen war, sobald er Deborah erkannt hatte, und entgegen seiner Gewohnheit geschäftig an Deck auf und ab ging, ohne sie aus den Augen zu lassen. Gowers spürte, dass seine Blicke ausschließlich auf das Mädchen gerichtet waren, und fühlte wie einen Stich, dass auch Deborahs Aufmerksamkeit anscheinend verstärkt dem jungen Mulatten galt. Er sah ihr Gesicht nicht, aber die Vorstellung, dass sie lächelte, machte ihn mit einer Plötzlichkeit eifersüchtig, die ihm mehr über seine Gefühle verriet, als er sich in den letzten Stunden klargemacht hatte.

Als sie längsseits kamen und Jason seine Hand ausstreckte, um Deborah an Bord zu helfen, rief Gowers jedenfalls ungehaltener, als er wollte: »Erst festholen, Mann!«

Deborah wandte sich verwundert zu ihm um, glaubte, der scharfe Befehl habe ihr gegolten, und fragte sich offensichtlich, was er bedeutete. Gowers, der das Kanu mit kräftigen Rückwärtsschlägen neben dem Dampfschiff hielt, zeigte daraufhin wieder weit schüchterner zum Bug. »Die Leine. Werfen Sie ihm die Leine zu.«

Es war eindeutig eines der ungeschicktesten Anlegemanöver, die der alte Mississippi je gesehen hatte, denn die beiden jungen Männer setzten ihren ganzen Ehrgeiz darein, den jeweils anderen so zu beschäftigen, dass er der jungen Frau unmöglich an Deck helfen konnte. Gowers zog dabei den Kürzeren und hatte sogar das Unglück, ins Wasser zu fallen, als er aufsprang und ihr seine zusammengelegten

Hände als Tritthilfe anbot. Um ein Haar hätte er dabei das Kanu samt dem Mädchen versenkt.

Er fluchte wie ein Türke, als er wieder auftauchte, sah aber zu seiner Befriedigung, dass es Mr. Phineas war, der Deborah unter den Armen fasste und an Bord hob. Ihr war das alles sichtlich unangenehm, und sie war überzeugt, sich ohne fremde Hilfe besser aus der Affäre gezogen zu haben. Dennoch begrüßte sie Mr. Phineas mit einem dankbaren Nicken und hatte das Ganze anscheinend bereits vergessen, als jetzt auch Gringoire auftauchte und mit einer kurzen Berührung seiner Mütze vor ihr salutierte.

»He!«, rief Gowers, der sich an der Leine zumindest halb aus dem Wasser gezogen hatte, aber aus eigener Kraft nicht viel weiter kam. Die Männer lachten, als sie ihn tropfnass dort hängen sahen, und er fühlte, dass er rot wurde, als auch Deborah bei diesem Anblick lächeln musste. Im nächsten Moment kniete sie jedoch schon auf Deck und streckte eine Hand nach ihm aus, die er nur deshalb nicht ergriff, weil er fürchtete, sie vom Schiff zu reißen. Dabei hätte er sie sehr gerne berührt. Wieder war es Mr. Phineas, der ihn zuerst mitsamt der Leine ein Stück einholte und ihn dann an den Handgelenken an Bord zog. Zehn Minuten später waren sie alle unter Deck und beratschlagten, was als Nächstes zu tun sei.

Deborah war davon überzeugt, dass ein Angriff der Miliz auf Barataria bevorstand; vielleicht schon in den nächsten Stunden, vielleicht erst am nächsten Tag, je nachdem, wie lange Gandalod der Folter widerstehen konnte. Sie war die Einzige, die die verworrene Lage ganz überblickte, alle Beteiligten kannte und eine klare Vorstellung davon hatte, welche Schritte getan werden mussten. Die anderen sahen nur Teile eines Mosaiks und waren schwer davon abzubringen, diese bereits für das Ganze zu halten.

Wer zum Teufel war Gandalod? Wo war John Lafflin? Warum hatte man ihn verhaftet? Wie war man auf ihre Spur gekommen? War man auf ihre Spur gekommen? Angenommen, sie gingen nach Barataria, wie Deborah es verlangte, wie John Lafflin es geraten hatte – wer garantierte ihnen, dass das Schiff bei ihrer Rückkehr nicht von der Miliz besetzt war? Wäre es nicht sinnvoller, nach New Orleans zu gehen und den Kapitän zu befreien, ehe sie etwas anderes taten? Und wie sollten sie, gesetzt den Fall, alles ginge gut, jemals wieder unbemerkt den Mississippi hinaufkommen?

Es war Deborah, die die Sache entschied, und Gringoire, der den Ausschlag gab. Sie sagte, dass sie notfalls allein nach Barataria aufbrechen würde, noch in dieser Stunde; und er nahm die von Gowers überbrachten Worte des Kapitäns als Befehl an. Jason würde überall hingehen, wo Deborah hinging, Mr. Phineas war überstimmt, und Gowers könnte an Bord bleiben, wenn er das für richtig hielt. Aber er setzte stattdessen die gelbe Flagge, die jedem, der das Schiff sehen würde, anzeigte, dass es unter Quarantäne stand.

83.

Bereits eine Stunde später verließen sie die Deep South *schwer bepackt, um bis zum Einbruch der Dunkelheit so viel wie möglich von dem Zwanzigmeilenmarsch nach Barataria hinter sich zu bringen. Deborah und Gringoire trugen den Proviant für Deborahs Leute, die ohne eine solche Notversorgung den Rückweg zum Schiff kaum schaffen würden; Gowers und Jason die Waffen, eine Schrotbüchse und drei Vogelflinten sowie alle Äxte und Messer, die sich an Bord auffinden ließen. Was sie damit gegen einen ernsthaften Angriff ausrichten könnten, war fraglich, und Gowers schloss bei der ersten Gelegenheit zu Gringoire auf, der als ihr Führer der Gruppe stets einige Dutzend Schritte voraus war.*

»Ich soll Ihnen noch etwas von Kapitän Laffitte ausrichten«, sagte er und beobachtete den alten Mann, der mit einem Knüppel auf das wuchernde Unterholz einschlug, um einen schmalen Weg zu bahnen und etwaige Schlangen zu verscheuchen.

»So?«, erwiderte Gringoire gleichmütig, als sei die Erwähnung des Namens Laffitte das Selbstverständlichste der Welt.

»Sie sollen an Monbars denken. Wissen Sie, was das bedeutet?«

»Ja.«

Die Einsilbigkeit des Alten, die Gowers auf der bisherigen Reise lediglich als Kuriosität betrachtet hatte, begann jetzt, ihm auf die Nerven zu gehen. »Und würden Sie es mir vielleicht erklären?«, fragte er gereizt.

»Es bedeutet, dass wir graben müssen, wenn wir in Barataria sind.«

»Graben?« Gowers verstand logischerweise noch immer nicht.

»Es gibt ein verstecktes Arsenal, Engländer. Munition, Waffen, sogar eine Kanone. Und die Flagge Monbars'.«

»Wer zum Teufel ist Monbars?«

Gringoire schien zumindest kurz über diese Frage nachzudenken, fiel aber dann in seine gewohnte Einsilbigkeit zurück. »Unwichtig«, sagte er und schlug wortlos ihren weiteren Weg durch den großen Sumpf frei.

Gowers jedoch sagte nach einer Weile leise und mehr zu sich als zu ihm: »Sie wollen also eine Kanone abfeuern, die vierzig Jahre in diesem Boden gelegen hat? Sagen Sie mir, wann es so weit ist, damit ich möglichst weit weg bin!«

Er ließ sich zurückfallen und Jason und Deborah passieren. Der Mulatte bot der jungen Frau immer wieder schüchtern die Hand, um ihr über schwierige Stellen hinwegzuhelfen, und gelegentlich, wenn auch nicht häufig, nahm sie diese Hilfe tatsächlich in Anspruch. Sie hatte wieder Männerkleidung angelegt, Hose, Jacke und vor allem Schuhe, die sie in Lafflins Kabine gefunden hatte, da ein Kleid in dieser Wildnis mehr als unpraktisch war. Gowers hatte ihr zugelächelt, als sie vorüberging, aber da sie nicht reagierte, beschloss er, ohne schlechtes Gewissen die Vorteile zu genießen, die ihre Kleidung seinen Blicken bot.

Hinter ihm ging, mit schweren, ruhigen Schritten, Mr. Phineas, der ganz allein das von Gowers gestohlene Kanu auf den Schultern trug, mit dem sie über die kleineren Wasserläufe und Teiche des Sumpfs hinwegsetzen konnten. Obwohl sie dabei jede Überfahrt mehrmals machen mussten, kamen sie doch insgesamt schneller voran und bewegten sich geradliniger auf ihr Ziel zu, als wenn sie diese Hindernisse umgangen hätten. Als die Nacht mit der in diesen Breiten üblichen Plötzlichkeit hereinbrach, hatten sie deshalb schon zwei Drittel ihres Wegs zurückgelegt und erreichten Barataria in den frühen Morgenstunden des nächsten Tages.

Für zwei der Flüchtlinge kam jede Hilfe zu spät: Eine junge Frau und ihr Säugling waren zu Deborahs Verzweiflung erst in der vergangenen Nacht an Hunger und Entkräftung gestorben. Die Übrigen konnten mithilfe der herbeigeschleppten Lebensmittel gerettet werden, waren dadurch aber noch nicht in der Lage, den sofortigen Rückmarsch anzutreten. Sie würden noch mindestens einen Tag bleiben müssen, und das hieß: Falls die Miliz käme, wie Deborah erwartete, würde es zu einem Kampf kommen.

Ohne eine Beratung über ihr weiteres Vorgehen abzuwarten, machte Gringoire sich auf die Suche nach dem verborgenen Arsenal Monbars'. Der Ort, der einmal die Schmugglerrepublik Barataria gewesen war, hatte sich in den vergangenen vier Jahrzehnten völlig verändert. Die fast krankhaft üppige Vegetation und ein gutes Dutzend Überflutungen hatten die verkohlten Reste ehemaliger Lager- und gemauerter Wohnstätten fast vollständig verschlungen. Nur ein großer Felsen behauptete noch immer seinen Platz, und von diesem Orientierungspunkt ausgehend, hatte der alte Mann sehr bald gefunden, was er suchte.

Er rief nach Händen, die beim Ausgraben helfen sollten, aber außer Gowers hörte niemand auf ihn. Kopfschüttelnd ging der Lotse zu dem alten Mann, während alle anderen damit beschäftigt waren, das Essen zu verteilen oder zu verschlingen.

»Hören Sie, Gringoire«, sagte Gowers, »so wird es nicht gehen. Wenn dieser Ort verteidigt werden soll, muss jemand das Kommando haben.«

Wortlos zeigte Gringoire auf Deborah und zog mit dem Absatz seines Stiefels eine Linie in den weichen Boden, entlang der er mit Händen und einem Messer zu graben begann.

Zuerst wollte Gowers sich wieder über so viel wortlose Gleich-

gültigkeit aufregen, aber dann durchzuckte ihn die Erkenntnis, dass der Gleichmut des alten Mannes vielleicht nur eine andere Art war, seiner Gereiztheit Herr zu werden. Das machte auch ihn selbst seltsam kalt und ruhig. Er ging zu Deborah, die seit ihrer Ankunft noch keinen Moment gesessen hatte, und sagte freundlich, aber bestimmt: »Entschuldigung, aber wir brauchen einen Plan.« Als sie lediglich nickte und fortfahren wollte, sich um ihre Leute zu kümmern, hielt er sie am Arm fest und flüsterte: »Jetzt. Sofort!«

»Was schlagen Sie vor?«, fragte Deborah, die diesem Moment mit Unruhe entgegengesehen hatte, seit sie wusste, dass John Lafflin nicht an ihrer Seite sein würde.

»Erstens«, antwortete Gowers, »wenn Ihre Leute nicht aufhören, sich den Bauch vollzustopfen, werden sie weder fliehen noch kämpfen können. Zweitens: Jeder, der halbwegs dazu in der Lage ist, begibt sich zu Mr. Gringoire und hilft ihm, seine verdammte Kanone auszugraben. Drittens: Wir brauchen eine Voraussicherung, also jemanden, der den Weg nach New Orleans überwacht und feststellt, ob und vor allem wann Gefahr droht.«

»Wir haben eine Kanone?«, fragte sie ungläubig.

»Nicht, wenn wir hier nur herumstehen! Mit Ihrer Erlaubnis sehe ich mir die Straße an. Passen Sie auf, dass sich niemand den Magen verdirbt, und schicken Sie jeden graben, der graben kann.« Er nahm sich eine der leichten Flinten und schlug den schmalen Weg ein, der am Rande der jämmerlichen kleinen Pfahlsiedlung nach Nordosten führte.

84.

Henry Hunters Telegramme hatten sämtliche Milizionäre des Regiments Denham Parish von den Anlegestellen nördlich von Baton Rouge abgezogen und nach New Orleans beordert, und die meisten von ihnen reisten ebenfalls auf der Big Missourie. *Allerdings hatten viele dieser Männer inzwischen ihre dreiwöchige Dienstverpflich-*

tung für das laufende Jahr erfüllt und zogen es vor, auf ihre Farmen zurückzukehren. In jedem der kleinen Orte, die sie anliefen, verloren Schiff und Regiment also Männer; von den neu Zusteigenden, vor allem dem alten General Willoughby, der in Baton Rouge an Bord kam, als Feiglinge und Verräter beschimpft, von den übrigen bereits »Ausgedienten« allerdings beneidet und immer wieder nachgeahmt.

Feigheit und Verrat waren schlimme Vorwürfe, aber eine schlechte Ernte war weit schlimmer. Was gingen sie überhaupt die Nigger der Großgrundbesitzer an? In dieser Weise litt die Moral der Truppe in einem fort, und so kam es, dass eine halbe Stunde vor Mitternacht weniger als ein Dutzend von ihnen New Orleans erreichten. Hunter, der mit dreimal so vielen gerechnet hatte, klagte ausgerechnet die an, die gekommen waren, bis ihm die Sinnlosigkeit dieses Verhaltens zu Bewusstsein kam. Prompt spendierte er den Männern ein spätes Bier und sorgte persönlich dafür, dass in dem Stall, in dem sie untergebracht waren, frisches Stroh für sie aufgeschüttet wurde. Dennoch verbrachten sie keine ruhige Nacht.

Gandalod hatte trotz seines tödlichen Hungers den ganzen Tag über jede Nahrung, selbst Delikatessen wie gebratene Hühnchen, verweigert. Er hoffte, dass er sterben würde, ehe die Folter begann. Andererseits, dachte er grimmig, was gab es schon noch, das sie ihm antun konnten? Seine Freiheit und seine Männlichkeit hatte er schon verloren, an Schmerzen glaubte er gewöhnt zu sein, und Schläge würden ihn früher oder später umbringen.

Es war gegen zwei Uhr morgens, als er sah, wie gründlich er sich getäuscht hatte. Die alte Misses kam in den Stall, und hinter ihr, sehr verwirrt, ängstlich und übernächtigt, erkannte er Darioleta. Sie trug zwei große Körbe mit verschiedenen Lebensmitteln, Wein, Käse, Brot, kaltem Braten, als würde ein Picknick veranstaltet. Tatsächlich ging sie von einem zum anderen, dem General Willoughby, Henry Hunter, den jungen Männern, den einfachen Mitgliedern der Miliz, und jeder bediente sich.

Allerlei Sitzgelegenheiten wurden aufgestellt und Gandalod auf einem Stuhl in der Mitte festgebunden, als sei das ein Ehrenplatz. Desmond Bonneterre zog einen weiteren Stuhl heran und setzte sich sehr ruhig, sehr gelassen, aber auch sehr ernst direkt vor ihn.

»Darry«, befahl er. »Komm her und gib ihm zu essen!«

Gandalod schwitzte vor Angst, als das Mädchen unschlüssig näher kam.

»Haben wir ein feuchtes Tuch hier?«, fragte Bonneterre. Dann tauchte er sein eigenes Taschentuch in einen Eimer mit Wasser und reichte es Darioleta. »Wisch ihm mal das Gesicht ab. Der arme Kerl schwitzt sich ja zu Tode.«

»Tu es nicht«, sagte Gandalod leise und erkannte seine eigene Stimme nicht mehr. Als sie zögerte, sauste plötzlich Bonneterres Spazierstock durch die Luft und landete pfeifend auf Darioletas Rücken.

»Tu, was ich sage, Mädchen, oder du wirst es bereuen!«

Darioleta, die vor Schmerz und Schreck aufgeschrien hatte, beeilte sich zu gehorchen. Ihre Hände zitterten, und Gandalod begann zur Befriedigung der mitleidlosen Zuschauer zu weinen.

»Jetzt gib ihm zu essen«, sagte Bonneterre noch einmal, und obwohl Gandalod immer wieder den Kopf wegdrehte, schaffte sie es schließlich, ein Stück Brot in seinen Mund zu stecken. Er spuckte es aus, und ein zweiter, womöglich noch härterer Schlag traf Darioletas Rücken. Nun schossen auch ihr die Tränen in die Augen, und Gandalod aß irgendwann, aß und trank aus den Händen des unglücklichen Mädchens, und Bonneterre wusste bereits, dass er gewonnen hatte, noch ehe er ihr die Kleider vom Leib schnitt.

Zwei Stunden später war Desmond Bonneterres Reputation als Niggerbreaker vollständig wiederhergestellt. Sie wussten jetzt, dass Moses eine Frau war, wussten, wie sie ihre Nigger gestohlen und wohin sie sie geführt hatte, wussten auch, dass sie auf ein Schiff warteten. Ein ortskundiger Nigger oder Cajun, der sie nach Barataria führen konnte, würde sich rasch finden lassen. Das einzige Problem waren die Beschwerden der Nachbarn und der übrigen Hotelgäste, die sich durch die entsetzlichen Schreie in ihrer Nachtruhe gestört fühlten.

»Selbstverständlich können Sie mit Ihren Niggern tun, was Sie

wollen, Gentlemen«, sagte der erregte Hauswirt nach einem angewiderten Blick auf das nackte, blutende Mädchen. »Nur nicht um diese Zeit, bitte sehr!«

Aber eine rasch durchgeführte Kollekte, die eine Summe von beinahe vierzig Dollar ergab, brachte auch diesen vehementen Protest zum Verstummen.

85.

Die Überquerung des Waitetuna, eines kleinen aber reißenden Flusses mit steilen Uferböschungen, war eine erste Herausforderung, doch glich der weitere Aufstieg der Forest Ranger in die westlichen Ausläufer der Hakarimata Range eher einem Sonntagsausflug. Der Pfad führte durch einen lichten Bergwald, die Luft war angenehm warm und erfüllt vom Blütenduft einer Orchideenart, die sich überall an die Bäume klammerte. Schon am Nachmittag hatten sie Te kapa ama hanga, eine große Freifläche auf der Passhöhe, erreicht, und von Tempsky gab mithilfe eines Spiegels dem weit unten in der Whaingaroa-Bucht ankernden Schiff das vereinbarte Signal zur Abfahrt. Es war der 19. März 1868, er war nun auf dem Weg, und McDonnell würde in wenigen Tagen wissen, dass er von jetzt an in drei bis vier Wochen nach Norden, den Wanganui River hinauf, blicken musste, um die Verstärkung seiner Armee heranmarschieren zu sehen.

Ostwärts, die Wasserscheide hinab, war ihr Weg nun einer der besten und gangbarsten Fußpfade Neuseelands, führte Hügelkamm nach Hügelkamm über offenes Farnland. Vor ihnen lag das Tiefland des mittleren Waikato-Beckens, so fruchtbar und grün, dass von Tempsky es nur mit den weiten Ebenen Ungarns vergleichen konnte, die er als Junge gesehen hatte. Sie gingen noch ein, zwei Meilen weiter, und die Männer waren so gut gelaunt, dass sie sangen. Der Weg über Land, auf den ihr Anführer sie so gründlich vorbereitet und vor dem sie sich gegenseitig ob seiner Wildheit und Gefahren gewarnt hatten, schien ja eher eine Vergnügungsreise zu werden.

Am frühen Abend schlugen sie ein zwangloses Lager auf, das fast einem Picknick glich, denn das Wetter war gut, und von Tempsky verzichtete darauf, die Zelte aufbauen zu lassen. Der überall wachsende Farn bildete, ausgerissen und in einer bestimmten, leicht zu erlernenden Weise zusammengelegt, eine Matratze, die weit angenehmer war als die harten Schiffsplanken und sogar den Vergleich mit europäischen Hotelbetten nicht zu scheuen brauchte. Die Sandfliegen verschwanden mit der hereinbrechenden Dunkelheit spurlos, Moskitos gab es Mitte März überhaupt nicht mehr, in der Asche rasch entzündeter Lagerfeuer garten die »Damper«, flache Weizenkuchen, die man süß oder gesalzen essen konnte – das Leben im Feld war herrlich!

Getrübt wurden Freude und Nachtruhe lediglich durch die Ratten, die – ein Mysterium dieses Landes – nachts einfach überall waren: in den dichtesten Wäldern ebenso wie im offenen Hügelland, in den Dörfern wie an den einsamsten Stränden. Der Proviant war geschützt, da man ihn vorsorglich an Stangen aufgehängt hatte, aber selbst die Männer, die daran gewöhnt waren, dass die vorwitzigen Nager auf ihren Körpern herumspazierten, während sie schliefen, wurden durch die Flüche und Geräusche wach gehalten, die diejenigen von sich gaben, die das Gewimmel einfach nicht ertragen konnten. Einzelne wurden sogar gebissen.

Entsprechend ernüchtert und übernächtigt gingen sie am nächsten Morgen weiter und erreichten den Waipa River und Whatawhata, die erste Maorisiedlung auf ihrem Weg, erst am Nachmittag. Das natürliche Misstrauen der Maori gegen zweihundert bewaffnete Pakeha, die in ihr ureigenstes Gebiet eindrangen, suchte von Tempsky durch Freundschaftsbezeigungen und sehr gute Preise für die Tauschwaren zu beschwichtigen; ließ aber nicht unerwähnt, dass sein Name Manu-Rau sei, unterwegs, um einige aufsässige Rebellen im Süden zu bekriegen.

Er ließ dem großen König Tawhiao, der zehn Meilen flussabwärts in Ngaruawaiha residierte, seine freundlichsten Grüße übermitteln, dann aber das Lager flussaufwärts aufschlagen, was ein zumindest psychologischer Affront war, da es bedeutete, dass die Maori am nächsten Morgen das von den Fäkalien der Weißen verunreinigte Wasser trinken würden. Das Ganze war genau die höfliche Mischung aus Diplomatie und Provokation, Freundlichkeit und Frechheit, die er auf seinem gesamten Weg beibehalten wollte.

Die meisten der jungen Australier, und unter ihnen auch Gowers, sahen in Whatawhata zum ersten Mal die echte *Wahine* oder Maorifrau, denn die Damen, die ihnen ihre Schlafsäcke genäht hatten, waren christianisiert und europäisch bekleidet gewesen. Am seltsamsten an den üppigen dunklen Schönheiten, die ihnen jetzt begegneten, waren die rosigen kleinen Schweinchen, die von manchen der Frauen wie Schoßhündchen gehalten und gehätschelt wurden, die sie streichelten und bisweilen sogar an ihren zu ebendiesem Zweck entblößten Brüsten lecken ließen. Um zu verhindern, dass seine sexuell ausgehungerten Männer sich an die Stelle der Schweinchen setzten, ließ von Tempsky an diesem Abend eine doppelte Reihe von Wachtposten aufstellen – eine äußere, die das Lager gegen die Maori, und eine innere, die die Maori und insbesondere ihre Frauen vor den aufgereizten jungen Pakeha schützen sollte.

Am nächsten Morgen zogen sie zeitig weiter, den Waipa hinauf, einen trägen, braunen Fluss von Torfwasser, der trotz oder wegen seiner geringen Strömungsgeschwindigkeit eine Tiefe von acht bis zwölf Fuß aufwies und sehr fischreich war. Der Proviantsorgen damit fürs Erste enthoben, folgten sie seinem Lauf zwei Tage lang flussaufwärts, wobei sie meist auf der westlichen der beiden breiten Terrassen marschierten, die das Wasser in die umliegende Hügellandschaft gewaschen hatte. Sie bemerkten jetzt auch, dass sie rund um die Uhr beobachtet wurden, und als er sicher war, dass König Tawhiao durch seine Läuferketten pausenlos über ihr Tun und Lassen unterrichtet wurde, stellte von Tempsky zwischen Puke Houa und dem Einlass des Mangahoe zum ersten Mal seine Staffelei auf.

Der Pirongia bot von hier aus einen wahrhaft grandiosen Anblick, und man wurde in der Tat nicht müde, ihn zu betrachten, da seine vielen Gipfel von jedem Standpunkt aus neue Formen anzunehmen schienen. Von Tempsky war allerdings kein reiner Landschaftsmaler, und deshalb ließ er seine Männer durch den Vordergrund marschieren, was dazu führte, dass sie ihn in einem weiten, ununterbrochenen Zug umkreisten. Bei einigen inzwischen recht fußmüden Soldaten führte das zwar zu Unmut und einigen bissigen Bemerkungen, aber die Verwirrung, die die Meldung »Manu-Rau malt die Berge, und seine Männer marschieren um ihn herum« bei den Maori auslösen würde, war etwas Unmut und ein paar Witze wert.

Nach einer ruhigen Nacht, in der allerdings erstmals ein wenig Regen fiel, sodass sie die Kautschukdecken, die von Tempsky hatte ausgeben lassen, schätzen lernten, wandten sie sich geradewegs nach Osten und erreichten am Abend des folgenden Tages Rangiawhia. Diese vermutlich größte Maoriansiedlung inmitten des Waikato-Beckens war beinahe schon eine Stadt und entsprechend zivilisiert. Sie besaß in ihrem Umland ausgedehnte Weizen-, Mais- und Kartoffelfelder, zwischen denen breite Fahrwege verliefen. In Rangiawhia gab es einen Gerichtshof, einen Kaufladen, eine Mühle und gleich zwei Kirchen: eine katholische und eine protestantische, deren letztere sogar mit bunten Glasfenstern geschmückt war.

Da der nächste Tag ein Sonntag war, legten sie zum ersten Mal eine vierundzwanzigstündige Rast ein, denn der Sonntag war *ra tapu*, was bedeutete, dass niemand arbeiten durfte und insbesondere auch das Reisen verboten war. Von Tempsky befahl seinen Männern, mit Ausnahme einer kleinen Lagerwache, zu der sich prompt John Gowers einteilen ließ, den Gottesdienst zu besuchen, um seine Friedfertigkeit unter Beweis zu stellen. So kam es, dass die beiden kleinen Kirchen bis zum Bersten gefüllt waren und die Missionare beider Konfessionen noch lange von diesem glorreichen Tag sprachen.

Am Montag dehnte sich dieses Wohlwollen auch auf die einfache Bevölkerung aus, denn er begann mit einem regen Tauschhandel, bei dem die Pakeha auch die exorbitantesten Preise für Schweine, Kartoffeln, Obst und Weizenmehl anstandslos bezahlten. Die Schweine wurden sofort geschlachtet und eingesalzen, was erneut einige Zeit kostete und von Tempsky ein weiteres malerisches Motiv lieferte. Erst am Dienstag in aller Frühe zog die Truppe weiter, diesmal nach Süden, wo man nach der Überquerung des Mangahoe gegen Mittag auf den gut gangbaren Overland Mail Track stieß. Dieser Pfad würde sie auf direktem Weg nach Südosten und binnen einer knappen Woche an den Taupo Lake führen. Das gefährliche Kings Country lag hinter ihnen, den Weg in die Gebiete der nicht weniger Furcht einflößenden Bergstämme nahmen sie unter die Füße.

86.

Nach weniger als einem Meter stießen sie am äußersten Rand der von Gringoire bezeichneten Stelle auf mächtige, aber fast vollständig vermoderte Holzbohlen. Darunter lag eine Schicht aus Sand und Steinen, gefolgt von verrottetem Segeltuch, unter dem sich eine zweite Lage diesmal geteerter und darum etwas besser erhaltener Holzplanken befand. Ihr Scharren und Kratzen nahm auf diesem Grund einen anderen Ton an, der verriet, dass sich ein größerer Hohlraum darunter befinden musste, der sich in all den Jahren zumindest nicht vollständig mit Wasser und Schlamm gefüllt hatte.

Als die Erde so weit abgetragen war, dass er hinabsteigen konnte, schlug Gringoire mit der Axt die uralte Holzverschalung auf. Von allen Seiten und mit allen Händen wurden daraufhin die morschen Bohlen weggerissen, und neugierige Blicke richteten sich in einen zwei Meter tiefen, etwa zehn Quadratmeter großen gemauerten Kellerraum. Die Wände hatten den Jahren standgehalten, aber das Grundwasser musste das Arsenal mehrfach überschwemmt haben und hatte jedes Mal eine Schicht von Sedimenten darin zurückgelassen. Ein durchdringender Modergeruch schlug ihnen entgegen, und das Einzige, was – halb versunken in Sand und Schlamm – zu ihnen hinaufstarrte, war die grünlich schimmernde Mündung einer Kanone, die aus einer von Fäulnis zerfressenen Umhüllung von Segeltuch und Guttapercha hervorragte.

Gringoire riss das Tuch weg, das in seinen Händen vollständig zerfiel, und befahl Mr. Phineas, einige Bäume zu fällen und eine Hebekonstruktion zu errichten.

»Wozu?«, fragte Mr. Phineas enttäuscht. »Der Rost hat dieses Ding längst erledigt.«

Vor allem der seltsame grünliche Belag irgendeines namenlosen Schimmels, mit dem das gesamte alte Geschütz überzogen war, ekelte alle, aber Gringoire schlug mit der stumpfen Seite seiner Axt darauf ein – und die mehrere Zentimeter dicke Wachsschicht, die das Rohr vierzig Jahre lang zuverlässig vor Feuchtigkeit und Korrosion geschützt hatte, platzte ab wie eine Eierschale.

Obwohl er sich freute, seine alte Geliebte so völlig unversehrt und funktionstüchtig wiederzusehen, machte Gringoire sich nicht die Mühe, seinen Triumph zu zeigen, sondern ging daran, die auf die gleiche Weise hermetisch versiegelte Lafette und die Munitionskisten aus dem Sand zu graben. Selbst das Pulver war so trocken geblieben, dass es knisterte, als er eine kleine Probe zwischen den Fingern zerrieb. Nur ganz zuletzt zeigte Gringoire doch so etwas wie wilde Freude und lachte über das Erschrecken der kleinen Flüchtlingsgemeinde: als er Monbars' alte Flagge entfaltete und der grinsende Totenschädel auf schwarzem Grund noch einmal im Wind der Karibik wehte.

Mehr als zweihundert Jahre früher hatte ein Mann diese klassischste aller Piratenflaggen entworfen, von dem die Geschichte nicht einmal einen Vornamen überliefert: Monbars, den man den Würge-

engel nannte. Herkunft und Ende dieses unheimlichen Piraten liegen im Dunkeln, nur sein pathologischer Hass auf die Spanier ist historisch. Er erschlug sie mit Vorliebe im Nahkampf, mit einer Enteraxt, und diese Art zu sterben war für seine Gegner besser, als von Monbars gefangen genommen zu werden. Denn seinen Gefangenen pflegte er den Bauch aufzuschlitzen, nur ein klein wenig, zog ein Stück Darm heraus und nagelte es an den Mastbaum. Anschließend hetzte er seine Opfer mit brennenden Fackeln so lange um den Mast herum, bis sie die sieben Meter ihrer Gedärme völlig herausgehaspelt hatten und zusammenbrachen. Unter der Flagge einer so pittoresken Gestalt ihren Geschäften nachzugehen verschaffte den weit harmloseren Schmugglern von Barataria den Vorteil eines Respekts, den niemand verdient sehen wollte.

Im Aufspüren und Auskundschaften einer gegnerischen Truppe hatte John Gowers noch nicht die Erfahrung, die er darin einmal entwickeln würde. Seine entsprechenden Fähigkeiten verdankte er im Wesentlichen einer guten Beobachtungsgabe und seinen Jagdzügen im hohen Norden; bei denen allerdings nie die Gefahr bestanden hatte, dass das aufgespürte Wild ihn unter Beschuss nehmen würde. Auch bei der Jagd auf Rentiere und Moschusochsen war es jedoch stets darauf angekommen, zu sehen, ohne gesehen, zu riechen, ohne gerochen zu werden, und so hielt er sich etwas abseits des breiten Cajunpfads, der nach New Orleans führte, und ging nach Möglichkeit mit dem Wind im Gesicht.

Schneller, als er gehofft, nein: befürchtet hatte, nämlich am Nachmittag und nur etwa acht Meilen von Barataria entfernt, wurde seine Wachsamkeit belohnt. Eine zwanglose Truppe von Berittenen und einigen Männern, die eine kleine Hundemeute führten, bewegte sich allerdings so lärmend und sorglos, dass er sie zunächst nicht für die Louisiana-Miliz, ja nicht einmal für eine Jagdpartie, sondern für eine Art Picknickgesellschaft hielt. Erst durch sein Fernglas erkannte er einige der jungen Gentlemen, deren Gesichter ihm zuerst bei ihrer Reaktion auf die »Retardierenden Erzählelemente in ihrem Bezug zum Spannungsbogen« als weitgehend geistlos aufgefallen waren.

Zunächst glaubte er, die Männer würden Barataria noch am gleichen Abend zu erreichen versuchen, was möglich und aus ihrer Sicht auch das Sinnvollste gewesen wäre. In diesem Fall hätte er versuchen müssen, sie zu überholen, um seine Warnung noch rechtzeitig überbringen zu können. Glücklicherweise stellte er aber kurz darauf fest, dass die Louisiana-Miliz nicht immer das Sinnvollste tat, sondern ihr Nachtlager bereits aufschlug, als die Nacht noch mindestens vier Stunden entfernt war. Er vergewisserte sich, dass keine Späher vorausgeschickt wurden, rekognostizierte das Gelände rings um das feindliche Lager, fand es für einen Überfall höchst geeignet und erreichte Barataria im Laufschritt bei Einbruch der Dunkelheit.

87.

Tiwha, tiwha te Po – schwarz, schwarz ist die Nacht; aber der Prophet war bei ihnen, betete, sang mit ihnen, obwohl das eigentlich nicht möglich war. Captain Thomas hatte Befehl gegeben, Te Kooti in strenger Einzelhaft zu halten, und das Gefängnis befand sich innerhalb des Konstablerstützpunkts, anderthalb Meilen entfernt von den Hütten des Gefangenenlagers. Dennoch war er in jeder Nacht bei ihnen, ohne dass die Wachen es merkten.

Die Whakarau glaubten, dass Te Kooti sich in eine Eidechse verwandeln konnte, wie es in alten Zeiten jenen Menschen möglich war, die sich nicht nur in der wirklichen Welt, sondern auch in der Taha wairua, auf der spirituellen Ebene des Lebens, bewegten. Nur so konnte er dem Gefängnis entkommen und dennoch am nächsten Morgen in seiner Zelle sitzen, als wäre er nie fort gewesen. Nur Einzelne, Ungläubige sprachen davon, dass auch die Bestechung der Wärter bei Te Kootis Verschwinden und Wiederauftauchen eine Rolle spiele.

Es waren Männer wie der alte Keke oder Te Warihi Potini, Te Kootis Onkel, die nicht an die Botschaften des Propheten glaubten, denn beide waren schon in der Heimat, auf Aotearoa, mit ihm zerstritten gewesen. Dass er, ein Emporkömmling, nach der Repatriierung ihrer Häuptlinge die Autorität unter den Whakarau an sich gerissen hatte, ärgerte sie. Die Ehre der Führerschaft hätte eher ihnen, den Alten, zugestanden. Ein grundsätzliches Problem war zudem, dass sie beide Te Kooti schon in seiner Jugend gekannt hatten; es ist schwer, an einen Propheten zu glauben, den man in kurzen Hosen und mit laufender Nase gesehen hat.

Te Warihi war sogar einmal Te Kootis Vormund gewesen und immer wieder mit seinem Neffen aneinandergeraten, der sich schon damals nicht unterordnen wollte. Ihm konnte er nichts vormachen! Mochte er Weiber und Kinder blenden mit seiner brennenden Hand, dem Phosphor und den dunklen Gesängen. Es gab unter den Whakarau sogar das Gerücht, dass Te Warihi ein Spion der Pakeha war, der Captain Thomas über die Vorgänge im Lager und die Aktivitäten seines Neffen auf dem Laufenden hielt.

Die Prophezeiungen Te Kootis waren nicht eingetroffen: Kein Schiff war gekommen, sie hatten auch keine Boote gebaut, und der Navigator, den der Prophet ihnen vorgeführt hatte – *Sterne und Strömungen, die Wolken und den Wind kenne ich* –, war zurück nach Owenga gegangen und spurlos von dieser Welt verschwunden. Die Whakarau wurden unruhig, ihre Sehnsucht, die kalte, grausame Insel zu verlassen und in ihre Heimat zurückzukehren, wurde langsam, aber stetig größer. Noch steigerte diese Sehnsucht ihren Glauben an die Visionen Te Kootis, aber wehe dem Propheten, wenn die Sehnsucht den Glauben überstieg!

»Anfang Juli«, sagte Te Kooti in einer nächtlichen Versammlung Ende April, »wird die Regierung ein Schiff schicken, das uns alle nach Aotearoa bringt. Wenn nicht«, er richtete sich hoch auf, »wird Gott mir den Stab des Moses senden. Ich werde auf das Wasser schlagen, das Wasser wird sich teilen, und wir werden auf trockenem Land in die Heimat gehen!«

Diese Verknüpfung eines biblischen Wunders mit einem konkreten Datum machte auf alle einen tiefen Eindruck – bis auf Te Warihi.

»Ich hoffe, es wird das Schiff sein, Neffe«, sagte er und lachte, »denn es sind, über Meer oder trockenen Boden, fünfhundert Meilen bis nach Aotearoa, und ich bin nicht mehr so gut zu Fuß.«

Der alte Mann hatte einige Lacher auf seiner Seite, und Te Kooti merkte sich ihre Namen, als er die Augen schloss und langsam den linken Arm hob. Zwei Finger zeigten auf Te Warihi.

»Ich sehe zwei Schiffe«, sagte der Prophet, und der Schweiß, der über sein Gesicht strömte, verriet die verzweifelte Kraft, mit der er sich in der Taha wairua festkrallte. »Ein kleineres und ein größeres Schiff in der Bucht von Waitangi. Die Wolken sinken tief auf das Meer herab. Nebel dringt in feinen Tropfen durch unsere Kleider. Wir zerschneiden die Taue. Das kleinere Schiff wird auf die Klippen geworfen und zerbricht. Der Nebel verdichtet sich zu einem schweren Regen. Unablässig strömender Regen, in dem das größere Schiff aufs Meer hinausfährt und uns alle mit fortnimmt.«

Er sprach in diesem Augenblick so überzeugend, dass in einer kleinen Pause sogar Te Warihi dieses Bild vor sich sah. Dann schüttelte sich der Alte wie ein nasser Hund.

»Dein Nebel macht meinen Kopf schwer, Neffe, und alle Gedanken darin. Wir werden«, er sah sich kurz entschlossen um, erblickte einen faustgroßen weißen Stein auf dem Boden und hob ihn auf, »wir werden diese Insel so wenig verlassen, wie wir diesen Stein essen können!«

Die Whakarau schauten jetzt verwirrt zwischen dem erhobenen Stein und Te Kootis ausgestrecktem Arm hin und her. Etwas stand bevor, und alle fühlten es. Die Kinder drückten sich verängstigt an ihre Mütter. Der Prophet öffnete wieder die Augen.

»Bring mir diesen Stein«, sagte er, und es klang wie eine Drohung.

Te Warihi zögerte kurz, zuckte dann verächtlich die Achseln und warf ihm den Stein zu. Te Kooti aber fing ihn auf, ohne dass man die Bewegung seiner Hand gesehen hätte.

»Wir werden also die Insel verlassen, wenn wir diesen Stein essen können«, wiederholte er, mit umgekehrten Vorzeichen, die Worte seines missgünstigen Onkels. »Nun«, er hielt den Stein dicht vor seinen Mund und sah ihn sich genau an. Dann blitzte etwas in seinen Augen: »Das ist nur eine Frage der Zubereitung!«

Er warf den Stein auf den Boden, und ehe einer der in schwer erträglicher Spannung dastehenden Gefangenen begriff, was er vorhatte, hatte er sich aus einem Winkel eine der eisernen Hacken geholt, die sie zur Feldarbeit brauchten, und fing an, mit wilden Schreien auf den großen Stein einzuschlagen. Binnen Sekunden hatten alle verstanden und feuerten ihn mit erhobenen Fäusten, lachend, schreiend und auch vor Freude weinend an.

Es war schwer. Er schaffte es nicht allein und sank bald erschöpft zu Boden. Aber die Männer lösten einander ab, die Frauen holten Hämmer und schwere Keulen, und in weniger als einer halben Stunde war der weiße Stein pulverisiert. Atemlos, aufgewühlt, aßen sie alle von dem entstandenen Pulver; bis auf Te Warihi, der beschämt abseitsstand. Eine der Frauen hielt ihm ihre kleine Tochter entgegen, drückte ihren Kopf gegen das Ohr des Alten, und er hörte, wie zwischen den winzigen weichen Zähnen die Reste des großen Steins knirschend zermahlen wurden.

Dann begann der Gesang von Neuem: *Tiwha, tiwha te Po!*

88.

Das zweitausend Fuß hohe vulkanische Tafelland, das die Forest Ranger vier Tage lang durchqueren mussten, bestand aus trachytischem Felsgestein ohne nennenswerte Erhebungen, war dicht bewaldet und praktisch noch unerforscht. Im Gegensatz zu der gleichartigen Landschaft auf der Nordseite des Waikato, die die Eingeborenen Patetere nannten, hatte dieses Gebiet nicht einmal einen Namen. Es regnete jetzt heftig, die lockere Tonerde auf den Hügelkämmen verwandelte sich in Schlamm, den die zweihundert Männer immer mehr talabwärts traten, sodass die Hinteren nur noch schwer vorankamen und die Vorderen immer öfter auf ihre Kameraden warten mussten. Dass sie ihrem Ziel überhaupt näher kamen, sahen sie an den wenigen Stellen, die einen freien Ausblick boten, nur daran, dass sich die Silhouetten der Berge im Süden hinter den dichten Regenschleiern langsam veränderten.

An offenes Feuer und entsprechend warme Mahlzeiten war im pausenlos strömenden Regen nicht zu denken, und zur Trostlosigkeit ihres Marsches kam die Untröstlichkeit ihrer Mägen, wenn die Männer an rohen Kartoffeln nagten wie Ratten. Nach dem Gefühl, das sich in ihren durchnässten Kleidern und Seelen einstellte, bewegten sie sich schon seit einer Ewigkeit ziellos durch eine Welt aus Regen, Schlamm und finsteren Wäldern. Je höher sie kamen, desto kälter wurde es auch, und die nassen Zeltbahnen und klammen Schlafsäcke boten nur noch einen geringen Schutz gegen die Frustration, die die niedrigen Temperaturen auslösten. Vereinzelt stellten sich Erkältungskrankheiten ein, und einige Männer hatten außerdem das Pech, in die tiefen Löcher zwischen den Baumwurzeln zu treten, die im schier wegfließenden Boden nicht zu erkennen waren. Verstauchte Fußgelenke waren die Folge und verlangsamten ihre Marschgeschwindigkeit weiter.

Erst als sie den Oruanui passiert hatten und die Mihi-Ebene überquerten, besserte sich das Wetter, und am fünften Nachmittag nach ihrem Abmarsch aus Rangiawhia riss die Wolkendecke binnen weniger Minuten auf. Kräftige breite Sonnenstrahlen brachen durch und beleuchteten die grandiose, aber düstere Szenerie des oberen Waikato-Beckens. Im Süden vor ihnen lag der Taupo Lake, fünfundzwanzig Meilen lang und zwanzig Meilen breit, schon beinahe ein Binnenmeer von unerforschter Tiefe.

Taupo bedeutet: wo die Dunkelheit herrscht. Und auch die einfachsten Gemüter unter ihnen verstanden sofort, woher der Ort seinen Namen hatte. Jenseits des Sees erhoben sich eine Reihe finsterer Berge, Kuharua, Kakaramea, Pihanga, und hinter ihnen, drohend wie die Finger Gottes, die großen Vulkane Tongariro, Ngauruhoe und Ruapehu, deren sämtlich über zweitausend Meter hohe Krater Aschewolken in den Himmel bliesen. Die Pässe dieser kahlen, majestätischen Berge würden sie überschreiten, und der Gedanke, in ihrem Schatten zu wandern, erfüllte ihre Herzen mit einem geradezu kindlichen Schrecken.

Glücklicherweise erreichten sie noch vor dem Dunkelwerden die Quellen von Karapiti, und von Tempsky befahl seinen erschöpften, verdreckten, durchgefrorenen Männern, in den natürlichen, vom Wasser ausgewaschenen Felsbassins, den sogenannten *Puias*, zu baden. Die weißen Leiber in den dunklen, bis zu sechsunddreißig Grad warmen Quellen schienen in der tief stehenden Abendsonne zu leuchten, die Wärme von Wasser und Steinen durchströmte ihr verzagtes Fleisch bis auf die Knochen, und beides, die sonderbare Erhitzung und das unwirkliche Schauspiel, das sie einander in ihrer strahlenden Nacktheit boten, ließ sie trotz ihrer Erschöpfung schlecht einschlafen und schwer träumen.

Am nächsten Morgen schien die Sonne, sie wuschen nach ihren malträtierten Körpern nun auch ihre schmutzigen Kleider und trockneten beides auf den warmen Felsen. Selbst der

See schien im Morgenlicht nicht mehr ganz so düster zu sein. Ein Festessen mit »Dampern« und den Fischen, die sie im Waikaruru fingen, sowie die Ankündigung eines vollen Tages der Rast und Regeneration richteten auch die niedergedrückte Moral wieder auf.

Von Tempsky malte den ganzen Tag: das Lager, die weite Kaingaroa-Ebene im Osten, hinter der sich die noch weitgehend unbekannte Te Whaiti Range erhob, und immer wieder den Taupo Lake mit seiner malerischen Begrenzung aus Kegelbergen und himmelhohen Vulkanen. Er ließ seine Sergeanten unter den Männern nach Freiwilligen suchen, die ihm »für den Vordergrund« Modell stehen würden, fand aber niemanden, als das Gerücht aufkam, es ginge dabei um ein Aktgemälde. In Wirklichkeit hatte von Tempsky an einen Eingeborenen gedacht, der, auf einem Felsen sitzend und das Kinn in die Hand gestützt, über die Wechselfälle des Lebens oder Vergleichbares nachdenken sollte. Die Tätowierungen wollte er später hinzufügen.

Am späten Nachmittag pirschte er sich darum an John Gowers heran, der mit seiner Pfeife im Mund und Lord Byron auf den Knien seinen künstlerischen Vorstellungen am nächsten kam. Er hatte jedoch noch keine zwei Striche getan, als der Mann aufstand und sich demonstrativ auf einen Stein *hinter* der Staffelei setzte.

»Ich könnte Ihnen das auch befehlen, Soldat«, sagte von Tempsky enttäuscht.

»Ich könnte auch desertieren, Sir«, antwortete Gowers prompt.

Der Deutsche lachte. »So schlecht bin ich auch wieder nicht!«

Die implizite Aufforderung, etwas über seine Malkünste zu sagen, war so deutlich, dass es Gowers schwerfiel, sie zu ignorieren. Tatsächlich konnte er mit den Gemälden seines Vorgesetzten nicht allzu viel anfangen. Einzelne Dinge schienen ihm gut getroffen, aber insgesamt blieb ihm der Eindruck des Uneleganten, Schwerfälligen, Amateurhaften. Da ihm jedoch nähere Kenntnisse und auch ein wenig das Verständnis für die bildende

Kunst fehlten, erlaubte er sich nicht, ein so unqualifiziertes Urteil zu äußern.

»Ich weiß ehrlich gesagt nicht«, meinte er vorsichtig, »warum die Leute immer noch malen, anstatt zu fotografieren.« Eine Kunst jenseits des Realismus konnte er sich offensichtlich nicht vorstellen, und zu seinem Glück ging es von Tempsky ähnlich, sodass eine grundsätzliche kunstkritische Debatte in Neuseeland wieder nicht in Gang kam.

»Sie können doch das, was in Auge und Geist eines Künstlers vorgeht, nicht mit den chemischen Reaktionen auf einer Fotoplatte vergleichen«, entrüstete sich der einsame Musenjünger immerhin. »Malerei ist keine bloß reproduzierende Leistung, sondern eine Überhöhung der Realität!«

Manchmal auch eine Erniedrigung, schoss es Gowers durch den Kopf, aber er biss sich gerade noch rechtzeitig auf die Zunge, als der Satz aus ihm herauswollte. Erst als von Tempsky fortfuhr, konnte er sich irgendwann nicht mehr beherrschen.

»Ein Künstler muss vor allem das malen, was er *nicht* sieht«, behauptete der Deutsche kategorisch.

»Nun, deshalb bin ich ja auch weggegangen, Sir«, erwiderte Gowers spöttisch.

Wortlos warf der Maler einen seiner Pinsel nach dem uniformierten Momus, allerdings ohne ihn zu treffen.

»Das nächste Mal nehme ich ein Messer«, drohte er.

Gowers lachte. »Zeigen Sie mir lieber, was Sie meinen«, sagte er dann und hatte sich auf diese genial einfache Weise endgültig vom Gegenstand zum Publikum der künstlerischen Bemühungen gemacht.

Von Tempsky schwitzte zunächst, weil er die kritischen Blicke seines Untergebenen bleischwer auf seiner Hand fühlte und genau wusste, dass er seinen eigenen Ansprüchen rein technisch nur selten gewachsen war. Aber dann nahm er die Herausforderung an, pfiff ganz einfach auf alles, was er über Malerei wusste oder zu wissen glaubte, und tat lange Zeit – nichts.

Von Tempsky fragte sich, was ihm dieser See, diese Berge, diese Landschaft *sagte*, und stellte sich vor, was der erste Maori, der bis hierher vorgedrungen war, bei diesem Anblick empfunden haben mochte. Um diesen Bezug herzustellen, setzte er zuerst eines der bis zu vier Fuß hohen geschnitzten Grabdenkmäler, an denen sie seit zwei Tagen vorübergekommen waren, »aus dem Gedächtnis« in den Vordergrund. Diese an ihrem Fuß meist nur roh behauenen Holzstatuen waren mit verrottenden Kleidern und Tüchern behängt, und ihre Gesichter wiesen, aufgrund der getreuen Nachahmung der tätowierten Gesichtslinien der Verstorbenen, so etwas wie menschliche Züge auf. Für einen Maori genügten allerdings diese Linien – die den Stamm, die Familie und schließlich die Person selbst bezeichneten –, um geradezu eine Porträtähnlichkeit herzustellen.

Bei der Statue blieb von Tempsky noch sehr gegenständlich, aber als er sich dem See und den Bergen zuwandte, griff er ganz bewusst nicht zu den Farben, die ihm die Wirklichkeit diktierte. Er verschob Perspektiven, zerrte hier und da wie wild an den Konturen, als wollte er etwas aus der Leinwand herausholen, anstatt etwas hineinzubringen, und hatte schlussendlich ein Gemälde angefertigt, das in seinen besseren Teilen an die magischen Landschaften eines El Greco erinnerte, ohne allerdings deren Qualität zu erreichen.

Etwas von seinem Wollen schien sich trotzdem auf Gowers zu übertragen, denn es waren jetzt keine spöttischen Bemerkungen mehr, die dem Investigator auf der Zunge lagen. Er verstand, was der Mann meinte. Insbesondere die Gestaltung des Sees, der – schwarz, blau, violett – fast wie ein Loch in der visionären Landschaft wirkte, faszinierte ihn mehr, als er zugeben wollte.

»Es ist lebendig, Sir«, lobte er den gespannt auf seine Kritik wartenden von Tempsky. »Ihr See ist lebendig und doch ohne Seele, wenn Sie verstehen, was ich meine. Fast wie das Auge eines Fisches!«

Von Tempsky starrte den Mann mit großen Augen an. War so etwas möglich? Konnte er etwas malen, an das er selbst gar nicht bewusst gedacht hatte?

»Te ika a Maui«, sagte er langsam. »Mauis Fisch. So nennen die Maori die gesamte Nordinsel. Maui ist einer ihrer antiken Götter, der große Fischer. Stand angeblich vor Urzeiten auf der Südinsel, hielt seine Angel ins Wasser und zog dann einen riesigen Fisch aus dem Meer; eben die Nordinsel. North Land bis rauf nach Cape Reinga ist der Schwanz des Fisches, und der Taupo Lake ist sein Auge!«

Gowers runzelte die Stirn.

»Ich verstehe, Sir«, sagte er, nur um irgendetwas zu sagen. Denn im Augenblick verstand er ganz und gar nichts mehr.

89.

Liebe den Damen! Tod dem Gegner! Ehre dem Edlen! Ruhm dem Tapferen!

Obwohl keine bunten Wimpel wehten oder Schilde glänzten und die Rosse nur mäßig schäumten, fühlte Dick Willoughby sich an diesem Morgen wie etwas aus einem Roman von Sir Walter Scott. Und wenn es auch nicht der edle und freie Waffengang zu Ashby de la Zouche war, zu dem die Louisiana-Miliz, Regiment Denham Parish, aufbrach – ein Dutzend Männer zu Pferd, weitere vier mit je zwei Bluthunden an der Leine –, so hatte ihr Aufbruch doch viel von der Fröhlichkeit einer englischen Fuchsjagd. Flaschen kreisten, muntere kleine Scherze flogen von Mann zu Mann, Pferd zu Pferd; sie fühlten sich prächtig, mutig, unbesiegbar stark, und das Klirren der Ketten und Halseisen, die sie mitnahmen, um sich ihre entlaufenen Nigger zurückzuholen, erinnerte immerhin von ferne an munteres Waffengetümmel und tapferen Strauß auf erzitternder Bahn.

Zwar ritten sie im Schritt, damit Hunde und Fußvolk folgen konnten, aber sie hatten nach Wochen der Ratlosigkeit endlich ein klares und einfaches Ziel – und klare, einfache Ziele sind von entscheidendem Wert für die Moral jeder auch nur paramilitärisch organisierten Gruppe von Männern. Der Cajun, der sie führte, hatte gesagt, dass man Barataria in einem scharfen Ritt schon am späten Nachmittag erreichen könnte, aber Henry Hunter hatte sich aus mehreren Gründen für ein gemächlicheres Vorgehen entschieden. Tier und Mann seien nach einer Übernachtung im Feld frischer, und man könne die Flüchtlinge am frühen Morgen überraschen, vielleicht sogar im Schlaf. Entscheidender für das Selbstbewusstsein seiner Milizionäre war noch, dass die Operation, wenn man sie in eine zwei- oder dreitägige Länge zog, eher den Charakter eines Feldzugs erhielt, was die zuletzt stark auseinanderfallende Truppe wieder stärker zusammenschweißen würde.

So zogen sie erst am fortgeschrittenen Vormittag aus, gerieten in die größte Mittagshitze und schier unglaubliche Mückenschwärme, gegen die auch die unausgesetzt tätigen Fliegenwedel der Gentlemen kaum etwas ausrichteten. Aber selbst das unablässige Klatschen, mit dem die Männer nach den Insekten schlugen, der Schweiß, der ihnen in die Stiefel lief, die stechende Sonne auf ihrem Rücken konnten ihre Stimmung nicht drücken, denn derlei gehörte nun mal zu den Entbehrungen einer Kriegsfahrt und würde sich auch in den späteren Erzählungen darüber gut machen.

Das Lächerliche daran war, dass sie einfach keine Soldaten waren. Sie missachteten die einfachsten Gebote militärischer Logik, kümmerten sich weder um Aufklärung noch um geeignete Sicherungsmaßnahmen und schlugen am späten Nachmittag ihr Lager auf der ersten halbwegs trockenen Lichtung auf, die ihnen begegnete. Ein einzelner Mann, der das Feuer in Gang hielt, schien ihnen als Wachtposten völlig ausreichend, und einige spülten die Last des Tages mit so viel Alkohol hinweg, dass sie nicht einmal erwachten, als eine Stunde nach Mitternacht eine Serie von Schüssen bis auf einen all ihre Hunde tötete oder so schwer verletzte, dass sie nicht mehr zu gebrauchen waren.

Die so jäh aufgeschreckten Milizionäre griffen reichlich kopflos zu ihren Waffen und feuerten auf alles, was sich in der sie umgebenden Dunkelheit bewegte oder zu bewegen schien – was eines ihrer eigenen Pferde das Leben kostete und die übrigen, die irgendjemand losgebunden haben musste, in eine panische Flucht schlug. Den Rest der Nacht verbrachten sie eng an den Boden gepresst, die Gewehre im Anschlag. Hier und da feuerte auch jemand, weil irgendwo ein Zweig knackte, und der Schreck darüber löste stets eine wilde Knallerei aus, sodass sie sich bis zum Morgengrauen in einem unausgesetzten Gefecht wähnten.

Übernächtigt, blass, zerschunden und zerstochen erwarteten sie den Tag, und nicht nur die Ängstlichen, sondern auch die Intelligenteren unter ihnen, denen klar war, dass der unsichtbare Feind nicht nur ihre Hunde, sondern bequem auch sie selbst hätte töten können, hatten jede Lust auf ein weiteres Vorrücken verloren. Dem war nur durch strenge Befehle und die lobende Feststellung beizukommen, dass sie ihre Feuerprobe mit Bravour bestanden hätten.

Henry Hunter teilte seine Truppe in solche, die die durchgegangenen Pferde suchen sollten, und solche, die wachsam und gereizt, aber als Infanteristen, weitermarschierten. Sie nahmen jetzt an, dass eine kleine Räuberbande umherstreunender Cajuns es auf ihre Pferde abgesehen hatte. Dass es der Feind gewesen sein könnte, der sich gewehrt hatte, wurde mehrheitlich noch immer bezweifelt, vereinzelt aber auch als besonders heimtückische Art von Verrat betrachtet. Zur Entschuldigung der Milizionäre muss allerdings gesagt werden, dass die bewaffnete und organisierte Gegenwehr von Sklaven gegen ihre rechtmäßigen Eigentümer noch immer außerhalb des Vorstellungsvermögens des weißen Amerika im Norden wie im Süden lag.

Es war eine ebenso dezimierte wie unterzuckerte Truppe von neun Mann, die gegen Mittag in der Nähe des ehemaligen Barataria eintraf, denn einer hatte sich unterwegs den Fuß verstaucht und war als nicht mehr voll einsatzfähig zurückgeschickt worden. Ihren Augen bot sich ein höchst merkwürdiges Schauspiel: Über einer kleinen Zahl von auf Pfählen errichteten Hütten wehte eine schwarze Flagge, die ihnen, als der Wind sie richtig entfaltete, einen grinsenden Totenschä-

del zeigte. Die Miliz, nicht wenig erschrocken über diese unerwartete Entdeckung, wollte gerade einmarschieren, als eine Kanone auf sie abgefeuert wurde. Deutlich hörten sie das Sausen der Kugel über ihren Köpfen, das Brechen der Bäume und das Knacken im Unterholz, als sie etwa dreißig Schritte hinter ihnen in die Erde einschlug.

Schneller, als sie es sich selbst zugetraut hatten, suchten die Männer Deckung; jeder dort, wo sie sich ihm bot, was ihre Truppe noch weiter zersplitterte. Hunter befahl ihnen brüllend, das Feuer zu erwidern, aber die einzelnen ungezielten Schüsse, die sie abgaben, wollten sich zu keiner Salve formieren. Wildes Geschrei stieg vonseiten der Hütten auf, und wer den Mut fand, über den Rand seiner Deckung zu spähen, sah mindestens zwanzig schwarze Gestalten, die blutrünstig alle möglichen Waffen gegen die Angreifer schwenkten. Eine weitere Kanonenkugel fiel zwischen sie, ohne Schaden anzurichten, steigerte aber das Erschrecken zur Panik, und als plötzlich Gewehrfeuer in ihrer linken Flanke ertönte, gab es kein Halten mehr.

Every man for himself! *wurde weder gerufen noch befohlen, aber mit enormer Geschwindigkeit praktiziert. Einzelne warfen sogar Waffen und Ausrüstung von sich, um schneller laufen zu können, und Dick Willoughby schwor später Stein und Bein, er habe, flüchtig zurückblickend, einen weißhaarigen alten Mann über eine Kanonenmündung springen sehen, der ihnen, einen altertümlichen Säbel über dem Kopf schwenkend, mit entsetzlichen Schreien nachsetzte wie der Leibhaftige. Schlagartig wurden ihm da die wesentlichen Unterschiede zwischen der fröhlichen Jagd auf verängstigte, halb verhungerte Sklaven und dem Kampf gegen bewaffnete Piraten klar – und er rannte in einem Tempo davon, an das er in seinem ganzen Leben nicht mehr herankommen sollte.*

Stunden später sammelten sich die zerschlagenen Reste der Louisiana-Miliz an ihrer ersten Lagerstelle, und ihr Kommandeur, Hunter, bewies nun zum ersten Mal so etwas wie militärische Umsicht, indem er wenigstens ihren Rückzug ordnete. Man hatte ein paar Pferde wieder einfangen können, auf die die Verletzten gesetzt wurden: der Fußkranke, ein noch immer Betrunkener und ein Mann, den eine verirrte Kugel, von welcher Seite auch immer, an der Schulter erwischt hatte. Die Tapfersten sicherten diesen Rückzug, und sie waren es auch, die noch zwei Versprengte aufgriffen, die kurzfristig in Gefangenschaft geraten waren. Man hatte ihnen die Hosen ausgezogen, sie gründlich verprügelt, und insbesondere die schwarzen Frauen hatten ihnen für den Fall ihrer Rückkehr allerhand unangenehme Manipulationen angedroht.

Damit war klar, dass die aufständischen Schwarzen offenbar bleiben wollten, wo sie waren, und die ganze Sache von nun an ein Fall für die reguläre Armee sein würde.

90.

John hatte seine Zeit gut genutzt. Er stutzte zuerst ein wenig, als er über den Pfahlbauten Baratarias eine Piratenflagge aufgezogen sah, aber der Anblick einer offenbar einsatzfähigen Kanone entschädigte ihn für manchen trüben Gedanken, der ihm während seines mehrstündigen Laufes in den Sinn gekommen war. Die übrigen von Gringoire an die Flüchtlinge ausgegebenen Waffen: Entermesser, -beile, einige altertümliche Musketen und sogar ein paar Steinschlosspistolen – deren Griffe immerhin als Keulen verwendet werden konnten –, überzeugten ihn weniger.

Ohnehin kam jetzt alles darauf an, die Pferde des Gegners zu zerstreuen, damit die Gegenwehr der Flüchtlinge nicht einfach niedergeritten werden konnte, und nach Möglichkeit auch die Hunde zu töten, die sich weder von schwarzen Flaggen noch von Kanonen einschüchtern lassen würden. Jeder Verwundete, den sie durch Bisse oder Hufe haben würden, konnte ihren Rückzug infrage stellen, also mussten derartige Verletzungen ganz einfach vermieden werden.

John hatte sich außerdem überlegt, dass man um jeden Preis den Eindruck vermeiden musste, Barataria sei nur ein vorübergehendes Versteck; je stärker die Milizionäre davon überzeugt werden konnten, den dauerhaften Aufenthaltsort der Flüchtlinge gefunden zu haben, desto weniger würden sie den Fluss absuchen. Er schaffte es, Deborah und den anderen mit wenigen Worten seinen Plan zu vermitteln, und war mit Gringoire, Jason und Mr. Phineas schon auf dem Rückweg zum Lager der Miliz, während Deborah ihren verängstigten Leuten noch erklärte, was sie zu tun hätten.

Seine Nachtsichtigkeit ermöglichte ihnen ein rasches Vorwärtskommen, und eine halbe Stunde nach Mitternacht hatte er die Stricke durchschnitten, mit denen die Pferde der Miliz ohne weitere Bewachung an die Bäume geschirrt waren. Der Rest war beinahe ein Kinderspiel, auch wenn sie als ungeübte Schützen eine ganze Serie von Schüssen brauchten, um die Hunde zu erledigen.

Nachdem die Schlacht vorüber war, kam Gringoire, der der fliehenden Miliz nachgesetzt hatte, mit zwei Gefangenen zurück, die er durch Schläge mit der flachen Klinge vor sich hertrieb. Einen Moment lang bestand die ernsthafte Gefahr, dass diese Männer getötet würden, und Gowers brachte sie persönlich in eine der Hütten, wo er sie, mit den Händen im Nacken und auf dem Bauch liegend, von Mr. Phineas bewachen ließ.

Es galt, ihnen eine kleine Komödie vorzuspielen, und während sie wenig später unter Gringoires Aufsicht von den schwarzen Frauen jämmerlich durchgeprügelt wurden, gab Gowers den lauten Befehl, eine Palisade zu errichten, um vor weiteren Angriffen geschützt zu sein. Deborah ließ das Essen vorbereiten, die Wäsche waschen und einige Hütten ausbessern. Eine besonders gelungene Vorstellung bot Jason, der eine kleine Gruppe mit Angelruten an die Lagune führte und dort durch das Anfertigen von Fischreusen den Eindruck einer friedlichen, dauerhaften Ansiedlung erweckte. Mr. Phineas sammelte derweil die nach der Schlacht liegen gebliebenen Waffen der Miliz ein und sprach lauter als nötig davon, sie ins Arsenal zu schaffen.

Als feststand, dass die Gefangenen alles gesehen und gehört hatten, was sie sehen und hören sollten, wurden sie mit Fußtritten und höhnischen Bemerkungen aus dem Lager gejagt. Gowers folgte ihnen heimlich in einigem Abstand und vergewisserte sich, dass sie gefahrlos zur Nachhut der auf dem Rückzug befindlichen Miliz stießen, um von ihren unschönen Erlebnissen zu berichten. Als sicher war, dass niemand sie mehr beobachtete, eilte er zurück, denn nun ging es darum, das Lager möglichst schnell abzubrechen und die drei Dutzend Menschen ungesehen an Bord der Deep South zu bringen.

Obwohl kaum jemand von ihnen in der letzten Nacht geschlafen hatte, kamen sie erstaunlich gut voran, was zweifellos an der Hochstimmung lag, in die ihr überraschender Sieg die ehemaligen Sklaven versetzt hatte. Nur wenige hatten an diesem Nachmittag, diesem ersten Abend eine klare Vorstellung davon, wohin sie eigentlich gingen. Sie tauschten sich fröhlich über die ungläubigen, dummen Gesichter aus, die ihre Herren gemacht hatten, und gerade die jungen Männer schienen überzeugt, sich mit den erbeuteten Waffen den Weg nach Norden zur Not freischießen zu können, wie Gandalod es vorgeschlagen hatte.

Wo war Gandalod? Deborahs Antwort darauf ernüchterte sie, und wieder wurde ihnen bewusst, dass noch mehr als tausend Meilen Fluss zwischen ihnen und ihrer Freiheit lagen. Die Nacht verlief ruhig, der Morgen geordnet. Sie hatten ein gewisses Geschick und auch die nötige Geduld entwickelt, um Wasserläufe mithilfe des kleinen, an Seilen hin- und hergezogenen Kanus zu überschreiten und auf dem Marsch zusammenzubleiben. Ohne weitere Rast, im Gehen essend, trinkend, erreichten sie die Gegend um Myrtle Grove schon am zweiten Abend. Nun musste festgestellt werden, ob das Schiff sicher war, und wer war besser für diese Aufgabe geeignet als ihr Lotse?

Gowers wartete die völlige Dunkelheit der Mitternacht ab und ging erst los, als außer ihm selbst niemand mehr einen Pfad erkennen konnte. Geräusche und Gerüche wurden ihm allmählich vertrauter, als er sich dem großen Fluss näherte, und er sah bereits die beiden Schornsteine der Deep South schwarz gegen den sternklaren Himmel, als er hörte, wie sich ein schwerer, lastender Körper auf die Uferböschung zog und sich in kurzen, knackenden Schüben durchs Unter-

holz wälzte. Zu der Sorge, was ihn an Bord erwarten würde, kam die Frage, was sein Entermesser gegen die Alligatoren ausrichten könnte, wenn sie auf ihrer nächtlichen Jagd waren.

Dennoch konnte er weder warten noch auf einen der Bäume klettern und musste sogar an der dunklen Uferböschung nach der drei Meter langen Planke suchen, die man einige Hundert Yards neben dem Schiff versteckt hatte. Zum ersten Mal auf der gesamten Reise standen ihm die Haare zu Berge, als er sie, mit beiden Händen im feuchten Gestrüpp tastend, endlich gefunden hatte. Jeden Moment glaubte er, das Zuschnappen gewaltiger Kiefer zu hören, und atmete auf, als er, die Planke über der Schulter, wieder auf dem halbwegs freigeschlagenen Pfad stand, der zum Schiff führte.

So geräuschlos wie möglich legte er die Planke an und befand sich einen Moment später an Deck. Er inspizierte kurz das Schiff vom Bug bis zum Heck und fand alles unverändert. Erst als er das Innere betrat, verriet ihm ein schwacher, rötlicher Schimmer aus dem Kesselraum, dass er nicht allein an Bord sein konnte. Vorsichtig, das altertümliche Entermesser vorgestreckt, schlich er zu der entsprechenden Tür. Eine Sekunde lang überlegte er, ob er einfach mit einem Schrei hineinstürzen sollte, aber dann entschied er sich dafür, sie lieber mit dem Fuß aufzustoßen.

Die Wucht, mit der die eiserne Kohlenschaufel in Höhe seines Kopfs gegen die Türfüllung knallte, ließ das ganze Schiff erzittern, und Gowers beglückwünschte sich zur Richtigkeit seiner Entscheidung, während er sich auf den Mann stürzte, der den Griff der Schaufel in der Hand hielt und noch nicht zu einem zweiten Schlag ausholen konnte.

»Himmel, Mr. Gowers!«, rief der Mann, ehe es zu schwerer wiegenden Tätlichkeiten kommen konnte.

»Kapitän?!«, sagte Gowers erleichtert, und im gleichen Moment mussten beide laut lachen, weil sie sich noch immer gegenseitig am Kragen gefasst hielten.

»Das nenne ich eine Begrüßung«, sagte John Lafflin schließlich. »Zwanzig Jahre jünger, und Sie wären Matsch gewesen!«

Gowers konnte nicht umhin festzustellen, dass auch so nicht viel gefehlt hatte, und fügte hinzu: »Wenn dieses Messer kein Säbel wäre, würde es jetzt in Ihrem Bauch stecken, Sir.«

»Warum zum Teufel schleichen Sie sich an wie ein Wilder?« Lafflins Heiterkeit verwandelte sich in Ärger.

»Und Sie? Was treiben Sie hier im Dunkeln wie Hamlet in Helsingör?«

Aus Ärger wurde wieder Erleichterung.

»Ich bin heute Nachmittag hier angekommen und habe ein paar Stunden an Deck gewartet, aber dann hatte ich plötzlich die Idee, dass Sie vielleicht Verfolger am Hacken haben, wenn Sie kommen, und dachte, es könnte nicht schaden, den Kessel vorzuheizen. Dann hörte ich jemanden an Deck herumschleichen und glaubte, dass es meine Hacken wären, an denen die Verfolger kleben. Wo sind die anderen?«

»Warten auf mein Signal. Wir wussten ja nicht, wer sich hier inzwischen herumtreiben würde.«

»Alles glattgegangen?«

»Wir mussten uns ein wenig schlagen, aber es sind alle da, wenn Sie das meinen.«

»Erzählen Sie«, verlangte Lafflin und korrigierte sich sofort. »Oder nein. Holen wir erst die Leute an Bord, dann müssen wir nicht alles dreimal erzählen!«

91.

James Fagan schlief sehr friedlich, seit sein Schiff Australien verlassen hatte. Ihn hatte kein schlechtes Gewissen, hatten nicht die Erinnyen umgetrieben, sondern allein die Angst, ganz zuletzt doch noch erwischt zu werden. Diese Furcht war nun gebannt. Er konnte sogar wieder über seine Tat nachdenken.

Ja, es war falsch gewesen, die Kinder umzubringen; besser, er hätte sie irgendwo versteckt und die Erpressung fortgesetzt, Nell und die anderen aus dem Gefängnis geholt. Aber wie hätte er das machen sollen, allein und auf sich gestellt? Außerdem war da diese Frau gewesen, sie zumindest hatte er töten müssen, sagte er sich. Das Einzige, was er wirklich bedauerte, war die Tatsache, dass er sein Messer zurückgelassen hatte. Dachte er dagegen an Jonathans verzerrtes Gesicht, an Mairies weißen Körper, an die erstickten Laute aus ihrem Mund, bekam er fast immer eine Erektion und ging auf einen der Aborte dicht über der Wasserlinie, um sich Befriedigung zu verschaffen.

Fagan konnte natürlich weder lesen noch schreiben. Frank Sykes hatte ihm einiges berichtet, was in den Zeitungen stand, aber irgendwann aufgehört, mit ihm zu reden. Jamie wusste also, dass Nell tot war, hatte den Namen John Gowers gehört und sich zusammengereimt, dass dies der Mann war, dem sie den ganzen Schlamassel zu verdanken hatten. Aber Angst hatte er auch vor ihm nicht, nicht, seit er in der Armee und auf dem Weg nach Neuseeland war. Wer sollte ihn dort noch finden? Und gesetzt den Fall, jemand würde es versuchen, wer kannte den Namen James Bradley? Nur um ganz sicherzugehen und weil er absolut keine Lust verspürte, irgendwelchen idiotischen Befehlen länger zu gehorchen als unbedingt nötig, beschloss James Fagan, noch ehe er in Wanganui Town an Land ging, so bald wie möglich zu desertieren. Das allerdings war nicht ganz einfach.

Wanganui Town lag auf der Westseite des trägen, breiten Wanganui River. Die britischen Kolonialtruppen in Neuseeland, deren größter Teil zwanzig Jahre lang hier stationiert gewesen war, hatten einmal einen Versuch gemacht, eine Brücke über den Fluss zu bauen, aber aufgrund seiner Breite und der Unberechenbarkeit seiner Sandbänke hätte das Projekt mehr als die Hälfte ihres Jahresbudgets verschlungen, sodass sie sich schließlich mit einer Drahtfähre zufriedengaben. Im Oktober 1867, zur Verabschiedung der britischen Armee, hatte der französische Seiltänzer Monsieur Vertelli den Fluss auf diesem Drahtseil laufend überquert, aber sein Angebot, Passagiere in einer Schubkarre hinüberzubefördern, hatte niemand wahrgenommen.

Tatsächlich waren die vorgesetzten Offiziere sowohl der Briten als auch der neu geschaffenen neuseeländischen Armee insgeheim dankbar dafür, dass die Überquerung des Wanganui so viele Schwierigkeiten machte – denn auf seinem Ostufer begannen die Straße nach Wellington und der Weg in die Zivilisation. Die Westseite, auf der noch immer die beiden nun beinahe menschenleeren britischen Forts York und Rutland lagen, war für potenzielle Deserteure viel unattraktiver: Man konnte dort nur nach Westen oder Norden fliehen, jedenfalls in die Wildnis, den undurchdringlichen Busch oder den schmalen, mehrheitlich von loyalen Veteranen besiedelten Küstenstreifen.

James Fagan war nicht allein mit seinem Entschluss. Viele entwurzelte Existenzen nutzten die Gelegenheit der Anwerbung, um eine kostenlose Passage nach Neuseeland zu bekommen und dann dort, auf der friedlichen, kalten Südinsel, nach der Unmenge Gold zu suchen, von der man in jeder Hafenkneipe Australiens und der Südsee redete. Die Otago-Halbinsel war das neue El Dorado, dem einige dieser Männer bereits seit einem Menschenleben und um die ganze Welt nachgejagt waren. Es war also für Fagan verhältnismäßig leicht, Fluchtgenossen zu finden und sich einer kleinen, entschlossenen Gruppe von Deserteuren anzuschließen.

Krczynski war ein Pole, dessen Namen niemand aussprechen konnte und der deswegen von allen Bob genannt wurde. Wenn alles stimmte, was er erzählte – und er erzählte eine Menge –, hatte er sich als junger Mann in seiner Heimat mit allerhand Deutschen, Russen und Österreichern, Kaisern, Königen, Großfürsten herumgeschlagen, die einen Preis auf seinen Kopf ausgesetzt hatten. Er war erst nach Frankreich und dann zur See gegangen, war 1849 nach Sacramento gekommen, 1853 nach Ballarat und redete viel von den Goldgräberrepubliken, die er immerfort mitbegründet hätte.

Seit dem Mittelalter waren es Unruhige wie Krczynski gewesen, die am unteren sozialen Rand politischer und religiöser Bewegungen oder aus purer wirtschaftlicher Not die Fesseln der Stände- und Klassengesellschaften Europas zu sprengen versuchten und in Soldaten-, Seeräuber- oder eben Goldgräberrepubliken ihre kurzlebige Heimat fanden. Sie waren die revolutionäre Hefe, in der die großen Begriffe Freiheit, Gleichheit und Brüderlichkeit jahrhundertelang gärten, ehe sie das politische Licht der Welt erblickten. Die gescheiterten Revolutionen von 1848 hatten Männer wie ihn um den Globus getrieben, wie der Wind wilde, zähe Samenkörner über trockenen Boden treibt. Die meisten gingen elend zugrunde; verhungert, erschlagen, korrumpiert und zu Tode gesoffen, namenlos untergegangen im großen Sumpf der Geschichte. Aber einigen wenigen verdankte ebendiese Geschichte manches von dem, was wir heute Menschenrechte und Demokratie nennen.

James Fagan war das begreiflicherweise egal. Für ihn war Bob ganz einfach ein Macher, ein guter Organisator, unter dessen Fittichen ihm am wenigsten Gefahr drohte. Sie desertierten in bester militärischer Ordnung. Krczynski war noch auf dem Schiff aufgrund seiner Erfahrung, seines Einflusses auf die Männer und seiner Aufdringlichkeit zum Korporal avanciert, und niemand hatte etwas dagegen, dass er mit seiner Gruppe zu einer Geländeübung nach Norden aufbrach. Als er am nächsten Tag nicht zurück war, glaubte McDonnell sogar, die kleine Truppe hätte sich verirrt oder sei in Schwierigkeiten, und schickte ihnen ein paar Männer hinterher, die sie suchen und zurückbringen sollten.

Natürlich hatten die Deserteure da bereits die Stadt umgangen, den Wanganui schwimmend, an Seilen gesichert, überquert und sich nach Osten davongemacht. Krczynski war sogar so klug gewesen, seine Gruppe zu teilen, hatte dem dümmeren Teil den Auftrag gegeben, auf den umliegenden Farmen Zivilkleider zu stehlen, und diesen Männern gegenüber stets die Hawke Bay als sein Ziel angegeben. Die meisten von ihnen wurden erwartungsgemäß geschnappt, und die Übrigen fanden keinen Anschluss mehr an den Haupttrupp, der jetzt auf der Straße nach

Süden unterwegs war, ganz offen, getarnt als Abteilung auf der Jagd nach Deserteuren. Noch ehe man das Ganze durchschaut und berittene Melder losgeschickt hatte, hatten die Deserteure das hundertfünfzig Meilen entfernte Wellington erreicht, wo sie sich zum zweiten Mal aufteilten.

Krczynski hatte sie Tag und Nacht so vorangetrieben, dass die meisten, unter ihnen James Fagan, nur noch an Schlafen, Trinken und Frauen dachten. Obwohl Wellington seit fünf Jahren Sitz des Parlaments und seit drei Jahren Hauptstadt von Neuseeland war, ging die Bevölkerungszahl doch noch nicht wesentlich über sechstausend Einwohner hinaus. So fiel es der Polizei relativ leicht, auch dieser Handvoll Desperados in der überschaubaren Zahl entsprechender Etablissements in Lambton Harbour habhaft zu werden. Nur der schlaue Pole und zwei oder drei andere hatten sich mit dem erstbesten Schiff auf die Südinsel abgesetzt. Krczynski hatte sich dabei, wohl um ganz sicherzugehen, den Namen James Bradley angeeignet.

92.

Sie umrundeten Taupo Lake auf dem gut ausgetretenen Fußpfad, der auf der Ostseite um den See herumführte. Die genossene Ruhe und die anhaltende Trockenheit begünstigten ihren Marsch so sehr, dass sie binnen zweier Tage das südliche Ufer erreichten, obwohl sie dabei nicht weniger als siebzehn kleinere Flüsse und Wasserläufe zu überqueren hatten. Am sandigen Ufer des Tokanui, der von den Hängen des Pihanga herabströmte, rasteten sie, fischten, und von Tempsky führte eine kleine, aber gut bewaffnete Truppe noch weiter um den See herum, um sich in der Maorisiedlung Pukawa »bekannt zu machen« und nach Möglichkeit frisches Fleisch einzutauschen. Man wies sie jedoch bereits an der Palisade des Pas ab, und Gowers musste sich eingestehen, dass er selten eine so eindrucksvolle Menge so grimmig dreinblickender Männer gesehen hatte, die sich in voller Bewaffnung auf der Palisade zeigte.

»Wer sind diese Burschen, Sir?«, fragte er von Tempsky, als sie sich auf den Rückweg der fruchtlosen Unternehmung machten.

»Sie gehören zu den Ngati Tuwharetoa«, antwortete der Kommandant. »Dieser Stamm ist noch heidnisch.« Er sagte nicht, wie sehr er die Hartnäckigkeit bewunderte, mit der die Tuwharetoa fünf Jahrzehnten christlicher Missionierungsversuche widerstanden hatten, noch erwähnte er, dass ihr Häuptling, Iwiako Te Heuheu, sich in geselliger Runde gern der Tatsache rühmte, einen der letzten weißen Missionare, denen dieses Schicksal in Neuseeland widerfuhr, persönlich verspeist zu haben. Dagegen äußerte er die sichere Vermutung, dass Gowers einige der Herren »vielleicht noch heute Abend, spätestens morgen früh« persönlich kennenlernen würde.

Zurück am Tokanui sammelte er seine Männer, was nicht einfach war, da sie sich an den über fünfhundert heißen Quellen, die die Erde zwischen Pihanga und Kakaramea auftat, schon weit verstreut hatten. Überall lagen sie nackt und unbewaffnet in den Puias und mieden nur die hier und da aufsteigenden kleinen Geysire, die ihnen unheimlich waren. Hätte von Tempsky durch seinen kleinen Abstecher die Tuwharetoa, die natürlich längst von der Ankunft der Pakeha wussten, nicht gewissermaßen in ihrem Dorf festgehalten, wäre seine Truppe vermutlich an diesem Tag aufgerieben worden.

Die folgende Nacht verging ohne einen Laut, und als die Sonne aufging, schwiegen sogar die Morgenvögel, Kokorimoko und Tui, die sie bisher zuverlässig geweckt hatten; ein sicheres Zeichen dafür, dass Menschen in dem sie umgebenden Wald steckten. Sie sahen allerdings niemanden, und von Tempsky hatte eben den Aufbruch befohlen, als sich jenseits einer felsigen Lichtung mit vielen Puias doch noch jemand zeigte.

Das vollkommen nackte Mädchen mochte dreizehn, höchstens vierzehn Jahre alt sein. Sie war, wie alle Maorimädchen, schon sehr weit entwickelt, besaß aber noch nicht die üppige Fraulichkeit der Wahine, sondern lange, schlanke Beine, wohlgeformte, aber kleine Brüste und einen Schoß, in dem eben der erste Flaum gewachsen war, sodass man ihre Schamhaare auf der braunen Haut noch kaum sehen konnte.

Sie stieg in eine der warmen Quellen, warf übermütig das Wasser über ihren Kopf, sodass die langen schwarzen Haare auf ihrem Rücken klebten, als sie wieder auftauchte und ihr schlanker Körper in der Morgensonne den zweihundert Männern entgegenblitzte. Von Aufbruch konnte jetzt keine Rede mehr sein, und selbst Gowers, der in den Bordellen der Welt schon manches gesehen hatte, konnte sich nicht erinnern, jemals so anmutigen Reizen so tatenlos gegenübergestanden zu haben. Denn dass dies ein Hinterhalt war, eine Verlockung nicht zur Liebe, sondern zum Tod, verstand jeder einzelne der zum Teil noch sehr unerfahrenen jungen Soldaten.

Dennoch konnten sie kein Auge von dem herrlichen Waldwesen lassen, das jetzt lächelte und sie sehr einladend zu sich auf die Lichtung winkte. Sie rief, sie reizte, sie sang – aber die Männer rührten sich erst, als von Tempsky befahl, die Waffen zu entsichern und den Wald hinter ihr ins Visier zu nehmen. Anscheinend verärgert über diese lieblose Reaktion rief das Mädchen etwas in den Wald hinein, und daraufhin kamen nach einer Weile noch mehr Frauen zum Vorschein, bis gut ein Dutzend Nymphen auf den Felsen und in den Puias sein Unwesen trieb, um die Pakeha aus der Deckung zu locken.

Über einen Mangel an Modellen konnte von Tempsky sich jetzt nicht mehr beklagen, und vielleicht brachte ihn gerade diese Tatsache auf die Idee, wie er den Rückzug seiner Männer auf die Passhöhe des Kakaramea bewerkstelligen könnte, ohne dass ihnen die Tuwharetoa auf dem Fuß folgten. Er gab die nötigen Befehle und trat dann dem unsichtbaren Feind mit nicht mehr als Pinsel und Palette bewaffnet entgegen. Seine Staffelei trug kein anderer als John Gowers auf die Lichtung, und zwischen den beiden Männern entwickelte sich eine sehenswerte Pantomime über den richtigen Standort des Künstlers. Die Ngati Tuwharetoa waren zivilisiert genug, das stumme Spiel zu verstehen, war ihnen die Nacktheit ihrer Frauen doch schon peinlich gewesen, als Iwiako Te Heuheu diese uralte Kriegslist am Abend zuvor vorgeschlagen hatte.

Von Tempsky begann nun mit großen Gesten zu malen, während Gowers den Hang hinaufschlenderte, um zu sehen, wie weit der Rückzug schon vonstattengegangen sei. Die Frauen reagierten unterschiedlich auf die professionell geschärften Blicke, mit denen der Künstler Maß nahm. Die meisten zeigten ihm sehr gemeinverständlich, was er mit ihnen tun könne, aber einige dachten anscheinend wirklich, sie würden gemalt, und saßen, glitzernde Wassertropfen in den Haaren, so still wie nur je ein Modell in einem Pariser Atelier.

Vereinzeltes Gelächter im Wald hatte die Krieger so offensichtlich bereits verraten, dass Iwiako jetzt einen Kriegsgesang anstimmen ließ; um die Kampflust seiner Männer neu anzufachen und auch um zu verhindern, dass sie sich untereinander mehr als nötig über die seltsame Szene austauschen konnten.

»Ka whahai, ka whahai!
Kihai koe i mau atu, ki to kainga.
Ki Oropi, e. I te ainga mai a wharewhare.
Ki a Ihu Karaiti, me te pukapuka, ki taka ki tua,
*Ki taekaukau o taku kumu kei raro. – i, i!«**

Von Tempsky verstand genug von diesem Text, um zu wissen, dass er erhebliche Provokationen enthielt, und wollte sich seinerseits nicht lumpen lassen, obwohl er um die mangelhafte

* Kämpft! Kämpft! Ihr werdet nicht zurückkehren in eure Dörfer und nach Europa, durch die Macht unserer Krieger. Jesus Christus und dem Buch werde ich meinen Arsch zeigen und auf sie scheißen!

Qualität seiner Stimme wusste. Leider fiel ihm kein geeignetes Lied ein, und so hielt er mit dem einzigen »Kriegsgesang« dagegen, der ihm aus seiner Kindheit und seiner preußischen Erziehung im Gedächtnis geblieben war.

»Die wilde Jagd und die deutsche Jagd
Auf Henkersbrut und Tyrannen!
Ihr, die ihr uns liebt: nicht geweint und geklagt,
Das Land ist ja frei und der Morgen tagt,
Auch wenn wir's nur sterbend gewannen!«

»Lützows wilde verwegene Jagd« klang zwar höchst unangemessen, als es von den Hängen des Kakaramea widerhallte, aber es war ja ohnehin niemand da, der den Text verstand. Verblüfftes Schweigen aufseiten der Tuwharetoa blieb auch die einzige Antwort.

Nach weniger als fünfzehn gespannten Minuten kam John Gowers zurück und stutzte verwundert, als er sah, dass sein Vorgesetzter sich wieder ganz der gegenständlichen Malerei ergeben hatte. Diesmal hätte er es auch mit Fug und Recht eine Erniedrigung der doch eigentlich sehr ansprechenden Realität nennen können, aber während von Tempsky sein Werk mit ausgestreckten Armen begutachtete und er selbst die Staffelei zusammenklappte, meldete Gowers lediglich: »Alle oben, Sir. Weg ab einhundert Meter von hier durch Scharfschützen gesichert, keine Gegner auf dem Pass!«

»Dann sollten wir hier verschwinden«, erwiderte von Tempsky, und beide, der Gehilfe mit der Staffelei über der Schulter und der Künstler mit seinem Bild unter dem Arm, schlenderten seelenruhig zurück in den Schatten der Bäume. Erst ganz zuletzt hielt von Tempsky inne, als sei ihm noch etwas Wichtiges eingefallen. Dann lehnte er das Bild an einen Baumstamm und drehte es so, dass der Feind es sehen konnte. Eine Sekunde herrschte gebanntes Schweigen, denn es war nichts darauf zu erkennen als die formatfüllende Karikatur eines üppigen Hinterns, der so rund geraten war, dass er die Tuwharetoa mit beiden Backen anzugrinsen schien.

Da ihre Männer nichts gegen diese Beleidigung unternahmen, vereinzelt sogar wieder in Gelächter ausbrachen, warfen die düpierten Damen mit Steinen nach dem Künstler, und während Gowers die ersten Scharfschützenposten schon erreicht hatte, verbeugte sich von Tempsky noch mit lässiger Grandezza vor seinem Publikum. Das rettete ihm insofern das Leben, als die Gewehrsalve, die nun doch noch abgefeuert wurde, über ihm in die Bäume einschlug. Ein paar verirrte Kugeln hatten auch das provokante Gemälde getroffen. Länger zu bleiben wäre sinnloser Heroismus gewesen – Die Tat ist alles! –, und nun endlich nahm von Tempsky die Beine in die Hand und floh vor den zum Narren gehaltenen Feinden.

»Banausen!«, schrie er noch auf die Lichtung zurück, als die ersten Maorikrieger sie schon fast überquert hatten.

93.

»Dass ihr mir ja keinen trefft!«, mahnte von Tempsky die ersten seiner Scharfschützen und von da an alle, an denen er vorüberkam. »Schön hoch halten.«

»Sir?«, fragte einer der Männer stirnrunzelnd.

»Im Augenblick wollen sie uns nur vertreiben, Mann«, knurrte der Deutsche. »Jedenfalls, nachdem es mit dem Überfallen schon nicht geklappt hat. Aber wenn wir auch nur einen von ihnen erschießen, wird ein Fall von Blutrache daraus, und sie werden auch an den fernsten Grenzen ihres Gebiets nicht aufhören, uns zu jagen!«

Diese Vorstellung behagte niemandem, denn nun lag der schlimmere Teil ihres Wegs vor ihnen: die wüsten Lavaebenen rund um die großen Vulkane und danach der undurchdringliche Wald mit seinen tief eingeschnittenen Flusstälern, die sich zwischen den steilen grünen Hängen einer weglosen Wildnis hindurchwanden, die nicht einmal die Maori ohne Not zu betreten wagten. In dieser Gegend zu allem Überfluss noch nach Blut schreiende Feinde auf den Fersen zu haben wäre mehr als unangenehm. Gehorsam feuerten deshalb die Männer über die Köpfe der hier und da auftauchenden, sehr selbstbewussten Verfolger hinweg, während auch sie sich, einer immer in der Deckung des anderen, die Hänge des Kakaramea hinauf zurückzogen. Erst oben angekommen ließ von Tempsky eine Schützenlinie bilden, die Salve auf Salve in den tiefer liegenden Wald hinunterfeuerte, während das Gros der Truppe immer weiter auf das allmählich karger werdende vulkanische Hochplateau hinausmarschierte.

Am frühen Nachmittag sah Gowers, diesmal bei der Vorhut, aus einer Höhe von gut tausend Metern auf einen Kratersee hinab, dessen Wasser so unglaublich blau war, dass er es zunächst für eine bloße Spiegelung des darüberliegenden Himmels hielt. Die Verfolgung hatte noch immer nicht aufgehört, darum entschied von Tempsky, dass sie ohne weiteres Gefecht durch die baumlose Lavaebene auf den schneebedeckten Tongariro zuhalten würden. Dieser Berg war tabu, und so bestand die Hoffnung, dass ihnen die Tuwharetoa auf ihrem Weg nicht länger folgen würden.

Als sie aus der kahlen Ebene zurückschauten, sahen die Männer ihre Gegner jetzt zum ersten Mal; klein und schwarz gegen den hellen Himmel erhoben sich auf den scharfen Graten der Berge wilde, pittoreske Gestalten, und durch sein Fernrohr erkannte von Tempsky an einzelnen Gesten und Gebärden, dass sie noch immer unschöne Dinge mit Jesus Christus und der Bibel im Sinn hatten. Vereinzelt stiegen sogar Krieger die schartigen Hänge hinunter, ihnen nach, und der Kommandant wusste, dass dies die gefährlichsten waren: blutrünstige junge Männer, wild versessen auf ihren ersten Kampf und die menschlichen

Trophäen, die sie daraus heimbringen würden. Er beschloss, die Nacht durchzumarschieren und Iwiako Te Heuheu damit Gelegenheit zu geben, seine Leute wieder unter Kontrolle zu bringen.

Die karge dunkle Ebene, die von oben so glatt ausgesehen hatte, erwies sich unter ihren Füßen als eine Wüste aus Stein und Geröll; Lavabrocken, von denen einige beinahe mannshoch waren. Glücklicherweise war aber der Tongariro zu groß, als dass sie seinen zerrissenen weißen Kratergipfel aus den Augen verlieren konnten. Bei Einbruch der Dunkelheit hielten sie jedoch kurz an, um sich über die Richtung klar zu werden, die sie während der Nachtstunden zumindest ungefähr einhalten mussten.

Bei dieser Gelegenheit erbot sich John Gowers, die Führung zu übernehmen. Obwohl einige seiner Offiziere, die die Gegend verhältnismäßig gut kannten, dagegen protestierten, einem Neuling, noch dazu einem einfachen Trooper zu folgen, ließ von Tempsky ihn bereitwillig vorangehen. Zwar wusste er nichts vom ungewöhnlichen Sehvermögen des Investigators, traute ihm nach den gemeinsam verbrachten Wochen und den Überraschungen, die er ihm auf See und zu Land schon bereitet hatte, aber allerhand zu.

Der Nachtmarsch verlief auch weitgehend ereignislos, wenn man von den vereinzelten Schüssen absah, die weit hinter ihnen nur mehr verrieten, dass auch die letzten Maori die Verfolgung endlich aufgegeben hatten. Wie in einem Traum, in dem die Wachsamkeit jederzeit in Alb und Bedrohung umschlagen kann, stolperten sie durch ein Labyrinth wirr gezackter, schwarzer Felsformationen und fragten sich, wie ihr Führer inmitten dieses erstarrten Schöpfungschaos seinen Weg finden konnte. Manchmal glaubten sie, auf der Spitze des Berges, der drohend erst vor und dann links neben ihnen in den sternlosen Nachthimmel ragte, ein schwaches rotes Leuchten wahrzunehmen, und der Gedanke an die vulkanische Aktivität unter ihren Füßen verbesserte ihre Stimmung nicht wesentlich.

Es begann zu schneien, sie mussten schon sehr hoch oben sein und würden bald den schneidenden Südwind in ihren Gesichtern spüren, der anzeigte, dass sie die große Scheide von Wasser- und Luftmassen überschritten hatten. Als der Mond einmal kurz durch die Wolken brach, sahen sie, dass das Land ringsum völlig weiß geworden war, während die kleinen scharfen Schneekristalle an ihrer Kleidung nicht zu haften schienen und um sie herumtorkelten wie Sandkörner. Einen Moment lang blinkte sogar der Gipfel des Tongariro, den sie jetzt schon fast hinter sich hatten, über diesem Gewimmel auf wie ein Leuchtfeuer. Keiner sprach, keiner wagte auch nur, sich zu räuspern, in der seltsamen Stimmung, die sie bei diesem Anblick überkam, und lautlos wie ein Gespensterheer zogen sie über das vulkanische Hochplateau weiter.

Von Tempsky, übermüdet wie alle anderen, hörte in seinem Kopf nicht mehr die wilde verwegene Jagd, sondern die Erinnerungen, die die Melodie ausgelöst hatte; Erinnerungen an Schlesien und die Mährische Pforte, an kleine dunkle Häuser, die sich an die Flanken von Odergebirge, Glaserberg und Altvater schmiegten – und an die Stimme seiner Großmutter, die ihm vor über drei Dezennien am Herdfeuer seiner ersten Behausung auf Erden ein Kinderlied sang, an das er all die Jahre und Länder hindurch nicht mehr gedacht hatte.

Und in dem Schneegebirge, da fließt ein Brünnlein kalt. Und wer des Brünnleins trinket, und wer des Brünnleins trinket, wird jung und niemals alt.

Er wusste, dass es noch mehr als diese eine Strophe gab, aber auch als er sein Gedächtnis so sehr strapazierte, dass er den Weg vor seinen Füßen kaum noch wahrnahm, wollte ihm kein einziger Vers mehr einfallen.

94.

Obwohl keine ihrer Verletzungen lebensbedrohlich war, hatte Darioleta den ganzen Tag über geweint und geschrien. Selbst als die alte Misses damit gedroht hatte, ihr nach den Ohren auch noch die Nase abzuschneiden, wenn sie nicht endlich still wäre, hatte sie keine Ruhe gegeben, sondern versucht, ihre Herrin anzuspucken – in der Hoffnung, diese würde sie daraufhin töten. Dem verstümmelten Mädchen war alles egal. Ohne Ohren und Schneidezähne würde kein Mann sie mehr ansehen, an ihren zerschnittenen Brüsten würde niemals ein Kind liegen, und ihr Gesäß hatten die grausamen Schläge in eine blutunterlaufene Masse verwandelt. Madame Bonneterre hatte schließlich ein Einsehen und flößte ihr gewaltsam eine mäßige Dosis Morphiumtinktur ein, die Darioleta endlich einige Stunden Frieden schenkte.

Desmond Bonneterre hatte sich nach den Anstrengungen der Nacht in sein Zimmer zurückgezogen und sogar den lautstarken Aufbruch der Miliz verschlafen. Seine Kämpfe und Verletzungen, aber auch seine Erfolge als Verhörspezialist enthoben ihn jeder weiteren Dienstpflicht, die ja ohnehin nur noch eine Art Aufräumen war. Er hatte den Männern den Weg gewiesen, die Informationen beschafft, die gebraucht wurden. Seine Arbeit war getan. Nach dem Aufwachen am frühen Nachmittag hatte er sich ein opulentes Mahl servieren lassen, dessen Reste noch auf dem Tisch standen. Anschließend hatte er die Tür abgeschlossen und den blutigen kleinen Leinenbeutel hervorgeholt, der Darioletas Ohren und Zähne enthielt. Neben dem feinen weißen Porzellan, zwischen Silberbesteck und Sauciere, breitete er diese Trophäen aus und genoss die erregenden Wogen des Machtgefühls, mit denen der Anblick sein krankes Gemüt überschwemmte.

Die Ohren, ausgeblutet bis auf die schwarz verkrusteten Schnittränder, waren grau geworden und schrumpften bereits ein. Er befingerte sie, zog daran, schob sie auf dem weißen Tischtuch hin und her und kicherte, als er kurzzeitig das linke nicht mehr vom rechten unterscheiden konnte. Dann versuchte er, die ausgeschlagenen Zähne in der richtigen Reihenfolge zwischen die Ohren zu legen. Aber einige waren abgebrochen, und er konnte nicht entscheiden, ob sie in den Ober- oder Unterkiefer gehört hatten. Der plötzlich auftauchende Gedanke, dieses makabre Spiel vor den Augen des unglücklichen Mädchens zu treiben, verschaffte ihm eine gewaltige Erektion. Er hatte gerade begonnen, seine Hose aufzuknöpfen, um sich die übliche Erleichterung zu verschaffen, als es klopfte.

»Sir!?«, fragte ein Hoteldiener schüchtern.

»Was, zum Teufel?!«, rief Bonneterre seiner Situation gemäß ungehalten.

»Madame Bonneterre wünscht, Sie zu sprechen, Sir!«

»Ich komme gleich.« Vielleicht wäre es auch möglich, aus den Zähnen eine Halskette zu machen.

»Entschuldigung, Sir, aber Madame Bonneterre besteht auf Ihrer sofortigen Anwesenheit!«, sagte der Quälgeist vor der geschlossenen Tür.

Er fühlte, wie seine Erektion schwächer wurde; weniger, weil von seiner Mutter die Rede war, sondern mehr wegen der bodenlosen Dreistigkeit dieses unnachgiebigen Störenfrieds. Zu Hause wäre das nicht passiert! Weder der alte Arban noch sonst einer der Hausnigger hätte es gewagt, ihn wegen einer solchen Sache zweimal anzusprechen. Ratlos zögerte er noch eine Sekunde, dann schob er Ohren und Zähne zusammen und wollte sie mit einer einzigen raschen Handbewegung in den Leinenbeutel wischen. Aber der Rand des Beutels bog sich um, und er verstreute sein grausiges Spielzeug stattdessen im ganzen Zimmer.

»Verdammt noch mal!«, fluchte Bonneterre.

»Kann ich Ihnen behilflich sein, Sir?«, fragte der Hoteldiener, der nur ein unidentifizierbares leises Klappern gehört hatte.

»Nein!«, brüllte der junge Kreole wütend und sammelte, mit offener Hose auf dem Boden kniend, Darioletas Zähne wieder ein. Dabei verschwand seine Erektion endgültig, aber er musste auch laut lachen,

als er sich das Gesicht dieses Idioten vorstellte, wenn er ihn hereingebeten hätte: Da unterm Bett liegt noch ein Backenzahn!

95.

Marie-Therese Helisena Milisande Bonneterre war nach reiflicher Überlegung zu einem harten Entschluss gelangt. Zwar freute sie sich, dass Desmond den widerspenstigen Nigger zuletzt doch noch zum Sprechen gebracht hatte und die Wiederbeschaffung der flüchtigen Sklaven damit zu einer bloßen Formsache geworden war. Aber sie hatte auch in die Gesichter ihrer Nachbarn und Freunde geblickt – gestern Nacht, während Desmond das Mädchen folterte – und darin nur Abscheu und Verachtung für ihren Sohn gesehen. Sie teilte diese Gefühle nicht, vielleicht, weil er die Veranlagung zur Grausamkeit von ihr geerbt hatte. Es war ihr auch ziemlich gleichgültig, dass ihm diese Dinge mehr Spaß machten, als einem erwachsenen Mann zukam, aber der Gefahr, dass er mit seinen Neigungen dem Ansehen des Hauses Bonneterre schaden könnte, musste endlich und endgültig begegnet werden.

Sie würde tun, was sie schon nach der Geburt seines Sohnes, des Erben Bonneterre, hätte tun sollen: Sie würde Desmond nach Europa schicken. Eine ausgedehnte Reise, eine stattliche Apanage, ein, zwei, drei Jahre. Die Änderung ihres Testaments würde sie ihm dann schriftlich mitteilen. Am besten, er käme gar nicht erst wieder mit nach Baton Rouge. Für die Verwaltung der Plantage hatte er sich ja ohnehin nie sonderlich interessiert, nur für die Einnahmen, die sie für ihn abwarf. Und die würden ihm ja bleiben; wenn man sie auch nach und nach kürzen könnte.

Desmond Bonneterre nahm die honigsüß verpackte Aufforderung, sich gefälligst ein eigenes Königreich zu erobern, äußerlich gelassen auf. Seit er Vater geworden war, hatte er mit so etwas gerechnet. Seine Mutter und er waren einander zu ähnlich, um dauerhaft unter dem gleichen Dach leben zu können. Es gab nur eine Krone, und sie ge-

hörte nicht ihm. Und hätte er zumindest in Amerika bleiben dürfen, gleich ob im Osten oder Westen, er hätte sich vermutlich ihren Wünschen gefügt. Da er aber auch ihre Intelligenz geerbt hatte, wusste er, dass ihre Aufforderung zu einer Kavalierstour durch das alte Europa nichts anderes als die Enterbung bedeutete. Das konnte er natürlich nicht hinnehmen, auch wenn er sehr überzeugend so tat. Er heuchelte eine Liebe zu Frau und Kind, die er nie empfunden hatte, und hoffte, dadurch zumindest Zeit zu gewinnen, die seine Mutter ihm schließlich auch zugestand. Erst zurück in seinem Zimmer kam ihm im Verlauf des trüben Abends ein anderer, größerer Gedanke.

Gandalod lebte noch, obwohl er alles versucht hatte, um sich zu töten. Das Mädchen, das er liebte, hatte man vor seinen Augen verstümmelt; die Menschen, denen er verpflichtet war, hatte er verraten und war nun in der Hölle, ohne gestorben zu sein. Unter den fürchterlichsten Verrenkungen war es ihm am frühen Morgen gelungen, trotz seiner auf den Rücken gefesselten Hände die Kette an seinen Füßen um seinen Hals zu schlingen, aber dann fehlte ihm die Kraft, sich selbst zu erwürgen. Er schrie in seinen fruchtlosen Bemühungen, und seine Bewacher feuerten ihn an, lachten ihn aus und steckten schließlich einen mit Jauche getränkten Knebel in seinen Mund. So lag er den ganzen Tag über, bis er zu schwach war, auch nur zu weinen.

Als Bonneterre am späten Abend in die Scheune kam und die Wachen wegschickte, hoffte Gandalod, er würde nun endlich umgebracht, und schloss erschöpft die Augen. Tatsächlich steckte der junge Mann zwei Finger der linken Hand in Gandalods gebrochene Nase, zog sie aber lachend wieder heraus, als er fühlte, wie die Natur die Oberhand gewann und der Gefangene nach Luft schnappte. Dann entfernte Bonneterre mühsam die um den Hals geschlungene Kette, brachte Gandalod in eine sitzende Position und lehnte ihn mit dem Rücken gegen den schlanken Stützpfeiler, an den seine Füße gekettet waren.

Fast sofort, nach wenigen Sekunden des Verschnaufens und der Überlegung, begann Gandalod, mit dem Kopf gegen das harte Holz zu schlagen, und drehte sich nach einigen fruchtlosen Versuchen sogar so, dass er dabei eine Kante erreichen konnte. Da hielt Bonneterre seinen Kopf an den Haaren fest.

»Hast du noch immer nicht kapiert, dass du erst stirbst, wenn ich es will?«, fragte er beinahe sanft, fast wie ein enttäuschter Lehrer. »Und keine Minute früher!« Er warf den Gefangenen auf den Rücken, ging zu einem großen Wassertrog hinüber und wusch seine Hände darin. Dabei sagte er beiläufig: »Die Misses will noch einmal mit dir sprechen.«

Als er sicher war, dass Gandalod ihn verstanden hatte, nahm Bonneterre sein Messer und durchschnitt die Handfesseln des Gefangenen.

»Sie wird natürlich glauben, dass du gefesselt bist.«

96.

Als sie an den südwestlichen Hängen des Tongariro allmählich wieder tiefer stiegen, verwandelte sich der feine Schnee in einen hässlich dünnen Regen, und ehe sie alle vollkommen durchnässt waren, befahl von Tempsky gegen drei Uhr nachts, die Zelte aufzuschlagen, und schickte seine Männer in einen unruhigen Schlaf. Sie waren hungrig, erschöpft und durchgefroren, dabei aber durch die ausgestandene Gefahr und die unheimlichen Eindrücke des Nachtmarschs so aufgekratzt, dass Streitigkeiten auszubrechen drohten. Auch die Frauen der Tuwharetoa hätten sich über die mangelnde Würdigung ihrer Reize nicht mehr beklagen können, als die zweihundert Männer in ihren Schlafsäcken lagen und der Tag noch einmal hinter ihren geschlossenen Lidern vorüberzog. Ruhig schlafen konnten eigentlich nur jene Verwegenen oder Verworfenen, die sich – wie der alte Diogenes – rechtzeitig der Handgriffe erinnerten, die einen Mann müde, warm und friedlich stimmen.

Von Tempsky kontrollierte die aufgestellten Wachen und blieb bei John Gowers stehen, der auf einer Erhöhung zusammengeschobener Vulkanschlacke saß und den Weg beobachtete, den sie gekommen waren.

»Niemand auf unserer Spur, Sir«, meldete er.

»Woher können Sie das?«, fragte von Tempsky, nachdem er seine Augen einige Minuten ergebnislos überanstrengt hatte, um die Dunkelheit zu durchdringen. »Ich meine: im Dunkeln sehen.«

Gowers sagte es ihm und stellte dabei fest, dass er schon sehr lange nicht mehr an seine Kindheit gedacht, geschweige denn darüber geredet hatte. Sein Vorgesetzter, dem die Nacht beim Gedanken an die Minen und die Kinder darin noch schwärzer vorkam, erteilte Joseph B. Williams die Erlaubnis zu rauchen.

»Ich habe leider keinen trockenen Tabak mehr, Sir«, sagte Gowers.

»Nehmen Sie meinen.« Von Tempsky nestelte an der Schnur, mit dem sein Tabaksbeutel an seinem Hals befestigt war. Seine Finger waren jedoch zu klamm, deshalb nahm er ihn mitsamt der Schnur ab und reichte ihn seinem Wachtposten.

John Gowers stopfte seine Pfeife und beobachtete dabei, wie sein Kommandeur, der seit fast zwanzig Tagen kaum eine ruhige Minute gehabt hatte, umständlich seine Hände rieb und in die Handflächen hauchte, um sie warm zu bekommen.

»Darf ich?«, fragte er und begann auf ein dankbares Kopfnicken hin auch von Tempskys Pfeife zu stopfen. Sie drängten sich eng zusammen, um im unablässig fallenden Regen den Tabak irgendwie in Brand zu setzen, und endlich wärmte die Glut in den Pfeifenköpfen zumindest ihre Hände.

»Wie Ngatiroirangi und Ngauruhoe«, sagte von Tempsky nach einer Weile versonnen.

»Genau«, erwiderte Gowers ironisch. »Das dachte ich auch gerade: genau wie Ngatiroirangi und Ngauruhoe!«

Von Tempsky lachte leise und lange. »Ngatiroirangi war einer …«

»… der mythischen alten Helden«, ergänzte Gowers und grinste.

»Er kam mit dem ersten Kanu, das Neuseeland erreichte«, fuhr von Tempsky ungerührt fort. »Und um das Land zu erkunden, stieg er mit seinem Diener Ngauruhoe auf diesen Berg da.« Er zeigte mit der Pfeife auf den im ersten Zwielicht allmählich auftauchenden, wolkenverhangenen Tongariro. »Aber leider verstiegen sie sich, saßen im Eisfall fest und begannen zu erfrieren. Da rief Ngatiroirangi die Winde an, seinen Schwestern Nachricht zu bringen, die am Strand auf seine Rückkehr warteten. Und seine Schwestern, große Zauberinnen, schickten Feuer durch die Erde auf den Berggipfel, um ihren Bruder zu retten.«

»Das war ja mal wieder haarscharf, Sir«, sagte Gowers mit Blick auf den Vulkan, der eigentlich eher ein vulkanisches System als ein einzelner Berg war.

»Und kam zu spät«, schloss nun von Tempsky seine Geschichte ironisch ab. »Ngauruhoe war leider schon erfroren. Aber dafür trägt der Krater heute seinen Namen!«

»Besser als nichts, Sir.« Gowers grinste und sah nun nach Westen, wo das Hochplateau endete und im ersten Morgenlicht den Blick auf ein endloses grünes Meer nebeldampfender Baumwipfel freigab. »Da hinein?«, fragte er.

Von Tempsky nickte und seufzte.

»Es wird schlimm werden«, sagte er.

Und es wurde schlimm. Tausend Höhenmeter hinab, steile Abbruchkanten, reißende kleine Wasserläufe, die sich so tief in den weichen Fels gegraben hatten, dass sie eher Schluchten als Täler bildeten. Die Hügelkämme so schmal, dass sie zu Graten wurden, zudem so dicht bewaldet, dass sie ihnen nicht immer folgen konnten, sondern hinab- und wieder hinaufmussten, jeden kleinen Bach ein Dutzend Mal überquerten, ein Dutzend Hügel überschritten, um eine Strecke von weniger als einer Meile in der Luftlinie hinter sich zu bringen. Die steilen, bis zu zweihundert Meter hohen Hänge verwandelten sich im strömenden Regen in schlammige Rutschbahnen, die sie nur mit Sicherungsseilen bewältigen konnten; was bedeutete, dass die kräftigsten Männer jeden einzelnen Hügel zwei- oder dreimal ersteigen mussten und ihre Kraft entsprechend schnell einbüßten.

Schon nach dem ersten Tag waren sie so verdreckt, dass man sie nur noch am Weiß der Augen vom Gelände unterscheiden konnte. Verzweifelt suchten sie nach einem Fluss namens Manganui a Te Ao, von dem von Tempsky behauptete, dass man ihn auf Flößen befahren könne. Aber der Mann, der ihn schließlich fand, hätte auf diese Ehre vermutlich gern verzichtet, denn er rutschte und stürzte fast zwölf Meter tief in die Klamm, die dieser Fluss an seinem Oberlauf gebildet hatte, und brach sich beide Beine. Von Tempskys Staffelei wurde in eine Trage verwandelt, und nun kamen sie noch langsamer vorwärts und brauchten einen weiteren, also dritten Tag in dieser Hölle, ehe der Manganui a Te Ao breit genug war, um einen Versuch mit den rasch hergestellten Flößen wagen zu können.

Wasserstürze von oben und unten. Der Fluss so eng, dass sich die Flöße immer wieder verkeilten und unter Aufbietung aller Kräfte freigestakt werden mussten. Weitere Verletzte, im reißenden Wasser zwischen den Felsen verrenkte Gliedmaßen, Prellungen, Quetschungen, Hunderte eingerissener Splitter und ein Mann, dem beim Holzfällen die Axt abgerutscht war und der seinen Fuß wohl verlieren würde. Jetzt gab es kein Zurück mehr, konnte von Marschieren keine Rede mehr sein. Kühne Schwimmer befestigten Seile an den gefährlichsten Engstellen, an denen die Flöße sich einzeln entlangtasteten, während die Übrigen, dicht aneinandergedrängt, im prasselnden fetten Urwaldregen auf ihre Weiterfahrt warten mussten.

Zu der zermürbenden körperlichen Anstrengung und der alles durchdringenden Nässe kam der Hunger, als ihre Vorräte jetzt endgültig zur Neige gingen. Zu einer Meuterei kam es nur deshalb nicht, weil sie nicht den geringsten Sinn gehabt hätte. Man musste zuerst aus der Wildnis heraus, ehe man sich der

Frage widmen konnte, welcher Wahnsinn, welche Eitelkeit sie in dieses unwegsamste Gelände der Welt hineingeführt hatte.

Immerhin wurde es langsam wärmer, und auch der Manganui a Te Ao entschloss sich irgendwann, seinen Widerstand aufzugeben und sein Bett so zu verbreitern, dass das Vorwärtskommen allmählich leichter wurde. Dafür erging er sich nun in den verrücktesten Windungen, die ihre Geduld jedes Mal neu auf die Probe stellten. An einigen Stellen ahnten sie nicht nur, sondern wussten, dass sie auf ihrer eigentlichen Strecke wieder einige Hundert Meter zurückfuhren. Erst am fünften Tag nach ihrem Aufbruch vom Tongariro erreichten sie endlich die Einmündung in den trägen, breiten Wanganui River, der sie nun endlich nach Süden, zum Meer und an ihr eigentliches Ziel bringen würde.

Zu einer Rebellion reichten jetzt ihre Kräfte nicht mehr aus, und die letzten Funken Ärger verwandelte von Tempsky zwei Tage später, schon in Sichtweite von Wanganui Town, mit einer bemerkenswert kurzen Abschlussansprache in Stolz.

»Jetzt seid ihr Forest Ranger«, sagte er.

97.

Am schwierigsten war es, seine Mutter in den Stall zu bekommen.

Dass Gandalod ihr – und nur ihr – noch etwas sagen wollte, würde sie niemals glauben. Sie hätte einfach befohlen, ihn totzuschlagen, wenn er nicht redete. Konnte sie in der letzten Nacht etwas verloren haben, was man dort suchen müsste? Dann hätte sie ihn allein auf die Suche geschickt. Nein, er musste eine kleine Komödie inszenieren, und selbst das dürfte schwierig werden.

»Mutter?«

Sie saß in ihrem Zimmer und las zum tausendsten Mal, wie der Edelknabe des Meeres von seinem Vater König Perion und seiner Mutter Helisena erkannt ward.

»Ja?« Es war eines ihrer Lieblingskapitel.

»Können wir reden?«

Madame Bonneterre lächelte böse. Desmond hatte den Kampf also noch nicht aufgegeben. »Sicher.«

Bonneterre trat ins Zimmer und sah beinahe sofort aus dem Fenster. »Ein schöner Tag.«

»Desmond«, seufzte sie, ein wenig ärgerlich, ein wenig belustigt. »Was willst du?«

»Herrgott!« Er errötete wie ertappt. »Kann ein Sohn nicht mit seiner Mutter über das Wetter reden?!«

»Nein.« Madame Bonneterre lachte jetzt leise. »Jedenfalls nicht, wenn du der Sohn bist und ich die Mutter bin.«

Auch Bonneterre musste unwillkürlich über diese treffende Bemerkung lachen und setzte sich. »Warum eigentlich Desmond?«, fragte er unvermittelt und zeigte dabei auf ihr Buch. »Warum nicht Amadis? Oder Galaor?«

Sie stutzte über diese unerwartete Frage. »Dein Vater war kein sonderlich kultivierter Mensch«, antwortete sie dann, und sie hatte recht. François Bonneterre, geborener du Rausset, war trotz seiner vornehmen französischen Herkunft ein Bauer gewesen, und das Leben als Prinzgemahl auf der großen Plantage hatte seine primitivsten Eigenschaften zum Vorschein gebracht. Der Alkohol und die Syphilis beendeten glücklicherweise schon nach weniger als zehn Jahren eine Ehe, die lediglich in finanzieller Hinsicht ein Erfolg gewesen und auch nur ein einziges Mal vollzogen worden war. Nur bei der Zeugung und dem Vornamen seines Sohnes hatte sich du Rausset gegen sein übermächtiges Weib durchsetzen können.

»Gehen wir ein paar Schritte?«, fragte Desmond Bonneterre.

»Wozu?«, erwiderte seine Mutter.

»Einfach um der alten Zeiten willen«, sagte er mit seinem offensten Gesichtsausdruck. »Wir waren selten eine richtige Familie, aber woran ich mich erinnere, sind unsere Spaziergänge sonntagnachmittags!«

»Soweit ich mich erinnere, hast du sie gehasst. Sowohl die Spazier-

gänge als auch die Sonntagnachmittage. Und wahrscheinlich sogar die Familie.«

Er überhörte die letzte Bemerkung. »Damals vielleicht. Aber wenn ich zurückschaue, sind sie beinahe das Einzige, was ich mit meiner Kindheit verbinde.« Er stand auf und bot ihr die Hand.

»Du willst über deine Kindheit sprechen?« Madame Bonneterre kräuselte verächtlich die Lippen und dachte an die Übelkeit, die sie während der einzigen Schwangerschaft ihres Lebens fast neun Monate lang aus jeder besseren Gesellschaft ausgeschlossen hatte. Zeitweise hatte sie geglaubt, sie würde das Kind eines Morgens einfach aus sich herauswürgen.

»Nein, aber über meinen Jungen!« Noch immer hielt er die Hand ausgestreckt, ein vertriebener Königssohn, der sich mit seinem Schicksal abgefunden hatte. »Da ich ihm nun schon kein Vater sein darf, denke ich, habe ich ein Recht darauf, über seine Erziehung zu reden!«

»Ich denke, es ist das Beste für seine Erziehung, wenn du ihm kein Vater bist«, sagte sie ironisch, stand aber nun immerhin auf und warf sich ein Tuch über die Schulter, um seinen seltsamen Bewegungsdrang zu befriedigen.

98.

Lucy Takiora Lord hatte in ihrem kurzen Leben bereits viele Namen getragen. Geboren als Tochter einer ehemaligen Maorisklavin und Witwe eines weißen Grobschmieds namens Alexander Grey, war sie am 9. Oktober 1842 auf den Namen Lucy Elizabeth Grey getauft worden, wurde aber schon sechs Monate später zu Lucy Lord, als ihre Mutter ihren vermutlichen Vater, den Metzger William Lord, heiratete.

Keine achtzehn Jahre später heiratete Lucy selbst den Wanganui-Krieger Te Mahuki und nannte sich jetzt Takiora. In den Taranaki-Kriegen diente sie gemeinsam mit ihrem Mann den Pakeha-Streitkräften als Scout, Übersetzerin und Spionin, denn sie hasste die aufständischen Maori. Vielleicht, weil ihre Mutter einst deren Sklavin gewesen war, und sicher, weil eine Gruppe rebellierender Krieger in den 1840er-Jahren Haus und Laden ihres Vaters, Stätte ihrer glücklichen Kindheit, niedergebrannt hatte. Wie weit ihr Hass reichte, zeigt der Spitzname, den die weißen Soldaten der hochgewachsenen, hübschen, vielleicht ein wenig strengen Maorirenegatin gaben: Bloody Mary.

In den Kämpfen um die Provinz Taranaki lernte sie auch Manu-Rau kennen, der sie gemeinsam mit ihrem Mann Te Mahuki auf einigen seiner Gemälde abbildete. Wann sie seine Geliebte wurde, ist ungewiss; spätestens wohl, nachdem Te Mahuki Anfang 1866 im Kampf getötet wurde. Verhasst und verachtet von ihrem eigenen Volk und von den Pakeha zumindest misstrauisch beäugt und nie wirklich akzeptiert, blieb der intelligenten jungen Frau kaum etwas anderes übrig, als die Mätresse eines anerkannten und gefürchteten Pakeha-Führers zu werden. Aber es war noch etwas anderes in dieser Verbindung. Takiora liebte Manu-Rau, und Manu-Rau liebte Takiora – oder zumindest die Verkörperung von Freiheit und Abenteuer, die sie für ihn darstellte.

Seit von Tempsky außer Dienst gestellt worden und als braver Ehemann in den Norden gegangen war, lebte Takiora in »The Rookery«, einem übel beleumundeten Viertel von Wanganui, ehemals Siedlung der verheirateten Soldaten und ihrer Frauen, jetzt Heimat von Prostituierten, Trunkenbolden und Schlägern. Wie weit sie in die entsprechenden Kreise eintauchte, ist nicht bekannt. Sie war jedenfalls einer der wenigen Menschen, die sich ehrlich freuten, als der neue Krieg seine Schatten vorauswarf. Sie hatte gehofft, dass sie »Von« wiedersehen würde, und war enttäuscht gewesen, als bekannt wurde, dass er sich zusammen mit McDonnell zunächst von Auckland aus nach Australien aufgemacht hatte.

Beinahe täglich wanderte Takiora nun nach Castlecliff, vier Meilen den Fluss hinunter bis zu seiner Mündung, und sah stundenlang auf das Meer hinaus, wo irgendwann Manu-Raus Segel auftauchen würde. Aber wieder wurde sie enttäuscht. »Von« war nicht auf dem Schiff, das sich langsam zu den Piers von Taupo Quay hocharbeitete, während Takiora zur Freude der Besatzung am Ufer entlanglief und lachte, winkte und rief. Aber an Bord war nur »Fighting Mac«, der ihr nie recht getraut hatte und sich lieber auf seinen persönlichen Scout Wiremu Katene Tuwhakaruru verließ; den berühmten Alkibiades der Maori, der im letzten Krieg Titokowarus Leutnant gewesen war, ehe er McDonnells Vertrauter wurde – und der bald noch ein letztes, entscheidendes Mal die Fronten wechseln würde.

Niemand konnte Takiora sagen, wo »Von« blieb, aber einige der Männer, die sie am Ufer gesehen hatten, fühlten sich stark genug für einen Versuch mit ihr und ließen sich erst durch eine gegen ihre Münder, Schläfen, Unterleiber gerichtete *Tupara*, die doppelläufige Muskete, eines Besseren belehren. Es dauerte noch beinahe vier Wochen, ehe McDonnell, der ein schlechtes Gewissen haben mochte, weil er von Tempsky in Melbourne abgehängt hatte, Takiora darüber informierte, dass »Von« oben im Norden gelandet sei und sich über Land durch den Busch zu ihnen durchschlagen würde.

Warten ist ein seltsamer Zustand, selbst wenn man weiß, worauf man wartet. Ist einmal ein Funken Hoffnung geschlagen, der einen sehnsüchtigen Wunsch erfüllbar erscheinen lässt und damit zu einer Erwartung macht, entzündet sich die gesamte Fantasie, und eine ganze Weile kann Warten das Herz erwärmen. Aber irgendwann, nach zu vielen Enttäuschungen, ist es nicht mehr die Hoffnung, nicht mehr die Fantasie, sondern das Herz selbst, das sich im Warten verzehrt. Starke Naturen fragen sich dann, ob sie überhaupt noch wollen, worauf sie warten. Feinere Gemüter verzweifeln an sich und ihren Wünschen, verkleinern sie bis zur Unkenntlichkeit und warten irgendwann nur noch, anstatt zu leben, ja vergessen sogar, worauf sie eigentlich warten.

Takiora gehörte zur ersten Kategorie. Nach dreimonatigem Aufenthalt in den verschiedensten Luftschlössern fluchte sie in dem Moment auf von Tempsky, als sie wusste, dass er wieder in Neuseeland, aber wieder nicht in Wanganui und bei ihr war. Sie erstickte ihre Erwartungen in den Armen einiger junger Soldaten, die nicht wussten, wie ihnen geschah – denn ihre erfolglosen Kameraden hatten sie vor dem schönen wilden Weib und ihren locker sitzenden Waffen gewarnt. Aber all das, Warten, Enttäuschungen, Illusionen und Ersatzbefriedigungen, war wie weggeblasen, als »Von« an der Spitze seiner erschöpften Männer den Fluss herunterkam und ein einziger, wortloser Blick seiner Augen in Takioras Herz drang, als sei er nie fort gewesen.

99.

Die Tatsache, dass an keiner Anlegestelle, die sein stolzes Schiff, die Praise of Digression, *auf dem Weg nach New Orleans anlief, auch nur eine Spur von Hunters Milizionären zu sehen war, sagte Gabriel Beale, dass sein Fall eine Wendung genommen hatte. Es konnte eigentlich nur bedeuten, dass seine Auftraggeber dank seiner Informationen ihre Beute aufgespürt, also die* Deep South *und ihre Passagiere erwischt hatten. Leider waren die Haltezeiten der* Praise of Digression *zu kurz, um diese Vermutung durch ein paar klärende Telegramme zu bestätigen. Das war aber auch schon das Einzige, was an der Reise kurz und an seinem Schiff schnell war.*

Als echter Yankee hatte er die primitive Vorstellung gehabt, dass zumindest die flussabwärts fahrenden Schiffe alle ungefähr gleich schnell sein müssten, wurde aber angesichts der packenden Wettrennen, die sich die Praise of Digression *mit dem Treibholz lieferte, vom Gegenteil überzeugt. Er hatte das kleine Schiff ausgewählt, weil es laut Fahrplan weit weniger Zwischenhalte einlegte als die großen Passagierdampfer. Leider lagen diese aber fast immer wechselweise mal am Ost-, mal am Westufer des großen Stromes, sodass Gabriel Beale den Mississippi nicht eigentlich befuhr, sondern ihn mehrere Dutzend Male überquerte.*

Wenn die Praise of Digression, *was dabei gelegentlich vorkam, gegen die Strömung zu einer Anlegestelle zurückdampfen musste, glaubte er, das Gras am Ufer wachsen zu sehen, und als sie ein und dasselbe kleine Floß, mit einem Jungen und einem Nigger darauf, zum dritten Mal überholten, begab er sich unter Deck, um einen Schlaganfall zu vermeiden. Wie kamen diese Südstaatler nur auf den wahnwitzigen Gedanken, sie könnten je ernsthaft und auf Dauer mit den Eisenbahnen und der Industrie des Nordens konkurrieren?*

Als er am Vormittag des fünften Tages in New Orleans ankam, hatte er es nicht mehr besonders eilig. Was immer geschehen war, war inzwischen Geschichte, ohne dass er etwas dazutun oder wegnehmen konnte. Dennoch begab er sich natürlich sofort in das Hotel, an dessen Adresse er seine Depeschen gerichtet hatte, und wurde nach kurzem Warten von General Willoughby persönlich empfangen. Der Mann saß noch immer in seinem Jammerstuhl beim Frühstück und hatte trotz einer seidenen Serviette etwas Eigelb auf seinen Kragen gekleckert; nur ein sehr kleiner Fleck, von dem der Detektiv jedoch kein Auge lassen konnte.

»Ah, Mr. Beale!« Der General war in bester Stimmung.

»Guten Morgen, Sir. Darf ich fragen …«

»Sie wollen sicher wissen, was sich hier unten getan hat. Nun, ich darf Sie beglückwünschen: Ihre Ermittlungen haben zur Verhaftung dieses Menschen geführt, dieses Laffin oder wie er sich nannte. Gute Arbeit, Mr. Beale!«

Das Lob des alten Mannes klang ironisch, und tatsächlich ging seine gute Laune wesentlich auf die Tatsache zurück, dass Beale seinen eigentlichen Auftrag, nämlich ihre Sklaven wiederzufinden, nicht ausgeführt hatte und also auch keine Bezahlung dafür erwarten durfte.

»Und sein Schiff?«, fragte der Detektiv, durch die hörbare Ironie misstrauisch geworden. »Die Deep South*?«*

»Ist hier leider nicht gesehen worden, Mr. Beale.« Der General strahlte. »Aber es wird Sie freuen, zu hören, dass wir unsere Nigger trotzdem geschnappt haben.« Umständlich zog er seine vergoldete Ta-

schenuhr hervor und warf einen theatralischen Blick darauf. »In diesem Moment dürften sie schon auf dem Weg hierher sein.«

»Ich verstehe nicht ganz, Sir«, sagte Beale.

»Ein Zufall, Mr. Beale. Glück für uns, Pech für Sie, sozusagen.« Und er erzählte vom unerwarteten Auftauchen Gandalods, seinen Aussagen über Moses und Barataria und dem triumphalen Aufbruch der Miliz gestern Mittag. »Sie werden verstehen, dass sich bei aller Wertschätzung Ihrer Arbeit keine Verbindung zwischen Lafflin und unseren Sklaven herstellen lässt. Insofern noch einmal: Pech für Sie, Mr. Beale!«

»Ich verstehe, Sir. Wäre es möglich, dass ich diesen Gandalod einmal sehen könnte?«

»Aber jederzeit, mein Lieber. Soweit ich weiß, finden Sie ihn gegenwärtig noch immer im Stall.«

100.

Madame Bonneterre war fest davon überzeugt, dass sich ihr Leben in keiner ernsthaften Gefahr befand, selbst als sie schon auf dem Boden lag. Gewiss, der Nigger hatte sich losgerissen und sich auf sie gestürzt, aber das geschah ja am helllichten Tag, in einer weißen Stadt. Desmond war da, wenn er auch die Wache weggeschickt hatte. Gleich würde der entsetzliche Druck auf ihre Kehle aufhören, und es ärgerte sie bereits, dass sie im ersten Erschrecken einen kleinen Schrei ausgestoßen hatte.

Contenance! Sie wehrte sich nicht. Ihr Leben lang waren ja Männer, Peitschen, Ketten und Gesetze da gewesen, die sie vor den Händen ihrer Sklaven beschützten, und diesmal würde es nicht anders sein. Erst der Faustschlag, der sie mitten ins Gesicht traf, belehrte sie eines Besseren. Ihre aristokratische kleine Nase schwoll an, sie schmeckte Blut auf ihren Lippen, aber sie wurde nicht ohnmächtig, im Gegenteil.

Alles wurde ihr plötzlich enthüllt, kristallklar sah sie es vor sich: Sie war in die Falle gegangen! Und in tödlichem Hass blickte sie nicht auf das schwarze Tier, das auf ihrem Brustkorb kniete und ihre Rippen mit seinem Gewicht zerbrach, sondern auf ihren Sohn, der mit seltsam verzerrtem Gesicht dabei zusah.

Ihre Augen blitzten vor Wut, aber noch immer wehrte sie sich nicht, um Desmond nicht die Befriedigung zu geben, sie unter den Händen des Niggers zappeln zu sehen. Erst in der Agonie bäumte sich ihr kleiner Körper plötzlich mit erstaunlicher Gewalt auf und wehrte sich lange dagegen, dass ihm das Leben genommen wurde, dass die schweren, schwarzen Finger ihm den Atem raubten.

Marie-Therese Helisena Milisande Bonneterre bleckte die Zähne und versuchte, den Nigger zu beißen, traf aber nur ihre eigene Zunge, die sich unglaublich weit aus der Kehle geschoben hatte, ohne dass sie es wusste. Das Letzte, was sie auf der Welt fühlte, war das Versagen ihres Schließmuskels. Nein, die Scham darüber.

Ein Geräusch ließ Desmond Bonneterre herumfahren, und kaum hatte er den Mann gesehen, der hinter ihm stand, da ließ er den schweren Eichenholzknüppel, den er die ganze Zeit umklammert hielt, auf Gandalods Hinterkopf niedersausen. Er fühlte, wie die Hirnschale des Niggers zersprang, schlug aber trotzdem noch zweimal zu; um ganz sicherzugehen und auch weil er glaubte, dass dies von einem Mann in seiner Situation erwartet würde.

»Mutter! Mutter!«, rief er mit stark übertriebener Empathie und warf sich neben ihrer Leiche auf die Knie. Dabei überlegte er bereits fieberhaft, wie lange Gabriel Beale bereits zugeschaut hatte und wie viel er erraten würde.

101.

Die York- und die Rutland-Stockade, also die beiden palisadenbewehrten Forts, die die Engländer an beiden Seiten von Wanganui Town errichtet hatten, waren für Besatzungen von je zweitausend Mann ausgelegt. Entsprechend verloren kam sich die kleine neuseeländische Truppe auf dem vergleichsweise riesigen Posten vor. Dennoch fiel es John Gowers schwer, die Suche nach James Fagan auch nur zu beginnen, denn nach den schlechten Erfahrungen mit den Desertionen in McDonnells Abteilung hatte man von Tempskys Männer am entgegengesetzten Ende der Stadt, in der Rutland-Stockade, einquartiert. Eine Ausgangserlaubnis wurde nur ausnahmsweise erteilt, täglicher Drill sollte die Rekruten auf andere Gedanken bringen beziehungsweise jeden individuellen Gedanken in ihnen töten, und selbst wenn der Investigator seine Versetzung in die York-Stockade erreicht hätte: Unter welchem Vorwand sollte er die mit den neuseeländischen Freiwilligen über vierhundert Männer von McDonnells Truppe auf drei Monate alte, womöglich verborgene Narben absuchen? Dass James Fagan seinen Namen geändert hatte, setzte er als keiner weiteren Überlegung wert ohnehin voraus.

Seine vorzüglichste Hoffnung wurde sein Kommandeur; aber von Tempsky schien ihn vergessen zu haben oder hatte nach den Anstrengungen des Marsches in einem kleinen Haus in »The Rookery« Besseres zu tun, als sich der sehr speziellen Probleme eines einzelnen seiner Männer zu erinnern. Nach zwei Tagen trostlosen Garnisonsdienstes schickte Gowers seinem Vorgesetzten deswegen Byrons *Cain*, mit besten Grüßen und der Anmerkung: 3.3.3.

Es kostete von Tempsky fast eine halbe Stunde, herauszufinden, dass der dritte Auftritt in der dritten Szene des dritten Akts gemeint war, und erst dann las er:

Engel: Wo ist dein Bruder Abel?
Cain: Soll ich meines Bruders Hüter sein?
Engel: Was tatest du? Das Blut deines erschlagenen Bruders schreit zum Himmel. Ein Flüchtling sollst du sein von diesem Tag, ein Vagabund auf Erden!

Von Tempsky lächelte unwillkürlich und fragte sich, ob diese biblische Einlassung einem Kriegsgericht bereits Beweis genug für eine geplante Desertion wäre. Am nächsten Morgen hatte Joseph B. Williams jedenfalls einen unbefristeten Urlaubsschein und sein Vorgesetzter die Stammrolle von McDonnells Einheit auf dem Tisch. Hätte er aber gewusst, dass der Amerikaner derart früh auftauchen würde, hätte von Tempsky wohl doch eine zivilere Uhrzeit als Urlaubsbeginn festgesetzt. Die Morgendämmerung hatte noch nicht einmal begonnen, als es an der Tür klopfte.

Takioras Wohnung bestand leider nur aus einem einzigen Zimmer, und als das Klopfen nicht aufhörte, konnte Manu-Rau wenig mehr tun, als ihren nackten Körper mit einem Nachthemd, so gut es ging, zu bedecken, ehe er, lediglich mit einer Hose bekleidet und mit einem Messer in ihrem Bund, öffnete.

»Reißen Sie den Leuten immer gleich den Arm ab, wenn sie Ihnen den kleinen Finger hinhalten?!«, knurrte er ungehalten, als er den Investigator erkannte.

»Nur, wenn ich den Arm dringend brauche«, entgegnete Gowers und übersah angesichts des nackten Rückens und der langen schwarzen Haare der auf dem Bett liegenden Frau den Zorn seines Vorgesetzten. Er wusste nichts von Takiora, von Tempsky hatte sie nie erwähnt, und so hielt er sie für irgendein bezahltes Offiziersliebchen. »Können wir unter vier Augen reden?«, fragte er.

»Meine Augen sind zu«, sagte Takiora verschlafen, musste aber dann über ihren eigenen Witz kichern. Von Tempsky lachte laut, vor allem über Gowers' dummes Gesicht.

»Es ist in Ordnung«, sagte er und reichte dem Investigator die Liste der in Melbourne auf McDonnells Schiff eingeschriebenen Freiwilligen. »Tut mir leid, kein James Fagan!«

»Hatten Sie etwas anderes erwartet?!« Es war nun an Gowers, sich zu ärgern. Trotzdem ging er die Namen durch. »Haben Sie eine Idee, wie ich die Männer sehen kann? Könnte ich etwa ein Arzt sein, der …«

»Wen suchen Sie denn?«, unterbrach ihn Takiora, drehte sich zu den Männern um und bedeckte dabei mit dem linken Arm ihre Brüste.

Gowers runzelte konsterniert die Stirn. Wusste er, wen er suchte? Er hatte James Fagan nie wirklich gesehen, kannte nur sein ungefähres Alter und ging davon aus, dass er die Spuren von Mairie Maguires Fingernägeln noch im Gesicht trug. Sein Plan war gewesen, Fagans Messer auf den Tisch zu legen und sich die vierhundert Männer einzeln vorzunehmen. Er war sicher, dass der Mörder sich dabei irgendwie verraten würde.

»Darf ich vorstellen«, sagte von Tempsky und lächelte über Gowers' Verwirrung, »Lucy Takiora, mein bester Scout. Sie können ihr vertrauen.« Takiora war in den letzten Wochen beinahe jeden Tag in der York-Stockade gewesen und hatte viele Männer gesehen.

»Der Mann, den ich suche«, sagte Gowers und konzentrierte seine Aufmerksamkeit jetzt ganz auf die schöne, sehr hellhäutige Wahine, »ist etwa neunzehn Jahre alt und hat eine relativ frische Narbe im Gesicht. Seinen jetzigen Namen kenne ich nicht. In Melbourne hieß er James Fagan.«

Die erfahrene Spionin ließ die Gesichter Revue passieren, die sie unter McDonnells Männern gesehen hatte. »Jamie«, sagte sie dann. »Es gab da einen Jungen, den alle Jamie nannten. Sehr jung. Eine Narbe von hier bis da!« Sie zog mit dem Finger eine Linie von ihrem linken Ohr bis zur Kinnspitze. Dann winkte sie dem Investigator, ihr die Liste zu reichen, und vergaß, ihre Brüste zu bedecken, während sie konzentriert die Namen durchging.

Gowers' Gedanken rasten. Hatte er sie beeinflusst, indem er den Namen James Fagan erwähnte? Andererseits änderten gesuchte Verbrecher selten ihre Vornamen, um sich nicht dadurch verdächtig zu machen, dass sie auf »Jim«, »Bill«, »Joe« und so weiter womöglich nicht sofort reagierten.

»Bradley«, sagte Takiora, noch weit oben im Verzeichnis. »James Bradley!« Sie nickte und war sich ihrer Sache sicher.

»Das war aber einfach«, murmelte John Gowers, verblüfft über diesen raschen Fahndungserfolg.

»Ich fürchte nicht, Sir«, erwiderte Takiora. »Dieser Junge gehört zu der Gruppe, die vor etwa zwei Wochen mit dem Polen desertiert ist.«

»Das wäre ja auch zu schön gewesen«, knurrte der Investigator.

102.

Mehr als die Hälfte der Deserteure waren relativ schnell wieder eingefangen worden, aber eben das machte die Nachrichten über die anderen so widersprüchlich. McDonnell hatte sich die Männer einzeln vorgenommen, sich ihnen von seiner unangenehmsten Seite gezeigt und war deshalb ziemlich sicher, dass sie die Wahrheit sagten. Aber gerade als er auf diese Weise herausgebracht hatte, dass die Hawke Bay, also die Ostküste Krczynskis Ziel war, traf per Schiff aus dem Süden die Meldung ein, dass man einige der entflohenen Männer in Wellington arretiert habe. »Fighting Mac« fluchte, gab den Befehl, den Gefangenen vierzehn Tage lang ins Essen zu spucken, und begab sich dann an Bord des Postschiffs, um den Dingen in Wellington auf den Grund zu gehen. Gnade Gott diesem Polen, wenn er ihn erwischen würde!

Dass der für die Dauer des Feldzugs kurzfristig zum Major beförderte von Tempsky die in der York-Stockade einsitzenden Deserteure noch einmal verhören wollte, schienen diese Männer als eine Art zweite Chance zu betrachten und baten zuallererst um die Rücknahme des entehrenden Befehls, der ihnen die Mahlzeiten verleidete.

»Kommt drauf an, was Sie zu sagen haben«, vertröstete sie der frischgebackene Major, der sehr genau wusste, dass es unterhalb von offizieller Kriegsgerichtsbarkeit und kodifiziertem Kasernenrecht eine Dunkelzone von Femejustiz unter Kameraden gab, die Armeen stärker zusammenhält als jeder äußere Druck.

Die einzigen Strafen, die diese ungeschriebenen Gesetze vorsahen, waren Schmerzen und Spott. Beides hatten die glücklosen Deserteure in den Augen ihrer Kameraden verdient; nicht weil sie desertiert waren, sondern weil sie dadurch die Verschärfung der Lebensbedingungen verursacht hatten, unter denen nun alle leiden mussten; die Ausgangssperren, den erhöhten Drill und sogar ein allgemeines Alkoholverbot von drei Tagen. Die Kriegsherren aller Zeiten hatten es verstanden, den Zorn ihrer Kampfsklaven von sich und den zu ihrem Vorteil aufgestellten Regeln abzulenken auf diejenigen, die diese Regeln brachen. Dass diese Idioten sich dann auch noch hatten einfangen lassen, machte ihr Vergehen in den Augen der Soldaten sozusagen unentschuldbar – und jeder einzelne Mann der Garnison hätte ihnen von Herzen gern ins Essen gespuckt.

Gowers, den die Delinquenten nur für eine Art Beisitzer hielten, der aber in Wirklichkeit das Verhör leitete, wusste schon bald, dass der Mörder, den er jagte, tatsächlich mit diesen Männern zusammen gewesen war, und ließ ihn sich wieder und wieder beschreiben. Die zweite Erkenntnis aus der Befragung war schwerer zu gewinnen und stellte sich erst ein, als er sich später die Aussagen der Gefangenen und vor allem ihre Gesichter noch einmal sozusagen im Zusammenhang vor Augen führte.

Die auffälligste Gemeinsamkeit dieser Männer bestand darin, dass sie alle nicht sonderlich helle waren. Der kluge Pole Krczynski, den Gowers gern kennengelernt hätte, hatte sich offenbar von den Trotteln in seiner Gruppe getrennt, *damit* sie wieder eingefangen wurden und genau das sagen würden, was sie sagten: Hawke Bay, Ostküste. Er musste also nach Wellington.

»Fighting Mac« war sehr übel gelaunt. Er hatte sich auf der dreißigstündigen Überfahrt von Wanganui eine Erkältung eingefangen, Krczynski war nicht unter den Gefangenen, und das Gefängnis von Wellington war für seine Begriffe überhaupt viel zu komfortabel, jedenfalls verglichen mit einem Armeezelt. Sein Blick verhieß den verbliebenen sieben Deserteuren nichts Gutes, aber was er eigentlich mit ihnen tun würde, hatte er selbst noch nicht überlegt.

Einmal in Wellington, hatte er ohnehin alle Hände voll zu tun, die Kriegsvorbereitungen überhaupt im Gang zu halten, denn Titokowaru hatte sich nach wie vor nicht gerührt. Verteidigungsminister Haultain lehnte deshalb McDonnells Forderung nach zweihundert weiteren Männern rundweg ab. Zweihundertmal mehr »drei Shilling und ein Sixpence« pro Tag plus Verpflegung plus Essgeschirr plus Marschgepäck, Decken, Zelte, Uniformen, Stiefel und natürlich Waffen und Munition – ihr erster eigenständiger Krieg nach Abzug der britischen Truppen begann der jungen Kolonie Neuseeland rein finanziell über den Kopf zu wachsen.

Premierminister Stafford hatte sogar schon davon gesprochen, die Provinz Taranaki und insbesondere den für Rebellionen offenbar anfälligen Patea-Distrikt den Maori einfach zu überlassen, wenn sie ihn denn unbedingt behalten wollten; »Fighting Mac« war es kalt den Rücken hinuntergelaufen. Glücklicherweise hatte am 12. März in Sydney, Australien, ein irischer Nationalist ein Attentat auf den Herzog von Edinburgh, immerhin einen Sohn Königin Victorias, verübt und ihn dabei leicht verwundet. Im ganzen australesischen Raum befürchtete man einen Aufstand der irischen Einwanderer, und die Regierung in Wellington hatte McDonnells Kommando zeitweise nur noch aufrechterhalten, um einen solchen Aufstand gegebenenfalls wirkungsvoll eindämmen zu können. Aber auch die Iren Neuseelands verhielten sich unnatürlich ruhig, sodass es jetzt, Anfang Juni, beinahe aussah, als gäbe es für »Fighting Mac« in absehbarer Zeit nichts zu kämpfen.

Nein, er musste zumindest die Männer zusammenhalten, die er schon hatte, und das hieß: Er musste ein Exempel statuieren. Die Deserteure deswegen gleich aufzuknüpfen wäre allerdings schwachsinnig gewesen und entbehrte, solange noch kein offener Krieg herrschte, auch jeder rechtlichen Grundlage. Sie monatelang einzusperren wäre ebenfalls kontraproduktiv und würde ihre ja weiterhin einen ungeliebten und harten Dienst ausübenden Kameraden nur auf dumme Gedanken hinsichtlich warmer und trockener Plätze bringen.

McDonnell beschloss deshalb, die Männer über Land zurück nach Wanganui zu bringen; mit schwerem Marschgepäck und unter seinem persönlichen Kommando, damit jeder sehen konnte, dass er sie eingefangen hatte. Die Tortur wäre also gleichzeitig eine Demonstration, mit der er jedem einzelnen Soldaten, der mit dem Gedanken an Desertion spielte, sozusagen ins Ohr flüstern konnte: »Es lohnt sich nicht!«

Und nur um die Deserteure dabei besonders lächerlich aussehen zu lassen, erteilte er ihnen als Erstes den Befehl, ihre Hosenböden herauszuschneiden; eine Sanktion, die in fast allen Armeen der Welt den Feiglingen vorbehalten war.

103.

Niemand bezweifelte, dass Desmond Bonneterre getan hatte, was er konnte, um das Leben seiner Mutter zu retten; vor allem, nachdem Gabriel Beale ausgesagt hatte, wie beherzt sich der junge Mann auf den Mörder gestürzt habe. Was Madame Bonneterre in den Stall geführt hatte, wurde überhaupt nicht gefragt. Zweifellos war es ihre bekannte Menschenliebe gewesen, die sie nachsehen ließ, ob es ihrem Nigger an nichts fehle.

Auch dass Bonneterre sich nur kurz, für vielleicht zwei Minuten, im hinteren Teil des Stalls aufgehalten habe, während der Nigger sich losgerissen und auf sein unglückliches Opfer geworfen haben musste, wurde ohne Weiteres akzeptiert. Warum er die Wache weggeschickt hatte, blieb die einzige unangenehme Frage, und die Antwort, er habe dem übernächtigten Posten wenn schon keine Ablösung, dann doch Zeit für ein Frühstück gönnen wollen, solange er selbst ohnehin im Stall gewesen sei, gereichte dem jungen Mann zur Ehre.

Im Übrigen trug Desmond Bonneterre den Verlust mit großer Seelenstärke und ließ es sich nicht nehmen, bei der Herrichtung der Leiche für ihren Transport nach Baton Rouge persönlich Hand anzulegen. Den eigentlich dazu bestellten Frauen war es sogar ein wenig peinlich, wie sorgfältig und gründlich der junge Mann den Körper seiner Mutter säuberte, aber ihre Gemüter waren zu schlicht, um etwas anderes als übertriebene Sohnesliebe darin zu erkennen. General Willoughby hätte dem grausigen Geschehen vielleicht etwas eindringlicher nachgeforscht als der mit dieser Aufgabe betraute und bekannt gründliche Police Officer Duggan, wenn er nicht durch ein anderes Ereignis davon abgelenkt worden wäre.

Am frühen Abend kehrte die Vorhut seiner geschlagenen Armee zurück, und Henry Hunter erstattete Bericht über das sonderbare und desaströse Scheitern der eigentlich ganz einfachen Unternehmung. Nach und nach trafen auch die übrigen Männer ein, und General Willoughby konnte immerhin mit einer gewissen Befriedigung feststellen, dass seine Söhne unter den Letzten waren; Michael, ruhig, aber ratlos, Richard nervlich stark angegriffen.

Seine Aufregung war aber nichts gegen die Panik des jungen Owen Cheever, der kurzzeitig in Gefangenschaft geraten war und ärztlicher Behandlung bedurfte. Kein anderer als Lemuel Willard erwirkte die Erlaubnis, ihn mit einer Dosis Betäubungsmittel in einen erholsamen Schlaf zu schicken – der aufgrund eines Berechnungsfehlers des unbedarften Mediziners allerdings beinahe der ewige geworden wäre. Von beidem, dem Trauma und seiner Behandlung, sollte der junge Mann sich nie wieder richtig erholen.

Willard war es auch, der den Frühstückssalon des Hotels in ein behelfsmäßiges Lazarett verwandelte, obgleich für die wenigen wirklich Verwundeten ein Zimmer vollkommen ausgereicht hätte. In dieser bei aller Bedrückung noch immer halbwegs romantisch-kriegerischen Atmosphäre fand dann am Vormittag des folgenden Tages wiederum eine Beratung der Pflanzer statt, zu welcher der General Willoughby noch in der Nacht und durch ein handgeschriebenes Billett auch Gabriel Beale einlud.

Zunächst versicherten sie einander, dass die Lage keineswegs so schlecht sei, wie sie aussähe. Durch den bewaffneten Angriff auf ihre legitimen Herren hätten sich die entlaufenen Nigger eines allseits und sogar im Norden anerkannten Offizialdelikts schuldig gemacht. Ihre weitere Verfolgung sei damit Sache der Polizei- und Militärbehörden geworden, die zu verständigen man sich bereits die Freiheit genommen hätte. Nach allem, was man aus den Berichten der Männer aus der vordersten Linie – wie die Veteranen des glücklosen Feldzugs von nun an genannt wurden – wisse, hätten die Sklaven in den Sümpfen ein festes Lager errichtet, sodass es für die Armee ein Leichtes sein müsse, sie aufzuspüren, zu vernichten und die Reste ihren Eigentümern zurückzugeben.

An dieser Stelle warf Gabriel Beale zum Ärger der Männer aus der vordersten Linie ein, dass es sich bei diesem sogenannten Lager auch um eine Finte handeln könne, und musste sich lautstark fragen lassen, ob er nicht zugehört habe: feste Hütten, Palisaden, Fischreusen, ein Arsenal und eine Kanone! Das spreche doch wohl für sich.

Er wolle nur geraten haben, den Fluss weiterhin im Auge zu behalten, sagte der Detektiv, da man sich über den Verbleib der Deep South *noch immer nicht im Klaren sei. Man müsse sich auch in die Lage des Gegners versetzen, und dieser wisse so gut wie sie, dass ein fester und bekannt gewordener Stützpunkt im tiefen Süden auf die Dauer unhaltbar sei. Ihm wurde geantwortet, dass es sich immerhin nur um Nigger handele, deren geistige Fähigkeiten wohl kaum zu Überlegungen von solcher Komplexität hinreichten, und Beale fragte sich gerade, warum man ihn eigentlich hergebeten hatte, als General Willoughby sagte: »Ich denke, der Mann hat recht. Sie können auf Dauer nicht hierbleiben, sie müssen nach Norden. Und ich möchte Sie bitten, mein lieber Mr. Beale, herzlich bitten, für uns herauszufinden, wie sie das anstellen wollen.«*

Die Männer aus der vordersten Linie sackten sichtlich in sich zu-

sammen. Sie hatten gehofft, auf ihre Farmen und Plantagen zurückkehren zu können, und sahen nun mit Schrecken einem Wachdienst von unbegrenzter Dauer an Sumpf und Fluss entgegen. Aber Gabriel Beale beruhigte sie.

»Solange John Lafflin in Haft ist, können sie meiner Meinung nach überhaupt nichts tun, Gentlemen!«

Verlegenes Hüsteln vonseiten des Milizkommandeurs Henry Hunter weckte in dem Detektiv den massiven Verdacht, dass mit seiner Äußerung etwas nicht stimmte.

»Ich ... Äh ... Bedauerlicherweise habe ich von Police Officer Duggan die Mitteilung erhalten, dass John Lafflin vor zwei Tagen auf freien Fuß gesetzt wurde.«

»Wer zum Teufel hat das veranlasst?«, fuhr Willoughby ihn an.

»Andrew Jackson, Sir«, entgegnete Hunter und fügte auf das allgemeine Stirnrunzeln hin die notwendige Erklärung hinzu: »Jedenfalls wurde mir das berichtet.«

»Nun ... nun, was soll's?! Sie werden den Mann für uns wiederfinden, Mr. Beale«, versuchte der General, die endgültig am Boden liegende Moral durch seine Zuversicht noch einmal aufzurichten. »Und wir werden den Fluss abriegeln, Jungs. Von New Orleans bis Baton Rouge werden wir den Fluss so dicht machen, dass kein Katzenwels ungesehen durchkommt!«

In die entstehende, weniger begeisterte als erschöpfte Pause hinein räusperte sich Gabriel Beale vorsichtig und sagte: »Gentlemen, ich werde mein Bestes tun. Darf ich Sie diesmal jedoch um einen Vorschuss für meine Bemühungen bitten?!«

»Selbstverständlich«, mischte sich nun Desmond Bonneterre erstmals in das Strategiegespräch ein. »Wir haben großes Vertrauen zu Ihnen, Mr. Beale, und ich möchte Sie bitten, sich mit all Ihren Forderungen an mich persönlich zu wenden. Es wird mir ein Vergnügen sein, jeden Ihrer Ansprüche zu erfüllen!«

Das großherzige Angebot kam in dieser hauptsächlich knauserigen Runde so unerwartet, dass die Männer sich beinahe verständnislos ansahen. Dann jedoch löste es umso größere Erleichterung aus. »Hört,

hört!«, rief jemand. Ein Zweiter klopfte mit den Handknöcheln Beifall neben seinem Frühstücksei, und niemand bemerkte in der allgemeinen Begeisterung das leichte Zögern, mit dem der Detektiv die ausgestreckte Hand des Erben Bonneterre entgegennahm.

»Vielen Dank, Sir«, sagte Beale. »Ich denke, ich werde Ihr Vertrauen in mich rechtfertigen können.«

104.

Gowers nahm das nächste Schiff nach Wellington, bedauerte aber beinahe sofort, die Strecke von hundertfünfzig Meilen nicht mit zwei guten Pferden in Angriff genommen zu haben. Der Weg zur und aus der Mündung des Wanganui River wurde ihm entsetzlich lang. Schon als der kleine Dampfer sich am Taupo Quay entlangkämpfte, hatte er es irgendwann aufgegeben, von Tempsky hinterherzuschauen.

Der Deutsche hatte ihm für alle Fälle einen Brief an McDonnell mitgegeben und ihn zum Pier begleitet. Sie hatten einander kurz die Hände geschüttelt, sich lakonisch zugenickt, verlegen auch zugewunken und an die Mützen getippt, sich dann eine Weile angesehen, die Stirn gerunzelt – und waren schließlich in Gelächter ausgebrochen, weil der Dampfer noch immer nicht außer Rufweite war. Gewisse Rituale von Freundschaft und Männlichkeit vertragen keine Ausdehnung über zwei, drei Minuten hinaus, und irgendwann hatte von Tempsky die Achseln gezuckt und sich umgedreht, um die arg retardierende Vorstellung abzubrechen, die sie einander gaben.

Es war ausgemacht, dass Gowers so bald wie möglich zurückkommen würde oder aber, für den Fall unvorhersehbarer Umstände, von Tempsky in seinem Haus auf der Coromandel Range aufsuchen sollte. Denn noch immer war keineswegs sicher, ob, wann und in welchem Umfang der Krieg tatsächlich stattfinden würde. Von Tempsky hatte außerdem das sichere Gefühl, dass

»Fighting Mac« diesmal nicht nur den Ruhm, sondern auch die Taten für sich allein haben wollte. Untergeordnete Tätigkeiten aber würde er, Manu-Rau, nicht ausüben und in diesem Fall demissionieren. Dennoch hätte er gern gewusst, wie die Jagd des Investigators ausgehen würde.

Als Gowers in der Abenddämmerung und in Sichtweite des Festlands die Mündung des Rangitikei River passierte, hatte er keine Ahnung, dass im gleichen Augenblick wenige Meilen stromaufwärts eine erschöpfte Gruppe schwer beladener Soldaten unter dem Kommando eines grimmig, aber zufrieden dreinblickenden Colonels den Fluss von Süden nach Norden überquerte. Die Männer hatten in jeder Siedlung, die sie berührten, bei jedem Passanten, der ihnen hinterhersah, Hohn und Spott geerntet, denn ihre Hosen waren am Hintern ausgeschnitten, und so waren sie gezwungen, der Welt auf die lächerlichste Weise ihre schmutzige, bisweilen auch schon durchgesessene Unterwäsche zu präsentieren.

Als sie am nächsten Abend Wanganui Town erreichten, wurden sie in diesem jämmerlichen Zustand durch die Stadt und danach der gesamten Truppe vorgeführt, ehe sie in der Gefängnisbaracke ihre Hosen mit einem leuchtend roten Leinenstoff wieder zusammenflicken durften. Von da an nannte man sie, wenig geistreich, nur noch die Rotärsche, und zu seiner Verblüffung entdeckte von Tempsky unter ihnen einen schlaksigen jungen Mann mit einer rosigen Narbe im Gesicht.

»James Bradley?«, fragte er, wobei er ihn im Vorübergehen hart an der Schulter fasste.

»Jawohl, Sir!«, sagte der Junge, zitternd nach den ausgestandenen Schikanen und voller Angst vor weiteren.

Von Tempsky überlegte. Er hatte keine Beweise dafür, dass dieser Mann in Wirklichkeit James Fagan hieß und ein Mörder war, und der einzige Zeuge für diese Behauptung befand sich im Augenblick hundertfünfzig Meilen entfernt in Wellington. Er konnte den Mann also weder anklagen noch einsperren. Aber wenn der Amerikaner wirklich ein Detektiv war, würde er wohl bald herausfinden, dass Fagan wieder in Wanganui war. Bis dahin …

»Sie werden in meine Einheit versetzt!«, sagte von Tempsky barsch und wischte sich die Hand an der Hose ab, als hätte er etwas Schmutziges angefasst.

105.

In Wellington fluchte John Gowers zur gleichen Zeit auf die Langsamkeit seines Dampfers, auf die Sturheit des Gefängnispersonals und seine eigene Ungeduld. Er hatte das Nest sozusagen noch warm, aber leer vorgefunden; McDonnell hatte die Deserteure drei Tage zuvor aus dem Gefängnis geholt und die Gefangenenliste mitgenommen. Es ließ sich nicht feststellen, ob Fagan in dieser Gruppe war, denn niemand hatte sich die Mühe gemacht, ein Duplikat oder gar eine Personenbeschreibung anzufertigen.

Die Zivilverwaltung arbeitete auf untergeordneter Ebene noch alles andere als perfekt; aber als Gowers, offensichtlich ein einfacher Trooper, im ersten Ärger diese Vermutung – mit deutlich anderer Wortwahl – äußerte, war überhaupt niemand mehr bereit, ihm die Männer zu beschreiben oder auch nur vernünftig mit ihm zu reden.

»Zwei Arme, zwei Beine und ein Kopf mit Ohren dran, wenn ich mich recht erinnere«, sagte ein gnadenlos witziger Beamter. »Und was die besonderen Kennzeichen betrifft, da ist mir eins aufgefallen: Egal, wie sie sich gedreht haben, der Arsch war immer hinten!«

Gowers verzog den Mund zu einem säuerlichen Grinsen und legte eine Banknote auf den Tisch.

»Wollen Sie mich beleidigen?!«, fuhr ihn der Beamte an.

»Nein«, antwortete der Investigator. »Ich fand den Witz so gelungen. Und ich wüsste gern, wo sie sie geschnappt haben.«

Der Mann schaute zwischen Gowers und dem Geldschein hin und her. Dann siegte offenbar die Überzeugung, dass er kein Staatsgeheimnis verraten würde.

»Im *Alpacha*. Zwischen den Beinen hatten die nämlich auch noch was!«

Das *Alpacha* war ein Hafenbordell, wie Gowers schon Hunderte gesehen hatte: ein kleiner Schankraum mit vier Tischen, eine Theke, die nur aus einer Holzplanke und zwei Bierfässern bestand, und eine enge, wenig vertrauenerweckende Treppe, die in die Räume führte, in denen die eigentlichen Geschäfte abgewickelt wurden. Nur zwei Frauen, was an der Vormittagsstunde liegen mochte, zu der er hergekommen war. Eine jüngere, dralle Person, eine hagere ältere, die sich beide vor seinem Tisch aufbauten, als er sein Glas Gin getrunken hatte, und sich sehr bemühten, etwas Verführerisches in ihre Bewegungen zu legen.

»Können wir noch etwas für dich tun, Soldat?!« Die junge Frau beugte sich so zu ihm herunter, dass er um ein Haar ihre Brüste ins Gesicht bekam.

»Wer von euch arbeitet länger hier?«, wollte er wissen, und die Huren schauten sich fragend an.

»Das bin ich«, antwortete die Ältere.

»Dann kannst du etwas für mich tun«, sagte Gowers und ließ sich von ihr nach oben führen.

»Zehn Shilling, Sir!«, verlangte sie, aber er hielt ihr eine Pfundnote hin. Sofort wurde ihr Lächeln freundlicher, und sie wiegte sich in den Hüften, drückte sich mit spitzen Knochen an ihn. Es war, als hätte er ein Licht angezündet.

»Zieh dich aus«, sagte er. »Habt ihr hier Wasser?«

Sie zeigte auf eine gefüllte, aber offenbar auch schon mehrfach gebrauchte Waschschüssel auf einer wackligen Kommode und entkleidete sich, während er die Fensterläden öffnete.

»Ich mache es nicht gerne bei Licht«, sagte sie.

»Aber ich«, antwortete er bestimmt und kontrollierte ausführlich ihre Achselhöhlen und die Haare in ihrem Schoß. Keine Läuse. Nachdem er ihr lange in den Mund gesehen und sogar ihre Lippen hochgehoben hatte, feuchtete er ein Handtuch an und begann, sie zu waschen. Dabei dehnte er seine Inspektion auf ihre Geschlechtsteile aus, war mit dem Ergebnis zufrieden und fing an, seine Fragen zu stellen.

Ja, sie erinnerte sich an die Männer, die die Polizei verhaftet hatte. Namen kannte sie allerdings nicht. Nach Otago wollten sie alle. Ja, sie hatten erzählt, dass sich drei von ihnen schon auf den Weg gemacht hätten. Im Hafenbüro könnte man vielleicht ihre Namen erfahren, es gäbe da Passagierlisten und ähnliches Zeug.

Mehr musste Gowers nicht wissen. Als sie sauber war, streichelte er ihre hervorstehenden Hüften, den flachen, harten Bauch und die mageren Schenkel. Dann legte er sich zu ihr und stand bis zum nächsten Morgen nicht wieder auf.

»Bradley, Bradley«, murmelte der sehr junge Hafenbeamte und blätterte mit angefeuchtetem Finger in einer umfangreichen Liste. »Vor etwa drei Wochen, sagen Sie?«

Gowers nickte. Er hoffte beinahe, dass der Mann den Namen nicht finden würde, denn dann würde James Fagan inzwischen wieder in Wanganui Town sein, und er musste seine lange Jagd nicht auch noch auf der neuseeländischen Südinsel fortsetzen.

Der Finger hinterließ einen feuchten Fleck auf dem gelben Papier.

»James Bradley«, sagte der Beamte, als habe er eine erfreuliche Mitteilung weiterzugeben. »Auf der *Proud Donkey* nach Otago, vor zwanzig Tagen, Sie sagen es, Sir!«

Der Investigator seufzte tief. »Wie komme ich ihm möglichst schnell hinterher?«

Der junge Mann zog umständlich eine andere Liste aus einer großen Mappe aus angedunkeltem Leder. »Fähren nach Picton gehen natürlich alle zwei Tage, Sir. Aber von da bis Otago sind es noch gute vierhundert Meilen. Hmm!« Er blätterte vor und zurück, wobei er immer neue Speichelflecken auf Papier und Leder hinterließ.

»Eine Möglichkeit gäbe es noch, Sir«, sagte er nach einer Weile. Er drückte seinen weichen, feuchten Finger auf eine bestimmte Stelle in seinen Papieren. »Die *Rifleman*, Versorgungsschiff der Regierung. Geht in zehn Tagen nach Dunedin ab, hat aber einen Zwischenhalt auf den Chathams. Wird also alles in allem eine Woche unterwegs sein.«

Gowers überschlug kurz diese Zeitangaben. Über Land wäre er auch nicht wesentlich früher auf der Otago-Halbinsel und in den Goldgräberlagern.

»Mein Schiff«, sagte er knapp und zählte das Geld für die Passage auf den Schreibtisch.

106.

Obwohl er sich in seinen schwachen Stunden gelegentlich mit beiden Händen zum eigenen Verstand gratulierte, war der Detektiv hinsichtlich seiner äußeren Erscheinung Realist. Zwar konnte er das vertrauenerweckendste Gesicht der Welt machen, das besorgteste, ehrlichste, seriöseste, war also ein nicht untalentierter Schauspieler, aber die Rolle des ersten Liebhabers war nicht seine und nie seine gewesen. Gabriel Beale konnte sich nicht erinnern, dass in seinem Leben auch nur eine einzige Frau mit ihm geschlafen hatte, weil sie ihn attraktiv fand. Stets musste er Geld ausgeben oder zumindest den Eindruck erwecken, welches zu besitzen. Im Drang seiner Jugend hatte er sich in den verrufenen Straßen New Yorks sogar gelegentlich als Polizist ausgegeben und gefallene Mädchen verhaftet, sie aber gegen entsprechende Dienstleistungen wieder laufen lassen. Die hatten ihn einige Male sogar von sich aus geküsst.

Umso überraschter war er, dass sich jetzt, in seinen mittleren Jahren, hier, in New Orleans, eine verhältnismäßig junge Frau offen-

sichtlich in ihn verliebt hatte. Molly war erst wenig über dreißig, nicht schön, aber für seine Begriffe hübsch, nicht unberührt, aber auch nicht sonderlich erfahren, und das Vergnügen, das er ihr im Bett offensichtlich bereitete, beeinflusste sein Selbstbewusstsein in einem Maß, das weder seinem Alter noch seiner Intelligenz angemessen war. Sicher, sie hielt ihn für einen Professor aus Harvard, Jacob Files: Andrew Jackson und seine Zeit, aber sie fragte weder nach Geld noch nach einer gemeinsamen Zukunft, sondern genoss anscheinend ganz einfach das Zusammensein mit ihm.

Madame Clairborne war so amüsiert, dass sie ihrem feisten kleinen Besucher, dem die wissenschaftliche Redlichkeit aus allen Knopflöchern drang, manchmal fast laut ins Gesicht gelacht hätte. Jean hatte ihr gesagt, dass man ihm nachspüren würde, aber sie hatte eher mit martialischen Verfolgern gerechnet, bärbeißigen Fragen, unterschwelligen Drohungen, vorgehaltenen Waffen. Dieser Kerl war zum Schießen, seine Fragen nach dem Krieg von 1815, der Schlacht von New Orleans, General Jackson, Gouverneur Clairborne und Barataria beinahe rührend, und sie genoss das Schauspiel, das er ihr bot, volle zwei Kannen Tee hindurch, ehe sie ihn durch ihr Dienstmädchen hinausexpedieren ließ. Selbstverständlich hatte sie nichts gesagt, aber durchblicken lassen, dass sie Verschiedenes wisse, freute sich bereits auf ein weiteres Zusammentreffen mit Professor Files, um noch weniger zu sagen und noch mehr durchblicken zu lassen – und wunderte sich dann, dass sie den Mann nie wiedersah.

Beale hatte schon nach weniger als einer halben Stunde gemerkt, dass Madame Clairborne ihn durchschaut, dass John Laffin, der auf ihre Initiative hin freigelassen worden war, sein Auftauchen in irgendeiner Weise angekündigt haben musste. Er wahrte jedoch den Schein, beschloss erbittert, in seinem Leben nie wieder Tee zu trinken, und hielt sich dann an das Mädchen der Lady.

Molly war während des gesamten Gesprächs im Zimmer geblieben, und das wies auf eine Vertrautheit mit den Angelegenheiten ihrer Herrin hin, die ihn leichter und sicherer zum Ziel bringen würde. Zu seiner Erleichterung trank sie lieber Bier als Tee und war schon nach einem einzigen Abendessen so zutraulich geworden, dass es den Detektiv, wie gesagt, fast ein wenig aus der Bahn warf.

»Jack! Jack!«, keuchte sie in sein Ohr, als er in ihr war, und ihre Leidenschaft wurde so zügellos, dass Gabriel Beale einige Sekunden brauchte, um zu begreifen, dass sie ihn meinte. Ihr Höhepunkt überschwemmte ihn bis zu den Knien, und für ein paar selige Augenblicke, in denen sie ihre Fingernägel in seine fleischigen Lenden bohrte, wünschte er, er wäre tatsächlich Jacob Files, Professor für amerikanische Geschichte. Dann verging auch ihm Hören und Sehen.

Während ihre Köpfe und die schamlosen Gedanken darin allmählich abkühlten und die köstliche, träge Zufriedenheit der Körper sich einstellte, fand der Detektiv wieder zu sich selbst und überlegte müde, milde, wie er Molly die Informationen entlocken könnte, die er brauchte. Sollte er direkt nach John Lafflin alias Jean Laffitte fragen? Oder diesen heiklen Punkt langsam einkreisen, indem er die Bekanntschaften und Besucher Madame Clairbornes abklopfte? Und wie sollte er seine Neugier im Einzelnen begründen?

Die Lösung seiner Probleme kam aus einer gänzlich unerwarteten Richtung, als das Mädchen sich dankbar und zärtlich an seine Seite kuschelte und seine Hoden in die Hand nahm.

»Wann fährst du zurück nach Boston?«, fragte sie.

Was zum Teufel soll ich in Boston?, dachte er, sich seiner Rolle als Harvardprofessor noch immer nicht wieder völlig bewusst. Nur dass eigentlich er derjenige sein wollte, der die Fragen stellte, war ihm klar. »Warum? Willst du mich schon loswerden?«

Sie lächelte, auch weil sie fühlte, dass sein Geschlechtsteil auf ihr sanftes Streicheln bereits wieder zu reagieren begann. »Nein«, sagte sie, »weil wir vielleicht zusammen fahren können!«

Beale verstand nicht und befürchtete, dass es nun doch eine gemeinsame Zukunft sein könnte, deren Androhung irgendwo in diesem Satz schlummerte. »Willst du kündigen?«, fragte er besorgt.

»Nein, aber Madame zieht für ein Jahr in den Norden. Nach Baltimore. Sie hat schon einen ganzen Eisenbahnwaggon für ihre Sachen gemietet.«

Der Detektiv zuckte ein wenig zusammen, aber Molly dachte, das läge daran, dass sich ihre Finger inzwischen um sein Glied geschlossen hatten, und bewegte ihre Hand langsam auf und ab, bis es nicht mehr hineinpasste. In Wirklichkeit waren es die Worte »in den Norden« und »Eisenbahnwaggon«, die Gabriel Beale elektrisierten.

»Baltimore und Boston liegen näher zusammen als Boston und New Orleans!« Sie rutschte an seinem schweißnassen Körper nach unten. »Wir können das also ein ganzes Jahr hindurch tun«, sagte sie noch, ehe ihr Mund ihre Hand ersetzte. Der Detektiv verschränkte die Arme hinter dem Kopf, und ein erschreckend seliges Lächeln trat auf sein Bulldoggengesicht.

»Sie wollen sie per Zug nach Norden bringen«, konnte Gabriel Beale seinen Auftraggebern nach nur zwei Tagen mitteilen. Glücklicherweise fragte niemand, wie er an diese Information gekommen war.

107.

Als das heroische Zeitalter der amerikanischen Eisenbahn betrachtet man heute die 1860er-Jahre und den Bau der transkontinentalen Bahnlinien. Erst sie haben den Westen erschlossen, Atlantik und Pazifik miteinander verbunden, die Vereinigten Staaten auch geografisch zusammengeführt. Erst jetzt wurden die großen Ingenieurleistungen vollbracht, die sagenhaften Vermögen verdient, wurden staatlich organisierter Landraub und Aktienschwindel in bisher nicht gekanntem Ausmaß betrieben.

Dass die Union oder Kansas Pacific, die Great Northern und die Atchison, Topeka & Santa Fe Railroad Companies an ein bereits gut ausgebautes Schienennetz östlich des Mississippi angeschlossen werden konnten, war jedoch eine Leistung der beiden vorangegangenen Jahrzehnte. Dutzende kleiner Eisenbahngesellschaften hatten vor allem im Norden Städte und Fabriken bereits so engmaschig miteinander verbunden, dass Fahrpläne erforderlich waren. Lediglich der Süden war in dieser Hinsicht noch unterentwickelt, betrachtete die Eisenbahn aber ohnehin nur als verkehrs- und transporttechnische Notlösung überall dort, wo es keine schiffbaren Flüsse gab.

Nur eine einzige Bahnlinie führte beispielsweise im Jahr 1857 aus Louisiana heraus, von New Orleans nach Norden, zwischen Lake Pontchartrain und Lake Maurepas, den Tangipahoa hinauf bis nach Jackson/Mississippi. Hier teilte sich der Schienenstrang, führte nordwärts nach Memphis und östlich über die Jackson Prairie nach Meridian und weiter durch Alabama und Tennessee bis nach Virginia und schließlich nach Washington. Gabriel Beale kannte diese Strecke. Er war sie heruntergekommen, als General Willoughby ihn herbeitelegrafiert hatte, weil ihm der vieltausendfach befahrene Seeweg von New York nach New Orleans zu unsicher erschien.

In der Tat waren ihm Wasser und Wind unheimlich, und er bevorzugte die Dampfkraft, die Maschinen und alles, was Menschen produzierten, was Menschen taten. Das war sein Beruf. Auf seinem Weg in den Süden hatte er etwa einen allmählichen Wechsel im Charakter der Landesbewohner beobachtet: In den Alleghenies hatten die Bahnhofsvorsteher noch zuverlässig mit Trillerpfeifen und Signalkellen hantiert, aber schon in Tennessee hatten sie alle eine Hand in der Hosentasche, in Alabama meist sogar beide. Hatten die Herumlungerer am Bahnhof von Knoxville sich zumindest gelegentlich noch mit dem linken Fuß am rechten Schienbein gekratzt, so fehlten derlei Aktivitäten im Staat Mississippi nahezu völlig.

Es sah John Lafflin und der Frau, die man Moses nannte, sehr ähnlich, dass sie dreist genug waren, die gestohlenen Nigger quer durch die Südstaaten zu transportieren – vor allem diese Überlegung sorgte dafür, dass der Detektiv und seine Auftraggeber sich ihrer Sache sicher waren, als sie per Sonderzug und bis an die Zähne bewaffnet die Verfolgung der Flüchtigen aufnahmen.

Herauszufinden, was für einen Waggon Madame Clairborne gemietet hatte und wann er wohin abgefahren war, war sozusagen Routine. Telegramme an alle Bahnstationen bis nach Tuscaloosa hinauf würden den Transport aufhalten. Und schon in Pelahatchie/Mis-

sissippi wurden die Verfolger fündig. Der Sheriff des kleinen Orts hatte, durch die Telegramme alarmiert, den Waggon abkoppeln und auf dem einzigen Abstellgleis der Station stehen lassen. Aber zu mehr, als ihn eine Nacht hindurch von seinen zuverlässigsten Deputies bewachen zu lassen, reichten seine Befugnisse und sein Mut nicht aus, denn es war ein dicht geschlossener Viehwaggon, und die Botschaft aus New Orleans sprach davon, dass die Nigger darin möglicherweise bewaffnet waren. Sollten doch die Besitzer selbst durch die schmalen Ritzen ins Innere spähen!

Die Louisiana-Miliz, Regiment Denham Parish, traf, mit Ausnahme von gut einem Dutzend Wachen, die bei Baton Rouge den Fluss abriegelten, gegen Mittag in Pelahatchie ein. General Willoughby persönlich befehligte die vollständige Einkesselung des Waggons, die Attacke würde allerdings Henry Hunter anführen und sich so für die Katastrophe von Barataria rehabilitieren können. Dass die Flüchtigen auch diesmal eine Kanone bei sich hatten, war nicht zu befürchten.

»Ihr da drin«, rief Hunter mit seinem dröhnenden Bass, als alle Vorbereitungen abgeschlossen waren, »kommt freiwillig heraus, oder wir machen ein Sieb aus dem Wagen!«

Die Bevölkerung von Pelahatchie, in sicherer Entfernung hinter dem Stationsgebäude, nahm vor Erregung die Hände aus den Taschen, aber es geschah nur, was hier seit Jahren zuverlässig und immer wieder geschehen war: nichts.

»Wenn wir euch herausholen«, rief Hunter und betonte dieses Wort als besonders bedeutsam, »werden wir jeden dritten Mann aufhängen!«

Das nahm der Drohung mit dem Zersieben des Waggons zwar einiges an Glanz, versprach aber ein länger andauerndes Schauspiel zu werden, und auch die schläfrigsten Herumlungerer schoben jetzt ihre Hüte aus den Augen und kratzten sich mit dem linken Fuß am rechten Schienbein.

»Wir schießen in einer Minute«, brüllte Hunter nach einer Minute in die unerträgliche, brütende Stille des Pelahatchie-Mittags.

Aber noch immer erfolgte kein Anzeichen für eine bevorstehende Kapitulation des Waggons.

Gabriel Beale, der sich neben General Willoughby und dem immer noch einen Arm in der Schlinge tragenden Desmond Bonneterre im Inneren des Stationsgebäudes aufhielt, versuchte einzuwenden, dass ein allgemeines Eröffnen des Feuers bei einer im Kreis angeordneten Truppe nicht ohne Risiko sei, aber da teilte Hunter seine Männer schon in entsprechende Schützengruppen ein. Nach einer weiteren letzten Warnung schlug schließlich fünf Minuten lang Salve auf Salve im Holz des Waggons ein, und die unglaubliche Präzision der Schützen, der ohrenbetäubende Lärm, die umherfliegenden Splitter und die entstehenden Löcher machten die Schlacht von Pelahatchie in der Tat zu einer sehenswerten Sache, über die in der Gegend noch lange geredet wurde. Nur irgendein Gegner zeigte und zeigte sich nicht.

Mit dem Mut der Verzweiflung und einer breiten Zimmermannsaxt schlug der tapfere Kommandeur, gedeckt von den Gewehren seiner Männer, schließlich eine Bresche in den bereits weitgehend demolierten Waggon, steckte seinen Kopf hinein – und befahl dann sehr ungehalten, die Kampfhandlungen einzustellen. Der Wagen war leer. Kein Vieh, keine Nigger, nicht einmal irgendwelche Möbel oder sonstiges Hab und Gut einer umzugswilligen alten Dame. Die Männer rangen mühsam um Fassung. Nur die Einwohner von Pelahatchie grinsten einander so fröhlich an, als hätten sie's gleich gesagt.

»Sie sind entlassen, Mr. Beale«, zischte General Willoughby, weiß um die Nase angesichts dieser neuerlichen Blamage. Dann brachte er sich halb um bei dem Versuch, in seinem Rollstuhl ohne fremde Hilfe das Bahnhofsgebäude zu verlassen. Bonneterre sah ihm mit zunehmender Erheiterung hinterher. Dann wandte er sich tröstend an den brüskierten Detektiv.

»Im Gegenteil, Sir: Sie sind engagiert!«

»Ich verstehe nicht«, murmelte Gabriel Beale und runzelte die Stirn.

»Ich engagiere Sie, Mr. Beale. Ich biete Ihnen eine feste Anstel-

lung.« Der junge Mann sagte das so amüsiert, begeistert von seiner eigenen Idee, dass der Detektiv es noch immer für einen Scherz hielt.

»Wie meinen Sie das, Sir?«, fragte er vorsichtig.

»Ich meine damit«, antwortete Bonneterre, in dessen Stimme nun allmählich eine unstillbare Rachsucht durchklang, »dass mir diese Nigger von vornherein ziemlich egal waren. Ich scheiße auf dreißig Nigger mehr oder weniger. Ich will die Leute kriegen, die sie uns weggeschnappt haben.« Und als Beale noch immer nicht reagierte, fügte er hinzu: »Ich meine: Wir wissen nicht, wie, aber wir wissen doch, wer ihnen geholfen hat: Lafflin, Gowers, Moses!«

Der Detektiv hatte jetzt verstanden und nickte, aber es war noch immer eine andere Frage, die er in seinem schweren Kopf bewegte: Wo waren Lafflin, Gowers und Moses in diesem Augenblick?

108.

Nahezu alle kolonialen Katastrophen des 19. Jahrhunderts, Kriege, Epidemien, Massaker, gingen auf das Unvermögen der Europäer zurück, die Denk- und Handlungsmuster der jeweiligen Ureinwohner auch nur ansatzweise zu verstehen oder verstehen zu wollen. Jenseits aller persönlichen, politischen, religiösen oder kulturellen Borniertheit, mit der die Weißen in ihren Schulen, Kirchen und sonstigen Institutionen vollgestopft wurden, war die Ursache dieses Unvermögens jedoch ihre eigene Ohnmacht gegenüber dem System, das sie geschaffen und perfektioniert hatten. Für den globalen Kapitalismus, dem sie sich so besinnungslos unterwarfen, als sei er ein Naturgesetz, war eine Kolonie nichts weiter als Rohstofflieferant oder Markt, günstigenfalls auch beides.

Formen des menschlichen Zusammenlebens, die nicht um den Nukleus des Kapitalismus – den Privatbesitz – herumgruppiert sind, waren für die Europäer nicht nur unbegreiflich, sondern so unvorstellbar wie eine Welt ohne Gravitation. Im Gegenzug war es für viele der kolonisierten Völker schlicht eine Form von Geisteskrankheit, wenn jemand mehr Land besaß, als er bearbeiten konnte, und sie betrachteten es als Irrsinn, andere am Gebrauch von Gegenständen oder der Nutzung von Gütern zu hindern, die man selbst gerade weder brauchte noch benutzte. Immer wieder waren es darum Fragen der Eigentumsverhältnisse, an denen sich die Katastrophen entzündeten, wobei stets die Weißen die Konflikte verursachten, schürten und durch sie zu profitieren verstanden.

Denn sie verweigerten den Eingeborenen ganz einfach die Gerechtigkeit, die sie ihnen doch zu bringen vorgaben. Es war schwer einzusehen, warum ein Zaun, eine Kette, eine verschlossene Tür ein geschütztes Heiligtum sein sollte, wenn sie den Besitz eines einzelnen Weißen um- und einschloss, während der Besitz eines ganzen Stammes, von Generation zu Generation weitergegeben, offiziell als herrenlos galt. Nichts anderes aber hatte der Native Land Court 1865 beschlossen – und zu keinem anderen Zweck war er eingerichtet worden; wodurch erstaunlich offensichtlich wird, dass der Kapitalismus, also der ungehemmte Erwerb von Privatbesitz, just auf dem Umstand basiert, den seine willfährigen Gesetzgeber, Gesetzeshüter und Rechtsprecher noch heute härter verurteilen und verfolgen als jede Körperverletzung: auf dem Diebstahl.

Von derlei Zusammenhängen wussten David Cahill, Thomas Squires und William Clarke wenig, als sie am 9. Juni 1868 den Waingongoro aufwärts wanderten, um Holz zu schlagen und zurechtzusägen. Alle drei waren sogenannte militärische Siedler, also Veteranen, denen man ein paar kleine Parzellen des Landes schenkte, das sie für den globalen Kapitalismus erobert hatten. Schon Julius Caesar hatte auf diese einfache Weise unterworfene Länder seinem Imperium einverleibt.

Der Waingongoro war ein nicht allzu breiter, aber sehr reißender Fluss, der von den Osthängen des Taranaki durch den nahezu weglosen Urwald von Ahipaia herunterströmte. Ohne

Zwischenfall erreichten die Männer, die nur mit Äxten und einer zweieinhalb Meter langen Schrotsäge bewaffnet waren, eine Lichtung namens Te Rauna, zu der sie schon seit einem halben Jahr immer wieder gekommen waren, um ihren Landanspruch durch harte Arbeit zu untermauern. Die Ngaruahine, deren Eigentum dieses Gebiet seit achthundert Jahren gewesen war, hatten sie nie behelligt. Sie glaubten sich auch durch das nur wenige Meilen weiter südlich gelegene ständige Militärlager Camp Waihi, den äußersten Vorposten der Pakeha, ausreichend geschützt.

Verschiedene große, zum Teil dreihundert Jahre alte Bäume hatten sie bereits vor Monaten gefällt, und die Jahreszeit, der regenärmere Frühherbst, hatte die Stämme so weit getrocknet, dass sie jetzt bearbeitet werden konnten. Es war die mühseligste Arbeit beim Roden; die schweren Stämme mussten auf hölzernen Rollen oder Kufen über eine rasch ausgehobene Grube geschleppt werden, wo sie zersägt wurden. Selbst zu dritt bekamen sie manchen Stamm kaum von der Stelle, und das Ganze war genau die Sorte Anstrengung, die einem Mann das Kreuz brechen konnte. Sie hatten den ersten Stamm gerade über die Grube gehievt, Cahill und Squires begannen zu sägen, Clarke ging zum Waldrand, um ein paar kleinere Bäume zu fällen und zu Rollen zurechtzuschlagen …

Der erste Schuss traf niemanden. Die Männer unterbrachen nur ihre Arbeit und schauten auf, und vielleicht war gerade das die Absicht der Angreifer gewesen. Die darauffolgende Gewehrsalve warf Cahill tödlich und Squires schwer verwundet zu Boden, und Clarke, der sie fallen sah, wusste, dass er um sein Leben laufen musste. Aber alle Schnelligkeit nützte ihm nichts, denn acht oder neun Krieger der Ngaruahine schwärmten bereits mit wilden Schreien auf der Lichtung aus, und eine Kugel durchschlug Clarkes Arm, drang in seine Brust ein und durchbohrte sein Herz. Die beiden anderen Männer starben weniger leicht. Haowhenua, der fast siebzigjährige Anführer der kleinen *Taua* oder Kriegsabteilung, nahm den schweren Holzhammer auf, mit dem die Pakeha den Baumstamm verkeilt hatten, und zerschlug ihnen damit Schädel und Rückgrat.

Drei Tage später, das spurlose Verschwinden der Holzfäller und ihrer Leichen hatte Camp Waihi bereits in erhöhte Alarmbereitschaft versetzt, stellte Tom Smith, Mitglied der berittenen Konstabler, fest, dass sein Pferd sich in der Nacht auf wundersame Weise vom Pflock befreit hatte und nun irgendwo im Wald herumstreunte. Er hörte es wiehern. Entgegen allen Befehlen ging er allein in den Wald, um es zu suchen – und wurde dann am frühen Abend selbst dort gefunden. Allerdings konnte er nur noch anhand einer charakteristischen Verkrümmung seiner großen Zehe identifiziert werden, denn sein Oberkörper war abgetrennt worden und blieb verschwunden. Kurze Zeit später erreichte ein Brief die Siedlungen der Pakeha, dessen einfache Botschaft noch im fernen England gehört wurde und für Entsetzen in allen zivilisierten Ländern sorgte.

Reist nicht über die Straßen, befahrt nicht die Flüsse, bleibt fort aus den Wäldern, wenn ihr nicht Nahrung für die Vögel in der Luft und die Tiere auf dem Feld oder für mich werden wollt. Denn ich, Riwha Titokowaru, Häuptling der Ngaruahine vom Stamm der Ngati Ruanui, habe begonnen, das Fleisch der weißen Männer zu essen. Ich habe es ohne Widerwillen gegessen. Es wurde in einem Topf gekocht, und auch meine Frauen und Kinder aßen davon. Mein Rachen ist weit offen, um auch weiterhin Menschenfleisch zu essen, bei Tag und bei Nacht. Ich werde euch töten, wo ich euch finde, und euer Fleisch essen, um zu leben. Ich werde leben! Und wenn der Tod selbst getötet wird, werde ich leben!

Titokowaru kannte die Weißen gut genug, um zu wissen, dass er damit den innersten Kern all ihrer Ängste treffen würde. Nicht mehr politischer oder zumindest militärischer Gegner, sondern nur noch etwas zu essen zu sein hat ja auch zweifellos etwas schwer Erträgliches. Das Jahr der Töchter und des Lammes war vorüber.

Teil vier

109.

Die Nachricht, dass weiße Männer getötet und verspeist worden waren, erreichte Wanganui Town am 10. Juni 1868, und damit hatte »Fighting Mac« McDonnell endlich den Krieg, auf den er seit sechs Monaten wartete. Es war wie ein Dammbruch, der all die lange aufgestauten Energien des ungewöhnlichen Mannes freisetzte.

Am Morgen des 11. war er in Camp Waihi, um sich persönlich über den ungeheuren Vorgang zu informieren, aber einen Tag später schon wieder in Wanganui; ein Wahnsinnsritt von hundertfünfzig Meilen in achtundvierzig Stunden. Am 14. traf er per Schiff in Wellington ein, im Handgepäck das Gerücht, dass Titokowaru mit zweihundert wilden Maorikriegern die gesamte Taranaki-Region wüst lege. Am 15. brachten die Zeitungen entsprechend stark verfälschte Berichte, und am 16. setzte in den weißen Städten und Siedlungen des Südens eine wahre Flut von Eheschließungen ein.

Frauen jeden Alters und aller Konstitutionen, jedweden Leumunds, selbst dreizehnjährige Mädchen und in Ehren ergraute Witwen sahen sich plötzlich den erotischen und finanziellen Lockungen stattlicher junger Herren ausgesetzt. Denn obwohl eine sinnreiche und noch immer nachdenkenswerte Verordnung über das Einberufungswesen festsetzte, dass die Dienstpflicht eines Mannes fünfundzwanzig Meilen jenseits seines Heimatorts automatisch endete, wurden doch bevorzugt die unverheirateten Herren der Schöpfung zur Miliz eingezogen; was jetzt auch die eingefleischtesten Junggesellen veranlasste, ihre Positionen hinsichtlich des Ehestands neu zu definieren.

Eine Vereinigung sitzen gebliebener alter Jungfern hätte also nichts Sinnvolleres tun können, als irgendwo einen Krieg anzuzetteln, um dem bärtigen Teil der Bevölkerung Beine beziehungsweise Freiersfüße zu machen. Es gab in der Männergesellschaft der jungen Kolonie aber ohnehin nur relativ wenig unverheiratete Frauen, und so hatte McDonnell am Ende des Monats rund zweitausend Mann, Konstabler, Milizen und Freiwilligenregimenter wie die *Wellington Rifles*, unter Waffen – gegen die maximal sechzig Krieger, die dem Häuptling der Ngaruahine in die offene Rebellion gefolgt waren.

Zwar bedurfte gut die Hälfte seiner Soldaten noch einer gründlichen Ausbildung, zwar mussten die Kupapa, die mit den Weißen verbündeten Maorikämpfer, noch rekrutiert werden, aber McDonnell konnte immerhin mit Nachschub an Männern und Material sicher rechnen und befahl Anfang Juli die Anabasis der Patea Field Force auf die Waimate Plains und nach Camp Waihi. Der Aufmarsch seiner Truppen vollzog sich jedoch nur langsam, da er kleine Garnisonen in jedes Dorf, jedes Fort auf seinem Weg legen ließ.

James Fagan oder Bradley, wie er sich selbst bereits manchmal nannte, hatte geglaubt, seine Versetzung zu von Tempskys Truppe sei eine vorübergehende Schikane aufgrund seiner Desertion. Obwohl weder lange noch gern Soldat, hatte er anfangs sogar ein widerwilliges Verständnis für diese Maßnahme gehabt. Er hatte Mist gebaut und musste nun eben eine Weile in die Schule des härtesten Hundes gehen, den es in den neuseeländischen Streitkräften gab. Er ertrug das, wie schlechte Soldaten und schlechte Schüler vergleichbare Situationen immer ertragen haben und ertragen werden: wie ein Gewitter, das irgendwann vorüber sein wird, wenn man den Kopf lange und tief genug einzieht.

Er versuchte sogar, durch Dienstbeflissenheit und peinlich genaue Befolgung aller Befehle wenn schon nicht das Wohlwollen, so doch die Gleichgültigkeit seines Vorgesetzten zu erringen. Aber von Tempsky war unnachgiebig. Seine eigenen Männer wunderten sich bereits, warum er den Jungen derart auf dem Kieker hatte. Dann aber nahmen sie die Sündenbockrolle des Rekruten Bradley dankbar in ihre eigenen Verhaltensmuster auf.

Von Tempsky konnte den Mann nicht leiden? Dann sollte man sich möglichst nicht neben den Mann stellen. Eine Proviantkiste war verschwunden? Hat die nicht Bradley getragen?! Eine Brotration war verschimmelt? Bradley hat sie im Regen liegen lassen. Bradley konnte tun, was er wollte – es war jedes Mal falsch, und allmählich bekamen seine Augen den Ausdruck eines gehetzten Kaninchens, das kein Loch mehr findet. James Fagan wäre jetzt gerne desertiert und dabei sogar größere Risiken eingegangen als beim ersten Mal, hätte es vielleicht sogar alleine versucht; aber seine Angst vor dem Land, durch das sie marschierten, war immer ein bisschen größer als die vor seinem Vorgesetzten und seinen Kameraden.

Sie bewegten sich auf einem manchmal nur wenige Meilen breiten Streifen offenen Geländes zwischen der rauen, regengepeitschten See und dem düsteren schwarzen Rand eines unheimlichen Waldes, der seine Feindschaft gegen Säge, Hacke und Pflug in schweren, lastenden Nebelschwaden auszuschwitzen schien. In diesem Wald steckten wilde Menschen, blutrünstige Ungeheuer, die jeden Weißen, der sich auch nur in den Schatten der Bäume wagte, auffressen würden. Die Botschaft in Titokowarus Brief war auch bei den einfachen Soldaten angekommen und wurde durch ständiges Nach- und Neuerzählen in den Zelten der Patea Field Force nicht weniger Furcht einflößend.

Und so schlotterten Männer wie James Fagan vor Angst, wenn sie dem Wald von Ahipaia auf dem täglichen Gang zu Balken und Graben auch nur nahe kamen. Für den Mörder stellte sich dabei jedoch irgendwann eine andere, beinahe beruhigende Überlegung ein: Sosehr ihn die Schikanen und die Nähe zu seinem Vorgesetzten auch quälten – wenn ein Mann den Weg durch diese Hölle kannte, wenn einer dem Teufel von der Schippe und den Kannibalen aus dem Kochtopf sprang, dann würde es der gefürchtete Manu-Rau, würde es wohl Gustav Ferdinand von Tempsky sein. Insofern war es natürlich von Vorteil, immer an seiner Seite zu sein.

110.

Die *Rifleman* war eine dreimastige Schonerbark mit Gaffel- und Gaffeltoppsegeln an Groß- und Besanmast, während der Fockmast rahgetakelt war. Sie vereinte damit die Vorteile der beiden Schiffstypen, war also einerseits schnell und andererseits für große Lasten gebaut und auch von einer relativ kleinen Besatzung leicht zu handhaben. Gowers fühlte sich auf dem Schiff an seine Zeit bei der Handelsmarine und seine Fahrten in die Karibik erinnert.

Die See indes hatte nichts südlich Mildes mehr, ging kalt und rau, je näher sie dem vierundvierzigsten Breitengrad kamen. Zwar schoben die *Roaring Forties* sie mit Gewalt in die richtige Richtung, nach Südost, und schon anderthalb Tage nach dem Auslaufen von Wellington wurden sie praktisch in die weite Petre Bay von Chatham Island hineingedrückt. Aber Gowers war Seemann genug, um zu wissen, dass der Rückweg nach Dunedin, nach Otago und zur Südinsel und das Kreuzen gegen diesen mächtigen Wind umso länger dauern würden.

Ein kalter Nieselregen durchdrang mit gefühlloser Allmählichkeit Segel, Taue und Kleidung. Erst auf der Haut bildete er wirkliche Tropfen, die aber dann an Rückgrat und Beinen hinunter bis in die Stiefel rannen. Es war Freitag, der 3. Juli und der Höhepunkt des südlichen Winters, als sie Tikitiki Point passierten und in die Bucht von Waitangi einliefen, wo die kleine Ketch *Florence* bereits vor Anker lag.

Das größere und das kleinere Schiff! Und die Wolken waren vom Himmel gestiegen, man atmete ihre feinen Tropfen ein. Die Hütten der Whakarau in der Otea-Niederung, nichts als schäbige Konstruktionen aus Baumfarn und Flachs, wurden so feucht, als würden sie schwitzen. Der Samstagmorgen fand die Gefangenen dennoch aufgekratzt und betriebsam, denn alle erinnerten sich an die Zeichen, die Te Kooti ihnen zwei Monate zuvor angekündigt hatte.

Anne Smith, die Frau des Landvermessers Percy Smith, der gerade auf Chatham beschäftigt war, bekam schon am frühen Samstagmorgen unerwarteten Besuch. Es war Kuare, ein junger Gefangener, der vor einigen Wochen für sie gearbeitet hatte. Damals hatte er nicht den Lohn verlangt, der, so klein er auch war, den Whakarau zustand. Er könne sich ohnehin nichts davon kaufen, hatte er gesagt; nun wollte er plötzlich doch sein Geld, und Anne zahlte ihn aus, ohne sich etwas dabei zu denken. Auch als sein Schwager Ohe, der ihr einmal mit der Wäsche geholfen hatte, kurze Zeit später auftauchte und sie um die Bezahlung seiner Dienste bat, schöpfte sie keinen Verdacht. Aber dann kam ein dritter Mann, der alte Tawake, der ihr gelegentlich Milch verkauft hatte, und bestand auf dem Ausgleich seiner Rechnung, die am Monatsende fällig gewesen war.

Anne, die inzwischen kein Bargeld mehr im Haus hatte, vertröstete ihn und sah dann zu ihrer Verblüffung, dass der alte Mann trotz seiner tiefen Betrübnis nach Otea zurückrannte, so schnell es einem schwindsüchtigen Fünfzigjährigen nur möglich war. Etwas musste im Gange sein, dachte sie, dass plötzlich alle ihr Geld haben wollten. Vielleicht war ein Versorgungsschiff eingetroffen, und es gab wieder etwas, das sie kaufen konnten.

Der Regen fiel jetzt schwer und so dicht aus dem grauen Himmel, dass sein Aufschlagen auf den Decksplanken klang wie in der Pfanne prasselndes Fett. Gowers hatte am frühen Morgen nur einen kurzen Blick auf die trostlose Insel geworfen und sich dann wieder unter Deck begeben, wo er so viel wie möglich von den trommelnden Regengüssen zu verschlafen versuchte.

Er war der einzige Passagier an Bord und hatte es nicht nötig, sich beim Entladen des Versorgungsschiffs so nass regnen zu lassen wie der Kapitän und die sechs Männer der Besatzung. Ein unaufschiebbares Bedürfnis trieb ihn am frühen Nachmittag nach oben, und während er es erledigte, sah er, dass zwei Boote mit Maori zwischen der *Rifleman* und dem rauen Kiesstrand der Waitangi Bay pendelten, um Lebensmittel, landwirtschaftliche Geräte und Handelsgut an Land zu schaffen.

In diesem Moment wurde am Fahnenmast des Gefangenenlagers über den dunklen Hütten eine seltsame Flagge aufgezogen: weiß, mit einem roten Saum, einem aufgestickten roten Kreuz und den Buchstaben WI. An Deck entstand daraufhin ein fröhlicher Lärm. Er hörte Frauenstimmen durch den niederrauschenden Regen und beschloss, sich das Treiben aus der Nähe anzusehen.

»Dies ist der Tag, den Gott für uns gemacht hat, und der Regen ist das Zeichen der Befreiung«, sagte Te Kooti und gab mit seiner selbst angefertigten Flagge das Signal, den lange vorbereiteten Fluchtplan in die Tat umzusetzen. Er selbst führte eine Gruppe von Whakarau mitten ins Fort der Konstabler; unter dem Vorwand, wie jeden Samstag das Feuerholz für die kommende Woche zu liefern.

Captain Thomas wunderte sich noch über die Bereitwilligkeit, mit der die Gefangenen dieser ihnen eigentlich verhassten Pflicht trotz des strömenden Regens nachkamen. Im nächsten Augenblick, und ehe sie ihre Waffen ziehen konnten, fanden er und vier seiner Wachen sich von den Kriegern umringt und wurden mit den Flachsseilen gefesselt, mit denen zuvor das Holz gebündelt gewesen war. Eine zweite Gruppe Gefangener drang unter Führung von Tekateka zur gleichen Zeit in die Waffenkammer der Garnison ein, und bevor jemand Alarm geben konnte, waren auch hier die Wachen überwältigt und gebunden.

Der gelungene Gefangenenaufstand wurde später selbst von den überrumpelten Konstablern als »präzise, rasch und vollständig durchdacht« bezeichnet, und nur ein Umstand trübte den kampflosen Sieg der Whakarau. Te Kooti hatte ausdrücklich befohlen, dass kein Pakeha getötet werden dürfe, aber als Tekateka auf den Sergeanten Michael Hartnett stieß, siegte ein älteres Recht als das des Propheten, und der verhasste Quälgeist und Vergewaltiger fiel tödlich getroffen unter den rasenden Axthieben von Hulana Tamatis Ehemann.

Tatsächlich waren auch Wahines junge Maorifrauen an Bord gekommen, deren nasse Kleider mehr von ihren üppigen Körpern zeigten als verhüllten. Während ihre Männer, wohl zur Unterhaltung der weißen Besatzung, den *Haka*, den neuseeländischen Kriegstanz, aufführten, begannen diese Frauen einen Tanz, der sehr viel weniger kriegerische Gedanken auslöste. Sie schwenkten vielmehr Brüste und Hinterteile so verführerisch vor den Augen der sexuell ausgehungerten Seeleute, dass uralte Greifreflexe nicht lange ausbleiben konnten.

Selbst John Gowers ließ sich von Maata Te Owai, der zweiten und jüngeren Frau des Propheten, zu einem Annäherungsversuch hinreißen und stellte lächelnd fest, dass sie offenbar nichts gegen seine Hände auf ihren zuckenden Hinterbacken einzuwenden hatte, denn sie hielt sie selbst in dieser Position fest. Sein Verstand rutschte bemerkenswert deutlich in seine Hose, sie drängte ihren Unterleib gegen die entstehende Erektion, und weder er noch ein anderer der so oder ähnlich abgelenkten Pakeha bemerkte, dass sie irgendwann von Gefangenen umringt waren und an Land, in der Garnison, plötzlich eine zweite Flagge gehisst wurde.

Augenblicklich zogen die Frauen sich zurück, und die weißen Männer blickten verdutzt in die Gewehrläufe, die die Whakarau auf ihre Köpfe richteten. Karanama Ngerengere, Anführer der *Rifleman*-Gruppe, erklärte ihnen in überraschend höflichen Worten, dass sie seine Gefangenen seien, dass ihnen aber nichts geschehen würde, wenn sie sich ohne Widerstand auf den Boden setzen und die Arme hinter dem Kopf verschränken würden.

Ihre aussichtslose Lage ließ ohnehin keinen nennenswerten Widerstand zu, und so setzten sie sich auf die nassen Planken und empfanden ihre eigene Dummheit nur noch ein Mal als bis zum Erröten unangenehm: als Maata Te Owai und die anderen Frauen ihnen lachend die Zunge herausstreckten.

III.

John Gowers war mit Commander Robert McClure gefahren, hatte die britischen Kapitäne Kellett, McClintock, den Admiral Belcher und viele andere kennengelernt. Im Bürgerkrieg hatte er die Ironclads, die gepanzerten Kanonenboote, von Admiral David Glasgow Farragut nach New Orleans gelotst, als Scout eine Zeit lang unter den Generälen Butler und Sherman gedient und mit dem großen Ulysses S. Grant ein halbes Jahr lang Vicksburg belagert. Aber nie hatte er bei einem Mann so viel natürliche Autorität gespürt wie in dem Moment, als Te Kooti Arikirangi Te Turuki das Deck der *Rifleman* betrat.

Sicher, Grant hatte bei seinen erbarmungslosen Angriffen auf die Truppen der Konföderierten das Leben Zehntausender Soldaten geopfert, Billy Sherman auf seinem berühmten Marsch zum Meer eine Schneise von Tod und Verwüstung durch die Südstaaten geschlagen. Aber stets war es die militärische Notwendigkeit gewesen, die sie antrieb, und der eine war darüber zum Alkoholiker, der andere schwer depressionskrank geworden. Te Kooti hingegen war der ernsthaften Überzeugung, als Abgesandter Gottes zu handeln, und betrachtete deshalb sowohl das

Leben seiner Gefolgsleute als auch das seiner Feinde als ein ihm überlassenes, als sein persönliches Eigentum. Seine Kommandogewalt beruhte nicht auf einer zeitweise übernommenen militärischen oder politischen Pflicht, sondern war ein Recht, das er wahrnahm. Das machte ihn zum gefährlichsten Menschen, dem John Gowers bis dahin begegnet war.

Die Garnison überwältigt, das Schiff genommen, mit einem Schlag zur unbeschränkten Autorität geworden – obwohl Te Kooti in diesem Augenblick viel zu tun und noch mehr zu bedenken hatte, fiel ihm sofort auf, dass einer der durchnässten, auf dem Boden hockenden Gefangenen anders war. Höflich entschuldigte er sich bei den Männern für die erlittene Unbill und schickte sie unter Bewachung in ihre Quartiere, damit sie sich trockene Sachen anziehen konnten.

»Sie«, sagte Te Kooti, als Gowers sich erhob, und hielt ihn mit diesem einen Wort davon ab, den anderen unter Deck zu folgen. »Wer sind Sie?«

»John Gowers«, antwortete der Investigator militärisch knapp. »Amerikaner. Passagier nach Otago.«

Te Kooti musterte ihn, die trotz seiner nassen Kleider lässige, energiegeladene Haltung, die seltsame Soldatenmütze, das ein wenig abgezehrte Gesicht und vor allem die extrem wachen Augen. »Sie sind kein Goldsucher«, sagte er nach wenigen Sekunden. Er hatte genügend Goldsucher gesehen auf ihrem Weg zur Coromandel Range, und viele von ihnen waren ebenso drahtig und auf dem Sprung gewesen, von einem inneren Feuer getrieben. Aber etwas an dem Mann, der vor ihm stand, war dennoch anders, etwas Entscheidendes: Sein Blick, sein Verlangen, war nicht nach unten und auf die Erde gerichtet, sondern auf etwas am Horizont. Te Kooti spürte es, denn er war, auf ganze andere Weise, von ähnlicher Art.

»Was wollen Sie in Otago?«

Auch Gowers fühlte instinktiv, dass es keinen Sinn haben würde, diesen Mann anzulügen, und er antwortete ruhig: »Ich jage einen Mörder. Einen, der in Melbourne zwei Kinder und eine Frau getötet hat.«

»Ein langer Weg«, stellte Te Kooti respektvoll fest. »Aber Sie sind kein Polizist!« Einen Moment lang glaubte er, den Mann dieser Frau in Melbourne und den Vater jener Kinder vor sich zu haben. Aber dafür brannte die Rache in seinen Augen wiederum nicht hell genug. »Sind Sie ein Detektiv?«

»Investigator«, entgegnete Gowers. »In Amerika sagen wir: Investigator. Ich ermittle im Auftrag der Eltern.« Das stimmte schon lange nicht mehr, und Gowers fühlte, dass sein Gegenüber es spürte.

»Was werden Sie mit dem Mörder tun?«, fragte Te Kooti und setzte damit als selbstverständlich voraus, dass der Amerikaner seinen Mann früher oder später finden würde.

»Ich werde ihn töten«, erwiderte Gowers spontan, aber ohne Hass, sondern mit der gleichen Selbstverständlichkeit, mit der auch Te Kooti sich zum Herrn über Leben und Tod machte. Es war dieser Punkt, in dem die beiden Männer einander als ebenbürtig erkannten.

»Tut mir leid, dass ich Ihre Pläne durchkreuzen muss, Mr. Gowers«, sagte Te Kooti aufrichtig. »Aber dieses Schiff fährt nicht mehr nach Otago.«

»Ich weiß«, erwiderte Gowers, trat jetzt ohne Angst und ohne von irgendjemandem daran gehindert zu werden an die Reling und sah zum regenverhangenen Ufer hinüber. Hinter dem grauen Kiesstrand erkannte man eben noch die an den feuchten Boden geduckten Hütten der Whakarau. Durchnässte Menschen, Männer, Frauen und Kinder eilten zwischen diesem trostlosen Lager und den unablässig pendelnden Booten hin und her, und durch das Gewimmel hindurch sah Gowers plötzlich ein anderes Lager, eine andere Ebene.

Die Gefangenen von Andersonville hatten keine Hütten gehabt. Manchmal kleine Bretterverschläge, bloße Kisten, in die man zumindest den Kopf stecken konnte. Auch ein Loch, mit bloßen Händen unter einem verrotteten Baumstumpf gegraben, war ein bereits hart umkämpfter Luxus gewesen. Drei, vier, fünf Männer teilten sich eine solche Behausung und bewahrten einander vor den gewaltsamen Übergriffen der anderen, der schwächeren Gefangenen, die unter dem schwülen, erbarmungslosen Himmel der Dougherty Plains in Georgia allmählich verhungerten.

Der Flint, in Andersonville noch ein träger, schlammiger Bach, überschwemmte regelmäßig die jämmerlichen Löcher der Gefangenen und war, von Menschenscheiße und Insektenlarven bedeckt, doch ihre einzige Trinkwasserquelle gewesen. Bis zu zweitausend Männer starben hier Monat für Monat an Fieber, Hunger und Entkräftung, und die Überlebenden schlugen sich um ihre dreckverkrusteten Kleider. Die Wachen der Konföderierten, abgestumpfte, geistlose Mörder, wagten sich auch bewaffnet nicht mehr in diese Hölle – aus Angst, die verzweifelten Gefangenen würden ihnen die Kehle durchbeißen.

Captain John Gowers hatte zu denen gehört, die die nackten Leichen einsammelten und an einem bestimmten Punkt der »Totenlinie«, dem niedrigen Zaun, von dem ab auf alles geschossen wurde, was sich bewegte, zu einem schaurigen Berg aufschichteten. Eine Insel im Südpazifik, so kalt und trostlos sie sein mochte, war dagegen ein Paradies. Aber das war es nicht, was ihm in diesem Moment durch den Kopf ging. Es war das sichere und sonderbar solidarische Wissen, dass die Flucht das natürliche Recht des Gefangenen, jedes Gefangenen, zu allen Zeiten und in allen Ländern ist; wer auch immer er ist und was auch immer er getan hat.

Gowers wandte sich deshalb zum Anführer des Gefangenenaufstands zurück, und der noch immer heftige Regen schlug ihm ins Gesicht, als er sagte: »Wenn dieser Wind anhält, werden Sie Schwierigkeiten haben, aus der Bucht zu kommen.«

Te Kooti, von dem gleichen Regen durchnässt, nickte langsam, erwiderte aber zuversichtlich: »Gott ist auf unserer Seite, Mr. Gowers!«

Etwas in dem fast hypnotischen Blick des ungewöhnlichen Maorikriegers sagte John Gowers, dass es nicht klug wäre, zu fragen, wie viele Generäle in wie vielen Kriegen diese Worte schon gesagt haben mochten.

112.

Das Delta des Mississippi führte die Kartografen des 19. Jahrhunderts an ihre Grenzen. Nicht nur hatte der Fluss etliche Millionen Jahre lang Sediment in den Golf von Mexiko geschoben, das zu Marschland und Mangrovenwäldern angewachsen war. Er hatte sein ursprüngliches Bett auch noch zwanzig, dreißig, vierzig Meilen nach Osten verlagert und dabei das größte Sumpfgebiet Nordamerikas, den Atchafalaya Swamp, hinterlassen; zweieinhalbtausend Quadratkilometer von Altarmen, Brackwasser, Schlickgras, Sumpfzypressen und Spanischem Moos, von Alligatoren, giftigen Reptilien, Moskitos und dem gelben Fieber.

Sumpf und Marsch aber waren in der Sprache der Kartografie nie besonders beliebte Begriffe, weil sie im geologischen Sinn etwas Unfertiges, zwischen den Aggregatzuständen »fest« und »flüssig« Wechselndes bezeichnen, kurz: etwas, das man nicht guten Gewissens mit klar umrissenen Grenzen auf einer Karte eintragen kann. Denn wo heute noch ein Fluss war, ein See, eine Bucht, mochte bis zum Erscheinen der Karte längst trockener Schlamm vor sich hin erodieren – und umgekehrt.

Die unbedarfteren Kartografen zeichneten an solchen Stellen ganz einfach Hunderte von Fantasieinselchen oder -wasserläufen, wie sie es noch im Zeitalter der Aufklärung mit ganzen Kontinenten getan hatten. Die nachdenklicheren aber sahen durch Dinge wie das Delta des Mississippi ihre gesamte Kunst ad absurdum geführt und rächten sich durch gestrichelte Linien und das verächtlich hingeworfene Wort »Schlammflächen«, als seien solche Regionen keine kartografische Mühe wert und gewissermaßen selbst daran schuld.

Die US-Regierung, naturgemäß daran interessiert, die Grenzen ihres Staatsgebietes so exakt wie möglich zu kennen, hatte in den späten 1840er- und frühen 1850er-Jahren verschiedene trostlose Vermessungsexpeditionen im Mündungsgebiet des Mississippi durchführen lassen, aber die dabei entstandenen Karten waren hinsichtlich einer auch nur kilometergenauen Orientierung schon nach Jahresfrist weitgehend Makulatur. Hochwasser, Hurrikans oder einfach die Kräfte von Ebbe und Flut, die mitunter bis nach Baton Rouge spürbar waren, schufen praktisch täglich, wöchentlich, monatlich neue Inseln, verschlangen alte und veränderten die zahllosen Wege, die die Kanus und Pirogen der Cajuns in diesem Chaos einschlagen konnten.

Trotz dieser permanenten Erneuerung war die wuchernde Landschaft, die üppige Vegetation doch seit Millionen von Jahren merkwürdig gleich geblieben, und die ersten Ichthyostegen, die in den Sumpfwäldern des Karbons beschlossen hatten, ihr Jagdglück auch an Land zu versuchen, hätten keine großartigen Veränderungen wahrgenommen, wenn sie ihr aussichtsreiches Experiment in der Mitte des 19. Jahrhunderts wiederholt hätten. Nur weil sie inzwischen zu Säugetieren, Primaten und Kartografen geworden waren, die sich ihre Futterplätze merken mussten, hatten sie auch die Angst, sich zu verlaufen, und den daraus resultierenden Wunsch nach Orientierung entwickelt.

Die beiden Männer in Bug und Heck des Kanus loteten fast ununterbrochen, während der dritte, ein bärtiger, urzeitlicher Riese, das zerbrechliche Gefährt im Zickzack durch einen trüben Wasserlauf westlich des Lake Laurier steuerte. An den Stellen, die eine mögliche Fahrrinne nach Nordwesten, in Richtung auf die kleine Hackberry Bay und den Little Lake, darstellten, bohrten die Männer lange hölzerne Stangen in den Schlammgrund der schmalen Durchlässe. In einer offenbar genau abgemessenen Höhe waren Fetzen von Stoff daran befestigt, die sich beim Ausstecken jedoch sämtlich unterhalb der Wasseroberfläche befanden.

Wortlos fuhren sie zwei, drei, fünf Meilen durch das weit ver-

zweigte Labyrinth kleiner Kanäle beinahe stehenden Brackwassers. Nur einmal knurrte der Ältere, ein weißhaariger, lederhäutiger Greis, auf Französisch: »Vipère!«, und deutete auf ein Knäuel verschlungener Wasserschlangen, die sich im Gerippe eines nur noch mit viel Fantasie erkennbaren, von weiß Gott woher angeschwemmten Eselkadavers häuslich eingerichtet hatten. Eine der Schlangen, anscheinend ein Wächter, schwamm mit eleganten Bewegungen, den Kopf eine Handbreit über der Wasseroberfläche, eine Weile hinter dem Boot her. Entsprechend unangenehm war es, die Arme immer wieder bis zu den Ellenbogen in das undurchsichtige braune Wasser zu tauchen, aber die Männer beendeten ihre Arbeit erst, als ihnen schmale Streifen trockenfallenden Marschlands und die hier und da auftauchenden Wurzelknie niedriger Mangrovengewächse anzeigten, dass die Ebbe eingesetzt hatte.

Wieder hatten sie nicht all ihre Stangen verbraucht und waren offenbar nicht so weit vorangekommen, wie sie wollten. Während der Riese zurückpaddelte, setzte der jüngere Mann eine blaue Brille ab und eine kurze Tonpfeife in Brand und versuchte, sich möglichst viel von der eintönigen Landschaft einzuprägen, falls die Flut einige ihrer Stangen wegreißen würde. Zufrieden stellte er fest, dass jetzt alle Markierungen zu sehen waren. Über dem Mangrovendickicht wurde irgendwann eine hohe, rechtwinklige Form sichtbar, die in dieser amphibischen Welt merkwürdig deplatziert wirkte – und deplatziert war noch der harmloseste Ausdruck für den kleinen Flussdampfer, der sich in diese tückischen Gewässer, halb Sumpf, halb Meer, gewagt hatte.

Im Süden, zwei Meilen entfernt, wo das Schwemmland so fest geworden war, dass die Mangroven zu einem mehrere Meter hohen Wald heranwachsen konnten, hörten sie die Brandung der Karibischen See leiser werden, als die Ebbe das Wasser in den Golf von Mexiko hinauszog, und der junge Mann dachte jetzt nur noch daran, dass er nun fast drei Stunden würde schlafen können. John Gowers hatte seit zwei Tagen nicht mehr geschlafen; seit die Deep South *oberhalb von Port Sulphur den eigentlichen Fluss verlassen hatte und in das riesige Mündungsgebiet eingedrungen war.*

Er wusste, dass er das offene Wasser der großen Buchten meiden musste, denn der Raddampfer, also eigentlich nur ein Floß mit Aufbauten, wäre in Seegang und Wind so hilflos wie eine Hutschachtel und würde bei der ersten Gelegenheit kentern. Immer wieder suchte er deshalb den Schutz niedriger kleiner Inseln und tastete sich an endlosen Schlammbänken entlang, ständig in der zweiten großen Gefahr: stecken zu bleiben und nicht mehr vor- und zurückzukönnen. Glücklicherweise war nur wenigen Leuten an Bord wirklich klar, welches Risiko ihr Lotse einging, gerade weil bisher alles glimpflich verlaufen war.

Klempnerarbeit, dachte er manchmal zynisch. Wenn man alles richtig macht, merkt es kein Mensch. Aber macht man nur einen einzigen Fehler, ist alles voller Scheiße!

John Lafflin weckte ihn eine halbe Stunde vor Einsetzen der Flut mit einem beinahe zärtlichen Griff an die Schulter, und nach einer Tasse starken Kaffees legte Mr. Phineas Dampf vor. Die Markierungen an den ausgesteckten Stangen waren jetzt nicht mehr zu sehen und der schmale Kanal wieder passierbar. Dennoch kam es dem Lotsen manchmal so vor, als würde er den weichen Schlick an den Hüften spüren, so eng ging es zu. Nur eine Stunde später hatten sie die ausgekundschaftete Strecke hinter sich, und das gleiche mühsame, gefährliche Spiel begann von Neuem. Die Stangen, von Jason und Gringoire im Kielwasser eingesammelt, wurden in zäher Handarbeit erneut ausgebracht, und nach einem weiteren Gezeitenwechsel hatten sie den Little Lake und den natürlichen Kanal zur Timbalier Bay erreicht.

Der Weg durch die weite Bucht war weniger schwierig, aber dafür umso gefährlicher. Die hier praktisch offene See, eine einzige größere Welle konnte sie jederzeit umwerfen und ersäufen, und John, so dicht wie möglich am ausgefransten Rand des amerikanischen Kontinents entlangkriechend, war froh, als sie am nächsten Morgen die Bay Sainte Elaine und die relative Sicherheit der Sumpfgewässer wieder erreicht hatten. Hier kannte er sich halbwegs aus, seit er drei Jahre zuvor unverzollte Waren nach Morgan City und den Atchafalaya River hinaufgeschmuggelt hatte.

Dieser Fluss, an der Westseite des großen Sumpfs, war sein Ziel. Er würde ihn nach Norden bringen, bei Simmesport in den Red River und von dort wieder auf den Mississippi; fünfzig Meilen oberhalb von Baton Rouge und allen Postenketten, die ihre Verfolger ausgestellt haben mochten.

113.

Es war einer der erfolgreichsten Gefangenenausbrüche aller Zeiten: Hundertdreiundsechzig Männer, vierundsechzig Frauen und einundsiebzig Kinder gingen schließlich an Bord der *Rifleman*. Sie nahmen deren gesamtes Frachtgut mit sich, dazu vierhundert Pfund Bargeld aus dem Safe der Garnison, einunddreißig Gewehre, fünf Revolver, an die zehntausend Schuss Munition, außerdem Äxte, Messer, verschiedene Werkzeuge, Eimer als Transportbehälter sowie eine gehörige Menge Wein und Tabak. Auch die Ladung Schweine, die die Ketch *Florence* gebracht hatte, wurde selbstverständlich von den Aufständischen übernommen. Dann durchschnitt man ihr Ankertau und ließ das kleine Schiff auf den Klippen zerschellen, um eine Verfolgung zu verhindern.

Nur vier der Maorigefangenen blieben auf eigenen Wunsch zurück, unter ihnen der alte Keke, der die weitere Inhaftierung auf Chatham der Fahrt auf einem von Te Kooti Arikirangi kommandierten Schiff vorzog und das auch jedem sagte, der es hören wollte. Te Warihi, der Onkel des Propheten und der Mann, der behauptet hatte, sie könnten keine Steine essen, war weniger klug.

Da der Kapitän der *Rifleman* sich kategorisch weigerte, das Schiff in die Poverty Bay, also zur neuseeländischen Nordinsel und zum Ziel der Ausbrecher zu bringen, wurde er an Land gesetzt, und Te Kooti selbst übernahm das Steuer. Die weißen Seeleute gehorchten notgedrungen seinen Befehlen, setzten die

Segel, und am Abend des vierten Juli machte das Schiff einen ersten Versuch gegen den heftigen westlichen Wind.

Captain Thomas und seine Konstabler, inzwischen befreit von einem der weißen Siedler, die die Geschehnisse aus sicherer Entfernung beobachtet hatten, sahen den Schoner in der Mündung des Hafens wenig durchdacht hin und her kreuzen. Sie hätten ihm mit den wenigen verbliebenen Waffen gern eine Salve hinterhergejagt, aber erstens wäre das auf diese Entfernung nicht mehr als ein symbolischer Akt gewesen, und zweitens hatten sie inzwischen Michael Hartnetts übel zugerichtete Leiche gefunden. Das Schiff war wesentlich besser bewaffnet als die Garnison, und die Whakarau zu reizen hätte sich, wenn es gelänge, womöglich als verhängnisvoll erwiesen. Man gratulierte sich lieber dazu, mit heiler Haut davongekommen zu sein. Der Rest war Sache der Regierung.

Am Sonntagmorgen war die *Rifleman* noch immer in der Bucht von Waitangi, kreuzte immer wieder, blieb auch den ganzen Tag in Sicht und gewann den stürmischen Gegenwinden ihren Weg nach Nordwesten nur Meter um Meter ab. Selbst in der Dämmerung waren ihre Segel gegen den dunklen Horizont der Petre Bay noch deutlich zu erkennen. Das Schiff rollte, schlingerte, stampfte zum Gotterbarmen in der rauen See, den unberechenbaren Wellen, die scheinbar von allen Seiten darauf einschlugen. An Deck herrschte ein infernalisches Gekotze, und die am Vortag so sehr düpierten Seeleute grinsten angesichts der sich überall zusammenkrümmenden wilden Maorikrieger und der Frauen, die ihre Zungen nun aus ganz anderen Gründen und wenig verführerisch herausstreckten. Gott machte es seinem auserwählten Volk und seinem Propheten nicht leicht!

Te Kooti hatte die weiße Crew im Verdacht, ihre Fahrt absichtlich zu sabotieren, und wollte die Männer schon unter Deck schicken. Es war John Gowers, der ihm klarmachte, dass dies so nahe an den westlichen Riffen am Ausgang der Petre Bay tödlich für das Schiff und die über dreihundert Menschen an Bord sein würde. Dann übernahm der Investigator das Ruder, brüllte die immer noch feixende Mannschaft in einer Lautstärke zusammen, die die *Roaring Forties* zeitweise übertönte, und steuerte die *Rifleman* um Somes Point herum endlich in die offene See.

Als das Land außer Sicht war, verloren die Whakarau praktisch jedes Gefühl dafür, wo sie sich befanden. Selbst Te Kooti und ein Dutzend anderer Männer, die Erfahrung in der Küstenschifffahrt hatten, hätten nicht einmal die Himmelsrichtung angeben können, in der sie sich bewegten, denn die Sonne zeigte sich nicht an dem rattengrauen Tag, der dem Sturm folgte, und die Nacht war ohne Sterne. Gowers, dem Wind und Strömung eine ungefähre Orientierung gaben, hatte das Ruder in der Hand behalten und einen Nordwestkurs gesteuert, ohne zu wissen, wohin die Fahrt eigentlich gehen sollte. Mehrfach hatte er an diesem dritten Morgen nach Ablösung verlangt, aber als Te Kooti endlich auf ihn zukam, sah er, dass der Anführer der Flüchtlinge in Verlegenheit war.

»Kann ich Sie sprechen, Mr. Gowers?«

»Gerne«, antwortete Gowers, gereizt durch Schlafmangel und Erschöpfung. »Aber irgendwer wird dieses Schiff steuern müssen, Sir!«

»Maat«, befahl Te Kooti, und John Payne, der Steuermannsmaat der *Rifleman*, übernahm das Ruder.

»Recht so, wie's geht«, sagte Gowers bestimmt, und Payne, der genau wie der Rest der Crew inzwischen gemerkt hatte, dass dieser sonderbare Passagier ein geübter Seemann war, antwortete ebenso selbstverständlich: »Aye, Sir!«

Unter Deck, in der Kapitänskajüte, die Te Kooti gemeinsam mit vier anderen Rädelsführern bewohnte, waren alle Seekarten ausgebreitet, die die Küsten Neuseelands zeigten, und der Prophet hatte den Punkt markiert, an den er gelangen wollte: Whareongaonga Beach, in der Poverty Bay, einen steinigen kleinen Strand, fast ganz eingeschlossen von zerklüfteten, bewaldeten

Hügeln, eine gut verborgene, sowohl von Land als auch von See her nur schwer einsehbare Fischerbucht.

»Können Sie uns zu dieser Stelle bringen, Mr. Gowers?«

Te Kooti hatte lange über den Mann nachgedacht, den Gott ihm gesandt hatte, um die Whakarau sicher über das Meer zu führen. Es wurde ihm offenbart, als Gowers im Sturm aus freien Stücken das Steuer übernommen hatte, und war immer klarer und klarer geworden, als er den Mann dort zwei Nächte und einen Tag lang stehen sah, ruhig und fest, wie verwachsen mit Schiff und Ruder, nichts verlangend als jemanden, der regelmäßig seine Pfeife stopfte und in Brand setzte. Das hatte, auf einen Wink ihres Mannes, Maata Te Owai getan, obwohl der beißende, schwere Rauch ihren geschwächten Eingeweiden nicht guttat. Schließlich war sie zu Füßen des unermüdlichen Steuermanns eingeschlafen und erwachte nur, wenn die Pfeife erloschen war und Gowers sie daraufhin jedes Mal leicht mit dem Fuß anstieß.

Der Prophet hatte überlegt, wie er den Amerikaner dazu bringen könnte, ihr Navigator zu sein. Er hatte an die vierhundert Pfund gedacht, die er ihm für seine Dienste anbieten könnte, Drohungen und Geschenke erwogen und endlich beschlossen, ihm seinen göttlichen Auftrag zu offenbaren. Aber ehe er auch nur eines dieser Dinge ansprechen konnte, sagte Gowers, nach einem kurzen Blick auf die Karten, schlicht: »Ja.«

Hatte Gott auch zu ihm gesprochen?

Nachdem er die Versetzung durch Seegang und Sturm überschlagen, den Schiffsort durch Koppeln halbwegs ermittelt und einen entsprechenden Kurs abgesetzt hatte, schlief Gowers einige Stunden lang, ehe er wieder das Deck betrat. Was Te Kooti den Whakarau in dieser Zeit über ihn gesagt hatte, wusste er nicht, aber er traf nun überall auf strahlende, freundliche Gesichter, und die Kinder folgten ihm lachend, wenn auch in schüchterner Entfernung, auf seinem Weg nach achtern.

»Sir«, flüsterte der Steuermannsmaat, als er Gowers mit den

üblichen knappen Ansagen über Kurs und Fahrt des Schiffes das Steuer übergeben hatte. »Wir haben uns was überlegt, ich und die anderen.«

»Ja?«, fragte der Investigator.

»Wir haben uns überlegt – Buuh!« Payne verscheuchte mit einer freundlichen Grimasse eines der Kinder, ein kleines Mädchen, das nahe genug herangekommen war, um womöglich zu verstehen, was er sagte.

»Diese Affen haben doch keine Ahnung, wohin wir fahren«, fuhr er fort. »Ich meine, wohin wir *tatsächlich* fahren. Wir könnten es so einrichten, dass wir Palliser Bay bei Nacht passieren und das Schiff bei Baring Head auf den Strand setzen, ehe die überhaupt mitkriegen, was vorgeht. Mit ein bisschen Glück sind wir alle von Bord, bevor sie uns schnappen, und dann sollen sie mal sehen, wie sie da wieder wegkommen. Die Regierung braucht sie dann nur noch einzusammeln!«

Das war ein guter Plan, um die Ausbrecher hinters Licht zu führen, und wenn die Sonne weiter hinter den niedrigen dichten Wolken versteckt bliebe, würde vielleicht wirklich niemand bemerken, dass die *Rifleman* nach Westen und auf Wellington zuhielt. Aber das kleine Mädchen, das kreischend vor dem Maat geflohen war, hatte sich inzwischen wieder umgedreht und lachte Gowers mit leuchtenden Augen ins Gesicht, während die übrigen Kinder ihn mit offenen Mündern anstarrten wie ein Meereswunder.

»Recht so, wie's geht, Mr. Payne«, erwiderte der Investigator trocken, und der Maat ging nach vorn, durchpflügte achselzuckend das Kindergewühl, um der Crew mitzuteilen, dass Gowers seinen Kurs halten würde.

114.

Sie waren in die Flaute geraten, die dem Sturm und seinem Nachkommen, einem degenerierten Westwind, folgte. Die Sonne zeigte sich endlich wieder, wenn auch nur als ein trüber Fleck, eine Nuance heller als der graue Himmel. Die Frauen nutzten die Stille und Reglosigkeit der See unter ihren Füßen, um ihre Kleider, ihre Kinder und schließlich sich selbst zu waschen. Sie sangen, und alle freuten sich darauf, ihre Heimat nun bald wiederzusehen.

Gowers wusste nicht, dass der Prophet genau das seit ihrer gelungenen Flucht befürchtet hatte: Innehalten, Nachdenken, individuelle Zukunftspläne. Die Whakarau waren keine homogene Gruppe im Sinne einer Familie, eines Clans, eines Stammes. Die dreihundert Menschen gehörten den unterschiedlichsten Völkern und Stämmen der Nordinsel an, und nur zwei Dinge hatten sie bisher zu einer Gemeinschaft gemacht – die Gefangenschaft und das Ringatu.

Te Kooti musste befürchten, dass seine Anhänger auf Aotearoa auseinanderlaufen würden, so groß ihr Respekt vor dem Propheten und seinen Visionen auch sein mochte. Sicher, sie hatten ihm und ihrer neuen Religion Treue geschworen, aber schloss diese Treue ein, dass sie bei ihm bleiben würden, wenn sie die Chance bekamen, in ihre alten Dörfer zurückzukehren?

Er war ein vorausschauender Mann. Seine Macht beruhte auf seinem Einfluss auf Glauben und Denken dieser Menschen. Gingen die Menschen fort, waren sie seinem Einfluss nicht länger ausgesetzt, war auch seine Macht dahin. Aber nicht derlei persönliche Eitelkeiten beschäftigten ihn. Auch ihrer aller Sicherheit hing wesentlich davon ab, dass sie zusammenblieben. Ginge jeder wieder zu seinem Stamm, in sein Gebiet, seine alte Hütte, würde die Regierung der Pakeha sie rasch und leicht wieder einfangen können.

Ein anderes Problem war, dass die Whakarau als sozusagen auf Chatham entstandene Gruppe logischerweise kein eigenes Stammesgebiet auf Aotearoa besaßen. Nur in ihrer relativ großen Zahl lag die Chance, sich irgendwann vielleicht eines zu erobern. Er musste sie zusammenhalten, er musste sie zusammenschweißen. Und was Menschen nach verwandtschaftlichen Beziehungen, einer gemeinsamen Kultur, einem gemeinsamen Glauben am stärksten zusammenschweißt, ist ein gemeinsam begangenes Verbrechen.

Eingesperrt auf der fernen Insel, zusammengepfercht im Lager waren die Offenbarungen des Propheten nicht nur das Band zwischen ihnen gewesen, sondern auch die Richtschnur, an der sie ihr Handeln orientierten. Te Kooti hatte recht behalten, seine Vorhersagen waren eingetroffen, er war offensichtlich gesegnet. Niemand bezweifelte deshalb seine Worte, als er am Nachmittag dieses stillen Tages verkündete, er habe eine neue Botschaft, einen neuen Befehl erhalten. Gott verlange ein Opfer von ihnen, sonst würde kein Wind mehr wehen und das Schiff den Strand von Whareongaonga niemals erreichen. Zwar empfand niemand einen halben Tag Windstille als sonderlich dramatisch, zumal die Leute mit den besten Augen von der Mastspitze aus das Land bereits sehen konnten. Aber wenn andererseits dies ihr Schicksal wäre: in ewiger Reglosigkeit so kurz vor dem ersehnten Ziel dahinzutreiben, ohne es je zu erreichen, wie der Prophet sagte und sie ihm glaubten, war eben ein Opfer nötig.

Te Kooti ließ zunächst ihr *Taonga* einsammeln, ihre wertvollsten Besitztümer. Talismane, Amulette, meist aus Jade und uralt, seit Generationen von den Vätern an die Söhne weitergegebene Erbstücke ihrer Familien, Symbole ihres Whakapapa, die sie an ihre Vergangenheit und ihre Vergangenheit an sie banden. Viele dieser Männer hätten sich noch vor zwei Jahren lieber das Herz herausreißen lassen, als diese abgegriffenen grünen Steine herzugeben. Warum sie es jetzt widerstandslos taten, würde eine psychologische Untersuchung über Gruppe und Individuum, Suggestion und Gehorsam vielleicht erklären können. Die Enge des Schiffs, ihr gemeinsames Schicksal, Te Kootis konkrete Macht, die auf den Waffen beruhte, die nur an seine engsten Gefolgsleute verteilt worden waren, und schließlich ihr unbegrenztes Vertrauen in sein Tapu, seine Auserwähltheit vor Gott, sowie die Schnelligkeit, mit der er handelte, spielten dabei die größte Rolle.

Als die Taonga in einer einfachen Decke gesammelt waren, warf der Prophet sie ohne ein weiteres Wort oder Zögern ins Meer. Sie hatten nun keine Familie, keinen Stamm mehr, aber anstatt zu begreifen, was sie getan hatten, sahen die Whakarau nach oben und waren ernsthaft erstaunt, dass der Atem Gottes auf sich warten ließ und noch immer kein Wind wehte. Te Kooti aber verhüllte sein Haupt und sagte leise, dass eingetreten sei, was er befürchtet habe: dass ihr Opfer noch nicht genüge. Auf seinen Befehl hin wurde der Zweifler Te Warihi mit gebundenen Händen vor ihn gebracht.

Wieder ging alles schneller, als die Menschen begreifen konnten. Kaum hatte der Prophet die Worte »Blut von meinem Blut, Herr!« in den Himmel gerufen, kaum noch hatte der alte Mann Zeit gehabt zu erwidern, dass er Gott nie untreu geworden sei und sein Tod nur der Rachsucht eines unverbesserlichen Lügners geschuldet – da stand er schon nicht mehr unter ihnen. Mit harten, schnellen Griffen hatten Maaka Ritai, Te Kootis auserwählter Henker, und einige andere Männer seiner Leibwache Te Warihi über Bord geworfen, und selbst die wenigen Whakarau, die nicht wie versteinert zugeschaut hatten und an die Reling stürzten, sahen nichts mehr von ihm als einen Wirbel kleiner Luftblasen, die an der Wasseroberfläche zerplatzten.

»Der Wind wird zurückkommen!«, sagte der Prophet laut und beendete mit diesen düsteren Worten das Schauspiel, das vor allem durch seine grausige Schnelligkeit allen tief in die Knochen gefahren war, wo sie es seiner Unumkehrbarkeit wegen noch bis an ihr Lebensende spürten.

John Gowers stand an Deck der *Rifleman*, als all das geschah. Aber da er die Sprache der Maori nicht verstand, wusste er auch nicht, was vorging. Er hielt es für eine Art Gottesdienst, und das Versenken der grünen Steine bestätigte ihn in dieser Ansicht. Derlei religiöser Unsinn interessierte ihn nicht. Den Mord an dem alten Mann hatte er nicht gesehen, weil er im gleichen Moment mit dem nautischen Besteck und dem fernen Küstenstreifen vor Augen versuchte, die genaue Position des Schiffs zu bestimmen. Als das entsetzte Schweigen der dreihundert Menschen das unverständliche Stimmengewirr ganz plötzlich beendete, wanderte sein Blick instinktiv nach mittschiffs, wo die Menge jetzt wie erstarrt stand. Aber da Te Warihi untergegangen war wie ein Stein, wusste Gowers nicht, was die Ausbrecher so in den Bann geschlagen hatte.

Erst das sonderbare Verhalten der weißen Crew zeigte ihm, dass etwas Gravierendes vorgefallen sein musste. Die Seeleute genossen auf Te Kootis ausdrücklichen Befehl hin eine bevorzugte Behandlung. Sie bekamen besser und stets als Erste zu essen, außerdem ein Glas Porter zu jeder Mahlzeit und das Doppelte ihrer Heuer, unglaubliche sechs Pfund pro Mann waren ihnen für ihre Dienste in Aussicht gestellt worden. Jetzt drängten sie sich verängstigt am Fockmast zusammen, weil sie glaubten, ihr letztes Stündlein habe geschlagen. Wenn diese Leute einen der ihren über Bord warfen wie ein Fass mit verdorbenem Zwieback, was würde dann erst mit ihnen geschehen?

Gowers legte den Sextanten weg und kam dazu, als Te Kooti ruhig und eindringlich mit den Seeleuten sprach. Er verstand noch immer nicht, warum dabei plötzlich von Jonah die Rede war. Dieser sonderbare Maoriführer schien die Bibel auswendig zu kennen: »Kommt, wir wollen losen, dass wir erfahren, um wessentwillen es uns so übel ergeht. Und als sie losten, traf's Jonah.«

Natürlich wusste Gowers um den alten Aberglauben der Seefahrer aller Zeiten; dass bisweilen ein einziger Schuldiger für all die unverständlichen Gefahren und unerwarteten Schwierigkeiten, auf die ein Schiff nun einmal treffen konnte, verantwortlich gemacht und getötet wurde. Aber erst bei diesem Zitat wurde ihm klar, dass dieser Unsinn im Grunde vorbiblisch war, ein heidnisches Opferritual, das die christliche Seefahrt lediglich übernommen hatte. Wieso jedoch in diesem Augenblick die Rede davon war, ahnte er noch immer nicht. Sollte jemand über Bord geworfen werden? Aber wer? Und warum?

Erst als Te Kooti unter Deck verschwunden war, erfuhr er von dem zu Tode erschrockenen Matrosen John Martin, dass das Ungeheuerliche bereits geschehen war und einen der Maori getroffen hatte. Der Investigator brauchte eine Weile, um seinen Abscheu zu unterdrücken, aber als ihn einer der Seeleute irgendwann nach dem genauen Kurs fragte, begab er sich wortlos unter Deck. Anstatt anzuklopfen, trat er mit der Stiefelspitze gegen die Tür der Kapitänskajüte und wartete auch nicht darauf, dass er hereingerufen würde, sondern stieß sie kurzerhand auf. Te Kooti lag schweißgebadet und vor Erschöpfung zitternd auf seiner Koje, und dieser Anblick nahm Gowers' Zorn ein wenig von seiner Schärfe.

»Ich arbeite nicht mehr für Sie«, sagte er dennoch, wandte sich abrupt wieder um und wollte hinausgehen.

»Mr. Gowers«, antwortete erschreckend leise der Prophet. »Glauben Sie an Gott?«

»Nein«, sagte Gowers hart, blieb dabei aber widerwillig stehen und drehte dem Mann schweigend den Rücken zu.

»Ich war lange wie Sie, Mr. Gowers«, fuhr Te Kooti nach einer Weile fort. Seine Stimme schwankte jetzt zwischen Schwäche und Milde. »Selbstbewusst, stark und allein unter einem leeren Himmel. Aber dann hat sich etwas in mir verändert. Mir werden Dinge offenbart, die ich nicht immer verstehe und die ich nicht immer will.«

»Sie haben eben einen Menschen ermordet!« Noch immer von Verachtung erfüllt, drehte sich Gowers zu dem selbst ernannten Propheten um.

»Getötet, Mr. Gowers, getötet.« Te Kooti betonte diesen wesentlichen Unterschied, erhob sich auf den Ellenbogen und warf dem Investigator einen durchdringenden Blick zu. »Haben Sie nicht genau dasselbe im Sinn?!«

»Das Gleiche, Sir, das Gleiche«, erwiderte nun Gowers, fragte sich aber in diesem Moment, ob der Unterschied wirklich so groß war, und fügte schließlich mehr für sich selbst hinzu: »Ich bestrafe einen Mörder.«

Te Kooti sank auf sein Lager zurück.

»Nun, vielleicht habe auch ich das getan: einen Schuldigen bestraft. Ich weiß es nicht, Mr. Gowers. Gott weiß es!« Er seufzte tief und sagte dann: »Der Mann war mein Onkel, Mr. Gowers. Ein Bruder meines Vaters. Blut von meinem Blut!« Aus den Augenwinkeln sah der Prophet, dass er die Selbstgewissheit des Investigators ein wenig erschüttert hatte.

Gowers wusste natürlich nicht, dass der Zweifler Te Warihi der natürliche Feind jedes Propheten gewesen wäre, und ihm fiel in diesem Zusammenhang auch nicht die Binsenweisheit ein, die jeder Ermittler kannte: dass Morde in nahezu zwei Dritteln aller Fälle Beziehungstaten sind. Stattdessen ging er nach oben und gab die nötigen Ruderbefehle für den Kurs auf Whareongaonga.

115.

John Lafflin war praktisch in diesen Sümpfen aufgewachsen. Sein Bruder Pierre, acht Jahre älter, hatte ihn nach Amerika gebracht, nachdem ihre Eltern in den Sklavenaufständen von 1791 in Port-au-Prince getötet worden waren. Noch immer hörte er in seinen schlechteren Träumen den Kriegsschrei der Aufständischen: »Toyé blan, toyé blan!«*, *und bis weit in seine Mannesjahre hinein hatte er die*

* Tötet den Weißen!

Schwarzen für die blutigen Schrecken gehasst, in denen seine Kindheit untergegangen war.

Obwohl die Brüder Laffitte gern von sich behaupteten, der kreolischen Oberschicht von Hispaniola, Saint Domingue oder Santo Domingo – wie Haiti in seiner wechselvollen Geschichte genannt wurde – zu entstammen, war ihr Vater lediglich ein wohlhabender Kaufmann gewesen. Sie hatten nicht nur ein gewisses Startkapital, sondern auch die entsprechenden Talente von ihm geerbt und machten in den Wirren der zahllosen Kriege, die die Insel zwischen Spaniern, Franzosen, Engländern und diversen Sklavenkönigen hin und her warfen, gute Geschäfte mit allen Beteiligten. Ihre Rückzugsbasis war dabei die Gegend um New Orleans, waren die amerikanischen Cajuns und Kreolen, bei denen sie sich wechselweise als das eine oder das andere ausgaben.

Die Karibik jener Jahre war das El Dorado der Entwurzelten, und als kühne Männer, die eine solide Staatlichkeit nie kennengelernt hatten, brachen die Laffittes ohne schlechtes Gewissen alle Gesetze und machten ein Vermögen mit Schmuggelwaren und dem Handel mit allem und jedem. Lafflin schauderte bisweilen, wenn er an die Dinge dachte, die er getan hatte. Es war in einem brodelnden Kessel zerrissener Gesellschaften und Völker, gärender Nationen, ausgehöhlter Kolonien und ihrer völlig korrupten Mutterländer geschehen, sagte er sich dann. Aber er wusste, dass das nicht die ganze Wahrheit war.

Die zerfressenen Kolonialinstitutionen der untergegangenen Königreiche Frankreich und Spanien hatten seiner Abenteuerlust und seiner räuberischen Geschicklichkeit lediglich den nötigen Raum zur Entfaltung gegeben. Er hatte gestohlen, betrogen, übervorteilt und mit Menschen gehandelt, nicht weil es unumgänglich, sondern weil es möglich gewesen war. Gewiss, er war nie grausam gewesen – aber eben nur in dem Sinne, in dem auch ein Raubtier nicht grausam ist, wenn es seine Beute zerreißt.

Die Frage, warum er ein Raubtier war und ob er eines sein musste, hatte ihn schon früh beschäftigt, zur Philosophie Rousseaus und schließlich zu den Schriften Claude Henry de Rouvroys, des Grafen von Saint-Simon, geführt. Die Zukunft der zivilisierten Völker hatte er daraufhin in den aufstrebenden Industrien Nordamerikas gesehen, und erst als sich deren kapitalistisches Grundprinzip als ebenso menschenverachtend, seine Repräsentanten als ebenso sinnlos machtgierig erwiesen wie die französische oder spanische Aristokratie – allerdings ohne deren adlige Generosität zu besitzen –, hatte John Lafflin sich dem Sozialismus zugewandt.

Seine Arbeit für die nicht ideelle, sondern durch und durch praktische Sklavenbefreiung betrachtete er als Wiedergutmachung sowohl seiner Untaten als auch seiner Irrtümer. Schon Anfang der 1840er-Jahre besuchte er abolitionistische Veranstaltungen, spendete, agitierte sogar ein wenig, aber erst als er in der Hütte seines alten Kampfgenossen Gringoire die ungewöhnliche junge Frau kennenlernte, hatte er das handfeste Ziel gefunden, das sein Leben und sein Denken in Einklang brachte.

Er bewunderte Deborah vorbehaltlos, ja fast ein wenig schwärmerisch. Eine entlaufene Sklavin, die den Mut besaß, in die feindliche Welt der Sklavenhalterstaaten zurückzukehren, um auch anderen Menschen ein Leben in Freiheit zu ermöglichen, war in seinen Augen eine mythische Gestalt. Moses war ein noch viel zu unbedeutender Name für eine solche Frau, denn Moses hatte Gott auf seiner Seite gehabt – und Gott war inzwischen tot. Deborah handelte aus eigenem Antrieb, aber nicht zum eigenen Nutzen und war damit der autonome, moderne Mensch, der Lafflin und seinen bevorzugten Philosophen als Ideal vorschwebte.

Vielleicht fiel es ihm gerade deswegen so schwer, die junge Frau auch als wirklichen, normalen Menschen zu betrachten. Wer war sie? Was wollte sie?, fragte er sich, als er die schwärmerische Phase ihrer Zusammenarbeit schon nach der zweiten oder dritten gemeinsamen Befreiungsaktion hinter sich gelassen hatte. Er kannte nur wenig von ihrer Geschichte. Sie hatte selten davon geredet, nur auf Nachfrage, und das Thema jedes Mal schnell wieder fallen lassen. Lafflin drängte sie nicht. Was sie tat, was sie gemeinsam taten, war ihm zu wichtig, um es in einer auch persönlichen Beziehung zu zerfragen.

Dennoch stimmte es ihn seltsam glücklich, als Deborah ihn an ihrem dritten Abend im Delta schüchtern fragte, wer eigentlich der junge Mann war, der ihr Schiff durch die tückischen Sumpfgewässer steuerte. Woher kannte er ihn? Warum half er ihnen? Wo war seine Familie? Deborah war nicht sehr geübt in der uralten Kunst der Verliebten: Antworten zu erhalten, ohne Fragen zu stellen, und verstand sich auch nicht auf langwierige Plaudereien mit gespitzten Ohren. Also ging sie die Sache so direkt an, wie es gerade noch möglich war, ohne ihr Gesicht zu verlieren. Schon bei der Frage nach John Gowers' Familie kam sie sich allerdings albern und unehrlich vor, weil sie ja bereits wusste, dass er eine Waise war. Verstand der alte Mann, was sie wissen wollte? Und war die Frage trotzdem harmlos genug, um ihre Absichten dahinter zu verbergen?

John Lafflin verstand beides, behielt aber sein Lächeln für sich, um es ihr leichter zu machen, weitere Fragen zu stellen. Als er geantwortet hatte, dass er von einer Familie nichts wisse, dass John Gowers als Lotse eine Koryphäe und für diese Fahrt von ihm angeheuert worden sei, wechselte Deborah jedoch bereits wieder das Thema.

In dieser Nacht dachte der alte Mann lange darüber nach, was er wirklich über John Gowers wusste, von seinen Ansichten, seiner Vorstellung vom Leben. Er sah wieder das vertrauliche Lächeln, mit dem die Huren in jenem Etablissement in New Orleans seinen Lotsen begrüßt hatten, und auch Dorothy Simpson fiel ihm ein. Deborah war ihm zu wichtig, als dass er einfach vergessen konnte, dass Gowers die junge Dame geküsst hatte, heftig, entschlossen geküsst. Und nur ein einziger Umstand veranlasste ihn, zu tun, was er am nächsten Morgen tat. Denn auch John Gowers hatte ihn gefragt, schüchtern, vorsichtig, wer Deborah war. Woher er sie kenne. Wo ihre Familie sei.

116.

Als der Morgen noch grau war, weckte John Lafflin Deborah unter einem Vorwand und nahm sie mit in die Kombüse, wo er dann hingebungsvoll versuchte, den besten Kaffee seines Lebens zu kochen. Dabei redete er in einem fort, beglückwünschte sie dazu, so viele Menschen auf einen Schlag befreit zu haben, fragte hier eine Kleinigkeit, erläuterte dort einen Zusammenhang, sprach von seiner Festnahme und Entlassung und wie er ihrem Lotsen beinahe die Kohlenschaufel über den Kopf geschlagen hatte. Ach übrigens, er sei hier unten noch eine Weile beschäftigt. Ob sie so freundlich sein könne, John Gowers eine Kanne Kaffee ins Steuerhaus zu bringen?

Sie befanden sich in den nordwestlichen Ausläufern des Pelican Lake, und Hunderte der riesigen Vögel erwachten mit heiserem Schnarren, als die Sonne über der Bay Blanc aufging. John hatte eine erste Runde an Deck schon hinter sich, die Flutmarkierungen kontrolliert und festgestellt, dass noch etwa eine Stunde vergehen musste, ehe sie einen Versuch machen konnten. Er weckte Mr. Phineas, damit er im Kesselraum die nötigen Vorbereitungen treffen konnte, und ging dann wieder ins »Texas«, um seinerseits auf dem Posten zu sein.

Er liebte diese Stunde, eigentlich nur diese Minuten, in denen das triste kleine Steuerhaus als höchster Teil des Schiffs die ersten Sonnenstrahlen einfing und plötzlich ein frisches, warmes Licht durch den Raum flutete und alles so neu aussah, als hätte es nie einen vergangenen Tag gegeben. Er suchte eben den Himmel ab, um Anzeichen für das Wetter zu entdecken, das vor ihm lag, als er Schritte hörte. Stirnrunzelnd schaute er zur Tür, denn es waren nicht Lafflins Schritte, die er, bedächtig, sicher, aber auch ein wenig langsam, inzwischen von denen der anderen unterscheiden konnte. Dieser Schritt war leichter, ein Frauenschritt, und als Deborah in der Tür auftauchte, lächelte er, gleichermaßen überrascht und erfreut.

»Ich bringe Ihnen heute den Kaffee«, sagte sie ohne einen Gruß. »Der Kapitän hat noch zu tun.«

»Guten Morgen«, sagte er, als hätte er den kleinen Raum nie so hell gesehen, und für einen kurzen Moment erwiderte sie sein Lächeln.

»Guten Morgen!« Sie stellte die Kanne auf das schmale Kartenpult und wartete, bis er sich eine Tasse eingeschenkt hatte. Es ist schön hier, dachte sie, als sie die Wärme der Sonne in ihrem Gesicht fühlte, und überlegte, ob sie das sagen sollte. Dann ließ sie es bleiben und wandte sich um.

John, der noch ganz ihre unerwartete Anwesenheit genoss, fragte sich, was er tun oder sagen konnte, damit sie noch bliebe, aber sein Kopf war plötzlich völlig leer, und ein eigenartiges Gefühl rund um den Solarplexus raubte ihm fast den Atem. Erst als sie schon wieder in der Tür stand, fragte er verzweifelt: »Möchten Sie auch einen Schluck?« O Gott, er hatte diese verdammte Tasse seit Beginn der Reise nie ausgespült!

»Ja«, sagte sie, bereute es aber sofort, weil sie keinen Kaffee mochte. »Gerne«, fügte sie noch hinzu. Er reichte ihr die Tasse, als sie wieder neben ihn trat, und in Erwartung eines fürchterlichen Geschmackserlebnisses biss sie kurz auf die Lippen.

»Ich habe leider nur eine Tasse«, sagte er. Ich hätte sie vielleicht mal ausspülen sollen, dachte er nur, als sie ein wenig den Mund verzog.

»Das macht nichts«, sagte sie, schluckte tapfer und war froh, dass er anscheinend endlich ein anderes Thema gefunden hatte.

»Die Flut kommt«, sagte er.

»Woran sehen Sie das?«, fragte sie.

»Jaaaa«, antwortete er gedehnt. Die Flut kommt seit einigen Jahren immer recht zuverlässig nach jeder Ebbe. Sagte er nicht. Stattdessen deutete er auf den endlosen Horizont im Osten.

»Sehen Sie die Stelle, wo die Wasserlinie fast silbern ist?« Er brachte seinen ausgestreckten Arm so dicht vor ihr Gesicht, als sei das Phänomen nur an einem ganz bestimmten Punkt zu beobachten. Ihre Haare berührten sich und – glaubten sie jedenfalls – auch ihre Ohren ein wenig.

»Die Fläche davor ist viel dunkler. Das bedeutet, dass das Wasser steigt.«

Lügner, dachte er, völliger Schwachsinn!

Konnte es sein, dass ihr Kopf so warm war? Oder war es die Sonne?

»Ja«, entgegnete sie und sah nur, wie einige Dutzend Pelikane plötzlich ihre drei Meter langen Flügel ausbreiteten und aufflogen. Für einen Moment sah es so aus, als habe sich die Horizontlinie selbst aufgehoben. »Es ist schön hier«, sagte sie nun doch, als die Pause zu lang wurde.

»Ja.« John nahm den Arm herunter und rückte wieder ein Stückchen ab, weil er nicht mehr wusste, wie er so viel Nähe rechtfertigen sollte. »Und Ihr Kaffee ist viel besser als das Zeug, das der Kapitän macht!«

»Danke.« Deborah lächelte und sagte nicht, dachte nicht einmal daran, dass sie in ihrem ganzen Leben noch keinen Kaffee gekocht hatte. »Werden wir heute den Fluss erreichen?«, fragte sie lediglich, um weiteren Bemerkungen über das unangenehme Getränk vorzubeugen, dessen Wirkung sie in Magen und Kniekehlen fühlte. Oder war es etwas anderes?

»Nein«, antwortete John. »Aber mit etwas Glück werden wir heute bis in die Fourleague Bay kommen. Dann ist zumindest dieses Herumkriechen im Sumpf vorbei.« Er sagte nicht, dass er sich vor der Fahrt entlang der Küste fürchtete. Verwundert stellte er jedoch fest, dass sie seine Gefühle zu spüren schien.

»Und ist das gut oder schlecht?«, fragte sie.

John überlegte, ob er sie anlügen sollte, wie er es bei besorgten Passagieren schon häufig getan hatte, aber noch während er darüber nachdachte, sagte er bereits: »Das ist gut, aber auch sehr gefährlich. Wir haben zu wenig Tiefgang. Auf dem Fluss und in seichten Gewässern ist das natürlich ein Vorteil, aber Wind und Wellen im offenen Wasser könnten uns leicht umwerfen.«

»Warum?«

»Zu wenig Tiefgang, wie gesagt. Und im Verhältnis zur geringen Breite sehr hohe Aufbauten. Der Wind hat viel Angriffsfläche.« Er versuchte, mit den Händen zu demonstrieren, was er meinte, indem

er mit drei Fingern der rechten einen schmalen Schiffsrumpf und mit der Handfläche der linken die Aufbauten skizzierte und das Ganze umschlagen ließ.

Deborah überlegte nur kurz. »Können wir uns schwerer machen?«, fragte sie dann. »Oder breiter? Oder die Wände wegnehmen und den Wind durch das Schiff durchwehen lassen?«

John stutzte. Das waren gute Ideen. Er wollte es gerade sagen, als die Maschinenglocke anschlug.

»Was bedeutet das?«, fragte Deborah, als sie beinahe schlagartig die Spannung fühlte, in die das Geräusch Körper und Geist des jungen Mannes versetzte.

»Der Kessel steht unter Dampf«, sagte er. »Wir können losfahren. Ich werde Jason und Gringoire wecken.«

»Das kann ich machen«, antwortete sie resolut und verließ das Steuerhaus, ehe er protestieren konnte.

Jason! John Gowers hätte sich am liebsten die Faust an die Stirn geschlagen. Wieso hatte er bloß diesen Namen erwähnt? Und warum hatte sie so schnell darauf reagiert? Missmutig hob er die Tasse und beruhigte sich erst wieder, als er sie drehte und mit seinem Mund die Stelle berührte, an der ihre Lippen gewesen waren.

117.

Sie waren ein wenig zu weit nach Norden geraten und erkannten am späten Nachmittag, dass der schmale dunkle Streifen, den sie für die Küstenlinie gehalten hatten, in Wirklichkeit die Raukumara Range war, mit dem Hikurangi, dem heiligen Berg der Ngati Porou, als ihrem höchsten Gipfel. Diejenigen unter ihnen, die zu den Ngati Porou gehört hatten, konnten nicht verhindern, dass ihnen bei diesem Anblick die Tränen kamen, und die übrigen Whakarau umarmten ihre vom Heimweh übermannten Fluchtgenossen und weinten vor Freude. Sie waren zu Hause!

Die Poverty Bay zu erreichen war relativ einfach, als im Laufe der Nacht wieder Wind einsetzte, aber die steinige kleine Whareongaonga-Bucht anzusteuern, mitten in der von keinem Stern erhellten Finsternis, war eine Meisterleistung ihres Navigators, die sich auch Te Kooti nicht anders erklären konnte als durch die Gnade Gottes. Warum hatte Gott ihm diesen Mann geschickt?, fragte er sich wieder und wusste, dass er ihn nicht gehen lassen konnte, ohne eine Antwort auf seine Frage zu bekommen.

In dieser Nacht konnte niemand schlafen, und als Gowers die *Rifleman* gegenüber einer Landungsstelle, die nur er sehen konnte, vor Anker gelegt hatte, warteten sie ungeduldig auf den Aufgang der Sonne, die ihnen das Gelobte Land zeigen würde. Als sich dann Mount Moriah und die anderen steilen Hügel aus der Dunkelheit schälten, war die Bewunderung für den Propheten und seinen Navigator grenzenlos. Mit dem Beiboot der *Rifleman* ging eine erste Gruppe an Land, um in dem kleinen, halb zerstörten Fischerdörfchen Whareongaonga die Kanus zu requirieren, die sie zum Entladen des Schiffs brauchen würden.

Te Kooti gab den Befehl, dass niemand essen, trinken oder rauchen dürfe, bevor nicht der letzte Nagel ihrer Ausrüstung auf Aotearoa sei. Das dauerte bis weit in den Abend hinein und führte insofern zu einem Eklat, als John Gowers sich nicht an diesen Befehl hielt und bald mit einer entzündeten Pfeife und einem Buch auf den Knien am Besanmast saß. Als der erboste Prophet ihn zur Rede stellte und den Befehl wiederholte, den er seinen Leuten gegeben hatte, erwiderte der Investigator trocken: »Ich gehöre nicht zu Ihren Leuten, Sir.«

Das brachte Te Kooti offensichtlich auf einen Gedanken, und er fragte moderater: »Warum eigentlich nicht?«

Gowers musste nicht lange überlegen.

»Weil ich gern selbst entscheide, wann ich rauche und wann nicht.«

Das war für den Propheten nicht hinnehmbar, zumal viele der Whakarau die schlagfertige Antwort gehört hatten, und er befahl seinem Henker, Maaka Ritai, dem Amerikaner die Pfeife und das Buch wegzunehmen. Ein halbes Dutzend Gewehrläufe richtete sich auf den Mann, der sie über das Meer gebracht hatte, und Sekunden später flog seine Pfeife über Bord. Das Buch ließ Te Kooti sich bringen.

»Sie wissen«, sagte er, »dass alle von Menschen geschriebenen Bücher nur menschliche Irrtümer verbreiten, Mr. Gowers?!« Er hatte diese Worte, die ihm in einer seiner ersten Visionen offenbart worden waren, unter seinen Anhängern früh zum Gesetz gemacht, hatte konsequenterweise sogar die Bibel verworfen und seine eigene Autorität als »Gottes Mund« an ihre Stelle gesetzt.

»Ich bin Amerikaner, Sir. Ich ziehe menschliche Irrtümer unmenschlichen Wahrheiten vor«, sagte Gowers, der noch immer auf dem Boden saß und noch immer in herausfordernd lässiger Weise am Mast lehnte.

Te Kooti wollte auch Byrons *Cain* ins Meer werfen, aber dann las er die ersten Verse: »Ewiger Gott! Unendlicher! Allwissender! Der du aus dem Dunkel und der Tiefe mit einem Wort das Licht erschaffen hast …«

Er schlug das Buch zu, behielt es aber in der Hand und sah prüfend den Mann an, der so fest und selbstverständlich von sich behauptet hatte, nicht an Gott zu glauben. Warum war dieser Mann hier? Was sollte er mit ihm und seiner Insubordination tun? Er brauchte Zeit, um das herauszufinden, und befahl, John Gowers zu fesseln und an Land zu bringen, was auch sofort geschah.

Der Mannschaft der *Rifleman* wurden ihre sechs Pfund ausgezahlt und angeboten, sich den Whakarau und ihrer neuen Religionsgemeinschaft anzuschließen, aber der Prophet wunderte sich nicht, als die Männer verlegen und ängstlich ablehnten. Nur der raue Maat John Payne wagte einen Scherz; er würde lieber das Schiff nehmen und es in Valparaíso verkaufen.

»Eine gute Idee«, sagte Te Kooti, lächelte und stellte den Seeleuten einen kurzen Brief aus, in dem er erklärte, dass er sie gezwungen habe, ihm bei seiner Flucht behilflich zu sein. In diesem Schreiben sagte er auch zum ersten Mal, dass er nicht nach Neuseeland gekommen sei, um Krieg zu führen. Er wolle in Frieden in seinem eigenen Land leben und werde nur kämpfen, wenn er und seine Leute verfolgt oder angegriffen würden.

Als Letzter von allen verließ er das Schiff, in einem perfekten europäischen Anzug und Lederschuhen; betrat den Strand und ein Leben, das nun fünfzehn Jahre lang fast ausschließlich aus Jagd, Flucht, Verfolgung und Kampf bestehen würde. Die wenigen Maori, die in dem kleinen Dorf gelebt hatten, waren bei ihrer Ankunft geflohen, und noch bevor dieser 10. Juli 1868 vorüber war, hatte das Gerücht von der Landung der Whakarau auch die weißen Siedler und ihren Militärkommandeur in Matawhero erreicht.

Nach zwei Tagen, in denen Te Kooti die Lasten gerecht verteilte und den Treck in die nahezu undurchdringliche Wildnis des Urewera-Distrikts vorbereitete, kamen die ersten Abgesandten des Provinzkommandanten Reginald Biggs: Kupapa, unter ihnen Paora Katete, der den Weißen schon auf Chatham einige Zeit lang als Wärter gedient hatte. Sie machten den Whakarau keinerlei Angebote, sie führten keine Verhandlungen, sondern befahlen ihnen, ihre Waffen abzulegen und sich den weiteren Entscheidungen der Regierung zu unterwerfen.

Te Kooti würdigte die Emissäre keiner Antwort, befahl aber einer großen Gruppe bewaffneter Ausbrecher unter Karanama Ngerengere, ihnen auf ihrem Rückweg nach Matawhero in Sichtweite zu folgen. Der Anblick dieser finsteren, schweigenden und sehr gut bewaffneten Männer war eine deutlichere Entgegnung an die Pakeha, als tausend wohlgesetzte Worte hätten sein können. Unter den Bewohnern der Maorisiedlungen in der ganzen Poverty Bay ließ der Prophet hingegen das Angebot verbreiten, dass jeder von ihnen, gleich welchen Alters oder Geschlechts, sich seinem Treck anschließen könne. Er biete ihnen Mühsal, Tränen und harte Arbeit; aber auch einen Platz im Gelobten Land, das er in der Wildnis errichten würde. Und einem Mann machte er dieses Angebot persönlich.

118.

Nachdem die *Rifleman* fortgesegelt war, hatte man John Gowers die Fesseln abgenommen und ihm erlaubt, sich frei unter den Whakarau zu bewegen. Maaka Ritai, ein düsterer, Furcht einflößender Maori vom fernen Stamm der Wanganui, schenkte ihm mit Worten aufrichtigen Bedauerns seine eigene Pfeife und allen Tabak, den er besaß. Aber erst kurz vor ihrem Aufbruch in die *Koraha*, die Wildnis, wandte sich ihm der Prophet selbst noch einmal zu.

»Ich möchte, dass Sie uns begleiten, Mr. Gowers«, sagte Te Kooti.

»Warum?«, fragte Gowers.

»Ich glaube, dass unsere Begegnung ein Zeichen ist.« Der Prophet sprach schlicht und ernsthaft. »Ich weiß nicht, wofür, aber ich würde es gerne herausfinden.«

»Ich habe noch immer eine Aufgabe zu erfüllen, Sir.«

»Das denke ich auch. Aber ich glaube, dass Sie nicht wirklich wissen, welche Aufgabe das ist.«

»Ich weiß es leider sehr gut.« Gowers seufzte.

»Dann kann vielleicht unser Weg eine Zeit lang der gleiche sein, bis Sie sicher sind, ob Sie Ihr altes, unglückliches Leben weiterführen oder ein neues beginnen wollen. Eine Frau. Kinder.« Te Kooti wiederholte mit Bedacht das Versprechen, das er schon dem alten Moriori auf Chatham gegeben hatte.

Gowers überlegte. Mit jedem Tag wurde die Verfolgung James Fagans schwerer; andererseits gab es das Gold auf der Otago-Halbinsel schon sehr lange, und es bestand eine hohe Wahrscheinlichkeit, dass der Mörder auch eine Weile danach suchen würde.

»Eine Zeit lang, vielleicht«, sagte er schließlich vorsichtig und die Allmacht des Mannes bedenkend, der vor ihm saß. »Aber vergessen Sie nicht, dass *ich* noch kein Zeichen erhalten habe!«

Das kann man ändern, dachte der Prophet.

Der Treck in den Urwald von Urewera war nicht so gewaltig wie der Exodus der Mormonen durch die großen Prärien und Wüsten des amerikanischen Westens zwanzig Jahre zuvor, aber er war von der gleichen Kraft beseelt. Auch die Whakarau betrachteten sich als das auserwählte Volk Gottes, aber sie hatten zudem einen Propheten, der das unbestreitbare Charisma des Hochstaplers Joseph Smith mit dem Organisationsgenie und der Durchsetzungskraft seines Nachfolgers Brigham Young verband.

Te Kooti war überall, kümmerte sich um Großes und Kleines, zügelte die Starken, half den Schwachen und trieb die Unentschlossenen an. Auf ihrem Zug durch die unwegsame, gebirgige Wildnis, die so viele Wasserläufe durchzogen, wie sich Nervenbahnen im menschlichen Körper finden, hielt er seine Leute nicht nur zusammen, sondern er brachte sie auch dazu, trotz ihrer Erschöpfung fröhliche Lieder zur Ehre Gottes zu singen. Gowers registrierte zu seiner Verblüffung, dass sie trotz der Frauen und Kinder und ihres überschweren Marschgepäcks, das schlicht aus allem bestand, was sie auf der Welt besaßen, schneller vorankamen als von Tempskys wesentlich kleinere Truppe einige Monate zuvor, was vermutlich daran lag, dass die Maori Pfade fanden, wo niemand sonst auch nur einen Weg gesucht hätte.

Der Wald von Te Wera war dicht und drückend, als sei er seit Erschaffung der Welt von niemandem betreten worden, und die riesigen bemoosten Bäume wirkten so düster, als würden sie um alles trauern, was in ihrem Schatten lag. Die Pässe, die sie überschritten, stiegen bisweilen über tausend Meter hoch, und entsprechend tief waren die Schluchten, die der Ruakituri River, dessen Lauf sie zu folgen versuchten, in das uralte Vulkangestein geschnitten hatte. An vielen Stellen wurden die Pfade so eng, dass die Frauen nicht einmal ihre Kinder an der Hand führen konnten; sie schlangen Seile um ihre Hüften, an denen sie die Kleinen, die eben laufen konnten, in ihrer Spur nachzogen. Dadurch dehnte sich ihre Kolonne mitunter auf mehr als einen Kilometer aus, und das war gefährlich, denn ihre Späher meldeten, dass Reginald Biggs ihnen gegen jede Logik und trotz ihrer Warnungen Kupapa-Milizen hinterhergeschickt hatte.

Te Kooti, nicht mehr nur organisatorischer und religiöser, sondern nun auch noch militärischer Führer, ließ Hinterhalte anlegen, und zehn Tage nach ihrem Aufbruch vom Meer kam es zu ersten tödlichen Gefechten, in denen die Whakarau Sieger blieben. Ihre Verwundeten erschwerten jedoch ihr weiteres Vorwärtskommen. Die Nachrichten, die ihre Aufklärer von vorn, aus dem Taupo-Distrikt und der Kaingaroa-Ebene, brachten, erwiesen sich indes als noch schlimmer. Die Tuhoe, Te Arawa, Huri und Tuwharetoa, Stämme, auf deren Duldung, wenn nicht gar Wohlwollen sie gerechnet hatten, erwiesen sich als ihnen feindlich gesinnt und wollten den Durchzug durch ihre Gebiete nicht gestatten.

Es blieb ihnen nichts anderes übrig, als sich nach Nordosten zu wenden, tiefer hinein in den ungeheuren Wald von Te Wera, und hier erreichten sie, auf einem Bergkamm, zu Tode erschöpft, ein schon vor Hunderten von Jahren aufgegebenes Pa, von dem die Wildnis wenig mehr als die Umrisse der einstigen Befestigung übrig gelassen hatte. Sie rodeten, bauten Hütten, legten Felder an und hoben Verteidigungsgräben aus, denn sie brauchten einen Platz für Aussaat und Ernte, wenn sie nicht auf dem langen Marsch ins Gelobte Land verhungern wollten.

Ihr Prophet und Anführer aber fällte in dieser Zeit eine folgenschwere Entscheidung, die seinen Namen tief ins Gedächtnis des weißen Neuseeland und seiner Geschichte einbrennen sollte. Er sah nur eine Möglichkeit, die ständige Verfolgung und Bedrohung seines Volkes mit einem Schlag zu beenden: Er beschloss, die Pakeha und ihre Verbündeten anzugreifen!

Te Kooti reinigte sich für diese fast unlösbare Aufgabe, fastete, betete, opferte, und in einer der Visionen, die er im Zuge dieses mehrtägigen Rituals hatte, wurden ihm die Zeichen offenbart, die dem Amerikaner gegeben werden sollten. Gowers hatte sich in den vergangenen beiden Wochen als loyaler, aber zurückhaltender Begleiter gezeigt. Die Schnelligkeit und die Umsicht, mit der die Whakarau vorgingen, sei es auf dem Marsch, im Gefecht oder bei der Urbarmachung des Waldes, hatten ihn offensichtlich beeindruckt. Dennoch konnte der Prophet nicht von diesem Mann verlangen, gegen seine eigene Rasse zu kämpfen – es sei denn, er würde zuvor einer von ihnen.

Zunächst sah alles nach einem weiteren Opfer aus: Te Kooti ließ für den Amerikaner eine separate Hütte errichten und führte ihm dann seine eigene Frau, Maata Te Owai, zu. Gowers hatte zu seiner Überraschung bereits auf dem Schiff festgestellt, dass der Prophet mehrere Frauen hatte, wusste aber nicht, dass schon der alte Te Ua Huamene die Monogamie verworfen hatte. Anders als der Islam oder die amerikanischen Mormonen betrachteten das Pai Marire und das Ringatu jedoch nicht mehrere Frauen als das eifersüchtig gehütete Eigentum eines Mannes, sondern pflegten eine Polygamie, in der die Fruchtbarkeit der Gemeinschaft und nicht die eines Patriarchen im Mittelpunkt stand. Schlicht gesagt stand es also auch jeder Frau frei, mit mehreren Männern zu schlafen, und wenn auch der Partnertausch nur relativ selten vorkam, weil er so vielen so alten Traditionen widersprach, so war er doch weder unerwünscht noch geächtet.

Das alles wusste der Investigator nicht; er sah nur einen Mann vor sich, der ihm aufgrund einer göttlichen Offenbarung seine Pfeife und ein Buch weggenommen hatte – und ihm aus dem gleichen Grund jetzt seine Frau überließ. Das überzeugte ihn zwar nicht vom Glauben des Propheten, aber doch von der Ernsthaftigkeit dieses Glaubens, zumindest in diesem Moment.

Maata Te Owai war Anfang zwanzig und eine weniger üppige

Schönheit als die meisten Wahine, die er bisher gesehen hatte. Ihr Gesicht, ihr Körper waren, sei es durch die Entbehrungen ihrer Gefangenschaft und des Marsches oder durch die Tatsache, dass ihr Großvater ein französischer Robbenfänger gewesen war, schmaler, drahtiger, europäischer als unter den Maori üblich. Das zu einem federgeschmückten *Koukou* oder Scheitelknoten hochgesteckte Haar erhöhte diesen Eindruck noch, und nur ihr weicher, großer Mund, der gern lachte, vertrieb die Anmutung von Härte und Strenge aus ihren Zügen.

Gowers hatte sie gern angesehen in den letzten beiden Wochen und sich dabei jedes Mal an die reizvolle Bewegung ihrer Hinterbacken in seinen Händen erinnert. Als sie nackt vor ihm stand, als er sie tatsächlich anfasste, als sie lächelte, seufzte, kam es ihm deshalb vor, als würden sie eine lediglich unterbrochene Handlung fortsetzen. Es war schön, einmal wieder mit einer Frau zu schlafen, die keine Hure war, und das tiefe Stöhnen, mit dem sie auch seinen Körper genoss, tat ihm gut.

Nachdem sie es zweimal getan hatten, lagen sie einige Minuten satt und selig nebeneinander, ehe sie ihm aus einer offenen Schale ein undefinierbares Getränk anbot. Gowers wollte nichts trinken. Seine Hände begannen stattdessen eine neue Wanderung über ihren Körper, als sie sich auf ihn hockte. Da nahm sie selbst einen tiefen Zug und beugte sich über ihn, ihre Brüste in seinen Händen. Ihre Lippen waren warm und feucht, und die seltsame Flüssigkeit tropfte von ihnen in seinen Mund. Er fand rasch Geschmack an beidem, dem Getränk und dem Spiel, und leckte schließlich den bittersüßen, ein wenig klebrigen Saft von ihrer Zunge, bis er, immer noch tief in ihrem Leib, von einer Sekunde zur anderen einschlief.

Te Kooti, von seiner jungen Frau herbeigerufen, betrat die Hütte und betrachtete den Amerikaner, dessen Glied auch in seinem totenähnlichen Schlaf nicht kleiner wurde. Dann befahl er den alten Mann zu sich, der ebenfalls draußen gewartet hatte, während Maata Te Owai ihre Kleider wieder anzog.

»Er will es?«, fragte der Alte zögernd, während er verschiedene Werkzeuge vor sich ausbreitete: klassische Tatauierkämme mit scharfen Perlmuttklingen, aber auch eiserne Nadeln unterschiedlicher Dicke, einen schmalen Holzschlegel und eine hölzerne Schale, die durch die in ihr immer wieder angesetzten Rußfarben tiefschwarz und hart wie Stein geworden war.

»Ja«, sagte der Prophet. »Er weiß es nur nicht.«

119.

Das seltsame Gefährt, das sich gegen eine träge, aber starke Strömung die vier Meilen breite Mündung des Atchafalaya River hinauf nach Norden kämpfte, sah eigentlich nur noch wie das Gerippe eines Raddampfers und nicht mehr wie der Dampfer selbst aus. Man hatte alle Türen und Wände der Aufbauten bis auf die tragenden Teile herausgerissen, und was übrig geblieben war, hatte nun Ähnlichkeit mit einem zweistöckigen Leiterwagen, der eine Dampfmaschine transportiert. Nur war es selbstverständlich ihre Maschine, welche die Deep South *antrieb.*

Die ästhetisch wenig ansprechende Selbstverstümmelung hatte ihren Zweck jedoch voll und ganz erfüllt: Der kräftige Seewind in der Atchafalaya Bay konnte sie nicht packen und beiseitedrücken, sondern wehte, wie Deborah es geplant hatte, gewissermaßen durch das Schiff hindurch. John spürte es an allen Bewegungen der Deep South *beziehungsweise an der Übertragung dieser Bewegungen auf das Ruder in seinen Händen. Der kleine Dampfer bockte nicht, machte auch auf bisweilen beängstigend hohen Wellen keine Ausbruchsversuche, hielt seinen Kurs und ließ sich sogar leichter steuern als auf dem Mississippi, weil die Flut ihn in die richtige Richtung schob.*

Wider Erwarten gut war man also durch das offene Wasser gekommen, und nur der Verbrauch an Brennstoff wurde allmählich zu einem Problem, denn natürlich brauchte John so viel wie möglich von der Kraft der Maschine, um leichter auf Wind und Wellen reagieren zu können. Mr. Phineas hatte über die Maschinenglocke schon mehrfach angefragt, ob man den Dampf drosseln könne, war sogar einmal persönlich im Steuerhaus erschienen – aber der Lotse hielt es für sicherer, damit zu warten, bis der Fluss aufhörte, eine Meeresbucht zu sein.

Er kannte den Atchafalaya bis hinauf nach Morgan City, aber als sie gegen Mitternacht die Stelle erreichten, die er im Sinn hatte, mussten sie über ihr weiteres Vorgehen beraten. Der Brennstoff war für die Strecke St. Louis–New Orleans und zurück berechnet gewesen, großzügig berechnet gewesen, aber ihre »Kreuzfahrt« durch das Delta hatte diese Berechnungen über den Haufen geworfen. Sie brauchten Kohle, wenn auch nicht sofort. Vermutlich würden sie noch bis zum Mississippi kommen. Aber dort, immer noch tief im Süden der Sklavenhalterstaaten, mit ihrem Gerippe von Schiff eine Anlegestation anzulaufen, um Kohle zu bunkern, würde unmöglich sein. Denn nach wie vor transportierten sie ja so etwas wie Diebesgut, auch wenn sich die »Ware« selbst gestohlen hatte, immer öfter das Lächeln freier Menschen in den Gesichtern trug und sogar angefangen hatte, Pläne für eine eigene Zukunft zu entwickeln.

Von dem Gedanken, noch einmal Sklaven zu sein, waren die Flüchtlinge deshalb nur schwer zu überzeugen. Erst als Deborah ihnen erklärte, dass diese Tarnung notwendig sei und nur wenige Stunden dauern würde, als allen klar wurde, dass sie die Rolle der Sklaven nur spielen würden, um an Kohle zu kommen, hatte John Lafflin genügend Freiwillige, um die entsprechende Scharade wirkungsvoll aufführen zu können. Sie würden Morgan City umgehen, um von Norden her in die Stadt zu kommen, sich als Sklavenhändler ausgeben, deren Schiff im Sumpf stecken geblieben sei, und die nötige Kohlemenge erwerben, um es wieder flottzubekommen.

Die Deep South anschließend ungesehen durch Morgan City zu bringen würde wieder John Gowers' Aufgabe sein – der für die Zeit, in der der Kapitän, Mr. Phineas, Gringoire und vor allem Jason nicht an Bord sein würden, seine eigenen Pläne schmiedete. Er hatte von John Lafflin erfahren, dass Deborah nicht besonders gut lesen konnte. Schon als sie ihm zum zweiten Mal den Morgenkaffee ins Steuerhaus *brachte, hatte er deshalb angeboten, es ihr beizubringen, und zu ihrer eigenen Überraschung hatte Deborah Ja gesagt. Sie würden also einen ganzen Tag, eine Nacht vielleicht, die die* Deep South *versteckt in einem Winkel des Sweetbay Lake verbringen musste, zusammensitzen und lesen. Und erst als seine Euphorie über diese Entwicklung der Dinge ein wenig abklang, fiel dem jungen Lotsen siedend heiß ein, dass es überhaupt keine Bücher an Bord gab.*

Glücklicherweise hatte er seinem Gedächtnis zwar einen nicht unbedeutenden Leseschatz einverleibt, aber was davon konnte er in so kurzer Zeit in möglichst deutlichen Druckbuchstaben zu Papier bringen? Mit Gedichten hatte er nie viel anfangen können, und wenn ihn jemand gefragt hätte, warum ihm plötzlich so viele davon einfielen, hätte er wahrscheinlich geantwortet, dass sie eben kurz seien, sehr geeignet, um lesen zu lernen. Leider hatte er sich bei Lyrik immer am wenigsten konzentriert und wusste – bis auf die Reime – entsprechend wenig davon wörtlich; sodass Shakespeares Sonett Nr. 18 ihm am Ende vorkam, als hätte er das meiste davon selbst geschrieben.

Soll ich Dich mit dem Sommertag vergleichen,
die Du doch lieblicher und schöner bist?
Der milde Mai muss rauen Winden weichen,
und allzu kurz ist eines Sommers Frist.

Bisweilen scheint die Sonne bis zum Brennen,
dann wieder ist des Himmels Auge matt.
Und alles Schöne kann ein Zufall trennen;
der Wechsel schleift und hobelt alles glatt.

Du wirst nicht wie ein Sommertag verschwinden,
solange eine Zeile von mir lebt.
Die Todesschatten werden Dich nicht finden,
ist Deine Schönheit ins Gedicht gewebt!

So lange Menschen atmen, Augen sehen,
wird dieses Lied – und Du darin – bestehen.

Nun, dachte er zufrieden, das würde ja vielleicht den doppelten Zweck erfüllen, der ihm vorschwebte. Das Herz fiel ihm aber schlagartig in die Kniekehlen, als Deborah am frühen Abend ins »Texas« kam, er ihr den Zettel schon gegeben hatte – und sie ihn bat, den Unterricht doch im Vorschiff abzuhalten, wo die anderen seien.

»Welche anderen?«, fragte er entgeistert.

»Die anderen Frauen und die älteren Kinder«, antwortete sie, erstaunt über seine Bestürzung. »Es wäre doch sinnlos, wenn nur ich richtig lesen lerne.«

Verzweifelt überlegte er, wie er wieder in den Besitz des Zettels kommen könnte, und sagte auf dem Weg nach unten irgendwann stotternd: »Nun, dann … Dann ist es wohl besser, wir fangen mit dem Alphabet an. Das da«, er machte eine fast wegwerfende Handbewegung, »ist sozusagen für Fortgeschrittene, für später!« Er wurde tatsächlich rot und war froh, dass sie vor ihm ging und es nicht sah.

»Gut, für später also«, antwortete sie, faltete den Zettel zusammen, gab ihn aber nicht wieder her.

Im Vorschiff saß ein gutes Dutzend der Flüchtlinge auf dem Boden und wartete aufgeregt darauf, das erste Wort lesen zu lernen, vor allem, weil der Erwerb solcher Kenntnisse für einen Schwarzen im Süden ein Verbrechen darstellte, das mit dem Tod bestraft wurde. Gowers sah, wie sich ihm alle Gesichter erwartungsvoll zuwandten, sah ihren Ernst, aber auch ihre Freude und überlegte nur kurz. Dann holte er eine der alten Kabinentüren, die sie ausgebaut hatten und die mit einer Menge anderer Holzteile noch an Deck aufgestapelt lag. Ein handliches Stück Kohle musste die Kreide ersetzen.

»Ich werde ein paar Buchstaben auf diese Tür schreiben«, sagte er, während er es bereits tat, »und euch sagen, welches Wort sie ergeben. Danach wird jeder von euch das Wort genau nachmalen. Wir werden dann gemeinsam nach anderen Wörtern suchen, die mit dem gleichen Buchstaben anfangen.« Er trat zur Seite.

»Und was heißt es, Sir?«, fragte ein etwa elfjähriger Junge, der spindeldürr und halb verhungert aussah, und dessen Kleider ihm am Leib zu Lumpen zerfallen waren.

»Freiheit«, antwortete Gowers und wunderte sich nicht, dass die nächsten Wörter »Freundschaft«, »Familie«, »Farm« und »Feld« waren. Aber auch »Feuer«, »Fehler« und »Furcht«. Er war nicht umsonst der Sohn einer Lehrerin.

120.

Es war ein strahlend schöner Sonntag in der kleinen Siedlung Matawhero, die eigentlich nur aus einem Dutzend weit verstreut liegender Farmen bestand. Der Waipaoa River umfloss in einer weiten Schleife das ungewöhnlich fruchtbare Land, den fetten schwarzen Ackerboden, der ursprünglich sein altes Flussbett gewesen war, bis der Rongowhakaata-Stamm es ein Vierteljahrhundert zuvor in harter Arbeit trockengelegt hatte. Die jetzigen Besitzer, Reginald Biggs, James Wilson, George Goldsmith, William Green und ein halbes Dutzend anderer Pakeha trafen sich wie jeden Sonntag beim Kirchgang, dankten Gott einmal mehr für seine Güte, beteten aber seit knapp vier Wochen inbrünstiger für den Erhalt dieses ihres Glücks. Denn sie waren Diebe, und sie wussten es.

Sie hatten den großen Hauhau-Aufstand zwei Jahre zuvor ungewöhnlich schamlos für sich ausgenutzt und die rechtmäßigen Maorieigentümer des fruchtbaren Landes als angebliche Rebellen enteignen und deportieren lassen. Die übrigen Parzellen hatten sie willigeren Eingeborenen abgekauft, die sich ihrerseits widerrechtlich das Land der Verschleppten angeeignet hatten. Die Gerüchte von der Rückkehr der Betrogenen hatten die Siedler von Matawhero deshalb persönlicher getroffen als das übrige weiße Neuseeland, das in der Flucht der Whakarau bislang nur einen Akt der Insubordination, aber keine ernsthafte

Bedrohung sah. Glücklicherweise hatten die Farmer Reginald Biggs auf ihrer Seite, der Militärkommandeur der Poverty Bay und der Turanga-Region war und durch seine sofortige Verfolgung die Ausbrecher in die unzugänglichen Urwälder gedrängt hatte. Mochten sie dort verrotten, solange nur keine offizielle Untersuchung der illegalen Landnahme den Besitz der Siedler infrage stellte!

Die letzten Nachrichten, die Biggs von seinen Kupapa-Milizen über die Aktivitäten der geflohenen Rebellen erhalten hatte, waren zwar beunruhigend – nächtliche Feuer auf den Hügeln im Norden, die auf eine heranrückende Truppe schließen lassen könnten –, aber ein offener Angriff auf Matawhero schien den Weißen, die im Schatten ihrer Kirche über diese Möglichkeit diskutierten, doch weitgehend ausgeschlossen zu sein. Sie tranken, sie rauchten, sie holten ihre Kinder aus der Sonntagsschule ab und begaben sich dann auf ihre Farmen, um den Tag des Herrn auf ihre Weise zu heiligen: ein gutes Essen, ein wenig Zeitungslektüre, ein Nachmittagsschläfchen und gegen Abend vielleicht die wöchentliche Annäherung an ihre Frauen, für die an den übrigen arbeitsreichen Tagen zu wenig Zeit blieb. Aber etwas an diesem Sonntag war anders; er war stiller.

George Goldsmith kam auf einem kleinen Spazierritt durch das Eingeborenendorf Patutahi und fand es von seinen Bewohnern verlassen. Er wandte sich in das benachbarte Pukeamionga, und auch diese kleine Maorisiedlung war leer. Goldsmith traf lediglich auf den loyalen alten Häuptling Paratene Pototoi, der ihm etwas Absonderliches berichtete: Der alte Mann hatte nördlich von Patutahi eine frisch geschlagene Schneise im dichten Urwald entdeckt, die er für den heimlich angelegten Weg einer Taua, also einer größeren Gruppe feindlicher Krieger, hielt. Aber da Paratene ihm außerdem erzählte, er habe schwere Träume in letzter Zeit, in denen die ganze Region Turanga menschenleer sei und ein Mann auf einem weißen Pferd die

Landschaft durchstreife, brachte Goldsmith außer einer leichten Gänsehaut nichts von seinem Ausritt nach Matawhero zurück.

Erst auf Drängen seiner Frau ritt er gegen Abend noch kurz zu *Biggs's Hollow* hinüber und teilte dem Major diese düsteren Gerüchte mit. Biggs beruhigte ihn und schickte ihn nach einem gemeinsamen Schlummertrunk auf seine unmittelbar am Waipaoa gelegene Farm zurück. Der Kommandant selbst aber setzte sich noch am späten Abend hin und schrieb einen Brief an den Provinzgouverneur McLean in Napier, in dem er um Verstärkung seiner Truppen bat. Er war noch nicht damit zu Ende, als draußen die Hunde anschlugen und nach einigen Sekunden wütenden Gebells und einem lauten Jaulen jäh wieder verstummten.

Biggs' Frau und sein kleiner Sohn, die über dem Lärm erwacht waren, sahen noch, dass ihr Gatte und Vater seinen Revolver in der Hand hielt, ehe er sämtliche Lichter löschte. In der fast völligen Dunkelheit der mondlosen Nacht war durch die kleinen Fenster nichts zu erkennen. Sie hörten auch keinen Laut, und doch war die Annäherung einer tödlichen Bedrohung so deutlich spürbar, dass Biggs schließlich durch die geschlossene Tür rief: »Wer ist da draußen?«

Jemand, der schon in unmittelbarer Nähe des Hauses sein musste, antwortete mit ruhiger Stimme: »Öffne die Tür und sieh nach!«

Der Major glaubte, einen Schatten zu sehen, und schoss durch das Fenster, aber im gleichen Moment wurde die Tür aufgebrochen, und er erkannte nur noch das Mündungsfeuer der Gewehre, das ihn und seine kleine Familie tötete. Eine Fackel wurde entzündet, und Te Kooti sah sich die Leichen genau an, ehe er die Farm an allen vier Ecken in Brand stecken ließ. Dann stieg er wieder auf das weiße Pferd, das Maaka Ritai für ihn festgehalten hatte.

Der Angriff auf Matawhero war ein gut durchdachtes und kaltherzig durchgeführtes Massaker. Neunundzwanzig Europäer jeden Alters und Geschlechts wurden in dieser Nacht getötet, ein Dutzend Farmen im Lauf der nächsten achtundvierzig Stunden dem Erdboden gleichgemacht und über zweihundert Kupapa, regierungstreue Maori, gefangen genommen. Für vier Tage war Te Kooti der unumschränkte Herr in der Region Turanga und über das Land, das einmal ihm und seiner Familie gehört hatte. Die Pakeha in Napier, Gisborne, im fernen Wellington und im noch ferneren England sahen in ihm jetzt nur mehr einen Schlächter und schrien Wehe! über das Blut der mit Äxten und Bajonetten hingemetzelten Weißen.

Erst ein Jahrhundert später erkannten Historiker, dass nicht alle seine Opfer unschuldig gewesen waren, dass sie Te Kooti bestohlen, enteignet und ohne die Möglichkeit juristischer Gegenwehr in eine unbegrenzte Gefangenschaft geschickt hatten. Aber diese richtige Feststellung darf nicht darüber hinwegtäuschen, dass seine so erfolgreich erworbene Machtstellung die dunklen Seiten dieses seltsamen und großen Charakters endgültig zum Vorschein brachte.

Unter den Gefangenen waren viele seiner persönlichen Feinde: Piripi Taketake und seine Frau Tarapoharu, die sein Land besetzt hatten, als er gefangen genommen wurde, und es später an Biggs und Wilson verkauften. Tutere Konoi, der ebenfalls Land verkauft hatte, auf das Te Kootis Familie Ansprüche hatte, und noch viele andere Häuptlinge, die zur Partei der *Landseller* gehörten und von jeher Todfeinde der *Landholder* gewesen waren, zu denen Te Kooti sich zählte. Unter ihnen befand sich auch der alte Paratene Pototoi, und seine Hinrichtung wurde zu einem festen Bestandteil in den mündlichen Traditionen des Ringatu und der Region Turanga.

Normalerweise berührte der Prophet die Gefangenen, deren Tod er beschlossen hatte, nur wortlos mit seiner Jagdpeitsche, und das Opfer wurde abgeführt. So geschah es Piripi, seiner Frau und all ihren Kindern. Als jedoch der alte Häuptling vor ihn gebracht wurde, wiederholte Te Kooti höhnisch vor der versammelten Menge die Worte, die dieser einst an ihn gerichtet hatte.

»Ich grüße meinen Vater, der gesagt hat: Geh auf das Boot, das Boot wartet auf dich! Nun, mein Sohn: Auf dich wartet die Axt!«

Aber auch Paratene wusste seine Rolle in dem Spiel, das er verloren hatte, gut zu Ende zu spielen. »Eine letzte Gnade erbitte ich, Rikirangi te Hianga*: Dein Henker soll mir die Axt ins Gesicht schlagen und nicht in den Nacken, damit ich sehe, wenn der Tod kommt!«

Te Kooti nickte, Maaka Ritai nahm Maß und spaltete dann dem Alten das Gesicht bis auf den Unterkiefer, aus dem die Streitaxt sich nur mit Mühe wieder lösen ließ. Die anderen Todeskandidaten wurden erschossen und erst danach mit Beilen, Schwertern und Bajonetten bearbeitet, denn Te Kooti ließ seine Krieger in diesen blutigen Tagen immer wieder den Psalm 63, 11 singen: »Sie werden dem Schwert hingegeben und den Schakalen zur Beute werden.« Und damit auch der zweite Teil dieses grausamen Verses wahr würde, befahl er, die Leichen unbestattet zu lassen, obwohl es auf Aotearoa keine Schakale, sondern nur ein paar verwilderte Haushunde gab.

Insgesamt siebzig Tote lagen so schließlich auf seinem Weg durch Turanga und in die Geschichte, und so berechtigt seine Ansprüche auf das Land am Waipaoa sein mochten, so ungerecht und grausam war etwa die Ermordung der sechzehnjährigen Maria Goldsmith, deren einziges Verbrechen es war, Tochter von George Goldsmith zu sein, der einst als Konstabler mitgeholfen hatte, Te Kooti zu verhaften. Maria wurde in den Rücken geschossen, als sie zu fliehen versuchte, und wer einem flüchtenden Kind in den Rücken schießt, der ist, bevor er irgendetwas anderes, ein Prophet, ein Rächer, ein Krieger, ein Freiheitsheld ist – ein wertloser Feigling.

* Etwa: Fürst der Täuscher.

121.

Gowers erwachte mit dem Gefühl, dass sein Gesicht brannte, und tastete instinktiv nach Schläfen, Kiefer und Kinn, fand sie aber mit dicken, in Leinöl getränkten Binden bedeckt. Sie abzuziehen vergrößerte die Schmerzen, und er zuckte vor seinen eigenen Fingern zurück, die ihm jedoch nach einer Weile verrieten, dass sein Gesicht offenbar voller Schnittwunden war. Ihr feiner, über Nacht ausgebildeter Schorf zerriss an den Stellen, an denen er sich berührte, und an seinen Fingerspitzen war frisches Blut, als er sie ansah.

»Was, zum Teufel ...«, sagte er laut, bereute es aber sofort, weil die Bewegung seines Mundes einen so scharfen Schmerz auslöste, als hätte er sich beim Rasieren geschnitten. Er biss die Zähne zusammen, aber auch das Anspannen der Kiefermuskulatur verursachte das Gefühl, die Haut darüber würde zerreißen. Wasser! Kühlung!, dachte er, fand aber in der ganzen Hütte keinen Tropfen Flüssigkeit und presste schließlich widerwillig die schon zur Seite geworfenen Leinverbände auf die schmerzenden Stellen. Was zur Hölle war mit ihm geschehen?

Die Hand auf Kinn und Kiefer gelegt wie ein schwer Zahnwehkranker taumelte er ins Freie, fand aber niemanden, der ihm eine Erklärung für seinen Zustand geben konnte. Das Lager war nahezu leer. Nur ein paar kleine, teilweise nackte Kinder spielten neben der neu errichteten Palisade, deren zugespitzte Stämme noch den Geruch frisch geschlagenen Holzes ausströmten. Da er zum Glück für alle Beteiligten sonst keinen Menschen sah, ging er zu ihnen hinüber und unterbrach ihr Spiel mit der kleinen, halb toten Eidechse, die sie im Kreis herumscheuchten, und sie lachten ihn an.

Gowers erwiderte ihr Lächeln, besann sich aber rasch eines Besseren: Hölle und alle Teufel! Was war mit seinem Gesicht los? Als er für einen Moment Hand und Verband von seinem

Kinn nahm, sah er, wie die Augen der Kinder sich weiteten und ihre kleinen schmutzigen Münder aufklappten. Gottverfluchte, alberne Geschichte: Diese Rotznasen wussten mehr über ihn als er selbst! Er erkannte das kleine Mädchen, das ihn an Bord der *Rifleman* angestrahlt hatte, und beugte sich zu ihr hinunter.

»Du«, flüsterte er hinter wieder vorgehaltener Hand und versuchte dabei, seine Lippen so wenig wie möglich zu bewegen. »Ein Spiegel! Ich brauche einen Spiegel!« Ob sie ihn verstanden hatte, ob man ihn überhaupt verstehen konnte, wusste er nicht, jedenfalls wich ihr lachendes Unverständnis einem sehr ernsthaften Stirnrunzeln, sie erhob sich und ging ein paar Schritte in Richtung der Hütten. Ihr Kleid war schmutzig vom Staub, in dem sie gesessen hatte, und Gowers fragte sich, ob sie aus Angst wegging oder wusste, was er wollte.

Heni blieb stehen, weil der große weiße *Moana-poutikanga* oder Seeführer ihr nicht folgte. Sie war sechs Jahre alt und hatte immer noch ein wenig Angst vor ihm, wie sie Angst vor allen Pakeha hatte. Sie war noch zu klein, um sich an das Leben in ihrem Heimatdorf zu erinnern; sie kannte nur die Gefangenschaft auf der fernen kalten Insel, und die Pakeha dort waren böse Männer gewesen, die sogar ihrer Mutter Angst gemacht hatten. Dieser Weiße war anders. Der Arikirangi hatte es gesagt, sie selbst hatte es gespürt, gehofft, als sie ihn ganz allein mit dem Meer, mit dem Wind und dem großen Schiff kämpfen sah. Fasziniert hatte sie irgendwann festgestellt, dass das Schiff tat, was er wollte, und – glaubte sie – das Meer und der Wind auch ein bisschen.

Jetzt wollte er einen Spiegel, um sein *Moko* zu sehen, das noch frisch und sehr hässlich war. Heni hatte einen kleinen Spiegel, ein sehr kostbarer Besitz, den sie vor den anderen Kindern und sogar jungen Mädchen verbarg, weil sie nur Unsinn damit machten. Dem *Poutikanga* würde sie ihn geben, denn dass er auch für sie gekämpft hatte, mit dem Meer, mit dem Wind, wusste sie. Aber er folgte ihr nicht. Ihn anzusprechen hätte sie sich nicht getraut, aber irgendwann kam sie zurück und nahm ihn bei der

Hand. Er ist ganz anders an Land, dachte sie, entzückt darüber, dass nun sie ihn führen konnte.

Die Kleine zog ihn wortlos durch das halbe Dorf bis zu der Hütte, in der die unverheirateten Mädchen lebten. Als sie am *Wharenui*, dem Versammlungshaus, vorüberkamen und Gowers die an seinem Giebel angebrachte Figur mit den tief eingeschnittenen Gesichtslinien sah, dämmerte ihm zum ersten Mal etwas, und Heni merkte am plötzlich schmerzhaften Druck seiner Hand, dass eine gewaltige, kaum noch zurückzuhaltende Wut in ihm aufstieg.

In der schattigen Kühle des Mädchenhauses schien sein Zorn sich jedoch zu legen. Rasch suchte Heni den kleinen Spiegel hervor, eigentlich nur eine handtellergroße Spiegelscherbe, die dennoch einen Ehrenplatz unter ihren Schätzen, ein paar ausgesucht schönen Muscheln, einer zerrissenen Glasperlenkette, einem glänzenden Sixpence und ähnlichen Dingen, einnahm.

Gowers nahm die Binden von seinem Gesicht und hätte sich fast übergeben, als er sich in der Spiegelscherbe sah. Sein Magen zog sich zusammen, er zitterte und wurde blass – was die dünnen schwarzblauen, noch blutigen Linien, Kreise und Punkte, die sich auf beiden Seiten seines Gesichts von den Schläfen über die Kieferknochen herunterzogen, um sich auf seinem Kinn zu vereinigen, noch deutlicher hervortreten ließ. Das Gewebe daneben war wund und rot, und er murmelte, trotz der Schmerzen, die das verursachte: »Ich bringe ihn um! Ich bringe ihn um!«

Heni spürte seine Wut, hörte seine Worte, aber anstatt davonzulaufen, begann sie vor Schreck zu weinen und klammerte sich an seinem Bein fest, als er hinausstürzen wollte. Sein Moko tat ihm weh, aber wen wollte er deshalb töten? Und warum? Das Moko war nichts Schlimmes. Es war ein Schmuck und ein Zeichen dafür, wer und was man in der Welt war. Gewiss, es sollte furchtbar wehtun, wenn es ins Fleisch geschlagen wurde. Heni hatte die älteren Mädchen oft davon sprechen hören und schauderte bei dem Gedanken, dass eines Tages vielleicht auch sie selbst unter dem Hammer und den scharfen Muschelklingen des Tatauiermeisters liegen würde.

Gowers hatte Tätowierungen schon immer verabscheut. Unter britischen und amerikanischen Seeleuten war diese Unsitte weit verbreitet, wurde aber ohne große Kunstfertigkeit geübt, und er fand die Ergebnisse nicht nur hässlich, sondern auch lächerlich. Ihm selbst, der in seinem Leben schon so vieles gewesen war, war es zudem immer dumm und anmaßend vorgekommen, wenn ein Mensch sich selbst durch die Endgültigkeit einer Tätowierung sozusagen als »fertig« deklarierte. Sollte man nicht immer die Möglichkeit wahren, noch einmal ein anderer zu werden?

Die ganze Lächerlichkeit seiner unsäglichen, gemeinen Verstümmelung kam ihm erst bei diesen Überlegungen richtig zu Bewusstsein, und er kochte vor Wut, konnte aber den wüsten Schwall überschäumender Seemannsflüche nicht einmal aus seiner Kehle hervorwürgen, weil das seine Wunden wieder aufgerissen hätte. Es gelang John Gowers nicht mehr, was er sein Leben lang halbwegs beherrscht hatte: sein Spiegelbild mit seiner Vorstellung von sich selbst in Einklang zu bringen, und Gott weiß, was geschehen wäre, wenn sich in diesem ebenso furchtbaren wie albernen Moment kein weinendes kleines Mädchen an ihn geklammert hätte.

Heni zog seine Hände herunter und streichelte sie, zog ihn zu dem nächstbesten aus Farnkraut und bunten Decken gebildeten Lager, als wüsste sie, dass es Momente gibt, in denen ein Mann entweder explodiert oder sich hinlegen muss. Gowers legte sich, langsam und seufzend, wie ein großer Baum fällt. Er schämte sich vor dem Mädchen und vor sich selbst, weil aus seiner Erschütterung so deutlich hervorging, dass sein glattes Gesicht ihm mehr bedeutet hatte, als er sich zugestand. Es war eine peinliche Erkenntnis. Das Mädchen weinte noch immer, aber sie beruhigte sich schneller als der Mann.

Sie legte sich neben ihn, ihren kleinen Kopf auf seine zitternde Brust, hörte den wilden Schlag seines starken, unruhigen Herzens und begann, leise zu singen. Es war eines der religiösen Lieder, die der Arikirangi ihnen beigebracht hatte, und wenn Gowers die Worte verstanden hätte, hätte er vor Lachen wieder zu bluten begonnen, so absurd war die Situation. Heni merkte, dass er immer wieder nach seinem Gesicht tastete, und um ihn daran zu hindern, sich auf diese Weise wehzutun, legte sie irgendwann seine Hände auf ihren Körper, als sei sie bereits erwachsen, und fing an, seine Wunden zu lecken.

Gowers hatte noch nie ein Kind auf diese Weise im Arm gehalten und wusste nicht, was ihn stärker irritierte, was ihn sanfter, zärtlicher stimmte: ihr schmaler Rücken in seiner Hand oder die weiche kleine Zunge, die ihm den Schmerz aus Gesicht und Seele leckte. Als Heni kein Blut mehr schmeckte, hörte sie auf, sah sich die Tätowierung aufmerksam an und sagte dann zum ersten Mal etwas, das Gowers verstand: »Sterne und Strömungen, die Wolken und den Wind kenne ich.«

Waren das die Zeichen, die man in sein Gesicht geschnitten hatte?

122.

Deborahs Erfahrungen mit Männern waren kurz und brutal. Ihr Herr hatte sie vergewaltigt, einige Driver, *weiße und schwarze Sklavenjäger, hatten sie vergewaltigt. Der etwa fünfzigjährige Haussklave, den ihre Herrin in Vicksburg zu ihrem Mann bestimmt hatte, hatte sie geküsst und angefasst, war aber, betrunken von Maisschnaps und Glück über seine schöne junge Frau, in der Hochzeitsnacht eingeschlafen, ehe er sie vergewaltigen konnte. Einige Male hatte sie weiße Männer wie Dean Stanton verführt und teilnahmslos zugesehen, wie sie auf ihr, in ihr einschliefen, wenn das Betäubungsmittel zu wirken begann.*

Einmal hatte ein freigelassener Schwarzer, den sie auf einer Abolitionistenversammlung kennengelernt hatte, ein Mann in einem fei-

nen Anzug, der lesen und schreiben konnte, versucht, sie zu verführen, betrunken zu machen, und war grob geworden, als seine schönen Worte bei Deborah nicht verfingen. Er hatte sie geschlagen, und sie hatte zurückgeschlagen, und seine Verblüffung darüber, vielleicht auch ein wenig das Messer, das sie plötzlich in der Hand hielt, hatte die peinliche Situation beendet. Jason hatte sie einmal geküsst, rau, unbeholfen geküsst, und sie hatte ihn gewähren lassen, bis sie die Gier in seinen Augen sah. Das waren Deborahs Erfahrungen.

Egal, was sie sagten und taten, irgendwann wurden Männer zu Tieren, die sich auf sie werfen, ihr wehtun, sie wehrlos machen wollten. Manchmal, selten, träumte sie von zärtlichen Berührungen und erwachte beschämt, verwirrt, in seltsamen Stellungen. Sie glaubte, dass solche Träume sie schwach machten, und lernte, ihr Fleisch zu befriedigen, um die Träume fernzuhalten. Denn niemals, nie wieder wollte Deborah schwach oder wehrlos sein.

Der Zettel, den John Gowers ihr gegeben hatte, lag deshalb schwer auf ihrer Seele, denn sie hatte natürlich gespürt, an seinem Stutzen, an seinem Stottern, dass diese Worte für sie bestimmt waren. Sie entzifferte auch genug davon, um zu verstehen, was er ihr sagen wollte, aber sie verbot sich, diesen Worten zuzuhören. Es machte sie beinahe wütend, dass er es aufgeschrieben und nicht einfach gesagt hatte. Denn was gesagt wurde, war Wind, verklang, konnte überhört werden. Der Zettel aber verlangte eine Entscheidung von ihr. Einmal hatte sie ihn sogar schon zusammengeknüllt, um ihn in den Fluss zu werfen, das Papier aber dann wieder glatt gestrichen, zusammengefaltet und aufbewahrt.

Noch immer, den ganzen langsamen Weg den Atchafalaya River hinauf, an riesigen Wäldern von Sumpfzypressen, überwucherten kleinen Bayous vorüber, brachte sie John Gowers seinen Morgenkaffee ins Steuerhaus. Sie sprachen nicht viel, und dafür lächelten sie eigentlich zu oft. Er machte sie auf Alligatoren, Flamingos und einmal auf einen Baum aufmerksam, der, mit einem langen Bart aus Spanischem Moos überwachsen, tatsächlich aussah wie Mr. Phineas »oder ein naher Verwandter«. Und irgendwann merkte Deborah zu ihrer Bestürzung, dass sie die Antwort auf seine Verse gar nicht mehr finden, sondern nur noch geben musste. Das aber fiel ihr entsetzlich schwer, denn er war weiß, und in ihrer Welt war weiß schlecht.

»Guten Morgen, Mr. Gowers!«

»Guten Morgen, Miss!«

Sie hatte sich angewöhnt, ihm den Kaffee einzuschenken, und er versuchte seitdem, die Tasse so aus ihren Händen zu nehmen, dass sich ihre Finger dabei berührten. An diesem Morgen gelang es ihm, aber nur, weil sie es nicht mehr verhinderte.

»Würden Sie steuern, während ich trinke?«, fragte er plötzlich. »Der Fluss ist zu unruhig hier, um das Ruder mit einer Hand zu halten.« Der Fluss war so ruhig und träge wie an jedem Morgen.

Deborah nahm das Steuer, sagte aber: »Ich weiß nicht, ob ich das kann, Mr. Gowers.«

»Ich weiß, dass Sie es können, Miss«, antwortete er ruhig und sah nach vorn, den Fluss hinauf. »Snag«, sagte er nach einer Weile, als ein Baumstamm auftauchte, dessen Standort nur an einer leichten Verwirbelung des Wassers erkennbar war. »Ein Strich steuerbord – ein wenig nach rechts«, fügte er lächelnd hinzu und sah jetzt nicht mehr auf den Fluss und das Hindernis, sondern nur noch auf Deborah, der heiß und kalt wurde, als sie fühlte, wie das große Schiff – und alles und alle, die darauf waren – einem leichten Druck ihrer Hand gehorchte. Sie passierten die gefährliche Stelle in sicherem Abstand, und sie lächelte nicht ohne Stolz.

»Ich glaube, es ist besser, wenn Sie wieder steuern«, sagte sie dennoch.

»Das glaube ich nicht«, antwortete er.

Ihr Mund klappte auf, und für einen Moment verlor sie den Fluss aus den Augen und schaute den jungen Mann stirnrunzelnd an. Das Schiff fuhr eine leichte Schlangenlinie.

»Sehen Sie nach vorn«, sagte er prompt, trat hinter sie und küsste sie sacht auf die linke Schläfe, als sie es tat. Eine heiße Welle sehr widersprüchlicher Gefühle stieg ihr bis über beide Ohren, und die Schlangenlinien verstärkten sich.

»Nehmen Sie das Steuer!«, befahl sie ärgerlich. »Sofort!«

»Nein«, antwortete er leise und strich dabei mit den Lippen über ihre Wange, ohne sie an irgendeiner anderen Stelle zu berühren.

»Ich lasse das Steuer los!«, warnte sie und fühlte, dass sie zu schwitzen begann.

»Dann sind wir alle tot«, meinte er achselzuckend und küsste jetzt ihren Hals, ihren Nacken.

»Bitte«, sagte sie, überwältigt von dem Gefühl, ihn ohrfeigen zu müssen, zu wollen. »Nehmen Sie das verdammte Steuer!« Vielleicht war es die Verblüffung über diesen Fluch, die ihn dazu brachte, nun doch von ihr abzulassen.

»Sagen Sie meinen Namen!«, forderte er enttäuscht.

»Mr. Gowers«, sagte sie stirnrunzelnd, verständnislos, wütend.

»Nur ein Mal«, bat er leise, und sie begriff jetzt. Dennoch brauchte sie eine Weile und verging eine endlose Minute auf dem aufgewühlten Fluss ihrer Gefühle, ehe sie ebenso leise sagte: »John!«

Er nahm das Steuer aus ihrer Hand, und sie vergaß ihn zu ohrfeigen, so groß war ihr Bestreben, aus dem stickigen kleinen Raum herauszukommen. Auf dem Niedergang hätte sie beinahe Jason überrannt, der im Auftrag des Kapitäns dem Lotsen die Frage überbrachte, ob er hoffe, für die Karussellfahrt extra bezahlt zu werden.

123.

Von Gott einmal abgesehen konnte niemand genau wissen, wie viel rote Erde der Red River jedes Jahr aus den weiten Ebenen von Texas nach Louisiana spülte, deshalb war seine Einmündung in den Mississippi eine heikle Stelle ihrer Reise. So heikel, dass selbst John Gowers keine Lust verspürte, sie bei Nacht und Dunkelheit zu bewältigen. Er wählte die Stunde vor Sonnenaufgang für seinen Versuch, wenn der Tag nahe genug war, damit er sehen, aber auch hoffen konnte, nicht gesehen zu werden. Als die Sonne kam und die Stromschnellen in Hunderte gleißende, einander verschlingende Wasserarme verwan-

delte, die an seinem Schiff zogen und zerrten, hatten sie deshalb die gefährlichsten Untiefen bereits hinter sich.

Ein paar Meilen oberhalb von Red River Landing kannte Gowers eine Stelle, den Eingang zu einem versandeten Altarm, wo sie den Tag über liegen konnten. Zwar würden Dutzende andere Boote, Flöße, Fährschiffe sie dort entdecken, aber in Absprache mit John Lafflin hatte Gowers befohlen, die herausgerissenen Wände und Verkleidungen der Aufbauten wieder einzusetzen, sodass sie mit einiger Wahrscheinlichkeit für ein gestrandetes Wrack gehalten werden würden, das ein paar Schlauköpfe wieder reparierten. Kurz bevor sie diese Stelle erreichten, kam nicht Deborah, kam nicht der Kapitän, sondern der verwitterte alte Pirat Gringoire ins Steuerhaus und setzte die Kaffeekanne so heftig auf das Kartenpult, dass der Kaffee den unteren Mississippi glatt überschwemmte.

»Gute Arbeit, Engländer«, knurrte er und stellte sich mit einem Gesicht, das dem ungewöhnlich wortreichen Lob diametral widersprach, neben den jungen Lotsen.

»Danke«, sagte Gowers verwirrt und wachsam. Gringoire aber räusperte sich so ausgiebig, als stünde ihm das längste Gespräch seines Lebens bevor.

»Haben Sie irgendwas getan, wofür Sie sich entschuldigen sollten?«, fragte er dann beinahe drohend.

»Wie kommen Sie darauf?«, entgegnete Gowers.

»Weil ich Ihnen den Kaffee bringe, komme ich darauf, Engländer!« Noch immer sah er so aus, als sei er willens, seinen Lotsen bei einer auch nur geringfügig falschen Antwort umstandslos zu verprügeln.

»Ich weiß es nicht«, antwortete der junge Mann wahrheitsgemäß, und nur um anzudeuten, dass er zurückschlagen würde, fügte er hinzu: »Ich weiß es nicht, alter Mann!«

»Warum zum Teufel gehen Sie dann nicht runter zu ihr und finden es heraus?!«

»Sie haben recht«, sagte John Gowers, überließ dem Piraten ohne weitere Worte das Steuer und ging hinunter, um Deborah zu suchen. Sein Mut reichte allerdings nur aus, um sie auch zu finden. Als er vor

ihr stand, als ihr reservierter, wütender, verletzter Blick seine Entschlossenheit erst gefrieren ließ und dann in tausend eisige Scherben zersplitterte, konnte er wieder nur stottern.

»Kann ich Sie sprechen, Miss? Bitte? Unter vier Augen sprechen?«

»Wo?«, fragte sie, und die kühle Nüchternheit dieser Frage kam ihm ein bisschen so vor, als hätte sie ein Duell auf Leben und Tod angenommen. Er hätte, ewiger Spötter, der er war, beinahe eine entsprechend spitze Bemerkung gemacht, aber zum ersten Mal seit langer Zeit war ihm wieder etwas zu wichtig, um Witze darüber zu machen.

»Nun«, er räusperte sich länger als nötig, um ein wenig Zeit zu gewinnen. »In der Kombüse wäre vielleicht ein Platz.«

»Gut.« Sie nickte, und wortlos gingen die beiden jungen Leute in Richtung Kombüse, um es hinter sich zu bringen. John Lafflin war mit den kräftigsten der Flüchtlinge dabei, sein Schiff wieder aufzubauen, und so blieben sie tatsächlich ungestört.

»Ich möchte mich entschuldigen, Miss«, sagte John Gowers schüchtern, »falls ich etwas getan habe, was Sie gekränkt hat.«

»Das haben Sie nicht, Mr. Gowers«, antwortete Deborah ruhig und sicher.

»Ich meine, wenn ich etwas getan habe, was Sie nicht wollten.«

Deborah biss sich auf die Lippen, hatte aber lange genug über das gestrige Erlebnis nachgedacht und sagte nach kurzem Zögern langsam, aber nicht weniger sicher: »Ich glaube, auch das haben Sie nicht.«

Es dauerte ein bisschen, ehe er die richtige Wurzel aus seinen Fragen und ihren Antworten gezogen hatte und zu lächeln begann.

»Dann freue ich mich, dass ich getan habe, was ich getan habe.«

Deborah seufzte. »Ich bin leider nicht sicher, ob ich mich freuen soll, Mr. Gowers.«

Er runzelte die Stirn, denn er fühlte zum ersten Mal etwas von der Schwere, die auf ihrem Leben lag. »Sie meinen, wenn etwas nicht falsch ist, heißt das noch nicht, dass es richtig ist.«

»So ungefähr.« Sie schaute zu Boden und schämte sich dafür, dass sie alles so kompliziert machte und dass man das so einfach ausdrü-

cken konnte. »Ich bin zu tief verletzt worden, Mr. Gowers, um diese Dinge leichtzunehmen«, versuchte sie zu erklären, aber er lächelte immer noch.

»Ich verstehe es ja«, sagte nun er sehr ruhig und sehr sicher. »Die Sache ist nur die …«, er fing ihren Blick mit den Augen ein und ließ ihn nicht wieder los. »Ich liebe Sie, Miss. Und mir ist egal, ob das richtig oder falsch ist, denn weder das eine noch das andere kann dieses Gefühl ändern.«

Sie konnte nicht anders, als sein Lächeln zu erwidern, als mit diesen Worten zum ersten Mal etwas von seiner Leichtigkeit auf sie überging. »Sagen Sie meinen Namen!«, forderte sie nach einer Weile, mitten durch das Lächeln hindurch.

»Deborah«, sagte John.

»John«, sagte Deborah, und zu seiner Überraschung kam sie jetzt auf ihn zu, hielt ganz leicht seine Handgelenke und küsste ihn fest und trocken auf den Mund, ehe sie hinausging.

Er war andere Küsse gewohnt, länger, wilder, tiefer, aber er vergaß diese erste Berührung ihrer Lippen sein Leben lang nicht. Er schmeckte ihr noch nach und fragte sich gerade, was sich alle jungen Männer in so einer Situation fragen – ob wirklich stattgefunden hat, was stattgefunden hat –, als Deborah noch einmal den Kopf durch die Tür steckte und ihn fragte: »Kannst du mir beibringen, wie man navigiert?«

»Äh …« Sie hatte ihn schon mehrfach sprachlos gemacht, aber vielleicht nie so sehr wie in diesem Moment. Es waren einfach nicht die Worte, die man von einem Mädchen bei diesem Stand der Dinge erwarten konnte. »Natürlich«, sagte er mechanisch. »Gerne.«

»Schön«, entgegnete sie trocken und verschwand sofort wieder.

Es war ein sehr orientierungsloser Lotse, der kopfschüttelnd, grübelnd, verwirrt zurück auf das Steuerdeck kletterte, und erst der Anblick Gringoires brachte ihn gewissermaßen wieder zu sich.

»Und?«, knurrte der alte Pirat, als der junge Mann wieder neben ihn trat.

»Nein«, sagte John Gowers.

»Was?« Gringoire hatte anscheinend seine eigene Frage vergessen. Der Lotse fand dadurch seine Selbstsicherheit wieder und hatte das deutliche Gefühl, sie sei um etwa drei Meter gewachsen.

»Ich habe nichts getan, wofür ich mich entschuldigen sollte.« Das Grinsen, das bei diesen Worten auf sein Gesicht trat, hätte den größten Alligator Louisianas in die Flucht geschlagen.

Aber Gringoire sagte nur: »Gut. Sorgen Sie dafür, dass das so bleibt, Engländer!«

124.

Als Te Kooti Arikirangi nach Nga Tapa, wie man die alte Urwaldfestung nannte, zurückkehrte, befand er sich auf dem Höhepunkt aller Macht, die er in seinem unsteten Leben besitzen würde, und eine Veränderung war mit ihm vorgegangen. Fünfhundert Leben hielt er in seiner Hand, und täglich wurden es mehr, da ihm, nach seinem großen Sieg, neue Anhänger von den Stämmen der Turanga-Region und rund um die Hawke Bay zuströmten. Vielleicht würde er die gesamte Ostküste von den Pakeha befreien können, um unter dem Zeichen der erhobenen Hand eine Art Priesterkönigreich zu errichten.

Tatsächlich erreichten Nachrichten das Kings Country, in denen der neue Prophet damit drohte, seine Leute nach Waikato zu führen, den König Tawhiao zu entthronen und an seine Stelle den einen Starken und Mächtigen, den von Gott erwählten Herrscher einzusetzen. Da Te Kooti sich selbst in seinen Predigten nur noch als »Gottes Mund« bezeichnete, war klar, wer dieser Starke und Mächtige sein würde. Was die Weißen auf der gesamten Nordinsel, ihre Regierung in Wellington und ihre militärischen Führer am meisten fürchteten, nämlich ein Bündnis der *Kingites* im Waikato-Becken mit den Rebellen Titokowarus im Süden und dem neu aufgetauchten furchtbaren Ausbrecherkönig im Osten, stand deshalb nie ernsthaft im Raum. Zu unterschiedlich waren ihre politischen Interessen, zu widersprüchlich ihre religiösen Anschauungen.

Auch die Whakarau bekamen die Veränderung, die mit Te Kooti vorgegangen war, zu spüren. Gewiss, er hatte sie schon vorher nicht nur mit gütigen Prophezeiungen und weisen Entschlüssen, sondern auch mit Drohungen und offener Gewalt zusammengehalten. Aber jetzt war er endgültig nicht länger einer von ihnen, nicht mehr Erster unter Gleichen. Eine öde alte Geschichte in der Geschichte, die sich zuvor und seither tausendfach wiederholt hat. Mit dem Herrschaftsanspruch des Propheten wurden seine Anhänger zu Untertanen, und auch die bereits bestehende Unterscheidung zwischen Gefolgsleuten und Gegnern, Freunden und Feinden verschärfte sich. Nun war jeder Te Kootis Feind, der nicht sein Untertan sein wollte.

John Gowers hatte seinen Entschluss gefasst. Er hatte einem Gefangenen geholfen, sich zu befreien, und war dabei selbst zu einem Gefangenen geworden. Die Fesseln, die der Prophet ihm angelegt hatte, waren die Zeichen in seinem Gesicht, und er zitterte noch immer vor Wut, nicht nur über die Gemeinheit dieser Verstümmelung, sondern auch über die Selbstherrlichkeit, mit der Te Kooti in sein Leben eingegriffen hatte.

Die Entscheidung, ihn zum Maori ehrenhalber zu machen, erwies sich jedoch als nicht so endgültig, wie es zunächst den Anschein gehabt hatte. Als die Schwellungen abklangen, die Wunden verheilten, stellte Gowers fest, dass sein Bartwuchs intakt geblieben war, und das linderte seinen Hass ein wenig. Zumindest verschwand sein Wunsch, Te Kooti bei der ersten Gelegenheit zu töten. Er würde einfach seiner Wege gehen und sah darin auch kein besonderes Problem, denn er fühlte sich dem Propheten jetzt in keiner Weise mehr verpflichtet. Lediglich dass der Mann vom charismatischen Religionsstifter so offensichtlich zu einem Warlord geworden war, mahnte ihn zur Vorsicht, und unter erheblichen Schmerzen rasierte er sich, ehe er ihm seine Entscheidung mitteilte.

Der Investigator gehörte zu den wenigen Menschen im Lager, die allein, ohne Leibwache, Frauen, Henker und deshalb auch ohne Zeugen mit Te Kooti sprechen konnten, und nur dieser Umstand rettete ihm vermutlich das Leben. Lächelnd und ein wenig zu überlegen betrachtete der Prophet die gelungene Arbeit des Tätowiermeisters in Gowers' Gesicht.

»Haben Sie noch Schmerzen?«, fragte er.

»Es geht«, antwortete Gowers.

»Wissen Sie, was diese Zeichen bedeuten?«

»Ja, Sir.«

Te Kootis Freude trübte sich ein wenig. Er hatte sich bereits überlegt, mit welcher Betonung er die bedeutsamen Worte sprechen wollte, und war für einige Sekunden nichts anderes als ein Schauspieler, den man um seinen Auftritt gebracht hatte.

»Sie wollten mich sprechen?«, fragte er ernüchtert.

»Ich werde Sie verlassen, Sir«, sagte Gowers ruhig. »Sie wissen, warum. Ich habe etwas im Süden zu tun.«

Der Prophet schüttelte den Kopf. »Ich glaube, Sie irren sich. Das war ein anderer Mann!«

»Ich denke nicht, Sir. Trotz Ihrer …« Gowers musste eine erste heiße Aufwallung seines Zorns hinunterschlucken, »… Ihrer Zeichen bin ich derselbe Mann geblieben.«

»Das ist traurig für Sie, mein Freund.« Te Kooti versuchte, seinen Worten den milden Klang aufrichtigen Bedauerns zu geben. »Denn die Augen dieses Mannes sind blind und seine Ohren verstopft. Er kann die Zeichen Gottes nicht sehen und Gottes Stimme nicht hören und muss im Dunkeln wandern.«

Die Selbstgewissheit des Propheten reizte Gowers so sehr, dass er ihm am liebsten verraten hätte, wie gut er auch im Dunkeln seine Wege sehen konnte. Stattdessen sagte er so ruhig wie möglich: »Bei allem Respekt, Sir, aber ich sehe Ihre Zeichen und höre nur Ihre Stimme!«

Das war zu viel. Niemand durfte so mit dem Sieger von Matawhero sprechen.

»Ich bin Gottes Mund, Mr. Gowers«, sagte Te Kooti finster. »Seine Stimme, sein Werkzeug. Und ich tue, was seine göttliche Offenbarung mir befiehlt!«

Auch das war zu viel. Einem Mann das Gesicht zu zerschneiden war eine Sache. Frech zu behaupten, dass das der Wille Gottes, gut und richtig sei und der Mann im Unrecht, wenn er sein Leben zurückverlangte, eine ganz andere.

»Wie«, fragte Gowers und kämpfte dabei seinen Zorn immerhin zu einem derben Sarkasmus nieder, »wie unterscheidet man eigentlich eine göttliche Offenbarung von einem Furz im Hirn?«

Nach den wenigen Sekunden, die er brauchte, um diese Ungeheuerlichkeit zu begreifen, verwandelten sich Te Kootis gespieltes Bedauern und seine ehrliche Enttäuschung in Abscheu, Verachtung und Hass.

»Sie wollen uns verlassen – und Sie werden uns verlassen!«, drohte er mit funkelnden Augen und rief dann mit lauter Stimme nach draußen: »Maaka Ritai!«

125.

Seine Zunge hatte ihm ja schon manchen Streich gespielt, aber dieser war wirklich hundsdumm, und er hielt ihn für seinen letzten. Je länger die Beratung dauerte, die der Prophet mit seinen zwölf Aposteln, Leibwächtern und Henkern abhielt, desto unangenehmer wurde vermutlich die Art und Weise, auf die sie ihn umbringen würden, dachte John Gowers – an Händen und Füßen gefesselt unter freiem Himmel liegend, von den Hunden beschnüffelt, von den alten Frauen bewacht. Obwohl er sich immer für einen harten Burschen gehalten hatte und dem Tod schon häufig begegnet war, zermürbte ihn dieses Warten, und die Angst kroch allmählich an seinen Beinen, in seinem Körper hoch.

Er rieb sein noch immer wundes Gesicht im Staub, um die

Angst durch den Schmerz zu vertreiben und sich erneut zu bestätigen, dass er im Recht war. Zumindest würde er ihnen noch ein paar Worte über ihre schwachsinnige Religion hinknallen, die sie nicht so bald vergessen würden. Er arbeitete bereits an Formulierungen, die die letzte an Gemeinheit noch übertreffen sollten, und schaffte es dadurch immerhin, dass Furcht und Zorn sich in seinem Innern einigermaßen die Waage hielten.

Dann war es endlich so weit: Der Prophet rief seine Anhänger zum *Wharenui*, dem Versammlungshaus, und der Henker, Maaka Ritai, schleifte Gowers an den Füßen zum *Niue*, dem heiligen Pfahl, der an diesem Ort aufgerichtet war. Er sah dabei nur noch einen Wald schmutziger nackter Beine, und die frechen, freien Worte, die er sich zurechtgelegt hatte, konnten den Knebel der Angst in seiner Kehle nicht mehr durchdringen. Dann war es der schwere Fuß des Henkers in seinem Nacken, der ihn am Reden hinderte. Hören konnte er zu seiner Überraschung umso besser. Seiner fast schmerzhaft geschärften Aufmerksamkeit entging kein Rascheln, kein Raunen in der Menge der Gläubigen, und er hörte sogar den Wind in den großen dunklen Bäumen jenseits der Palisade.

»Dieser Mann«, sagte Te Kooti feierlich, »hat uns über das Meer geführt.«

Richtig, dachte Gowers bitter und: Trottel! Und: Auf dem Meer würde euer Prophet seinen Schwanz nicht finden, wenn er pinkeln geht! Aber er war nicht auf dem Meer.

»Wir haben diesen Mann geehrt, und ich habe ihm meine eigene Frau gegeben. Wir haben ihn zu unserem Bruder gemacht!«

Ja, gegen seinen Willen und ohne sein Wissen, dachte Gowers: Ihr habt ihn schanghait!*

»Aber er hat über uns gelacht und unseren Glauben mit Füßen getreten.«

* Schanghaien (Seemannssprache): einen Matrosen gewaltsam anheuern.

Wer tritt hier wen?, dachte Gowers, während er die knorrige Hornhaut an den Fußsohlen des Henkers im Nacken fühlte. Macht die Augen auf!

»Er will nicht zu uns gehören. Er will überhaupt nicht zu etwas oder jemandem gehören, nicht einmal zu Gott!« Die Ungeheuerlichkeit dieses Verbrechens ließ die Whakarau aufheulen, und selbst Gowers, der Delinquent, konnte nicht umhin, diese Formulierung irgendwie eindrucksvoll zu finden.

»Darum soll er nackt in die Wildnis gehen! Mögen alle Flüche des Lebens auf ihn fallen, mögen Todesängste ihn durch die Wälder treiben und Schlangen aufspringen in seinem Weg! Die Früchte der Erde sollen zu Asche werden in seinem Mund und klares Wasser sich in Blut verwandeln auf seinen Lippen!«

Die Gläubigen erzitterten unter diesem wundervollen Fluch, und Gowers, das Gesicht in den Staub getreten, schaffte es nicht, dem Propheten einen vielsagenden Blick zuzuwerfen. Denn für jemanden, der angeblich nur mit Gott sprach, hatte sich der Mann recht ungeniert bei Lord Byron bedient. Leider war dies nicht der Moment für philologische Spitzfindigkeiten.

Maaka Ritai zerrte ihn hoch und zerschnitt seine Fesseln. Andere, junge Männer, rissen ihm die Kleider vom Leib, die Stiefel von den Füßen, waren aber immerhin religiös genug, ihm die Hosen zu lassen. Te Kooti ließ die Sachen des Investigators holen und vor ihm ausbreiten.

»Wählen Sie, Mr. Gowers«, sagte er. »Wählen Sie einen Gegenstand, denn einen Gegenstand dürfen Sie mitnehmen.«

»Und alles Übrige nehmen Sie«, murmelte Gowers verächtlich.

»Gott wird über Sie richten«, erwiderte der Prophet bestimmt. »Dort draußen. Und schon Ihre Wahl wird ein Teil seines Urteils sein. Der Rest fällt denen zu, die es besser verwenden werden als Sie.«

Gowers war klar, dass damit vor allem sein Revolver gemeint war, und er ging davon aus, dass ihm die Munition vorenthalten würde, wenn er ihn wählte. Sein Bündel war nie groß gewesen, aber als er jetzt die schäbigen Reste seines Lebens vor sich ausgebreitet sah, dachte er unwillkürlich, dass er es in der Welt nicht zu sonderlich viel gebracht hatte. Blechgeschirr, Feldflasche, sein eiserner Totschläger, die blaue Brille, eine alte Offiziersmütze, ein Bleistift, ein wenig Papier? Seine Vergangenheit nützte ihm nichts. Er überlegte, nur um des dramatischen Effekts willen, Byrons *Cain* zurückzuverlangen, aber er überlegte nur kurz. Was würde er brauchen? Kleider? Stiefel? Te Kooti würde es fertigbringen, ihm nur einen zu geben. Sein Kompass wäre ihm zweifellos nützlich in der Wildnis, aber es gab die Sterne, und so dicht waren die Wälder, so groß war diese Insel auch wieder nicht. Er würde immer irgendeinen Strand erreichen und das Meer finden, wie noch der kleinste, schäbigste Bach irgendwann zum Meer fand.

Der Prophet wartete gespannt auf die Wahl des verfemten Mannes und beglückwünschte sich insgeheim zu seiner Voraussicht, als es das Messer des Mörders war, das Gowers ergriff. Nun lag wahrhaftig alles in Gottes Hand. Das große Tor in der Palisade von Nga Tapa wurde knarrend geöffnet.

»Fort!«, sagte Te Kooti und deutete mit dem Arm auf den undurchdringlichen Wald jenseits des Gelobten Landes, das er zu schaffen versuchte mit allen Mitteln.

126.

Sie war fort. Am frühen Morgen, nur drei Tage nach ihrem ersten Kuss, hatte die Deep South *die Flüchtlinge am Illinois-Ufer sicher an Land und in die Freiheit gebracht. Deborah war mit ihnen von Bord und in Gringoires Hütte gegangen, von wo aus die kleine Underground Railroad sie weiter nach Kanada bringen würde. Der wüste alte Pirat hatte Gowers beim Abschied umarmt, denn in den Nächten zuvor war es noch einige Male sehr haarig zugegangen. Aber der junge Lotse hatte alle Schwierigkeiten von Schiff und Passagieren ferngehalten. Sie waren an einigen Wracks vorübergekommen, die weniger Glück gehabt hatten, und ihr Anblick hatte auch den letzten und ahnungslosesten der Flüchtlinge klargemacht, was John Gowers für sie getan hatte. Und John Lafflin. Und Jason. Und der riesige, furchterregende Mr. Phineas.*

Fast alle weinten, als das kleine Schiff wieder auf den gewaltigen dunklen Strom hinaussteuerte, aber es waren nicht mehr die bitteren Tränen der Sklaverei, die in ihren Augen glänzten. In Hochstimmung befahl der Kapitän Kurs auf St. Louis, laut lachend warf Mr. Phineas Schaufel um Schaufel ihrer letzten Kohlereserven ins Feuer seiner unerschütterlichen Maschine. Alles war gut gegangen – aber sie war fort! Selten war John Gowers sein Leben so leer erschienen wie an diesem Morgen, leer wie der endlos vor ihm ausgebreitete Fluss. Er sah auf das Vorschiff, wo am Tag zuvor noch singende, tanzende Menschen einer ungewissen, aber selbstbestimmten Zukunft entgegengeschwommen waren. Sie war fort.

Sein Blick wanderte ungläubig durch das Steuerhaus, über Karten, Ruder hinweg, zu dem leeren Haken an der Wand, wo normalerweise seine Lotsenjacke aufgehängt war. Er hatte sie Deborah zum Abschied geschenkt, aber Deborah war fort. Als die Sonne aufging, wurde der Mississippi zu einer schimmernden Fläche aus flüssigem Licht, auf die seine Träume hinauszuwachsen begannen. Er sah ihre Augen, ihr Gesicht, er hörte ihre Worte da draußen. Und allmählich begriff er, dass die Leere in seinem Leben nicht vor ihm, sondern hinter ihm lag. Sie war fort. Aber John Gowers war jetzt nicht mehr allein.

»Versponnen«, ertönte plötzlich eine Stimme hinter ihm. »Ja, das ist der richtige Ausdruck: versponnen!« Es war John Lafflin, der ins »Texas« gekommen war, ohne dass der Lotse es bemerkt hatte. »Ich weiß ja nicht, ob das von Interesse für Sie ist«, fuhr er spöttisch fort, »aber wir haben eben ein Floß versenkt.« Wie ein Schlag in die Kniekehle kehrte die Wirklichkeit zu John Gowers zurück, und er sah den Mann mit großen Augen an.

»Na ja, beinahe«, lächelte der Kapitän. »Um ein Haar sozusagen.

Aber ein paar der Ausdrücke, die die Kerle darauf für unseren Lotsen gebraucht haben, kannte selbst ich noch nicht.«

Gowers lachte ein wenig zu laut.

»Ich dachte nur, ich sag Ihnen das«, setzte Lafflin seine Rede fort, »denn ehrlich gesagt fände ich es schön blöd, wenn Sie nach all dem Theater mein Schiff in Sichtweite von St. Louis in den Grund bohren. Nennen Sie mich einen alten Pedanten!«

Sie erreichten St. Louis am Nachmittag, und der Lotse nahm die Einladung seines Kapitäns zu einem späten Mittagessen oder einem frühen Abendessen in der Collins Avenue 24 dankend an. Lafflin machte dem jungen Mann sogar das Angebot, fest für ihn zu arbeiten; aber da Deborah ihn einmal offen vor den Augen des Kapitäns geküsst hatte, kannte John nur ein Thema und war froh, dass er seine vielen Fragen nicht mehr hinter Andeutungen verstecken musste. Und obwohl vernünftige Menschen den Umgang mit Verliebten nach Möglichkeit meiden sollten, stand John Lafflin seinem Lotsen, so gut er konnte, Rede und Antwort, denn er hatte seine Freude an dem, was da zusammenwachsen wollte.

Nein, obwohl er sie seit vier Jahren kannte, wusste er nicht, wo und wie die junge Frau lebte. Das war Teil ihrer Absicherung. Nur Gringoire, nein, Gringoires Frau kannte Deborahs festen Aufenthaltsort, und nur über sie konnte man mit ihr in Verbindung treten. Blumen? Schmuck? Nun ja, er an Johns Stelle würde dieser Frau nichts schenken, was man auch jeder anderen Frau schenken könne.

An dieser Stelle räusperte sich Mrs. Emma Lafflin vielsagend und klärte die beiden Männer darüber auf, dass die Frau noch nicht geboren sei, die ein Blumengeschenk verschmähe. Schmuck sei natürlich immer ein wenig heikel, weil Geschmacksache. Wenn er diesbezügliche Fragen habe, könne er sich jederzeit an sie … Ein Chronometer und einen Sextanten? Nun … Das sei immerhin originell. Kaum zu befürchten, dass ein Mädchen da die Augen verdrehte und sagte: »O Gott, schon wieder ein Sextant!« Ein Astronomielehrbuch? Ja. Auch nicht schlecht. Aber natürlich mit einer Menge Blumen.

Im Verlauf dieses heiteren Abends machte Mrs. Lafflin ihrem

Mann auch Mitteilung über die in seiner Abwesenheit vorgekommenen Ereignisse, die in den spannenden Berichten über die Fahrt der Deep South, *die Schlacht von Barataria und den Weg durch die Sümpfe leider ein wenig untergingen. Später, als sie nackt in seinen Armen lag, wiederholte sie noch einmal die Geschichte von dem nächtlichen Einbrecher, den sie den städtischen Behörden übergeben hatte. Aber unglücklicherweise nahm John Lafflin diese Information auch jetzt nicht sonderlich ernst.*

127.

Als John Gowers kurz vor Mitternacht das kleine Hotel aufsuchte, in dem er in St. Louis abzusteigen pflegte, überraschte ihn die Mitteilung des Empfangschefs – der auch Hausdiener, Koch, Portier, Zimmerkellner und Besitzer des Etablissements war –, dass am späten Nachmittag eine junge Dame ein Doppelzimmer auf den Namen Gowers angemietet hatte. John, dem nur eine junge Dame einfiel, die auf eine solche Idee kommen könnte, flog die windschiefe Treppe hinauf, indem er bis zu vier Stufen auf einmal nahm. Er war verwirrt und geschmeichelt über das eindeutige Angebot, das sie ihm damit machte. Gleichzeitig fragte er sich, wie Deborah in so kurzer Zeit über den Fluss gekommen sein konnte und woher sie überhaupt wusste, wo er wohnen würde. Hatte er das ihr gegenüber erwähnt? Er konnte sich nicht daran erinnern. Aber er konnte sich ohnehin nur an wenig von dem erinnern, was er zu ihr gesagt hatte.

Vor der Tür schloss er die Augen und atmete mehrmals tief ein und aus, ohne dadurch jedoch den heftigen Schlag seines Herzens beruhigen zu können. Ohne anzuklopfen, trat er ein – und war einigermaßen konsterniert, Dorothy Simpson auf dem Bett liegend vorzufinden; mit offenen Haaren und nur mit einem Nachthemd bekleidet. Das Mädchen war eingeschlafen, während sie auf ihn gewartet hatte, erwachte aber jetzt, setzte sich auf und zog sowohl ihre Beine als auch die dünne Bettdecke hoch.

»Guten Abend«, sagte sie und versuchte zu lächeln, aber ihre Stimme zitterte vor Aufregung, und ihr Gesicht wurde brandrot.

»Was tun Sie hier?«, fragte John Gowers, noch immer enttäuscht, verwirrt, aber auch schon eine Spur ärgerlich.

»Ich bin fortgelaufen«, sagte Dorothy, der man anmerkte, dass sie diese Worte in der großen Szene ihres Lebens mehrmals geprobt hatte, ohne dass sie ihr jetzt allerdings besonders gut gelangen. »Und ich gehe nie, nie wieder zurück!«

»Woher wissen Sie, dass ich in St. Louis bin?«

Diese Frage immerhin hatte sie vorausgesehen, wenn sie auch auf eine andere, empathischere Reaktion gehofft hatte: Dorothy, Liebste! Was um Himmels willen ist geschehen?! Oder etwas in der Art.

»Ich habe die Deep South im Hafen gesehen, und ich wusste ja ...«

Dass Sie ihr Lotse sind, sollte der Satz lauten. Aber John durchschnitt ihn mit einem kühlen: »Vorher oder nachher?«

»Was?« Diese Frage war in dem von ihr geplanten oder zumindest erhofften Szenario nicht nur nicht vorgesehen, sie verstand auch nicht, was er damit sagen wollte.

»Sind Sie schon vorher zu Hause ausgerissen und haben heute zufällig die Deep South gesehen, oder haben Sie sie gesehen und sind danach fortgelaufen?«

»Danach«, antwortete sie kleinlaut, denn instinktiv spürte sie, dass ein so genau kalkulierter Ausbruch aus dem bürgerlichen Alltag der großen Tat viel von ihrer dramatischen Wucht nahm. »Aber ich gehe nie, nie wieder zurück!«, fügte sie ein wenig schmollend hinzu. Damit konnte die Szene eigentlich noch immer den erwünschten Verlauf nehmen: Dorothy, Liebste! Was um Himmels willen ist geschehen?!

»Dorothy«, sagte John Gowers, »Sie sind ein nettes Mädchen, aber Sie bringen mich in große Schwierigkeiten.«

Die Röte stieg ihr nun bis über die Augenbrauen. Sie brachte ihn in Schwierigkeiten? Wer hatte denn wen geküsst? Mehrmals? Auf den Mund? Wo war der herrlich aufregende Mann, der ihr angeboten hatte, sie mitzunehmen? In sein Zimmer? In sein Leben? Und warum fragte er nicht endlich, was Furchtbares vorgefallen war?

»Das Beste wird sein, wenn Sie sich anziehen und sofort wieder gehen«, sagte er. Da platzte das ganze Elend der Menschheit aus Dorothy Simpson heraus, Tränen, Tragik, Trauer. Ihre Mutter hatte ihr Tagebuch gefunden, die rosafarbenen, parfümierten Blätter, denen sie mit blassblauer Tinte all ihre Geheimnisse, Träume, ihre innersten Gefühle anvertraut hatte. Unter anderem eben die Sache mit John Gowers.

Als pflichtschuldige Herdhüterin hatte Dorothys Mutter ihrem Vater Mitteilung davon gemacht, und ihr Vater hatte sie geschlagen, wahrhaftig geschlagen, mit seinem Gürtel! Auf Hüften und Gesäß! Sie zitterte vor Empörung, als sie an die entsetzliche Szene dachte, spürte auch noch ein wenig das Beißen des Riemens an den entsprechenden Körperteilen; jedenfalls, wenn sie sich sehr darauf konzentrierte, denn das Ganze lag nun schon fast zwei Wochen zurück. Seitdem war sie jeden Tag, jedenfalls jeden Tag nach Aufhebung des selbstverständlichen Hausarrestes, zum Hafen gegangen und hatte nach der Deep South *Ausschau gehalten.*

Sie würde nun mit ihm gehen! Auf und davon, den Fluss hinunter, aufs Meer hinaus! Eine Flößerfrau, eine Piratenbraut, entehrt, aber glücklich! Sie hätte nun ohnehin nichts mehr zu verlieren, und es gäbe für sie kein Zurück mehr!

Als er auf diese Flut von Ausbruch, Aufbruch und Abenteuer nicht anders reagierte als mit einem leichten Stirnrunzeln, sogar manchmal mitleidig zu lächeln schien, tat sie mit fliegenden Händen das Äußerste: warf die Bettdecke von sich und zog ihr Nachthemd über den Kopf, was nicht ganz einfach war, da sie ja darauf saß. Nackt, wie Gott sie geschaffen hatte, jung, schön, wenn auch nicht mehr in vollster Jugendblüte, warf sie sich auf das Bett zurück, und als der steinharte Mann noch immer nicht reagierte, öffnete sie mit einem leisen Seufzen, das wie ein Schluchzen klang, sogar ihre Beine.

John sah unter den kurzen schwarzen Haaren, die ihr beinahe bis zum Bauchnabel reichten, ihr jungfräuliches Geschlecht, leuchtend wie eine Rose in der Dämmerung. Er wusste, dass sie ihm ein Geschenk machte, das sie nie wieder einem Mann machen würde, wusste auch, dass dies die Sünde war, die Gott einem Mann nicht vergibt. Kurz ging ihm durch den Sinn, was er noch vor einem Monat in dieser Situation getan hätte, ja was zu tun er gelegentlich heftig herbeigewünscht hatte. Dann deckte er das Nachthemd über diesen zu allem entschlossenen Körper und sagte: »Es tut mir sehr leid. Aber ich werde Sie jetzt nach Hause bringen!«

Es war eine zu Tode beschämte junge Dame, die mit sehr finsteren Blicken immer wieder auf den nächtlichen Straßen von St. Louis stehen blieb und mit dem Gedanken spielte, »Hilfe! Vergewaltigung!« zu schreien. Denn John Gowers hatte sie vergewaltigt; ihren Körper mit seinen Augen, ihren Geist mit seinen unromantischen Worten und ihre Seele mit seinem unmännlichen Nichtstun. Was sollte sie ihren Eltern sagen? Was ihren Freundinnen? Dorothy Simpson wurde allmählich wieder ganz die Tochter des besten Anwalts der Stadt.

Konnte er sie entführt haben? »Hilfe! Vergewaltigung! Entführung?« Aber dieser Mann am Empfang würde bestätigen, dass sie selbst das Zimmer gemietet hatte, als John Gowers noch gar nicht da war. Könnte man diesen Zeugen kaufen? Wütend blickte sie auf den jungen Mann, der vor ihr ging. Konnte sie ihm etwas über den Schädel schlagen, seine Leiche beseitigen, allen erzählen, er hätte sie vergewaltigt? Nein. Nein, ihr fiel etwas Besseres ein.

»Kommen Sie bitte endlich!?«, fragte John Gowers mit inzwischen erhobener Stimme, als Dorothy zum dritten Mal vor einem Saloon stehen blieb, aus dem noch Licht auf die Straße fiel. Einem Vater weit nach Mitternacht die entlaufene Tochter zurückzubringen war schon schwer genug. Sie würde doch wohl nicht auch noch etwas trinken wollen?!

»Helfen Sie mir, Sir«, sagte Dorothy in diesem Moment zu dem Mann, auf den sie gewartet hatte: einen angetrunkenen, aber gut gekleideten, vor allem aber jungen und kräftigen Vertreter für Düngemittel. »Dieser Mann belästigt mich!«

Das darf nicht wahr sein, dachte Gowers, als der Bursche – »Nehmen Sie die Finger von der Dame!« – auf ihn zukam und ihn von

Dorothy wegstieß. Zuerst wollte er sich zur Wehr setzen, als der andere ihm eine schallende, aber ansonsten harmlose Ohrfeige verpasste. Dann bemerkte er jedoch den gierigen Blick, der dabei in Dorothy Simpsons Augen trat, und zog es vor, umstandslos zu Boden zu gehen und liegen zu bleiben. Er rollte lediglich rasch zur Seite, um dem gefürchteten Tritt in den Unterleib zu entgehen, der solche Auseinandersetzungen in seinen Kreisen zu beenden pflegte. Aber sein Gegner war diesmal ein Gentleman.

Verblüfft starrte der junge Vertreter auf seine Hand, die noch nie mit einem einzigen Schlag so viel verändert hatte, dann nahm er bereits den Hut vom Kopf und hörte irgendwo in seinem leicht benebelten Kopf seine eigene Stimme sagen: »Jeremiah Elderton, Gnädigste! Darf ich Ihnen meine Begleitung und meinen Schutz anbieten?!«

»Danke, Mr. Elderton«, erwiderte die Gnädigste, in deren Kopf sich bereits eine neue Geschichte entwickelte; plausibler als die erste und mit weitreichenden Folgen sowohl für sie selbst als auch für den ahnungslosen Jeremiah Elderton.

John Gowers blickte ihnen nach, klopfte den Staub aus seinen Kleidern und rieb sich die lange nicht mehr rasierte Wange. Verdient, dachte er im Gedanken an das, was er an diesem Abend gesehen hatte. Verdient, einer wie der andere!

128.

August Petermann hatte erst zweimal in seinem Leben ein Schiff bestiegen, und die weiteste Reise dieses Lebens hatte ihn nach Schottland, von dort nach London und schließlich zurück auf den Kontinent, in das kleine thüringische Landstädtchen Gotha, geführt. Dennoch kannte der Mann die ganze Welt, hatte sie aufgezeichnet in seiner engen Gelehrtenstube und den Produktionsräumen der *Verlagsbuchhandlung & geographischen Anstalt Justus Perthes*. Petermann war der beste Kartenzeichner seiner Generation und mit den *Geographischen Mittheilungen* oder einfach *Petermanns Monatsheften*, die er seit 1855 herausgab, brachte er die Welt oder was er dafür hielt, in alle Klassenzimmer, Salons und Bibliotheken des bürgerlichen Zeitalters.

Expeditionstagebücher, flüchtige Bleistiftskizzen, Höhenmessungen und andere Daten von Forschungsreisenden aus aller Welt landeten irgendwann in der deutschen Provinz, auf Petermanns Schreibtisch, der sie mit seltener Kunstfertigkeit in Karten umwandelte, die die Vorstellung von der Erde für mehrere Generationen, ja eigentlich bis zur Einführung von Satellitenbildern prägten. Als der junge Geologe Ferdinand von Hochstetter 1859 von seiner zweijährigen Forschungsreise nach Neuseeland zurückkam und noch ehe er aufgrund dieser Leistung Vorsitzender der Wiener Geographischen Gesellschaft und schließlich Direktor des Naturhistorischen Museums in Wien wurde, schickte er deshalb seine Aufzeichnungen an den ebenso weltfremden wie weltkundigen kleinen Professor in Gotha, der sie mit den englischen Küstenaufnahmen von Stokes und Drury kombinierte und so die – nach Cook – erste im europäischen Bewusstsein »gültige« Karte der neuseeländischen Nordinsel erstellte.

Sogar von Tempsky hatte sich an dieser Karte orientiert, sie hier und da handschriftlich korrigiert, aber im Wesentlichen verlässlicher gefunden als alles, was englische Missionare über das Landesinnere zu Papier gebracht hatten. Leider hatte der Investigator Petermanns Karte nur ein einziges Mal gesehen, aber sie hätte ihm auch wenig genützt, denn die meisten Gebiete, die er auf seinem Weg nach Norden durchqueren musste, hatte Hochstetter nie gesehen und Petermann nur als weiße Flecken mit dem Vermerk »völlig unerforscht« eingezeichnet.

Immerhin wusste er, dass jenseits der Te Whaiti Range und der Kaingaroa-Ebene eine Gruppe vulkanischer Seen lag, von denen gut ausgetretene Pfade in die Bay of Plenty führten. Er hatte über sein Ziel nachgedacht, solange er noch über etwas anderes als Hunger und Kälte nachdenken konnte. Das Naheliegendste, nämlich von Nga Tapa in den Süden zu gehen, hätte bedeutet, mitten in den Aufmarsch der Pakeha- und Kupapa-Milizen zu geraten, die gegen den »Schlächter von Matawhero« zusammengezogen wurden. Es war ihm bewusst, dass ein einzelner Mann in seiner Aufmachung, mit seinem Gesicht hier nur wenig Hilfe zu erwarten hatte.

Der Weg nach Nordwesten war beschwerlicher, führte in den Urwald von Te Wera hinein statt hinaus, aber dort lag ein von Krieg und Aufstand noch unberührtes Gebiet, in dem er auf Unterstützung zumindest hoffen konnte. Es war seine Absicht, die Coromandel-Halbinsel zu erreichen und sich bei von Tempskys Familie, so gut es ging, in einen Menschen zurückzuverwandeln, ehe er einen weiteren Versuch machte, Otago und die Südinsel zu erreichen. Dass er aus der Patea Field Force mehr oder weniger desertiert war, dass er Te Kooti bei seiner Flucht von Chatham geholfen hatte, würde seine Jagd nicht eben erleichtern, ja er würde wahrscheinlich aufpassen müssen, dass er nicht selbst als Verräter gejagt wurde.

Aber als er nach drei Tagen die Wasserscheide zwischen südöstlicher und nordöstlicher Küste noch immer nicht erreicht hatte, als Flüsse und Bäche ihm noch immer entgegenstürzten auf seinem Weg die dicht bewaldeten, fast überwucherten Berge hinauf, als er den Hunger zu spüren begann und die Schlammschichten, mit denen er sich gegen die Kälte zu schützen versuchte, immer wieder von jähen Regengüssen weggespült wurden, zweifelte er an all seinen Zielen und ging es plötzlich nur noch darum, am Leben zu bleiben. Das war schwer genug. Er kaute Baumrinde, um das Hungergefühl zu betäuben, hütete sich aber, sie hinunterzuschlucken, denn Durchfall oder Übelkeit hätten ihn nur noch schwächer und langsamer gemacht. Als er endlich den ungeheuren Wald hinter sich hatte, den Mount Tarawera und den Weg in die Bucht des Reichtums und der Fülle vor sich, glich er eher einem wilden Tier, einem Urzeitmenschen als einem Pakeha oder Maori.

In der Kaingaroa-Ebene fand er endlich die Nester bodenbrütender Vögel und verhinderte das Nachwachsen einer neuen Generation, indem er ihre Eier roh hinunterschlang und sie trotz seines Widerwillens auch bei sich behielt. Am sechsten Tag roch er Schwefelwasserstoff in der Luft und wusste, dass die Vulkanseen mit ihren Geysiren, Fumarolen und Solfataren jetzt nicht mehr weit sein konnten. Er bewegte sich inzwischen wie durch einen üblen Traum, und die überall der Erde entströmenden Gas- und Dampfausbrüche vermittelten ihm das intensive Gefühl, nicht mehr auf einer von Menschen bewohnten Welt zu sein. Seine Füße schmerzten, waren blutig und schartig, aber dennoch erlag er nicht der Versuchung, sich in einer der zahllosen Puias, der heißen Quellen, zu erholen und zu säubern, denn er wusste, dass das seinen Körper nur weich und verletzlicher machen würde.

Das Land war von einer unwirklichen Schönheit. Blaue, grüne, türkisfarbene Kraterseen lagen auf seinem Weg, gelbe Schwefelablagerungen und weite, weiße Sinterterrassen von Kieselerde glänzten selbst unter der matten Wintersonne. Aber alles, was er erreichen wollte, war das kleine Kreuz, das auf Petermanns Karte eine Missions- und Wetterstation mitten in diesem alten Vulkangebiet bezeichnet hatte und an das er sich deutlich erinnerte. An der Ostseite des großen Sees Tarawera fand er schließlich einen Pfad, den ersten seit einer Woche, der ihn direkt zu einem niedrigen, aus Basaltblöcken errichteten Gebäude brachte, das indes von seinen Bewohnern verlassen war.

Auf einem Müllhaufen in der Nähe entdeckte er einige alte, aber noch nicht zu alte Konservendosen, deren Bodensatz er zusammenkratzte und in einer hundertfünfzehn Grad heißen Schlammquelle zu einer nahr-, wenn auch nicht allzu schmackhaften Mahlzeit verkochte. Die Missionare konnten noch nicht lange fort sein; vermutlich waren sie vor den schlimmen Gerüchten über Matawhero und die Turanga-Region an die Küste geflüchtet und bei der Mitführung ihrer Vorräte und sonstigen

Habe leider sehr gründlich gewesen. Der halb nackte Wanderer hatte auf einige alte Lumpen, vielleicht sogar ein Paar zerrissene Schuhe gehofft, fand aber nichts dergleichen, sondern nur ein kleines, leckendes Kanu ohne Paddel, das er noch zwei weitere Tage durch diesen Alptraum aus Stein, Schlamm und Vulkanasche schleppte.

Nördlich von Roto-rua und Roto-iti erreichte er endlich einen Fluss, den kleinen, aber reißenden Kaituna River, dessen Strömung er sich anvertraute. Einen Tag später stand er am Papamoa Beach und am Meer, ohne dass er auf seinem langen Weg bisher auch nur einen einzigen Menschen gesehen hatte. Er wusste, dass er nun der europäischen Zivilisation zwischen Okura und Tauranga Harbour gefährlich nahe war und man ihn zweifellos aufhalten würde, wenn man ihn entdeckte. Also schlief er bei Tag in den mit Farn bedeckten Hügeln und marschierte bei Nacht, wobei er seinen Weg nur unterbrach, um auf den vereinzelt liegenden Farmen Kartoffeln und rohes Gemüse zu stehlen. Einmal kam ihm dabei ein Hund in die Quere, der aber rasch den Schwanz einzog und dessen Fell sich sträubte, als er sah, wer oder was da vor ihm stand. Gowers lachte. Er musste fürchterlich aussehen.

Um nicht jede Bucht von Cooks County mühsam und langwierig zu umrunden, marschierte er über die meilenweiten, bei Ebbe trockenfallenden Schlammflächen zwischen dem Festland und der lang gestreckten Matakana-Insel und stieß dabei an einem kalten, nebligen Morgen auf das Unheimlichste, was ihm bisher auf all seinen Wanderungen begegnet war. Er hielt es zunächst für eine Gruppe länglicher grauer Felsen, vom Meer zu merkwürdig symmetrischen Formen geschliffen. Eine große Wolke von Seevögeln kreiste mit aufgeregtem Geschrei dicht darüber, stieß immer wieder darauf herab, und Gowers, noch rund dreihundert Meter entfernt, registrierte verwundert, dass die Möwen, die kreischend auf ihn anflogen, um ihn zu vertreiben, blutige Schnäbel hatten. Ungeachtet ihrer wütenden Angriffe ging er weiter und stellte fest, dass sich die vermeintlichen Felsen noch schwach bewegten.

Eine Schule unerfahrener Pottwale war offenbar mit der Flut in die flache Bucht geschwommen und hatte dann bei rasch fallendem Wasser keinen Ausgang mehr aus der tödlichen Falle gefunden. Aufgelaufen im weichen Schlick hatten die riesigen Tiere panisch um sich geschlagen, gezappelt und dabei tiefe Furchen im Schlamm hinterlassen, in denen sie lagen wie in halb ausgehobenen Gräbern. Immer hilfloser auf dem sich verfestigenden Grund, wurden die Wale nun langsam von ihrem eigenen Körpergewicht erstickt. Schon lange, bevor die Sonne kam, hatten die Möwen diese reiche Beute entdeckt und begonnen, ihre ebenso großen wie wehrlosen Opfer bei lebendigem Leib aufzufressen.

Im Meer Könige, unumschränkte Beherrscher ihres Elements, die tausend Meter tief tauchen konnten, um den Kraken und andere Fabelwesen der Tiefsee zu jagen, waren die Pottwale jetzt nur noch Strandgut. Einige waren in ihrem aussichtslosen Kampf auf die Seite gerollt, und ihre Augen und zuckenden Seitenflossen boten den Schnäbeln der Vögel eine besonders gute Angriffsfläche, aber alle lebten noch, man sah es am verzweifelten, sinnlosen Zuschnappen ihrer bis zu drei Meter langen Unterkiefer.

Gowers hütete sich, in den Bereich dieser letzten Waffen der sterbenden Tiere zu kommen, mied auch die riesigen Schwanzflossen und brauchte etwa eine halbe Stunde, um eine schmale Rampe aufzuschütten, über die er auf den Rücken eines etwa vierzehn Meter langen Bullen gelangen konnte. So gut es mit Fagans Messer gehen wollte, schnitt er sich rings um das empfindliche Blasloch, wo die zähe Haut etwas weicher war, in die Speckschicht des noch atmenden Tiers. Bis zu den Schultern in der Wunde versinkend, die er dem jetzt Blut blasenden Wal schlug, schaffte er es schließlich, mehrere Streifen des weißen, feinfaserigen Specks herauszulösen.

Seine glitschige Beute zu transportieren erwies sich als beinahe noch schwieriger, als sie zu gewinnen, und schließlich zog er seine Hose aus, knotete die Beine zusammen und füllte sie wie einen Sack mit blutigen Speckstreifen, die sein Auskommen auf Tage hinaus sichern würden. Völlig nackt und durchgefroren im schneidenden Wind, den Tran schwitzenden Stoff auf den Rücken geladen, setzte er dann seinen Weg fort, um Katikati Heads, eine Landzunge, die der große August Petermann fälschlich zu einem Fluss erklärt hatte, noch vor der jetzt rasch einsetzenden Flut zu erreichen.

Teil fünf

129.

Immer, wenn Gabriel Beale in seiner Mietkutsche die fast eine halbe Meile lange Platanenallee zum säulengeschmückten Herrenhaus der großen Plantage entlangfuhr, fröstelte er ein wenig. Madame Bonneterre war noch keine zwei Jahre tot, aber trotzdem atmete alles auf diesem Weg, diesem riesigen Anwesen eine seltsame Schäbigkeit, eine Art von Verfall. Es kam ihm vor wie eine glanzvolle Theaterkulisse, die er allerdings schon von hinten gesehen hatte und an die er deshalb nicht glauben konnte.

Beale verstand nicht viel von Plantagenwirtschaft, aber dass dieser Betrieb auf dem absteigenden Ast war, sah selbst er. Brachliegende Flächen, die sich das wuchernde Unkraut binnen kürzester Zeit zurückgeholt hatte, Dächer und Ställe, die anscheinend nicht mehr repariert wurden, Sklaven, die immer ausgemergelter schienen. Natürlich wusste er längst nicht alles über die finanziellen Verhältnisse seines Auftraggebers, außer dass er sich seine Rache mehr kosten ließ, als vernünftig war.

Seit anderthalb Jahren war der Detektiv mit fast nichts anderem mehr beschäftigt als der Suche nach »Moses« und ihren Helfershelfern. Desmond Bonneterre schien besessen von dieser Frau und erlitt eine Art Tobsuchtsanfall, als Gabriel Beale ihm das vage Gerücht überbrachte, sie habe den Lotsen John Gowers, den Engländer, geheiratet. Man erzählte sich viele üble Geschichten über Bonneterre, aber dass er an diesem Tag eine Sklavin totgeprügelt hatte, entsprach der Wahrheit. Beale war dabei gewesen, als er das Mädchen kommen ließ, hatte spät in der Nacht ihre verzweifelten Schreie gehört und sie am nächsten Morgen nicht wiedergesehen.

Desmond Bonneterre kannte sich aus mit Schreien. Er betrieb die

Erforschung dieser menschlichen Lebensäußerung zeitweise mit fast wissenschaftlicher Akribie und einigen chirurgischen Instrumenten, die er durch Vermittlung Lemuel Willards erstanden hatte. Er unterschied etwa das spontane Aufschreien und Brüllen unter regelmäßig oder unregelmäßig fallenden Peitschenhieben vom lang gezogenen Heulen, wenn etwa ein Brandschmerz nicht endete. Besonders liebte er den Übergang zum schrillen, entsetzten Kreischen, wenn seine Opfer begriffen, dass sie nicht mehr wegzucken, dem Schmerz nicht mehr ausweichen konnten. Sie gerieten dann außer sich, waren nicht mehr Mann, Frau, Kind, sondern nur noch leidendes Fleisch und völlig in seiner Hand. Stöhnen, Schluchzen und Wimmern bildeten gemeinhin den Schlussakkord seiner Symphonien, wenn sowohl die Opfer als auch ihr Peiniger der Folter gewissermaßen nachschmeckten.

In wirtschaftlicher Hinsicht hatte sich der elegante Kreole ganz der Sklavenzucht zugewandt und hinter dem Herrenhaus ein langes, flaches Gebäude für die vielen jungen Frauen und Mädchen errichten lassen, die seine Aufkäufer in ganz Louisiana beschaffen mussten. Gelegentlich überließ er sie seinen Aufsehern und sogar verdienten schwarzen Vorarbeitern, aber meist besorgte er sein Geschäft selbst. Am liebsten hätte er, wie ein türkischer Sultan, in jeder Nacht mit einer anderen Frau geschlafen, und auch den egozentrischen Versuch, wie viele Kinder er in vierundzwanzig Stunden zeugen konnte, hatte Desmond Bonneterre nicht ausgelassen. Das körperliche Vergnügen erwies sich jedoch als der belangloseste Teil des Geschäfts, und die Aufzucht der zahlreichen bereits entstandenen Kinder verschlang sein Vermögen buchstäblich und so schnell, dass er bereits daran denken musste, sie zu lächerlichen Preisen zu verkaufen, sobald sie laufen konnten.

All das blieb nicht ohne Einfluss auf den Ruf des Hauses Bonneterre, und in dieser Hinsicht erfüllten sich die schlimmsten Befürchtungen seiner Mutter, noch ehe ihr Grab eingefallen war. Seit General Willoughby, der gekommen war, um dem jungen Mann ins Gewissen zu reden, bei Tisch angeblich von einer nackten Hure bedient worden war, hatte man den gesellschaftlichen Verkehr mit Desmond

Bonneterre vollständig eingestellt. Keine Einladungen, Geselligkeiten, Geschenke; selbst aus der Louisiana-Miliz war ihr einstiger Verhörspezialist ausgeschieden. Seit die Dame des Hauses, Desmonds unglückliche Gattin Eleanor, an Leib und Seele gebrochen zu ihren Eltern zurückgekehrt war und die Scheidung wegen Unverträglichkeit beantragt hatte, dachte man sogar über juristische Schritte nach, um auch ihre beiden kleinen Kinder aus dem furchtbaren Haus zu befreien.

Beale wurde wieder von der gespenstisch stillen Negerin empfangen, die eine Kette aus ihren eigenen Zähnen um den Hals trug und die er zuerst für stumm gehalten hatte. Schon bei einem seiner ersten Besuche war ihm der seltsame Schmuck aufgefallen, und er hatte, ganz unbedarfter Yankee, gefragt, was das sei und solle. Anstatt ihm zu antworten, hatte sie einfach den Mund geöffnet und ihm ihre bis auf ein paar abgebrochene Zahnstümpfe leeren Kiefer gezeigt. Immerhin konnte er bei dieser Gelegenheit feststellen, dass sie noch eine Zunge hatte.

»Jesus!«, hatte der Detektiv gesagt, als sie dann, beinahe kokett, auch noch ihr Haar zurückstrich und ihn die kleinen vernarbten Löcher sehen ließ, die sie anstelle von Ohren besaß. Die Namen Gottes und all seiner Heiligen hätten jedoch nicht ausgereicht, wenn Darioleta dem bulligen kleinen Yankee erzählt hätte, worin ihre Aufgabe im Hause Bonneterre bestand. Nachdem sie zunächst einige Male versucht hatte, sich umzubringen, war der Lebensfunke in ihr wieder entflammt, und um nicht länger Opfer ihres Herrn zu sein, hatte sie sich ganz und gar zu seinem Werkzeug gemacht.

Desmond Bonneterre hatte Darioleta beigebracht, wie man Menschen Schmerzen zufügt, und sie hatte sich als gelehrige Schülerin erwiesen, die – insbesondere wenn es darum ging, Männer zu quälen – die Grausamkeit ihres Meisters noch übertraf. Die stärksten, widerspenstigsten Feldsklaven senkten zitternd den Blick, wenn die finstere junge Frau an ihnen vorüberging. Das allerdings kam relativ selten vor, denn im Wesentlichen unterstanden Darioleta das »Zuchtgebäude« und seine Insassinnen. Sie sorgte dafür, dass die Frauen sich selbst und ihre Umgebung sauber hielten, keinen Kontakt zu den übrigen Sklaven aufnehmen konnten und dass keine Kindstötungen oder Selbstmorde vorkamen. Ohne Peitsche, Feuer, Nadeln und Bonneterres Chirurgenmesser, die sie hier nicht anwenden konnte, um die Mädchen nicht für die Benutzung durch ihren Herrn unbrauchbar zu machen, hatte sie sich Respekt verschafft, indem jede, die ungefragt mit ihr sprach oder in ihrer Gegenwart auch nur ein Wort sagte, eine Nacht mit dem Kopf in der gemeinschaftlichen Latrine verbringen musste. Entsprechend still war es um Darioleta geworden.

130.

Sein Auftraggeber empfing den Detektiv in einem grünen Morgenmantel und ließ süßen türkischen Kaffee servieren, obwohl die Abenddämmerung bereits hereingebrochen war. Während er das für einen normalen amerikanischen Gaumen nahezu ungenießbare Getränk behaglich und in kleinen Schlucken einschlürfte, ließ Desmond Bonneterre sich auf den neuesten Stand von Gabriel Beales Ermittlungen bringen, ohne sich seinen Zorn über deren weitgehende Ergebnislosigkeit anmerken zu lassen.

Noch immer keine Spur von Moses oder John Gowers oder ihrem Aufenthaltsort. Es war anzunehmen, dass der Engländer seinen Namen geändert hatte und auch nicht mehr seinem Beruf als Lotse nachging. Von den Informanten aus Lafflins Fabrik hatte sich in den vergangenen Monaten vor allem ein junger Mulatte namens Jason als nützlich erwiesen, aber es war Beale erst ein Mal gelungen, den Mann persönlich auszuhorchen. Alles andere geschah über Zuträger, Mittelsmänner, denn leider konnte sich der Detektiv aufgrund seiner früheren Auftritte in St. Louis nicht allzu oft in Person sehen lassen.

Er wusste immerhin, dass ein Mann namens Gringoire das Bindeglied zwischen Lafflin und Moses sein musste, und die nähere Beschreibung dieses Mannes ließ beide, den Ermittler und seinen Auf-

traggeber, vermuten, dass er bei jener lächerlichen Schlacht von Barataria eine Rolle gespielt haben musste. Jedenfalls, wenn man den übertriebenen und fantastischen Bericht von Owen Cheever über seine kurzfristige Gefangenschaft bei den Aufständischen ernst nahm. Irgendwo auf dem Illinois-Ufer des Mississippi sollte dieser Gringoire mit mehreren Negerinnen zusammenleben, aber sosehr gerade dieser Umstand Bonneterres Neugier erweckte: Das Illinois-Ufer war nahezu sechshundert Meilen lang und ließ sich kaum und unter keinem Vorwand so gründlich absuchen, dass Hoffnung bestand, Gringoires Hütte zu finden.

Sklavenbefreiungen im gewohnt dreisten Umfang waren in den beiden vergangenen Jahren nicht mehr vorgekommen, es gab also keine neuen Spuren von Moses, und die Ermittlung musste sich nach wie vor in den ausgetretenen Pfaden der alten bewegen. Als die aussichtsreichste Möglichkeit, die geheimnisvolle Frau aus ihrer Deckung zu locken, war eine Zeit lang die Lungenentzündung erschienen, die den alten John Lafflin beinahe das Leben gekostet hätte. Wäre er gestorben, hätte man hoffen dürfen, dass zumindest der Engländer an seinem Begräbnis teilgenommen hätte; aber Lafflin war ein zäher Knochen, der, Beales aktuellem Bericht zufolge, bereits wieder seinen Geschäften nachging.

»Sehr schön, Mr. Beale. Ich bin mit Ihnen zufrieden«, sagte Desmond Bonneterre und verbarg seine Enttäuschung hinter einem Schlürfen. »Glauben Sie, dass die Möglichkeit besteht, diesen Jason irgendwie hierherzubringen, um ihn unter günstigeren Bedingungen zu befragen?«

»Das wäre wohl nur auf dem Wege einer Entführung möglich«, antwortete der Detektiv, der, wie jedes Mal nach einem seiner Berichte, seine sofortige Entlassung halb erhoffte und halb befürchtete. Er dachte mit Grausen an das, was er von Bonneterres Befragungstechniken wusste oder auch nur ahnte.

»Lafflin, Phineas, Jason, Gringoire, Gowers, Moses«, murmelte der blasse junge Kreole und konnte seinen Hass mit jedem der genannten Namen wachsen fühlen. »Phineas war der Riese, nicht wahr?«

»Ja, Sir.«

»Ja, ja. Ja«, sagte Bonneterre geistesabwesend, weil er sich in seiner kranken Fantasie gerade fragte, ob und wie wohl ein Riese schreien würde, wenn Darioleta ihm die Hoden abschnitt. Er schnaufte heftig. »Lafflin ist der Schlüssel«, sagte er dann schnell, um das quälend schöne Gedankenbild zu verscheuchen. »Wir müssen noch intensiver über John Lafflin nachdenken!«

Tatsächlich tat er ebendas bereits, seit er vor einigen Wochen von der Krankheit und dem möglichen Tod des Pulverfabrikanten erfahren hatte. Welche Folgen hätte John Lafflins Tod? Und wie könnte man ihn herbeiführen? Der Abend war noch nicht sehr weit fortgeschritten, als er dem Detektiv einen großzügig gefüllten Geldumschlag überreichte.

»Wollen Sie nicht hier übernachten, mein Lieber? Der nächste Dampfer nach Norden geht erst morgen Mittag ab. Wir könnten das Ganze noch einmal überschlafen und hätten das Vergnügen, zusammen zu frühstücken.« Er machte dieses Angebot tatsächlich nicht ganz uneigennützig. Auch Psychopathen haben ihre geselligen Momente, und seit kein Cheever, Huggins oder Dick Willoughby mehr in seinem intellektuellen Kielwasser schwamm, fehlte Bonneterre wenn nicht die geistige Auseinandersetzung, so doch das Publikum für seine entsprechenden Ergüsse. Der Detektiv wirkte deutlich reserviert.

»Außerdem«, Bonneterre versuchte sich am generösen Lächeln eines Cäsaren, der Geschenke an verdiente Prätorianer verteilt, brachte aber nur eine Art Grimasse zustande, »wartet im Gästezimmer wieder eine Überraschung auf Sie!«

»Nun, Sir«, sagte der Detektiv mit einer abwehrenden Handbewegung, »ich …«

»Genau genommen zwei Überraschungen«, setzte Bonneterre seinen tödlichen Stich ins Zentrum von Gabriel Beales moralischer Integrität und freute sich am eigenen psychologischen Geschick. Er hatte die schwache Stelle des klugen kleinen Mannes bereits bei einem seiner früheren Besuche erkannt und für sich ausgenutzt.

Beale schwitzte. Er wurde für diesen Unfug gut bezahlt, und sosehr ihm der junge Mann auch persönlich zuwider war, schätzte er doch die Extravaganzen, mit der dieser ihn anscheinend bei Laune halten wollte. Er nahm an, dass dies unter den Gentlemen des Südens ein völlig normaler Vorgang war. Es war dann aber vor allem die Tatsache, dass der nächste Dampfer wirklich erst am nächsten Tag fuhr und die Alternative in einer nächtlichen Kutschfahrt und einem einsamen Hotelzimmer in Baton Rouge bestanden hätte, die ihn das verlockende Angebot annehmen ließ.

Desmond Bonneterre ergötzte sich etwa eine Viertelstunde lang an der Vorstellung, die der feiste kleine Yankee und die beiden von ihm persönlich ausgesuchten, sehr großen Farbigen ihm durch das Schlüsselloch boten. So hatte er schon als Junge in den Fluren des Herrenhauses gekniet, wenn sein Vater sich mit den Zimmermädchen vergnügte. Erst als seine Erektion zu hart wurde, ging er hinüber in das flache, sehr heiße Gebäude, in dem seine Zuchtstuten untergebracht waren, und wählte seine eigene Gefährtin für die Nacht. Nachdem er sich unter anfänglichen Konzentrationsschwierigkeiten geradezu verschwenderisch in sie ergossen hatte und ehe er sie wieder aus dem Bett jagte – denn er schlief jetzt immer allein, bei sorgfältig verschlossener Tür und ließ sogar die Petroleumlampe brennen, in seiner Angst, im Schlaf ermordet zu werden –, sagte er laut zu dem völlig verwirrten Mädchen: »John Lafflin ist der Schlüssel!«

131.

Emilia war keine sechs Jahre alt gewesen, als ihr Vater eine gehobene Stellung in Blackpool antrat und sie ihr kleines Haus in den Glens von Argyll verlassen mussten, aber der Abschiedsschmerz ihrer Mutter hatte sich auf sie übertragen wie eine Infektionskrankheit. Das Mädchen schlug keine Wurzeln mehr, nicht in England, nicht in Mittelamerika, nicht in Australien, und das war auch gut so. Sie trug ihre Heimat bei sich, in sich, und wer das kann, ist nie einsam, auch wenn ihn Wüsten, Ozeane und Urwälder von denen trennen, die er liebt.

Aber immer, wenn sie zum letzten Mal den Schlüssel zu einer ihrer vorübergehenden kleinen Behausungen umdrehte, hörte sie ihre Mutter wieder von den *bonny, bonny banks of Loch Lomond* singen. Das war alles, was sie sich an Wehmut zugestand, und mit der Zeit zu ihrem geheimen Ritual geworden, von dem nicht einmal ihr Mann etwas wusste. Emilia von Tempsky, geborene Bell, sah ihr Leben lang lieber nach vorn als zurück.

Seine Briefe klangen diesmal anders. Ohne dass sie sagen konnte, welche Worte, Wendungen es ausdrückten, spürte sie eine Müdigkeit darin, die sie an ihrem Mann nicht kannte. Es glich ein wenig der Leere nach dem Geschlechtsakt, jenem kurzen Moment satter, tödlicher Gleichgültigkeit, die in jeder Art der Befriedigung wohnt und die man am sichersten überlebt, wenn man den warmen Körper eines geliebten Menschen neben sich fühlt.

Emilia wusste, dass ihr Mann nicht treu war, nie treu gewesen war, sie betrog; nicht unbedingt mit anderen Frauen, obwohl auch das im Feld sicher vorkam, sondern mit Wüsten, Urwäldern, mit dem Krieg selbst. Ein Teil seines Herzens war nie bei ihr gewesen, sondern immer da draußen, unter dem weiten Himmel. Sie konnte es in seinen Augen sehen, seinen Worten hören, sogar in den Händen fühlen, wenn er sie streichelte: Unruhe, Ungeduld, Aufbruch. Und es war dieser für sie unerreichbare Teil, den sie vielleicht am meisten liebte, wie Menschen ja oft das am meisten wollen, was sie am wenigsten bekommen können, um immer ein Ziel zu haben, auf das sie zugehen.

Das hatte sie um die Erde getrieben, aus den Tälern von Argyll, der engen Welt eines Robert Burns, *from yone shady glen with the steep steep side of Ben Lomond*, immer den unerreichbaren Horizonten nach, die sie in den Augen des Mannes sah, den sie liebte. Und weil sie von gleicher Art war, ohne sie als Frau in ihrer Zeit leben zu können, fühlte sie jetzt, dass er entweder gefunden hatte, was er suchte, oder des Suchens müde geworden war. Beides beendete etwas, und seine Aufforderung an Emilia, mit den Kindern nach Auckland zu gehen, war eine Art Kapitulation vor der Wildheit der Welt.

Das Problem dabei war, dass Emilia, wie ein Soldat, der die Entscheidungen seines Hauptmanns zwar trägt, aber nicht versteht, innerlich noch nicht bereit war, zu kapitulieren. Sie fühlte sich noch zu stark, wollte immer noch ein Stück weitergehen, und das Meer ihrer Sehnsucht hörte nicht die Stimme des Herrn oder des Schicksals, die sagte: »Bis hierher sollst du kommen und nicht weiter, und hier sollen sich deine stolzen Wellen brechen!«

Wäre sie bei ihm gewesen, unten in Hawera, in Camp Waihi, in den Zelten der Patea Field Force, sie hätte ihm etwas von dieser Kraft, dieser Sehnsucht zurückgegeben, die sich seit zwölf Jahren zwischen ihnen spiegelte. Obwohl er so munter schrieb wie immer, erkannte sie in den Briefen seine Erschöpfung, vielleicht deutlicher als er selbst. Und weil er offensichtlich erschöpft war, ohne es zu wissen, hatte sie zum ersten Mal Angst um ihn. In dieser Not tat sie das Einzige, was sie tun konnte, um sich zu beruhigen: Sie handelte gegen ihren eigenen Willen und packte ihre Sachen, um die kleine Hütte auf der Coromandel Range, über dem Meer und dem Whangamata River zu verlassen.

Als sie an diesem bleichen Augustmorgen noch einmal hinausblickte über die See und das alte Lied wieder hörte in ihrem Kopf, sah sie, weit unten am Strand, eine schmale Gestalt näher kommen, die schwankte wie ein Betrunkener. Zunächst erschien sie ihr seltsam vertraut, aber das Fernrohr, mit dem sie so gut umzugehen verstand wie alle Pioniersfrauen, enthüllte ihr eine Art Gespenst, und sie rief nach Gewehr und Waffen. Der Mann war kein Maori, aber er war auch kein Weißer. Sein Oberkörper war nackt und unglaublich verdreckt, seine Hose blutig, zerrissen, und er ging barfuß über den kalten grauen Sand, aus dem die Ebbe gerade das letzte Wasser heraussog.

Emilia, die in ihrem unsteten Leben in den Wildnissen der

Erde notgedrungen auch viel über Verteidigung gelernt hatte, wusste, dass sie ihn nicht aus den Augen lassen durfte. Sie befahl Louis und Randall, sich mit Little Lina in der Hütte zu verbarrikadieren und auf alles zu schießen, was sich bewegte, falls sie nicht zurückkommen würde. Dann stieg sie vorsichtig, das Gewehr im Anschlag, zum Strand hinunter, um dem unheimlichen Fremden und ihrer eigenen Angst entgegenzutreten.

Er hielt jetzt genau auf sie zu, denn er hatte offenbar den schwachen Rauch über der Hütte gesehen und blieb erst stehen, als er die Herrin des Hügels selbst sah, die ihm langsam entgegenging; unruhig, wachsam, wie eine Tigerin mal nach rechts, mal nach links ausschwenkend allmählich näher kam.

»Ich will Ihre Hände sehen!«, rief sie und musste nicht hinzufügen, dass sie in dem Moment schießen und wohl auch treffen würde, in dem sie sie nicht mehr sähe. Gehorsam hob der Mann beide Hände, streckte sie weit vom Körper ab, wobei er leicht taumelte, als würde ihn bereits das Stillstehen aus dem Gleichgewicht bringen. An den Schläfen, herauswachsend aus einem kurzen, schmutzigen Bart, erkannte sie Tätowierungen, wie nur Maori sie trugen.

»Emilia von Tempsky, nehme ich an!?«, sagte das Gespenst.

»Wer sind Sie?«, fragte Emilia und nahm immerhin zum ersten Mal den Finger vom Abzugshahn.

132.

Es hatte keinen Sinn, John Gowers in warme Decken oder neue Kleider zu stecken, solange er aussah wie ein Urwaldgeist. Emilia, die den furchterregenden Besucher erst in Sichtweite brachte, nachdem ihre Jungen die Waffen weggelegt und die Tür aufgemacht hatten, schleppte deshalb zuerst den hölzernen Waschzuber in den einen Raum, scheuchte die Kinder in den anderen und schloss sie dort ein. Das Wasser holte Gowers selbst vom

Brunnen, aber um Feuerholz zu schlagen, waren seine Hände zu klamm – er konnte die Axt nicht halten. So dauerte es alles in allem noch eine gute Stunde, ehe er in einem zumindest lauwarmen Bad saß und versuchte, die fest angetrocknete Blut-und-Schmutz-Schicht von seiner Haut zu entfernen. Zeiten und Umstände sprachen gegen die viktorianischen Konventionen, und so half ihm Emilia an den Stellen, die er mit der harten Bürste nicht selbst erreichen konnte.

»Woher kommt all das Blut?«, fragte sie dabei lediglich.

»Pottwal«, sagte Gowers einsilbig, dem es doch ein wenig merkwürdig vorkam, von einer Frau berührt, gesehen und vermutlich auch gerochen zu werden, die er eben erst kennengelernt hatte. »Hat mich die letzten drei Tage am Leben gehalten.«

Nachdem sie einige Male mit der bloßen Hand über seine Schulterblätter, die Rückenmuskeln, die Wirbelsäule gestrichen hatte, spürte auch Emilia, dass es an der Zeit war, die Situation zu entkrampfen. Sie tat das auf die denkbar einfachste Weise. Sie begann, über das einzige Thema zu sprechen, das sie mit dem nackten fremden Menschen unter ihren Händen verband: über ihren Mann.

Schon in den ersten Briefen, die sie aus Raglan bekommen hatte, gleich nach von Tempskys Rückkehr aus Australien, hatte er von dem Amerikaner gesprochen und ihr aus Wanganui schließlich einen etwas ausführlicheren Bericht über ihn zukommen lassen. Sie war also darüber im Bilde, was der Investigator in Neuseeland suchte, ließ sich aber zunächst noch einmal aus seiner Sicht erzählen, was er gemeinsam mit ihrem Mann erlebt hatte – ehe sie ihm sagte, wo er es finden würde.

»In seinem letzten Brief steht übrigens etwas, das Sie angeht«, sagte sie und drehte sich um, als Gowers aufstand, um sich abzutrocknen. »Es geht um den Mann, den Sie suchen.«

Er stutzte und sah sie dann erwartungsvoll an, ohne in seiner Tätigkeit fortzufahren. Sie blickte über die Schulter zurück, musterte ihn eine Sekunde zu lange und errötete dabei.

»Ich werde Ihnen den Brief holen. Und ein paar Sachen von meinem Mann. Sie müssten Ihnen passen.« Sie lächelte ein wenig, als sie das sagte, aber weil sie schon auf dem Weg ins Schlafzimmer war, konnte er es nicht sehen.

Eine Viertelstunde später *war* er von Tempsky, trug seine Kleider, saß in seinem Schaukelstuhl und rauchte – nachdem er eine charakteristische Unruhe gezeigt und Emilia das entsprechend wortlose Verständnis entwickelt hatte – eine von seinen Pfeifen. Sogar von Tempskys Kinder hockten zu seinen Füßen, während er las.

Liebste Millie,
was ein Mann in der vielfach unterschätzten Kunst, sich zum Idioten zu machen, leisten kann, glaube ich vorgestern möglich gemacht zu haben. Vielleicht konnte ich die diesbezüglichen Maßstäbe sogar hier und da noch ein wenig erweitern, sodass man in der Zukunft wahrscheinlich dazu übergehen wird, den Grad militärischer Dummheit in »Tempsky« zu messen.

Turuturu Mokai, ein kleiner Vorposten mit zehn Mann Besatzung, liegt eigentlich nur einen Steinwurf von drei Meilen östlich von Camp Waihi entfernt, und man sollte nicht für möglich halten, dass man das eine angreifen kann, ohne das andere zu alarmieren. Ebendeshalb weckt mich am zwölften so gegen sechs Uhr mein Sergeant Bill Anderson und meldet Gewehrfeuer aus Turuturu. Stehe ich also da im Nachthemd im Wintermorgen herum, lausche, bis mir fast die Ohren abfallen, höre aber nichts als das Grummeln in meinem Bauch – hatte natürlich noch nicht gefrühstückt. Ich frage Bill, was er denn eigentlich gehört hat, aber er hat gar nichts gehört, nur immer wieder eine Art Aufblitzen gesehen. Um Gewehrfeuer auf Sicht ausmachen zu können, ist es aber inzwischen im Osten und über Turuturu zu hell. Ich sehe zwar gelegentlich irgendwas, aber das kann auch so was wie Wetterleuchten sein. Zu hören ist noch immer nichts, und mir fällt blöderweise nicht auf, dass der Wind ja auch gegen Turuturu steht und der alte Titoko ein schlauer Hund ist, der auf genau diesen Wind gewartet hat.

Ohne Eile und leicht verknurrt – Du kannst es Dir vorstellen? – beschließe ich, trotzdem mal nachzugucken, und lasse Leutnant Hunter von der Fünften Kavallerie wecken. Der Gute hat aber in der Nacht schwer gebechert, wünscht mich, Sergeant Anderson und seine Blitze zum Teufel und erklärt, sein warmes Bett nur zu verlassen, um wegen Befehlsverweigerung füsiliert zu werden. Da ich das Ganze noch immer nicht sonderlich ernst nehme, greife ich mir also dreißig meiner Infanteristen und mache mich auf zu einem kleinen Morgenspaziergang nach Turuturu – ohne Voraussicherung, ohne Späher, einfach so durch die Gegend! Schon dafür hätten sie mich damals in Preußen erschossen, aber es kommt noch besser.

Auf halber Strecke laufen uns zwei Gestalten in die Arme, die nichts als ihr Hemd auf dem Leib haben, und berichten, der Vorposten sei vom Feind überrannt und die Besatzung – bis auf sie beide – gefallen. Ich schicke also Anderson zurück, um Hunter und der Kavallerie Feuer unterm Hintern zu machen, setze mich dann auf den meinigen und überlege. Bei inzwischen vollem Tageslicht einen von einem Feind unbekannter Stärke besetzten, befestigten Posten mit nichts als ein paar Infanteristen anzugreifen ist nicht unbedingt das Klügste, was ein Kommandeur machen kann. Vernünftiger scheint es mir, die gottverdammten Halsabschneider auf ihrer Rückzugslinie abzufangen – immer und ausnahmsweise richtig vorausgesetzt, dass Hunter und seine Cowboys Titokos Jungs innerhalb der nächsten Stunde aus Turuturu herausjagen werden.

Ich führe also meine tapfere kleine Truppe in einem Neunziggradwinkel am Feind vorbei zum Waldrand; gut durchdacht und schwer bescheuert! Denn natürlich ist der alte Titoko nicht so dumm wie ich. Er hat Späher, er hat Voraus- und Rückzugssicherung und deshalb schnell spitzgekriegt, was ich vorhabe. Also lässt er mich mit meinen dreißig Trotteln als Obertrottel ganz einfach im Wald sitzen und schleicht sich nordöstlich an uns vorbei. Immerhin merke ich irgendwann, dass so recht kein Feind auftauchen will, und marschiere jetzt doch noch so schnell wie möglich nach Turuturu und kann Hunter immerhin noch beim Besichtigen der Ruinen unter die Arme greifen!

Eine scheußliche Sache: drei Mann tot, einer sterbend, zwei verwundet und nur zwei unversehrt; plus die beiden Idioten, die mir gesagt hatten, dass das Gemetzel schon vorüber wäre, und die vor ein Kriegsgericht zu stellen ich gute Lust hätte. Dem armen Freddie Ross – Du erinnerst Dich? Mac hat ihn uns in Wellington mal vorgestellt – hatten die Schweine das Herz herausgeschnitten. Whangai Hau; sie tun das immer mit dem Mata Ika, dem ersten Feind, den sie in der Schlacht töten. Idiotischerweise war er aber gar nicht der erste: Dick Lennon, der Magazinchef, hatte seinen Laden außerhalb der Palisade, und er war der erste, den es erwischte. Rannte nicht weg, als der Alarm kam, sondern zog sich erst mal in aller Ruhe an, korrekt bis auf den letzten Uniformknopf. Ihm haben sie das Herz übrigens auch rausgerissen, was dafür spricht, dass Titokos Jungs ein bisschen aufgeregt waren und anscheinend nicht mehr richtig zählen konnten. Über der Palisade lag noch ein armes Schwein namens Billy Holden, dem sie's mit dem Tomahawk gegeben hatten – sein Gehirn hing in einem langen Faden bis auf den Boden runter. So weit, so blöd.

Ich bin ansonsten ganz gut beieinander und habe es sogar geschafft, Mac davon abzuhalten, blindlings mit dreihundert Mann in den Dschungel zu laufen, um unsere Leute so schnell wie möglich zu rächen. Genau darauf dürfte der alte Titoko nämlich gewartet haben. Im Übrigen ist Mac immer noch ein bisschen durcheinander, denn Wiremu Katene, sein Spezi und Scout, ist letzte Woche übergelaufen, kein Schwein weiß, wieso. Ich würde mich gar nicht wundern, wenn Katene die Sache in Turuturu ausgeheckt hätte, denn er kennt unsere Stärken und Schwächen am besten; wenn er mit so viel entgegenkommender Blödheit meinerseits wohl auch kaum gerechnet haben dürfte!

Von dem verdammten Amerikaner habe ich noch nichts gehört – zweimal habe ich schon nach Wellington geschrieben, dass sein Mann wieder hier und, wenn kein Mörder, dann doch ein jämmerlicher Feigling ist. Ich habe diesen Bradley oder Fagan, oder wie immer er heißen mag, fast ständig bei mir, musste ihn aber praktisch am Hosenboden nach Turuturu schleifen, als er begriffen hatte, dass dort womöglich noch ein paar Kugeln herumfliegen. Wenn der Amerikaner nicht bald zurückkommt, werde ich das verdammte Narbengesicht am Ende noch selbst erschießen!

Liebste Millie, der Morgen ist kalt, der Kaffee lausig, meine Pfeife geht aus. Ich vermisse Dich und die Kinder und wünschte, der Schlamassel hier unten wäre schon vorbei. Ich habe ein ungutes Gefühl, was die Dinge im Norden betrifft. Tawhiao könnte so etwas wie sportlichen Ehrgeiz entwickeln, wenn er von Titokos »Erfolgen« hier unten erfährt, und ein gewisser Te Kooti, Hauhau aus der Hawke Bay, soviel man hört, ist irgendwo im Osten gelandet. Nun weiß jeder Mann auf dieser verdammten Insel, wer ich bin und wo ich zu finden bin. Es würde mich deshalb sehr beruhigen, wenn Du mit Lina und den Jungen nach Auckland gehst, denn es wäre doch schade, wenn ich demnächst heimkomme und nur noch rauchende Trümmer finde, bloß weil irgendein tätowierter Schlaumeier sich unbedingt einen Namen machen wollte. Im Ernst: Auckland werden sie sicher nicht angreifen, denn sie wissen, dass dann die Engländer zurückkommen und die ganze Insel in Blut ersäuft.

PS Damit sollte der Brief eigentlich nicht enden. Ich wollte noch einen Riemen schreiben, aber erst die Pfeife neu stopfen. Da kam Mac mit seinem neusten »Plan« dazwischen, aber davon beim nächsten Mal mehr, die Post geht jetzt ab. Grüß die Jungen und Little Lina. Ich liebe Dich. Ich küsse Dich. Von.

PPS Geh nach Auckland!

133.

Der Telegrafist war ein gesuchter Mann, seit er im Sommer 1858 sozusagen Geschichte geschrieben hatte. In sieben legendären Rededuellen in sieben Städten der Vereinigten Staaten war der gefürchtete Senator Stephen A. Douglas, den Freund und Feind eine Lokomotive in Hosen nannten, gegen seinen Konkurrenten um den Senatssitz von Illinois, Mr. Abraham Lincoln, angetreten und hatte die anschließende Wahl nur denkbar knapp gewonnen. Im verschlafenen Lawrenceville/Illinois, etwa auf halber Strecke der Bahnlinie Cincinnati–St. Louis, hatte ein junger Telegrafist das Kunststück fertiggebracht, sämtliche Reden und anschließend auch noch die verschiedenen Zeitungsberichte darüber nahezu zeitgleich mitzustenografieren.

Zu Beginn des Wahlkampfs erfreuten sich nur relativ wenige Eingeweihte an seiner Kunst, aber mit jeder neuen Redeschlacht sprach sich weiter herum, dass es zwei Möglichkeiten gab, das Spektakel hautnah mitzuerleben: indem man den Kontrahenten für teures Geld hinterherreiste – von Ottawa nach Freeport, über Jonesboro nach Charleston und Galesburg, von Quincy nach Alton – oder indem man sich vor den Stufen des Postamts von Lawrenceville versammelte. Zu den fast achtzigtausend Schaulustigen, die Senator Douglas und dem langen Abe in jenem Sommer insgesamt zusahen, kamen also noch einmal vier- oder fünftausend Wähler hinzu, die zumindest ihre Worte hörten – aus dem Mund des Telegrafisten Joseph B. Williams, der auf diese Weise, manchmal nur um wenige Minuten zeitversetzt und als vielleicht Erster nach ihrem Urheber, einige der erhabensten Sätze der amerikanischen Geschichte aussprach.

»Das Recht auf Leben, Freiheit und das Streben nach Glück, Ladys und Gentlemen – indem sie diese unveräußerlichen Rechte des Menschen festschrieben, bewiesen die Väter der Unabhängigkeitserklärung ein hehres, weises und edles Verständnis für die Gerechtigkeit des Schöpfers gegenüber seinen Geschöpfen. (Beifall) Gegenüber allen seinen Geschöpfen – denn sie meinten nicht nur die ganze Menschenrasse, die damals lebte, sondern sie bezogen dabei auch die entfernteste Nachwelt ein. Weise Staatsmänner, die sie waren, kannten sie die Tendenz der Welt, Tyrannei hervorzubringen, und so stellten sie jene selbstverständlichen Wahrheiten auf, damit, wenn in ferner Zukunft ein Mensch oder eine Gruppe die Doktrin schaffen sollte, es wäre außer reichen Menschen oder außer weißen Menschen niemand zum Leben, zur Freiheit und zum Streben nach Glück berechtigt, die Nachwelt wieder aufblicken könne zur Unabhängigkeitserklärung und Mut fassen möge, um den Kampf, den ihre Väter begannen, zu erneuern.«

Stärker als diese Worte wirkten auf die einfachen Zuhörer in Lawrenceville mitunter noch die ergänzenden Berichte über die Person des Redners, der gelegentlich von seinen Anhängern auf die Schultern gehoben wurde. »Die langen Arme schlang er um die Schultern seiner Träger, seine Füße baumelten knapp über dem Boden, und sein langes Gesicht war dauernd zu etwas verzerrt, was ein gewinnendes Lächeln sein sollte, sich aber schauderhaft ansah«, *schrieb die gegnerische Presse. Unabhängige Augenzeugen, die gelegentlich ebenfalls zitiert wurden, bewahrten einen anderen Eindruck: Mr. Lincoln stand von seinem Sitz auf und streckte seine langen, knochigen Arme und Beine wie ein Mann, der eine schwere Arbeit beginnen will. Er stand da wie eine Pinie auf einsamer Bergeshöhe.*

Der Telegrafist verdankte seine Fähigkeit, all das so wunderbar zeitnah aufzunehmen und wiederzugeben, nicht der Flinkheit seiner Hände. Das Senden und Empfangen von Botschaften durch elektrischen Strom war eine Hochtechnologie, der sich der menschliche Organismus nur begrenzt anpassen konnte. Niemand vermochte es, mehr als fünfundvierzig, vielleicht fünfzig Zeichen pro Minute zu hören und niederzuschreiben, und auch das nur für kurze Zeit. Die Zukunft gehörte deshalb dem vor vier Jahren erfundenen Drucktelegrafen, der es indes noch nicht bis zur Serienreife und damit zum allgemeinen Gebrauch geschafft hatte. Vorläufig waren es noch Menschen, die die Stromkreise öffneten und schlossen und ihre Signale interpretierten; in Amerika, der Heimat dieser neuen Art der Kommunikation, waren es meist seltsame junge Männer, die an den überall emporwachsenden Telegrafenleitungen entlang das ganze weite Land durchwanderten, immer den elektrischen Funken nach, die ihre Apparate über dem jüngsten aller Kontinente entfachten.

Abenteuerlustig, erfinderisch und unstet wie ihre Väter blieben sie selten länger als ein Jahr am gleichen Ort und zogen lachend weiter, wenn wieder einmal herausgekommen war, dass sie »Signal sechs« – das einmal pro Stunde abzugebende Zeichen, dass ein Telegrafist wach und auf seinem Posten war – nicht selbst, sondern mithilfe eines an den Telegrafen angeschlossenen Weckers gesendet hatten. So wurden die wandernden Telegrafisten die ersten wahren Erben Daniel Boones; Pioniere und Visionäre gleichzeitig, die das ihnen anvertraute Vermächtnis der Frontier in eine neue Zeit noch unvorstellbarer Geschwindigkeiten und Distanzen trugen.

Es war, wie gesagt, nicht seine Geschicklichkeit, die J. B. Williams zu seinen Leistungen befähigte, sondern sein außergewöhnliches Gedächtnis. Schneller, als er die Zeichen niederschrieb, prägte er sie seinem Erinnerungsvermögen ein und hatte offenbar ein System entwickelt, mit dem er all das gleichzeitig tun konnte: neue Nachrichten empfangen, etwas ältere behalten, noch etwas ältere aufschreiben. Für die einfachen Leute von Lawrenceville wurde er dadurch zum lebenden Beweis dafür, dass die Telegrafie eine magische Kunst war, elektrische Hexerei, und der Telegrafist ein Zauberer, den man mit offenem Mund bestaunte, ohne ihm wirklich zu vertrauen.

Seine Vorgesetzten von der Western Union waren jedoch so beeindruckt, dass sie Erkundigungen über den jungen Mann einzogen und ihm trotz erheblicher Bedenken – wegen eines skandalösen Verhältnisses, das Williams zu einer Negerin unterhielt – einen Posten im Hauptbüro von Indianapolis anboten. Offenbar war der junge Mann Abolitionist, was man von vielen guten und weniger guten Leuten sagen konnte. Dass er auch ein Coalminer *war – wie man die weißen Liebhaber schwarzer Frauen mit äußerster Verachtung nannte –, erniedrigte ihn natürlich bis zur Verkommenheit;*

aber wenn er seine Gedächtniskunst nur an zwei, vier, fünf andere Telegrafisten vermitteln konnte, ließ sich selbst darüber hinwegsehen. Immerhin hatte irgendein freigeistiger Pfarrer ihm seine schwarze Hure angetraut, und wenn solche Verbindungen auch im weißen Norden selbstverständlich nicht juristisch anerkannt waren, deutete das doch auf einen ausbaufähigen Rest moralischer Integrität hin. In einem ganz geheimen Winkel ihrer Herzen wärmten sich die Herren der Western Union sogar an ihrer jovialen Toleranz und waren enttäuscht, ja pikiert, als Joe Williams zurückkabelte, dass er Illinois nicht verlassen könne. Sie nahmen an, dass eine andere Gesellschaft ihm ein besseres Angebot gemacht hatte.

134.

Sie hatten schon oft darüber gestritten, Illinois zu verlassen und in eine der großen Städte des Ostens zu gehen. John war dafür, Deborah dagegen, und das hieß, da sie in Illinois lebten: Er war der Angreifer, sie die Verteidigerin. Die verblüffendste Erfahrung, die sie beim Streiten machten, war die, dass sie es am Anfang gar nicht konnten. Sie konnten es so wenig, dass sie beim ersten Mal nicht einmal wussten, dass sie es taten. Nachdem die Argumente ergebnislos hin- und hergegangen waren, nachdem sie ihre Stimmen erhoben und am Ende sogar gleichzeitig geredet hatten, saßen sie einige Sekunden lang ratlos da, verwirrt darüber, dass es nicht das gewohnte Vergnügen machte, die Worte des anderen zu hören. Es war John gewesen, der irgendwann irritiert fragte: »Was tun wir hier?«

Und Deborah hatte zögernd geantwortet: »Wir … wir streiten!« Als handele es sich dabei um eine bloße Theorie, von der sie nicht mehr wusste, als dass es sie gab. Das war so komisch gewesen, dass sie lachen mussten, bis ihnen die Tränen in die Augen traten, und sie hatten sich umarmt und geküsst, denn sie beide hatten das entscheidende Wort gesagt und auch gemeint: wir.

Keiner von ihnen hatte je in Verhältnissen gelebt, die dem Ge-

brauch dieses Wortes förderlich waren. Sicher, es hatte die Zwangsgemeinschaften der Schiffe und Sklavenhütten gegeben, aber nie eine Familie, in der das Wort »wir« zu einem natürlichen Teil des individuellen Selbstverständnisses heranwächst. Sie kannten den Kampf, sie kannten die Flucht und hatten bisweilen sogar die Hilfe erfahren, die die Gemeinschaft mit anderen Menschen bietet. Aber zum Streiten im Sinne einer argumentativen Auseinandersetzung unter Gleichen hatte nie eine Notwendigkeit bestanden, solange jeder jederzeit seiner eigenen Wege gehen konnte. Überrascht stellten sie fest, dass sie gerade das nicht mehr wollten.

Eine Weile konnten sie jeden Streit vermeiden oder beilegen, indem sie einfach irgendwann sagten, was Deborah bei jenem ersten Mal verdutzt festgestellt hatte: »Wir streiten!«, und sich lachend in die Arme fielen. Das funktionierte aber nur bei bestimmten, meist belanglosen Themen und hinterließ bei anderen, wichtigeren bald einen schalen Nachgeschmack. Sie mussten lernen zu streiten; also lernen, einander zuzuhören, aufeinander einzugehen, kleine Angebote zu machen, wahrzunehmen oder höflich auszuschlagen und schließlich auch ohne Groll die Dinge zu akzeptieren, die sich nicht ändern ließen – so wie ein Bach die Steine akzeptiert, die seinen Lauf behindern.

Lieben heißt: den anderen zulassen – und mit diesem Wissen schlugen sie langsam, langsam schmale Schneisen in die Wildnis ihrer Herzen, lernten, sich darin zu bewegen und hier und da auch behutsam die verfilzten Dickichte zu umgehen, in denen die gefährlichen Tiere der Nacht, die Angst, der Hass, die Enttäuschung, auf der Lauer lagen. Deren Reviere wurden nun kleiner und kleiner.

Mächtig herrschten sie lange am Ort der Seligkeit: im Bett, das Deborah anfangs nicht mit John teilen mochte. Er war sanft und geduldig, aber irgendwann so enttäuscht, dass sie ihm stockend erzählte, was ihr widerfahren war. Sie ließ nichts aus, und als sie ihm die Narben auf ihrem Rücken zeigte und die eine zwischen ihren Beinen, ewige Erinnerung an den Sheriff von Vidalia, wurde er weiß vor Wut und biss sich in die Fäuste, bis das Blut kam.

»Wie war sein Name?«, fragte er mit vor Hass zitternder Stimme,

und zum ersten Mal war sie froh, dass sie diesen Namen nicht kannte und den Mann nur vage beschreiben konnte. Sie wusste, was John getan hätte, und als sie sich in dieser Nacht zu ihm legte, war sie es, die ihn umarmte, besänftigte, bis seine Augen wieder klar und seine Hände zärtlich wurden. Eine Weile schliefen sie nebeneinander wie Kinder, die sich im Dunkeln zusammenkauern, und Deborah fürchtete bereits, ihr Körper sei ihm verleidet.

Aber irgendwann erzählte nun John, nach Worten tastend wie ein Blinder nach Halt, von seiner Fahrt auf der Prince of Tides. *Von dem elfjährigen Schiffsjungen, den sich drei seiner »Kameraden« Nacht für Nacht vornahmen. Den immer zwei festhielten, während der Dritte sich an ihm befriedigte, der vor Schmerzen schließlich kaum noch laufen konnte. Einen der drei, den Schlimmsten von allen, überredete der Junge irgendwann, allein zu ihm zu kommen – und am nächsten Morgen fehlte der* Prince of Tides *ein Matrose. Im Suff über Bord und zum Teufel gegangen, lautete sein Epitaph im Logbuch der Schöpfung, und obwohl nur John wusste, was wirklich geschehen war, hatte es auf dieser Reise niemand mehr gewagt, sich ihm zu nähern.*

Deborah weinte um den Jungen; um seine Schuld, seine Unschuld, seinen lange vergangenen Schmerz. Aber nachdem sie gelernt hatten, selbst in diesen dunkelsten Tiefen miteinander zu reden, wurden die leisen Gespräche, für die man kein Licht braucht und keines will, bald wieder süßer. Sie war auf eine rührende Weise eifersüchtig auf jede Frau, die er gehabt hatte, wollte aber von seinen reichen Erfahrungen auf diesem Gebiet dennoch nichts wissen. Lediglich einen ehelichen Vorschlag nahm sie dankbar an und legte sich von nun an meistens auf ihn, weil nur das ihr die Freiheit ließ, sich ihm hinzugeben.

Eines Abends vergaß sie sogar absichtlich, die Kerzen zu löschen, damit er ihre Lust – und sie seine – sehen konnte. Dieses Experiment gaben sie aber rasch wieder auf, weil ihre Hände und Körper einander alles verrieten, was sie wissen mussten, und Blicke nur zwischen ihnen standen. Um Schwangerschaften, glaubte Deborah, brauchte sie sich bei alldem keine Gedanken zu machen, denn eine Menstruation hatte sie nie gekannt. Als er danach fragte, sagte sie, dass die Sklaverei diesen Teil ihres Körpers zerstört hätte.

Am schönsten waren die Nächte, die sie im Freien verbrachten, unter den Sternen, die sie durch das Okular seines Fernrohrs und ihres Sextanten betrachteten; deren Namen sie in einem alten Astronomielehrbuch suchten und denen sie neue gaben, wenn sie dort keine fanden. Sie schworen wie Kinder, einander nicht zu verlassen, solange Alkor und Mizzar gemeinsam am Himmel stehen, fragten sich, was hinter den Sternen ist, und schliefen manchmal darüber ein, eng aneinandergedrängt. Und obwohl sie nie darüber sprachen, wussten irgendwann beide, warum ihre Nächte schöner waren als ihre Tage. Es gab in der Nacht keine Farben und deshalb nichts, was sie in ihrer Welt, ihrer Zeit voneinander trennen konnte.

135.

Gowers las die ihn betreffende Passage in von Tempskys Brief zweimal, dreimal und fragte sich nur am Rande, wie er es angestellt hatte, schon wieder auf eine derart falsche Fährte zu geraten. Was ihn, fast widerwillig, stattdessen beschäftigte, war das Schicksal, das Gottesurteil, von dem Te Kooti gesprochen hatte. Gab es so etwas?

Hätte er seinen eigenen Willen durchgesetzt, wäre er längst in Otago gewesen und würde vermutlich nie erfahren haben, wo in der Welt James Fagan geblieben war. So erwies sich am Ende alles, was er als richtig erkannt zu haben glaubte, als grundverkehrt, und es waren stattdessen die Umwege, die Rückschläge, die ihn zum Ziel führten. Darin lag für John Gowers jedoch nichts Tröstliches, denn es stellte sein Selbstbewusstsein als planender und nach logischen Schlüssen handelnder Mensch auf eine harte Probe. Von seinem Selbstverständnis als Investigator gar nicht zu reden.

Vielleicht war es diese existenzielle Verunsicherung, vielleicht auch nur die lange, harte Wanderung, Schlafmangel, Hunger und schließlich das eher erschöpfende als erfrischende Bad, die Nacht auf dem harten Bretterboden der Hütte – jedenfalls konnte er sich am folgenden Tag nicht mehr bewegen. Es musste eine Art Rheumatismus sein, etwas, das er bis dahin nicht kennengelernt hatte. Verwundungen, ja. Schmerzen, ja. Aber mit steifen Knochen dazuliegen, am ganzen Körper gefesselt durch die eigenen verkrampften Muskeln, war etwas Neues.

Fatalerweise kam an diesem Morgen der Wagen, den Emilia mit der letzten Post bestellt hatte. Er kam aus Kopu, einer kleinen Siedlung an der Mündung des Thames River in den Golf von Hauraki. Dort war die Poststation für die südliche Coromandel Range, von dort gab es einen regelmäßigen Schiffsverkehr nach Auckland, den sie für die Übersiedlung ihrer Familie und den größten Teil ihrer beweglichen Habe nutzen wollte. Es gab nur zwei Möglichkeiten: den nahezu bewegungsunfähigen Besucher mitnehmen und auf den halben Hausrat verzichten oder die Kinder mit dem gesamten Gepäck vorausschicken, dem Kutscher eines der beiden Pferde abschwatzen und mit Gowers in zwei oder drei Tagen nachkommen. Nach längerem Hin und Her entschied sich Emilia für das Letztere, vor allem, weil Louis, ihr Ältester, mit seinen elf Jahren bereits sehr erwachsen war.

Nicht genug damit, dass er seine eigenen Pläne nicht verwirklichen konnte, er brachte auch noch die der anderen durcheinander! Dass Emilia von Tempsky für ihn kochte, ihn fütterte und auch die unangenehmeren Aufgaben einer Krankenpflegerin übernahm, war Gowers entsetzlich peinlich. Zeitweise paralysierte die Scham darüber nach seinem Körper auch seinen Geist, und er starrte nur noch teilnahmslos vor sich hin, während sie ihn versorgte wie ein Kind. Sie war eine Pioniersfrau, die gewohnt war, ohne großes Aufheben zu tun, was getan werden musste, und nach mehreren kräftigen Einreibungen mit Kampferöl konnte er gegen Abend immerhin wieder Schultern, Nacken und beide Arme bewegen. In der Nacht legte sie ihn ins

Ehebett und schlief selbst auf dem Boden, in ihren Kleidern, da die Kinder ihr Bettzeug bereits mitgenommen hatten.

Am zweiten Morgen fühlte er sich besser, konnte sich sogar schon ohne ihre Hilfe im Bett aufsetzen und sah durch die offene Tür zur Küche, wie Emilia, ungeniert vor den fremden Blicken, ihre eigene Körperwäsche vollzog. Sie tat das überlegt und wollte ihm dadurch seinen hilflosen Zustand erträglicher machen, denn sie wusste, dass Männer in physischen Angelegenheiten viel heikler waren als Frauen. Sie hatte schon mit neun Jahren ihre kleinen Brüder gebadet, zerrissene, schmutzige Unterwäsche geflickt und gewaschen und spätestens mit Einsetzen der Menstruation ihren Körper als eine Art Maschine kennengelernt, deren Funktionen eben bisweilen der Unterstützung durch einfache, resolute Handgriffe bedurften. Er sollte nicht denken, dass an ihm etwas Besonderes war. Dennoch registrierte Emilia verwundert, dass ein sehr eigenwilliger Kitzel sie überlief, als sie sich vorstellte – denn sie sah ihn natürlich nicht an –, dass er ihr zuschaute.

Sie war eine schöne Frau; nicht so exotisch schön wie die Wahine oder die vielen Farbigen, die er gesehen hatte, nicht mehr so schlank und straff wie die jungen Mädchen in den Hurenhäusern, die er mit Vorliebe aufsuchte. Man sah ihrem Körper an, dass sie ihr halbes Leben gelebt hatte. Schwangerschaften, harte Arbeit und ganz einfach die vergehende Zeit hatten ihre Spuren hinterlassen. Ihre Schönheit hatte nichts Geheimnisvolles, sondern etwas Vertrautes und lag in der Selbstverständlichkeit ihrer Bewegungen, war wie ein Lied, das man einmal geliebt, aber lange nicht mehr gehört hat. Die Vorstellung, sie zu berühren, versetzte ihn in die freudige, aber nicht zwangsläufig lüsterne Erregung, die auch der Gedanke auslöst, von einer langen, sinnlosen Reise nach Hause zu kommen. John Gowers lächelte, und während er ihr zunächst nur verstohlen und mit schlechtem Gewissen zugeschaut hatte, wünschte er sich jetzt, sie würde sich umdrehen und sein Lächeln sehen.

Emilia hatte ihren Mann erst einmal betrogen; mit einem Schullehrer in Bendigo, der dabei Vater ihrer Tochter Lina geworden war, ohne dass von Tempsky es auch nur ahnte. Er hatte sie einmal zu oft allein gelassen, war nach Melbourne gefahren, um sich einer idiotischen Expedition in die Wüsten Australiens anzuschließen, hatte nach Abenteuern gesucht, während seine Frau sich zwischen Windeln und Wäsche, Kochen und Saubermachen in einem staubigen Alltag verlor. Sie war müde gewesen, traurig, enttäuscht – und der Lehrer ein kluger, höflicher, älterer Mann, der es geschickt verstand, diesen Umstand für sich zu nutzen; wie ein alter Wolf, der seinen Samen nicht mehr durch Kampf und Kraft, sondern durch List verbreiten muss. Nach wenigen nicht allzu aufregenden, aber auch nicht langweiligen Begegnungen hatte Emilia wieder Kraft geschöpft, und sie hatten sich höflich und klug wieder in ihr jeweiliges Leben zurückgezogen. Und erst viel später fiel ihr auf, dass der Lehrer, genau wie John Gowers in diesen Tagen, eine Schwäche und Verletzlichkeit ausgestrahlt hatte, die sie reizte und stark machte. In der dritten Nacht legte sie sich zu ihm.

Er hatte den ganzen Tag eine grobe Übersichtskarte der Nordinsel studiert, und sie sah in seinen Augen, dass sein Geist bereits unterwegs in den Süden war. Emilia hatte diesen Blick durch sie und die unmittelbare Umgebung, gewissermaßen durch die Gegenwart hindurch, oft genug an ihrem Mann gesehen und auf eine sonderbare Weise lieben gelernt. Gowers' Aufmerksamkeit hatte sie lediglich erregt, als sie kräftiger als am Vortag wieder Leben in seine verkrampften Gliedmaßen rieb. Am Abend war er zum ersten Mal wieder aufgestanden, hatte sogar Feuerholz gehackt und wollte auf dem Boden schlafen.

Das ließ Emilia jedoch nicht zu, und als sie sich schließlich zu ihm legte, glaubte er zu wissen, warum. Aber es war ganz anders. Einige Minuten lang stand die Erinnerung an von Tempsky zwischen seiner Lust und der Frau des einzigen Mannes, den er in dieser fremden Welt seinen Freund nennen konnte. Aber dann fiel ihm jener Morgen in Wanganui ein, und Takiora, die schöne, wilde Maori, die er im Bett seines Freundes gesehen hatte, und die Lust besiegte das schlechte Gewissen.

Es war anders als mit dem Schullehrer in Bendigo; sie schlief nicht wegen ihrer Enttäuschung oder seiner Schwäche mit John Gowers. Sie hatte etwas in ihm gesehen, was sie zugleich erschreckte und entzückte, nämlich die endlose, wilde Leere, in die ihr unruhiges Fleisch, ihr rastloser Geist sie führen würden, wenn sie es nicht, wie ihr Mann, endlich aufgab. Im Grunde schlief sie mit beiden: mit von Tempsky, der des Wanderns und der neuen Horizonte müde geworden war, und mit diesem Ahasver der Rache, des Suchens, der nie aufhören würde, unbehaust durch die Welt zu irren. Und als ihr Höhepunkt sie erschütterte, dann langsam abklang, hatte sie sich entschieden. Bis hierher sollst du kommen und nicht weiter! Die große Welle ihrer Sehnsucht war gebrochen.

»Ich werde das Pferd brauchen«, sagte er, ehe er einschlief.

»Ich weiß«, antwortete Emilia.

136.

Noch immer hatten sie sich nicht alles erzählt, denn zwei Vierteljahrhunderte Leben ließen sich kaum in der kurzen Zeit zusammenfassen, die sie einander hatten. Immerhin waren sie weit gekommen und schon bei ihren Schlafgewohnheiten als Kinder angelangt. Deborah schlief meist auf der Seite und brauchte eine Wand in ihrem Rücken. Da die leider oft kalt gewesen war, spürte sie schon als junge Frau das unangenehme Ziehen einer rheumatischen Erkrankung im Nacken und die ganze Wirbelsäule hinunter. Irgendwann ließ sie zu, dass Johns kräftige Finger diese Verkrampfungen lockerten, aber stets über dem Kleid, dem Nachthemd, weil sie nicht wollte, dass er ihre Narben berührte.

Erstaunt stellte sie dabei fest, dass sie selbst unter seinen Händen die Narben völlig vergaß und dass auch die Schmerzen in ihrem Rücken einem tiefen, warmen Wohlgefühl wichen, als sei etwas in ihrem Innern allmählich weich und elastisch geworden. Manchmal drehte sie ihm sogar den Rücken zu und schlief ein, wurde er ihre Wand gegen den Wind und den Regen, gegen die Feindschaft der Welt. John legte dabei gern ein Ohr zwischen ihre Schulterblätter und horchte auf den dunklen, gleichmäßigen Schlag ihres Herzens – bis er ihr erzählte, dass er das schon als Kind getan hatte, bei einem kleinen Mädchen namens Mary-Ann, mit dem er das Bett teilen musste.

Da wollte sie es natürlich auch probieren, fühlte, genoss es, als der Friede seiner Atemzüge in ihre Seele hinabklang, und nun begannen ihre Nächte meist mit einem fröhlichen kleinen Ringkampf, bei dem jeder versuchte, hinter den Rücken des anderen zu kommen, und der meist mit der Vereinigung ihrer Körper endete. Dabei stellten sie fest, dass sich ein ganz ähnliches Gefühl immer dann ergab, wenn sie Brust an Brust lagen, einer den warmen Atem des anderen auf den Lippen spürte und ihre Hände einander umschlossen hielten. Manchmal schliefen sie in dieser seltsamen Stellung ein.

Mit äußerster Verwunderung registrierte John eines Morgens, dass Deborah, während sie noch im Bett lagen, eine rohe Zwiebel aß, obwohl ihr beim Abbeißen die Tränen bis in die Mundwinkel liefen. Sie konnte selbst nicht sagen, warum sie das tat, außer dass ihr eben danach gewesen sei. Mit großer Anstrengung verbarg sie vor ihm, dass ihr jetzt auch fast ständig übel war, denn er hätte versucht, sie zu einem Arzt oder einen Arzt zu ihr zu bringen, und nicht um den Preis ihres Lebens hätte Deborah zugelassen, dass ein fremder weißer Mann ihren Körper berührte, untersuchte oder auch nur ansah. Sie selbst hatte irgendwann eine Vermutung, gewachsen aus der Erinnerung an die schwangeren Frauen, die sie in den Sklavenhütten ihrer Jugend gesehen hatte. Aber das war ja nicht möglich, und zum ersten Mal seit langer Zeit beschloss sie, nicht mit ihm über das zu reden, was sie beschäftigte. Vielleicht ging es ja von allein wieder weg.

John spürte, dass sie sich ein wenig von ihm zurückzog, und glaubte, dass es an ihrer Tatenlosigkeit liegen müsse, dass sie wieder hin-

auswollte in den Kampf, in dem sie mit der Hälfte der Vereinigten Staaten lag. Ohne es sich selbst einzugestehen, hatte er sich von Anfang an vor genau diesem Moment gefürchtet, denn er wusste, dass es noch immer etwas in ihrem Leben gab, von dem er nicht Teil war, und dass er sie nicht aufhalten konnte, wollte oder durfte, wenn dieses Etwas sein Recht forderte. Er würde mit ihr gehen, überallhin, obwohl er nicht wollte, dass sie ging. Aber als sie nicht ging, keine Anstalten machte, nahm er an, dies geschähe aus Rücksicht auf ihn oder weil sie nicht glaubte, dass er völlig auf ihrer Seite war. Das kränkte ihn, und nun war John es, der sich zurückzog.

Deborah bemerkte es, verstand es aber nicht, war auch zu sehr mit dem Leben beschäftigt, das in ihr wuchs. Sie fragte ihn irgendwann vorsichtig nach seiner Meinung darüber, ob eine Familie, die Bindung an andere, einen Menschen stärker oder schwächer mache, sicherer oder verwundbarer, und er glaubte, es ginge bei dieser Frage um das, was er sich zusammengereimt hatte. Also sagte er, dass er auf Leben und Tod ihr Mann sei; eine große Liebeserklärung, die sie zwar freute, mit der sie aber im Moment wenig anfangen konnte, denn sie beantwortete nicht ihre Frage.

Das verwirrte ihn womöglich noch mehr, und er versuchte es auf eine eher intellektuelle Weise; sprach von der Geschichte der Sklaverei und allem, was er bei Gibbon, McCauly und Carlyle darüber gelesen hatte: die alljährliche Kriegserklärung der Spartaner an ihre Sklaven, die Heloten; die Schuldsklaverei in Athen nach Einführung der Geldwirtschaft und vor den solonischen Reformen; die bestialischen Ungerechtigkeiten der Römer, die nach Belieben Menschen zu Sklaven machten, wenn sie welche brauchten; über Hörigkeit, Leibeigenschaft, Lohnsklaverei und die Arbeit in den Minen, die von allem Anfang an Sklavenarbeit gewesen sei; Spartakus, die sizilischen Sklavenkriege, Sklavenkönigreiche – Deborah hatte keine Ahnung, warum er sagte, was er sagte, aber weil er klug war und vieles wusste, was sie nicht wusste, schwieg sie und lernte und blieb doch allein mit ihrer Frage.

Sie hatten keine Freunde in einer Welt, die in Schwarz und Weiß dachte, fühlte, handelte. Deborah hatte nur John, John nur Debo-

rah, und wenn sie aneinander vorbeiredeten, -dachten, korrigierte sie niemand. Deshalb ging John davon aus, dass er mit all seinen Vermutungen recht gehabt hatte, als Deborah vorschlug, den alten Gringoire und seine Familie zu besuchen. In Wirklichkeit suchte sie den Rat der großen, weißhaarigen Syrah, Gringoires Frau, die sehr viel Erfahrung darin hatte, Kinder zu bekommen – aber auch darin, sie nicht zu bekommen.

John mietete ein Pferdegespann und einen Wagen für die hundertfünfzig Meilen lange Fahrt durch Illinois, obwohl er mit dieser Art der Fortbewegung nur sehr begrenzte Erfahrung hatte. Er ging davon aus, dass sie – freier Staat hin oder her – keine Unterkunft für die mindestens zwei, vielleicht drei Nächte bekommen würden, die vor ihnen lagen. Dass er auch einen Revolver kaufte, sagte er Deborah nicht.

Rasch stellte sich heraus, dass John Gowers, ein guter Lotse, Navigator und Seemann, überhaupt kein Talent für den Umgang mit Pferden hatte, und nachdem er die Kutsche zum dritten Mal in den glücklicherweise trockenen Straßengraben gelenkt und nur mit Mühe wieder freibekommen hatte, übernahm Deborah die Zügel. Sie lachte noch lange über die ihr unbekannten, sehr bildhaften Matrosenflüche, mit denen er die Pferde aber auch zu nichts anderem als einem verständnislosen Schnauben gebracht hatte.

»Lachst du über mich?«, fragte er, noch immer in unfreundliche Gedanken über die Fauna im Allgemeinen und Huftiere im Besonderen versunken.

»Nein«, log sie tapfer, brach aber fast gleichzeitig in ein so ansteckendes Gelächter aus, dass er irgendwann mitlachen musste. In dieser Nacht schliefen sie zum einzigen Mal in ihrem Leben unter freiem Himmel miteinander, denn es war warm, und John, der aufgrund seiner Nachtsichtigkeit den nackten Leib seiner Frau über sich im feinen, unwirklichen Licht der Sterne schimmern sah, glaubte für eine Sekunde, ein Gott zu sein. Er dachte an die endlos klaren Nächte des Nordens, die Aurora Borealis, an Nut, die Göttin des Sternenhimmels, die an jedem Abend die Sonne empfing und sie an jedem Morgen

neu zur Welt brachte. Waren Deborahs Brüste gewachsen, oder kam ihm das nur so vor?

Am nächsten Morgen konnte sie ihre Übelkeit nicht vor ihm verbergen und trotz ihrer schwachen Gegenwehr nicht verhindern, dass er ihren Kopf hielt, während sie sich übergab. Es war peinlich, aber auf eine sonderbare Weise auch schön, seine Hand auf ihrer Stirn zu fühlen. Er glaubte, dass es an der ungewohnten Schaukelei der Kutschfahrt liegen würde.

Sie waren noch keine zwei Stunden da, als Gringoire Gowers wortlos eine schwere Feldhacke in die Hand drückte, während er selbst eine Axt schulterte. Bis zum Einbruch der Dämmerung rodeten sie dann die großen Baumwurzeln aus, die die Feldarbeit hinter der kleinen Hütte schon lange behindert hatten. Wenn sie dabei gelegentlich mehr sagten als: »Seil fest, anziehen, der Ast ist durch, sie kommt, sie ist frei«, hatte zumindest der alte Pirat das Gefühl, eine tiefschürfende und erschöpfende Unterhaltung zu führen.

Deborah aber ging mit Syrah zum Ufer des Mississippi und sprach lange über ihren Zustand und ihre Gedanken darüber. Dass sie das Gefühl hatte, nicht mehr Herrin über ihren Körper zu sein, nicht mehr tun zu können, was immer sie wollte, nur noch eine Sklavin der blinden Natur zu sein.

»Das ist es nicht«, sagte die weise alte Frau und schüttelte den Kopf. »Du stellst diese Fragen, und weil du sie stellst, stellen kannst, bist du nicht Sklavin, sondern Herrin deiner selbst. Was dich kränkt, ist dies: Du bist eine Kämpferin gewesen, all deine Tage.«

Sie lächelte milde und zeigte zurück zum Haus, wo die Männer sich mit einem wahren Riesen von Wurzel abplackten. »Wie sie. Du kannst es an ihren Augen sehen. Die Kämpfer schlagen die Urwälder weg und töten die Ungeheuer darin. Sie können die wilden Tiere vertreiben und vielleicht auch noch Zäune bauen, aber sie können nichts zum Wachsen bringen. Ich …« Sie schaute auf ihre eigenen Hände, drehte sie in der Abendsonne, bis auch Deborah sie ansah. »Ich bin ein Pflanzer. Ich bringe Dinge zum Wachsen. Nicht alle Dinge, o nein.

Ich bin nicht gütig. Ich entscheide, was wächst und was nicht. Das ist meine Aufgabe.«

Die alte Frau nahm jetzt Deborahs Hände in ihre. »Es gibt eine Zeit, in der man kämpft, und eine Zeit, in der man pflanzt. Und wenn du wissen willst, in welcher von beiden du lebst, dann frag dich, wofür du gekämpft hast und kämpfen willst.«

»Für die Freiheit«, sagte Deborah leise. »Meine, deine und die von Tausenden Sklaven, die noch dort unten sind!« Sie schüttelte Syrahs Hände ab und zeigte den Fluss hinunter, auf dem schon keine Sonne mehr lag und der dunkel und schweigend nach Süden floss.

»Und das, was in deinem Bauch wächst, darf nicht frei sein?« Die Alte erhob sich und ließ Deborah mit dieser Frage allein. Als sie zum Haus zurückkam, wo Gowers eben die Hacke weggestellt hatte und seine müden Knochen streckte, sagte sie: »Geh zu ihr, Engländer. Sie braucht dich.«

Auch Gringoire schaute bei diesen Worten auf. »Hat er ihr wehgetan?«, fragte er und sah dabei aus, als sei er bereit, dem jungen Mann nachzulaufen und ihm die Axt über den Schädel zu schlagen.

»Nicht mehr als du mir«, antwortete seine Frau.

137.

Als John Gowers am 26. August 1868 zu seiner dritten Durchquerung der neuseeländischen Nordinsel aufbrach, hatte der Krieg im Süden einen toten Punkt erreicht. Nahezu alles ging nahezu allen jämmerlich schief.

Titokowaru wusste, dass sein Dorf Te Ngutu o te Manu beziehungsweise die Tatsache, dass McDonnell seine Position genau kannte, der große Köder war, den er auswerfen musste. Turuturu Mokai, etliche kleine Überfälle auf befestigte Farmhäuser und die Nachschublinien der Patea Field Force sollten die Truppe endlich auf den Pungarehu-Pfad locken, die allen bekannte Verbindung zwischen Te Ngutu und der oberen Furt des Waingongoro River. Immer wieder ließ er seine Leute in Sichtweite von Camp Waihi provozierende Kriegstänze aufführen, bei denen der junge Ngana, der an der Ermordung der drei Holzfäller beteiligt gewesen war, schließlich erschossen wurde, als er sich zu weit vorwagte.

Aber nicht einmal dieser Erfolg ihrer Scharfschützen lockte die Pakeha in den riesigen Wald von Ahipaia, denn sie fürchteten Titokowarus Hinterhalte und hatten auch allen Grund dazu. Eine Meile vor Te Ngutu hatte der Häuptling eine Falle anlegen lassen, die so gut getarnt war, dass sogar die Leute, die wussten, dass es sie gab, Schwierigkeiten hatten, sie zu finden. Die Palisade dieser Te Maru o te Whenua genannten genialen Verteidigungsanlage sah dagegen jeder Idiot: Sie verlief quer über den Pungarehu-Pfad und riegelte ihn quasi ab. Aber wehe dem Feind, der versuchen würde, diese Palisade zu nehmen! Versteckte, nahezu unsichtbare Schützenlöcher flankierten beide Seiten der einzig möglichen Angriffslinie, und fünfzehn, zwanzig geübte Schützen konnten hier eine ganze Kompanie aufreiben. Zwei Meilen *hinter* seinem Dorf hatte Titokowaru hingegen sein eigentliches Material- und Versorgungslager aufgeschlagen. Hier, in Ruaruru, dem Eulennest, hüteten Frauen und Kinder die Nahrungsmittel, die Munition und den bescheidenen Viehbestand der Rebellen. Der Häuptling glaubte, dass dieser geheime Stützpunkt dem Feind völlig unbekannt sei.

Thomas »Fighting Mac« McDonnell hatte hingegen zwar keine Ahnung von der tödlichen Falle bei Te Maru, aber über das Eulennest war er durch Takiora informiert, die ihre Ohren überall hatte. Sie kannte allerdings weder seine genaue Lage noch die gut verborgenen Pfade, die hinführten, und glaubte zudem, dass es nur eine Meile von Te Ngutu entfernt sei. Eine oder zwei Meilen aber trennten in der Wildnis des Buschwalds, mit seinen dicht stehenden Bäumen, den Ästen, die einander umklammerten wie verschränkte Finger, und seinem Dickicht von Farn und Schlingpflanzen, Welten.

McDonnell wusste, dass sein Angriff erwartet wurde, und ein Kommandeur, der das weiß, hat nur zwei Möglichkeiten: Er kann an einem unerwarteten Punkt oder an einem unerwarteten Tag angreifen. »Fighting Mac« entschied sich am 10. August für das Erstere. Mit dreihundert Männern überquerte er am Nachmittag die Furt des Waingongoro, teilte seine Streitmacht aber bei hereinbrechender Dunkelheit. Die eine Hälfte unter Captain Page wich südwärts vom Pungarehu-Pfad ab, machte dabei gerade so viel Lärm, wie die Maori es von weißen Soldaten erwarten konnten, und zündete hier und da die kleinen Mais- und Weizenfelder an, die sich auf den Lichtungen fanden, um möglichst viel Aufmerksamkeit auf sich zu ziehen. Die andere Hälfte – von Tempsky und seine Ranger – marschierte unter strengstem Stillschweigen nach Norden, auf Pfaden, die selbst Takiora oft erst nach längerem Suchen fand. Auf diese Weise erreichten sie erst bei Einbruch der Dunkelheit das winzige, schon seit geraumer Zeit aufgegebene Eingeborenendorf Utawaka und beabsichtigten, am folgenden Tag Te Ngutu o te Manu zu umgehen und stattdessen das Eulennest anzugreifen.

Aber der nächste Morgen brachte sintflutartige Regenfälle, auf die die Kampftruppe nicht vorbereitet war. Ein Offizier namens Brown rutschte aus, brach sich den Knöchel und musste, weil er ein schwerer Mann war, von vier Soldaten getragen werden. Eine ganze Abteilung unter Harry Hastings ging im strömenden Regen in die Irre und musste mühsam wieder aufgetrieben werden, und Hunderte schlammiger kleiner Bäche, die jetzt von den Hängen herabstürzten, veränderten die Landschaft so sehr, dass weder Takiora noch von Tempsky mehr einen gangbaren Weg finden konnte.

An einen Angriff war nicht mehr zu denken, und fluchend befahl »Fighting Mac« am Nachmittag den Rückzug. Der Großteil seines Zorns traf Takiora, die behauptet hatte, die nötigen Pfade zu kennen oder zu finden, und McDonnell verstieg sich zu der Behauptung, dass ihm das mit Katene als Scout nicht passiert wäre; woraufhin es beinahe eine ernste Auseinandersetzung mit von Tempsky gegeben hätte, der seine Geliebte gegen derlei ungerechtfertigte Angriffe natürlich in Schutz nahm.

Im Busch war ihm der bei den Männern so populäre Deutsche natürlich überlegen, aber kaum in Camp Waihi angekommen, erteilte McDonnell Takiora den demütigenden Befehl, sich ins Lazarett und in ärztliche Behandlung zu begeben, da sie den Strapazen des Urwaldkriegs als Frau nicht gewachsen sei. Von Tempsky schluckte das nur, weil sein Freund Tom ihm gleichzeitig den Befehl gab, in aller Stille einen neuen, diesmal direkten Angriff auf Te Ngutu vorzubereiten, den er auch anführen sollte. Sie entschieden sich, nach einer mit Whisky und Zigarren ausführlich begangenen Versöhnung, jetzt für die andere Option: Sie würden an einem Tag mit so schlechtem Wetter angreifen, dass kein normaler Mensch mit einem Angriff rechnen konnte.

Aber neun Tage lang blieb das Wetter fast vorfrühlingshaft schön. Erst am Abend des 20. August zogen sich dichte Regenwolken zusammen, und am nächsten Morgen konnte man unter Wassergüssen, die nicht mehr aus einzelnen Tropfen, sondern aus langen grauen Fäden zu bestehen schienen, kaum noch die Hand vor Augen sehen. Die Männer, diesmal nur ihre besten, waren jedoch darauf vorbereitet und überquerten ab halb sechs Uhr morgens und in bester Stimmung, an Stricken gesichert, die Stromschnellen, die sich während der Nacht an der Waingongoro-Furt gebildet hatten. Sie verständigten sich nur per Handzeichen, und das einzig Trockene an ihnen waren ihre Waffen, die sie in wasserdichten Kautschuk-Decken transportierten.

Gegen zehn standen sie verwundert vor einer Palisade, die quer über den Pungarehu-Pfad verlief, und fragten sich, was das sein sollte. Von Tempsky, der die Anlage als einen genialen Hinterhalt erkannte, entdeckte schließlich die verborgenen Schützenlöcher und stellte anhand der zum Teil noch warmen Asche der kleinen Lagerfeuer fest, dass sie bis zum Abend zuvor noch besetzt gewesen sein mussten. Hätten die Schützen noch zwölf

Stunden länger gewartet, wäre die angreifende Truppe zweifellos verloren gewesen.

Tatsächlich hatten Titokowarus Männer, die unter Katenes Befehl neun Tage lang ununterbrochen auf der Lauer gelegen hatten, erst am vergangenen Abend im bereits fallenden Regen den Befehl erhalten, sich nach Te Ngutu zurückzuziehen, und waren am frühen Morgen zu einem Jagdzug in den Norden aufgebrochen, um ihre nahezu aufgezehrten Vorräte wieder zu ergänzen. Die Kinder blieben unter der Aufsicht der alten Frauen ohnehin im trockenen Eulennest, die jungen Frauen waren trotz des Regens, der sich im Verlauf des Vormittags in dichte Nebelschleier zu verwandeln begann, ausgeschickt worden, um auf den verborgenen Lichtungen die kleinen Felder zu bestellen.

In Te Ngutu o te Manu befanden sich zu diesem Zeitpunkt nur noch zwanzig vorwiegend ältere Männer, die sich mit Schwatzen, Singen und der Herstellung von Patronen die Zeit vertrieben. Titokowaru selbst hatte sich in seine Hütte zurückgezogen und setzte seinem Feuer eben einige Kräuter und Wurzeln zu, die er auf seiner Traumwanderung durch die Höhlen der Mairoa Range gesammelt hatte und deren Rauch ihm ermöglichen würde, mit seinen Ahnen zu sprechen.

Eine Wandlung hatte sich mit dem Häuptling vollzogen, seit er den Kampf aufgenommen hatte; seine Träume quälten ihn nicht länger, und er dachte auch nicht mehr an Puarauranga. Ein tiefer Friede durchzog seine Brust, als er auf das langsame Singen und den fallenden Regen lauschte, wie er es schon als Kind gern getan hatte. Aber ehe er die ersten Schwaden des Rauchs einatmen konnte, erklang ein gellender Kriegsschrei auf der Lichtung vor dem Dorf.

Ein ans Ende der Welt verschlagener *Bushwacker* aus Louisiana, der schon mit Quantrill gekämpft hatte und jetzt bei den Wellington Volunteers diente, machte den neuseeländischen Urwald mit dem *rebel yell*, dem Kriegsruf der Konföderierten, bekannt, der noch vier Jahre zuvor ganzen Yankee-Regimentern Schauer über die Rücken getrieben hatte. Gleichzeitig ließ McDonnell zum Angriff blasen, und die überrumpelten Maori hatten kaum zu den Waffen gegriffen, als von Tempsky, mit gezogenem Säbel an der Spitze seiner Männer, die Lichtung schon halb überquert hatte. Eine einzige Salve konnten die Verteidiger noch abgeben, die immerhin fünf der heranstürmenden Männer tötete, aber dann war der Feind im Dorf und an Gegenwehr nicht mehr zu denken. Kontinuierlich feuernd zogen sich die Maori in die Deckung der Wälder zurück und gaben Te Ngutu o te Manu dem Zorn der Patea Field Force preis.

Aufgrund der Voraussicht ihres Häuptlings war dort aber nicht viel zu holen und der Sieg nur eine Art symbolischer Akt. Die Waffen, die die Pakeha erbeuteten, waren offensichtlich alt, und als McDonnell persönlich in die Hütte Katenes eindrang, fand er dort nur dessen Reserve-Tupara, was zweierlei nahelegte: Erstens, der Maorirenegat hatte den funkelnagelneuen Karabiner, den »Fighting Mac« ihm persönlich geschenkt hatte, offensichtlich noch bei sich und war zweitens vermutlich gar nicht im Dorf gewesen. Das aber hieß, dass er mit den eigentlichen Truppen der Rebellen sehr bald irgendwo auftauchen würde und man über den Rückzug nachdenken musste, da die Weißen, ohne jeden Proviant, Te Ngutu nicht gegen eine entschlossene Belagerung würden halten können.

McDonnell gab den Befehl, das Dorf niederzubrennen, und seine Nachhut, die dieses schmutzige Geschäft besorgte, verließ es in dem Moment, als Katene und sein Jagdtrupp eintrafen. Der Rückzug wurde deshalb beinahe zu einer Katastrophe. Unablässig setzten die Maorischarfschützen den Pakeha zu, und insbesondere der Übergang über den Waingongoro, der inzwischen zu einem tobenden Chaos angeschwollen war, erwies sich als außerordentlich schwierig.

Insgesamt verlor Titokowaru bei diesem unerwarteten Überfall acht seiner Krieger, aber auch neun der Pakeha waren gefallen, und ihr »Sieg« – die Verbrennung eines leeren Dorfes –

kaum so überwältigend, wie McDonnell noch am gleichen Abend nach Wellington meldete. Als in den nächsten Tagen Einzelheiten über die eigenartige Operation bekannt wurden, fielen die Zeitungen über den glücklosen Kommandeur der Patea Field Force her, und einzelne Stimmen verlangten bereits seine Ablösung.

Von Tempsky, davon in Kenntnis gesetzt, konnte sich eine Weile wieder Hoffnungen auf den Oberbefehl machen und wunderte sich nur, dass diese Aussicht ihn kaum noch befriedigte. Er fühlte sich müde, zu müde sogar, um an Emilia zu schreiben. Einmal mehr hatte er sich wacker geschlagen, und einmal mehr hatte es überhaupt nichts bewirkt, im Gegenteil. Er wusste, dass »Fighting Mac« jetzt mit Sicherheit einen letzten verzweifelten und daher unüberlegten Versuch machen würde, den Aufstand niederzuschlagen.

Die Einzige, die sich über die Entwicklung der Dinge freute, war Takiora, denn solange der Krieg weitergehen würde, wäre Manu-Rau an ihrer Seite. Er hatte ihr aus Te Ngutu die einzige nennenswerte Beute mitgebracht, die er finden konnte: einen zahmen Papagei, der »*Whakarongo!*« sagen konnte: »Hört mir zu!« Aber eben nicht mehr.

138.

Der Amerikanische Bürgerkrieg hatte in seiner wörtlichen Bedeutung, als nicht mehr nur bewaffnete, sondern kriegerische Auseinandersetzung zwischen Bürgern desselben Staates, bereits 1855 im Territorium Kansas begonnen. Es gab politische Vorgaben, militärische Strategien, organisierte Truppenverbände, Aufmarschpläne, Rückzugs- und Nachschublinien und all das übrige Groß und Klein eines richtigen Krieges, mit einer Ausnahme: Die Kontrahenten trugen keine Uniformen und kämpften alle unter derselben, der amerikanischen Flagge. Sie kämpften paradoxerweise sogar alle im Namen der Freiheit. Dass beide Seiten auch in göttlichem Auftrag unterwegs waren, verstand sich, wie in allen Kriegen, von selbst.

Im Kansas-Nebraska Act von 1854 hatte der US-Kongress beschlossen, dass die Wähler in Kansas selbst entscheiden sollten, ob die Sklaverei in ihrem Territorium eingeführt würde oder nicht. Es galt also sowohl für die Sklavereigegner als auch ihre Befürworter, möglichste viele »Wähler« nach Kansas zu schaffen. Die New England Emigrant Aid Company, *von Abolitionisten gegründet, ging dabei insofern noch rechtmäßig vor, als sie tatsächliche Siedler ihrer Denkrichtung, die sogenannten* freesoiler, *ins Territorium brachte, während die Sklavenhalter im benachbarten Missouri lediglich bezahlte Habenichtse über die Grenze schickten, die ihre Stimme abgaben und dann wieder nach Missouri zurückkehrten. Diese »hageren, unrasierten und ungewaschenen, trinkfesten Kerle aus Missouri« wurden als* border ruffians, *Grenzschläger, bekannt, weil sie sich auf ausdrückliche Aufforderung ihrer politischen Führer mit gezückten Messern und Revolvern Zugang zu den Wahlbezirken von Kansas verschafften.*

Ein auf diese abenteuerliche Weise gewähltes, sklavereifreundliches Territorialparlament war natürlich eine Farce, wurde aber aufgrund massiver politischer Einflussnahme der Sklavenhalterstaaten von der Bundesregierung anerkannt, während eine von den tatsächlichen Kansas-Siedlern und ihrer sklavereifeindlichen Mehrheit berufene verfassungsgebende Versammlung in Topeka als illegal angesehen wurde. Daraufhin bewaffneten sich beide Seiten, die politischen Töne wurden schriller und gingen bis zum Aufruf zur Lynchjustiz. Die Spaltung vollzog sich bis in den Senat der Vereinigten Staaten, und während ein Südstaatenmitglied des Hohen Hauses einen abolitionistischen Senatorenkollegen im Senatssaal blutig schlug, kam es in Kansas zur Bildung von Guerilla-Einheiten und ersten Raids, *also Kommandooperationen gegen vermeintliche oder tatsächliche Gegner in der Zivilbevölkerung. Farmen und Felder wurden niedergebrannt, geplündert, ihre Besitzer erschossen, gehängt oder auf noch mittelalterlichere Weise zu Tode gebracht.*

Diese bis an die Zähne bewaffneten Banden, die sich stets nur zu ihren feigen nächtlichen Überfällen zusammentaten und dann wieder zerstreuten, die abolitionistischen Jayhawker *und die noch im Bürgerkrieg berüchtigten* Bushwacker *auf Sklavenhalterseite, waren ein Sammelbecken von Fanatikern, Psychopathen, Killern, Wirrköpfen und Schlägern, die ihr Vergnügen darin fanden, ihre Nachbarn zu terrorisieren. Der Schlimmste unter ihnen war der sechsundfünfzigjährige Abolitionist John Brown, Vater von zwanzig Kindern, Träger eines alttestamentarischen Barts und ein in jedem Geschäft, ja sogar als Farmer gescheiterter Mann.*

Im Mai 1856 schätzte Brown, dass seit Beginn der Kämpfe in Kansas mindestens fünf seiner Gesinnungsgenossen ums Leben gekommen waren, und fühlte sich von Gott berufen, die Morde an diesen free soilers *zu rächen. In seiner unmittelbaren Nachbarschaft am Pottawatomie Creek entführte er also mit seiner nicht minder verrückten Truppe fünf sklavereifreundliche Farmer aus ihren Häusern und Betten, schnitt einigen von ihnen aus unerfindlichen Gründen zunächst die Finger ab und spaltete ihnen dann nacheinander die Köpfe mit einem schweren Kavalleriesäbel. Die chaotische Situation am Ende der 1850er-Jahre lässt sich vielleicht dadurch am treffendsten kennzeichnen, dass dieses widerliche Massaker in den Zeitungen aufgrund weiterer Kämpfe und Überfälle schon bald verblasste und auch nie juristisch geahndet wurde.*

Über zweihundert Menschen starben durch derartige Fememorde, und natürlich wurden bei derlei Gelegenheiten auch viele alte Rechnungen beglichen, Raub- und Rachegelüste befriedigt. Die neuere Forschung hat festgestellt, dass die Bushwacker *aus Missouri dabei keineswegs nur primitive, gekaufte Gesellen waren, sondern zumeist »Söhne von wohlhabenden Pflanzern südstaatlicher Herkunft, die mit dreimal so großer Wahrscheinlichkeit Sklaven besaßen und doppelt so reich waren wie der durchschnittliche Mann aus Missouri«.*

Obwohl auch in St. Louis zehn Todesopfer zu beklagen waren, war die Stadt, in der und deren Umgebung überdurchschnittlich viele Sklavereigegner lebten, bislang von den Raids der Terroristen beider

Seiten weitgehend verschont geblieben, vermutlich, weil eine so große Stadt, in der zudem ein militärisches Arsenal der Bundestruppen lag, für nächtliche Überfälle ungeeignet war. John Lafflin fühlte sich als angesehener Bürger dieser Stadt deshalb vollkommen sicher, obwohl seine Haltung in der Sklavenfrage – wenn auch nicht sein heimliches Engagement in der Befreiungsbewegung – allgemein bekannt war. Nachbarn und sogar Gegner betrachteten auch seine sozialistischen Neigungen eher als persönliche Verschrobenheit und fanden es durchaus nicht ungewöhnlich, dass der Pulverfabrikant an einem kalten, trüben Novembermorgen 1859 zu Fuß aufbrach, um einem seiner ehemaligen Arbeiter eine Kiepe mit Nahrungsmitteln zu seiner acht Meilen außerhalb liegenden Farm zu bringen.

Es störte Lafflin nicht im Geringsten, dass Thomas Gerstendorff, ein Deutschamerikaner aus Trier, jünger war als er selbst. Auch dass Gerstendorff aus derselben Stadt stammte wie sein Freund Marx und er sich mit ihm über die Thesen des Sozialismus unterhalten konnte – ohne den Deutschen jedoch überzeugen zu können –, war für Lafflin bei seinem Samariterdienst nicht ausschlaggebend. Entscheidend war allein, dass sein ehemaliger Vorarbeiter, an Tuberkulose erkrankt, seit mehreren Monaten daniederlag und Lafflin eben nicht nur theoretisch der Überzeugung war, dass der Stärkere für den Schwächeren einstehen muss. Außerdem hörte er die deutschen Volkslieder gern, die Gerstendorffs Frau, die nie richtig Englisch gelernt hatte, bei all den kleinen Nähtätigkeiten sang, mit denen sie sich und ihren Mann über Wasser hielt.

Tatsächlich trieben ihm einige dieser friedlichen, gemütvollen Melodien Tränen in die Augen, obwohl er den Text nicht verstand. Sie erinnerten ihn an die einfachen französischen Volksweisen, die seine Mutter gesungen hatte. Vielleicht, dachte er manchmal – und verbot sich meist sofort, derart naiv zu denken –, ließen sich irgendwann Kriege und Ausbeutung unter den Völkern allein dadurch verhindern, dass die Menschen einander die Lieder vorsangen, die sie aus ihrer Kindheit noch in Erinnerung hatten.

Lafflin aß mit den beiden alten Leuten zu Mittag und hackte da-

nach noch ein wenig Holz, wobei er zum ersten Mal merkte, dass seine eigene Krankheit, eine aus einer hartnäckigen Sommererkältung hervorgegangene Lungenentzündung, noch nicht allzu lange zurücklag. Oder war es das Alter? Ihm wurde ein wenig schwindlig, und der Schweiß auf seinem Rücken fühlte sich kalt und ungesund an. Er fröstelte, als er seine Jacke wieder anzog, und dachte mit Unlust an den acht Meilen langen Rückweg, denn ein unangenehmer kalter Nieselregen hatte eingesetzt, den kein Hut und kein hochgeschlagener Kragen aufhalten konnte.

Lediglich das »Ade nun zur guten Nacht, jetzt wird der Schluss gemacht, dass ich muss scheiden«, mit dem Mrs. Gerstendorff ihn wie immer verabschiedete, wärmte ihn noch ein wenig. Dann war er allein auf den schlammigen Wegen. Der Novemberwind blies machtvoll durch die Gerippe der kahlen Bäume, und schon der frühe Nachmittag war in ein düsteres, kaltes Zwielicht getaucht. Lafflin konnte die Pferde hören, ehe er sie sah.

Zuerst dachte er an einen Wagen, hoffte sogar auf eine Mitfahrgelegenheit nach St. Louis, aber er hörte nicht das übliche Knarren von Rädern und Achsen. Drei, fünf, sieben Reiter tauchten jetzt hinter einer Baumreihe auf. Sie trugen lange, durchnässte Staubmäntel über dicken Winterjacken und hatten die Hüte tief ins Gesicht gezogen. Gegen den Regen, dachte der einsame Wanderer noch und fragte sich nur, was sieben Reiter um diese Zeit in dieser Gegend zu suchen hatten. Dann sah er, dass sie weiße Kapuzen mit ausgeschnittenen Augenlöchern unter ihren Hüten trugen, und wusste, wer sie waren und was sie wollten.

»Guten Tag, Gentlemen«, sagte John Lafflin alias Jean Laffitte, Pirat, Sozialist, Menschenfreund, mit fester Stimme, als die Bushwacker ihn langsam einkreisten.

139.

Zu Pferd kam er zwar nicht unbedingt schneller, aber wesentlich stetiger voran, jedenfalls solange die Wege den Thames River hinauf gut gangbar waren und er von Sonnenaufgang bis Sonnenuntergang unterwegs blieb. Zudem konnte er im Sattel essen. Schon am Morgen des dritten Tages erreichte er die Brücke von Aniwahniwha und hatte das mittlere Waikato-Becken hinter sich. An diesem Tag passierte er den Maungatantari und überquerte am Abend den Overland Mail Track, den er vier Monate zuvor mit von Tempsky entlanggezogen war. Seine schnelle Reise ließ allerdings kaum einen Vergleich mit dem ermüdenden Fußmarsch und dem mühsamen Zusammenhalten von zweihundert Männern zu.

Zwar konnte er von nun an nur noch selten aufsitzen und reiten, aber das Pferd trug immerhin noch weitere vier Tage seinen Proviant, sodass er keine Zeit mit Tauschhandel verlor und dennoch nicht hungern musste. Erst als er jenseits des kleinen Waikaka, an den Oberläufen von Mokau und Wanganui, die Grenzen der Provinz Taranaki und ihrer Urwälder erreichte, hörte das Tier endgültig auf, ihm nützlich zu sein, und er verkaufte es in der Eingeborenensiedlung Pohanga gegen so viel Maismehl, wie er auf dem Rücken tragen konnte. Die »Damper«, von denen er von diesem Zeitpunkt an leben musste, waren zwar mangels Salz und anderer Gewürze nahezu geschmacklos, aber das konnte nur ein zusätzlicher Antrieb sein, diese Wanderung so schnell wie möglich hinter sich zu bringen.

Gowers wusste jedoch, dass er sich nun im Einflussbereich der Aufständischen befand, und ging entsprechend vorsichtig voran. Dass er sich zudem nun wieder im ewigen Auf und Ab dicht bewaldeter Hügelketten bewegte, verlangsamte sein Marschtempo weiter, und während bisher der große, alles überragende Vulkan Taranaki sein Fernziel gewesen war, musste er nun überlegen, ob, wie und auf welchen Wegen er sich möglichst ungesehen dem ihm unbekannten Camp Waihi nähern konnte und wie er hineinkommen würde. Am Abend des 7. September hatte er endlich den Te-Ngaere-Sumpf hinter sich gebracht und musste jetzt nahe an dem breiten Pfad sein, den General Chute vor vier Jahren auf seinem großen Marsch von Hawera nach New Plymouth hatte freischlagen lassen. Es war auf diesem Pfad, mitten im Gebiet des Tangahoe-Stammes, der bereits zum Volk der Ruanui gehörte, und unweit des kleinen Dorfes Araukuku, als ihm der Melder begegnete.

Obwohl die Dämmerung nicht mehr fern war, bewegte dieser Mann sich ungewöhnlich sorglos durch ein Land, das sich in Kriegswirren befand. Gowers hörte ihn jedenfalls schon lange, ehe er ihn sehen konnte, so laut, beinahe mutwillig schlenderte der Maori den Pfad entlang, den jetzt bereits an beiden Seiten nachtschwarzer Urwald begrenzte. Dann hörte der Investigator das seltsamste Geräusch, das der andere produzierte: Der Mann sang! Nicht aus Leibeskräften, aber auch kein irgendwie unterdrücktes, nur hier und da zu Versen hochkochendes Summen – er sang wahrhaftig, und obwohl Gowers die Worte nicht verstehen konnte, wurde ihm sofort klar, dass der Krieg eine unvorhergesehene und für die Aufständischen vorteilhafte Wendung genommen haben musste.

Hatte er zunächst beabsichtigt, in seinem Versteck zu bleiben und den Mann unbehelligt passieren zu lassen, so änderte er diesen Plan jetzt. Er musste wissen, was geschehen war und ihn erwarten würde. Der Melder war ein junger Bursche, keine achtzehn Jahre alt, und als er auf Höhe seines Verstecks war, sah Gowers, dass er sich bewegte wie ein Betrunkener.

Tatsächlich hatte Tutange Waionui etwas getrunken, wenn auch nicht viel. Aber da er Alkohol nicht gewohnt war, hatten vier, fünf kräftige Schlucke aus der erbeuteten Whiskyflasche ausgereicht, um ihn noch fröhlicher zu machen, als er durch den großen Sieg ohnehin schon war. Er hatte gekämpft, wahrhaftig, zum ersten Mal in seinem Leben hatte er sein Gewehr auf einen Menschen abgefeuert und ihn sogar getroffen. Er wusste nicht, ob er den Mann getötet hatte – die Pakeha hatten ihn rasch weggetragen. Aber irgendwann waren mehr Weiße gefallen, als ihre Kameraden tragen konnten, und da waren sie weggelaufen, geflohen, den Pungarehu-Pfad hinunter bis zum Waingongoro und hinter die Palisaden von Waihi.

Unermüdlich waren die Maorischützen ihnen gefolgt, hatten sie durch die Wälder gejagt und noch viele, viele von ihnen getroffen. Die Toten hatten sie ausgeplündert, ihnen alles weggenommen, was ihnen im Leben gehört hatte: Waffen, Munition, Schuhe, Kleider, Proviant und vereinzelt sogar die Fotografien ihrer Frauen und Familien. Fast zwei Dutzend völlig nackter Leichen hatte Tutange gezählt und war in eine seltsame Erregung geraten.

»Warum seid ihr hergekommen?«, hatte er die Toten angeschrien. »Was wollt ihr in unserem Land? Ihr wärt besser in eurem eigenen geblieben!« Seine Kameraden hatten gelacht, und als ihm gerade schlecht werden wollte, war die Whiskyflasche aufgetaucht, und das scharfe Getränk hatte seinen leeren Magen wieder festgezurrt in seinem Körper.

Der Häuptling selbst hatte ihm befohlen, nach Araukuku zu gehen und den Tangahoe vom Sieg ihrer Brüder, der Ngaruahine, zu berichten, damit sie sich ihnen anschließen würden. Das kaum getan, hatte er sich trotz der hereinbrechenden Nacht auf den noch längeren Weg nach Norden gemacht, um auch den Ngati Maru die große Botschaft zu bringen.

Er hatte keine Furcht vor der Dunkelheit. Er hatte gekämpft an diesem Morgen, getötet, und er war in seinem eigenen Land. Jeder Baum, jeder Farnbusch gehörte ihm, dem Krieger Tutange Waionui! Dass der Wald ihn plötzlich ansprang und auf den Boden warf, überraschte ihn, machte ihm aber keine Angst. Es war ja sein Wald.

»Warum singst du?«, fragte der Schatten auf seiner Brust, der seine Arme festhielt. Tutange merkte an der englischen Frage, dann am Geruch und schließlich an den europäischen Kleidern des anderen, dass es ein Pakeha war, der ihn überwältigt hatte. Aber was tat ein einzelner Pakeha hier? War er dem Gemetzel bei Te Ngutu o te Manu entkommen? Dann würde er nicht fragen, warum Tutange sang, es sei denn …

Er sah sich den Mann jetzt so genau an, wie es in der Dämmerung gerade noch möglich war, und er glaubte, ihn zu erkennen: schlank, dunkel, die gleichen Kleider, die gekreuzten Riemen über der Brust! Und Tutange Waionui hörte auf, sich zu wehren, denn man kann und man muss sich nicht gegen die Geister wehren. Ein triumphierendes Lächeln trat auf sein Gesicht.

»Ich singe, weil du tot bist, Manu-Rau. Du bist tot. Geh zurück zu den Schatten!«

140.

Johns Stellung als Telegrafist verschaffte ihm natürlich einen Informationsvorsprung, von dem auch Deborah profitierte. Was immer es auch Neues gab, wusste er schon, bevor es am nächsten Tag in der Zeitung stand, weil er es war, der die Nachrichten an die Reporter weitergab. Die beiden machten sich sogar ein Vergnügen daraus, vorherzusagen, wie welche Zeitung welche Nachricht verfälschen würde. Aber nie, nicht einmal bei John Browns Angriff auf Harpers Ferry vor wenigen Wochen, hatte John seine Arbeit unterbrochen, um seiner Frau die Neuigkeiten sofort mitzuteilen. Deborah wusste deshalb, dass es eine wichtige Botschaft war, die er ihr mitten am Tag überbrachte – und sein Gesicht verriet ihr, dass es keine gute war.*

* Am 16. Oktober 1859 überfiel John Browns Jayhawkertruppe das Armeearsenal von Harpers Ferry/Virginia, um einen allgemeinen Sklavenaufstand zu entfesseln. Sein Plan scheiterte, es gab mehrere Tote auf beiden Seiten. Brown selbst wurde von Bundestruppen unter Robert E. Lee gefangen genommen und am 2. Dezember 1859 hingerichtet.

Erst im letzten Moment fiel ihm ein, dass es vielleicht keine gute Idee war, einer im sechsten Monat schwangeren Frau ganz unvorbereitet die Nachricht vom Tod eines guten Freundes zu überbringen. Aber er hatte plötzlich Angst gehabt, dass sie auf anderem Weg zu Deborah gelangen könnte, und nun war es ohnehin zu spät.

»John Lafflin ist tot«, sagte er möglichst ruhig.

Deborah spürte, dass er ihr noch etwas verschwieg, und fragte ebenso ruhig: »Und warum geht diese Nachricht über den Draht?«

»Er ist ermordet worden«, antwortete John, wieder einmal beeindruckt von der Schnelligkeit, mit der sie die richtigen Schlüsse zog, die richtigen Fragen stellte. »Sie nennen ihn einen bekennenden Sklavereigegner«, fuhr er fort, »und sie vermuten irgendeine Art Rache für Harpers Ferry.«

»Wie …«, fragte sie, aber ihre Stimme versagte nun doch, weil sie von den vielen Gräueltaten in Missouri wusste.

»Kugeln«, sagte John hart. »Sie schreiben: ein halbes Dutzend.«

»Gut«, erwiderte Deborah leise und nickte. »Dann ging es schnell.« Wortlos sahen sie einander an, nur wenige Sekunden, die aber ausreichten, um sich zu verständigen und über ihre gemeinsame Zukunft zu entscheiden. »Ich werde mitkommen«, sagte Deborah. »Zuerst nach St. Louis und dann in den Osten.«

Erst jetzt umarmten sie einander.

John Lafflins Papiere sahen vor, dass im Falle seines Todes auch einige Leute benachrichtigt werden sollten, die seine Witwe nicht oder zumindest nicht namentlich kannte. Emma Lafflin, die die Beerdigung mit bemerkenswerter Stärke überstanden hatte, entledigte sich dieser Briefschulden rasch und gern, denn die Tätigkeit lenkte sie nicht nur von ihrer Trauer, sondern auch ihrem Zorn ab.

Die Polizei hatte die Ermittlungen zu den Todesumständen des Pulverfabrikanten bereits nach drei Tagen eingestellt, eine selbst für den amerikanischen Westen bemerkenswert kurze Zeit, die indes viel über die Ohnmacht und Ratlosigkeit des Staatsapparats gegenüber der ganzen verfahrenen Sklavenfrage verriet. Offenbar hatte eine Vigilantentruppe den einsam wandernden Abolitionisten erwischt. Das war nicht weiter verwunderlich. Man hatte nach John Browns Wahnsinnstat sogar mit irgendwelchen Racheakten der Fanatiker von der anderen Seite gerechnet, wenn auch nicht unbedingt in St. Louis.

Wer diese Fanatiker gewesen waren, ließ sich im Hexenkessel aus Terror und Gegenterror wohl kaum je feststellen. Es konnten bezahlte Schläger gewesen sein, vielleicht auf dem Weg nach Kansas, die einfach die günstige Gelegenheit genutzt hatten. Es konnten aber auch John Lafflins Nachbarn gewesen sein, Mitbürger, irgendwelche Burschen, bei denen er sich mit seiner Meinung unbeliebt gemacht hatte. Ohne Zeugen konnte das niemand wissen, zumal die Mörder inzwischen wieder ihre Zivilgesichter trugen oder einfach längst über alle Berge waren.

Tatsächlich befanden sich die Killer noch in St. Louis, in Spratts Boarding House in der Nähe des Hafens, und sahen aus wie Flößer, die auf eine Heuer in den Süden warteten; während ihr Anführer respektive ihr Arbeitgeber, ein eleganter junger Mann, der mit umfangreichem Gepäck und einer Leibsklavin reiste, im feinen Gates-to-the-West-Hotel residierte, das allgemein nur als Gates bekannt war. Hier wohnten üblicherweise begüterte Kaufleute, Reeder, und sogar Präsident James Buchanan war auf einer Wahlkampfreise einmal hier abgestiegen.

Den Kontakt zwischen diesem besten Haus am Platz und der schäbigen Hafenpension stellte regelmäßig ein seltsam unauffälliger kleiner Mann her, den jeder, der ihn zufällig doch einmal bemerkte, für eine Art Handelsvertreter halten musste. Er war es, der die Dinge organisierte, der die Wege John Lafflins ausspioniert hatte und der jetzt auch das Haus in der Collins Avenue rund um die Uhr beobachten ließ. Am liebsten hätte er auch die Post kontrolliert, welche die Nr. 24 verließ und in die Nr. 24 gelangte, aber Emma Lafflin ließ die Post durch ihren Hausdiener Lucius besorgen, und vor Lucius verbarg sich der bullige kleine Mann, denn dieser hochgewachsene, kräf-

tige Schwarze hatte ihn bereits einmal als Einbrecher den Polizeibehörden von St. Louis übergeben.

So konnte er seine heimliche, erschreckende Aufmerksamkeit nur auf die Kondolenzbesucher konzentrieren, die der Witwe des Pulverfabrikanten nach und nach persönlich ihr Beileid bekundeten. Die Leute, die er suchte, hoffte er allerdings eher mit der Nachricht herzulocken, dass John Lafflin einem Mord zum Opfer gefallen war. Woher sie kamen und wie sich diese Information unter ihnen verbreitet hatte, war dann zweitrangig.

Weniger als eine Woche nach John Lafflins Beerdigung begannen in der Tat nicht nur Beileidsbriefe, sondern auch Besucher in der Collins Avenue einzutreffen, die von weit her kamen und die Emma Lafflin nur zum Teil kannte. Sie kannte natürlich Mr. Phineas, kannte Jason, hatte den weißhaarigen alten Gringoire schon einmal gesehen. Von Deborah hatte ihr Mann ihr lediglich einige Male erzählt; das allerdings so schwärmerisch, dass sie am Anfang beinahe eifersüchtig geworden war.

Erst als John Gowers auf seine seltsame Art um das Mädchen geworben hatte und Lafflin dieses Vorhaben so offensichtlich begrüßte, hatte Emma eingesehen, dass seine Bewunderung für die junge Frau ihrem Mut und ihren Taten galt, und sich für ihre profane Eifersucht sogar ein bisschen geschämt. Vielleicht hatte sie deshalb das Gefühl, an Deborah etwas gutmachen zu müssen, als sie von Lucius mitten in einer dieser kalten Novembernächte geweckt wurde, weil der Lotse John Gowers mit seiner schwangeren Frau vor der Tür stand. Jedenfalls bekamen die beiden das beste, nämlich Emma Lafflins eigenes Schlafzimmer.

Dass die alte Besatzung der Deep South *unter diesen traurigen Umständen erstmals wieder zusammenkam, sorgte tatsächlich für eine Art bittersüße Fröhlichkeit, und sie gedachten ihres Kapitäns, indem sie kleine Geschichten von ihrer Fahrt erzählten: von Lafflins zweifelhaften Kochkünsten, dem Versteckspiel mit ihren Verfolgern, ihrem Weg durch die Sümpfe auf dem Schiffsgerippe, der Kohlen-*

scharade von Morgan City und wie John Gowers ins Wasser fiel und aufgeheißt werden musste wie ein nasses Segel.

Erst am zweiten Abend begannen sie, über den Mord zu spekulieren, und ahnten noch immer nicht, dass genau das die Absicht der Mörder gewesen war. Immerhin aber gab es einen Umstand, den auch die Mörder nicht kalkuliert hatten.

Es war für Gabriel Beale selbst schwer zu ergründen, was ihn letzten Endes so weit korrumpiert hatte, dass er das schmutzige Spiel seines Auftraggebers mitspielte. Es war nicht das Geld, das ihm reichlich zufloss, waren nicht die Annehmlichkeiten weiblicher Gesellschaft, die Desmond Bonneterre ihm immer wieder angedeihen ließ. Es war, sagte er sich, wenn die Frage – meist vor dem Einschlafen – am fernen Horizont seiner Integrität aufschien, der angeborene Instinkt eines Jägers, der lange vergeblich versucht hat, seine Beute aufzuscheuchen, und endlich eine Gelegenheit sieht, sie zu stellen.

Wie jedem überdurchschnittlich intelligenten Menschen standen ihm seine Niederlagen deutlicher vor Augen als seine Erfolge: das Gelächter, in das Emma Lafflin ausgebrochen war, als sie ihn festnehmen ließ. Der ölige Triumph im Gesicht des alten Willoughby, als er ihm für seine vergeblichen Dienste dankte. Schließlich das Desaster von Pelahatchie. Moses, Gowers, Lafflin – sie hatten ihn zum Narren gehalten und sollten sehen, hatten gesehen, wer zuletzt lachen würde.

»Ist es sicher?«, fragte Bonneterre, voll angekleidet und in glänzend gewichsten Stiefeln auf dem Bett liegend.

»Ganz sicher«, sagte sein Spürhund. »Sie sind in der Nacht auf gestern angekommen und haben seitdem das Haus nicht mehr verlassen.«

»Wie viele Männer haben das bestätigt?«

»Gesehen hat sie nur einer, Sir. Aber ich habe vier Leute am Haus postiert, vorn und hinten, rund um die Uhr. Sie sitzen in der Falle, wenn ich so sagen darf.« Beale warf schon wieder einen irritierten Seitenblick auf die Negerin, die Bonneterre an einem der Heizungs-

rohre angekettet hatte. Warum tat er das? Das Mädchen schwitzte sich doch zu Tode. Er sah es an den nur noch wenigen weißen Flecken auf ihrem Kleid, die der Schweiß noch nicht dunkel eingefärbt hatte.

Der Detektiv wusste nicht, dass Desmond Bonneterre schon seit längerer Zeit in der Angst lebte, ermordet zu werden, und den Komfort, den er auf Reisen brauchte, auf diese praktische Weise mit dem Gedanken an seine eigene Sicherheit verband. Das Mädchen war ständig feucht, strömte den starken, fast tierischen Geruch aus, den Bonneterre zur Aufstachelung seiner Lust inzwischen benötigte, und konnte ihm doch nicht gefährlich werden.

»Dann also heute Nacht«, sagte er. »Beide. Und lebend. Hämmern Sie das diesen Schwachköpfen ein!«

Als Beale den Raum verlassen hatte, stellte der junge Mann fest, dass sein Blut in den Ohren rauschte und seine Vorfreude so sehr gewachsen war, dass sie ihn am Denken hinderte. Er knöpfte deshalb seine Hose auf und näherte sich dem am Boden hockenden gefesselten Mädchen. Sanft, fast kitzelnd, strich er über die Narben, die sie anstelle von Ohrmuscheln hatte, und sagte: »Du wirst bald etwas Lustiges zu tun bekommen, Darry. Jetzt mach den Mund auf!« Es war ein herrliches Gefühl hemmungsloser, völlig sicherer Hingabe, dass Darioleta keine Zähne mehr hatte.

141.

Der Detektiv sagte sich immer wieder, dass er John Lafflin ja nicht getötet hatte. Er hatte seinen Auftraggeber und dessen Handlanger lediglich darauf hingewiesen, wo und wann sie den Mann finden konnten. Er würde auch Moses und den Engländer nicht selbst entführen, ja vielleicht würde er sie gar nicht selbst zu Gesicht bekommen, was er insgeheim schon bedauerte. Moses zumindest hätte er sehr gerne kennengelernt, so wie man einen würdigen, aber letztlich überwundenen Gegner eben gern kennenlernt. Es konnte jetzt nicht mehr schiefgehen, das Wild war ja ahnungslos. Einzig und allein die düs-

teren, fast krankhaften Gedanken an das, was Bonneterre mit dieser Frau tun würde, bedrückten Gabriel Beale ein wenig. Aber, sagte er sich, auch das würde er ja nicht selbst tun. Er wies nur den Weg, beschaffte Informationen, gab Befehle weiter.

Im dichten, bunten Getümmel des Hafenviertels angekommen, überlegte er, welche Männer er wo einsetzen konnte, um so viel Lärm wie eben möglich zu vermeiden. Es war später Nachmittag, und ein Dampfschiff aus New Orleans war eingetroffen. Breite auf Deck und von Deck drängende Menschenströme, die er aufgrund seiner geringen Körpergröße nicht zu überschauen vermochte, stauten sich und hielten ihn auf. Während er noch nach einem geeigneten Ausweg suchte, hörte er plötzlich, erst leise, entfernt, dann lauter werdend, eine einzelne weibliche Stimme über dem Hafenlärm. »Jack! Jack!«, rief die Frau.

Er dachte sich nichts dabei, denn Jack war nicht gerade ein ungebräuchlicher Name. Aber als ihn das Rufen hartnäckig verfolgte und er selbst bereits dachte: Wo zum Teufel ist denn dieser idiotische Jack?, drehte er sich irgendwann zu dem Dampfschiff um und sah, dass Molly, das Dienstmädchen Madame Clairbornes, dem er in New Orleans so gefährlich nahe gekommen war, ihm von Deck aus aufgeregt zuwinkte. Augenblicklich machte er sich noch kleiner, als er war, versank sozusagen im Erdboden und tauchte in der wogenden Menge unter. Jetzt konnte es doch noch schiefgehen!

Als sie den Brief aus St. Louis las, hatte Eileen Clairborne zum ersten Mal seit vielleicht einem Vierteljahrhundert wieder geweint. Nur kurz tröstete sie der romantische Gedanke, dass Jean gestorben war, wie er gelebt hatte. Dann verdrängten ihr nüchterner Verstand und die Frage nach seinem Mörder diese Mädchenallüren.

Er hatte ihr von seinen Verfolgern erzählt, damals, vor zwei Jahren, aber der einzige Verfolger, der bei ihr aufgetaucht war, war ein dicklicher kleiner Mann gewesen, der sich als Harvardprofessor ausgegeben hatte. Eileen Clairborne versuchte, sich sein Gesicht in Erinnerung zu rufen und sich vorzustellen, dass er ein Mörder war –

aber ihr gelang beides nicht. Der Mann hatte geradezu erschreckend harmlos gewirkt.

Dass sie nach St. Louis aufbrach, lag weniger an solchen Überlegungen als vielmehr an ihrem echten Bedürfnis, an Jeans Grab zu stehen und seiner Witwe zu kondolieren. Diese Frau war hochherzig genug gewesen, einer verflossenen Liebe ihres Mannes die Nachricht von seinem Tod in freundlichen Worten mitzuteilen, und sie freute sich darauf, Emma Lafflin kennenzulernen. Der Gedanke, dass Jeans Witwe das Leben gelebt hatte, das sie, Eileen Clairborne, hätte leben können, verdrängte das verschwommene Bild von Jacob Files, Andrew Jackson und seine Zeit – bis ihr Mädchen Molly, sonderbar aufgeregt, Stein und Bein schwor, den seltsamen kleinen Mann im Hafen von St. Louis gesehen zu haben. Das konnte kein Zufall sein. Ihr ursprünglicher Verdacht tauchte wieder auf, verfestigte sich, und auf ihrem Weg in die Collins Avenue dachte sie jetzt nur noch daran, Mrs. Lafflin vor diesem unheimlichen Menschen zu warnen.

Es blieb nicht viel Zeit für Höflichkeiten. Jean hatte Eileen von Moses und ihren gemeinsamen Befreiungsaktionen erzählt, und als sie nun einer hochgewachsenen jungen Farbigen vorgestellt wurde, sagte die Witwe des ehemaligen Gouverneurs von Louisiana: »Ich freue mich, Ihre Bekanntschaft zu machen, und bin stolz darauf, Ihnen die Hand zu schütteln.«

Deborah war es unangenehm, derart im Mittelpunkt zu stehen, aber nachdem die Beteiligten alle Informationen diskutiert hatten, schien klar, dass dies ihr Platz war. Es ging um sie. Wer ihr unbekannter Verfolger war, wusste sie nicht, aber er war dort draußen und sie genau dort, wo er sie haben wollte.

Dass Jacob Files, den Madam Clairborne und Molly – bis über die Ohren errötend – beschrieben, und der nächtliche Einbrecher namens Doughty, den Emma Lafflin und Lucius gesehen hatten, derselbe Mann waren, stand schnell fest. Als sich aufgrund dieser Beschreibungen auch Jason sehr verlegen zu Wort meldete und erzählte, dass ihn vor einigen Monaten ein kleiner Zeitungsreporter aus dem Os-

ten, allem Anschein nach ein überzeugter Abolitionist, über eheliche Beziehungen zwischen weißen Männern und schwarzen Frauen befragt hatte, war auch diese Beziehung hergestellt. In die schmerzliche Pause hinein, in der allen klar wurde, warum John Lafflin gestorben war, stellte Gringoire die nüchterne Frage: »Haben Sie Waffen im Haus, Madame?«

Zwar waren sie sich darüber einig, dass ein offener Angriff mitten in einem der besten Wohnviertel von St. Louis nicht zu befürchten war, aber es konnte nicht schaden, den unbekannten Gegnern zu zeigen, dass man ihr Spiel durchschaut hatte. Also saß eine Viertelstunde später Gringoire auf den Stufen des Hauses, seine Pfeife im Mund und eine doppelläufige Schrotflinte auf den Knien, während Lucius, gleichfalls bewaffnet, den Hintereingang bewachte. Nach drei Stunden wurden sie von Jason und Mr. Phineas abgelöst.

Deborah hatte sich ins Schlafzimmer zurückgezogen, wo sie sich sicher fühlte, bis ihr einfiel, dass ihr Feind schon einmal in genau diesem Raum gestanden hatte. Sie ging hinunter in den Salon, wo John, den geladenen Revolver vor sich auf dem Tisch, gemeinsam mit Emma Lafflin und Madame Clairborne überlegte, wie er und vor allem seine Frau sicher aus der Stadt kommen könnten.

»Bewaffnete Wächter vor und hinter dem Haus«, lautete die Botschaft, die Gabriel Beale und seinem Auftraggeber deutlich machte, dass ihr Plan gescheitert oder zumindest entdeckt war. Eine nächtliche Entführung lag jetzt außerhalb der Möglichkeiten ihrer kleinen Mörderbande, und was, fragten sie sich, lag noch innerhalb? Sollten sie Moses und den Engländer erschießen, sobald sie – und irgendwann musste dies ja geschehen – aus dem Haus kamen? Aber wer sollte das tun, mitten in St. Louis, vor Dutzenden von Zeugen? Sollten sie ihnen auflauern, auf ihrem Heimweg, sie an irgendeinem einsamen Ort überfallen?

Dazu hätte man wissen müssen, wohin die beiden gehen würden, und schon zwei geschlossene Kutschen, die die Collins Avenue in verschiedene Richtungen verließen, würden ihre Truppe hoffnungslos überfordern. Nein, fest stand nur, dass ihre Opfer den Sklavenstaat Missouri nicht wieder verlassen durften.

Sie erwogen ernsthaft die Möglichkeiten einer Brandstiftung, das Lafflin-Haus auszuräuchern, die Bewohner so auf die Straße zu treiben und Moses im allgemeinen Chaos mit einem gezielten Schuss zu erledigen. Aber das würde die lang gehegte Rachsucht Desmond Bonneterres nicht befriedigen, und obwohl dieser Plan Gabriel Beale noch auf eine andere, schlimmere Idee brachte, war es der junge Kreole, der schließlich die Lösung fand.

»Wir müssen die Polizei auf unsere Seite bringen«, sagte er.

Der Detektiv dachte an das viele, das geschehen war, und das wenige, das sich beweisen ließ, und knurrte: »Bis Sie diesen Sachverhalt auch nur einem einzigen Polizisten erklärt haben, sind die beiden in Kanada und haben sieben Kinder!«

»Ja«, sagte Bonneterre, in der Sonne seiner plötzlichen Eingebung lächelnd. »Aber Sie vergessen dabei eins, Mr. Beale: Das geht ihnen genauso.« Er hatte damit treffend umrissen, wie weit sowohl die Jäger als auch die Gejagten sich längst außerhalb jeder gesetzlichen Ordnung bewegten. »Wir werden niemandem irgendetwas erklären müssen.«

»Wer soll uns dann helfen?«, fragte der ratlose kleine Yankee.

»Der Kongress und der Oberste Gerichtshof der Vereinigten Staaten von Amerika, Mr. Beale«, antwortete der Südstaatler. »Warum bin ich eigentlich nicht eher darauf gekommen?!« Und während er den Detektiv offen angrinste, sagte er höhnisch: »Brandstiftung!! Warum nicht gleich eine Bombe?«

142.

Obwohl in diesem letzten der Maorikriege auch aufseiten der Weißen nie mehr als anderthalb- oder zweitausend Soldaten kämpften, waren die Mechanismen, die ihn antrieben, die gleichen wie in den unzähligen ungleich größeren Kriegen, die über Europa, Amerika, über die Welt hinweggegangen waren.

Eine Gruppe kämpfender, tötender Männer, gleich ob man sie nun eine Taua oder eine Armee nennt, ist immer und überall ein seltsamer Organismus. Außerhalb der Zivilisation, der Kultur stehend, für die zu kämpfen sie vorgibt, sich über die herkömmlichen Gesetze der menschlichen Gesellschaft gezielt hinwegsetzend, ist sie doch auch nicht die Wildnis, in der sie umgeht. Sie kämpft, sie tötet nicht, wie Tiere kämpfen und töten, ist aber auch mehr als bloß politisches Instrument.

Wie ängstlich die Menschen, die sie ausschicken, sich von diesen kämpfenden Gruppen abzugrenzen bemüht sind, zeigen in Stammesverbänden die Tabus, die Reinigungsrituale, denen die Krieger sich unterwerfen müssen, ehe sie in die Gemeinschaft zurückkehren dürfen; zeigen die Bannmeilen, die Rom und Athen zwischen sich und ihre eigenen Soldaten legten, zeigt noch heute jedes Zivilgesetz, jeder Untersuchungsausschuss, mit dem Politiker sich mühsam die Illusion verschaffen, »ihre« Armee jederzeit unter Kontrolle zu halten – wie ein Kind, das sich im Innern eines Wagens an irgendein Polster klammert, einen Faden, einen Strohhalm, und sich mit aller Kraft einredet, den Wagen auf diese Weise lenken zu können.

Nach außen so furchterregend homogen, sich an Uniformen, Fahnen, Befehlen und sogenannten »Kriegskünsten« orientierend – einem erlernbaren Handwerk, das sich vor allem den geografischen Räumen anpasst, in denen eine Armee sich bewegt –, ist sie in ihrem Innern doch merkwürdig hohl, heterogen und kann vor allem in moralischer Hinsicht leicht implodieren, wenn die Druckverhältnisse, denen sie ausgesetzt ist, sich verändern; sei es durch einen Sieg, eine Niederlage oder einfach durch das lange, zermürbende Warten auf das eine oder das andere.

Thomas McDonnell wusste, dass er sich nicht mehr lange auf dem Rücken dieses Untiers halten konnte, dass er ihm noch einmal die Sporen geben und seiner unheimlichen, alles zersetzenden Kraft ein Ziel weisen musste, um nicht selbst unter die vielen genagelten Stiefel zu geraten, die auf seinen Befehl so lange und weit marschiert waren. Am 2. September trafen endlich die Kupapa-Milizen ein, auf die er schon lange gewartet hatte; hundertdreißig kampferprobte Veteranen aus dem Krieg von 1865/66, die er sofort gegen ein gleich starkes Kontingent unerfahrener Weißer, vorwiegend von den Wellington Volunteers, austauschte.

Offizieller Anführer dieser neuen, irregulären Truppe war sein Bruder William, aber in Wirklichkeit folgten die Männer ihren Häuptlingen: Kepa und Kawana Hunia. Ein Problem war das insofern, als die Kupapa so etwas wie einen von der Regierung beauftragten und durch die Gesetze legitimierten Oberbefehlshaber nicht anerkannten. Führerschaft definierte sich in ihren Augen durch Fähigkeiten und Erfolge, die zum Tapu eines Mannes gehörten – und »Fighting Mac« hatte bereits zweimal versagt, war also kein Mann von unerprobter Fähigkeit, sondern von erprobter Unfähigkeit. In der Versammlung der Regimentskommandeure schlug ihm jedenfalls von nun an stärkerer Widerstand entgegen, als er gewohnt war, und es gab für ihn nur einen Weg, die Dinge wieder unter Kontrolle zu bringen: Er musste noch einmal hinaus in den Wald von Ahipaia.

Gemeinsam mit von Tempsky, der das geahnt hatte, entwarf McDonnell einen Angriffsplan, der wiederum eine Attacke auf das Eulennest vorsah, um Titokowarus logistische Basis zu zerschlagen und ihn dadurch entweder zu einer offenen Schlacht zu zwingen oder aber, versorgt durch die erbeuteten Lebensmittel der Rebellen, Te Ngutu auszuhungern. Es war ein guter Plan, der mithilfe der auf den vorangegangenen Expeditionen gewonnenen Erfahrungen und der Unterstützung der Kupapa gelingen konnte – wenn er geheim blieb.

Aber auch Titokowaru war ein Meister in seinem Fach. In den weniger als zwei Wochen, die seit McDonnells letztem Angriff vergangen waren, hatte er Te Ngutu o te Manu nicht nur wieder aufgebaut, sondern unter Aufbietung aller Kräfte, sogar der Mithilfe von Frauen und Kindern, mit eindrucksvollen Befestigungen versehen: einer Palisade, Laufgräben, Wällen und Schützenlöchern. Das Entscheidende war jedoch, dass die ganze Anlage nur Mimikry war. Wie bei dem vorgeschobenen Hinterhalt bei Te Maru spekulierte er darauf, dass die Pakeha ihre Kräfte auf das konzentrieren würden, was sie sahen und kannten, also auf die Palisade und das Dorf.

Er hatte jedoch auch den Wald selbst befestigt, einige *Taumaihis*, getarnte Schützenplattformen, in den Bäumen errichten und vor allem ein System gedeckter und gut getarnter, also quasi unterirdischer Gänge graben lassen, in denen seine Krieger sich rings um die große Lichtung vor dem Dorf bewegen konnten, ohne für den Feind sichtbar zu werden. Er musste jetzt nur noch Tag und Stunde des Angriffs kennen, und die einmal mehr tödliche Falle würde zuschnappen.

143.

Dred Scott war ein etwa sechzig Jahre alter Sklave aus Missouri, der aber mit seinem Besitzer, dem Armeearzt John Emerson, einige Jahre lang im freien Nachbarstaat Illinois gelebt hatte. Als Emerson starb, kam Scott als Teil der Erbmasse zurück nach Missouri und begann hier einen Prozess gegen die Erben, in dem er darauf plädierte, durch den Aufenthalt in Illinois ein freier Mann geworden zu sein, der gar nicht vererbt werden konnte. In dem nun beginnenden elfjährigen Prozessmarathon vor verschiedenen Staats- und Bundesgerichten ging es aber nicht nur um die Freiheit oder Unfreiheit von Dred Scott, sondern um exakt die Verfassungsfragen, die sich an der Sollbruchstelle der Vereinigten Staaten von Amerika seit Jahrzehnten aufgetürmt hatten.

Konnte ein Schwarzer in einem Bundesstaat Bürger und in einem anderen Eigentum sein? Wann wurde er das eine oder das andere? Konnte ein Sklavenstaat einen freien Schwarzen zum Sklaven machen, wenn er nur durchreiste? Und konnte umgekehrt ein freier

Staat einem weißen Mann sein Sklaveneigentum wegnehmen, wenn er nur durchreiste? Hatten Regierung, Kongress und Senat überhaupt das Recht, Bundesgesetze zu erlassen, die den Sklavereibestimmungen der Einzelstaaten widersprachen?

Am 6. März 1857 kam der Supreme Court der USA in Sachen Dred Scott und der ihn betreffenden Verfassungsfragen zum vielleicht beschämendsten Rechtsspruch in der Geschichte der Freien und Tapferen. Denn eine Sklavenhaltermehrheit in diesem Gremium hatte entschieden, dass ein Sklave immer ein Sklave bleibt, egal wie lange er in einem freien Staat lebt und wie er dort hingekommen ist. Damit war die Flucht eines Sklaven innerhalb der Vereinigten Staaten aussichtslos geworden. Sein Besitzer konnte ihn überallhin verfolgen und durfte ihn von überall her zurück in die Sklaverei führen, ohne dass irgendeine juristische Gegenwehr möglich war. Die einzige Gelegenheit für einen Sklaven, auf legalem Weg frei zu werden, war die freiwillige Aufgabe des Besitzanspruchs seines Herrn, sei es aufgrund eines Freikaufs oder aus purer Generosität. War ein Sklavenhalter dazu nicht bereit, gab es keine Macht auf Erden, oder jedenfalls keine in den Vereinigten Staaten, die ihm seine Sklaven wegnehmen konnte.

Natürlich war dieses Urteil in den freien Staaten nicht das Papier wert, auf dem es geschrieben stand, das heißt, die Gerichte etwa von Illinois dachten gar nicht daran, entsprechende Ansprüche gelten zu lassen. Aber in Missouri und den anderen Sklavenhalterstaaten konnte nun theoretisch jeder Weiße auf jeden Schwarzen zeigen und behaupten, er gehöre ihm. Tauchten keine anderslautenden Dokumente auf, konnte der Schwarze nicht nachweisen, dass er entweder freigelassen worden war oder von freigelassenen Eltern abstammte, konnte der Weiße hingegen mindestens einen Zeugen beibringen, der seine Besitzansprüche bestätigte, durfte er den Schwarzen »einpacken und mitnehmen«. Es war dieses vom Kongress bestätigte Urteil des Obersten Gerichtshofes, mit dessen Hilfe Desmond Bonneterre hoffte, seine Hand doch noch sozusagen legal und mit Unterstützung der staatlichen Behörden auf die ihm nach wie vor nur unter dem Namen Moses bekannte Frau zu legen.

Dem Anführer der vier Mann starken Abteilung der St. Louis City Police war vor allem die Begleitung durch die beiden Antragsteller, zwei Männer, die in ihren Anzügen wie verkleidet aussahen, sichtlich unangenehm. Er befahl deshalb den seltsamen Gestalten und seinen eigenen Leuten, auf der gegenüberliegenden Seite der Collins Avenue zu warten, und kam allein auf den bewaffneten Riesen vor dem Haus Nr. 24 zu.

»Guten Abend«, sagte er.

»Guten Abend«, erwiderte Mr. Phineas, lud aber gleichzeitig seine Waffe durch, um dem Polizisten zu zeigen, dass der weitere Verlauf des Abends noch entwicklungsfähig war.

»Na, na«, sagte fast väterlich der bieder und ehrlich wirkende Sheriff. »Wir kennen uns doch. Sie arbeiten beim alten Lafflin in der Fabrik und heißen Phineas, nicht wahr? Sie sind ja auch kaum zu übersehen, lieber Mann.« Der Sheriff lachte ein wenig über seinen eigenen kleinen Scherz, aber Mr. Phineas verzog keine Miene. Der Ankömmling wurde daraufhin amtlich.

»Ich bin Sheriff Samuel Madsen und …«

»… und das ist eine doppelläufige Schrotflinte, Sir. Mit Sauposten geladen!«, ergänzte der Riese trocken. Der Polizist kratzte sich betreten am Kinn.

»Ich würde gerne mit Mrs. Emma Lafflin sprechen, wenn das möglich ist, ohne erschossen zu werden.«

»Das ist es«, sagte Mrs. Lafflin, die jetzt die Tür geöffnet hatte. »Hallo, Sam!«

»Guten Abend, Emma«, erwiderte der Sheriff erleichtert. »Darf ich hereinkommen?«

»Das hängt davon ab, was du willst, Sam.«

»Was ich will, Emma, möchte ich jedenfalls nur ungern über die ganze Straße brüllen. Vielleicht lässt du mich einfach rein. Was kann das schaden?«

Darauf wusste Emma Lafflin keine Antwort zu geben, denn sie konnte ja schlecht sagen, dass ihr Haus von Unbekannten belagert wurde, und wenn, hätte sie erklären müssen, warum sie nicht längst selbst die Polizei gerufen hatte. So konnte also die Anwesenheit Deborahs in der Collins Avenue 24 nicht mehr schlicht und einfach geleugnet werden, denn Sheriff Madsen sah sie sofort inmitten der kleinen Menschenmenge in der Halle.

»Guten Abend, meine Damen«, sagte er. »Gentlemen!«

»Hast du Angst vor Zug, Sam?« Mrs. Lafflin hatte die Tür wieder geschlossen und bemerkt, dass der Besucher den Hut auf dem Kopf behielt.

»Entschuldige, Emma«, sagte Madsen, nahm den Hut ab und deutete damit auf Deborah. »Es geht um diese junge Dame, denke ich. Draußen warten zwei Männer, die einen Anspruch auf sie angemeldet haben.«

»Wie bitte?!«, fragte John Gowers und trat zwischen seine Frau und die Staatsgewalt.

»Einen Besitzanspruch, Sir, so ist es leider. Die beiden beziehungsweise der eine behauptet, er habe seine flüchtige Sklavin Amy in dieses Haus gehen sehen. Der andere ist sein Zeuge.«

»Das ist vollkommen lächerlich, Sam«, sagte Mrs. Lafflin. »Die Frau heißt Deborah Williams und ist mein Gast.«

»Nun«, Madsen kratzte sich wieder den Bart und wandte sich dann direkt an Deborah. »Können Sie das irgendwie beweisen, Miss?«

»Mrs.«, sagte John wütend. »Sie ist meine Frau!«

»O Mann«, entfuhr es dem bisher so besonnenen Sheriff. Dieser Fall wurde ihm immer unangenehmer. »Tut mir leid, aber die Gesetze von Missouri schreiben vor, dass wir derartigen, äh … Ansprüchen nachgehen müssen. Können Sie … haben Sie …?«

Deborah hatte selbstverständlich eine notariell beglaubigte Urkunde über ihre Freilassung, die ebenso selbstverständlich gefälscht war, und reichte sie dem Polizisten wortlos.

»Nun, das …«, begann Madsen, nachdem er das Dokument flüchtig gelesen hatte, »das Problem ist, dass diese beiden Kerle beziehungsweise dass der eine sagt, seine Sklavin sei mit gefälschten Papieren unterwegs. Wir werden die Sache also überprüfen müssen.«

»Wie willst du das machen, Sam?«, fragte Mrs. Lafflin.

»Nun, wir werden ganz einfach nach, äh …« Er schaute noch einmal auf das Papier in seiner Hand. »Nach Vicksburg schreiben und Mr., äh …« Ein weiterer Blick auf das Dokument enthüllte ihm nur die Unleserlichkeit des Namens. »Und Mr. Wie-auch-immer um eine Bestätigung dieser Angaben bitten. So lange …«, er wandte sich wieder an Deborah, »… muss ich Sie leider bitten, mich zu begleiten, Miss, ich meine Mrs.«

»Nein«, sagte leise und gefährlich Gringoire und trat vor.

»Tut mir leid, Sir, aber das ist das Gesetz.«

Der zornige alte Mann richtete bei diesen Worten seine Waffe direkt auf den Kopf des Gesetzeshüters, und der fuhr mit einem säuerlichen Grinsen fort: »Ich weiß, ich weiß, und das ist eine doppelläufige Schrotflinte, mit – sagen Sie nichts! – mit Sauposten geladen, nehme ich an?!« Der Sheriff seufzte und setzte seinen Hut wieder auf.

»Das ist leider alles sehr verdächtig, Emma«, sagte er, als er mitsamt Deborahs Papieren hinausging. »Ich werde deshalb meine Jungs heute Nacht vor dem Haus Posten beziehen lassen und Ihnen allen Zeit geben, sich das Ganze in Ruhe zu überlegen. Und wer von Ihnen bewaffnet die Straße betritt«, fügte er mit Blick auf Gringoire und Gowers freundlich, aber bestimmt hinzu, »dem lasse ich die Eingeweide aus dem Leib schießen! Guten Abend.«

»Wo ist die Deep South*?«, fragte Deborah in das ratlose Schweigen, das in der Halle zurückblieb wie ein schlechter Geruch. Sie wusste natürlich, dass sie ohne ihre Papiere weder einen Zug noch ein Schiff, ja nicht einmal eine Postkutsche besteigen konnte.*

144.

In der ersten Stunde des 7. September 1868 ging Manu-Rau persönlich von Zelt zu Zelt, um dreihundertneunundsechzig Männer einzeln zu wecken, und noch vor drei Uhr nachts rückten sie lautlos, ohne Licht und mit geschwärzten Gesichtern aus Camp

Waihi aus, überquerten zum dritten Mal den bis zur Brust reichenden, eiskalten Waingongoro und befanden sich bei Tagesanbruch bereits tief im Wald Ahipaia, nördlich des Pungarehu-Pfads. In der gleichen grauen Stunde versammelte jedoch auch Titokowaru seine Krieger, befahl ihnen, ihre Waffen zu holen und den Haka zu tanzen, »denn dieser Tag wird ein böser Tag, und die Gefahr kriecht heran wie ein Nebel«.

Seine sechzig Krieger glaubten, ihre toten Ahnen, mit denen der Häuptling nun fast ständig in Kontakt stand, hätten Titokowaru den Tag des Angriffs verraten, aber noch zwei andere Umstände dürften dabei eine Rolle gespielt haben. Wochen später entdeckte Takiora auf einem Höhenzug jenseits des Waingongoro einen riesigen Rata-Baum, aus dessen Wipfel geübte Augen alle Vorgänge in Camp Waihi beobachten konnten und dessen Äste verrieten, dass er schon häufig bestiegen worden war. Außerdem vollzog sich der Auszug der Patea Field Force nicht ganz so lautlos, wie ihre Kommandeure es vorgesehen hatten.

Ein Leutnant namens Albert Fookes stellte mitten im Abmarsch fest, dass er seinen Revolver vergessen hatte, und rannte in sein Zelt, um ihn zu holen. Da völlige Dunkelheit befohlen war, tastete er eine Weile ratlos hin und her und schaffte es dabei irgendwie, an den Abzugshahn zu kommen und sich ins Bein zu schießen. Diese bemerkenswerte Ungeschicklichkeit sollte ihm das Leben retten.

Die Gefahr kroch wahrhaftig heran. Die Patea Field Force hatte den Pfad verlassen, hatte auch keine Zeit damit vergeudet, einen neuen zu suchen, und bewegte sich nicht mehr wie eine Kampfeinheit auf geordnetem Vormarsch, sondern wie eine Armee von Ameisen durch das weglose Dickicht. Von Tempsky, der mit seinen Forest Ranger und Kawana Hunias Kupapa die Vorhut bildete, gab lediglich die Richtung vor, in die sich durch Schlingpflanzen und Unterholz ansonsten jeder Mann einzeln kämpfen musste. Sie verständigten sich mit Handzeichen und hatten nur den Befehl erhalten, ihre Neben- und Vorderleute nicht aus den Augen zu verlieren.

So gab es zwar hin und wieder Stauungen, wenn sie auf wahrhaftig undurchdringliche Hindernisse stießen, aber es fand auch immer irgendwer irgendwo einen Durchschlupf in dem schweren Gelände, wenn sie dazu auch bisweilen hintereinander und dicht an den Boden gepresst auf Händen und Knien kriechen mussten. Dieses zermürbende Vorgehen erwies sich insofern als richtig, als Titokowarus Späher, durch den Schuss aufgeschreckt, den Aufbruch der Patea Field Force zwar gesehen, die Truppe aber tatsächlich bald aus den Augen verloren hatten. Man wusste, dass die Pakeha im Wald waren, aber man wusste nicht, wo sie waren.

Im Eulennest erwachten etwa zu diesem Zeitpunkt die Kinder, und die alten Frauen hatten alle Hände voll zu tun, ihnen den Befehl, den Titokowaru persönlich im Morgengrauen überbracht hatte, nämlich an diesem Tag unter keinen Umständen in den Wald zu gehen, verständlich zu machen. Es war den Kindern peinlich, ihre Notdurft in Sichtweite der Hütten und der anderen zu verrichten und sie auch noch unter den Augen der Frauen vergraben zu müssen wie Katzen.

Insbesondere der zehnjährige Omahura konnte es nicht erwarten, dass die Sonne höher stieg, denn er wollte an diesem Morgen, koste es, was es wolle, seinen Freund Hami, den behinderten neunjährigen Sohn des großen Wiremu Katene, besuchen. Man hatte den sehr liebenswerten, aber auch etwas lauten Epileptiker zusammen mit einem fieberkranken Mädchen in einer alten Hütte auf einer Lichtung auf halbem Weg nach Te Ngutu untergebracht, damit er mit seinen wirren Reden und Anfällen nicht die Nachtruhe der anderen störte. Betreut wurden die kranken Kinder dort lediglich von dem uralten Häuptling Paramena, der amüsiert gesagt hatte, dass er ohnehin nicht mehr viel Schlaf brauche.

Das Warten war entsetzlich. Tutange Waionui war noch in der Nacht mit einigen nur wenig älteren Kameraden zu »heiligen Kindern« gemacht worden, um die kommende Schlacht zu überleben. Tangamoko, die Zauberin des Stammes, hatte jedem von ihnen ein von ihr selbst angefertigtes *Korowai* um die Hüften gelegt, ein Kriegskleid, in das sie Zaubersprüche gewebt hatte, um seine Träger unverwundbar zu machen. So geschützt sollten die sechzehn-, siebzehnjährigen Jungen Kriegern wie Kawana Hunia, »Fighting Mac« oder dem gefürchteten Manu-Rau standhalten.

Jetzt saß Tutange seit vielen kalten Stunden in einem Schützenloch der ersten Linie und lauschte auf jedes Knacken und Rascheln im Wald von Ahipaia, bis ihm die Ohren vor Anspannung wehtaten. Das Loch war so klein, dass er darin knien musste, und immer wieder schliefen deshalb seine Beine ein. Er wollte sich gerade zum hundertsten Mal eine erträglichere Position suchen, als irgendwo weit nördlich, in seinem Rücken, ein einzelner Schuss ertönte, dem jedoch eine ganze Salve folgte, die alle Vögel auffliegen ließ und ihm schneidend ins Rückenmark fuhr. Was war das? Hatten die Pakeha ihn umgangen? Griffen sie Te Ngutu an?

Es mochte etwa zehn Uhr sein, als Omahura die Unaufmerksamkeit einer Wärterin nutzte, seine Chance ergriff und in den Wald lief. Er lief, so schnell er konnte, um nicht nur der Frau, sondern auch ihren mahnenden Rufen und damit seinem schlechten Gewissen so schnell wie möglich zu entkommen. Sein Herz klopfte noch wild in seinem Hals, als er bemerkte, dass er an der kleinen Lichtung der Kranken vorbeigelaufen sein musste. Langsam sah er sich um. Sie konnte nicht weit entfernt sein. Und plötzlich erstarrte er vor Entsetzen: Der Wald um ihn war lebendig!

Fremde weiße Männer krochen über Baumwurzeln, durch Farn und die feuchte Erde selbst, starrend vor Dreck, bis an die Zähne bewaffnet und mehr, als er zählen konnte. Omahura schrie vor Schreck und wollte zurückrennen, aber ein schneller, schlanker Pakeha griff nach seinen Beinen, brachte ihn zu Fall und hielt ihn umklammert.

»Drehen Sie ihm seinen verdammten Hals um, Sir!«, sagte ein anderer, aber es war zu spät. Paramena, in der nur einen Steinwurf entfernten Hütte der Kranken, hatte den Schrei gehört. Eine Weile blieb alles still. Dann erhoben sich auf einen Wink ihres Anführers, der ihn noch immer im Arm hielt, die Pakeha zu Dutzenden, und Omahura glaubte für einen Moment, dass das bemooste Dickicht, das Unterholz, der Wald selbst aufstand.

Der alte Häuptling wusste, dass er überhaupt keine Chance hatte; aber er wusste auch, dass er Te Ngutu und die jungen Krieger warnen musste vor der Gefahr, die aus dieser unerwarteten Richtung kam. Also hob Paramena seine altersschwache Tupara und griff die Pakeha an, feuerte, einer gegen hundert, ehe eine rasche Salve ihn buchstäblich in Fetzen riss.

145.

Ein Überraschungsangriff war nun nicht mehr möglich, und zu ihrem Verhängnis wussten die Pakeha noch immer nicht, wo genau Ruaruru, das Eulennest, sich befand und sie sowohl Proviant für eine Belagerung Te Ngutus als auch zahlreiche Geiseln gefunden hätten. Von Tempsky schickte deshalb einen Melder an McDonnell mit der Bitte, der Forderung, so schnell wie möglich die offene Attacke zu befehlen. Was besonders an ihren Nerven zehrte, war, dass der kleine, offenbar behinderte Junge, den sie in der Hütte gefunden hatten, nicht aufhörte zu schreien – und Omahura musste mit ansehen, wie ein besonders ungehaltener Kupapa-Krieger seinem Freund Hami mit einer Streitaxt den Schädel zerschlug, ehe Manu-Rau ihn daran hindern konnte.

Von allen Seiten krochen, liefen die Feinde an ihn heran – und an ihm vorbei, wie der Häuptling vorausgesehen hatte. Ein Dutzend Mal hatte Tutange Waionui das Gefühl, dass sie ihn jetzt, jetzt entdecken und töten würden, und das Geräusch vorüberstampfender Stiefel schien kein Ende mehr zu nehmen. Dann wurde es stiller, und er wusste, dass die Pakeha nun zwischen der Palisade und der geheimen, unsichtbaren Schützenlinie im Wald in der Falle saßen.

Er spähte vorsichtig aus seiner Deckung und wartete nur noch auf den Feuerbefehl. Er sah bereits den Rücken des Mannes, auf den er schießen würde, und fragte sich, wer der Mann war und was er in diesem Moment dachte. Aber erst als die meisten der Pakeha schon am Rande der Lichtung und in Sichtweite der Palisade waren, erklang, den Urwald auf eine Meile durchdringend, Titokowarus heisere Stimme im Innern der Festung: »Ka whawhai! – Kämpft!« Und die Hölle tat sich auf.

Die weißen Männer fielen wie Kegel, ohne dass sie sahen, aus welcher Richtung das vernichtende Feuer gekommen war. Sie versuchten, sich zu wehren, und schossen Salve um Salve auf die Palisade. Hin und wieder entdeckten sie auch eine der kleinen Taumaihis in den Bäumen hinter sich und feuerten darauf, bis es Splitter und Blut regnete. Aber weil die Maori sich in den unterirdischen Laufgräben immer neu im Gelände verteilen konnten, fanden die Kugeln der Patea Field Force nur selten ein Ziel.

Glücklich waren die dran, die zuerst fielen und nur verwundet waren, denn sie wurden rasch von ihren Kameraden aus der Feuerlinie getragen. »Fighting Mac«, der ja damit gerechnet hatte, dass sie die Angreifer und nicht die Angegriffenen sein würden, hatte jedoch nur vierzehn Tragbahren mitnehmen lassen. Die übrigen Verwundeten mussten auf je drei Gewehrläufen abtransportiert werden, was bedeutete, dass mit jedem Verletzten noch sechs Träger die unübersichtliche Front verließen.

Auf dem Bauch durchs Unterholz kriechend trafen sich die Kommandeure der einzelnen Abteilungen und hielten Kriegsrat. Dass sie in einen Hinterhalt geraten waren, war offensichtlich, aber wo war der Feind? Von Tempsky, der beobachtet hatte, dass aus dem Dorf selbst kaum gefeuert wurde, schlug noch einmal den sofortigen Sturmangriff vor; dabei würden zwar viele Männer fallen, aber der Rest wäre hinter der Palisade zumindest vor den unsichtbaren Schützen im Wald geborgen.

McDonnell sagte nicht Ja und nicht Nein, gestattete ihm aber immerhin, seine Ranger den seichten Mangotahi River, eigentlich nur einen etwas breiteren Bach, hinauf- und noch näher an Te Ngutu heranzuführen. Die andere, die linke Flanke sollte unter Kawana Hunia dichter an den im Südosten verlaufenden Pungarehu-Pfad geschoben werden, um im Bedarfsfall zumindest ihren Rückzug zu sichern. Harry Hunter, Bruder des verschlafenen Kavallerieoffiziers von Turuturu Mokai, und »Fighting Mac« selbst übernahmen das Zentrum, suchten noch immer mit ziellosen Salven nach den verborgenen Schützen und wurden allmählich aufgerieben.

Von Tempsky, inzwischen weniger als hundert Meter von der Palisade entfernt, fluchte und tobte, weil das Angriffssignal noch immer nicht kam. Seine Männer, obwohl dem feindlichen Dorf am nächsten, hatten doch am wenigsten durch die Heckenschützen zu leiden, da Titokowaru auf dieser abgelegensten Seite seiner Festung keine entsprechenden Vorkehrungen getroffen hatte. Als er durch eine Schießscharte der Verschanzung spähte, erkannte der Häuptling jetzt gefährlich spät seinen Fehler und brüllte über das Schlachtfeld: »Whakawhiria! – Umzingelt sie, schließt sie ein!« Und Tutange und ein Dutzend anderer Krieger verließen ihre Positionen, um diesem Befehl Folge zu leisten. Dicht an den Boden gepresst krochen sie die Westseite des Bachlaufs hinauf.

Jetzt! Jetzt wäre es noch zu machen, jetzt konnte man die

Palisade noch stürmen, das Dorf überrennen und insbesondere die alles übertönende Stimme des feindlichen Generals zum Schweigen bringen. Wen oder was wollte er in des Teufels drei Namen denn noch umzingeln? Sie saßen doch schon in der Falle!

Manu-Rau schritt die Reihen seiner in Deckung liegenden Männer ab, befahl ihnen, auf ihren Posten zu bleiben – »Stand your ground, boys!« –, und trat insbesondere James Fagan, der alles Menschenmögliche tat, um im Erdboden zu versinken, jedes Mal in den Hintern, wenn er an ihm vorüberkam. Auf von Tempskys ausdrücklichen Befehl befand Bradley sich immer in unmittelbarer Nähe des Kommandanten, und das hieß in der Sprache der Forest Ranger: immer da, wo die Scheiße am dicksten war!

Von Tempsky selbst bewegte sich sorglos, fast ein wenig abgestumpft am Flussufer hinauf und hinunter, schlug mit dem blanken Säbel auf herunterhängende Zweige ein und fluchte leise vor sich hin: »Wie hängt mir das alles zum Halse heraus! Wenn ich diese Keilerei überstehe, gebe ich das ganze verdammte Geschäft auf!« Seine Männer lachten noch einmal über den kleinen Scherz.

Zweiundvierzig Jahre später erinnerte sich Tutange Waionui im Gespräch mit dem neuseeländischen Historiker James Cowan an diese Stunde: »Wir krochen am westlichen Ufer des Mangotahi hinauf, genau gegenüber von Manu-Raus Männern, aber wir sahen nicht viel von ihnen, und sie sahen gar nichts von uns. Wir hatten etwa eine Viertelstunde zuvor einen herumirrenden Soldaten getötet, den ersten der Pakeha, der wirklich in unsere Hände fiel, und zelebrierten das Whangai Hau; schnitten sein Herz heraus und verbrannten es. Der Rauch zog in Richtung der weißen Soldaten, und wir wussten, dass wir sie an diesem Tag schlagen würden.

Am Fuß eines Karaka-Baums fanden wir eine gut geschützte Position und legten an. Da erschien am gegenüberliegenden Ufer, keine zwanzig Meter von uns entfernt, ein Offizier mit einem gebogenen Schwert. Wir feuerten, und eine der Kugeln traf ihn mitten in die Stirn – ich glaube, es war meine.«

Es war kein Scherz. Von Tempsky hatte es satt. Er war einmal zu oft durch diesen verdammten Urwald gekrochen, hatte einmal zu häufig auf den Befehl gewartet, der dem ganzen Schlamassel ein Ende machen würde; sei es nun ein gutes oder schlechtes Ende. Er wollte nur noch nach Hause und es vergessen. Aber wo war sein Zuhause?

Er merkte, dass er nicht mehr bei der Sache war, und wusste, dass es im Krieg eine lebensgefährliche Sache ist, nicht ganz im Hier und Jetzt zu sein. Er schwitzte, sein Kopf war heiß. Er ging ein paar Schritte hinunter zu diesem jämmerlichen kleinen Bach, um sich etwas Wasser über den Schädel zu gießen, und stutzte nur, weil ihm dabei plötzlich die Verse einfielen, nach denen er sein Gedächtnis nun schon seit Wochen ergebnislos durchsucht hatte. Es war in Braunsberg, an der Mährischen Pforte, im Schatten des Glaserbergs, und die Stimme seiner Großmutter, die das Lied sang:

»Ich hab daraus getrunken, gar manchen frischen Trunk. Ich bin nicht alt geworden, ich bin nicht alt geworden! Ich bin noch allzeit jung.«

146.

»Wir haben sie gar nicht gesehen, Sir. Sie ist nicht rausgekommen und wir nicht rein. Aber sie ist jedenfalls drin, hat der Sheriff gesagt. Und raus kann sie nicht, weil er jetzt ihre Papiere hat.«

Die beiden schäbigen Kerle, die Bonneterre damit beauftragt hatte, die Rolle von Moses' Besitzer und seinem Zeugen zu spielen, waren sehr zufrieden mit sich. Mit einem Minimum an Aufwand glaubten sie, das Maximum aus der Situation herausgeholt zu haben.

»Und wie heißt sie?«, fragte Bonneterre ungehalten, und seine Strohmänner sahen einander stirnrunzelnd an, ehe sie ratlos die Schultern hoben.

»Das hat er nicht gesagt, Sir.«

Der elegante Kreole lachte verächtlich. Da hatte er mit Vorbedacht die intelligentesten seiner Mörder für die nicht unkomplizierte Aufgabe ausgewählt, und das traurige Ergebnis sagte noch immer mehr über seine Truppe als über den Gegenstand ihrer Jagd aus. Er selbst hätte darauf bestanden, die Sklavin und ihre Papiere zumindest zu sehen; aber er wollte natürlich nicht persönlich in irgendeine öffentliche Erscheinung treten. Auch Gabriel Beale hatte es abgelehnt, die Rolle des Sklavenhalters zu spielen, da er, wie er sagte, in St. Louis polizeibekannt sei. Also hatten es die beiden Trottel machen müssen – mit der kläglichen Folge, dass Moses nicht einmal verhaftet wurde, sondern bis zur Klärung des Sachverhalts in der Collins Avenue 24 bleiben durfte!

Bonneterres Neugier auf diese Frau war krankhaft. Er sah sie vor sich, in seinen Gedanken, aber sie hatte kein Gesicht. Er stellte ihr Fragen, in seinem Kopf, aber er kannte ihren Namen nicht. Beides behinderte das Spiel seiner Fantasie so sehr, dass er kaum noch Schlaf fand, so dicht vor dem Ziel. Er glaubte, sein Opfer schon riechen zu können, aber wenn er die Augen aufschlug, war es nur Darioleta, die in der Zimmerecke sogar den Teppich feucht schwitzte, auf dem sie lag. Noch vor Mitternacht hielt er es nicht mehr aus und stand wieder auf; hätte er eine Erektion gehabt, wäre er einfach einmal mehr über das unglückliche Mädchen hergefallen, aber die Aufregung über das nahe Ende seiner langen Jagd machte sein Glied schlaff und seine Hoden leicht.

Bonneterre zog sich an und ging in die Halle des Gates hinunter, wo Gabriel Beale in einem der bequemen Polstersessel saß. Auch der Detektiv konnte nicht schlafen, aber es war nicht Neugier, sondern Unruhe, die ihn umtrieb. Er hielt nicht viel vom Plan seines Auf-

traggebers, weil dieser den Gegner zu vorschnellen und darum nur schwer berechenbaren Reaktionen veranlassen konnte.

»Wenn sie etwas tun, tun sie es heute Nacht«, stellte er fest, als Bonneterre ihn seiner Unruhe wegen nur fragend ansah.

»Wie viele Leute bewachen das Haus?«, fragte der Kreole fast spöttisch, aber nur, um seine eigene Besorgnis zu überspielen.

»Drei von uns, hinten«, antwortete Beale. »Vorn stehen die Leute des Sheriffs. Aber ich weiß nicht …«

»Dann schauen wir doch einfach mal vorbei, wenn Sie das beruhigt«, schlug Bonneterre eine Spur zu schnell vor; er hoffte tatsächlich, durch irgendein Fenster, irgendeinen Zufall zumindest einen Blick auf Moses zu erhaschen. Der Detektiv seufzte. Er war erst vor wenigen Minuten von seinem letzten Kontrollgang in die Collins Avenue zurückgekommen. Er war müde. Dennoch erhob er sich so rasch, als hätte er Sprungfedern im Hintern, und die beiden Männer traten hinaus in die kalte Nacht.

»Ich werde sie übrigens nicht töten«, sagte Bonneterre auf dem nicht allzu langen Weg, um das Gewissen des Detektivs zu beruhigen. »Ihn ja, sie nicht.« Und er lächelte bei diesen Worten, als hätte er eine liebevolle kleine Überraschung durchschaut, die ein anderer ihm bereiten würde.

An einer dunklen Straßenhecke auf der Rückseite des Hauses Nr. 24 und nur etwa fünfzig Meter davon entfernt erwischten sie ihre drei Wächter mit einer Flasche Schnaps, deren fast bis zur Neige verschwundener Inhalt verriet, dass sie schon mehrfach herumgegangen sein musste.

»Ihr sollt aufpassen und euch nicht besaufen!«, zischte Gabriel Beale.

»Ganz ruhig, Yankee«, antwortete einer der hässlichen, verschlagenen Kerle. »Wir aus dem Süden können nämlich beides gleichzeitig.« Seine Genossen lachten rau, und einer von ihnen wandte sich jetzt direkt an Desmond Bonneterre.

»Dieser Nigger, Sir«, er deutete mit einem Nicken auf den hochgewachsenen Hausdiener Lucius, der sich von Deborah und Gowers

schon verabschiedet hatte und die Rückseite des Hauses bewachte. »Darf ich ihn nicht doch kaltmachen? Juckt mich einfach in den Fingern, wenn ich so was sehe: ein Nigger mit einem Gewehr!«

Bonneterre lächelte über so viel sportlichen Ehrgeiz, schüttelte aber den Kopf. Gemeinsam mit dem Detektiv begab er sich jetzt auf die Vorderseite, wobei sie selbst in den Seitenstraßen jeden Schatten ausnutzten, den sie finden konnten, falls das Haus nicht schlief und irgendjemand zufällig aus einem der dunklen Fenster sah. Aber obwohl natürlich niemand im Haus schlief, kamen sie tatsächlich ungesehen nach vorn, wo sie die Männer des Sheriffs an einem gegenüberliegenden Gartenzaun dösen sahen.

Ihre Gewehre hatten die Deputies zur Seite gestellt, und der eine hatte sogar seinen Revolver samt Patronengurt abgelegt, um bequemer sitzen zu können. Einem entschlossenen Ausbruchsversuch hätten sie so kaum etwas entgegenzusetzen gehabt, und Beale, erbost über so viel dienstliche Nachlässigkeit, hätte sie am liebsten bei ihrem Vorgesetzten denunziert. Aber in ebendiesem Augenblick tat sich etwas an der Haustür von Nr. 24, und schlagartig waren die Polizisten hellwach und griffen zu ihren Waffen.

»Was gibt's da?«, rief ihr junger Anführer zum Haus hinüber.

»Nichts gibt's«, antwortete Mr. Phineas, der jetzt zusammen mit Jason hinaus auf die Straße trat. »Wir gehen nach Hause, wenn's beliebt. Oder ist das verboten?«

Der Deputy überlegte kurz. »Seid ihr bewaffnet?«, fragte er dann.

»Nein«, brummte Mr. Phineas. »Aber ihr dürft es gern kontrollieren.«

Die Polizisten durchsuchten die beiden tatsächlich, fanden aber nichts zu beanstanden, und Mr. Phineas und Jason taten daraufhin, was Gabriel Beale befürchtete, seit die Haustür sich geöffnet hatte: Sie gingen in zwei verschiedene Richtungen davon, und die Art, wie sie gingen, zeigte, dass sie mit einer Verfolgung rechneten.

147.

Binnen Sekunden mussten die beiden heimlichen Beobachter eine Entscheidung treffen: die Männer einfach gehen lassen und nie erfahren, in welcher Absicht sie unterwegs waren, oder aber sich trennen und ihnen folgen. Und wer sollte wem folgen?

John Gowers, für den die nächtliche Straße nicht dunkel, sondern nur grau war, sah gespannt zu, wie Jason und Mr. Phineas von den Polizisten durchsucht wurden, wie sie sich trennten und davongingen. Jason rannte, während Mr. Phineas es zwar deutlich eilig hatte, aber nicht lief. Das war nicht unwichtig für all die Entscheidungen, die in diesen Sekunden fielen. Gabriel Beale war ein kluger Kopf, aber kein Läufer; Bonneterre war der Jüngere, was die zweite Frage der Belagerer beantwortete, nachdem sie die erste mit einem kurzen Blickwechsel und einem bloßen Nicken geklärt hatten.

John blickte von einem der oberen Fenster seinen beiden Freunden hinterher, schaute aber naturgemäß länger demjenigen nach, der sein Blickfeld schneller verlassen würde. Deshalb sah er, als Jason schon beinahe verschwunden war, wie ein Mann sich aus dem Schatten einer Seitenstraße löste und dem jungen Mulatten nachlief. Er sah ihn nur für wenige Sekunden, von ferne, aber die Zeit reichte, um den eleganten Kreolen zu erkennen, dem er in Maggies Etablissement schon einmal Auge in Auge gegenübergestanden hatte. Die plötzliche Aufregung, in die ihn diese Entdeckung versetzte, hinderte ihn leider daran, sich allzu sehr auf Mr. Phineas und seinen Verfolger zu konzentrieren. Gringoire sagte, dass auch dem Maschinisten jemand nachgegangen sei, aber da er nicht Gowers' Fähigkeit besaß, im Dunkeln zu sehen, konnte er den Mann nicht beschreiben.

Mr. Phineas war es nicht gewohnt, vor jemandem davonzulaufen, vielleicht hätte er sich sonst größere Mühe gegeben, etwaige Verfolger abzuschütteln. Andererseits war es für den klugen kleinen Yankee auf seiner Fährte nicht schwer, den riesigen Mann im Auge zu behalten, auch wenn er ihm einen gehörigen Vorsprung ließ.

Desmond Bonneterre dagegen gab die Verfolgung des flinken Jungen, der sein Leben und seine Sicherheit schon öfter der Kraft seiner Füße und Beine anvertraut hatte, mit schwer und schmerzhaft pumpenden Lungen schon nach wenig mehr als drei Straßenzügen auf. Täuschte er sich, oder hatte der Mulatte auch noch gelacht, als er, der Angehörige der überlegenen, der herrschenden Rasse, stehen blieb, die Hände auf die Knie stützte, Sterne vor seinen Augen sah und nur noch ausspucken wollte, ohne die Kraft dafür zu finden? Geschlagen taumelte Bonneterre nach kurzer Überlegung ins Gates zurück, weil er keine Lust verspürte, seine Niederlage einzugestehen. Egal, welche Nachrichten es geben würde, hier würden sie ihn am sichersten erreichen. Leider kannte Jason sich mit der Maschine der Deep South nicht aus und war tatsächlich nur der Hase gewesen, der die Gegner irreführen sollte.

Als sie sich dem Hafenviertel näherten, verfestigten sich die Vermutungen, die der Detektiv bereits seit einigen Minuten über das Ziel des Riesen angestellt hatte. Sie würden versuchen, per Schiff zu entkommen! Er wusste nicht, wie sie aus dem Haus kommen wollten, zweifelte aber nicht daran, dass sie es schaffen würden, wie sie bisher alles geschafft hatten. Allerdings war ihnen Gabriel Beale bisher auch noch nie so dicht auf den Fersen gewesen.

Er sah auf eine Entfernung von vielleicht dreißig Metern, wie Mr. Phineas an Bord eines der am Pier befestigten Schiffe ging, mimte sofort einen Betrunkenen und entzifferte den Namen Deep South, als er daran vorbeiwankte. Seine Gedanken rasten. Wie ließ sich diese Flucht noch verhindern? Ein Vorteil war, dass Spratts Boardinghouse nicht allzu weit entfernt war und er binnen zwanzig Minuten vier, fünf, sechs Männer hier haben konnte, um die Zugänge zum Schiff zu überwachen. Ein Vorteil war auch, dass der Riese das Schiff offenbar ganz allein fahrtklar machen musste, was zweifellos einige Stunden dauern würde.

Vielleicht war es ja möglich, ihn zu überwältigen und an seiner Stelle auf die Flüchtenden zu warten. Aber das, sagte sich Beale sofort, würde wohl kaum ohne Kampf und darum auch nicht geräusch-

los vonstattengehen; außerdem gab es womöglich ein Losungswort, schickte Moses vielleicht einen Beobachter vor und wäre gewarnt. Nein, die Bewachung des Schiffs und ein Überfall auf die Flüchtenden bei ihrer Annäherung schienen ihm das Sicherste. Aber was, wenn dieser Überfall fehlschlug?

Es war letztlich wohl nur seine von dem bloßen Gedanken an ein neuerliches Entkommen seiner Beute gekränkte Eitelkeit, die den höhnischen Satz in seiner Erinnerung wachrief, wo er ihn von nun an ständig wiederholte: »Brandstiftung?! Warum nicht gleich eine Bombe?«

Er hatte einmal einen Versicherungsbetrug auf dem Ohio untersucht und wusste, dass bei der Explosion eines Dampfschiffs jedermann nahezu blindlings von einem Kesselschaden ausging. Er wusste auch, dass schon eine relativ kleine Menge Pulver an der richtigen Stelle genügte, um eine tödliche Kettenreaktion auszulösen. Als Zünder hatten die Betrüger damals eine oder mehrere Patronen in einem angebohrten Stück Kohle verwendet. Bei einem anderen, dem berühmten Unfall der Effie Afton *hatte das Ganze wohl ähnlich funktioniert. Man sprach nicht mehr viel darüber.*

148.

Was bis zu diesem Zeitpunkt noch nicht schiefgegangen war, schlug fehl, nachdem von Tempsky gefallen war. McDonnell, mit dem Zentrum übel zusammengeschlagen, befahl den Rückzug und schickte Hunter auf den rechten Flügel, um Fühlung mit den Rangern herzustellen und eine schlagkräftige Nachhut zu bilden, die die Maori beschäftigen sollte, bis alle auf dem Pungarehu-Pfad waren. Eine kluge Maßnahme, die allerdings nicht umgesetzt werden konnte, weil Hunter nur wenige Minuten später erschossen wurde und auch die Ranger inzwischen drei von vier Offizieren verloren hatten.

Zweimal waren sie vorgeprescht, um von Tempskys Leiche

zu bergen, und zweimal hatten die Maori dabei nur noch mehr Männer getötet. Also blieben sie in Deckung und wurden abgeschnitten, als »Fighting Mac« zurückging. Dass irgendetwas mit von Tempskys Truppe nicht stimmte, merkte McDonnell irgendwann daran, dass niemand den Feind daran hinderte, ihn zu verfolgen. Auf diese Weise zu seiner eigenen Nachhut geworden, zeigte er noch einmal seine ganze militärische und moralische Klasse; hielt die nachrückenden Maori auf Distanz, dirigierte den Rückzug, organisierte den Transport der vielen Verwundeten und war praktisch überall gleichzeitig. Ein Dutzend Kugeln durchlöcherten seine Uniform, trafen ihn selbst aber wie durch ein Wunder nicht. Er schien gefeit zu sein an diesem grausamen Tag, und als die Männer, die die Verwundeten trugen, laut darüber nachzudenken begannen, ob sie es überhaupt schaffen konnten, sowohl sich selbst als auch ihre verletzten Kameraden zu retten, stieg McDonnell mitten auf einer Lichtung auf einen hohen Baumstumpf. Sehr ruhig, ein Bein vorgestellt und die Hände in die Hüften gestützt, das Gesicht dem Wald zugewandt, aus dem die Verfolger unablässig feuerten, erklärte er, dass er diesen Punkt nicht verlassen würde, ehe nicht alle Verwundeten an ihm vorüber wären. Als Letzter von allen überquerte er den Waingongoro und erreichte gegen zehn Uhr abends Camp Waihi. Takiora half dabei, die abgekämpften Männer zu versorgen, fragte aber jeden, der nicht zu müde oder durchgedreht zum Reden war, nach von Tempsky und seinen Rangern.

»Wer hat Manu-Rau getötet?«, fragte Gowers den Jungen, nachdem er ihn gefesselt und im Licht eines einzelnen Streichholzes davon überzeugt hatte, dass er kein Geist war.

»Ich«, antwortete Tutange Waionui stolz und versuchte dabei, sein Herz zu beruhigen, denn dieser Pakeha würde nun sicher Rache nehmen wollen, und der Gedanke an die Folter und die Verstümmelungen, die ihm bevorstanden, erschreckte den Fünfzehnjährigen mehr, als er zeigen wollte.

Der Mann, der ihn überwältigt hatte, sagte jedoch nur: »Erzähl mir davon.« Dass der Junge trotz seiner unschönen Lage als Gefangener darauf beharrte, den größten und berühmtesten Krieger der Pakeha getötet zu haben, verschaffte ihm nicht nur Gowers' Respekt, sondern überzeugte den Investigator auch davon, dass er die Wahrheit sagte.

Von den Einzelheiten der Schlacht, den Positionen der einzelnen Abteilungen wusste Tutange nicht viel, aber klar war, dass die Patea Field Force bei Te Ngutu o te Manu eine vernichtende Niederlage erlitten hatte und zersplittert worden war. McDonnell schleppte sich mit den traurigen Resten nach Süden, aber von Tempskys Männer waren offenbar auf dem Schlachtfeld geblieben.

»Habt ihr Gefangene gemacht?«, fragte Gowers, dem es nun nur noch um einen bestimmten Mann ging.

»Zwei oder drei, die ihre Gewehre weggeworfen hatten, wurden ins Dorf gebracht«, sagte Tutange verächtlich. »Sie waren keine Kugel wert.«

»Und die anderen?«

»Sind noch dort und werden ewig dort bleiben!«

Das stimmte nicht ganz. John Roberts und James Livingstone, die letzten lebenden Offiziere der Forest Ranger, beide noch junge Burschen, keine fünfundzwanzig Jahre alt, hatten die Reste der geschlagenen Truppe gesammelt und sich langsam, vom gnadenlosen Feuer der Maori verfolgt, von ihrem verlorenen Posten in den dichten Wald im Nordosten geschleppt. Nur der Umstand, dass Titokowaru die Hauptmacht seiner Leute zur Verfolgung McDonnells nach Süden beorderte, rettete sie.

Nun waren grausame Entscheidungen zu treffen, denn sie hatten mehr Verwundete, als sie transportieren konnten. Harry Hastings, versprengtes Mitglied der Wellington Volunteers, wurde auf eigenen Wunsch schwer verletzt zurückgelassen, und Livingstone zerschlug seinen Karabiner an einem Baum, damit er den Maori nicht in die Hände fiel. Corporal William Russell, mit zerschmetterter Hüfte an einen Baum gelehnt, bat seine Kameraden, ihn zu erschießen, aber niemand wollte es tun. Sie gaben ihm seinen Revolver und hörten kurze Zeit später einen einzelnen Schuss, gefolgt von wütendem Gewehrfeuer. Offenbar hatte er einen der Verfolger niedergestreckt und war den Tod eines Soldaten gestorben.

Nur ein einziger der Zurückgelassenen überlebte; G. H. Dore, ein ehemaliger Seemann, der anscheinend an einer Form des Downsyndroms litt, war mit einer Schulterwunde, die tief in den Knochen hinabreichte, zurückgeblieben. Als die Maori ihn erreichten, stellte er sich tot, und nachdem sie ihm Hosen, Stiefel, seinen Revolver und all seine Habe weggenommen hatten, ließen sie ihn liegen.

Er schleppte sich ins Unterholz und berichtete später, dass er von überall her noch lange die verzweifelten Hilferufe seiner verletzten Kameraden gehört hatte, ehe sie einer nach dem anderen unter den Äxten der siegreichen Feinde verstummten. Zwei von ihnen wurden jedoch von den Maori dicht an seinem Versteck vorbei nach Te Ngutu getrieben, und einer dieser beiden bettelte in einem fort um sein Leben. Der andere, Dore kannte ihn, konnte sich aber nicht mehr an seinen Namen erinnern; selbst als man ihm die Vermisstenliste vorlegte, habe nur gesagt: »Warum tötet ihr mich nicht sofort, ihr Bastarde?!«

In der folgenden Nacht, sagte er, habe er außer den Siegesgesängen der Maori auch entsetzliche Schreie aus dem Dorf gehört und glaubte für den Rest seines Lebens, die beiden Gefangenen seien lebendig gebraten worden. Die sehr viel später danach befragten Maori bestritten das, und was wirklich mit diesen Männern geschah, ist nie bekannt geworden.

John Gowers überlegte lange und so angestrengt, dass die ehrliche Trauer um von Tempskys Tod hinter diesen Gedanken zurücktrat. *Ich habe diesen Bradley oder Fagan, oder wie immer er hei-*

ßen mag, fast ständig bei mir, hatte der Deutsche geschrieben und auch, dass dieser Mann *ein jämmerlicher Feigling ist*.

Angenommen, er ginge nach Camp Waihi, was könnte er dort erreichen? Selbst wenn er einen Weg durch die nach der Niederlage wahrscheinlich verdoppelten Wachen hindurch fände, würde man ihn zweifellos irgendwann entdecken und als Überläufer und Deserteur füsilieren, ehe er auch nur nach James Bradley fragen konnte. Aber angenommen, auch das unterbliebe wie durch ein Wunder, was würde er tun, wenn der Mörder nicht in Waihi war? Wenn er bei von Tempsky gewesen war und die Maori ihn erwischt hatten, tot oder lebendig, weil er als Feigling keine Kugel wert war …

Das Risiko war enorm, die Wahrscheinlichkeit gering, aber er musste zumindest die Leiche des Mannes sehen, den er so lange gejagt hatte. Aber wie? Bei Nacht über ein Schlachtfeld robben, das bei Tag schon unüberschaubar war? Jeden Toten einzeln umdrehen, sich heimlich in ein Kriegslager der Maori, ins Herz ihres Aufstands schleichen? Gowers lachte verzweifelt. Und als er bei Sonnenaufgang das Messer zog, glaubte Tutange Waionui, er würde nun doch noch zerstückelt. Dann sah er zu seinem grenzenlosen Erstaunen, dass der sonderbare Pakeha sich lediglich rasierte, sah auch die Zeichen in seinem Gesicht und fragte sich, ob dieser Mann nicht doch ein Geist war.

Gowers aber tat, was Geister eher selten tun: Er zerschnitt die Fesseln seines Gefangenen und rieb wieder Leben in die über Nacht erstarrten Gliedmaßen des Jungen.

»Bring mich nach Te Ngutu o te Manu und zu deinem Häuptling!«

Als die Abenddämmerung hereinbrach, hatten die Maori die Verfolgung aufgegeben, und Roberts und Livingstone konnten ihren erschöpften Männern zum ersten Mal an diesem Tag eine Pause gönnen. Aber schon als der Mond aufging, waren sie wieder auf ihrem Weg, in einer weiten, östlichen Schleife, krochen durch Schluchten und kleine Sümpfe, rollten kraftlos steile Hänge hinunter und erreichten im Morgengrauen zu ihrer Verwunderung und nachhaltigen Freude den Pungarehu-Pfad. Gegen sieben Uhr früh standen sie am Waingongoro und hatten alle Hände voll zu tun, um die Verwundeten einzeln hinüberzuschaffen. Zwei Stunden später schleppten sie sich endlich ins Camp Waihi und überbrachten als Erste die gesicherte Nachricht vom Tod ihres Kommandeurs und von dem ungeklärten Schicksal vieler anderer Männer.

Takiora, die nicht geschlafen hatte, ging in ihr Zelt und lockte den Papagei mit kleinen Samenkörnern bis auf ihre Schulter. Eine Sekunde lang wollte sie ihm den Hals umdrehen, aber dann ließ sie zu, dass er leise, fast zärtlich sein einziges Wort in ihr Ohr flüsterte »Whakarongo!«

Als letzter Mann der Patea Field Force kam G. H. Dore vom Feldzug nach Te Ngutu o te Manu zurück. Vier Tage lang hatte er sich, ohne zu essen und in einer Art Delirium, nackt und barfuß durch den Urwald geschleppt. Er hatte keinerlei Erinnerung mehr an diese Zeit oder seinen Weg, wusste auch nicht, wie er den Fluss überquert hatte, und seine Wunde wimmelte von lebenden Maden.

149.

Nachdem sie alle Entscheidungen getroffen hatten, begann das Warten. Was es so schwer machte, war die Tatsache, dass sie selbst bestimmen mussten, wie lange es dauerte und wann der richtige Zeitpunkt da war. Die Initiative lag allein bei ihnen. Sie waren die »Angreifer«. Mr. Phineas würde mindestens zwei Stunden brauchen, um die Deep South *flottzumachen. Natürlich hätten sie ihm helfen und die Sache beschleunigen können, aber sie wussten, dass sie sich exponieren würden, sobald sie das Haus verließen.*

Je früher sie gingen, je länger Deborah in den Straßen, im Hafen von St. Louis unterwegs war, desto mehr Unvorhersehbares konnte geschehen. Aber je länger sie warteten, desto näher rückte die Ablösung der Polizeiwachen vor ihrer Tür heran und desto weniger Zeit hätten sie, zu entkommen. Es musste zwei Uhr in der Nacht sein, als Gringoire Deborah schließlich zunickte. Die eigentliche Flucht war dann bemerkenswert einfach.

»Hallo!? Oliver? Ollie Madsen!« Mrs. Lafflin, mit Nachthaube und Morgenmantel, war auf die Straße getreten und wandte sich direkt an die inzwischen reichlich verfrorenen Polizisten.

»Was gibt's da?«, fragte der älteste Sohn und erste Deputy Sheriff Madsens schläfrig. »Oh! Mrs. Lafflin …«

»Hör zu, Ollie«, sagte die alte Dame mit der geradezu mütterlichen Überzeugungskraft, die sie wie selbstverständlich gegenüber einem jungen Mann hatte, der mit ihren Söhnen zur Schule gegangen war und gelegentlich sogar in der Collins Avenue 24 zu Mittag gegessen hatte. »Findest du es nicht lächerlich, wenn ihr hier draußen in der Kälte herumsitzt? In der Halle könnt ihr uns schließlich genauso gut bewachen.«

»Ich weiß nicht recht …«, sagte Oliver Madsen langsam und kratzte sich ebenso verlegen am Kinn wie sein Vater, nur mit dem Unterschied, dass er noch keinen nennenswerten Bart hatte.

»Keine Widerrede«, entschied Emma Lafflin die Sache resolut. »Ihr wärmt euch auf, bekommt einen Kaffee, und wenn ihr danach unbedingt wieder raus in die Kälte wollt, bitte schön!«

Die Deputies folgten diesem forsch-freundlichen Einladungsüberfall der alten Dame wie an der Schnur gezogen, nur der eine, der seinen Revolvergurt abgelegt hatte und ihn mit seinen klammen Händen nicht so schnell wieder an seinen Hüften befestigen konnte, blieb etwas zurück. Aber als Mrs. Lafflin stehen blieb und mit sozusagen trommelnden Fingern demonstrativ auf ihn wartete, beeilte er sich, seine Bereitwilligkeit zumindest mit einer Frage zu signalisieren: »Kann ich vielleicht auch einen Tee bekommen, Madame?«

»Clem McKenna«, sagte sie und schüttelte milde den Kopf, als sie

hinter ihn trat und ihn mit langsamen Schritten zur Haustür trieb. »Immer eine Extrawurst, wie?«

»Ich vertrage doch keinen Kaffee«, murmelte McKenna entschuldigend, als er in die Halle trat – wo seine Kollegen bereits mit erhobenen Händen in die Gewehrläufe schauten, die Gowers und Gringoire auf sie gerichtet hielten.

»Nur keine Aufregung, Gentlemen«, sagte Mrs. Lafflin, nachdem sie mit Mollys Hilfe die jungen Männer entwaffnet hatte. »Hier hinein, bitte!« Sie führte ihre Gefangenen in den Salon, wo Eileen Clairborne den Kaffeetisch bereits gedeckt hatte.

»Kaffee, Milch und Kekse, meine Herren«, sagte die ehemalige Gouverneurin von Louisiana freundlich. »Nehmen Sie Platz, greifen Sie zu!«

»Was zum Teufel …«, sagte Deputy Madsen, als er sah, dass die beiden alten Damen sich bei diesen Worten bewaffneten und die Polizisten nun mit ihren eigenen Revolvern in Schach hielten.

»Oliver!«, erwiderte Emma Lafflin vorwurfsvoll. »Das ist doch wohl kein Grund, um in Gegenwart von Damen zu fluchen?!«

»Entschuldigung«, entfuhr es Madsen spontan, der sich noch immer nicht überwinden konnte, am Tisch Platz zu nehmen.

»Molly, meine Liebe«, sagte die Hausherrin, »wir haben einen Teetrinker hier. Würden Sie …«

»Aber natürlich«, antwortete Molly und ging in die Küche.

»Seien Sie doch vernünftig«, versuchte Deputy Madsen es noch einmal, aber Mrs. Lafflin richtete jetzt den Lauf ihres Revolvers direkt auf ihn.

»Oliver«, sagte sie freundlich, »ich habe in deine Wiege gesehen, und zweifellos wirst du eines Tages in meinen Sarg schauen. Aber wenn du dich jetzt nicht hinsetzt und deinen Kaffee trinkst, schieße ich dir ins Bein!«

»Aber was soll ich denn meinem Vater sagen?!«, entgegnete Oliver kläglich.

»Dass ich dasselbe mit ihm gemacht hätte!« Emma Lafflin spannte den Abzugshahn. Und als alle saßen und auch Deputy McKenna

seinen Tee hatte, begann sie höflich, Konversation zu machen. »Wie geht es Ihrer Mutter, Clem? Was macht die Arthrose?«

Sie hatten sich schon vorher voneinander verabschiedet, so wie Menschen, die wissen, dass sie sich im Leben nicht mehr wiedersehen werden. Emma Lafflin war Deborah behilflich gewesen, einige Kleider ihres Mannes auszusuchen, die ihr in ihrem Zustand noch passten, und hatte dabei plötzlich eine Hand auf ihren Bauch gelegt.

»Wann ist es so weit?«

Deborah war nach all den kriegerischen Plänen, die sie an diesem Abend gemacht hatte, nicht auf eine solche Frauenfrage vorbereitet und wunderte sich selbst, dass sie bei ihrer Antwort lächeln musste: »In neun oder zehn Wochen.«

Madame Clairborne hatte bei dieser Gelegenheit die tiefen Narben auf dem Rücken der nackten jungen Frau gesehen und war wortlos in das Zimmer gegangen, in dem sie gemeinsam mit Molly noch keine zehn Minuten verbracht hatte. Auf der Treppe nahm sie wenig später John Gowers zur Seite und drückte ihm ein beachtliches Bündel Geldnoten in die Hand.

»Ich gebe es Ihnen, weil ich weiß, dass Ihre Frau es nicht annehmen würde. Ich hoffe aber, dass Sie es tun. Es ist für Ihr Kind!«

John nickte wortlos und überlegte, wo er das Geld vor Deborah verstecken könnte, bis sie auf dem Schiff und in Sicherheit waren. Während am Kaffeetisch im Salon eine nur zähe Unterhaltung in Gang kam, ging er hinaus auf die Straße, sah sich gründlich um und winkte dann den beiden anderen, ihm zu folgen.

150.

Plan gegen Plan, Voraussicht gegen Voraussicht. Gabriel Beale hatte mit insgesamt sechs seiner Männer inzwischen einen Hinterhalt angelegt, der es ihnen ermöglichte, den einzigen Weg zur Deep South *mit Kreuzfeuer zu belegen. Danach war er allerdings verschwun-*

den, wahrscheinlich um Bonneterre zu benachrichtigen, vermuteten seine Leute. Sie trugen wieder ihre geisterhaften Kapuzen und freuten sich ehrlich auf den bevorstehenden Kampf; nicht nur, weil es ein ungleicher werden würde, nicht nur, weil ihr Auftraggeber sich ihre Dienste etwas kosten ließ. Sie freuten sich auch auf das einfache, klare Geschäft des Tötens. Am liebsten hätten sie ja das Schiff gekapert, aber sie hatten eingesehen, dass ihre Gegner dann vielleicht gewarnt wären und nicht mehr auftauchen würden. Das Schiff war der Köder in ihrer Falle und musste unangetastet bleiben, wenn er ihre Beute anlocken sollte.

Probehalber suchten sie, die Gewehre im Anschlag, mit zusammengekniffenen Augen immer wieder ihr Schussfeld ab und waren dabei konzentrierter und disziplinierter, als man es ihnen aufgrund ihres rauen Äußeren zugetraut hätte. Sie warteten lange, so lange, dass sie bereits begannen, die ganze Sache mit den Augen ihrer Gegner zu betrachten.

»Wenn sie nicht bald kommen, wird es zu hell für sie werden«, sagte einer ganz ernsthaft. Einmal nahmen sie einen Betrunkenen ins Visier, der sich an exakt der Hausecke, die den Schnittpunkt ihres Hinterhalts bildete, vermutlich mit einem weniger kräftigen Strahl erleichtert hätte, wenn er auch nur geahnt hätte, dass dabei sechs Gewehre auf ihn gerichtet waren. Vom Fluss her hörten sie irgendwann den leisen Gesang eines Flößers.

»Baissez-vous, montagnes,
Haussez-vous, vallons!
M'empêchez de voir
Ma mi' Madelon.«*

Und als sie sich umdrehten, bemerkten sie das dazugehörige Floß, das langsam von Norden heruntertrieb. Ein kleines Feuer brann-

* Erhebt euch, ihr Täler, sinkt nieder, ihr Höhn! Ihr hindert mich ja, mein Mädchen zu sehn.

te darauf, um das diejenigen mit den besten Augen eine, zwei, drei dunkle Gestalten sitzen sahen. Uninteressiert wandten die Mörder sich ab und ihre inzwischen schmerzhaft gesteigerte Aufmerksamkeit wieder der Straße zu.

Erst als sie nach einigen Minuten den leisen Aufprall des Floßes am Schiff und in ihrem Rücken hörten, erkannten sie ihren Fehler. Aber es war niemand da, der sie neu instruierte, und so beobachteten vier von ihnen weiter den Zugang zum Pier, während zwei vorsichtig nachsehen gingen, was sich an der Flussseite der Deep South *tat.*

Sie waren nach Norden gegangen, ohne von irgendjemandem gehindert oder auch nur gesehen zu werden, hatten einen großen Bogen um den Hafen geschlagen und schließlich ein kleines Stück oberhalb der Stadt die Stelle erreicht, an der die ärmeren oder geizigeren Flößer haltmachten, um die Liegegebühren zu sparen.

Zu Deborahs und Gringoires Überraschung – denn eigentlich hatten sie einen einfachen Diebstahl geplant – zog John Gowers einige Banknoten hervor und kaufte einem hageren, schwindsüchtigen Mann und seiner sechsköpfigen Familie ihr Floß beinahe schneller ab, als die darauf schlafenden Kleinkinder geweckt werden konnten. Binnen Minuten hatten sie alles zusammengepackt, was sie besaßen, und standen schlaftrunken und an ein nächtliches Wunder glaubend am schlammigen Ufer.

Deborah hörte noch, wie eine Frauenstimme den Mann auszankte: »Die hätten noch mehr ausgespuckt!«, aber dann hatten sie die kleine Anlegestelle schon achteraus. Gringoire entzündete das Feuer, und sie trieben noch nicht lange den Fluss hinunter und auf den Hafen zu, als Gowers die Deep South *auch schon ausgemacht hatte. Es war Gringoire, der das einfältige Liedchen sang, um jeden noch so geringen Verdacht abzulenken, dann brachte John sie mit wenigen Schlägen des Ruders längsseits des alten Dampfers, und sie kletterten an Bord, ohne dass sich an Land etwas gerührt hätte.*

Flüsternd befahl John dem über das vollständige Gelingen ihres Plans nicht im Geringsten verwunderten Maschinisten, Dampf vor-

zulegen, und schlich dann geduckt die Treppe zum Texasdeck hoch. Gringoire wartete nur auf sein Signal, um die Leinen loszuwerfen, und Deborah hielt sich backbord, auf der Flussseite, der im Augenblick sichersten Stelle.

»Scheiße!«, ertönte in diesem Moment eine Stimme vom Ufer her. »Hierher, Jungs! Sie sind an Bord, sie sind schon an Bord!«

Ein einzelner Schuss fiel, und Gringoire wartete jetzt nicht mehr länger, sondern sprang an Land und löste das Schiff vom Pier, zuerst achtern, dann vorn. Die Maschine erwachte im gleichen Moment, Gowers legte das Ruder um, und der alte Pirat drückte mit der Laufplanke das Schiff vom Ufer weg. Dabei begann eine wilde Knallerei, die größtenteils dem Steuerhaus galt.

Deborah, nicht gewohnt, sich vor einer Gefahr zu verstecken, lief auf die Steuerbordseite, sah flüchtig einige schattenhafte Gestalten mit gespenstisch weißen Gesichtern auf das Schiff zulaufen und registrierte auch, dass Gringoire in seiner anstrengenden Tätigkeit eine Sekunde lang stockte. Der alte Mann fühlte, dass er getroffen war, stieß das freikommende Schiff aber noch ein paar Zentimeter weiter ab und sprang erst im letzten Moment. Hilflos klammerte er sich mit beiden Händen von außen an die Bordwand und wurde noch zweimal getroffen, während das große Heckrad sich in Bewegung setzte und die Deep South *Meter um Meter auf den Fluss hinausschob.*

Mit letzter Anstrengung und der Hilfe des Mädchens zog sich Gringoire schließlich an Deck. Blut lief aus seinem Mund, in seinen weißen Bart, strömte über seine Lippen, als er sagte: »Du … du wirst loten müssen!«

Das Johlen vom Ufer her wurde leiser, die Mörder feuerten nicht länger auf das Steuerhaus, sondern nur noch auf das weiße, vom Schaufelrad aufgewühlte Wasser – das Letzte, was man in St. Louis von John Lafflins Schiff sah. John Gowers blickte jetzt zum ersten Mal zurück und bemerkte, dass überall im Hafenviertel Lichter aufflammten, die ganze Stadt aufwachte und sich vermutlich fragte, ob der Bürgerkrieg endlich ausgebrochen sei.

Deborah aber hatte, als sie nach achtern lief, um John von Grin-

goires Verwundung zu informieren, die unheimlichste Begegnung der ganzen Nacht. Plötzlich stand ein unbekannter Mann vor ihr, ein bloßer Schatten, klein und dunkel, dessen Gesicht und Hände schwarz waren, als hätte er nach Kohle gegraben. Sie hob den schweren Revolver und sah nur das flackernde Weiß in seinen Augen und sein gebleckltes Gebiss, als er sagte: »Nicht schießen, Miss, bitte! Ich verschwinde, ich bin schon weg!« Praktisch im gleichen Moment ließ er sich über die Backbordseite ins Wasser fallen.

Sie hatte keine Zeit, lange über diesen Menschen nachzudenken oder sich zu fragen, was er an Bord gesucht hatte; Gringoire lag im Sterben. Alles, was sie für ihn tun konnten, war, ihn so bequem wie möglich hinzulegen, vorn am Bug, wo er gefallen war. Deborah hielt kurz seinen Kopf im Schoß und sah, dass er lächelte. Dann musste sie nach den Lotleinen suchen, während John wieder ans Steuer ging.

Er hatte sich immer gewünscht, auf dem Wasser zu sterben, auf dem Meer, wenn möglich. Aber wenn es denn nur ein Fluss sein sollte, voilà, dann war der Mississippi vermutlich besser als jeder andere. Er hörte die Stimme des Mädchens die Tiefen aussingen und wusste, dass sie gute Fahrt machten. Irgendwann sah er die Nebelbank auf sich zukriechen, den Atem des Flusses, schon nicht mehr grau, sondern weiß. Das war gut. Dann war der Tag nahe.

151.

Der Morgen nach dem großen Sieg war windstill und ungewöhnlich warm für einen Tag im letzten Monat des südlichen Winters. Seit Sonnenaufgang waren die Frauen und alten Männer damit beschäftigt, die Leichen der getöteten Feinde aus dem Busch zum *Marae*, dem großen Versammlungsplatz in der Mitte des Dorfes, zu schleppen, während die Krieger sich ausruhten und für die Siegeszeremonie schmückten. Die schwere Arbeit hatte unter Singen und Scherzworten begonnen, aber als immer mehr ausgeblutete, über Nacht erstarrte Körper eingeholt wurden, wich das Lachen einem zwar nicht bedrückten, aber doch respektvollen Ernst.

Es waren junge, starke Männer, die sie fanden, und ihre Augen waren fast alle geöffnet, so, als hätten sie bis zuletzt nicht an ihren Tod geglaubt. Einige waren bereits nackt und von Axthieben gezeichnet; einem hatte man das Herz herausgeschnitten. Aber auch die, die man erst jetzt fand, hatten sich die Uniform oder Teile davon heruntergerissen, vielleicht, um festzustellen, wo die Kugeln sie getroffen hatten. Als die Sonne höher stieg, schwärmten auch die Kinder, die man aus dem Eulennest geholt hatte, auf dem Schlachtfeld aus, um liegen gebliebene Waffen und Munition bis auf die letzte Patrone zu bergen.

Es war Mittag, ehe alles getan war und die Zeremonie beginnen konnte. Titokowaru, in den sauber gebürsteten dunklen Anzug eines britischen Gentlemans gekleidet, trat aus seiner Hütte und überblickte seinen Triumph: zweiundzwanzig komplett entkleidete Leichen, ausgelegt wie eine Strecke Wildschweine, einen großen Berg, bestehend aus ihren Kleidern, Stiefeln, Hüten, Decken, Rucksäcken, Zeltbahnen; einen kleineren, den ihre persönliche Habe, Brieftaschen, Uhren, Brillen, Tagebücher und so weiter, bildete, und ihre Waffen, die man zusammengebündelt hatte wie Heugarben.

Es begann nun ein langes, aufgeregtes *Korero*, die öffentliche Diskussion und Entscheidung darüber, was mit den Toten geschehen sollte. Einige wollten sie essen, insbesondere den Körper von Manu-Rau, um seiner Kraft teilhaftig zu werden, aber Titokowaru lehnte das ab. Er trat zu der Leiche des auf der gesamten Nordinsel so sehr gefürchteten Kriegers und hielt ihm eine etwas bemühte Totenrede.

»In den Tagen der Vergangenheit hast du hier gekämpft und dort gekämpft und dich immer gerühmt, dass du sicher aus den dunklen Schlachten zurückkehren würdest in die strahlende Welt des Lebens. Aber als du auf mich trafst, haben deine Augen sich geschlossen zu ihrem letzten Schlaf. Es ließ sich nicht ändern: Du suchtest den Tod in meiner Hand, und jetzt schläfst du für immer …«

Er war bis zu dieser Stelle gekommen und so in den Anblick des Toten versunken, dass er erst jetzt bemerkte, dass die Aufmerksamkeit seiner Leute von etwas abgelenkt wurde, das sich jenseits der Palisade befand.

»Pakeha! Pakeha!«, rief der Wachtposten, einer der jungen Burschen, die sich gestern so gut bewährt hatten, und fügte dann entsetzt etwas völlig Lächerliches hinzu: »Es ist Manu-Rau! Manu-Rau kommt zurück!«

Die Menge wälzte sich mit einem Aufheulen zum Tor, um den wiederkehrenden Manu-Rau, dessen Leiche sie doch gerade noch umstanden hatte, in Augenschein zu nehmen, und die Krieger holten ihre Waffen, um ihn im Bedarfsfall noch einmal zu töten. Tatsächlich wurden einige Gewehre angelegt, aber der Wachtposten schrie plötzlich: »Er hat Tutange Waionui bei sich!« Der junge Mann zitterte. Wenn dies der Geist Manu-Raus war, dann war vielleicht auch sein Freund Tutange ein Geist – und notwendigerweise zuvor gestorben!

Auch Titikowaru schaute jetzt auf die Lichtung hinaus, und wahrhaftig, am Waldrand stand ein einzelner weißer Mann, der Manu-Raus Gestalt hatte und Kleider trug, wie man sie seiner Leiche ausgezogen hatte. Einen Augenblick stutzte der Häuptling, dann sagte er mit mildem Spott: »Ich sehe mit einem Auge besser als ihr alle mit zweien! Der Mann ist nicht Manu-Rau.«

Aber wenn er nicht Manu-Rau und auch kein Geist war, wer oder was war er dann? Ein Abgesandter McDonnells, der über die Herausgabe der Leichen verhandeln sollte? Dann hätte er zumindest eine Parlamentärsflagge zeigen müssen. Der Mann tat nichts dergleichen, legte nicht einmal seine Waffen ab, sondern überquerte ruhig und bedächtig an der Seite des jungen Tutange Waionui die Lichtung, wobei er lediglich bemüht zu sein schien, die Maori jederzeit seine Hände sehen zu lassen.

Die Krieger honorierten so viel Mut, indem sie nicht auf den Mann feuerten, ihm aber in einem furchterregenden Haka zeigten, was sie alles mit ihm machen würden, wenn umgekehrt er auf sie anlegen sollte. Ohne dass ein Wort gesprochen wurde, betrat der Mann das *Pa* und blieb erst vor Titokowaru stehen, den er aufgrund seines grimmigen Äußeren, des fehlenden Auges und der schrecklichen Narbe auf der Stirn als den Anführer der Rebellen erkannte.

»Guten Tag«, sagte John Gowers trocken.

Der Häuptling musterte ihn von oben bis unten, wobei er wegen seiner Einäugigkeit den Kopf auf seltsame, vogelartige Weise bewegte, und fixierte dann das Moko im Gesicht seines Gegenübers.

»Sterne und Strömungen, die Wolken und den Wind kenne ich!« Titokowaru sah dem seltsamen Besucher jetzt genau in die Augen. »Ist das so?«

»Ja.«

»Woher haben Sie diese Zeichen?«

»Te Kooti Arikirangi Te Turuki ließ sie in mein Gesicht schneiden, weil ich ihn über das Meer gebracht habe.«

Erstauntes Gemurmel erhob sich, und die Krieger, die bisher ihre Waffen drohend vor, hinter und neben Gowers geschüttelt hatten, standen still wie ein Mann. Te Kooti! Te Kooti Arikirangi, der Prophet, der von Chatham geflohen war, die Pakeha genarrt hatte, der Zerstörer von Matawhero, der Bezwinger der Ostküste, schickte ihnen einen Boten! Das war eine große Nachricht.

»Was tun Sie hier?«, fragte Titokowaru, mit einem Mal steif und ein wenig unsicher wie ein Regierungschef, der mitten in einer Wahlkampfrede von seinen diplomatischen Verpflichtungen eingeholt wird.

»Ich suche einen Mann«, antwortete Gowers, »der in der Patea Field Force gekämpft hat, und hoffe, ihn hier zu finden.«

»Wie ist Ihr Name?« Titokowaru gewann wieder an Sicherheit und erinnerte sich daran, dass auch er seit gestern ein Sieger war.

»Mein Name ist John Gowers.«

»Nun, Mr. Gowers«, sagte der Häuptling, und der Anflug eines ironischen Lächelns zuckte in seinem verwüsteten Gesicht, »die Ehrengäste unserer kleinen Siegesfeier finden Sie hier drüben.«

Die Maori lachten über diesen gelungenen Scherz, immer noch aufgekratzt vom Kämpfen und Töten des vergangenen Tages. Die nervöse Anspannung wich wieder der Fröhlichkeit und dem Stolz auf ihren Triumph, während Gowers langsam die Reihe der so gnadenlos zur Schau gestellten Körper abschritt. Mit einigen dieser Männer war er auf einem Schiff gefahren, hatte er Flüsse, Gebirge und schließlich den furchtbaren Buschwald durchquert. Aufmerksam studierte er ihre Gesichter, blieb aber nur bei der Leiche des Mannes, dessen Kleider und Stiefel er trug, mit dessen Frau er geschlafen hatte, kurz stehen und senkte den Kopf. Das war sein Abschied.

Als Gowers am Ende der Reihe angekommen war, fragte Titokowaru: »Ist der Mann, den Sie suchen, darunter?«

»Nein«, sagte Gowers und dachte bereits darüber nach, wie er aus der sonderbaren und gefährlichen Situation wieder herauskommen würde.

»Dann erlauben Sie, dass wir zunächst mit unserer Zeremonie fortfahren!?«

Wieder war da diese leichte, bedrohliche Ironie, und Gowers beeilte sich zu sagen: »Selbstverständlich!« Dann trat er zurück und fing an – von vielen wachsamen Augen beobachtet –, die Pfeife zu stopfen, die Emilia von Tempsky ihm geschenkt hatte.

Er sah ein nahezu urzeitliches Ritual. Jeder Krieger, der gestern einen Feind getötet hatte, trat zu der Leiche des Mannes und schilderte in kurzen oder auch längeren Worten, wann und auf welche Weise sein Tod vonstattengegangen war. Dabei gab es einige Male Meinungsverschiedenheiten, weil mehrere Schützen offenbar dasselbe Ziel getroffen hatten und sich nun über den Besitz der Kleider und Waffen des Verstorbenen einig werden mussten. Insbesondere um die Ehre, Manu-Rau getötet zu haben, stritten sich gleich drei Männer, unter ihnen der junge Tutange.

Der Preis wurde schließlich einem alten Veteranen namens Te Rangi Hinakau zugesprochen, der im Gegenzug für diese hohe Auszeichnung jedoch großherzig auf Waffen und sonstige Habe des Getöteten verzichtete. Von Tempskys Revolver erhielt daraufhin zu seiner großen Freude Tutange Waionui, den berühmten gebogenen Säbel und das Tagebuch Manu-Raus nahm der Häuptling selbst an sich.

Danach wurden die Leichen an die einzelnen beteiligten Stämme verteilt, wozu Titokowaru mit einem Stock auf sie deutete: »Diesen für Taranaki! Diesen für Ngarauru! Diesen für Ruanui!« Das versammelte Volk beantwortete jeden dieser rituellen Besitzansprüche mit einem lang gezogenen »*Ko Hara!* – Besiegt!«. Anschließend trübte sich die gemeinschaftliche Freude ein wenig, weil die Frage des Verspeisens der Feinde noch immer unterschiedlich beantwortet wurde.

Vor allem die Ngarauru, die selbst viele Gefallene zu beklagen hatten, und unter ihnen insbesondere Katene, der seinen Sohn verloren hatte, bestanden darauf, mindestens einen Pakeha zu kochen und zu essen. Titokowaru, der die Leichen den Stämmen bereits formell übergeben hatte, gestand ihnen das schließlich zu, und Katene wählte einen Mann, den er in seiner Zeit bei der Patea Field Force gut gekannt hatte. Die über ihre Verluste aufgebrachten Ngarauru schleiften das Opfer an den Knöcheln hinter eine der Hütten, wo ein entsprechender Ofen bereits aufgebaut war.

Für die Übrigen ließ Titokowaru einen Scheiterhaufen von fünf Metern Durchmesser und einem Meter Höhe errichten; nicht in Te Ngutu o te Manu selbst, sondern auf einer nicht allzu weit entfernten benachbarten Lichtung, damit der Brandgeruch nicht in die Hütten zog. Vor allem die Kinder waren nun eifrig damit beschäftigt, den Wald nach trockenem Holz für ein so großes Feuer zu durchkämmen. Das Letzte, was Gowers von den Leichen sah, war, dass sie durch Schmutz und Staub aus dem Dorf gezogen wurden wie Hektor aus dem großen alten Lied.

Er selbst wurde zwar nicht offiziell unter Arrest gestellt, aber nicht weniger als sechs bewaffnete Männer, die sich sehr zu ärgern schienen, weil ihnen dadurch das Schauspiel der Verbrennung entging, bewachten jede seiner Bewegungen. Eine Stunde später sah er eine dicke Rauchwolke über dem Wald von Ahipaia in die nahezu bewegungslose Luft steigen, wo sie noch lange die Form einer schlanken, endlos hohen Säule behielt, ehe Tawhirimatea, der Gott des Windes und der Stürme, sie schließlich doch auflöste.

152.

Als in der ersten Hälfte des 20. Jahrhunderts das Flussbett des Mississippi allmählich auf seiner ganzen Länge begradigt, eingedämmt und eine ständige Fahrrinne ausgebaggert wurde, verschwanden die letzten der alten Orientierungsmarken und Points, an denen sich einst jene Raddampfer entlanggetastet hatten, die jetzt nur noch als besondere Touristenattraktion eingesetzt wurden. Einige dieser Namen hielten sich jedoch und schafften es, vor allem als Bezeichnungen für Altarme und Bayous, sogar bis auf moderne Straßenkarten.

Nicht so eine kleine Sandbank namens Deep South, *die irgendwo zwischen Crystal City und der Einmündung des Kaskaskia River vor einem Inselchen auf der Illinois-Seite lag. Es war eine junge Sandbank, erst irgendwann um die Jahrhundertwende aus den trüben Fluten aufgetaucht wie der blanke Schädel eines Walgerippes, und weil sie weit abseits aller bekannten Fahrrinnen lag, erlangte sie nie irgendeine Bedeutung. Kurios war sie eigentlich nur wegen ihres Namens, denn der tiefe, der echte Süden begann erst runde hundert*

Meilen weiter flussabwärts. Und nur noch die ältesten Schiffer, Lotsen und Flößer wussten oder vermuteten zumindest, dass sie ihren ungewöhnlichen Namen wahrscheinlich trug, weil irgendwo weit unten im toten Sand, den der Mississippi darüber zusammengeschoben hatte, das Wrack eines Schiffes lag, das einmal Deep South *geheißen hatte.*

Viele der alten Namen verdankten sich solchen Wracks; aber die riesigen Schwimmbagger rissen jetzt binnen Minuten alles aus seinem Grund, eiserne Maschinenmäuler zerkleinerten Holz, Wurzeln, sogar im Flussbett wandernde Felsbrocken zu einer einzigen schlammigen Masse und spuckten sie ans Ufer, wo eine neue Generation Menschen Deiche und Dämme aus ihnen baute.

Deborah hatte noch immer keine Zeit gehabt, John oder Mr. Phineas gegenüber den unheimlichen kleinen Mann zu erwähnen, dem sie an Deck begegnet und der so schnell über Bord gesprungen war. So schnell, dass sie sich ernsthaft fragte, ob sie sich diese Begegnung nur einbildete. Tatsächlich hatte sie John überhaupt nicht mehr gesehen, seit Gringoire gestorben war, nur seine Stimme gehört, die sie mit immer neuen Befehlen vom Bug zum Heck und wieder zurück scheuchte: »Backbord vorn? Steuerbord achtern? Steuerbord vorn?«

Deborah kam mit dem Loten kaum nach, weil sie allein war und das Schiff Volldampf fuhr, in einer schmalen Rinne am Ostufer, um mögliche Verfolger so weit wie möglich hinter sich zu lassen. Hätte sie gewusst, dass seine Fragen und ihre Antworten: »Twaineinhalb! Twaineinviertel! Twaineinhalb!«, die letzten Worte waren, die sie im Leben wechselten, wäre sie vielleicht sogar glücklich gewesen, denn was bedeuteten sie anderes, als dass sie auf ihrem Weg waren?

Mr. Phineas hörte zuletzt etwas, das nach Schüssen in seiner unmittelbaren Umgebung klang, und stutzte, aber da barst auch schon der Kessel, eine armdicke Stichflamme schoss aus der klaffenden Öffnung hervor, erreichte die Kohlen und das Pulver darunter, und die Explosion zerriss den riesigen Mann, wie ein Faustschlag mürbes altes Papier zerfetzt. Deborah, die achtern gewesen war, wurde zu

Boden geschleudert. Gowers hielt sich am Steuerrad aufrecht, als das ganze Schiff plötzlich einen Sprung nach oben machte, fühlte aber am fehlenden Widerstand in seinen Händen sofort, dass das Rückgrat der Deep South *gebrochen war.*

Mittschiffs brannte alles; glühende Kohlen wurden zischend hoch in die Luft geschleudert und fielen rings um das sterbende Schiff in den Fluss, vergingen in kleinen weißen Wolken, die wie Schrapnellfeuer überall auf dem Wasser standen. Sie taumelten, riefen, suchten einander in dem Inferno, das zwischen ihnen stand. Fauchend entwich der achthundert Grad heiße Dampf aus dem geborstenen Kessel. Gowers wusste, dass man die Augen schließen musste und auf keinen Fall einatmen durfte, wenn man hindurchlief. Deborah wusste es nicht.

Tief, tief drang das Feuer in Form mikroskopisch kleiner Tropfen in ihre Lunge ein, legte sich auf ihr Gesicht, ihre vor Schmerz weit aufgerissenen Augen. Mechanisch, vegetativ schnappte sie mehrmals nach Luft, fraß sich der tödliche Dampf weiter in ihren Körper, bis auch die feinsten Verästelungen ihrer Lunge kochten. Gowers sah sie in dieser Hölle stehen, rannte durchs Feuer und warf sich auf sie, riss sie mit sich in den Fluss und schwamm nur Sekunden später um ihrer beider Leben, weg von dem mit einem hässlichen Gurgeln schnell versinkenden Schiff.

Mehrmals kam es ihm so vor, als würde sie gewaltsam versuchen, sich von ihm loszureißen, nach unten zu drängen, tiefer ins kalte, nicht allzu reißende Wasser. Deborah wusste nichts mehr von sich, von John, vom Illinois-Ufer und von der Freiheit, in die er sie bringen wollte. Sie war nur noch Schmerz, denn natürlich schöpfte ihr Körper Atem, Sauerstoff, der in ihrer halb zerstörten Lunge immer weiter zu brennen schien. Sie konnte nicht schreien, denn auch das Schreien war Schmerz. Nur ein leises, hohes, alles durchdringendes Keuchen kam über ihre Lippen, und als sie im Sand auf der kleinen Insel lag, festen Boden unter sich fühlte, warf sich ihr Körper in wilden Zuckungen dagegen, bäumte sich auf, schlug blind um sich in dem einen rasenden Wunsch: dass es aufhören möge.

John legte sich halb über ihren Körper in der verzweifelten Hoffnung, sie zu beruhigen, mit ihr reden zu können, weinte, schrie, hielt ihre Arme umklammert. Dabei glaubte er irgendwann, tatsächlich noch einmal ein Wort zu verstehen, ein einziges, lang gezogenes: »Nein!«

Da verstand er. Verstand, dass jede Sekunde, die sie noch länger lebte, unendliche, gnadenlose Folter war, und wusste mit entsetzlicher, seelentötender Klarheit, was er tun musste, wenn er sie liebte. Er schloss die Augen und legte die Hände um ihren Hals. Der schlanke und doch so starke Körper wehrte sich lange gegen den Tod, den ihr Geist so verzweifelt suchte: als einzigen Ausweg aus dem funkelnden Labyrinth der Schmerzen.

John wusste nicht, wie lange er zugedrückt hatte, sah nur, dass ihr verbranntes Gesicht jetzt entspannt war; nicht friedlich, aber doch still. Deborahs Tag war vorüber.

Plötzlich schlotternd vor Kälte setzte er sich im nassen Sand auf und legte lange den Kopf in die Hände. Weinend streichelte er sie, ihre Hände, ihren Leib – und fühlte an der leichten, aber deutlichen Bewegung unter ihrer Bauchdecke, dass es noch nicht vorbei war.

153.

Der Friede war wieder eingekehrt in seiner dunklen, engen Welt, aber dennoch spürte das kleine Wesen, dass eine Veränderung vorgegangen war. Es hatte sonst ständig Geräusche gehört, Bewegung gespürt und tief innen eine Sicherheit gefühlt wie einen warmen, endlosen Strom. Zuletzt, in den Schmerzen, der Agonie seiner Mutter aber war es von flatternder Panik geradezu überschwemmt worden. Das winzige Herz raste vor Angst, die kleinen Fäuste ballten sich wieder und wieder zusammen, seine Füße zuckten und traten gegen die tödliche Bedrückung, die es von allen Seiten umgab.

Nun war alles wieder still und hätte schön sein können, wenn es nicht so ganz anders gewesen wäre. Das Blut seiner Mutter kreiste nicht mehr, enthielt aber noch genug Sauerstoff, um das Wesen für Stunden am Leben zu erhalten. Es steckte einen der winzigen Finger in seinen Mund, weil es bereits gelernt hatte, dass diese zärtliche Berührung ihm guttat, es ruhig machte und meist sogar einschlafen ließ.

John fror jetzt nicht mehr, denn er war selbst das Eis geworden, eine kalte, harte Maschine, die ohne jedes Gefühl, durch den bloßen Willen zum Leben in Gang gehalten wurde. Langsam suchte er seine Kleidung ab, aber er hatte die Stiefel im Wasser verloren und mit den Stiefeln das Messer, das er jetzt brauchte.

Zuerst trat er ans Ufer und suchte im grauen Morgen nach angeschwemmten Wrackteilen, einem geborstenen Brett, einem rostigen Nagel, aber er sah nichts als das trübe, weiche Wasser, das sich leblos nach Süden wälzte. Danach suchte er den Strand nach einem kantigen Stein ab, aber der Mississippi und der Sand unter seinen nackten Füßen hatte die wenigen Steine, die er fand, rund und glatt geschliffen. In der Hoffnung, sie zu einem halbwegs brauchbaren Schneidewerkzeug zu sprengen, schlug er mehrere gegeneinander, doch jedes Mal sprangen nur winzige Splitter ab, schlug er den Steinen nur weiße Narben.

Er dachte jetzt an einen Ast, den er so vom Baum abreißen könnte, dass eine Spitze entstand, eine Art Speer; aber auf dieser Insel, an diesem Ufer, so weit er auch auf und ab ging, schoben nur Weiden ihre weichen, biegsamen Äste über das Wasser. John blickte zum Himmel auf, und der Ausdruck auf seinem Gesicht musste jeden Gott davor warnen, ihm zu begegnen. Sollte er die Leiche seiner Frau mit Fingernägeln und Zähnen zerreißen?!

Das kleine Wesen erwachte, weil das Blut seiner Mutter allmählich kalt, ihre Muskeln hart wurden. Es war nicht die natürliche Anspannung, Kontraktion, die das Wesen so gut kannte. Dies war eine Erstarrung, eine Umklammerung, die bald tödlich sein würde. Was so lange Frieden und Sicherheit, Leben gewesen war, wurde nun Kerker, mit jeder Minute mehr, kälter, erschreckender.

Wieder stellte sich Panik ein, Todesangst, schließlich Hass auf die enge Höhle, in der es lag. Das Fruchtwasser war nun schon weit unter dreißig Grad abgekühlt, und das Wesen würde langsam erfrieren, noch ehe es ersticken konnte. Es wehrte sich jetzt mit aller Macht gegen den Tod, trat, warf den kleinen Kopf hin und her, versuchte, sich umzudrehen. Dabei legte sich aber nur die Nabelschnur um seinen Hals und verhinderte jede weitere Gegenwehr. Nur seine Hände konnte es noch heben, streckte die schwachen Finger aus und bohrte sie von innen gegen die Bauchdecke, unter der es lag wie in einem Grab. Langsam kroch die Kälte in seine kleinen, noch biegsamen Knochen.

Dann hörte es ein Geräusch, etwas wie ein Kratzen, das langsam anschwoll, bis die ganze Bauchhöhle davon erfüllt war. Es fühlte jetzt auch die Erschütterungen, und als es, nur noch schwach, die Augen auf- und zuschlug, wurde es hell und dunkel, hell und dunkel – aber die Helligkeit überwog.

John Gowers hatte sich noch einmal gründlich abgesucht und dabei etwas gefunden, was er vorhin übersehen oder einfach nicht als brauchbares Werkzeug erkannt hatte: seine kurze, schwarz gerauchte Tonpfeife, die er auf einem Stein vorsichtig so zerschlug, dass der Pfeifenstiel wie ein kleines Stichmesser benutzt werden konnte.

Es war eine grauenhafte Arbeit, an der seine Stärke beinahe zerbrochen wäre und die er nur aushielt, weil er irgendwann die heftige, verzweifelte Bewegung in Deborahs Bauch spürte und wusste, dass er nicht allein war. Da war so viel mehr Blut, als er erwartet hatte, aber als die Haut, die Muskeln, das Bauchfell durchtrennt waren, wurde das Blut plötzlich wässrig, und er wusste, dass er die Fruchtblase zerstört haben musste.

Mit einer Hand spreizte er die klaffende Wunde im Leib seiner Frau, mit der anderen griff er hinein, ertastete vorsichtig ihre Eingeweide und fühlte dann, wie eine winzige Hand sich um einen seiner Finger schloss. Als er wusste, wie und wo das Kind lag, arbeitete er wilder und rücksichtsloser und erweiterte die grausige Öffnung in

Deborahs Bauch, bis er es fassen konnte. Er fühlte ihr Rückgrat, als er seine Hand unter das Kind schob und es herauszerrte.

Seine Augen waren weit offen, aber es schrie nicht, atmete auch nicht, und erst als John mit dem Finger in die kleine Mundhöhle fuhr, hustete es leise, spuckte blutigen Schleim, und dann kam endlich ein erster Atemzug. Es war ein Mädchen. John zog sein Hemd aus und rieb damit die gelbliche, käsige Substanz ab, mit der das Kind bedeckt war. Dabei wickelte er auch die Nabelschnur ab und durchtrennte sie wahrhaftig mit seinen Zähnen wie ein wildes Tier. Auf seinen Lippen schmeckte er das Blut, das Deborah und das Kind so lange geteilt hatten.

Zum ersten Mal seit über zwei Stunden sah er sich jetzt in der Absicht um, festzustellen wo er überhaupt war und wohin er gehen würde. Es waren noch mindestens zwanzig Meilen bis Chester und zu der Anlegestelle von Gringoires Farm. Er musste von der kleinen Insel herunter, zum Illinois-Ufer, vermutlich auch noch den Kaskaskia überqueren – aber ehe er all das tat, musste er Deborah unter die Erde bringen.

Er zog der Leiche die blutige Kleidung vollends aus und wickelte seine Tochter, so gut es ging, darin ein. Dann zerriss er sein Hemd in schmale Streifen und verband damit die riesige Wunde. Nur kurz suchte er nach einer geeigneten Stelle und fand eine kleine Lichtung, auf der weder Wurzeln noch Fels seine Arbeit unmöglich machen würden. Der Boden war weich und feucht, dennoch brauchte er fast eine Stunde, um mit den bloßen Händen ein flaches Grab auszuheben. Anschließend trug er Deborah auf seinen Armen bis auf die Lichtung und legte sie nackt in die Erde. Ohne eine Träne zu vergießen, bedeckte er sie mit dem lockeren Aushub und hielt nur noch einmal kurz inne, um sich die Stelle für alle Ewigkeit einzuprägen.

Mit dem Kind, das er hoch über seinen Kopf hielt, überquerte John Gowers den schmalen Flussarm zum Ostufer. Er musste nur an zwei Stellen schwimmen, hatte aber große Schwierigkeiten, an der steilen Böschung eine geeignete Stelle zu finden, um an Land zu kommen.

Einmal rutschte er ab und fiel ins Wasser zurück, wobei auch das Bündel nass wurde, das er umklammert hielt. Er vergewisserte sich, dass die Kleine noch atmete, küsste sie und versuchte es dann an einer anderen Stelle noch einmal.

154.

Die Nachricht vom Tod Manu-Raus und von der vernichtenden Niederlage der Pakeha verbreitete sich unter den Stämmen im Busch schneller und weiter als der Rauch darüber, und schon am Abend trafen erste kleine Gruppen neuer Verbündeter in Titokowarus Lager ein. Der Häuptling der Ngaruahine hatte deshalb alle Hände voll zu tun, und erst spät in der Nacht ließ er den sonderbarsten seiner Besucher noch einmal zu sich rufen.

Gowers war auf der Hut, als die Männer ihn aus dem Dorf hinaus in den Busch führten, und erwartete, jeden Moment einen Schlag über den Schädel zu bekommen. Dann bemerkte er jedoch einen schwachen rötlichen Schimmer zwischen den Bäumen und wusste, dass er zu dem niedergebrannten Scheiterhaufen gebracht wurde, aus dessen Asche noch hier und da die rote Glut funkelte wie die Augen eines vielköpfigen Raubtiers. Sein ungewöhnliches Sehvermögen löste die niedrigen Schatten davor zu den Silhouetten einer auf dem Boden sitzenden Gruppe von Männern auf, die leise miteinander redeten. Einer von ihnen erhob sich, trat zu ihm hin und schickte die Wachen weg. Gemeinsam gingen sie ein paar Schritte am Rande der Lichtung, fort von den anderen, und Gowers, noch immer bewaffnet, erkannte, was er am Nachmittag nur geahnt hatte: dass Riwha Titokowaru ein Mann ohne jede Furcht war.

»Haben Sie zu essen bekommen, Mr. Gowers?«, fragte der Häuptling.

»Ich habe keinen Appetit, Sir«, antwortete der Investigator dem man im Dorf etwas Gebratenes angeboten und der dankend abgelehnt hatte, weil er nicht wusste, woher das Fleisch stammte.

»Ich verstehe«, sagte Titokowaru und ahnte nicht, dass Gowers sehr wohl das wilde Grinsen sah, das dabei über sein Gesicht huschte. Die Augen dem niedergebrannten Feuer zugewandt, ließ der Häuptling sich auf dem Boden nieder und lud seinen Gast mit einer flüchtigen Handbewegung ein, vor ihm Platz zu nehmen. »Und nun erzählen Sie mir Ihre Geschichte, Mr. Gowers!«

Es dauerte die halbe Nacht, denn er ließ nichts aus, nicht seinen Hass auf Te Kooti, nicht seine Freundschaft für von Tempsky, nicht einmal die Nacht mit Emilia. Was Titokowaru jedoch am stärksten zu interessieren schien, waren die Geschehnisse in Melbourne, der Tod der Kinder und ihrer Mutter und die seltsame, dunkle Rache, die Gowers über Meere und durch Urwälder bis nach Te Ngutu o te Manu getrieben hatte.

»Wie wollen Sie den Mörder erkennen, wenn Sie ihn sehen?«, fragte der Häuptling.

»Unter den Fingernägeln des geschändeten Mädchens war Blut. Er muss eine tiefe Narbe haben.«

Titokowaru nickte bedächtig. »Geben Sie mir das Messer«, sagte er dann, und Gowers reichte ihm die Klinge, die Poll Hunley und den kleinen Jonathan getötet hatte. Der Häuptling nahm das Messer des Mörders an sich, stand dann aber ohne ein weiteres Wort auf und streckte seine erstarrten Glieder. Er trat zu den glimmenden Resten des großen Feuers und pisste hinein. Zischend erloschen die letzten Funken seiner erschlagenen Feinde, und weißer Rauch umspielte seine Beine.

»Es ist spät geworden. Ich bin müde«, sagte er, und auf einen Wink hin erhoben sich nun auch seine Männer und gingen zurück ins Dorf. Gowers wurde unter Bewachung in eine gesonderte Hütte gebracht. Er hatte sich vorgenommen, nicht zu schlafen und am nächsten Tag nach Camp Waihi aufzubrechen. Was er dort tun würde, tun könnte, wusste er immer noch nicht und hatte lediglich den vagen Plan, irgendwie Kontakt zu Takiora aufzunehmen – falls sie überhaupt dort war und man ihn überhaupt freiließe.

Bei Sonnenaufgang fiel er aber dennoch in den kurzen, einstündigen Schlafrhythmus, den er sich auf seiner langen Reise angewöhnt hatte, das heißt, er erwachte jeweils nach einer Stunde, vergewisserte sich, dass alles in Ordnung war, und nickte dann für eine weitere Stunde ein. Es mochte gegen acht Uhr am Morgen sein, als vereinzelte Schüsse ihm den Schlaf endgültig aus den Augen trieben. Er lauschte, aber der Lärm war nicht kriegerisch und klang auch nicht nach einer Jagdpartie. Offenbar war eine Art Scheibenschießen im Gange, nur wer schoss und auf was geschossen wurde, sah er auch dann nicht, als er die Hütte schließlich verließ.

Seine Wachen waren abgezogen worden und das Dorf nahezu leer. Nur ein paar Alte waren zurückgeblieben und kümmerten sich um die Dinge des täglichen Bedarfs, flickten Kleidungsstücke, spalteten Holz und bewachten ein Dutzend Schafe und Ziegen, die das spärliche Grün rings um die Hütten abgrasten und keiner Bewachung bedurft hätten. Die restlichen Bewohner fand Gowers jenseits der Palisade und auf der großen Lichtung als Zuschauer bei einem Schauspiel, das er zunächst nicht verstand.

Es waren ausschließlich Kinder, die feuerten, Jungen und Mädchen von neun, zehn, elf Jahren, zum Teil kleiner als die Gewehre, die die Frauen für sie luden. Die Krieger standen lediglich dabei und spornten die Kinder an, gaben Ratschläge, mahnten. Ihr Ziel konnte Gowers noch nicht ausmachen; er sah lediglich, dass zwischen den ersten vereinzelten Bäumen am Waldrand ein Seil gespannt war.

Als Titokowaru, noch immer in seinem europäischen Anzug, den Investigator herankommen sah, befahl er, das Feuer einzustellen, und winkte ihn zu sich. Gemeinsam gingen sie dichter an die Bäume und das Seil heran, und Gowers entdeckte schließlich den weißen Gefangenen, der dicht an den Boden gekauert hinter den Baumwurzeln Deckung suchte. Um seine Hüfte war ein zweites Seil geschlungen, das mit der langen »Laufleine« so verbunden war, dass er sich zwischen den Stämmen hin- und herbewegen konnte, zehn Schritte nach links, zehn Schritte nach rechts. Mit zitternden Händen arbeitete der Gefangene an den Knoten, die man jedoch mit Wasser übergossen hatte und die inzwischen so eingetrocknet waren, dass er sich bei den verzweifelten Versuchen, sie zu lösen, bereits einige Fingernägel abgerissen hatte.

Der Mann heulte und schluchzte, rief mit überschnappender Stimme: »Ihr seid keine Menschen! Ihr seid keine Menschen!«, in diese erste wirkliche Schießpause, und als er aufsah, erkannte Gowers die lange rote Narbe in seinem Gesicht.

»Ist das der Mann?«, fragte Titokowaru leise.

Gowers hatte James Fagan nur ein einziges Mal gesehen und ging noch ein Stückchen näher heran. »Bradley?«, rief er. »James Bradley?«

»Ja, Sir, jawohl, Sir«, schrie der Gefangene verzweifelt, und als er inmitten dieses Alptraums einen trotz seiner Tätowierungen offenbar weißen Mann vor sich sah, flackerte in seiner Stimme und seinen Augen die irrwitzige Hoffnung, doch noch einmal davonzukommen. »Retten Sie mich, Sir. Retten Sie mich! Um der Gnade Christi willen: Helfen Sie mir! Die wollen mich abknallen wie einen Hund!«

Einige Schüsse hatten ihn bereits gestreift; er blutete aus mehreren kleinen Wunden, war aber noch nicht ernsthaft verletzt. Einen Moment lang dachte Gowers daran, den Mörder, den er so lange gejagt hatte, selbst zu erschießen, aber dann erkannte er beinahe widerwillig die Gerechtigkeit, die in der von Titokowaru angeordneten Strafe lag. Er drehte sich um und ging langsam zu dem Häuptling der Ngaruahine zurück.

»Ja«, sagte er.

»Sir, bitte«, gellten die Schreie James Fagans in seinem Rücken. »Bitte gehen Sie nicht weg! Helfen Sie mir! So helfen Sie mir doch!«

Titokowaru zog das Messer aus dem Gürtel, das er Gowers in der Nacht abgenommen hatte, und schleuderte es bis zu der Baumwurzel, hinter der Fagan lag. Es war ein schlechter Wurf; die Klinge blieb nicht im Holz stecken, sondern prallte ab und blieb ein paar Schritte neben dem zum Tode Verurteilten liegen.

Als James Fagan merkte, dass das Feuer nicht wieder aufgenommen wurde, stürzte er aus seiner Deckung, packte das Messer und begann, seine Fesseln zu zerschneiden. Erst mitten in dieser Arbeit erkannte er, was er da in der Hand hielt. Er stutzte einen Augenblick, starrte mit weit aufgerissenen Augen auf seine Peiniger, verstand nicht und würde nie erfahren, wie sein Messer an diesen Höllenort gekommen war.

»O mein Gott, mein Gott!«, rief er und fuhr dann in panischem Schrecken fort, sich zu befreien. Und auf diese Weise waren es ganz zuletzt drei Männer, die wussten, warum geschah, was geschah: der von Entsetzen geschüttelte Mörder, sein gnadenloser, unerbittlicher Verfolger und der furchtbare einäugige Richter. Dann hatte Fagan die Stricke durchschnitten und rannte mit taumelnden Schritten in den Wald.

»Jetzt!«, befahl Titokowaru, und jauchzend vor Mordlust und Jagdeifer schwärmten seine kleinen Henker aus, über die Lichtung, rannten wie ein Rudel hungriger Wölfe ihrer Beute hinterher und verschwanden zwischen den Bäumen. Wenig später hörte man einzelne Schüsse, Schreie, dann ein wildes Triumphgeheul aus einem Dutzend Kinderkehlen. Dann nichts mehr.

155.

Etwas zu wissen, ohne es beweisen zu können, kam im Leben eines privaten Ermittlers recht häufig vor. Genau genommen bestand seine Arbeit ja gerade darin, Beweise für bestimmte Vermutungen zu erbringen beziehungsweise so vielen Vermutungen nachzugehen, bis eine davon sich als evident erwies. Ein wichtiger Zweig seiner Tätigkeit war es auch, verloren gegangene Dinge wiederzubeschaffen oder wenigstens herauszufinden, wo sie geblieben waren und was mit ihnen geschehen war.

Dazu brauchte man in erster Linie Spuren, und die waren in dem Auftrag, einen Menschen namens Moses zu finden, von Anfang an dünn gesät gewesen. Aber nie war Gabriel Beale in dieser Hinsicht so ratlos wie in den Tagen, die der Flucht der Deep South folgten. War das Schiff explodiert und gesunken? Hatte sein verzweifelter mörderischer Plan funktioniert? Oder hatte John Gowers, der das ja schon einmal getan hatte, das Schiff und seine Mannschaft unsichtbar gemacht? Wie sollte er das herausfinden? Wo sollte er auch nur anfangen?

Auf dem großen Fluss hinterließ nichts und niemand eine Spur; allenfalls an seinen Ufern hätte man nach Indizien, Wrackteilen, Leichen zumindest suchen können. Aber wenn nicht gerade ein verkohltes Brett mit der Aufschrift Deep South oder eine Lotsenjacke mit dem Namenszug »John Gowers« angespült wurde oder ein Angler anstelle von Flussbarschen eine blaue Brille aus dem Wasser zog, wären auch Wrackteile und dergleichen keine Beweise, die dem hohen Wahrheitsanspruch des Detektivs genügten.

Gabriel Beale musste kapitulieren, und sein scharfer Verstand fand sich auch erstaunlich schnell mit der Tatsache ab, dass er dieses Rätsel nie lösen würde. Nur in seinen Träumen stand er Moses noch oft gegenüber und bettelte um sein Leben.

Desmond Bonneterre nahm es schwerer. Zweifellos war die Sache für ihn schon vorher zur fixen Idee geworden, die er jetzt umso weniger abschütteln konnte, als er nie Klarheit über sie haben würde. Dass sein ganzes Vermögen, sein Verstand, seine Macht und – seine Schnelligkeit nicht ausgereicht hatten, Moses zu fangen, kränkte auch seine Eitelkeit schwer.

Allen Ernstes erwog er, nach Wrackteilen zu suchen, als der Detek-

tiv sagte, dass die Deep South *mit hoher Wahrscheinlichkeit in die Luft geflogen sei, und nur die lächerliche Figur, die er dabei machen würde, hielt ihn davon ab.*

»Entschuldigung, sind hier in letzter Zeit Leichen angespült worden?!«

Er kaute seine Rachegedanken durch, bis sie jeden Geschmack verloren hatten, und konnte sie doch nicht hinunterschlucken. Anfangs betrank er sich jeden Abend, um überhaupt in einen wirren Schlaf zu finden, und zeitweise litt seine Potenz unter der jämmerlichen Ohnmacht, die schließlich das Einzige war, was er in dieser Sache empfinden konnte.

Aber irgendwann siegte seine Jugend, die Eitelkeit, das Wissen, dass er noch immer der »Herr« war, Hunderte von Sklaven und beinahe ein Land besaß, um das ihn mancher der kleinen europäischen Könige beneiden würde. Nur in der Nacht riegelte er seine Tür noch sorgfältiger ab als früher, wenn er auch die Gewohnheit beibehielt, Darioleta in seinem Schlafzimmer anzuketten. Manchmal verbarrikadierte er sich sogar in der jämmerlichen kleinen Angst, die tief in jeder Bosheit steckt. War es vorbei?

Seine Füße bluteten schon, als er am Ufer des Kaskaskia stand. Der Fluss war nicht übermäßig breit, aber tief, und obwohl er ein guter Schwimmer war, geriet das kleine Bündel in seiner linken Hand zweimal ins kalte Wasser. Er versuchte, das Kind warm zu reiben, aber es machte auch bei dieser rauen Behandlung die Augen nicht mehr auf. John trug es den Rest des Weges an seiner nackten Brust und konnte später nicht sagen, wann es aufgehört hatte zu atmen. Es hatte nie geschrien, und nicht ein einziges Mal hatte er die Stimme seiner Tochter gehört.

»Es war nicht deine Schuld«, beruhigte ihn die alte Syrah, als sie ihm das Bündel aus den zitternden Händen nahm. »Sie war noch zu klein. Sie konnte nicht leben.«

Syrah weinte bei diesen Worten – um das Kind, um Deborah, um ihren Mann – und wanderte später mit ihren Töchtern und Enkeln zu der Stelle, die John Gowers ihr bezeichnet hatte, um Blumen ins Wasser zu werfen.

John fand keine Tränen mehr nach allem, was er getan hatte.

»Ich weiß, wessen Schuld es ist«, erwiderte er irgendwann, als Syrah sich an ihre ersten Worte kaum noch erinnerte. Das Angebot, in ihrer Hütte zu wohnen, nahm er dankbar an, ging aber in den nächsten Tagen noch einmal nach Lawrenceville, um seine Sachen zu holen. Und erst als er sein altes Zuhause betrat, Deborahs Kleider sah und das Bett, in dem sie geschlafen hatten, brach er zusammen.

Drei Tage lang war er nicht fähig, etwas zu essen, und erst als er merkte, dass er vor Schwäche kaum noch stehen konnte, riss er sich wieder zusammen.

»Ich weiß, wessen Schuld es ist«, sagte er noch einmal laut, die ersten Worte nach diesen drei Tagen und die letzten, die er in ihrer gemeinsamen Wohnung sprach. John Gowers schnürte sein Bündel, schaffte es sogar, Deborahs Kleider zusammenzupacken, und ertrug es in den folgenden Wochen, sie an Syrahs Töchtern zu sehen. Es waren gute Kleider, und es wäre Verschwendung gewesen, sie wegzuwerfen.

Einen Winter lang rief er sich alles ins Gedächtnis zurück, was er über seine Feinde wusste, und ordnete dieses Wissen hinter seinen geschlossenen Lidern in die verschiedenen Systeme der Ars Memorativa ein. Dann kannte er zumindest die Fragen, die er stellen musste. Er hatte zwar deutliche Bilder, Gesichter vor Augen, aber keine Namen zu diesen Gesichtern. Den Kreolen sah er Tag und Nacht vor sich und wusste doch nicht, wie er hieß. Von dem anderen, dem Drahtzieher, dem Spion fehlte ihm beides. Wo also sollte er seine Suche beginnen?

Halbe Tage saß er jetzt über dem Fluss, schaute nach Süden und grübelte über diesen Fragen. Wie hatte die Louisiana-Miliz Barataria gefunden? Sollte er nach New Orleans gehen und Maggie über ihren unheimlichen Kunden befragen? Herausfinden, in welchem Hotel die Miliz damals abgestiegen war? Und wie sollte er die Namen, die er dabei womöglich erfuhr, den Gesichtern in seinem Kopf zuordnen? Nein, es musste einen anderen Weg geben; irgendetwas, eine Kleinig-

keit, die er übersehen hatte, eine Spur, der er nachgehen, einen Faden, den er aufgreifen konnte.

John Gowers wurde zum Detektiv in diesem Winter, und es war kein glücklicher Zufall, sondern konzentrierte Gedankenarbeit, die ihm die Lösung brachte. Als er zum hundertsten Mal durchdachte, bei welchen Gelegenheiten er den Kreolen gesehen hatte, fiel ihm plötzlich ein, dass er doch einen seiner Feinde namentlich kannte und sogar wusste, wo er wohnte: »Mein Name ist Lemuel Willard. Ich besitze eine Baumwollplantage bei Indian Mound.«

War ihm anzusehen, dass er seinen Weg gefunden hatte? Syrah setzte sich zu ihm an diesem Abend und sah lange in seine Augen.

»Du wirst bald fortgehen«, sagte sie.

John nickte.

»Du wirst fortgehen und kämpfen, und ich werde hierbleiben und pflanzen.« Sie sah ihn jetzt nicht mehr an, und er war sich nicht sicher, ob sie überhaupt noch mit ihm sprach oder mit Gringoire, dessen Stiefel er trug.

Syrah beendete diese Zweifel mit ihren nächsten Worten. »Ich wollte dir sagen, John Gowers, dass du immer herkommen kannst, wenn du müde vom Kämpfen bist. Und wenn ich nicht mehr lebe, denn ich bin alt, werden meine Töchter und ihre Kinder da sein und auf dich warten.«

»Ich werde kommen, wenn es vorbei ist«, erwiderte John.

»Nein.« Die alte Frau lachte leise. »Komm auch sonst. Denn es wird nie vorbei sein, John Gowers. Dieser Kampf endet nicht mit dir oder mir. Er war immer da und wird niemals aufhören!«

156.

Wieder liefen die Pakeha gegen den scheinbar schwächsten Teil der Palisade an, eine neue Welle des alten Sturms, der aus Europa über die Erde gekommen war bis in ihren letzten Winkel. Wieder feuerten die Maori aus verborgenen Stellungen im Wald, aus getarnten Schützentürmen, gedeckten Gräben. Wieder, noch einmal ihr Schlachtgesang: »Hold the Land! Hold the Land!«

Wieder flogen die Kugeln dicht wie Hagel, durchschlugen Menschenfleisch, Knochen. Wieder mischte sich Pulverdampf mit dem Morgennebel, fielen die Zwanzig-, Fünfundzwanzigjährigen beider Seiten, rannten in ihren Tod. William Keneally, geboren in Antrim am Lough Neagh, von verzweifelten irischen Eltern über das Meer getragen, die nicht mehr wollten als ein Stück Land, das keinem englischen Großgrundbesitzer gehörte. Te Waka Taparuru vom Stamm der Pakakohe, der das Land seiner Ahnen nicht hergeben wollte. Sie lagen dicht beieinander. Ihr Blut floss in die gleiche Erde.

Der Hügel von Okotuku war ein erfahrenes Schlachtfeld. Vor weniger als drei Jahren hatte General Chute hier mit zehnfacher Übermacht ein Widerstandsnest der Maori zerschlagen, und man fand hier und da noch die verkohlten Balken niedergebrannter Hütten unter dem rasch wachsenden Farn. Aber schon früher, in alter Zeit, hatten sich immer wieder Menschen um den Besitz von Okotuku Hill geschlagen, denn der Hügel beherrschte die umliegende Landschaft und war auf der Ost- und Westseite durch steile Waldschluchten geschützt. Nach Süden, zur Küste hin, hatten vielleicht schon die frühesten Bewohner vor drei, vier, fünf Jahrhunderten eine Lichtung von nahezu einem halben Kilometer Durchmesser in den Urwald geschlagen, sodass sich kein Feind dem Ort unbemerkt nähern konnte. Es war der ideale Platz für eine Befestigung, darum wählte Titokowaru ihn aus, um der neuen Armee, die die Pakeha gegen ihn ausgesandt hatten, standzuhalten.

Obwohl ihm nach dem Sieg von Te Ngutu o te Manu zwei Monate lang immer neue Verbündete zuströmten, war er militärisch gesehen noch immer in der schwächeren Position. Gewiss, die

Pakeha hatten sich zurückgezogen, hatten Siedlungen, Militär- und Handelsposten aufgegeben, die seit Jahrzehnten in ihrem Besitz waren. Aber doch nur, er wusste es gut, um sich erneut zu sammeln, um ihn und seine hundertfünfzig Krieger mit einer nur noch größeren Welle an Menschen und Material wegzuspülen aus Taranaki. In einer offenen Schlacht konnte er sie niemals besiegen und musste sie deshalb dazu bringen, ihn noch einmal anzugreifen, an einem Ort, den er bestimmte, in einer Falle, die er stellte.

Moturoa, das befestigte Dorf, das er am Fuß des Hügels von Okotuku in weniger als einer Woche errichten ließ, war diese Falle. Seine Palisade war bloßer Schein, eine Art spanische Wand, hinter der Wall und Graben seine Schützen verbargen. Ihre linke Seite hatte er bewusst so belassen, als sei sie nicht rechtzeitig fertig geworden, in der Hoffnung, dass die Pakeha ihren Angriff auf diesen Punkt konzentrieren würden. So lag die ganze lange Strecke von dreihundert Metern Lichtung, die die Angreifer überqueren mussten, im Schussfeld seiner Krieger. Dass Titokowarus Plan funktionierte, lag aber nicht allein an dessen Genialität, nicht allein an der durch die bei Te Ngutu erbeuteten Waffen erhöhten Feuerkraft, sondern an der Person seines Gegners.

Thomas McDonnell hatte schon unmittelbar nach der vernichtenden Niederlage gewusst, dass seine Tage als »Fighting Mac« gezählt waren. Insbesondere die Forest Ranger hatten sich ganz offen geweigert, seinem Befehl länger zu gehorchen, taten, was sie wollten – und das war vor allem: trinken –, und traten schließlich nicht einmal mehr zum Dienst an. Es war militärische Meuterei in ihrer reinsten Form, und da man sich nach wie vor im Krieg befand, hätte er diese Männer erschießen lassen können. Er war aber nicht sicher, ob auf seinen Befehl überhaupt noch irgendjemand geschossen hätte, und löste stattdessen das gesamte Regiment auf, das heißt, er entließ von Tempskys stolze Truppe ganz einfach unehrenhaft aus der neuseeländischen Armee. Sie mussten ihre Waffen abgeben und konnten ihrer Wege gehen.

Das war seine letzte Amtshandlung als Oberkommandierender. Die Regierung dankte McDonnell für seine Dienste und verabschiedete ihn mit militärischen Ehren aus der Geschichte. Bei den kurz darauf stattfindenden Wahlen verabschiedete das Volk allerdings auch die Regierung.

Der neue Mann an der Spitze der neuseeländischen Streitkräfte hieß George Stoddard Whitmore und wurde von seinen eigenen Offizieren mit Adjektiven beschrieben, die im Zivilleben eine Flut von Beleidigungsklagen ausgelöst hätten: heuchlerisch, arrogant, taktlos, verachtenswert, viehisch, aufgeblasen, schwachsinnig, eingebildet und »ein widerliches kleines Schwein, hart wie ein Schusternagel, der jeden seiner Männer in Grund und Boden marschieren könnte«.

Die Eigenschaft, die ihn so viele »menschliche Qualitäten« überhaupt ertragen ließ, kann allerdings ohne Übertreibung als die Kardinaltugend eines Soldaten bezeichnet werden; eine Tugend, die jedweden militärischen Erfolg letzten Endes erst ermöglicht: Whitmore war stur. Ein einmal ins Auge gefasstes Ziel aufgrund welcher Umstände oder Argumente auch immer irgendwann wieder aufzugeben lag ganz einfach außerhalb seiner Vorstellungskraft.

Als er Moturoa im Morgengrauen vor sich liegen sah, baute Whitmore seinen Angriffsplan auf zwei Annahmen auf; dass die Annäherung seiner Armee unbemerkt geblieben war und dass die Befestigung des Pas auf der rechten Flanke eine offensichtliche Lücke aufwies. Vergeblich sagten ihm seine Kupapa, dass es ein schlafendes Kriegslager der Maori nicht gibt, dass Moturoa viel zu still war, um überrumpelt zu werden. Ohne Gehör zu finden, wiesen ihn auch die Veteranen der Patea Field Force darauf hin, dass die Palisade schon bei Te Ngutu nicht die eigentliche Verteidigungslinie der Rebellen gewesen war, sondern der dichte, nebelverhangene Wald.

Aber schon am Tag zuvor hatte Whitmore doppelte Rationen an seine Männer ausgeben lassen, und jeder Soldat jeder Armee jedes Jahrhunderts weiß, was das bedeutet: Der Angriff stand unmittelbar bevor und würde schon aus logistischen Gründen nicht mehr verschoben werden. William Hunter, der Mann, der Turuturu Mokai verschlafen hatte, befehligte die Attacke. Und selbst als sie in einer Wand aus Blei stecken blieb, als seine Männer, soweit sie nicht gefallen waren, auf dem nackten Boden kriechend nach Deckung suchten und ihn baten, sich doch hinzulegen, um Gottes willen, blieb Hunter aufrecht, ging im unablässigen Feuer auf und ab.

»Heute muss ich der Welt zeigen, dass ich kein Feigling bin!«

Eine Kugel erwischte ihn unterhalb der Hüfte, zerriss die Arteria Femoralis, und er verblutete binnen weniger Minuten, ein viktorianischer Held, mit dem irritierenden Gefühl einer Unmenge warmer Flüssigkeit zwischen den Beinen. Noch zwei ganze Abteilungen jagte Whitmore gegen die einmal ausgewählte »Schwachstelle«, ehe er den Rückzug befahl.

Wieder ein mit Leichen übersätes Schlachtfeld. Wieder versuchten die Weißen, ihre gefallenen Kameraden mitzunehmen, wieder verloren sie dabei nur noch mehr Männer. Wieder kopflose Flucht, Verfolgung, Jagd durch den weglosen Busch. Wieder wurden Gefangene und Verwundete mit Äxten niedergemacht, geplündert. Am Rande des Waldes baute die Nachhut eine Verteidigungslinie auf, um der fliehenden Armee den geordneten Rückzug über eine Meile freies Feld in den kleinen Stützpunkt Wairoa zu ermöglichen.

Aber der Wald schien plötzlich lebendig zu werden, knackte, summte, jeder Baum wurde zu einem Feind. Da nahm auch die Nachhut die Beine in die Hand, und achthundert Männer rannten in wildem Zickzack über die offene Fläche, verfolgt von den Salven der hundert Maori, als würden Mäuse eine Katze verjagen. Einem an der Schulter verwundeten Soldaten dauerte der geordnete Rückzug zu lange. Er sprang von der Tragbahre und rannte seinen Trägern voraus. Ein paar Granaten, von der schweren Artillerie Wairoas in den Urwald gefeuert, beendeten das Triumphgeheul der Aufständischen, aber hier und da hörte man noch die Todesschreie der Versprengten, die ihnen in die Hände fielen.

Neu war an diesem blutigen Tag nur ein Gerücht, das unter den Pakeha die Runde machte. Einige sagten, andere bestätigten, Dritte schmückten aus, dass sie in den Reihen der Maori, durch Pulverdampf, Nebel, Unterholz, kriechende Schlingpflanzen hindurch einen tätowierten Weißen gesehen hätten, der auf Titokowarus Seite kämpfte.

157.

»Er will nicht zu etwas oder jemandem gehören.«

Es waren diese Worte, die Te Kooti, der Prophet, über ihn gesprochen hatte, die John Gowers beschäftigten. Was immer man von dem seltsamen Heiligen und seinen Methoden halten mochte, er war ein kluger, vielleicht sogar hellsichtiger Mann, der wusste, was er wollte, und Gowers fragte sich am Ende seiner langen Jagd, ob er das Gleiche auch von sich selbst behaupten konnte.

Seit Deborah tot war und er den letzten ihrer Mörder zur Strecke gebracht hatte, war er nur noch ein Beobachter im endlosen Krieg aller gegen alle gewesen, hatte sein Geschäft, die Aufklärung von Sachverhalten, hatten seine Aufträge als Ermittler ihm kurzfristige, rasch wechselnde Ziele gewiesen. Er war aus Notwendigkeit Detektiv geworden und es eigentlich nur geblieben, weil er es verhältnismäßig gut konnte, weil es seine unterschiedlichen Fähigkeiten forderte und gelegentlich sogar befriedigte. Jetzt, in einem Teil der Welt, in den zu kommen er nie beabsichtigt hatte, Freund und Feind tot, fragte er sich nach langer Zeit zum ersten Mal wieder, wohin er eigentlich wollte.

Te Kootis Angebot, mit den Maori zu leben, hatte er abgelehnt, weil er noch etwas zu tun hatte und »wegen des religiösen Scheißdrecks«, wie er es vor sich selbst formulierte. Auch der Häuptling der Ngaruahine zog sich von Zeit zu Zeit in die Taha wairua, das Land der Geister, zurück, aber er war kein Prophet und forderte von keinem seiner Anhänger, an ihn zu glauben. Titokowaru war ein Kämpfer – und darin dem Seemann, Lotsen, Soldaten und Investigator sehr ähnlich. Nur der eine wesentliche Unterschied zwischen ihnen wurde ihm klar, als der Häuptling ihn unmittelbar nach der sonderbaren Hinrichtung Fagans gut gelaunt fragte: »Woher kommen Sie, John Gowers? Wo ist Ihre Heimat, Ihre Familie?«

Was sollte er antworten? Er schüttelte nur den Kopf.

Titokowaru schien zu verstehen und wurde ernsthafter.

»Wo sind Ihre Toten begraben?«

Wieder Kopfschütteln. Wo sollte er anfangen? Sein Vater, im Berg? Jane, in den Seziersälen irgendeines Londoner Lehrkrankenhauses? Deborah, auf einer kleinen Insel, die der Mississippi vielleicht längst weggewaschen hatte?

»Kommen Sie heute Abend in meine Hütte«, sagte der Häuptling, als er keine Antwort erhielt. »Ich möchte mit Ihnen reden.« Und er gab seinen Leuten Befehl, den sonderbaren stillen Pakeha nicht länger zu bewachen wie einen Gefangenen. Am Abend aßen sie Fleisch.

»Schwein«, sagte Titokowaru und lächelte. »Sie müssen keine Angst haben.«

»Ich habe keine Angst«, erwiderte Gowers, von der Qual der Fragen tiefer erschöpft als von seinen langen Reisen. »Ich weiß nur nicht, warum ich noch essen soll.«

»Vielleicht, weil es schmeckt«, sagte der einäugige Häuptling, das wüste Gesicht zu einem Grinsen verzogen. Er griff in den Staub, in den festgestampften Boden der Hütte und hielt Gowers die Hand hin. »Ich bin aus dieser Erde gewachsen, John Gowers, und sie hält mich fest, solange ich lebe, und wird mich festhalten, wenn ich nicht mehr lebe; wie sie es schon mit meinem Vater und seinem Vater und dessen Vater und all meinen Ahnen getan hat seit tausend Jahren, seit die Tangata Whenua, die aus dem Meer kamen, dieses Land in Besitz nahmen.«

Titokowaru musterte den abgezehrten Fremdling lange und eindringlich. »Ich glaube, dass Sie zu den Tangata Whenua gehören«, meinte er dann. »Wir sind also verwandt, und Sie können ruhig zugreifen.«

Gowers lachte und aß.

»Wie kommen Sie nun eigentlich zu Ihrem Moko?«, fragte der Häuptling nach dem Essen und reichte seinem Gast dabei eine der erbeuteten Feldflaschen mit Schnaps. Am Geschmack erkannte der Investigator, dass die Flasche einem Offizier gehört haben musste, überlegte kurz, wem, und sagte sich dann, dass der Mann sicher nichts dagegen hätte, wenn das Getränk seinem Verwendungszweck zugeführt wurde.

Über Te Kootis Flucht von Chatham und seine eigene Verbannung aus dem Lager Nga Tapa hatte Gowers bereits berichtet, aber die etwas heiklen Details bislang verschwiegen. Titokowaru lachte leise darüber, wie der Prophet des Ringatu seinen Navigator überlistet hatte, aber danach schallend über Gowers' Antwort hinsichtlich göttlicher Offenbarungen.

»Das Moko selbst entehrt Sie nicht, mein Freund«, sagte er, nachdem er sich wieder beruhigt hatte. »Genau genommen ist es der einzige Grund, aus dem Sie mein Lager lebend betreten haben«, fügte er trocken hinzu. »Es hat uns zusammengebracht.« Der Häuptling erhob sich und zog seine europäischen Kleider aus, sogar seine Schuhe.

»Das sind die Zeichen, die ich erhalten und mir selbst gegeben habe, John Gowers«, sagte er, als der Amerikaner sich gerade fragte, was daraus werden sollte. »Mein Whakapapa.« Titokowaru deutete auf die Tätowierungen an seinen Armen, Beinen und Hinterbacken.

»Dies«, fuhr er fort und legte die rechte Hand auf seine linke Schulter, während er sich umdrehte und Gowers seinen Rücken sehen ließ, »sind die Menschen, die ich liebte und die gestorben sind. Ihre Namen werden meinem Geist helfen, sie im Jenseits wiederzufinden.«

Gowers sah nur Linien, Kreise und Punkte auf dem linken Schulterblatt des hageren und dabei so kräftigen Mannes.

»Und dies«, sagte der Häuptling mit deutlich veränderter Stimme, als er die linke Hand auf seine rechte Schulter legte, »sind die Männer, die ich getötet habe und deren Geistern ich wieder begegnen möchte, um sie noch einmal zu töten!«

Der Investigator registrierte, dass die Zeichen auf der linken, der Herzseite, eine deutlich größere Fläche bedeckten als die wenigen dünnen Striche auf der rechten.

»Sie haben mehr geliebt als gehasst«, stellte er fest. Titokowaru nickte erstaunt, dann setzte er sich wieder nieder und schürte bedächtig das Feuer.

»Vielleicht ist dies das Beste, was man über mich sagen kann, John Gowers.«

Sein Status bei den Rebellen blieb ungeklärt in den beiden Monaten, die sie nach der Schlacht von Te Ngutu o te Manu durch die weglosen Wälder, die befreiten Ebenen zogen. Er war kein Gefangener, kein Gast, aber auch kein Verbündeter, obwohl er an der Befestigung von Moturoa mitarbeitete, Bäume fällte, Gräben aushob. Niemand redete viel mit ihm, weil keiner ihn einordnen konnte. Wiremu Katene jedenfalls schien ihn zu hassen, vielleicht, weil er selbst ein Überläufer war, dem man noch immer mit Misstrauen begegnete. Aber weil er ein Überläufer war, konnte er es nicht sagen.

John Gowers beneidete insgeheim jeden dieser Menschen darum, dass sie wussten, wofür sie kämpften. Er selbst kämpfte nicht am Okotuku Hill, überbrachte aber Befehle, Berichte, Munition, Wasser und half, ihre Verwundeten zu bergen. Er konnte nicht auf Männer schießen, mit denen er gegessen, gelacht hatte, durch die Lavaebenen des Tongariro marschiert war. An den schauerlichen Ritualen des Sieges nahm er nicht teil, wanderte allein durch die Wälder, so oft, so weit und so lange, dass einige Männer befürchteten, er könne den Pakeha ihren Standort und ihre Pläne verraten, und den Häuptling baten, ihn doch noch töten zu dürfen. Titokowaru lehnte das ab.

Einige Tage nach Moturoa kam John Gowers dann zur Hütte des Häuptlings und bat ihn um Papier und Schreibzeug. Titokowaru riss eine leere Seite aus Manu-Raus Tagebuch, in dem er zu seiner Erbauung hin und wieder las. Der Investigator schrieb etwas nieder, wenige kurze Worte, aber in deutlichen Buchstaben. Dann suchte er den Tatauiermeister der Ngaruahine auf. Zu seiner Überraschung war es noch ein ganz junger Bursche, eigentlich noch ein Lehrling, der jetzt seinen bei Moturoa gefallenen Meister ersetzen musste.

»Du willst es?«, fragte er, wie er es nach den uralten Gesetzen seines Handwerks tun musste. Gowers nickte, zog sein Hemd aus und legte sich auf den Bauch. Der junge Mann sah sich noch einmal die Zeichen an, die er dem anderen ins Fleisch schlagen würde.

Jane Gowers, Deborah Williams, stand auf der linken Seite des Papiers. Desmond Bonneterre, Gabriel Beale, Henry Wirz, auf der anderen. John Gowers hatte länger gehasst als geliebt.

158.

Lemuel Willard war ein sehr mäßig begabter Heilkünstler, aber zu seiner Ehre muss gesagt werden, dass er sich dieser Tatsache stets bewusst war. Bar jeder medizinischen Eitelkeit hielt er es deshalb für das Vernünftigste, ernsthaft erkrankten Patienten nach Möglichkeit aus dem Weg zu gehen und sich auf die kleineren, leichter erkennbaren Wehwehchen zu spezialisieren, die die Natur bereithielt. Beides gelang ihm auch einigermaßen, und zumindest war in und durch seine bisherige medizinische Praxis noch niemand ums Leben gekommen – was nicht jeder Arzt des 19. Jahrhunderts von sich sagen konnte.

In seiner Seele war er ein Dichter, ein Schöngeist, dem bereits in der Jugend die griechisch-römische Klassik über alles ging und dessen Geschick im Umgang mit Worten früh auffiel. Für den zweiten Sohn eines harten, sehr harten iroschottischen Pflanzers lag ein entsprechendes Studium natürlich außerhalb aller denkbaren Lebensentwürfe, und erst die vehemente Fürsprache eines evangelikalen Pfarrers ermöglichte es Lemuel, die zumindest halb intellektuelle Laufbahn eines Veterinärmediziners einzuschlagen. Und nur weil zum Viehbestand einer Baumwollplantage selbstverständlich Sklaven gehörten, hatten weder Vater noch Bruder etwas gegen eine zusätzliche humanmedizinische Spezialisierung des »Familientrottels« einzuwenden.

»Er wird selbst sein bester Kunde sein«, lautete ihr höhnischer Kommentar, denn der sensible, versponnene Junge hatte nie großes Talent für Farm- und Handwerksarbeiten erkennen lassen, sondern nur die Gabe, sich bei der kleinsten entsprechenden Tätigkeit zu verletzen. Auch im Zuge seiner akademischen Ausbildung musste er durch einen Wald geschüttelter Köpfe gehen, und noch die wohlwollendsten Professoren gestanden sich irgendwann resigniert ein, dass sie selten einen Kandidaten der Medizin mit noch geringerem Verständnis für die menschliche Anatomie gesehen hatten.

Sogar im amerikanisch-mexikanischen Krieg, zu dem Willard – nach dem frühen Tod seines Bruders ein höchst wider- und eigenwilliger Plantagenbesitzer geworden – sich freiwillig gemeldet hatte, wurde er von seinen Vorgesetzten im Lazarettdienst sehr bald nur noch mit der Applikation von Einläufen befasst; eine Heilbehandlung, bei der auch ein unbedarfter Anatom kaum fehlgehen konnte, die ihn aber bei den verwundeten Soldaten nicht sonderlich beliebt machte. Dass er trotz seiner Verschrobenheit ein sehr wohlhabender Mann geworden war, verdankte Willard allein der Tatsache, dass der

Boden, den er geerbt hatte, so ungewöhnlich fruchtbar war, dass man nur darauf spucken musste, um Baumwolle zum Wachsen zu bringen.

Längst hatte er das Geschäft seinem ältesten Sohn übertragen, pflegte aus purer Liebhaberei seine rhetorischen Künste und trat fast nur noch bei den bedauernswerten Sklaven seiner Familie in eine bescheidene ärztliche Erscheinung. Noch immer war er dabei der Ansicht, dass es kein Leiden des Körpers oder der Seele gäbe, das sich nicht durch einen kräftigen Einlauf lindern ließe. Erst in jüngster Zeit, auf seine alten Tage, hatte er außerdem die üble Gewohnheit angenommen, bei entsprechend guten Gelegenheiten auch die Geschlechtsreife seiner jugendlichen Patienten und Patientinnen persönlich auf die Probe zu stellen.

Seine philologische Tätigkeit beschränkte sich inzwischen auf Übersetzungsversuche der Carmina Priapeia, *die er insgeheim allerdings so gelungen fand, dass er sogar von einer – selbstverständlich anonymen – Veröffentlichung zu träumen wagte. Aber auch zu eigenen Versen ließ Doktor Lemuel Willard sich noch gelegentlich hinreißen, wobei er am reichlich unpoetischen Sujet der Zote seine Beredsamkeit zu schulen glaubte.*

»Wie glücklich ist ein Hintern, der gut geschissen hat«, murmelte er deshalb frei assoziierend und auf der Suche nach passenden Reimwörtern vor sich hin, als er an diesem Tag die abgelegenste Ecke seiner Pflanzung aufsuchte, um wieder einmal den Gesundheitszustand des Jungviehs zu kontrollieren und einem Feldarbeiter auf die Beine zu helfen, der sich angeblich den Fuß verstaucht hatte, in Wirklichkeit aber wohl nur faul genug war, seit zwei Tagen nicht zur Arbeit zu erscheinen.

Ein weißer Landstreicher, ein erbärmliches, besitzloses Geschöpf, hatte sich von dem erkrankten Nigger tatsächlich als Botenjunge gebrauchen lassen und den Doktor bestellt. Überall im Süden gab es solche Männer, manchmal verarmte Kleinfarmer, aber häufiger bloße Müßiggänger und Vagabunden, die sogar von den Sklaven verachtet wurden. Die Ritter des Südens betrachteten diesen Abschaum ihrer Gesellschaft als die niedrigste Stufe der menschlichen Existenz. Jesus

Christus! Was blieb denn schon von einem Mann übrig, der seinen Stolz verloren hatte?! Man gab ihm ein paar Pennys und jagte ihn vom Hof.

Lemuel Willard war deshalb sehr erstaunt, den Mann plötzlich noch einmal auf seinem Weg zu entdecken, und noch überraschter, dass er eine Pistole auf ihn richtete.

»Steigen Sie ab, Sir!« Die Stimme klang weniger brüchig und alkoholgetränkt als noch am Nachmittag zuvor, und Doktor Willard fragte sich für eine Sekunde, ob und wo er diese Stimme schon einmal gehört hatte. Der Mann in seinen abgerissenen Kleidern, mit seinem verwilderten Bart, kam ihm jedenfalls nicht bekannt vor, und ein anderer Gedanke verdrängte auch sofort jene erste Frage, während er gehorsam von seinem Pferd stieg. Konnte es sein, dass eines dieser niedrigen Geschöpfe doch noch einen Funken Stolz besaß und sogar straßenräuberische Initiative entwickelte? Hatte er die Tatsache, dass der Arzt allein unterwegs sein würde, als günstige Gelegenheit erkannt? Oder hatte er diese Gelegenheit vielleicht sogar selbst herbeigeführt? Wenn dem so war, musste man ihn ernster nehmen, als es einem Mann, der eine Schusswaffe auf einen richtet, ohnehin zusteht.

»Es tut mir ehrlich leid, dass ich kein Geld bei mir habe, mein lieber Mann«, sagte Willard deshalb. »Aber wenn Sie die Waffe wegnehmen und mit mir zum Haus zurückkehren, wäre es mir eine Ehre, Ihnen mit Barmitteln auszuhelfen. Die Summe dürfte allerdings eine vernünftige Höhe nicht übersteigen«, fügte er einschränkend hinzu, um die Ehrlichkeit seiner Absichten deutlich zu machen. Er bemühte sich sogar um ein Lächeln, das jene Mischung aus Besorgnis und Wohlwollen darstellen sollte, die Medizinern so gut zu Gesicht steht. Zu seiner Bestürzung sagte der Mann jedoch nur: »Ich brauche kein Geld«, und führte das Pferd in den dichten, niedrigen Wald neben der Straße.

Auf dem Weg zum Flussufer wuchs Lemuel Willards Angst zu nahezu offener Panik. Er wusste nicht, was dieser sonderbar ruhige, fast kalte Mensch von ihm wollte, außer dass es offensichtlich auch nicht sein Pferd war. Was ihn so sehr beunruhigte, war die einfache Über-

legung, dass er einen Mann, der kein Geld wollte, auch nicht kaufen konnte, also nicht mehr den Universalschlüssel des Lebens in der Hand hielt, den die Besitzenden immer zu haben glauben. Gleichzeitig wurde ihm mit jedem Schritt klarer, wie ungeheuer nahe die Abgründe der Wildnis neben den fest gegründeten Säulen der Zivilisation liegen.

Er war auf seinem eigenen Grund und Boden, keine Stunde vom Herrenhaus entfernt, wo zwei Dutzend Diener auf einen bloßen Wink seiner Hand hin all seine Wünsche erfüllen würden. Polizei, Rechtssystem, Religion und all die Regeln, die seine, die herrschende Klasse aufgestellt hatte, um weiter und immer weiter herrschen zu können, waren plötzlich unendlich weit weg und bedeutungslos, und nur der Fingerdruck eines Wahnsinnigen trennte ihn noch von der dunklen Seite. Es war empörend – und dennoch wagte er nicht, sich zu empören.

»Hören Sie«, begann Lemuel Willard erneut, und nackte, ehrliche Angst beherrschte die Stimme des zungenfertigen Mannes, als er auf einen scharfen Befehl des anderen stehen bleiben musste. »Überlegen Sie sich gut, was Sie tun …«

»Das tue ich, Sir«, antwortete John Gowers, der allerdings sehr lange und gründlich über das nachgedacht hatte, was er tat und tun würde. Eine Stunde später wusste er, was er wissen wollte, kannte alle Zusammenhänge, die zur Schlacht von Barataria, zum Tode Lafflins, zur Explosion der Deep South *und dem geführt hatten, was danach geschehen war. Er kannte nun auch endlich den Namen zu dem bösartigen Gesicht, an das er sich so gut erinnerte: Desmond Bonneterre.*

An der Erleichterung des Arztes darüber, dass er sein Leben anscheinend durch ein paar kleine Informationen retten konnte, las Gowers ab, dass der Mann die Wahrheit sagte, und kam jetzt zum zweiten Teil seines Plans. Er holte Federhalter, Tinte und Papier aus seinem Bündel.

»Schreiben Sie, Sir!«

»Ich verstehe nicht ganz«, sagte Willard, schrieb aber auf die Be-

merkung hin, dass dies auch nicht nötig sei, und hielt sein Gegenüber dann doch wieder für geisteskrank. Deshalb sagte er, nachdem er das kurze Empfehlungszeugnis für Mr. Benjamin Williams geschrieben hatte, mit aller heilberuflichen Mitmenschlichkeit, derer er noch fähig war: »Sie wollen sich also hier in der Gegend um eine Stellung bewerben, Mr. Williams? Aber warum haben Sie das denn nicht gleich gesagt? Ich werde natürlich sofort mit meinem Verwalter reden und …«

»Ziehen Sie Ihre Kleider aus, Sir!«

»Warum?«, fragte der Arzt und fühlte, wie erneut ein unkontrollierbares Zittern seinen Körper durchflutete.

»Sagen wir, ich brauche einen gewissen Vorsprung«, log John, um Lemuel Willard in Sicherheit zu wiegen, und schluckte bitter, als diese Lüge ihren Zweck erfüllte.

Natürlich, dachte Willard, ohne Kleider werde ich natürlich etwas länger brauchen, um Alarm zu schlagen, und die zweifelhafte Logik dieser Überlegung ließ ihn allen Stolz eines Ritters des Südens vergessen. Das nackte Leben, nichts als das nackte Leben! Diese Worte rasten durch seinen Kopf, aber er war doch auch schon wieder ruhig genug, um über die rhetorischen Möglichkeiten nachzudenken, die dieser Umstand ihm bei seinen späteren Berichten darüber bieten würde. Widerstandslos stieg er aus seinen Kleidern und drehte sich auf eine entsprechende Aufforderung hin sogar zum Fluss um.

Er sah den Mississippi durch die niedrigen Bäume schimmern, dachte daran, wie oft er als Junge schwimmen gegangen war und warum er es eigentlich so lange nicht mehr getan hatte. Fast glaubte er, das Wasser bereits auf seiner Haut zu spüren, hörte das leise Rauschen der Strömung und zuletzt einen scharfen Knall.

John hatte sich die Stelle sehr genau ausgesucht. Er kannte den Fluss gut genug, um zu wissen, dass erst zwei oder drei Tage später bei Plaquemine oder Seymourville eine nackte Leiche angetrieben würde. Mit ein wenig Glück hatten Fische und Alligatoren dann bereits ihre Arbeit getan.

159.

Matutaera Tawhiao Te Wherowhero, König der mächtigen Waikato-Stämme, war ein kluger Mann. Er sah mit Freude, wie die Herrschaft der Pakeha in Neuseeland unter den Schlägen Titokowarus im Süden und Te Kootis im Osten erzitterte. Ihm war klar, dass beide fest auf seine Unterstützung rechneten, denn er konnte im Ernstfall eine Armee von dreitausend Kriegern aufstellen und wusste, dass sie zu dritt, unter seiner Führung, die Weißen vermutlich ins Meer werfen konnten. Aber er wusste auch, dass dann die Engländer zurückkommen würden, mit einer gewaltigen Kriegsflotte, Heeren und Waffen, denen die Maori wenig entgegenzusetzen hätten.

Es war besser, sich mit einer schwachen und eingeschüchterten Kolonialregierung in Wellington auseinanderzusetzen, als mit London; einem neuseeländischen Premierminister günstige Bedingungen abzuhandeln als seiner königlichen Kollegin Viktoria. Da auch den Weißen klar sein musste, dass ihr Überleben als eigenständige Kolonie letztlich von seiner, Tawhiaos Tätigkeit oder eben Untätigkeit abhing, wäre auf diese Weise sein Königreich auf Jahre hinaus gesichert. Im Hinblick auf Te Kootis Aufstand ließ sich diese Politik auch mühelos umsetzen. Der Mann war ein Emporkömmling, den niemand wollte, und er war offensichtlich verrückt. Tawhiao lachte herzlich über seine Drohung, der Fluch Jehovas und das Schwert des Propheten würden ihn und all seine Gefolgsleute treffen, wenn sie nicht endlich Hilfe brächten.

Der Krieg im Osten war ohnehin nicht viel mehr als eine Auseinandersetzung zwischen rivalisierenden Stämmen, ein Kampf um Land und Einfluss wie damals in den Musketenkriegen. Schon bei seinem Überfall auf Matawhero hatte Te Kooti mehr Maori als Weiße umgebracht und alte Rechnungen beglichen. Nichts war logischer, als dass die Pakeha seine Verfolgung weitgehend ihren Kupapa-Verbündeten überließen und selbst nur hier und da mit eher kleinen Abteilungen ihrer Soldaten in Erscheinung traten.

Sein alter Freund und General Titokowaru bereitete dem König weit größere Schwierigkeiten. Er hatte den gefürchteten Manu-Rau getötet, den berühmten McDonnell aus dem Feld geschlagen und nun auch den eher berüchtigten Whitmore besiegt. Sein Ziel war einfacher: nicht den Himmel auf Erden, sondern nur die Taranaki-Region für die dort lebenden Stämme zu gewinnen. Nach dem Sieg bei Moturoa war sein Ruhm unbeschreiblich gewachsen. Immer neue Krieger der unterschiedlichsten Stämme schlossen sich ihm an. Nur noch ein weiterer Triumph, und Tawhiao würde auch seine jungen, tatendurstigen Männer nicht mehr vom Krieg zurückhalten können. Oder noch schlimmer: Titokowaru könnte Taranaki ohne seine, des Königs Hilfe befreien und würde daraufhin zwangsläufig selbst die Rolle spielen, die Tawhiao für sich reklamierte.

Es war eine schwierige Situation, und was sie für den Maorikönig noch unübersichtlicher machte, war die Tatsache, dass der kleine weiße Colonel Whitmore verrückt geworden zu sein schien, seine Truppen aus Taranaki zurückzog, auf Schiffe lud und zur Ostküste brachte.

Whitmores Überlegung war ebenso einfach wie kühn. Er wusste, dass Titokowaru noch immer zu wenig Männer hatte, um Wanganui Town oder auch nur einen der befestigten Außenposten offen anzugreifen. Er war es seinerseits leid, den genialen Verteidiger ein drittes Mal nach dessen Spielregeln zu attackieren. Seine Truppe war müde und durch die Niederlagen demoralisiert, die Siedler verängstigt, eingeschüchtert.

Um Titokowaru verächtlich zu machen und den Siedlern zu zeigen, dass die Wilden nicht so gefährlich, sie selbst kaum so gefährdet waren, wie aufgrund der albernen und bestialischen Menschenfresserei alle glaubten, konnte er nichts Besseres tun, als Taranaki im Stich zu lassen. So nannten es jedenfalls die Zeitungen und Einwohner von Wanganui, als Whitmore mehr als die Hälfte seiner Armee aus dem umkämpften Distrikt abzog. Die hysterischeren Beobachter in Wellington nannten ihn sogar einen Feigling und Verräter. Er trug das mit seiner vorzüglichsten Eigenschaft, nämlich der Sturheit dessen, der es besser weiß. Seine niedergeschlagene Truppe würde jedenfalls nur eins wieder aufrichten: ein neuer Krieg, ein neuer Gegner.

Te Kooti, obwohl ein durchaus fähiger militärischer Führer, besaß doch bei Weitem nicht die kriegerische Genialität Titokowarus. Außerdem bewegte er sich nicht. Man wusste, wo er war. Und auch wenn er fast doppelt so viele Krieger unter Waffen hatte wie der Häuptling der Ngaruahine, würde er einer konzentrierten Belagerung seiner Urwaldfestung Nga Tapa nicht lange standhalten können. Whitmores Plan hatte darüber hinaus den Vorteil, dass man die Dreckarbeit weitgehend den Kupapa überlassen konnte, die den selbst ernannten Propheten hassten, weil er so viele ihrer Verwandten umgebracht hatte und mit seinem Haufen Ausbrecher eine ständige Bedrohung für ihre Stammesgebiete war.

Also geschah es, dass in den letzten Tagen des Jahres 1868 eine Streitmacht von mehr als sechshundert Männern eine Schneise in den Urwald von Te Wera schlug und den steilen Bergkamm einschloss, auf den der Prophet sein Volk unklugerweise geführt hatte. Weniger als die Hälfte waren Pakeha; die Hauptlast trugen die Ngati Porou, von jeher Todfeinde Te Kootis. Schritt für Schritt wurden die Verteidiger, die zuletzt nur noch mit Kugeln feuern konnten, die aus dem Metall ihrer Essbestecke gegossen waren, von den überlegenen Waffen der Belagerer zurückgedrängt, und als man ihre geheime Quelle entdeckt hatte, die einzige Möglichkeit, auf ihrem einsamen Berg an Wasser zu kommen, war ihr Schicksal besiegelt.

In einer halsbrecherischen nächtlichen Flucht die steilen Berghänge hinunter schaffte es der an Schulter und Fußknöchel verwundete Te Kooti zwar, seine Leute aus der tödlichen Falle herauszubringen, aber die Verfolger umzingelten auch den Treck der halb verhungerten Flüchtigen und erschossen schließlich die letzten hundertdreißig in Gefangenschaft geratenen Krieger wie Hunde. Nur der Prophet selbst konnte mit wenigen Getreuen auch diesem Gemetzel entkommen und führte sie noch tiefer in die Koraha, die undurchdringliche Wildnis des Urewera. Niemand folgte ihnen, denn sie waren keine große Gefahr mehr.

160.

Schon ehe er von Te Kootis vernichtender Niederlage erfuhr, hatte Titokowaru einen folgenschweren Entschluss gefasst. Er hatte die Pakeha aus der Provinz Taranaki herausgejagt, der Süden lag, bis auf wenige befestigte Stützpunkte, offen vor ihm, seine Stoßtrupps zeigten sich herausfordernd in den Außenbezirken von Wanganui Town. Aber mehr, wusste er, konnte er mit seiner noch immer zu kleinen Schar von Rebellen nicht tun. Noch einmal würde er Whitmore, der im Triumph aus dem Osten zurückgekehrt war, auch nicht dazu bringen können, ihn auf einem für ihn günstigen Terrain anzugreifen. Er tat deshalb etwas, das nach hellem Wahnsinn aussah: grub sich etwa auf halber Strecke zwischen Moturoa nach Wanganui im nahezu offenen Hügelland ein und wartete ruhig auf einen überlegenen Gegner, der an so viel Glück zunächst gar nicht glauben konnte.

Erst die nähere Betrachtung von *Tauranga Ika* zeigte Whitmore, wie trügerisch sein Glück war und dass Kalkül auch hinter diesem letzten Schachzug Titokowarus steckte. Das Pa war ein Meisterwerk defensiver Kriegskunst. Vier starke Bastionen bildeten die Ecken einer quadratischen Anlage, deren Seitenlinien jedoch konkav nach innen gezogen waren, sodass ein Sturmangriff, egal auf welchen Punkt der doppelreihigen Palisade, stets von drei Seiten unter Feuer genommen werden konnte. Im Innern schützten zahlreiche Erdbunker die Verteidiger vor Artilleriebeschuss, gedeckte Laufgräben verbanden die Schützenstellungen, die, wie schon bei Moturoa, aus einer Kombination von Wällen und Gräben bestanden.

Es gab im ganzen pazifischen Raum keine Kanonen, die imstande gewesen wären, diese Anlage wund zu schießen, und sie mit dem Sturm zu nehmen würde nicht nur viele, sehr viele Menschenleben kosten, es würde auch sehr lange dauern. Beides wusste Titokowaru sehr gut; und mit jedem Tag, den er standhielt, den dieser furchtbare Nagel – Tauranga Ika – länger im Fleisch der Pakeha, dem Kern ihres Siedlungsgebiets steckte, würde der politische Druck auf Tawhiao wachsen, seinen Brüdern im Süden zu Hilfe zu kommen.

Erst als er tausendachthundert Mann beisammenhatte, dachte Whitmore auch nur an eine Belagerung. Vielleicht würden Mineure einen Teil des Problems lösen können, aber es gab in den neuseeländischen Streitkräften keine entsprechend erfahrenen Leute, also versuchten die Pakeha, sich durch eigene Grabensysteme zunächst einmal näher an die Festung heranzuarbeiten. Am Abend des 2. Februar 1869 waren einige Einheiten nahe genug, um sich zumindest rufend mit den Maoriverteidigern im Innern zu verständigen.

Die Soldaten wussten selbstverständlich, was für ein Blutbad sie am nächsten Morgen bei ihrem Sturmlauf erwartete, und um sich Mut zu machen, sangen sie Kriegslieder wie etwa »Marching through Georgia«.

Die Verteidiger applaudierten ihnen und verlangten nach Zugaben. Einer rief: »Kommt näher, Pakeha, denn wir wollen euch fressen! Die Dicken nach vorn! Die Dicken nach vorn!« Alle lachten, aber den Weißen sträubten sich die Haare, als kurz darauf einige Salven die furchtbare Feuerkraft der Palisade eindrucksvoll unter Beweis stellten. Wer sollte, um Himmels willen, als Erster aus seinem Graben springen und in dieses Feuer laufen? Vereinzelte Schüsse der Verteidiger steigerten sich gegen drei Uhr morgens noch einmal zu einem Crescendo, dem eine tödliche Stille folgte.

Grau und kalt kroch der Morgen aus den Wäldern im Osten, und noch immer kein Laut, keine Bewegung, auf keiner Seite. Ein Konstabler namens Ben Biddle hielt das Warten irgendwann nicht mehr aus, steckte seine Mütze auf den Lauf seines Gewehrs und schwenkte beides über dem Graben. Nichts. Er hatte noch in der Nacht ein kleines Gebüsch entdeckt, nahe der Stelle, an der er lag, und ehe noch der Befehl dazu kam, sprang er aus seinem Loch, lief hinüber und warf sich hinter dieser jämmerlichen Deckung auf den Bauch. Kein Schuss fiel.

Ein Kamerad namens Black folgte Biddle, und die ganze Armee hielt den Atem an, als die beiden Männer nach einer Weile aufsprangen und auf die Palisade zurannten. Sie erreichten sie unbehelligt und verharrten erneut, die Gewehre abwechselnd nach oben und auf beide Seiten gerichtet. Einige der Pakeha hatten schon bei Te Ngutu und Moturoa gegen Titokowaru gekämpft und erwarteten in jeder Sekunde das Losbrechen einer neuen, unerhörten Teufelei. Aber nichts geschah.

Die beiden todesmutigen Männer verständigten sich mit Blicken und erkletterten dann mit umgehängten Gewehren die zweieinhalb Meter hohe Palisade, wobei sie die Schießscharten als Tritthilfen nutzten. Sie fanden den Hauptschützengraben, der rund um die Festung lief, leer und bestiegen, immer noch unruhig, sich gegenseitig nach allen Seiten sichernd, den Wall dahinter und die auf ihm errichtete zweite Palisade. Erst danach sahen sie die eigentliche Festungslandschaft im Innern mit ihren gewaltigen Erdaufschüttungen unter sich – aber nicht einen Verteidiger.

Nur ein einsamer alter Hund lief schwanzwedelnd auf die schwer bewaffneten Ankömmlinge zu. Tauranga Ika war leer.

161.

Der neue Mann kam mit einer Empfehlung von Doktor Lemuel Willard, datiert auf den Februar 1856, und man sah dem Papier die vier Jahre an, die es im Reisebündel des Mannes verbracht haben musste.

»Warum kommen Sie damit erst jetzt, Mr. Williams?«, fragte der Verwalter misstrauisch, denn es hatte sich inzwischen herumgesprochen, dass Doktor Willard spurlos verschwunden war.

»Ich war lange nicht in der Gegend, Sir«, antwortete Benjamin Williams. »Bin damals erst rauf in den Norden gegangen. Aber die Fabrikarbeit ist nichts für mich. Brauche frische Luft, wissen Sie.«

Der Verwalter der Bonneterre-Plantage fasste den Bewerber noch einmal scharf ins Auge: die hagere Gestalt, die mühsam sauber gebürstete Kleidung, die schweren, verdreckten Stiefel, die mehr als einen Fußmarsch hinter sich hatten, und das merkwürdig abgezehrte Gesicht, den kurzen, dunklen Bart, der Wangen und Hals bis weit in den Kragen hinein bedeckte. Ben Williams hatte offenbar schwere Zeiten durchgemacht.

»Nun, frische Luft können Sie bei uns reichlich bekommen«, sagte der Verwalter. »Außerdem fünf Dollar die Woche und Kost und Logis in der Aufseherbaracke. Und treiben Sie sich nicht zu oft in der Nähe des Hauses herum. Die Herrschaft sieht das nicht gern.«

John Gowers hatte nicht vor, »der Herrschaft« allzu oft zu begegnen, denn es gab immerhin die vage Möglichkeit, dass Desmond Bonneterre ihn trotz seines veränderten Äußeren wiedererkennen würde. Er selbst sah den Mann in den nächsten drei Wochen nur ein einziges Mal. In einer Kutsche kam der Kreole auf die Felder gefahren, begleitet von einer schwarzen Frau, die anzusehen die Feldsklaven ängstlich vermieden. Das musste Darioleta sein; das Mädchen, das Bonneterre in jener schrecklichen Nacht in New Orleans fast zu Tode gefoltert hatte und das nun selbst Folterwerkzeug seines Meisters geworden war. Gowers fiel wieder die Entrüstung ein, mit der selbst Doktor Willard davon gesprochen hatte. Gleichzeitig dachte er bei Darioletas Anblick an alles, was ihm Deborah über Gandalod erzählt hatte. Eine Weile sahen die beiden »Besucher« der Feldarbeit zu, konzentrierten ihre Aufmerksamkeit aber bald auf eine der jungen Sklavinnen, die Bonneterre schließlich zu sich an den Wagen rief.

»Wie heißt du, Mädchen?«, fragte er.

»Brisena«, murmelte sie mit niedergeschlagenen Augen. Bonneterre lachte leise. Immer wieder dieser Spleen seiner Mutter! Es würde noch mindestens zwei Generationen brauchen, bis Amadis von Gallien sich auf der Bonneterre-Plantage verwachsen würde.

»Wie alt bist du?«

»Zwölf, Massa.« Sie war nicht sonderlich hübsch, ein zu runder Kopf auf einem zu schmächtigen Körper, hatte aber immerhin eine bereits deutlich ausgeprägte Brust und den Ansatz zu einem üppigen Hintern wie viele der früh ausgereiften farbigen Mädchen. Außerdem würde ihn der Spaß überhaupt nichts kosten.

»Melde dich heute Abend im Haus, Brisena«, befahl Bonneterre. »Und bring deine Sachen mit!«

Gowers, der dem Kreolen offenbar gar nicht aufgefallen war, den aber Darioleta umso aufmerksamer gemustert hatte, nahm das kurze Gespräch als Gelegenheit, in der Aufseherbaracke den Ahnungslosen zu spielen und nach »der Herrschaft« zu fragen.

»Was sollte das denn?« Die Männer, ein halbes Dutzend vom white trash, der Hefe der Südstaatengesellschaft, lachten hämisch.

»Massa Bonneterre ist der König der Coalminer«, sagte einer von ihnen. »Fickt gerne schwarze Weiber. Hat einen ganzen Stall voll hinter dem Haus.«

»Wenn du's geschickt anstellst«, ergänzte ein anderer, »lässt er dich vielleicht auch mal rein. Aber«, die Augen des Mannes funkelten gierig, »er guckt dabei zu.« Wieder lachten alle über das dumme Gesicht des Neuen, und wohl um ihre Überlegenheit noch ein wenig auszuspielen, fügte ein Dritter hinzu: »Er lässt sich aber auch selbst zugucken. Diese zahnlose Niggerhexe ist in seinem Schlafzimmer angeblich die ganze Zeit dabei!« Daraufhin sagte einer der jüngeren Aufseher irgendwann: »Also, das wär mir nichts!«

»Klar«, sagte wieder sein erfahrener Genosse. »Du bist ja auch hässlich.« Das jetzt nahezu donnernde Gelächter fasste er als Ermutigung auf, um hinzuzufügen: »Und um deinen Schwanz zu sehen, braucht man sowieso eine Lupe!«

Bonneterre benutzte keine Lupe, sah sich Brisena aber ausführlich und überall an, ohne sie zu berühren. Das Mädchen weinte trotzdem, und das machte ihn irgendwann wütend. Verwundert registrierte er einmal mehr, dass diese Wut seine Lust größer machte als die vorangegangenen Blicke.

Brutal drängte er sich zwischen ihre mageren Schenkel und genoss ihre Schmerzensschreie, als er wieder und wieder in sie eindrang. Anschließend warf er sie nackt und blutend aus seinem Schlafzimmer, verriegelte die Tür und ließ sich von seiner stummen Dienerin Blut, Rotz und Samen abwaschen. Dann kettete er Darioleta an die Säule neben ihrem Schlafplatz an der Tür und legte den Schlüssel wie immer auf seinen Nachttisch. Als er endlich erschöpft auf sein Bett fiel, seufzte er wohlig, lachte aber auch und sagte laut: »Die ersten Kinder werden die besten!« Er würde das noch Tausende Male tun, mit Hunderten schwarzer Frauen, und irgendwann, hoffte er, sogar mit seinen eigenen Töchtern. Das Leben im Süden war herrlich!

Er erwachte durch das leise Geräusch, mit dem das Fenster ausgehebelt wurde, aber ehe er sich hochrappeln und schreien konnte, schlossen sich zwei kräftige Hände um seinen Hals. Einen Moment lang glaubte er zu träumen: sah sich selbst wieder in einer staubigen Straße von New Orleans liegen, einen schwarzen Alptraum namens Gandalod auf der Brust. Bonneterre schlug jetzt heftig mit beiden Beinen aus, zappelte, aber erst als er sicher war, dass er sterben würde, ließ der Druck plötzlich nach und bekam er mit einem rasselnden Pfeifen wieder Luft in die Lunge. Sonst konnte er sich allerdings nicht rühren, denn der Eindringling hielt ihn weiterhin eisern umklammert. »Was soll das?«, krächzte er. »Wer sind Sie?«

»Moses«, sagte John Gowers, während er der stumm zuschauenden Darioleta den Schlüssel zu ihrer Kette in den Schoß warf.

162.

»Marching through Georgia« hinterließ bei einem der Verteidiger des Pas Tauranga Ika einen sonderbaren Eindruck. Die Erinnerung an vergangene Schrecken mischte sich mit der Erwartung derjenigen, die ihnen bevorstanden, und machte ihn zu dem vielleicht einzigen weißen Mann in Neuseeland, der die Vorgänge dieser Nacht je verstand. Denn John Gowers war in der Tat durch Georgia marschiert.

Der Zerstörer von Atlanta* gab einen Befehl, und zweiundsechzigtausend Männer setzten sich in Bewegung – aber nicht, wie jeder erwartet hatte, entlang ihrer dünnen Nachschublinie nach Norden, sondern nach Südosten, dem tausend Meilen entfernten Meer zu. Der Rückzug der so tief im Feindesland stehenden Yankee-Armee werde enden wie Napoleons Übergang über die Beresina, prophezeite rachsüchtig und propagandistisch nicht ungeschickt der Präsident der Konföderierten Staaten von Amerika, Jefferson Davis.

»Schön«, knurrte der ledergesichtige, rothaarige William Tecumseh Sherman, »aber wo will er den Schnee hernehmen?« Seine Telegramme an Lincoln und Grant waren deutlicher: »Georgia soll winseln. Wir werden ihnen den Krieg so verleiden, dass sie auf Generationen hin nicht mehr daran denken, einen anzuzetteln.«

Tatsächlich war Georgia als ein Kernstaat des Südens bislang von den Schrecken des Krieges verschont geblieben. Sherman änderte das. Die Ernte war gut gewesen, Scheunen und Vorratskammern waren bis zum Bersten gefüllt. Sherman änderte das. Die Wege waren gut, die Häuser sauber, die Gärten gepflegt. Sherman änderte das. Seine Armee schlug eine so breite Schneise der

* Am 22. Juli 1864 eroberte eine Nordstaatenarmee unter William T. Sherman die Hauptstadt von Georgia und brannte sie nieder.

Verwüstung durch das reiche Land, dass »eine Krähe, die darüber wegfliegen will, ihren Proviant mitnehmen muss«. Da keine feindlichen Soldaten zwischen ihnen und Savannah standen, fiel ihnen ihr Zerstörungswerk leicht, wenn sie es auch nicht gern taten und sich wie die Barbaren vorkamen, die sie zweifellos waren. Bis zu diesem Abend in Milledgeville.

Sie feierten gerade Thanksgiving an ihren Feuern, als sich plötzlich eine kleine Gruppe zerlumpter, fast verhungerter Männer aus dem Dunkel löste. Schwer vorstellbar, wie sie überhaupt durch die Postenlinien gekommen waren. Vielleicht lag es daran, dass keiner von ihnen mehr Stiefel anhatte. Die Vogelscheuche, die offensichtlich ihr Anführer war, trat ans Feuer, und man sah jetzt, dass die Fetzen, die er am Leib trug, die Reste einer Nordstaatenuniform waren.

»Riecht verdammt gut, euer Kaffee, Jungs!«

»Wer zum Teufel sind Sie?«, fragte ein Sergeant.

»Captain John Gowers, 4th Illinois Scouts. Mit sieben Burschen aus unterschiedlichen Einheiten. Vor zwei Wochen aus Andersonville ... sagen wir mal: entsprungen.« Der Mann, in dessen Augen ein irrer Glanz trat, als er das rohe Fleisch sah, das noch nicht über dem Feuer hing, lachte tatsächlich leise.

»Das ... das müssen Sie dem General erzählen«, stammelte der Sergeant.

»Sorgen Sie dafür, dass die sich den Magen nicht verderben«, erwiderte Captain Gowers mit einem Daumenwink in Richtung seiner Männer, von denen einige beim Anblick des Sternenbanners in Tränen ausbrachen.

»Sind wir uns nicht schon begegnet?«, fragte General Sherman den abgekämpften Captain der 4th Illinois Scouts, der während seines Berichts zwanglos an einem kleinen Stück Brot herumkaute.

»Ja, Sir«, antwortete Gowers. »Ich war mit Grant bei Vicksburg.«*

* Am 4. Juli 1863 fiel das konföderierte Vicksburg nach mehrmonatiger Belagerung durch die Truppen von Ulysses S. Grant.

»Ich erinnere mich«, sagte der General. »Haben die Stadt infiltriert, richtig?!«

»Das war keine Stadt mehr, Sir.«

Ein Monat Artillerie- und Kanonenbootfeuer, rund um die Uhr, vierundzwanzig Stunden am Tag. Enge Höhlen, Stollen, in die Hänge getrieben, vollgestopft mit Möbeln, Teppichen, Bildern, Wertsachen. Dazwischen ganze Familien, Frauen in verdreckten Kleidern, hohläugige Kinder, ein Mann, der beim Licht eines einzelnen Kerzenstumpfs eine Zeitung las, die auf Tapetenpapier gedruckt war. Maultierfleisch auf dem Markt. Hunde und Katzen, die einfach verschwunden blieben. Der Junge, der mit Freude und Händlerstolz in der Stimme »Ratten! Frische Ratten!« anbot und seine abgehäutete Ware binnen zehn Minuten abgesetzt hatte.

»Wo haben sie Sie erwischt?«, fragte Sherman.

»In der Wilderness«,* antwortete Gowers, »ziemlich am Anfang.«

Hundertzehntausend Männer in einem undurchdringlichen Wald, keine Frontlinien mehr, Kampf Mann gegen Mann, hinter zerschossene Bäume geduckt. Freund und Feind im Pulverdampf nicht mehr zu unterscheiden. Verwundete beider Seiten, die jämmerlich schreiend im vom Mündungsfeuer entzündeten Unterholz verbrannten.

»Dann waren Sie ja«, der rothaarige General rechnete kurz, »fast fünf Monate drin. Ich dachte nicht, dass irgendwer es so lange aushalten kann.«

Gowers zuckte jetzt nur mit den Schultern. Man musste sich schon danach drängen, am Leben zu bleiben. Nur für sich sorgen. Die schwächeren Kameraden vergessen. Den ohnehin Sterbenden die letzte Ration wegnehmen. Möglichst wenig aus

* Am 5. und 6. Mai 1864 kam es auf dem Vormarsch Grants auf Richmond zu einer äußerst blutigen Schlacht mit den Truppen Lees in der »Wilderness«, einem urtümlichen Waldgebiet in Virginia.

dem verseuchten Fluss trinken. Regenwasser. Oder den eigenen Urin.

»Wie sind Sie rausgekommen?«

»Zwei Posten getötet und über den Zaun, Sir.«

Sie hatten sie praktisch zeitgleich erledigt, was nur möglich war, weil Gowers im Dunkeln sehen konnte, wie und wann Leutnant Frederick Milner dem einen Posten die Kehle mit einem angeschärften Löffelstiel durchschnitt. Der Mann, den er selbst hinterrücks tötete, war noch erschreckend jung gewesen. Er fühlte es daran, wie weich sein Bart war. Milner und er hatten zuletzt so vielen Männern wie möglich gesagt, dass es gleich eine Lücke in der Postenkette geben würde. Nicht, weil sie alle rausbringen wollten, sondern weil sie wussten, dass die Wächter auf alles schießen würden, was sich bewegte. Und je mehr sich bewegte, desto größer war die Chance für den Einzelnen.

»Wir sind gerannt wie die Hasen und haben uns verkrochen wie Mäuse.«

Er hatte gesehen, wie die Hunde Milner erwischten, und verdankte sein Leben allein der Tatsache, dass sie danach keine Witterung mehr hatten, weil ihre Nasen voller Blut waren. Er würde von nun an jeden Hund erschießen, der ihm näher als einen Meter kam. Und er hatte Henry Wirz gesehen, den kleinen Schweizer, den Kommandanten von Andersonville, der angeblich ausgehungerte Gefangene tötete, indem er sie in Leim gekochten Weizenbrei essen ließ.

»Wie haben Sie uns gefunden?« Der General hatte seine Verwunderung noch immer nicht überwunden. Gowers zeigte nur auf die Sterne.

»Ich bin Seemann, Sir. Und zuletzt kam ein Haufen Kavalleristen herein, die alle erzählten, dass Sie durch Georgia marschieren. Den Weg konnten wir uns ungefähr ausrechnen.«

Die Geschichte war schnell herum. Shermans Männer dachten jetzt nur noch an die vollen Scheunen, die fetten Schweine in diesem Land, das ihre gefangenen Kameraden verhungern ließ, und wurden krank vor Wut. Sie plünderten, raubten, zerstörten von nun an mit Wonne. Ein erboster Plantagenbesitzer kam auf einem Maultier angeritten und drang tatsächlich bis zu General Sherman vor.

»Ich bin Privatmann, Sir! Ihre Männer haben mein Haus zerschlagen, mein Vieh gestohlen, meine Ernte in Brand gesteckt und meine Nigger entführt!«

»Das waren nicht meine Männer«, erwiderte Sherman trocken. »Wären es meine Männer gewesen, hätten Sie kein Maultier mehr.«

Ein schneidiger junger Ordonnanzoffizier, die Uniform in peinlich genauer Ordnung, fühlte sich durch diese Antwort entehrt und platzte mit hochrotem Kopf heraus: »So was können Sie über uns nicht sagen, Sir!«

Der General funkelte ihn mit bösen kleinen Augen an.

»Wann kapiert ihr Bilderbuchhelden endlich, dass ein Krieg keine Schönheitskonkurrenz ist?!«

Weggehen, dachte John Gowers, als die Kriegslieder vor Tauranga Ika verstummt waren, mit denen sich die Angreifer Mut machen wollten. Einfach weggehen, wenn die großen Politikmacher und Generäle schweren Herzens und voller guter Absichten ihre Befehle erteilen. Ihnen auch dann nicht gehorchen, wenn sie im Recht sind und man ihrer Meinung ist. Aus Prinzip nicht gehorchen. Und im Kampf ausschließlich auf Offiziere schießen!

Da er die Sprache der Maori noch immer nicht sprach, wusste er nicht, wie nahe er in diesem Moment ebensolchen Überlegungen war.

Als Letzte von allen waren an diesem Tag die Maniapoto gekommen, eine kleine Abteilung grimmig dreinblickender Männer, die der abendlichen Versammlung der verbündeten Häuptlinge und Führer einen Brief des alten Hone Waitere überbrachten.

»Ein Wort an euch, meine Brüder, und an Titokowaru, den großen Ariki der tapferen Ngaruahine! Ich schicke dir deine Hure und ihre Brut. Mögen die Häuptlinge aller Stämme sehen, was Titokowaru sich unter einem Bündnis mit ihnen vorstellt.«

Die Krieger schoben eine verängstigte junge Frau nach vorn, die bisher zwischen der Masse ihrer stämmigen Körper fast verborgen geblieben war, und Titokowaru erkannte Puarauranga und sah auch den Säugling auf ihrem Arm. Er wusste in diesem Moment, dass sein Krieg vorbei und verloren war. Die Häuptlinge wussten es noch nicht.

»Wer bist du, Mädchen?«, fragte Wiremu Katene so finster, dass sie vor Angst nicht antworten konnte.

»Hone Waiteres Frau«, sagte der Anführer der Maniapoto. »Er ist Christ und hat nur eine!« Er gab Puarauranga einen derben Stoß in den Rücken, damit sie tat, was man ihr offenbar unter Schlägen befohlen hatte. Und wenn ihn bisher nichts verraten hatte, so war es der unwillkürliche Schritt, den Titokowaru jetzt nach vorn machte, um die junge Frau zu beschützen.

Die Häuptlinge sahen einander verwirrt an. Dass Titokowaru mit mehreren Frauen schlief, wussten sie und störte sie nicht. Aber dass er es mit der Frau eines anderen Häuptlings tat, eines Mannes, den er um Beistand gebeten hatte, und offenbar schon vor längerer Zeit, wie das Kind auf ihrem Arm bewies, war eine ungeheure, eine noch nie da gewesene Verletzung des Tapus, das ein Kriegshäuptling der Maori besitzen musste. Sein Schweigen konnte nur bedeuten, dass er nicht leugnete, und der Zorn seiner Verbündeten darüber, einem so leichtfertigen Mann so lange gefolgt zu sein, wurde so groß, dass einige von ihnen seinen sofortigen Tod forderten. Das verhinderten die Männer seines eigenen Stammes natürlich, aber die Übrigen verließen fast fluchtartig diese Versammlung des Teufels.

Die ungeheuerliche Nachricht sprach sich binnen Minuten unter den Männern auf der Palisade, den Wällen, den Taumainis oder Schützentürmen und in den Gräben herum. Ihr geistiger und militärischer Führer hatte sein *Mana-Tapu* verloren, es vielleicht nie besessen, und sie alle getäuscht, und all seine Siege konnten nur zu einem schrecklichen Ende führen. Ohne sich untereinander lange darüber zu verständigen, fast wie Zugvögel, die im einen Moment noch lärmend in den Bäumen sitzen und im anderen in einer einzigen jähen Wolke davonfliegen, als hätten sie ein geheimes Signal erhalten, verließen die Krieger das unbezwingliche Pa.

Titokowaru blieben gerade genug Männer, um den Rückzug seines eigenen Stammes zu sichern, und auch die wurden weniger mit jedem Tag, den sie zurückgingen durch Busch und Wald und Hügel zum großen Vulkan Taranaki, aus dessen glühender Asche sie alle stammten.

Die Pakeha verstanden nicht und haben bis heute nicht verstanden, warum dieser letzte Maorikrieg so plötzlich endete und warum ihr Gegner auf der Höhe seiner Macht seine stärkste und aussichtsreichste Stellung einfach aufgab. Die Ältesten der Ngarauru und Ruanui wissen es wohl, haben es erfahren von ihren Eltern und Urgroßeltern. Aber sie sprechen nicht darüber und sagen es niemandem.

163.

Niemand zweifelte am Selbstmord Desmond Bonneterres, nicht seine Frau, nicht seine Nachbarn, nicht einmal die Louisiana-Miliz. Jeder wusste, dass es mit seiner Plantage bergab ging, wusste auch, dass der junge Mann zuletzt immer krankhaftere, selbstzerstörerische Neigungen entwickelt hatte. Das Einzige, was General Willoughby, Michael und Dick, Huggins, Cheever und all die anderen zumindest wunderte, war die Tatsache, dass Bonneterre in seinem sehr knapp gehaltenen Testament all seine Sklaven freiließ.

Aber nachdem seine Witwe zunächst erwogen hatte, diesen seltsamen Letzten Willen juristisch anzufechten, fügte sie sich auch in diesen nicht unbeträchtlichen finanziellen Verlust. Das Haus, das Land blieben ihr immerhin, und sie nahm an, dass ganz zuletzt ein wenig vom christlichen Licht der Nächstenliebe in diese kranke Seele hinabgeleuchtet hatte, die nun in Frieden ruhen mochte.

Tatsächlich war es dieser Punkt gewesen, von dem Bonneterre beinahe entrüstet behauptet hatte, dass kein Mensch es glauben würde. Er hatte dem Engländer alles gesagt: dass der New Yorker Detektiv Gabriel Beale die Höllenmaschine an Bord der Deep South *gebracht hätte, dass es auch Beale gewesen sei, der den Plan zu John Lafflins Ermordung ausgearbeitet habe.*

Er hatte all das bereitwillig zugegeben, in der irrsinnigen Hoffnung, doch noch davonzukommen, und es war ihm umso leichter gefallen, als niemand da war, der seinen Angaben widersprechen konnte. Nur als er seine Sklaven freilassen sollte, hatten sich noch einmal der Stolz und der Trotz eines echten Ritters des Südens in ihm aufgebäumt.

Aber als er Anstalten machte loszubrüllen, hatte John Gowers ihm wieder den blutigen Knebel, einen Fetzen von Brisenas bestem Kleid, in den Mund geschoben und ruhig gesagt, dass er, Desmond Bonneterre, weiß sei und als Weißer die freie Wahl habe – zwischen dem einen und dem anderen Tod. Der Engländer hatte dabei mit der linken Hand das Giftfläschchen hochgehalten und mit der rechten auf Darioleta gezeigt, die wortlos und mit verschränkten Armen vor dem Bett stand und auf ihren Herrn und Meister niederschaute.

Bonneterre hatte daraufhin, heulend vor Angst und Verzweiflung, alles geschrieben, was Gowers von ihm verlangte und Deborah gutgeheißen hätte.

Es war ihm sehr schwergefallen, es dem Mörder so leicht zu machen. Ganz am Anfang, als er Bonneterres Kehle zudrückte, fühlte er sich zurückversetzt auf die kleine Insel, in den kalten Morgen, der ihn mehr als das Leben gekostet hatte, und er hätte beinahe nicht rechtzeitig aufgehört.

Erst als er sah, wie der Kreole sich mit hervorquellenden Augen unter dem Einfluss des Giftes wand, wusste er, fühlte, dass auch das Bewusstsein, in einer völligen, endgültigen Niederlage zugrunde zu gehen, eine Höllenqual sein musste. Und als er drei Tage später, nachdem er seinen Lohn ausgezahlt bekommen hatte, inmitten eines Stroms Hunderter freigelassener Sklaven nach Baton Rouge wanderte, als eine der schwarzen Frauen das Lied von »Jacob's Ladder« sang und alle anderen einstimmten, als er die Melodie den ganzen Weg und sein Leben lang nicht mehr loswurde, wusste er, dass es richtig gewesen war, seine Rache der Freiheit dieser Menschen zu opfern.

Es dauerte volle vier Tage, ehe er eine direkte Passage nach Cincinnati und noch weiter den Ohio hinauf bekommen konnte, von wo aus stündlich Züge in den Osten fuhren, nach Boston und Philadelphia, nach Washington, nach New York. Er hätte als Lotse natürlich eine Freifahrt gehabt, aber er zahlte lieber mit dem letzten Geld aus Eileen Clairbornes Gabe, weil er spürte, dass nach seinen Seejahren auch seine Flussjahre hinter ihm lagen.

Er jagte nun in der Wildnis der großen Städte.

164.

Der Isthmus von Auckland war geologisch gesehen eine der interessantesten Stellen nicht nur Neuseelands, sondern der gesamten südlichen Hemisphäre. Zahllose hohe Vulkankegel, Kraterseen, mächtige, weit eingeschnittene, immer weiter verlandende Fjorde zeugten von den ewig jungen Gewalten im Erdinnern, die die schmale Landenge hochgetrieben hatten, die den Pazifischen Ozean von der Tasmansee trennte. Zwei natürliche Häfen waren auf diese Weise entstanden; Manukau Harbour im Westen und Waitemata oder Auckland Harbour im Osten, und die beiden Siedlungen, die an ihren Rändern wuchsen, hatten noch nicht zu einer Stadt zusammengefunden.

Der bärtige, verwildert aussehende Weiße, der bei Epsom auf

die Kyberpass Road stieß, sah beide unter sich liegen: das weiße Auckland im Osten, das vorwiegend von Maori bewohnte Onehunga im Westen. Er selbst war aus dem Süden gekommen, die Great South Road hinauf, zu Fuß und ohne Gepäck, und niemand kannte seinen Namen. Er dachte über die beiden Möglichkeiten nach, die er jetzt hatte. Manukau Harbour und irgendeine Arbeit, in einem Kontor, auf einem Küstenleichter, bis er genug Geld für die Passage nach Australien aufbringen könnte. Seine Wohnung. Seine Bücher. Sein altes Leben. Oder Waitemata Harbour und die dort überall ankernden Walfangschiffe auf ihrem Weg in den endlosen Südpazifik.

Die Sonne ging unter, und der Westen blieb noch lange hell, aber auch in der Dunkelheit auf der anderen Seite glomm rot und nah ein seltsames Licht. Das war der Gipfelkrater von Rangitoto, einer großen Vulkaninsel, die neunhundert Fuß hoch direkt aus dem Golf von Hauraki stieg. Die Eingeborenen nannten sie: blutiger Himmel. Beide Möglichkeiten schienen nur einen Katzensprung entfernt, und John Gowers brauchte lange für seine Entscheidung.

Aber er gehörte, hatte man ihm gesagt, zu den Tangata Whenua, die einst aus dem Meer gekommen waren, also wandte er sich irgendwann nach Osten und verschwand in der Dunkelheit.

165.

Die beiden großen Rebellen, der Prophet des Ringatu und der Häuptling der Ngaruahine, wurden für viele Jahre von keinem Weißen mehr gesehen, aber das Wissen, dass beide noch lebten, versetzte Regierung und Bewohner der jungen Nation noch lange in Angst. Kein anderer als Tawhiao, der kluge Politiker, König des Waikato-Beckens, gewährte ihnen Schutz und Asyl, weil er genau diese Angst brauchte und wollte. In kleinen versteckten Dörfern praktizierten Te Kooti und Titokowaru unabhängig voneinander einen religiös geprägten Kommunismus und wurden zu alten Männern, die manche weise nannten.

Erst als der König gestorben und auch die Macht der Waikato-Stämme durch den immer dreisteren Landraub gebrochen war, erinnerte sich das weiße Neuseeland Te Kootis und Titokowarus, ließ sie gefangen setzen und machte ihnen den Prozess. Und wohl nur, um einer nachwachsenden Generation von Maori zu zeigen, wie bedeutungslos sie und all ihre Taten waren, wurden beide nach kurzen Gefängnisstrafen wieder freigelassen.

Der Prophet starb am 17. April 1893 inmitten einer kleinen Schar seiner Anhänger und wurde an einem geheimen Ort begraben. Sein Ringatu ist heute eine der anerkannten Religionsgemeinschaften Neuseelands und zählt einige Tausend Mitglieder.

Titokowarus Abgang war glänzender. Bei seinem letzten öffentlichen Auftreten hielt er plötzlich das lange verborgene, bei Te Ngutu erbeutete Schwert Manu-Raus in die Höhe, zerbrach es auf seinem Knie und sagte: »Ich zerbreche dieses Schwert und will es begraben. Ich gebe den Krieg zurück an die großen Nationen der Erde.« Wenn die zweitausend Maori, die schließlich hinter seinem Sarg gingen, ihm auch im Leben gefolgt wären, hätte die Geschichte Neuseelands anders verlaufen können.

Thomas McDonnell verbrachte den Rest seiner Tage damit, durch Lobbyarbeit irgendeine Art Dank des Vaterlandes zu erringen. Es langte allerdings nicht zu einer halbwegs erträglich besoldeten Stellung, einer Pension oder auch nur einem klangvollen Titel, und achtzehn Jahre nach seinem Ausscheiden aus der Armee erhielt er lediglich einen Orden, wenn auch nicht das Viktoriakreuz.

Emilia von Tempsky verließ mit ihren Kindern Neuseeland, aber nicht den Pazifik, und ihr Ältester, Louis, hinterließ sogar eine ganz eigenartige Spur in der Welt: Als Rancher auf Hawaii lernte er 1907 den Schriftsteller Jack London kennen, der die Südsee bereiste und ihm in einigen Geschichten als »Von« ein bescheidenes literarisches Denkmal setzte.

Omahura, der kleine Junge, den von Tempsky am Tag seines Todes gefangen genommen hatte, wurde von Sir William und Lady Fox adoptiert und wie ein Pakeha aufgezogen. Er starb 1918, ein geachteter Anwalt, Übersetzer und Mittler zwischen den beiden Völkern Aotearoas.

Der Einzige, der wirklich uralt wurde, war der Papagei, der Puarauranga entflogen und mit Titokowaru gegangen war; den Manu-Rau in jenem grausamen Winter Takiora geschenkt und der bis zu ihrem Tod im Jahr 1893 auf ihrer Schulter gesessen hatte. Ihr Nachlassverwalter vermachte das Tier dem Zoo von New Plymouth, und lange nachdem die Männer und Frauen und die Kinder der Männer und Frauen, die in Taranaki gekämpft hatten, in ihre Gräber gesunken waren, rief dieser traurige kleine Veteran in seinem Käfig noch immer nach der Aufmerksamkeit eines Jahrhunderts, das nichts mehr von den anderen wissen wollte: »*Whakarongo, whakarongo!* – Hört mir zu.«

Handlungsträger

Am Mississippi, 1857–1859

Gabriel Beale – alias Mr. Dorset, Dobbington, Doughty und Professor Files – Detektiv
Desmond Bonneterre – Sklavenhalter und Verhörspezialist
Marie-Therese Helisena Milisande Bonneterre – seine Mutter
Eileen Clairborne – verwitwete Gattin des ehemaligen Gouverneurs von Louisiana
Darioleta – Sklavin der Bonneterres
Deborah – Fluchthelferin
Gandalod – Sklave der Bonneterres
John Gowers – Lotse auf dem Mississippi
Gringoire – Fluchthelfer
Henry Hunter – Kommandant der Louisiana-Miliz, Regiment Denham Parish
Jason – Fluchthelfer
John Lafflin – Schießpulverfabrikant mit Vergangenheit
Emma Lafflin – seine Frau
Abraham Lincoln – Rechtsanwalt mit politischen Ambitionen
Lucius – Hausdiener der Lafflins
Samuel Madsen – Sheriff in St. Louis
Margret-Ann, gen. Maggie – Bordellbesitzerin in New Orleans
Molly – ihr Mädchen
Mr. Phineas – Fluchthelfer
Miss Pringle – Schriftführerin der Literarischen Gesellschaft von St. Louis

Isaiah Sellers – Lotsenlegende

Mrs. Sheperd – 2. Vorsitzende der Literarischen Gesellschaft von St. Louis

William T. Sherman – US-General im Bürgerkrieg

Dorothy Simpson – Anwaltstochter aus St. Louis

Dean Stanton – Stellvertreter aller bestohlenen Sklavenhalter

Syrah – Gringoires Frau

Lemuel Willard – Arzt und Redner

Joseph B. Williams – Telegrafist

General Willoughby – Sklavenhalter in Denham Parish

Richard (Dick) und Michael Willoughby – seine Söhne

AUSSERDEM:

Lotsen und Kapitäne auf dem Mississippi

Sklaven und Sklavenhalter in Louisiana und anderen Südstaaten der USA

Politiker, Polizisten, Prostituierte und Kulturbeflissene in St. Louis und New Orleans

IN AUSTRALIEN UND NEUSEELAND, 1867–1869

Reginald Biggs – Milizkommandeur und Landräuber in der Poverty Bay

William Blampin – subalterner Helfer in der Kampagne »Sauberes Victoria«

Nell Fagan – Anführerin einer Diebes- und Entführerbande in Melbourne

James Fagan, später James Bradley – Nells Bruder

John Gowers, alias Joseph B. Williams – Investigator

Jacob Harewood – Politiker, Initiator der Kampagne »Sauberes Victoria«

Michael Hartnett – Hauptsergeant der Wachmannschaft von Chatham Island

Hone Waitere – Häuptling der Maniapoto
Puarauranga – seine junge Frau
Poll Hunley – Prostituierte im Norden Melbournes
William Hunter – verschlafener Leutnant der Patea Field Force
Maaka Ritai – Te Kootis Henker
Maata Te Owai – zweite von mehreren Frauen Te Kootis
Robert Maguire – Reeder; Elizabeth, seine Frau, Mairie und Jonathan, seine Kinder
Thomas McDonnell, gen. »Fighting Mac« – Oberkommandierender der Patea Field Force
Paratene Pototoi – Kupapa-Häuptling in der Poverty Bay
Franklin Sykes – heruntergekommener Arzt in Melbourne
Takiora – weiblicher Maoriscout der Patea Field Force und Geliebte von Tempskys
Tawhiao – Maorikönig über die Waikato-Stämme
Te Kooti – Prophet und Führer des Gefangenenaufstands von Chatham Island
Te Ua Huamene – verstorbener Prophet der Pai-Marire-Religion
Te Warihi Potini – Zweifler an den prophetischen Gaben Te Kootis
Tekateka – Gefangener auf Chatham Island
William Edward Thomas – Kommandant des Gefängnisses auf Chatham Island
Titokowaru – Häuptling der Ngaruahine, Anführer des Maoriaufstands in Taranaki
Tutange Waionui – junger Maorikrieger
Gustav Ferdinand von Tempsky, gen. Manu-Rau – Kommandant der Forest Ranger
Emilia von Tempsky – seine Frau
Louis, Randall und Lina von Tempsky – ihre Kinder
George Stoddard Whitmore – löst McDonnell als Oberkommandierender ab
Wiremu Katene – Maorikrieger, der mehrfach die Fronten wechselt

Ausserdem:

Häuptlinge, Krieger, Männer, Frauen und Kinder unterschiedlicher Maoristämme

Offiziere und Soldaten der Patea Field Force

Gefangene, Aufseher und Siedler auf Chatham Island

Polizisten, Prostituierte und Diebe in Melbourne/Australien und Wellington/Neuseeland

Glossar der verwendeten Maoriausdrücke

(längere Passagen sind im laufenden Text übersetzt)

Arikirangi = Häuptling, Anführer
Haka = Kriegstanz der Maori
Hauhau = radikale Anhänger der Pai-Marire-Bewegung
Hongi = Begrüßungszeremonie, bei der die Stirn an die des Gegenübers gelegt wird
Ka whawhai = Kämpft! (Schlachtruf)
Kaitaku = Umhang, Mantel, zeremonielles Staatskleid
Kingites = Anhänger der Königsbewegung im Waikato-Becken
Ko Hara = Besiegt!
Kokorimoko = Singvogelart
Koraha = die Wildnis
Korero = Siegesritual, bei dem festgelegt wird, wer welchen Gegner getötet hat und welche Beute übereignet bekommt
Korowai = ein mit Zaubersprüchen bearbeitetes Kriegskleid, das seinen Träger vor Verwundungen schützen soll
Koukou = Maori-Haartracht, ein Scheitelknoten, also eine Art vorn getragener Pferdeschwanz
Kupapa = eigentlich: neutrale Stämme, häufig jedoch mit den Europäern verbündete Maoristämme
Lapa = unterseeisches Leuchten, das von Landmassen ausgeht
Mamaku = Baumfarn
Mana-Tapu = die von den Göttern verliehene moralische Integrität eines Maoriführers
Manu-Rau = »Der Vogel, der überall fliegt«, der Maoriname von Tempskys
Marae = Versammlungsplatz, Dorfplatz

Mata Ika = der erste in der Schlacht getötete Feind
Maui = mythologische Gestalt, Schöpfergott
Mere punamu = Kriegskeule
Moana-poutikanga = Seeführer, Navigator
Moko = Tätowierung
Ngarara = Eidechse
Ngatiroirangi = mythologische Gestalt
Niue = der Totempfahl vor dem Versammlungshaus
Pa = befestigtes Dorf, Wehrsiedlung
Pai Marire = religiöse Bewegung unter den Maori in den 1860er-Jahren
Pakeha = Europäer, Weißer
Papa = die Erde
Puia = warme Quelle
Ra tapu = besonders strenges religiöses Verbot
Rangi = der Himmel
Ringatu = von Te Kooti begründete religiöse Bewegung, deren Symbol die erhobene Hand ist
Tabu, Tapu = religiöses Verbot, aber auch die göttliche Kraft eines Anführers
Taha wairua = Land des Geistes und der Seele
Tahi = Auslegerboot
Taiaha = Kriegsspeer
Tane-mahuta = Gott der Wälder und des Landes
Tangata Whenua = die Seevölker des pazifischen Raumes
Taonga = Talisman
Taua = Kriegszug, Abteilung von Kriegern
Taumaihi = von Scharfschützen besetzte Plattform in einem Baum oder auf extra errichteten Schützentürmen
Tawhiri-matea = Gott des Windes und der Stürme
Tihore = Flachs
Tiu = Jude
Tohunga = Maoripriester, Theologe
Tui = Singvogelart

Tupara = doppelläufige Muskete
Wahine, Vahine = Maorifrau
Whakapapa = Genealogie, die Gemeinschaft der Ahnen
Whakarau = die Gefangenen der Chatham-Inseln, die ursprünglich unterschiedlichen Stämmen angehörten
Whakarongo = Hört mir zu
Whangai Hau = Opferungsritual, bei dem das Herz des getöteten Feindes verbrannt wird
Wharenui = Versammlungshaus in Maorisiedlungen
Whiro = Geist des Bösen

Geografische Bezeichnungen

Ahipaia = Urwald westlich des Taranaki
Aniwhaniwha = Brücke über den Waikato
Aotearoa = Neuseeland, wörtlich: Die lange weiße Wolke
Araukuku = Maorisiedlung nordwestlich des Taranaki
Camp Waihi = Militärlager der Patea Field Force, South Taranaki
Hakarimata Range = trennt das Waikato-Becken vom Küstenland, siehe Pirongia
Hawera = Siedlung in der South Taranaki Bay, zwischen Camp Waihi und Patea
Hikurangi = höchster Berg der Raukumara Range
Horea = Maorisiedlung nahe Whaingaroa Harbour
Kaingaroa-Ebene = Landschaft zwischen Waikato-Becken und Urewera
Kaituna = Fluss, der in die Bay of Plenty mündet
Kakaramea = Berg südwestlich des Taupo Lake
Kariori = Berg auf der Südseite von Whaingaroa Harbour
Katikati Heads = Landzunge in der Bay of Plenty
Kopu = Poststation im Golf von Hauraki
Kuharua = Berg auf der Nordinsel, südlich des Taupo Lake

Mairoa Range = kleine Gebirgskette über dem Mokau River
Mangahoe = Zufluss des Waipa River
Manganui a Te Ao = Fluss, südlichwestlich des Tongariro, mündet in den Wanganui River
Mangotahi = Bach im Nordwesten von Te Ngutu o te Manu
Manukau = Kap Fournier an der Südostspitze der Chatham-Insel
Manukau Harbour = westlicher Hafen des heutigen Auckland
Matakana Island = vorgelagerte Insel in der Bay of Plenty
Matawhero = Siedlung in der Poverty Bay
Maungatantari = Berg am nördlichen Ausgang des Waikato-Beckens
Mihi-Ebene = Landschaft nördlich des Taupo Lake
Mokau = Fluss, der in die North Taranaki Bay mündet
Molokai = Insel im hawaiianischen Archipel, Lepragefängnis
Moturoa = Wehrdorf in der South Taranaki Bay
Nga Tapa = Wehrdorf der Chatham-Ausbrecher im Urwald von Urewera
Ngaruawaiha = Residenz des Königs Tawhiao am Zusammenfluss von Waikato und Waipa
Ngauruhoe = Vulkankrater des Tongariro
Okotuku = strategisch wichtige Erhebung, an deren Fuß sich das Wehrdorf Moturoa befand
Okura = Siedlung in der Bay of Plenty, an der Mündung des Kaituna River
Onehunga = westlicher, vorwiegend von Maori bewohnter Teil des heutigen Auckland
Oruanui = Kegelberg westlich der Mihi-Ebene
Otea = Küstenstreifen in der Waitangi-Bucht auf Chatham Island
Owenga = Siedlung im Südosten von Chatham Island
Papamoa Beach = Küstengebiet in der Bay of Plenty
Patea = Siedlung in der South Taranaki Bay
Patetere = Landschaft zwischen dem Oberlauf des Waikato River und Roto-rua
Patutahi = kleine Maorisiedlung nahe Matawhero

Pihanga = Kegelberg im Süden des Taupo Lake
Pirongia = Berggipfel der Hakarimata Range am Waipa River
Pohanga = Maorisiedlung am Oberlauf des Mokau River
Pukawa = Maorisiedlung am südwestlichen Ufer des Taupo Lake
Puke Houa = Hügel nordwestlich des Pirongia
Pukeamionga = kleine Maorisiedlung nahe Matawhero
Pungarehu-Pfad = Verbindungsweg zwischen Te Ngutu und dem Waingongoro River
Rangiawhia = Siedlung im Waikato-Becken
Rangitikei = Fluss, der in die South Taranaki Bay mündet
Rangitoto = Vulkaninsel im Golf von Hauraki, östlich von Auckland
Raukumara Range = Bergkette nördlich der Poverty Bay
Roto-iti = Kratersee im Vulkangebiet von Aotearoa, westlich von Roto-rua
Roto-rua = Kratersee im Vulkangebiet von Aotearoa, südlich der Bay of Plenty
Ruakituri = Fluss im Urewera-Distrikt, südlich von Nga Tapa
Ruapehu = Vulkan auf der Nordinsel, neben dem Tongariro
Ruaruru = das »Eulennest«, verstecktes Versorgungslager westlich von Te Ngutu
Tapirimoko = Berggipfel nördlich des Mokau River
Taranaki = Mount Egmont, Vulkan im Südwesten von Aotearoa
Tarawera = Berg und See westlich des Urewera-Waldes
Taupo Lake = größter Binnensee im Zentrum Aotearoas
Taupo Quay = Hafen von Wanganui Town
Tauranga = Maorisiedlung in der Bay of Plenty
Tauranga Ika = das letzte und stärkste von Titokowarus Wehrdörfern, South Taranaki Bay
Te kapa ama hanga = eine Lichtung oberhalb von Whaingaroa Harbour
Te Maru o te Whenua = Verteidigungslinie zwischen Te Ngutu und dem Waingongoro River
Te Ngaere = Sumpfgebiet nordöstlich von Te Ngutu

Te Ngutu o te Manu = »Der Schnabel des Raubvogels«, Titokowarus Dorf am Taranaki
Te Rauna = Lichtung am Waingongoro, nahe Camp Waihi
Te Wera = Urwald im Urewera-Distrikt
Te Whaiti Range = Bergkette östlich des Taupo Lake
Te Whanga = Lagune auf Chatham Island
Tikitiki Point = nordwestliche Landspitze von Chatham Island
Tokanui = kleiner Fluss der im äußersten Südosten in den Taupo Lake mündet
Tongariro = Vulkan südlich des Taupo Lake, höchste Erhebung Aotearoas
Turanga = Region in der Poverty Bay
Turuturu Mokai = militärischer Vorposten, westlich von Camp Waihi
Urewera = Landschaft und Urwald westlich der Poverty Bay
Utawaka = verlassenes Dorf östlich von Te Ngutu
Waeranga-a-Hika = Wehrdorf der Hauhau in der Poverty Bay
Waikaka = kleiner Fluss am Oberlauf des Mokau River
Waikaruru = Fluss zwischen Mihi-Ebene und Taupo Lake
Waikato = Hauptabfluss des Taupo Lake, der Aotearoa in nordwestlicher Richtung durchquert
Waimate Plains = Küstenstreifen zwischen Patea und Taranaki
Waingongoro = Fluss, der am Taranaki entspringt und in der South Taranaki Bay mündet
Waipaoa = Fluss bei Matawhero
Waipa = Nebenfluss des Waikato River
Wairoa = militärischer Stützpunkt südlich von Moturoa
Waitangi = große westliche Bucht von Chatham Island
Waitemata Harbour = östlicher Hafen des heutigen Auckland
Waitetuna = kleiner, reißender Fluss, der in den Waipa River mündet
Wanganui = Fluss, der in die South Taranaki Bay mündet
Wanganui Town = Siedlung an der Mündung des Wanganui in die South Taranaki Bay

Whaingaroa Harbour = Fluss und Bucht auf der Westseite Aotearoas
Whangamata = Fluss im Osten der Coromandel Range
Wharekauri = Hauptinsel der Chatham Islands
Whareongaonga = Dorf und Strand südlich der Poverty Bay
Whatawhata = Maorisiedlung am Waipa River

Volksstämme und ihr Siedlungsgebiet

Moriori = eigenständige Volksgruppe auf Chatham Island (bis Mitte des 19. Jh.)
Ngarauru = Untergruppe der Ngati Ruanui, bei Moturoa
Ngaruahine = Untergruppe der Ngati Ruanui, westliche Ausläufer des Taranaki
Ngati Haua = unterer Waikato
Ngati Huri = im Urewera-Distrikt
Ngati Maniapoto = westlich des Tapirimoko
Ngati Maru = nördlich des Taranaki
Ngati Mutunga = nördlich von New Plymouth
Ngati Porou = nördliche Poverty Bay
Ngati Ruanui = Oberbezeichnung für die Stämme in South Taranaki
Ngati Tama = North Taranaki Bay
Ngati Tuwharetoa = südlicher Taupo Lake
Pakakohe = Untergruppe der Ngati Ruanui, South Taranaki Bay
Rongowhakaata = bei Matawhero
Tangahoe = Untergruppe der Ngati Ruanui, South Taranaki Bay
Taranaki = südlich des Taranaki
Te Arawa = bei Roto-rua
Te Ati Awa = südlich des Rangitikei River
Te Ati Haunui a paparangi = im Mündungsgebiet des Wanganui River
Tuhoe = im Urewera-Distrikt

Quellen

John Gowers ist eine fiktive Figur. Auch die Charakterisierungen aller übrigen Personen sind frei erfunden. Die Darstellung der Maorikriege und ihrer Protagonisten lehnt sich jedoch eng an die tatsächlichen Begebenheiten bzw. ihre historische Aufarbeitung an. Lediglich das Massaker von Matawhero habe ich aus dramaturgischen Gründen um einige Monate vorverlegt, ansonsten stimmen auch die im Text angegebenen Daten.

Detaillierte Informationen über die beschriebenen Vorgänge finden sich bei Judith Binney: Redemption Songs. A Life of Te Kooti Arikirangi te Turuki. Auckland 1995, James Belich: I shall not die. Titokowaru's War New Zealand 1868–1869. Wellington 1993 und W. T. Parham: Von Tempsky – Adventurer. London und Auckland 1969. An allgemeinen Werken über neuseeländische Geschichte waren Philippa Mein Smith: A concise History of New Zealand. Cambridge 2003, Keith Sinclair (Hg.): The Oxford illustrated History of New Zealand. Oxford 2005 und Claudia Orange: An illustrated History of the Treaty of Waitangi. Auckland 2004 hilfreich.

Meine Kenntnisse über Landesstruktur, Reisewege und -möglichkeiten im Neuseeland des 19. Jahrhunderts verdanke ich allerdings – gewissermaßen »first hand« – dem entsprechenden Expeditionsbericht von Ferdinand von Hochstetter: Neu-Seeland. Stuttgart 1863.

Bis auf den historisch verbürgten Piraten Jean Laffitte, der später wirklich als Pulverfabrikant unter dem Namen John Lafflin in der Collins Avenue 24 in St. Louis lebte und in der Tat den Druck des »Kommunistischen Manifestes« finanzierte, sind alle

Personen und Abläufe der Mississippi-Handlung frei erfunden; die als Moses bezeichnete weibliche Hauptfigur ist jedoch an Leben und Taten von Hariet Tubman angelehnt, ohne dass Charakter und biografischer Hintergrund dieser Figur indes denen der historischen Gestalt entsprechen würden. Auch der historische Laffitte starb übrigens bereits 1854, und zwar – soweit ich weiß – gewaltfrei.

Die Schilderung des Flusses und des »Lebens auf ihm« gehen – wie könnte es anders sein? – vor allem auf Mark Twain: Life on the Mississippi. Boston 1883 zurück; die Darstellung der Sklaverei orientiert sich u. a. an der bekannten Autobiografie Narrative of the Life of Frederick Douglass, an American Slave – written by himself (1845).

An allgemeineren Werken über die amerikanische Geschichte wurden z. B. Dee Brown: Hear that Lonesome Whistle blow. New York 1977 oder Giampiero Carocci: Kurze Geschichte des amerikanischen Bürgerkriegs. Berlin 2006 und vor allem James M. McPherson: Für die Freiheit sterben – Die Geschichte des amerikanischen Bürgerkrieges. Köln 2008 (1988) sowie vergleichbare Werke mit Gewinn benutzt. Bei der Schilderung des Gefangenenlagers Andersonville stand jedoch Balduin Möllhausens Geschichte Die Flucht aus dem Rebellenlager (1879) aus: Balduin Möllhausen: Geschichten aus dem Wilden Westen. München 1995 Pate.

Meine Kenntnisse über die pränatale Wahrnehmungsfähigkeit verdanke ich der persönlichen Information durch Dr. Felix Sierra.